BASTEI LÜBBE

Edgar A. Poe

Jules Verne

DIE ABENTEUER DES ARTHUR GORDON PYM

DIE EISSPHINX

Doppelband

BASTEI LÜBBE

BASTEI LÜBBE TASCHENBUCH
Band 15 788

1. Auflage: November 2007

Bastei Lübbe Taschenbücher in der Verlagsgruppe Lübbe

Die Abenteuer des Arthur Gordon Pym:
Vollständige Neubearbeitung einer Ausgabe aus dem
Drei Masken Verlag, München 1922.
Übersetzt von Maria Lazar, mit Zeichnungen von Theo Scharf.
Die Eissphinx: Vollständige Neubearbeitung einer Ausgabe aus dem
A. Hartleben Verlag, Wien 1898.

Lektorat: Dr. Lutz Steinhoff/Jan Wielpütz
Titelillustration: akg-images, getty-images
Umschlaggestaltung: Bianca Sebastian
Satz: Urban SatzKonzept, Düsseldorf
Druck und Verarbeitung: Ebner & Spiegel, Ulm
Printed in Germany
ISBN 978-3-404-15788-4

Edgar Allan Poe

DIE GESCHICHTE DES ARTHUR GORDON PYM AUS NANTUCKET

VORWORT

Als ich vor einigen Monaten – nach seltsamen Abenteuern in der Südsee und in anderen Zonen – in die Vereinigten Staaten zurückkehrte, geriet ich in Richmond zufällig in eine Gesellschaft von Herren, die sich für die Gegenden, die ich durchschifft hatte, lebhaft interessierten und mich inständigst baten, ja, es für meine Pflicht erklärten, die Erzählung meiner Abenteuer dem Publikum zugänglich zu machen. Doch hatte ich mehrere Gründe, dies nicht sogleich zu tun; einige davon waren ganz privater Natur und betrafen nur mich allein; die größten Bedenken erregte in mir jedoch der Umstand, dass ich, der ich während des größeren Teiles der Reise kein Tagebuch geführt hatte, nicht imstande gewesen wäre, aus dem Gedächtnis eine genaue und zusammenhängende Reisebeschreibung zu liefern, die so wahrscheinlich klänge, wie es im Interesse der Wahrheit zu wünschen war, und die nicht die Vermutung aufkommen ließe, eine starke Fantasie habe dem Erzähler manche Dinge wohl in zu grellem Licht gezeigt. Ein anderer Grund war der, dass die Begebenheiten, die ich zu erzählen hatte, wirklich zu wunderbarer Natur waren, und ich, da ich mich nur auf das Zeugnis eines einzigen Mannes, der noch dazu ein ungebildeter Indianer war, stützen konnte, bloß bei meiner Familie und ein paar Freunden, die seit meiner Jugend meinen Sinn für das Reale kannten, hoffen durfte, Glauben zu finden, dass das Publikum im Allgemeinen jedoch meine Erzählung für eine ziemlich unverschämte Erfindung halten würde. Dazu kam noch ein gewisses Misstrauen, das ich in meine schriftstellerische Fähigkeit setzen musste, und, wie gesagt, eine Menge privater Gründe, die mich abhielten, der Aufforderung nach einer Veröffentlichung nachzukommen.

Unter den Herren, die das größte Interesse an meinen Erzählungen, besonders an dem Teil hatten, der sich auf den Antarktischen Ozean bezieht, befand sich auch Mister E. A. Poe, der frühere Herausgeber des *Southern Literary Messenger*, einer Monatsschrift von Mister Thomas W. White in

Richmond. Er riet mir besonders dringend, möglichst bald einen genauen Bericht meiner Erlebnisse herauszugeben und dem gesunden Menschenverstand des Publikums zu vertrauen; werde das Buch auch ungeschickt geschrieben, so könne es dadurch doch nicht verlieren, die Ungeschicklichkeit werde im Gegenteil eher behilflich sein, mir Glauben zu verschaffen.

Da ich mich jedoch trotz all seiner Argumente noch immer nicht zu einer Herausgabe entschließen konnte, bat er mich, den ersten Teil meiner Abenteuer in eigener Fassung im *Messenger* als Erfindung herausgeben zu dürfen. Ich willigte ein und stellte nur die Bedingung, dass mein Name unerwähnt bleibe. Zwei Teile der angeblich erfundenen Erzählung erschienen denn auch im Januar und Februar 1837 im *Messenger*, und zwar, um die Vorspiegelung, es handele sich um Erfindungen, vollständig zu machen, unter dem Namen von Mister E. A. Poe.

Die Art und Weise, in der man diese beiden Teile aufgenommen hat, überzeugte mich schließlich doch, an eine tatsachengetreue Beschreibung der Abenteuer zu gehen. Denn ich hatte gemerkt, dass das große Publikum – trotz des Anscheins des Erfundenen, den Mister E. A. Poe den im *Messenger* erschienenen Bruchteilen, ohne auch nur eine einzige Tatsache zu entstellen oder zu übertreiben, gegeben hatte – doch nicht geneigt war, die ganze Sache für eine Fabel zu halten. Mister E. A. Poe erhielt zum Beispiel mehrere Briefe, deren Schreiber vom Gegenteil überzeugt waren. Ich schloss daraus, dass die Tatsachen, die ich mitzuteilen hatte, dergestalt seien, dass man sie um ihrer selbst willen glauben könne, und dass ich nicht Gefahr laufen würde, mich über den weit verbreiteten Unglauben der Menschen zu ärgern.

Nachdem ich diese Vorbemerkungen gemacht habe, bleibt mir nur übrig, noch einmal zu erwähnen, dass, wie gesagt, nicht alles, was folgt, meiner Feder entstammt, dass jedoch Mister E. A. Poe, der die ersten Seiten der Abenteuer geschrieben hat, auch nicht eine Tatsache verändert oder entstellt hat. Selbst für die Leser, die den *Messenger* nicht gelesen haben, ist es unnötig, das Kapitel zu bestimmen, an dem meine Erzählung beginnt; jeder wird den Unterschied im Stil leicht bemerken.

New York, im Juli 1838
A. G. Pym

ERSTES KAPITEL

Ich heiße Gordon Pym. Mein Vater war ein ehrenwerter Mann und betrieb in Nantucket, wo ich geboren wurde, einen Handel in Schiffseinrichtungsgegenständen. Mein Großvater mütterlicherseits war Advokat und hatte einen großen Klientenkreis. Außerdem spekulierte er erfolgreich und erwarb sich ein ziemlich beträchtliches Vermögen. Er war mir, glaube ich, mehr als irgendjemand anderem auf der Welt zugetan, und ich durfte erwarten, bei seinem Tode den größten Teil seiner Güter zu erben. Als ich sechs Jahre alt war, schickte er mich in die Schule des alten Mister Rickett, eines Herrn, der nur einen Arm und ziemlich exzentrische Manieren hatte und jedem, der einmal New Bedford besucht hat, wohlbekannt ist. Ich blieb bis zum siebzehnten Lebensjahr unter seiner Obhut und besuchte dann die Akademie von Mister E. Ronald. Hier wurde ich mit dem Sohn von Mister Barnard bekannt, einem Seekapitän, der im Auftrag der Firma Vredenburgh fuhr; Mister Barnard ist ebenfalls in New Bedford gut bekannt und hat viele Verwandte in Edgarton. Sein Sohn hieß August und war fast zwei Jahre älter als ich. Er war einmal mit seinem Vater auf der Jagd nach Walen gewesen und konnte mir nicht genug von seinen Seeabenteuern erzählen. Ich verbrachte manchmal ganze Tage, ja, ganze Nächte bei ihm. Wir schliefen im selben Bett und schlossen oft bis zum Tagesanbruch kein Auge, weil er kein Ende finden konnte, mir die Eingeborenen von Tinian und anderen Inseln, die er besucht hatte, zu schildern. Ich begann, mich nach und nach für seine Erzählungen zu interessieren, bis ich schließlich nichts lebhafter wünschte, als Seemann zu werden. Ich kaufte mir für fünfundsiebzig Dollar ein kleines Segelboot, die *Ariel*, ein Halbverdeck, das ohne Überlastung wohl zehn Personen fassen konnte. Mit diesem Boot nun machten wir die tollsten Streiche von der Welt, und wenn ich mich jetzt daran erinnere, wundere ich mich nur, dass ich noch am Leben bin.

Ich möchte eines dieser Abenteuer meiner längeren und wichtigeren Erzählung als Einleitung voranschicken. Mister Barnard gab eines Abends eine Gesellschaft, an deren Schluss August und ich nicht wenig betrunken waren, sodass ich es, wie meistens in solchen Fällen, vorzog, über Nacht bei ihm zu bleiben, statt nach Hause zu gehen. Er begab sich ziemlich ruhig zu Bett, und auch ich war nach einer halben Stunde gerade dabei, sanft einzudämmern, als er plötzlich wieder vom Bett aufstand und mit einem schrecklichen Fluch schwor, dass kein Gordon Pym in der ganzen Christenheit ihn bewegen könne zu schlafen, wenn eine so glorreiche Brise aus Südwest wehe. Ich erstaunte sehr, denn ich konnte mir gar nicht erklären, was er eigentlich wollte, und glaubte, der reichliche Wein- und Likörgenuss habe ihn so außer sich gebracht. Er sprach jedoch plötzlich ganz ruhig weiter: Ich hielte ihn wohl für betrunken, doch sei er nie in seinem Leben nüchterner gewesen. Er sei es aber leid, in einer so wundervollen Nacht wie ein Hund schlafend zu liegen, er werde jetzt aufstehen, sich anziehen und auf dem Boot *Spaß machen*. Ich weiß nicht, welcher böse Geist plötzlich Besitz von mir ergriff: Kaum waren die Worte seinem Mund entwichen, so war auch ich der Meinung, dass seine wahnwitzige Idee der köstlichste und vernünftigste Vorschlag von der Welt sei. Es war fast stürmisch draußen und das Wetter sehr kalt, denn wir befanden uns gegen Ende Oktober.

Ich sprang jedoch dessen ungeachtet in einer Art von Ekstase aus dem Bett, schrie, dass ich ebenso tapfer sei wie er und ebenso wenig geneigt, wie ein Hund die Nacht durchzuschlafen, und ebenso, dass ich, wie jener August Barnard in Nantucket, zu jedem Ulk auf einem Boot bereit sei.

Mit Windeseile fuhren wir in unsere Kleider und eilten hinaus. Die *Ariel* lag auf der alten, verfallenen Werft von Pankey & Co. August sprang hinein und schöpfte sie leer, denn sie war fast halb voll Wasser. Als dies getan war, richteten wir die Segel und steuerten kühn auf die See hinaus.

Es blies ziemlich stark aus Südwest, die Nacht war klar und kalt; August saß am Steuer, ich stand an Deck am Segel. Wir flogen ziemlich rasch dahin, keiner von uns hatte, seit wir das Schiff von der Werft losgelöst hatten, ein Wort gesprochen. Ich fragte meinen Gefährten nach einiger Zeit, wohin er denn eigentlich steuern wolle und wann wir wieder zurückkehren würden. Er pfiff ein paar Minuten lang vor sich hin und antwortete mir dann ganz trocken: »Ich fahre auf die See hinaus, du kannst ja nach Hause zurückkehren, wenn du willst!« Ich sah ihn erstaunt an und bemerkte, dass er trotz seiner zur Schau gestellten Gleichgültigkeit im höchsten Grad erregt war. Ich konnte ihn, da der Mond hell schien, deutlich sehen, sein Gesicht war bleicher als Marmor, und seine Hand zitterte so stark, dass er nur mit Mühe das Steuer halten konnte. Ich empfand, dass er irgendetwas falsch gemacht haben musste, und geriet in große Unruhe. Mir selbst war die Führung eines Bootes damals noch fast vollständig unbekannt – ich war auf die Geschicklichkeit meines Freundes angewiesen. Der Wind hatte auch plötzlich an Heftigkeit zugenommen, und wir bewegten uns in gerader Linie immer tiefer aufs Meer hinaus, doch schämte ich mich, irgendwelche Befürchtungen zu äußern, und schwieg noch eine weitere halbe Stunde lang. Dann jedoch konnte ich mich nicht länger bezwingen und schlug meinem Freund vor, es sei nun doch Zeit, an die Rückfahrt zu denken. Wieder verging fast eine Minute, bevor er mir antwortete oder vielmehr meinen Vorschlag verstanden zu haben schien. »Hat noch Zeit – hat noch Zeit!«, sagte er schließlich, und obwohl ich eine ähnliche Antwort erwartet hatte, erfüllte mich der Ton, in dem diese Worte gesprochen wurden, mit unaussprechlichem Schrecken. Ich blickte ihn wieder an und bemerkte, dass seine Lippen totenbleich waren und seine Knie so heftig schlotternd gegeneinanderschlugen, dass er sich nur mit Mühe aufrecht hielt. »Um Gottes willen, August«, rief ich aus, »was fehlt dir? Was ist denn vorgefallen? Was machst du denn da?«

»Vorgefallen?«, lallte er, offenbar aufs Höchste überrascht, ließ im gleichen Augenblick das Steuer fahren und fiel der Länge nach zu Boden. »Vorgefallen? Nichts ist vorgefallen ... Wir fahren ... nach Hause ... Siehst ... siehst du denn nicht?« Nun erkannte ich plötzlich die ganze fürchterliche Wahrheit. Er war betrunken ... vollkommen betrunken und konnte weder stehen noch gehen noch sehen. Seine Augen waren ganz glasig. Ich riss ihn vom Boden hoch, doch er fiel gleich wieder steif wie ein Brett auf dem Boden des Bootes. Er hatte offenbar während des Abends viel mehr getrunken, als ich geglaubt hatte, und sein Betragen im Bett war nur das Resultat einer besonders hochgradigen Trunkenheit gewesen, die – gleich einer gewissen Art von Irrsinn – zulässt, dass die Opfer eine Zeit lang wie ein vollständig vernünftiger Mensch reden und handeln können. Die kalte Nachtluft hatte die Trunkenheit dann zum Ausbruch gebracht, und sein schattenhaftes Erkennen unserer gefährlichen Lage hatte nur dazu beigetragen, die Katastrophe zu beschleunigen. Er war nun vollständig unzurechnungsfähig und würde allem Anschein nach erst nach Ablauf mehrerer Stunden zu sich kommen.

Es ist fast unmöglich, sich eine Vorstellung von meinem grenzenlosen Entsetzen zu machen. Der letzte Rest von Rausch war verschwunden, und die Ernüchterung machte mich doppelt furchtsam und unentschlossen. Ich wusste, dass ich vollständig unfähig war, ein Boot zu steuern, und dass der Sturm und die starke Ebbe uns unaufhaltsam dem Verderben entgegentrieben. Wir hatten weder einen Kompass bei uns noch Lebensmittel, und bei der Schnelligkeit, mit der das Boot vorwärts schoss, war es unausbleiblich, dass wir bei Tagesanbruch die Küste nicht mehr würden sehen können. Solche und ähnliche angstvolle Gedanken durchsausten mit rasender Schnelligkeit mein Gehirn und machten mich eine Zeit lang unfähig, irgendetwas zu tun. Das Boot fuhr mit entfalteten Segeln gerade vor dem Wind, der Bug war vollständig in Schaum begraben, und ich erwartete jeden Augenblick, dass es beidrehte, da August, wie ich schon sagte, das Steuer losgelassen hatte und ich in meiner Aufregung nicht fähig war, es zu übernehmen. Glücklicherweise hielt das Boot stand, und ich erlangte nach und nach meine Geistesgegenwart zurück. Der Sturm nahm jedoch in beängstigender Weise zu, und jedes Mal, wenn unser Schiff nach einem Sturz in die Tiefe wieder in die Höhe schnellte, schlugen die Wellen über dem hinteren Teil des Schiffes zusammen und durchnässten uns. Alle meine Glieder waren bald vor Kälte so erstarrt, dass ich mich kaum noch bewegen konnte. Da raffte ich mich voller Verzweiflung zu einer letzten Anstrengung auf, stürzte auf das Hauptsegel zu und löste es, so weit ich konnte, vom Mast. Es flog sofort über Bord, wurde vom Wasser durchtränkt, riss, wie ich erwartet hatte, den Mast mit sich fort und rettete uns dadurch vor dem sofortigen Untergang. Wir glitten jetzt langsamer vor dem Wind dahin. Wir mussten zwar noch immer Wasserstürze ertragen, waren jedoch von der Gefahr befreit, jeden Augenblick von den Wellen verschlungen zu werden. Ich ergriff das Steuerruder und atmete ein klein wenig freier, als ich mir sagte, dass noch nicht alle Hoffnung verloren sei. August lag noch immer bewusstlos auf dem Boden des Bootes, und ich bemerkte, dass er kurz davor war, zu ertrinken, denn das Wasser stand fast einen Fuß hoch im Boot. Ich richtete ihn mit viel Mühe auf, sodass er sitzen konnte, schlang ein Tau um seine Brust und befestigte dieses an einem der Ringe, die in passender Höhe im Boot angebracht waren. Nachdem ich auf diese Weise alles, so gut es mir in meiner Aufregung und meinem halb erfrorenen Zustand möglich war, hergerichtet hatte, befahl ich mich dem Himmel, fest entschlossen, alles, was auch kommen mochte, mit größtem Mut zu ertragen.

Kaum hatte ich diesen Gedanken zu Ende gedacht, erscholl plötzlich ein langes gellendes Geschrei, das wie das Geheul eines ganzen Heeres von Teufeln die Luft zu durchfahren schien. Nie, solange ich lebe, werde ich das Entsetzen vergessen können, das in diesem Augenblick über mir zusammenschlug. Mein Haar sträubte sich, ich fühlte, wie das Blut in meinen Adern erstarrte, mein Herz stockte, und ohne meinen Blick gehoben zu haben, um die Ursache der schauerlichen Töne zu erkennen, fiel ich bewusstlos nach vorn über den Körper meines Gefährten.

Als ich wieder zu mir kam, befand ich mich in der Kajüte eines Walfängers, der *Pinguin*, die sich auf der Fahrt nach Nantucket befand. Mehrere Personen standen bei mir, und August, bleicher als der Tod, war eifrig beschäftigt, mir die Hände zu reiben. Als er sah, dass ich die Augen aufschlug, kannten seine Dankbarkeits- und Freudenausbrüche keine Grenzen und entlockten den rauen Seeleuten, die zugegen waren, abwechselnd Tränen und Gelächter. Das Geheimnis unserer Rettung war bald aufgeklärt. Wir waren von dem Walfänger, der mit vollen Segeln, im rechten Winkel zu der Richtung unseres Schiffes, also auf Nantucket, lossteuerte, überrannt worden. Zwar hatten ein paar Männer auf dem Ausguck gestanden, doch bemerkten sie uns erst, als es für uns zu spät war, und konnten dem Stoß nicht mehr ausweichen. Ihre Warnrufe waren das Geschrei gewesen, das mich so fürchterlich erschreckt hatte. Das große Schiff war, wie man mir erzählte, so leicht über unser Boot dahingesaust, wie dies auch über eine Feder gleiten würde – ohne den Widerstand im Mindesten als Hindernis zu empfinden. Kein Schrei war vom Deck des kleinen Schiffes gekommen, man hatte nur einen leichten kratzenden Ton gehört, der in dem Augenblick, als die schwache Barke unter dem Kiel des Walfängers verschwand, mit dem Aufschlagen der Wellen heraufgeklungen war. Das war alles gewesen. Da der Kapitän – Kapitän E. T. V. Block aus New London – unser Boot, das ich, wie man sich erinnern wird, vom Mast befreit hatte, für irgendeine Nussschale hielt, die man, unbrauchbar geworden, den Wellen überlassen hatte, wollte er ohne Rücksicht auf diesen Zwischenfall die Fahrt fortsetzen. Glücklicherweise beharrten die zwei Männer, die am Ausguck gespäht hatten, darauf, dass sie an dem Steuerruder des verunglückten Schiffes einen Menschen gesehen hätten, den man möglicherweise noch retten könne. Es kam zu einer Auseinandersetzung, die Kapitän Block so sehr erbitterte, dass er nach einiger Zeit ausrief, es sei nicht seine Sache, auf jede Nussschale, die im Ozean schwimme, Obacht zu geben. Das Schiff werde wegen eines solchen Unsinns nicht umdrehen, und wenn da ein Mann überrannt worden sei, so sei es seine eigene Schuld, er möge ruhig ersaufen und zum Teufel fahren.

Nun nahm sich Henderson, der Erste Steuermann, der, wie die ganze Mannschaft, über die herzlosen Worte des Kapitäns im höchsten Grade empört war, der Sache an. Er erklärte dem Kapitän in kurzen, klaren Worten, dass er für seine Grausamkeit den Galgen verdient habe, die ganze Mannschaft sei entschlossen, diesmal seinen Befehlen zuwiderzuhandeln, und sollten sie alle dafür, sobald sie den Fuß an Land setzten, gehenkt werden. Er begab sich auf das Hinterteil des Schiffes, indem er Block, der totenbleich wurde und keine Antwort gab, beiseiteschob, ergriff das Steuer und gab mit fester Stimme das Kommando. Die Mannschaft eilte auf ihre Posten, und das Schiff machte eine geschickte Wende. Die ganze Sache hatte vielleicht fünf Minuten gedauert, sodass es sehr zweifelhaft war, ob man den Verunglückten, vorausgesetzt, dass sich wirklich ein Mensch in dem Boote befunden hatte, noch retten konnte. Doch wurden August und ich nach kurzer Zeit aufgefunden und geborgen. Wir schienen unsere Rettung einem jener seltsamen Zufälle zu verdanken, die die gläubigen Menschen dem unmittelbaren Wirken der Vorsehung zuschreiben.

Während das Schiff also ein Stück zurückfuhr, ließ der Steuermann das Rettungsboot hinunter und sprang mit den beiden Männern, die behauptet hatten, mich gesehen zu haben, hinein.

Sie hatten sich gerade vom Schiff abgestoßen – der Mond schien noch hell und klar –, als dasselbe sich bedächtig auf die Luvseite legte und Henderson im selben Augenblick von seinem Sitz aufsprang und den Ruderern aufgeregt befahl, wieder zurückzurudern. Er kommandierte in einem fort: »Zurückrudern! Zurückrudern!« Die Mannschaft gehorchte ihm, so schnell es nur möglich war, doch das Schiff hatte sich vollständig gedreht und segelte dem Rettungsboot entgegen. Trotz der augenscheinlichen Gefahr wagte der Steuermann sofort, eine der von dem großen Schiff herunterhängenden Ketten zu ergreifen und sich daran in die Höhe zu ziehen. Er teilte ein paar kurze Befehle aus, und das Schiff neigte sich so weit, dass seine Steuerbordseite bis fast an den Kiel aus dem Wasser herausragte und man den Gegenstand erblickte, der die Aufmerksamkeit des Steuermannes erregt hatte. An dem glatten und glänzenden Boden des Schiffes (die *Pinguin* war ganz mit Kupfer beschlagen) war in seltsamster Weise der Körper eines Menschen befestigt und schlug bei jeder Bewegung gegen den Schiffsrumpf. Nach mehreren vergeblichen Anstrengungen gelang es schließlich, mich aus meiner gefährlichen Lage zu befreien und an Bord zu ziehen – denn *ich* war es, der so sonderbar an dem Schiff festgehakt war. Ein Pflock, der die Holzplanken des Schiffes zusammenhielt, war durch das Kupfer gedrungen und hatte mich, als ich unter dem Schiffe hindurchgeschleudert worden war, aufgehalten. Der Kopf des Pflocks hatte den Kragen meiner Jacke aus grobem Tuch durchbohrt, war zwischen zwei Sehnen unterhalb des rechten Ohres in meinen Hals eingedrungen und hielt mich auf diese Weise fest.

Ich wurde sogleich zu Bett gebracht, obwohl allem Anschein nach das Leben längst aus mir entwichen war. Es befand sich kein Arzt an Bord – doch machte der Kapitän alle nur erdenklichen Wiederbelebungsversuche, als wolle er in den Augen seiner Mannschaft seine vorherige Grausamkeit möglichst wiedergutmachen.

In der Zwischenzeit stieß Henderson zum zweiten Mal vom Schiff ab, obgleich sich der Sturm zum Orkan gesteigert hatte. Nach wenigen Minuten gelangte er zu einigen Trümmern unseres Bootes, und bald darauf behauptete einer der Ruderer, mitten durch das Toben des Unwetters einen schwachen Hilferuf vernommen zu haben. Dies veranlasste die kühnen Seeleute, noch fast eine halbe Stunde lang mit der Suche fortzufahren, obgleich Kapitän Block sie durch verschiedene Signale aufforderte, zurückzukehren, und sie in ihrem schwachen Boot ständig in Lebensgefahr schwebten.

Nachdem sie also, wie ich schon sagte, eine halbe Stunde lang auf das Eifrigste gesucht hatten, entschlossen sie sich, zum Schiff zurückzukehren. Doch kaum hatte einer von ihnen diese Absicht ausgesprochen, so vernahmen sie von einem dunklen Gegenstand her, der ziemlich nahe an ihnen vorbeischoss, einen zweiten schwachen Ruf. Sie ruderten darauf zu und erreichten ihn bald: Es waren das Deck und die Kajüte der *Ariel*, wo August anscheinend sein Leben aushauchte. Als man ihn ins Boot ziehen wollte, fand man heraus, dass er mit einem Tau an das treibende Holz angebunden war – ich hatte ihn ja selbst, wie man sich erinnern wird, an einem der Ringe an den Seitenwänden der *Ariel* befestigt, um ihn, betrunken wie er war, in sitzender Stellung zu erhalten. Dieser Vorsichtsmaßnahme hatte er jetzt sein Leben zu verdanken. Die *Ariel* war leicht gebaut, und als sie unterging, war sie in mehrere Stücke auseinandergebrochen. Das Verdeck der Kajüte war durch die Macht des eindringenden Wassers abgerissen worden, hatte sich vollständig von den übrigen Teilen des Wracks gelöst und schwamm, wahrscheinlich mit manchen anderen Bruchteilen, auf den Wellen. August war auf ihm festgebunden und entging so dem sicheren Tod.

Er wurde sofort an Bord der *Pinguin* gebracht, doch mehr als eine Stunde verstrich, bevor er so weit zu sich kam, dass er ein Lebenszeichen von sich gab und die Art des Unfalles, der geschehen war, verstehen konnte. Schließlich erholte er sich jedoch wieder und schilderte lebhaft die Empfindungen, die ihn während seines schrecklichen Aufenthaltes auf dem Wrack gequält hatten. Als er das Bewusstsein erlangt hatte, befand er sich unter Wasser, wo er mit unbegreiflicher Schnelligkeit immer rund um sich selbst gewirbelt wurde, einen Augenblick später fühlte er sich schnell nach oben gezogen, schlug mit dem Kopf gegen einen harten Gegenstand, sodass er wieder bewusstlos wurde. Als er zum zweiten Mal zu sich kam, begann er, seine Lage ein wenig besser zu verstehen, obschon seine Gedanken noch höchst unklar und verworren waren. Er erkannte jedoch, dass sich irgendein Unfall ereignet haben musste und er im Wasser war, obgleich sich sein Mund über der Oberfläche befand und er ohne Beschwerden atmen konnte. Wahrscheinlich trieb das Verdeck vor dem Wind dahin und zog ihn, da er auf dem Rücken lag, mit sich fort. Solange er sich in dieser Lage halten konnte, war er vor dem Ertrinken sicher. Plötzlich warf ihn eine heftige Welle mitten auf das Verdeck; er unternahm alle Anstrengungen, sich in seiner neuen Lage zu erhalten, und stieß hin und wieder Hilferufe aus. Kurz bevor ihn Henderson entdeckte, musste er, von Erschöpfung übermannt, das Verdeck, an das er sich klammerte, loslassen. Er fiel ins Wasser zurück und gab sich selbst verloren. Während der ganzen Zeit des Kampfes konnte er sich weder an die *Ariel* noch an irgendeinen Umstand, der das Unglück herbeigeführt hatte, erinnern. Ein unbestimmtes Gefühl der Furcht und der Verzweiflung war alles, was er empfinden konnte. Als man ihn dann aufgefischt hatte, verließen ihn seine Sinne von Neuem, und wie ich schon sagte, kam er erst, nachdem er eine ganze Stunde an Bord der *Pinguin* war, wieder zu sich und erkannte seine Lage.

Ich selbst wurde aus einem Zustand, der fast an den Tod grenzte, nur mit allergrößter Mühe wieder ins Leben zurückgerufen. Dreieinhalb Stunden lang stellte man alle nur denkbaren Wiederbelebungsversuche an, erst der letzte, den August vorschlug – heftiges Abreiben mit Flanelltüchern, die in heißes Öl getaucht waren –, hatte Erfolg. Die Wunde in meinem Hals war, obwohl sie schlimm genug aussah, nicht gefährlich und heilte bald.

Die *Pinguin* lief um neun Uhr morgens in den Hafen ein, nachdem sie noch eine Zeit lang gegen einen der heftigsten Stürme zu kämpfen hatte, die je in der Nähe von Nantucket gewütet haben. August und ich beeilten uns, pünktlich zum Frühstück bei Mister Barnard zu erscheinen, der sich an diesem Morgen selbst etwas verspätet hatte, vermutlich, weil er nach der Gesellschaft vom gestrigen Abend wohl ein wenig länger geschlafen hatte. Ich glaube, dass alle am Tisch zu müde waren, um unseren bleichen Gesichtern besondere Aufmerksamkeit zu schenken – und im Übrigen sind Schulbuben ja fähig, Wunder an Verstellung zu vollbringen. So hatte denn keiner unserer Freunde in Nantucket die leiseste Ahnung davon, dass sich die Geschichte, die ein paar Seeleute in der Stadt erzählten – sie hätten ein Schiff überrannt und ein paar arme Teufel, wohl dreißig oder vierzig, seien dabei umgekommen –, auf August, mich und die *Ariel* bezog. Wir beide haben später noch von der Sache gesprochen, doch nie ohne ein Schaudern. In einer dieser Unterhaltungen gestand August dann freimütig, dass er niemals in seinem Leben einen so wilden Schreck empfunden habe als in dem Augenblick, als er sich in unserem kleinen Boot plötzlich der ganzen Gewalt seines Rauschs bewusst geworden sei und sich unfähig gefühlt habe, auch nur einen klaren Gedanken zu fassen.

ZWEITES KAPITEL

Es führt nie zu etwas, wenn man aus irgendwelchen Begebenheiten und dergleichen im Voraus Schlussfolgerungen zieht – und es die aller einfachsten Begebenheiten sind. So irrt sich, wer vielleicht denkt, dass eine Katastrophe wie diejenige, die ich eben erzählt habe, meine beginnende leidenschaftliche Liebe zum Meer hätte bedeutend abkühlen müssen. Oh – ganz im Gegenteil: Nie habe ich ein so sehnsüchtiges Verlangen gehabt, die seltsamen Abenteuer, die im Leben eines Seemannes vorkommen, kennenzulernen, als etwa eine Woche nach unserer wunderbaren Errettung. Dieser kurze Zeitraum genügte, um die unangenehmen Erinnerungen zu verwischen und alle aufregenden, interessanten Seiten unseres gefahrvollen Erlebnisses in ein vorteilhaftes Licht zu rücken. Meine Unterhaltungen mit August wurden mit jedem Tag lebhafter und eingehender. Er hatte eine so besondere Art, seine Seegeschichten zu erzählen (ich argwöhne jetzt allerdings, dass sie mehr oder weniger seiner Einbildung entstammten), die wohl dazu angetan war, auf ein leicht zu begeisterndes Temperament wie das meine, auf eine etwas dunkle, aber immer lebhafte Vorstellungskraft, stark zu wirken. Nicht minder seltsam ist es, dass er, wenn er mir die entsetzlichsten Augenblicke der Verzweiflung und Not aus dem Leben des Matrosen in lebhaften Farben ausmalte, alle meine Sinne gefangen nahm und erst recht meine Sympathie für diesen Beruf weckte. Den angenehmen Seiten konnte ich weniger Geschmack abgewinnen. Meine ganzen Vorstellungen gingen auf Untergang hinaus, auf Hungersnot, Tod oder Gefangenschaft bei einem barbarischen Stamm, auf ein Dasein voller Leid und Gefahr, das ich auf irgendeiner einsamen Felseninsel kümmerlich fristen musste, oder auf fremden, unbekannten Meeren. Solche Träume, solche Begierden – denn dergleichen steigert sich wirklich zur Begierde – sind, wie ich später erfahren habe, ziemlich alltäglich bei melancholischen Menschen; aber zu der Zeit, von der ich spreche, betrachtete ich sie als prophetische Anzeichen eines Geschicks, für das ich mich sozusagen vorbestimmt glaubte. August ging auf meine geistige Verfassung durchaus ein. Es ist wahrscheinlich, dass unser vertraulicher Umgang durch die Verschiedenheit einiger unserer Charakterzüge herbeigeführt wurde.

Ungefähr eineinhalb Jahr nach dem Untergang der *Ariel* ließ die Firma Vredenburgh den Zweimaster *Grampus* für den Walfang ausbessern und zurüsten. Es war ein alter Kasten, der sich, trotz aller Reparaturen, kaum über Wasser halten konnte. Weshalb man ihn anderen, besseren Fahrzeugen, die den Eigentümern zur Verfügung standen, vorzog, weiß ich nicht, auf jeden Fall wählte man ihn. Mister Barnard wurde zur Leitung bestimmt, und August sollte mit ihm fahren. Während man die Brigg ausstattete, drängte er mich fortwährend, doch die gute Gelegenheit zum Reisen wahrzunehmen. Ich schenkte seinen Worten nur allzu gern Gehör; doch war sein Vorschlag nicht so leicht auszuführen. Mein Vater hatte zwar keine direkte Abneigung dagegen, aber meine Mutter bekam einen Weinkrampf und wurde krank, als sie von dem Plane hörte. Das Schlimmste war, dass mein Großvater, von dem ich so viel erwartet hatte, mir versicherte, er würde mir keinen Schilling hinterlassen, wenn ich noch einmal wagte, von dieser Reise zu sprechen. Aber alle diese Hindernisse waren nur Öl im Feuer meines Wunsches, sie spornten mich an, anstatt mich von meiner Absicht abzubringen. Ich beschloss, auf jeden Fall mitzureisen, und als ich August meinen Entschluss mitteilte, bemühten wir uns beide, unseren Plan irgendwie umzusetzen. Ich hütete mich, zu Hause noch ein Wort über die Reise fallen zu lassen, und da ich mich mit meinen gewöhnlichen Studien weiterbeschäftigte, nahm man an, dass ich mein Vorhaben aufgegeben hätte. Später habe ich mir noch oft mein damaliges Benehmen mit Missfallen ins Gedächtnis zurückgerufen. Diese Scheinheiligkeit, mit der ich mein Vorhaben ausführte, diese Falschheit, von der mit der Zeit all meine Worte und Handlungen durchdrungen wurden, werden mir selbst nur einigermaßen verständlich, wenn ich die glühende, seltsame Hoffnung auf Abenteuer in Betracht ziehe, die mich zur Erfüllung meines so lange gehegten Wunsches trieb.

Die eigentlichen Vorbereitungen musste ich August überlassen, der den größten Teil des Tages an Bord der *Grampus* verbrachte, wo er sich mit den verschiedenen Anordnungen seines Vaters in der Kabine und im Schiffsraum zu beschäftigen hatte; aber abends, wenn wir zusammenkamen, sprachen wir von unseren Hoffnungen. Auf diese Weise war ungefähr ein Monat vergangen, ohne dass sich meine Aussichten auf ein glückliches Gelingen meines Plans verbessert hätten, als er mir eines Abends sagte, er habe für alles vorgesorgt.

Ich hatte einen Verwandten, der in New Bedford wohnte, einen gewissen Mister Roß, den ich zuweilen für zwei oder drei Wochen besuchte. Die Brigg sollte gegen Mitte Juni (1827) unter Segel gehen, und so kamen wir überein, dass mein Vater ein oder zwei Tage vor Abfahrt des Schiffes einen Brief von Mister Roß erhalten sollte, in dem dieser mich für einige Wochen zur Gesellschaft seiner beiden Söhne einlud. August nahm es auf sich, diesen Brief abzusenden. Während ich also angab, nach New Bedford zu reisen, sollte ich zu meinem Freund gehen, der mir unterdessen an Bord der *Grampus* ein Versteck herrichten würde. Dies Versteck, so versicherte er mir, würde ausreichend ausgestattet sein, mich für einige Tage zu beherbergen, währenddessen ich mich nicht zeigen durfte. Wenn die Brigg dann so weit wäre, dass eine Rückkehr ausgeschlossen sein musste, würde ich mein Versteck verlassen können; und was seinen Vater beträfe, so würde der über den Streich herzlich lachen. Wir würden genügend anderen Schiffen begegnen, durch die ich meinen Eltern einen Brief mit den nötigen Aufklärungen zukommen lassen könnte.

Der Tag kam, und alles war vorbereitet. Der Brief wurde geschrieben und eines Montagmorgens abgeschickt. Ich gab dann vor, mit dem Dampfboot nach New Bedford zu fahren, und verließ das Haus. August erwartete mich schon an einer Straßenecke, wir wollten uns bis zur Dämmerung versteckt halten, damit ich dann unbemerkt aufs Schiff schleichen könne. Da ein dichter Nebel unseren Plan begünstigte, glaubte ich, mir die Zeit sparen zu können, mich zu verstecken. August schlug den Weg zum Hafen ein, und ich folgte ihm in einiger Entfernung, in einen großen Matrosenmantel eingehüllt, den er mir mitgebracht hatte, damit ich nicht so leicht zu erkennen sei. Aber gerade sind wir am Brunnen von Mister Edmund vorüber und wollen dort eben um die Ecke biegen – wer erscheint vor mir und sieht mir voll ins Gesicht? Mein Großvater selbst, der alte Mister Peterson!

»Nun! Nun?«, sagte er nach einer langen Pause. »Gordon! Um Gottes willen! Wie kommst du zu diesem schmutzigen Überzieher?«

»Mein Herr!«, erwiderte ich und schaute ihn, so gut es ging, beleidigt an, sprach auch in einem raueren Ton, als man von mir kannte. »Mein Herr! Sie irren sich, wie mir scheint! Mein Name hat vor allem nichts mit Gordon zu tun, und außerdem wäre es mir lieb, wenn Sie Ihre Augen besser auftäten und meinen neuen Mantel nicht als schmutzigen Überzieher bezeichneten, alter Sonderling!«

Ich weiß nicht, wie ich ein lautes Lachen unterdrücken konnte angesichts der seltsamen Manier, mit welcher der alte Herr diese Zurückweisung hinnahm. Er wich drei Schritte zurück, wurde zuerst ganz blass, dann außerordentlich rot, rückte an seiner Brille und eilte dann mit erhobenem Regenschirm an mir vorüber. Dennoch blieb er gleich wieder stehen, als sei ihm plötzlich ein Gedanke gekommen; und dann ging er weiter, zitternd vor Wut und zwischen den Zähnen murmelnd: »Es ist nicht möglich! – Eine neue Brille! – Ich hätte geschworen, dass es Gordon war! – Verfluchter Taugenichts von Matrose!«

Nachdem ich ihm so glücklich entwischt war, setzten wir unseren Weg vorsichtig fort und erreichten unseren Bestimmungsort. Es waren nur ein oder zwei Männer an Bord, die auf dem Verdeck ihrer Beschäftigung nachgingen. Kapitän Barnard hatte, wie wir wussten, bei Vredenburgh zu tun und würde vor dem Abend nicht zurückkehren; wir hatten also von ihm nicht viel zu befürchten. August ging zuerst aufs Schiff, und ich folgte ihm schnell, ohne von den arbeitenden Männern bemerkt zu werden. Wir traten gleich in die Kajüte, die wir leer vorfanden. Sie war aufs Bequemste eingerichtet, was auf einem Walfänger ziemlich selten vorkommt. Vier ausgezeichnete Offizierskabinen gab es, die verhältnismäßig breite und hohe Fenster hatten. Dann bemerkte ich noch einen großen Ofen und einen sehr schönen dicken Teppich, der den Boden der Kajüte und der Offizierskabinen bedeckte. Die Decke war sieben Fuß hoch, und das Ganze sah geräumiger und angenehmer aus, als ich es erwartet hatte. August ließ mir aber nur wenig Zeit, meine Neugierde zu befriedigen, und bestand darauf, dass ich mich so bald wie möglich versteckte. Er führte mich in seine eigene Kabine, die sich an Steuerbord befand und direkt an der Schiffswand lag.

Als wir eingetreten waren, schloss er die Tür ab. Mir schien, als hätte ich noch nie ein entzückenderes kleines Zimmer gesehen als das, in dem ich nun stand. Es war zehn Fuß lang und hatte nur ein Fenster. In dem Teil der Kabine, der an die Schiffswand grenzte, befand sich ein vier Fuß breiter Raum, in dem ein Tisch und ein Stuhl Platz gefunden hatten, dazu ein Bücherbrett, auf dem eine Menge Bücher, die hauptsächlich von Seefahrten handelten, aufgestellt waren. Außerdem sah ich noch eine Menge kleiner Bequemlichkeiten, unter denen ich nicht eine Art Speiseschrank zu erwähnen vergessen will, in dem August eine Menge ausgewählter Esswaren und Liköre gesammelt hatte.

Er drückte mit dem Finger auf eine bestimmte Stelle des Teppichs und zeigte mir, dass ein Teil des Bodens herausgenommen war und sich auf Druck so weit zur Seite schob, bis man einen Finger durchstecken konnte. Auf diese Weise konnte er die Öffnung erweitern, und ich sah dann, dass sie in das Zwischendeck führte. Er zündete eine Kerze an und steckte sie in eine Blendlaterne, daraufhin stieg er durch die Öffnung und bat mich, ihm zu folgen. Ich tat dies, und er zog daraufhin die Öffnung mittels eines Nagels wieder zu, wobei auch der Teppich sich wieder darüberschob, sodass nichts mehr von dieser Luke zu erkennen war.

Die Kerze warf einen schwachen Lichtstrahl, sodass ich nur mit viel Mühe meinen Weg zwischen all den Gegenständen fand, die herumlagen. Meine Augen gewöhnten sich aber schnell an die Dunkelheit, und ich konnte mich besser vorwärtsbewegen, wobei ich mich an den Rockschößen meines Freundes festhielt. Er führte mich durch unzählige schmale Gänge in einen runden Eisenkasten, ähnlich denen, die man zum Verpacken kostbarer Fayencen benutzt. Er war vier Fuß hoch und mehr als sechs Fuß lang, aber außerordentlich eng. Zwei große leere Ölfässer waren darübergelegt und darauf unzählige Strohmatten bis zur Decke aufgeschichtet. Rund um uns herum war eine

Menge Schiffsproviant gestapelt, und dazwischen standen in wirrem Durcheinander Käfige, Körbe, Fässer und Ballen, sodass es mir wie ein Wunder schien, dass wir durch diesen Wirrwarr bis zu besagter Kiste gelangt waren. August sagte mir dann, dass er absichtlich all dies in das Zwischendeck geladen hätte, damit mein Versteck recht sicher würde, und dass er bei dieser Arbeit nur einen einzigen Mann als Hilfe gehabt hätte, der noch dazu nicht mitfuhr.

Mein Freund zeigte mir dann, dass die eine Wand des Kastens zu verschieben war. Er erklärte mir, wie es zu machen sei, und dabei sah ich in das Innere; eine Matratze, die er von einem der Fenster genommen hatte, füllte den Boden aus und schuf so viel Bequemlichkeit, wie sie in dem beschränkten Raum unterzubringen war. Es blieb mir Platz genug, aufrecht auf meinem Lager zu sitzen oder mich der Länge nach auszustrecken. Daneben befanden sich einige Bücher, Tinte und Federn, Papier, drei Decken, ein großer, mit Wasser gefüllter Krug, ein kleines, mit Schiffszwieback gefülltes Fässchen, drei oder vier enorme Boulogner Würste, ein großer Schinken, eine kalte gebratene Hammelkeule und ein halbes Dutzend Schnäpse und Liköre in dem Versteck. Ich nahm sofort mit dem Gefühl vollkommenster Befriedigung von meiner Wohnung Besitz, und ich bin sicher, dass es nie einen Herrscher gegeben hat, der Größeres beim Betreten seines neuen Palastes empfand. August zeigte mir dann noch, wie man die bewegliche Seite des Kastens befestigen könne; daraufhin hielt er die Kerze nahe dem Rand und machte mich auf eine schwarze Kordel aufmerksam, die dort herunterhing. Diese Kordel, erklärte er mir, führe von meinem Versteck zwischen den Gängen hindurch bis zu der Öffnung in seiner Kabine. An dieser Kordel könnte ich im Fall eines unvorhergesehenen Unglücksfalls leicht zu ihm hinfinden. Dann nahm er Abschied von mir, ließ mir die Laterne und eine ganze Anzahl Kerzen und Streichhölzer da und versprach mir, mich zu besuchen, so oft es ihm, ohne Aufsehen zu erregen, möglich sei. Dies geschah am 17. Juni.

Ich blieb drei Tage und drei Nächte (zumindest schien es mir nach meiner Berechnung so lange zu sein) in meinem Versteck, ohne mich hinauszuwagen; nur zweimal ging ich zwischen zwei Käfigen direkt vor der Öffnung auf und ab, um meine Glieder davor zu bewahren, steif zu werden. Während der ganzen Zeit bekam ich August nicht zu sehen; aber das beunruhigte mich weiter nicht, wusste ich doch, dass die Brigg jeden Augenblick unter Segel gehen konnte und mein Freund daher nicht so leicht Gelegenheit haben würde, mich aufzusuchen. Endlich hörte ich, wie sich die Falltür öffnete und schloss. Mit leiser Stimme fragte er mich, wie es mir gehe und ob ich etwas wünsche.

»Nein, gar nichts«, antwortete ich, »es geht mir so gut wie möglich. Wann werden wir in See stechen?«

»In weniger als einer halben Stunde wird der Anker gelichtet werden«, gab er zurück. »Ich kam, um es dir zu sagen, denn ich fürchtete, du könntest dich wegen meiner Abwesenheit beunruhigen. Ich werde in den ersten drei, vier Tagen nicht wieder hinuntersteigen können. Oben geht alles gut. Wenn ich wieder hinaufgegangen bin und die Tür geschlossen habe, schleich an der Kordel entlang bis zu der Stelle, wo der Nagel steckt. Dort wirst du meine Uhr finden, die du zu deiner Orientierung gut gebrauchen kannst, da du das Tageslicht nicht siehst. Ich wette, dass du nicht sagen könntest, wie lange du schon hier unten bist! Erst drei Tage. Heute ist der Zwanzigste. Ich würde dir die Uhr ja bringen, aber ich fürchte, man sucht nach mir.« Und dann verließ er mich wieder.

Eine Stunde später fühlte ich deutlich, dass die Brigg sich in Bewegung setzte, und ich war glücklich, dass die Reise endlich begann. Ganz von diesem Gedanken erfüllt, beschloss ich, fröhlich zu bleiben und ruhig allen Ereignissen entgegenzusehen, bis ich meinen engen Kasten mit den geräumigen, aber nicht gerade auserlesenen Bequemlichkeiten der Kabine würde vertauschen können. Meine erste Sorge war, die Uhr zu holen. Ich zündete die Laterne nicht an und bewegte mich tastend in der Dunkelheit vorwärts durch alle diese Irrwege, die so kompliziert waren, dass ich mehrere Male auf dieselbe Stelle traf. Schließlich erreichte ich den Nagel, nahm die Uhr an mich und ging zurück. Ich sah mir dann die Bücher an, die August mir als unterhaltsame Lektüre anempfohlen hatte, und wählte die Expedition von Lewis und Clarke zur Mündung des Columbia-Stroms. Ich vertrieb mir die

Zeit damit, bis ich müde wurde, vorsichtig die Kerze auslöschte und bald in einen tiefen Schlaf versank.

Als ich aufwachte, fühlte ich mich seltsam schwindelig, und es dauerte längere Zeit, bevor ich mir über meine Situation klar wurde. Ich machte Licht und sah nach der Uhr. Sie war jedoch stehen geblieben, und ich konnte nicht feststellen, wie lange ich geschlafen haben mochte. Meine Glieder waren ganz steif geworden und schmerzten sehr. Dabei empfand ich einen verzehrenden Hunger. Da erinnerte ich mich an das kalte Hammelfleisch, von dem ich kurz vor dem Einschlafen gegessen hatte. Wie groß war mein Erstaunen, als ich es jetzt vollständig verfault wiederfand! Das beunruhigte mich sehr, denn ich musste mir sagen, dass es, wie auch die sonderbare Geistesverwirrung, die ich beim Erwachen empfunden hatte, darauf schließen ließ, dass ich eine ungewöhnlich lange Zeit geschlafen haben musste. Die stickige Atmosphäre des Kielraumes war vielleicht schuld daran und konnte auf die Dauer höchst gefährlich werden. Ich empfand starkes Kopfweh und bildete mir ein, nur mit viel Mühe Atem holen zu können. Kurz – eine Menge düsterer Empfindungen bestürmten mich. Doch wagte ich nicht, die Tür zu öffnen oder sonst ein Geräusch zu machen. Ich zog meine Uhr auf und gab mich, so gut es ging, zufrieden.

Während der nächsten vierundzwanzig Stunden kam mir niemand zu Hilfe, und ich musste August der gröbsten Unaufmerksamkeit anklagen. Was mich am meisten beunruhigte, war der Umstand, dass mein Krug nur noch ein halbes Pint Wasser enthielt. Dabei wurde ich von einem brennenden Durst gequält, da ich, weil das Hammelfleisch verdorben war, reichlich von den scharfen Boulogner Würsten gegessen hatte. Ich geriet in eine solche Unruhe, dass mich auch meine Bücher nicht mehr ablenken konnten. Eine überwältigende Schlafsucht ergriff mich, und doch fürchtete ich mich, ihr nachzugeben, besorgt, die stickige Luft des Lochs könne, wie etwa ein unterdrücktes Kohlenfeuer, von giftiger Wirkung auf den schlafenden Organismus sein. Mittlerweile erkannte ich an den Bewegungen des Schiffes, dass wir uns schon auf dem Ozean befanden, und ein Sausen, das dumpf wie aus unendlicher Entfernung an mein Ohr schlug, überzeugte mich davon, dass ein ungewöhnlich heftiger Sturm wehte. Augusts Fernbleiben vermochte ich mir durch nichts zu erklären. Wir waren doch gewiss schon weit genug vom Land entfernt, und er konnte mich jetzt holen! Vielleicht war ihm irgendetwas zugestoßen? Vielleicht war er gestorben, über Bord gefallen? Ich ertrug es nicht, eine solche Möglichkeit auch nur eine Sekunde lang in Erwägung zu ziehen. War nicht eher davon auszugehen, dass wir mit Gegenwind zu kämpfen hatten und uns noch in der Nähe von Nantucket befanden? Diese Annahme musste ich jedoch gleich wieder fallen lassen. Wäre sie zutreffend gewesen, so hätte ja die Brigg oft die Richtung wechseln müssen. Und dann, wenn wir uns wirklich noch in der Nähe der Küste befanden, weshalb kam August nicht und teilte es mir mit? So grübelte ich über meine trostlose Einsamkeit nach und beschloss, noch vierundzwanzig Stunden in meinem Versteck zuzubringen. Würde man mir dann noch nicht zu Hilfe kommen, so wollte ich mich zur Falltür vortasten und versuchen, meinen Freund auf irgendeine Weise zu sprechen. Auch konnte ich bei der Gelegenheit etwas frische Luft schöpfen. Während ich so sann und sann, fiel ich trotz aller Anstrengungen, mich wach zu halten, wieder in tiefen Schlaf oder vielmehr in einen Zustand der Betäubung. Ich hatte die entsetzlichsten Träume und empfand jedes Grauen, jeden Schrecken. Einmal versuchten grässliche wilde Teufelsfratzen mich unter ungeheuren Kissen zu ersticken. Gewaltige Schlangen rissen mich in ihre Umschlingungen und sahen mir mit fürchterlichen glühenden Augen ins Gesicht. Dann breiteten sich plötzlich grenzenlose Wüsten vor mir aus. Riesenhafte graue, blattlose Baumstämme wuchsen auf einmal, so weit das Auge reichte, aus dem Boden, ihre Wurzeln verloren sich in einem uferlosen Sumpf, dessen Wasser sich in grauenvoller Düsterheit unbeweglich bis in die Ferne ausbreitete. Die seltsamen Bäume verwandelten sich in menschliche Wesen, rangen ihre Skelettarme und riefen die schweigenden Wasser mit schrillen, durchdringenden Klagelauten der bittersten Qual und Verzweiflung um Erbarmen an. Dann änderte sich die Szene. Ich stand nackt und allein im brennenden Sand der Sahara, zu meinen Füßen schlafend ein Löwe. Plötzlich öffnete er seine Augen und blickte mich wild an. Dann, mit einem Ruck, sprang er auf und fletschte seine fürchterlichen Zähne. Aus dem roten

Schlund erscholl ein Gebrüll, schrecklich wie Donner ... Ich warf mich auf die Erde. Vor Schreck wäre ich fast erstickt. Dann fühlte ich, dass ich allmählich wach wurde. Und – mein Traum war nur zur Hälfte ein Traum. Wahrhaftig, die Pfoten eines riesigen Untiers drückten schwer auf meine Brust, ich spürte seinen heißen Atem in meinem Ohr und seine weißen, unheimlichen Zähne glühten durch das Dunkel zu mir her.

Und hätte mein Leben auch an einer einzige Bewegung, an einem einzigen Ruf gehangen – ich hätte mich nicht rühren noch ein Wort hervorbringen können. Die Bestie blieb jedoch ruhig, ohne den kleinsten Angriff zu machen, und ich lag vollkommen hilflos und halb tot unter ihr. Ich fühlte, wie meine körperlichen und seelischen Kräfte mich rasch verließen – dass ich nahe daran war, an bloßer Angst zu sterben. Mein Gehirn schien sich aufzulösen – Schwindel ergriff mich, die Sehkraft verließ mich, selbst die glühenden Augen über mir schienen plötzlich trübe zu werden. Ohne es zu wollen, stöhnte ich noch einmal auf. – Dieser leise Laut meiner Stimme schien die schlummernde Wut des Tiers aufzustacheln. Es stürzte sich der Länge nach über meinen Körper, doch wie groß war mein Erstaunen, als es mit einem lang gezogenen Klageton mein Gesicht und meine Hände aus lauter Zuneigung und Freude abzulecken begann. Ich war verwirrt, verblüfft, erkannte ich doch das besondere Winseln und die Zärtlichkeitsbeweise meines Neufundländers nur zu gut. *Er* war es – mein Hund Tiger. Welch überwältigendes Gefühl der Befreiung und Belebung! Rasch sprang ich auf von der Matratze, auf der ich gelegen hatte, warf mich meinem treuen Freund und Kameraden um den Hals und erleichterte den Dank, der auf meiner Brust lastete, durch eine Flut heißer Tränen.

Wie früher schon einmal, so waren auch jetzt, nachdem ich die Matratze wieder verlassen hatte, meine Wahrnehmungen höchst verwirrt und undeutlich. Lange Zeit war es mir ganz unmöglich, meine Gedanken zu ordnen, doch kehrten meine geistigen Fähigkeiten nach und nach zurück, und ich konnte mich wieder auf meine Lage besinnen. Die Gegenwart von Tiger versuchte ich mir jedoch vergeblich zu erklären, und nachdem ich mich mit tausend verschiedenen Vermutungen abgequält hatte, musste ich mich mit der Freude darüber zufrieden geben, dass er da war, um meine traurige Einsamkeit zu teilen und mich durch seine Liebkosungen zu trösten. Die meisten Leute lieben ihre Hunde, doch ich empfand zu meinem Tiger eine Zuneigung, die weit über das gewöhnliche Maß hinausging, und niemals verdiente ein Tier sie mehr. Sieben Jahre lang war er schon mein unzertrennlicher Gefährte und gab mir zahllose Beweise der edlen Eigenschaften, deretwegen wir ein Tier schätzen. Ich hatte ihn, als er noch ganz klein war, aus den Händen eines nichtsnutzigen Straßenjungen in Nantucket gerettet, der ihm einen Stein um den Hals gebunden hatte und ihn gerade ertränken wollte. Diesen kleinen Dienst vergalt er mir drei Jahre später damit, dass er mich vor dem Knüppel eines Straßenräubers rettete.

Ich hielt meine Uhr ans Ohr und fand heraus, dass sie wieder stehen geblieben war. Doch überraschte mich dies nicht weiter, denn ich war, meinem Zustand nach, überzeugt, dass ich wieder eine sehr lange Zeit geschlafen haben musste. Wie lange – das zu bestimmen war mir natürlich unmöglich. Ich brannte im Fieber, und mein Durst war unerträglich geworden. Ich tastete mich zu meinem Wasserrest, denn ich hatte kein Licht, da die Kerze in der Laterne ausgebrannt und die Streichholzdose nicht gleich zu finden war. Als ich den Krug erreicht hatte, entdeckte ich, dass er leer war – Tiger hatte das Wasser ohne Zweifel ausgeschleckt und auch das Hammelfleisch gefressen, denn der Knochen lag, restlos abgenagt, am Eingang meines Verstecks. Das verdorbene Fleisch konnte ich entbehren, doch sank mein Herz, als ich kein Wasser mehr vorfand. Ich war so schwach, dass ich bei jeder Bewegung und Anstrengung von einem Zittern befallen wurde. Und um meine Qualen zu steigern, schwankte die Brigg heftig hin und her, und die Ölfässer, die auf meiner Kiste lagen, konnten jeden Augenblick heruntergeschleudert werden und dadurch meinen Aus- und Eingang versperren. Auch fühlte ich starke Anzeichen einer Seekrankheit. Ich beschloss nun, mich an die Falltür zu wagen und Hilfe herbeizurufen, bevor ich überhaupt nicht mehr fähig dazu sein würde. Ich suchte also nach neuen Kerzen und der Streichholzdose. Letztere fand sich nach einiger Mühe, die Kerzen konnte ich jedoch, obwohl ich genau wusste, wo ich sie hingelegt hatte, nicht entdecken. Ich gab auf, sie zu suchen, befahl Tiger, stillzuliegen, und machte mich auf den Weg zu der Falltür.

Nun kam mir meine große Schwäche immer mehr zum Bewusstsein. Ich konnte mich nur mit größter Mühe vorwärtstasten, und oft versagten mir meine Glieder den Dienst. Ich fiel ein paar Mal aufs Gesicht und blieb halb bewusstlos liegen. Doch kämpfte ich mich langsam weiter, obwohl ich jeden Augenblick fürchtete, ohnmächtig zu werden und in den gewundenen Gässchen des Kiels liegen zu bleiben, wo ich keine Rettung mehr finden konnte. Endlich, als ich mich mit allerletzter Kraft vorwärtsschleppte, stieß ich mit der Stirn heftig gegen die scharfe, eisenbeschlagene Ecke einer Kiste. Ich war ein paar Minuten lang wie bewusstlos vor Schmerz, und als ich wieder zu mir kam, bemerkte ich mit unaussprechlichem Kummer, dass die schnellen, heftigen Schwankungen des Schiffes die Kiste so unglücklich heruntergeschleudert hatten, dass sie mir den Weg vollständig versperrte. Vergebens nahm ich all meine Kräfte zusammen, ich konnte sie nicht einen Zollbreit bewegen, da sie zwischen anderen Kisten und Schiffsgerätschaften förmlich eingekeilt war. Ich musste mich deshalb, so schwach wie ich war, entweder dazu entschließen, die den Weg weisende Kordel loszulassen oder über die Kiste zu klettern und meinen Weg auf der anderen Seite fortzusetzen. Im erstgenannten Fall warteten so viele Schwierigkeiten und Gefahren auf mich, dass ich nur mit Schaudern an sie denken konnte. Bei meiner körperlichen und geistigen Schwäche würde ich nur allzu leicht den Weg verfehlen und dann in den dunklen Irrgängen des Kiels elend umkommen. Ich nahm deshalb noch einmal, ohne zu zögern, all meine Kräfte zusammen und beschloss, so gut es eben ging, über die Kiste zu klettern.

Doch als ich zur Ausführung meines Plans schreiten wollte, fand ich, dass auch er mit mehr Schwierigkeiten verknüpft war, als ich befürchtet hatte. An jeder Seite des engen Gangs erhob sich ein ganzer Wall verschiedenartigsten schweren Gerümpels, der mir bei dem geringsten Stoß auf den Kopf fallen konnte; oder, wenn ich diesem Unheil auch entging, musste ich befürchten, bei der Rückkehr meinen Weg durch inzwischen heruntergefallene Gegenstände vollständig versperrt zu finden. Dabei war die Kiste sehr hoch und so glatt, dass ich mich weder mit der Hand noch mit dem Fuß daran abstützen konnte. Ich machte eine letzte verzweifelte Anstrengung, sie von ihrem Platz zu bewegen. Sie gab nicht nach, doch fühlte ich, dass ich mit meinem Ellbogen einen Gegenstand auf der Seite des Gangs ein Stück weggeschoben haben musste. Ich tastete danach und entdeckte ein großes Brett, das offenbar kaum fest saß. Es musste das Seitenbrett, der Deckel oder Fußboden einer großen Kiste sein. Mit Hilfe meines Taschenmessers, das ich glücklicherweise bei mir trug, entfernte ich die lose Planke vollständig und zwängte mich durch die entstandene Öffnung in die Kiste. Mit außerordentlicher Freude bemerkte ich, dass die gegenüberliegende Seite nicht mit Brettern verschlossen war, ich war also offenbar durch den Boden in die deckellose Kiste geklettert. Ich tastete mich nunmehr an meiner Leine, die ich rasch wiedergefunden hatte, bis zu dem Nagel vor. Mit klopfendem Herzen reckte ich mich an der Falltür in die Höhe und drückte sanft dagegen. Sie ging jedoch nicht so leicht in die Höhe, und obwohl ich fürchten musste, dass sich jemand anders als August in der Kajüte befand, stieß ich stärker dagegen. Die Tür blieb jedoch fest geschlossen, und ich verlor allen Mut, denn ich erinnerte mich, dass ich sie früher mit wenig oder gar keiner Anstrengung geöffnet hatte. Ich drückte fest und anhaltend – sie blieb geschlossen; ich wandte meine ganze Kraft an – die Tür bewegte sich nicht. Ich stieß mit Zorn, mit Wut, mit Verzweiflung dagegen – es war vergebens. Und da sie sich auch nicht einen Millimeter bewegte, musste ich schließen, dass man das Loch entdeckt und entweder zugenagelt oder ein sehr schweres Gewicht daraufgestellt hatte, sodass es vollkommen nutzlos war, weitere Anstrengungen zu unternehmen.

Ein Entsetzen, das sich in eisige Übelkeit verwandelte, erfüllte mich. Vergeblich versuchte ich mir zu erklären, wie es möglich gewesen sein konnte, mich hier lebendig zu begraben. Ich konnte nicht mehr zusammenhängend denken, sank zu Boden und überließ mich wieder den schreckhaftesten Fantasien, die mir den baldigen Tod durch Verdursten, Ersticken, Vergiftung durch die schlechte Luft vorspiegelten. Schließlich erlangte ich ein wenig Geistesgegenwart und Selbstbewusstsein zurück. Ich erhob mich wieder und suchte mit meinen Fingern nach den

Zwischenräumen und Ritzen der Falltür. Als ich sie entdeckt hatte, untersuchte ich sie genau, um herauszufinden, ob aus der Kajüte vielleicht ein wenig Licht hindurchdrang, doch war nicht die allergeringste Helligkeit zu entdecken. Darauf stieß ich die Klinge meines Messers hindurch, bis ich auf harten Widerstand traf. Ich kratzte darüber und entdeckte, dass es eine harte, eiserne Masse sein musste; ich schloss, dass es ein Kabel war. Mir blieb nichts anderes übrig, als meinen Weg zurück zu meinem Versteck zu suchen und mich dort in mein trauriges Schicksal zu ergeben oder zu versuchen, meinen Geist so weit zu beruhigen, dass er irgendeinen Rettungsplan fassen konnte. Es gelang mir nach zahllosen Schwierigkeiten denn auch, meine Hölle wieder zu erreichen. Als ich mich, aufs Äußerste erschöpft, auf meine Matratze warf, streckte sich Tiger an meiner Seite aus und schien mich durch seine Liebkosungen auffordern zu wollen, meine Leiden mit Stärke zu ertragen.

Sein merkwürdiges Benehmen erregte meine Aufmerksamkeit. Nachdem er ein paar Minuten lang ununterbrochen über meine Hände geleckt hatte, hörte er ganz plötzlich damit auf und stieß ein leises Heulen aus. Dies wiederholte sich mehrere Male. Wenn ich dann meine Hand nach ihm ausstreckte, fand ich ihn regelmäßig auf dem Rücken liegend, die Pfoten in die Höhe gestreckt. Dies kam mir sonderbar vor, und ich konnte mir seinen Grund nicht erklären. Da der Hund sehr traurig zu sein schien, schloss ich, dass er irgendeine Verletzung erlitten haben müsse. Ich untersuchte seine Pfoten, eine nach der anderen, konnte aber keine Wunde entdecken. Nun fiel mir ein, er könnte hungrig sein, und ich gab ihm ein großes Stuck Schinken, das er sofort gierig verzehrte – doch nahm er gleich darauf sein sonderbares Gebaren wieder auf. Ich glaubte schon, dass er ebenso wie ich von Durst gequält würde, als mir plötzlich einfiel, dass ich nur seine Pfoten untersucht hatte, während er doch an irgendeinem Teile seines Rumpfes oder Kopfes verwundet worden sein konnte. Ich untersuchte ihn nochmals, fand jedoch wieder nichts. Aber als ich meine Hand seinen Rücken hinuntergleiten ließ, bemerkte ich, dass sich die Haare an einer Stelle gesträubt hatten, und zwar in gerader Linie um das ganze Tier herum. Ich fühlte mit meinem Finger genauer nach und entdeckte einen Bindfaden. Als ich ihm folgte, fand ich, dass er ganz um das Tier herumgeschlungen war. Bei genauerem Nachspüren bekam ich einen Fetzen Papier zu fassen, anscheinend Briefpapier, der mittels des Bindfadens so befestigt war, dass er sich direkt unter der linken Schulter des Tieres befand.

DRITTES KAPITEL

Sofort kam mir der Gedanke, dass das Papier eine Nachricht von August enthalten müsse, dass diesem irgendetwas zugestoßen sei, dass er zu diesem Mittel gegriffen habe, um mich über den wahren Stand der Dinge zu unterrichten. Zitternd vor Erwartung begann ich nochmals, meine Phosphorstreichhölzer und Kerzen zu suchen. Ich erinnerte mich undeutlich, sie, kurz bevor ich in Schlaf fiel, sorgfältig verborgen zu haben, ja, kurz vor meinem letzten Ausflug zu der Falltür wusste ich noch genau, wo ich sie hingelegt hatte. Doch jetzt bemühte ich mich vergebens, mich zu entsinnen, und brachte wohl eine ganze Stunde mit angstvollem Suchen zu. Endlich, als ich nahe der Öffnung meiner Kiste herumtastete, entdeckte ich außerhalb, in der Richtung auf das Zwischendeck zu, einen schwachen Lichtschimmer.

Höchst überrascht bemühte ich mich, dorthin zu gelangen, da er sich nur ein paar Schritte von mir entfernt zu befinden schien. Kaum hatte ich jedoch eine Bewegung gemacht, so verlor ich den Schein vollständig aus den Augen und musste mich in die Kiste zu meiner ursprünglichen Stellung zurücktasten. Nun bewegte ich meinen Kopf vorsichtig hin und her und fand heraus, dass ich, wenn ich mich langsam und sehr vorsichtig in entgegengesetzter Richtung bewegte, das Licht stets im Auge behalten und mich ihm nähern konnte. Schließlich erreichte ich es nach unzähligen engen Windungen und entdeckte, dass es von ein paar Überbleibseln meiner Phosphorstreichhölzer ausging, die in einem leeren, auf die Seite gefallenen Fässchen lagen. Während ich mich noch wunderte, wie sie dahingekommen sein mochten, fiel meine Hand auf zwei oder drei kleine Bröckchen Kerzenwachs. Ich musste nun wohl annehmen, dass der Hund meinen Vorrat an Kerzen aufgefressen hatte, und die Hoffnung aufgeben, die Nachricht meines Freundes jemals lesen zu können. Die kleinen Überbleibsel des Wachses waren so sehr mit anderem Unrat in dem Fässchen vermischt, dass ich mich ihrer nicht mehr bedienen konnte. So ließ ich sie, wo sie waren. Die winzigen Phosphorstückchen, die herumlagen, raffte ich, so gut es ging, zusammen und kehrte damit unter vielen Mühsalen in die Kiste zurück, wo Tiger gewartet hatte.

Ich wusste nicht, was tun! Der Raum war so finster, dass ich meine Hand, auch wenn ich sie dicht vor die Augen hielt, nicht sah. Der weiße Streifen Papier war kaum zu unterscheiden, und nur dann, wenn ich nicht direkt hinsah. Nur wenn ich einen flüchtigen Blick von der Seite darauf warf, wurde er einigermaßen sichtbar. Eine solche Dunkelheit herrschte also in meinem Gefängnis, und der Brief meines Freundes, wenn es denn einer war, schien nur dazu angetan, mich noch mehr zu quälen, indem er meinen schon geschwächten Geist von neuem beunruhigte. Vergebens dachte ich mir tausend absurde Mittel aus, Licht zu schaffen – Mittel, die wohl nur noch dem Opiumesser in seinem unruhigen Schlaf hätten einfallen können, von denen jedes einzelne ihm mal als das vernünftigste, mal als das verkehrteste erscheint, je nachdem, ob der Verstand oder die Fantasie gerade die Oberhand in seinen Träumen hat. Plötzlich kam mir jedoch eine Idee, die ich für so vernünftig halten musste, dass ich mich nur wunderte, nicht schon längst darauf verfallen zu sein. Ich legte den Streifen Papier auf den Rücken eines Buches, nahm die Stückchen Phosphor, die ich im Fässchen gesammelt hatte, und verteilte sie auf dem Papier. Dann rieb ich mit der Handfläche mehrmals schnell darüber hinweg. Bald bedeckte ein heller Schimmer die ganze Fläche des Papiers, sodass ich, falls darauf Worte gestanden hätten, sie mit Leichtigkeit hätte lesen können. Ich sah jedoch nicht eine Silbe – nichts als trauriges leeres Weiß. Die Helligkeit verlor sich in wenigen Sekunden, und damit verlor sich auch die Hoffnung in mir.

Ich habe schon erwähnt, dass kurze Zeit vorher mein Verstand bis fast zur Blödheit schwach geworden war. Dann gab es allerdings immer wieder kurze Momente, in denen er wieder vollständig gesund, ja sogar stark und energisch arbeitete; doch waren sie sehr selten. Man muss sich erinnern, dass ich seit gewiss sieben Tagen die verpestete Atmosphäre in einem kleinen Loch im Kielraum eines Walfängers einatmete und während der ganzen Zeit nur sehr knappe Rationen Wasser zu mir genommen hatte. Seit vierzehn oder fünfzehn Stunden litt ich brennenden Durst – und hatte nicht mehr geschlafen. Eingesalzene Konserven waren meine hauptsächliche, ja, seit dem Verlust des Hammelfleischs meine einzige Nahrung gewesen. Zwar hatte ich noch den Schiffszwieback, doch er war vollkommen nutzlos für mich, da ich ihn meiner geschwollenen, ausgetrockneten Kehle nicht schlucken konnte. Mittlerweile hatte ich hohes Fieber und fühlte mich äußerst schlecht. Dies alles wird den Umstand erklären, dass viele elende Stunden voller Verzweiflung verrannen, bevor ich mich erinnerte, dass ich nur eine Seite des Papiers nachgeprüft hatte. Es wäre vergebens, meinen Zorn (ich glaube, ich war wütender als alles andere) zu beschreiben, als mir einfiel, welcher unglaublichen Vergesslichkeit ich mich schuldig gemacht hatte. Und es wäre auch ganz unnütz gewesen, da mir meine eigene Torheit und Unüberlegtheit einen bösen Streich gespielt hatte: In meiner Enttäuschung, das Blatt unbeschrieben zu finden, hatte ich es in kindischer Wut in Stücke gerissen und die Schnipsel wer weiß wohin zerstreut.

Doch ich wurde erlöst durch Tigers Klugheit. Als ich nach langem Suchen ein Stückchen von dem Briefpapier wiedergefunden hatte, rieb ich es dem Hund einfach an der Nase entlang und machte ihm klar, dass er die anderen Schnipsel suchen müsse. Obwohl ich ihn früher keines der Kunststücke gelehrt hatte, deretwegen die Hunde seiner Rasse berühmt sind, schien er mich doch vollständig zu verstehen, strich ein paar Augenblicke lang herum und fand bald ein anderes Stück. Er brachte es mir, hielt still und rieb seine Nase an meiner Hand, als warte er auf eine Erkenntlichkeit für seine Dienste. Ich tätschelte ihm den Kopf, und er trottete wieder davon. Es dauerte jetzt einige Minuten, bevor er zurückkam, doch brachte er dann ein sehr großes Stück. Ich schien nun alles beisammen zu haben – da ich das Ganze anscheinend nur in drei Teile zerrissen hatte. Glücklicherweise machte es mir keine Mühe, die Phosphorstückchen zu finden, da noch ein undeutliches Glühen von ihnen ausging. Die Erfahrung hatte mich gelehrt, vorsichtig zu Werke zu gehen, und ich nahm mir Zeit, um nachzudenken, was ich als Erstes zu tun hatte. Höchstwahrscheinlich, sagte ich mir, standen auf der Seite, die ich nicht gesehen hatte, Worte geschrieben – doch welche Seite war das? Wenn ich die Papierstücke zusammensetzte, gab mir das noch keine Auskunft, obwohl ich wusste, dass die Worte, wenn überhaupt welche da waren, alle auf einer Seite standen. Doch musste ich versuchen, die Frage vorher zu beantworten, da der Phosphor nur noch für einen Versuch ausreichte; wenn dieser nicht gelang, war es mir unmöglich geworden, die Nachricht zu lesen. Ich legte das Papier wie vorhin auf ein Buch und dachte einige Minuten lang nach. Es war möglich, dass die beschriebene Seite irgendwelche Unebenheiten auf ihrer Oberfläche aufwies, die ein gut ausgebildeter Tastsinn vielleicht entdecken konnte. Ich beschloss, das Experiment zu machen, und strich mit meinem Finger sorgfältig über die oben liegende Seite, doch konnte ich nicht das Geringste bemerken und drehte deshalb das Blatt auf dem Buch um. Nun strich ich mit meinem Zeigefinger wieder vorsichtig auf und ab und entdeckte, dass dieses Streichen ein außerordentlich schwaches, doch deutlich wahrnehmbares Licht hervorrief. Dies konnte nur von ganz kleinen Phosphorresten herrühren, die von meinem ersten Versuch auf dem Papier zurückgeblieben waren. Die andere, untere Seite des Papiers also war es, die ich noch nicht gesehen und auf der die Nachricht, vorausgesetzt, dass sie überhaupt da war, enthalten sein musste. Ich drehte das Blatt daher wieder um und ging wie beim ersten Mal zu Werke. Als ich die Phosphorstückchen auf dem Papier zerrieben hatte, schimmerte dieses auf – und ich erblickte große, mit roter Tinte geschriebene Schriftzüge. Der Schimmer war hell genug, doch verlosch er sehr bald wieder. Immerhin hätte er genügt, mich die drei Sätze – ich hatte gleich gesehen, dass es drei waren – lesen zu lassen, wenn ich mich nicht in so maßloser Aufregung befunden hätte. In meiner Angst, nur ja alles zu lesen, erkannte ich jedoch nur die neun Schlussworte, die folgendermaßen lauteten: *– Blut – bleib ruhig liegen, dein Leben hängt davon ab –*.

Hätte ich den ganzen Inhalt des Briefes lesen, die ganze Warnung meines Freundes verstehen können, sie hätte mich, und würde sie mir auch das unaussprechlichste Unheil erzählen, doch nicht mit jenem grenzenlosen Entsetzen erfüllt, das sich beim Lesen des Bruchstücks meiner Seele bemächtigte. Denn das Wort *Blut*, dieses fürchterlichste aller Worte, das stets mit düsteren Geheimnissen, Leiden und Schrecken verbunden ist – wie dreifach unheilvoll fiel sein Klang, losgelöst von den vorhergehenden Worten, die mir seine Bedeutung an dieser Stelle erklärt hätten, in die tiefe Angst meiner Seele!

August hatte ohne Zweifel ernste Gründe, mich verborgen zu halten, und ich stellte tausend Vermutungen an, welcher Art sie wohl sein mochten. Doch kam ich zu keiner befriedigenden Lösung des Geheimnisses.

Kurz nach meinem erfolglosen Ausflug zur Falltür, bevor Tigers sonderbares Benehmen meine Aufmerksamkeit auf sich gezogen hatte, war ich zu dem Entschluss gekommen, mich den Leuten an Bord bemerkbar zu machen oder, falls dieses nicht gelingen sollte, mir einen Ausgang durch das Mitteldeck zu verschaffen. Die Aussicht, dass mir einer der beiden Pläne gewiss gelingen würde, hatte mir Mut gemacht, die Schrecken meiner Lage zu ertragen. Die wenigen Worte jedoch, die ich gelesen hatte, schnitten mir diese letzten Auswege ab, und ich fühlte nun zum ersten Mal alle Bitternisse meines Schicksals.

Verzweifelt warf ich mich wieder auf die Matratze, wo ich, vielleicht einen Tag und eine Nacht lang, in einem Zustand der Betäubung lag, den nur sehr selten kurze Momente, in denen ich klar denken konnte, unterbrachen.

Schließlich erhob ich mich wieder und dachte über die Schrecken nach, die mich umgaben. Es war kaum möglich, dass ich noch weitere vierundzwanzig Stunden ohne Wasser leben konnte – nein, länger ging es ganz gewiss nicht. Während der ersten Zeit meiner Gefangenschaft hatte ich von den Likören, die mir August mitgegeben hatte, reichlich Gebrauch gemacht, doch dienten sie jetzt bloß dazu, mein Fieber zu erhöhen, ohne meinen Durst im Geringsten zu löschen. Ich hatte übrigens auch nur noch ein viertel Pint Schnaps übrig, einen starken Pfirsichlikör, der mir schon Übelkeit verursachte. Die Würste waren vollständig verzehrt, vom Schinken war nur noch die äußere Schale übrig, und den Schiffszwieback hatte Tiger bis auf ein paar klägliche Reste gefressen. Ich bemerkte mit Entsetzen, dass mein Kopfweh mit jedem Augenblick zunahm, ebenso jenes eigentümliche Delirium, das mich, seit ich zum ersten Mal in Schlaf gesunken war, befallen hatte. Vor einigen Stunden hatte ich noch, wenn auch nur mit Mühe, atmen können, jetzt wurde jeder Versuch, Luft zu schöpfen, von den schmerzhaftesten Krämpfen in der Brust begleitet.

Und zu all dem kam noch ein neues Entsetzen ... Das war es auch, was mich aus meiner Betäubung auf der Matratze hochriss: Das Benehmen des Hundes flößte mir die größten Ängste ein.

Ich bemerkte sein verändertes Betragen zum ersten Mal, als ich bei meinem letzten Versuch, das Papier zu lesen, den Phosphor zerrieb. Er stieß seine Nase gegen meine Hand und knurrte dabei, was mir jedoch in meiner Aufregung nicht weiter auffiel. Bald darauf sank ich, wie man sich entsinnen wird, wie betäubt auf meine Matratze. Dann wurde ich mir plötzlich eines eigentümlich zischenden Tons bewusst, der nah an meinem Ohr erklang, und ich entdeckte, dass er von Tiger ausging, der in größter Erregung schnaufte und keuchte und seine glühenden Pupillen durch den dunklen Raum flackern ließ. Ich rief ihn an, er antwortete mit leisem Knurren und blieb liegen. Dann verfiel ich wieder in eine Lethargie, aus der ich in derselben Weise wie zuvor aufgerüttelt wurde. Dies wiederholte sich noch drei oder vier Mal, bis ich in solche Angst geriet, dass sie mich ganz wach machte. Tiger lag jetzt nah an der Tür des Kastens und knurrte beängstigend, wenn auch halb unterdrückt. Dabei zeigte er die Zähne, als durchschüttelte ihn ein Krampf. Ich zweifelte nicht länger, dass ihn der Wassermangel und die schlechte Luft des Kastens toll gemacht hatte. Was sollte ich mit ihm machen? Den Gedanken, ihn zu töten, konnte ich nicht ertragen, und doch schien es im Interesse meiner Sicherheit nötig zu sein. Ich sah deutlich, wie seine glühenden Augen mit dem Ausdruck der tödlichsten Feindschaft auf mir hafteten, und erwartete jeden Augenblick, dass er mich angriff. Schließlich konnte ich meine gefahrvolle Lage nicht länger ertragen und beschloss, auf jeden Fall aus der Kiste hinauszugehen, und wenn er mir Widerstand entgegensetzte, würde ich mich seiner entledigen. Wollte ich jedoch hinaus, so musste ich über ihn hinweg steigen. Er schien meine Absicht schon zu ahnen, denn, wie ich aus der veränderten Lage seiner Augen schloss, erhob er sich auf die Vorderfüße und fletschte sein weißes Gebiss, das durch die Dunkelheit leuchtete. Ich nahm die Überbleibsel des Schinkens sowie die Likörflasche an mich, ergriff das Vorschneidemesser, das mir August hinterlassen hatte, wickelte mich, so gut es ging, in meinen Mantel und ging auf den Ausgang der Kiste zu. Kaum hatte ich einen Schritt gemacht, sprang mir das wütende Tier an die Kehle. Das ganze Gewicht seines Körpers drückte gegen meine rechte Schulter, ich fiel heftig auf die linke, der Hund selbst sprang über mich hinweg. Ich war auf meine Knie gefallen, mein Kopf lag unter der Bettdecke begraben. Dieser Umstand rettete mich bei seinem zweiten Angriff, denn ich fühlte, wie sich die scharfen Zähne des Tiers in die wollenen Umhüllungen, die meinen Hals schützten, vergruben, glücklicherweise jedoch, ohne sie durchbeißen oder abreißen zu können. Mein Körper lag ganz unter dem Hund und musste innerhalb weniger Minuten in dessen Gewalt sein. Doch die Verzweiflung gab mir Kraft: Mit einem gewaltsamen Ruck schüttelte ich ihn ab, ergriff die Decken, die auf der Matratze lagen, warf sie alle über ihn und gelangte, bevor er sich ihnen ganz herauswinden konnte, zur Tür der Kiste hinaus und verschloss sie fest hinter mir. Im Kampf musste ich jedoch den Schinkenrest fallen gelassen haben, sodass mein ganzer Vorrat an Lebensmitteln nun in einem viertel Pint Pfirsichschnaps bestand.

Als ich mir dessen bewusst wurde, ergriff mich einer jener Anfälle von Bösartigkeit, die man von einem verwöhnten Kinde erwartet hätte – ich führte die Flasche an meine Lippen, leerte sie bis auf den letzten Tropfen und warf sie dann wütend auf die Erde.

Kaum war das Echo des Geklirrs verklungen, hörte ich, dass eine leise Stimme aus Richtung des Zwischendecks eifrig meinen Namen rief. Der Ton kam so unerwartet und versetzte mich in so ungeheure Erregung, dass ich vergeblich zu antworten versuchte. Die Kraft der Stimme versagte, und in der Todesangst, mein Freund mochte mich für tot halten und ohne weitere Nachforschungen wieder nach oben zurückkehren, stand ich zwischen dem Gerümpel bei der Tür der Kiste und keuchte und kämpfte um ein Wort. Und hätte auch das Leben von tausend Welten von diesem einen Ton abgehangen, ich konnte ihn nicht hervorbringen. Ich vernahm noch eine leichte Bewegung im Gerümpel, dann wurde das Geräusch undeutlicher – und noch undeutlicher – und erstarb ganz. Die Gefühle, die mich in diesem Augenblick erfüllten, werde ich nie vergessen können. Er ging – mein Freund, mein Kamerad –, von dem ich Rettung erwarten durfte; er verließ mich; schon war er fort! Er überließ mich dem qualvollsten Tod in einem öden, widerwärtigen Gefängnis – und ein Wort, eine Silbe konnte mich retten, und dieses Wort, dieser eine Ton versagte mir! Ich fühlte tausend Tode. Mein Gehirn wirbelte umher, ich fiel halb ohnmächtig am Ausgang der Kiste zu Boden.

Als ich hinsank, fiel auch das Vorlegemesser, das ich in meinen Gürtel gesteckt hatte, klappernd zu Boden. Die süßeste Melodie, die ich je gehört hatte, tat meinem Ohr nicht so wohl dieser harte Laut. In größter Angst lauschte ich, ob der Ton noch von August gehört worden sei, denn ich wusste, nur er konnte mich gerufen haben. Ein paar Sekunden lang blieb alles still. Aber richtig, dann hörte ich, wie er meinen Namen »Gordon« leise und zögernd wiederholte. Die Hoffnung löste den Bann von meiner Zunge, und so laut ich nur konnte, rief ich: »August! August!« – »Still! Um Gottes willen, still!«, erwiderte er mit vor Erregung zitternder Stimme. »Ich bin sofort bei dir, sobald ich nur meinen Weg durch das Gerümpel finde!« Lange Zeit hörte ich, wie er sich bewegte, und jeder Augenblick kam mir so lang vor wie ein Menschenalter. Endlich fühlte ich seine Hand auf meiner Schulter, und im selben Augenblick führte er auch schon eine Flasche Wasser an meine Lippen. Nur die, die einmal dem Grab wieder entrissen wurden und die die unerträglichen Qualen des Durstes unter ähnlich grauenvollen Umständen wie ich kennengelernt haben, können sich eine Vorstellung von dem unaussprechlichen Entzücken machen, mit dem ich den ersten großen Schluck von dem köstlichen Nass genoss.

Als ich meinen Durst einigermaßen gestillt hatte, zog August drei oder vier kalte gekochte Kartoffeln aus der Tasche, die ich mit Heißhunger verschlang. Er hatte eine brennende Blendlaterne mitgebracht, und die freundlichen Strahlen gewährten mir kaum weniger Kräftigung als die Nahrung und das Wasser. Mich verlangte danach, den Grund von allem zu erfahren – und so erzählte er mir, was sich seit meiner freiwilligen Einkerkerung an Bord zugetragen hatte.

VIERTES KAPITEL

Die Brigg war, wie ich vermutet hatte, eine Stunde, nachdem August mir seine Uhr gegeben hatte, in See gestochen. Es war der 20. Juni gewesen. Man wird sich erinnern, dass ich mich damals schon seit drei Tagen im Schiffsraum befand. Während der ganzen Zeit herrschte ein solcher Trubel an Bord, besonders in der Kajüte lief man so eifrig hin und her, dass August mich nicht besuchen konnte, ohne fürchten zu müssen, das Geheimnis der Falltür zu verraten. Als er dann endlich gekommen war, hatte ich ihm versichert, es gehe mir so gut wie möglich. Die beiden folgenden Tage hatte er sich meinetwegen also durchaus nicht zu beunruhigen brauchen – obwohl er immer auf eine Gelegenheit lauerte, mich besuchen zu können. Erst am vierten Tag bot sich ihm eine dar. Mehrere Male hatte er schon den Entschluss gefasst, seinem Vater unseren Streich mitzuteilen, doch befanden wir uns noch immer in der Nähe von Nantucket, und aus einigen Bemerkungen des Kapitäns war anzunehmen, dass er wahrscheinlich auf direktem Weg zurückgekehrt wäre, hätte er mich an Bord entdeckt. Überdies, so meinte August, hatte ich keine dringenden Bedürfnisse, solange ich mich nicht an der Falltür bemerkbar machen würde. Er beschloss also, mich ruhig unten zu lassen, bis er eine Gelegenheit finden würde, mich ohne Gefahr zu besuchen. Dies geschah, wie ich schon sagte, erst am vierten Tag, nachdem er mir die Uhr gebracht hatte, also am siebten Tage, den ich in meinem Gefängnis zubrachte. Er kam damals ohne Wasser und Vorräte zu mir herunter, da er mich bitten wollte, mit ihm an die Falltüre zu kommen, wo er mir beides aus der Kajüte herunterreichen wollte. Ich muss indes wohl geschlafen haben, denn er hörte mich laut schnarchen. Nach meinen Berechnungen war dies der Schlaf, in den ich gefallen war, als ich mit der Uhr von der Falltür zurückgekehrt war, und der folglich länger als drei ganze Tage und drei Nächte gedauert haben musste. Später in meinem Leben hatte ich noch oft Gelegenheit, am eigenen Leib wie auch aus den Erzählungen anderer die einschläfernde Wirkung des Geruchs von altem Fischöl in einem geschlossenen Raum zu erfahren, und wenn ich an den Zustand des Schiffsraums denke, in dem ich eingekerkert war, und an die lange Zeit, während der die Brigg schon als Walfänger benutzt wurde, muss ich mich wahrhaftig noch mehr darüber wundern, dass ich überhaupt wieder wach wurde.

August hatte mich zuerst mit leiser Stimme gerufen, ohne die Falltür zu schließen – doch öffnete ich ihm nicht. Er schloss darauf die Tür und rief lauter nach mir, dann noch lauter – ich antwortete jedoch nicht, sondern schnarchte ruhig weiter. Er wusste nicht, was er tun sollte. Sich einen Weg zu mir zu bahnen brauchte eine längere Zeit, während der Kapitän Barnard ihn vermissen konnte, denn dieser rief ihn alle Augenblicke zu schriftlichen Plänen und Entwürfen an seinen Schreibtisch. Deshalb beschloss er, wieder hinaufzusteigen und eine bessere Gelegenheit abzuwarten, um mich zu besuchen. Er verließ mich also leichten Herzens wieder, denn mein Schlaf schien ein äußerst ruhiger, gesunder zu sein, und er konnte ja nicht ahnen, dass mir meine Gefangenschaft eine Qual sein würde. Während er noch überlegte, wurde seine Aufmerksamkeit durch ein eigentümliches Geräusch gefesselt, das aus der Kajüte, die vor der seinen lag, zu kommen schien. Er kletterte so schnell wie möglich durch die Falltür nach oben, schloss sie und öffnete die Tür seiner Kajüte. Kaum hatte er seinen Fuß über die Schwelle gesetzt, blitzte eine Pistole vor ihm auf, und er wurde durch einen mächtigen Schlag zu Boden geworfen.

Eine starke Hand hielt ihn am Boden fest und umklammerte seine Kehle, doch konnte er sehen, was um ihn herum vor sich ging. Sein Vater lag, an Händen und Füßen gefesselt, auf der Kajütentreppe, mit dem Kopfe nach unten. Aus einer tiefen Stirnwunde floss unaufhörlich ein breiter Blutstrom. Er sprach kein Wort und rang offenbar mit dem Tode. Über ihm kniete der Erste Steuermann, der ihn mit einem Ausdruck teuflischen Hohns ansah und gelassen seine Taschen untersuchte, aus denen er schon eine Uhr und eine Brieftasche genommen hatte. Sieben Mitglieder der Mannschaft, unter ihnen der Koch – ein Neger –, suchten in den Kajüten an Backbord nach Waffen und rüsteten sich mit Flinten und Schießvorrat aus. Außer August und Kapitän Barnard befanden sich neun Mann in der Kajüte; es waren die wildesten und rohesten der ganzen Mannschaft. Die Schurken gingen nun an Deck und nahmen meinen Freund, dem sie die Arme auf den Rücken gebunden hatten, mit sich. Sie begaben sich geradeswegs auf das Vorderkastell, auf dem zwei der Meuterer, mit Äxten bewaffnet, Wache hielten. Auch am Haupteingang zu den Kajüten waren zwei Männer mit Äxten aufgestellt. Dort hinein rief nun der Steuermann mit lauter Stimme: »Hört ihr da unten? Herauf mit euch, einer nach dem anderen! Verstanden? Und keinen Mucks!«

Es dauerte ein paar Minuten lang, bevor jemand erschien – ein junger Engländer. Er weinte bitterlich und bat den Steuermann demütigst, doch sein Leben zu schonen. Die einzige Antwort war ein Schlag mit der Axt vor die Stirn. Der arme Bursche sank lautlos zu Boden, der schwarze Koch hob ihn auf, als sei er ein Kind, und warf ihn ins Wasser. Als sie den Schlag mit der Axt und das Aufschlagen des Körpers auf das Wasser hörten, waren die noch in den Kajüten befindlichen Männer weder durch Versprechungen noch Drohungen zu bewegen, heraufzukommen, bis einer der Meuterer den Vorschlag machte, sie auszuräuchern. Nun erfolgte ein allgemeiner Sturm nach oben, und es sah einen Augenblick lang so aus, als könnten die Männer den Meuterern die Herrschaft über die Brigg wieder abnehmen. Es gelang diesen jedoch, das Vorderkastell abzuschließen, bevor mehr als sechs der Gegner heraufkamen. Diese sechs mussten sich, da sie sich waffenlos einer bewaffneten Überzahl gegenüber sahen, nach kurzem Kampf ergeben. Der Steuermann gab ihnen gute Worte, ohne Zweifel, um die noch unten Wartenden dazu zu bewegen, sich zu ergeben, denn sie konnten jedes Wort verstehen. Seine Klugheit und teuflische Schurkerei wurden von glänzendem Erfolg gekrönt. Die übrige Mannschaft hatte die Absicht, sich zu ergeben, einer nach dem anderen kam herauf und wurde, wie zuvor die ersten, geknebelt und auf den Rücken geworfen. Es waren im Ganzen siebenundzwanzig – die gesamte Mannschaft außer den Verschwörern und dem getöteten Engländer.

Nun folgte eine Szene scheußlichsten Abschlachtens. Die gefesselten Seeleute wurden zur Fallreeptreppe geschleppt. Hier stand der schwarze Koch mit einer Axt und erschlug jedes Opfer, das die anderen bewaffneten Meuterer ihm zuführten. Auf diese Weise kamen zweiundzwanzig um, August selbst gab sich längst verloren und erwartete jeden Augenblick, dass die Reihe an ihn kam. Doch die Schufte waren entweder müde oder von ihrer blutigen Arbeit selbst angeekelt, denn man gab meinem Freund sowie den vier übrig gebliebenen Gefangenen Aufschub. Der Steuermann ließ Rum holen, und die ganze Mörderbande hielt ein Trinkgelage ab, das bis zum Sonnenuntergang dauerte. Nun erhob sich ein Streit, was sie mit den noch lebenden Gefangenen, die ein paar Schritte von ihnen entfernt lagen und jedes Wort verstehen konnten, anfangen sollten. Auf manche der Mörder schien der Schnapsgenuss eine besänftigende Wirkung zu haben, denn einige von ihnen schlugen vor, die Gefangenen unter der Bedingung, dass sie sich den Aufrührern anschlossen, zu befreien und an den Früchten der Meuterei teilhaben zu lassen. Der schwarze Koch jedoch, der ein wahrer Teufel war und einen ebenso großen, wenn nicht gar größeren Einfluss als der Steuermann auf die Meuterer zu haben schien, wollte auf keinen derartigen Vorschlag hören und erhob sich verschiedene Male, um sein Morden an der Fallreeptreppe wieder aufzunehmen. Glücklicherweise war er jedoch schon so betrunken, dass er von den weniger Blutrünstigen der Bande mit Leichtigkeit an der Ausführung seines Vorhabens gehindert werden konnte. Unter diesen befand sich ein Aufseher namens Dirk Peters. Er war der Sohn einer Indianerin vom Stamm der Upsarokas, die in den Black Hills an der Quelle des Missouri leben. Sein Vater war, wenn ich mich nicht irre, ein Pelzhändler, jedenfalls stand er in irgendeiner Weise mit der indianischen Handelsstation am Lewis River in Verbindung. Peters selbst war einer der am fürchterlichsten aussehenden Menschen, die ich je gesehen habe: von kleiner Gestalt, nicht mehr als vier Fuß acht Zoll hoch, doch muskulös wie ein Herkules. Besonders seine Hände waren so dick und breit, dass sie kaum noch wie Menschenhände wirkten. Seine Arme und Beine, sonderbar gebogen, schienen an sich nicht die geringste Biegsamkeit zu besitzen, sein Kopf war ebenfalls missgestaltet, von ungeheurer Größe und hatte oben eine Kerbe – außerdem war er vollkommen kahl. Um diesen letztgenannten Mangel zu verdecken, der nicht im Alter seinen Ursprung hatte, trug er gewöhnlich eine Perücke aus haarähnlichem Material – abwechselnd gebrauchte er dazu das Fell eines spanischen Hundes oder des amerikanischen Grizzly-Bären. Im Augenblick trug er das Stück Bärenfell auf dem Kopf, das das wilde Aussehen seiner Züge noch steigerte. Sein Mund ging fast von einem Ohr zum anderen. Die Lippen waren dünn und schienen wie die anderen Teile seines Gesichtes ebenfalls keiner natürlichen Bewegung fähig. Den Ausdruck seines Gesichtes kann man sich einigermaßen vorstellen, wenn man bedenkt, dass seine Zähne lang und vorstehend waren und nicht einen Augenblick lang auch nur teilweise von den Lippen bedeckt wurden. Wenn man den Menschen flüchtig betrachtete, musste man glauben, er sei von einem Lachkrampf geschüttelt; ein aufmerksamer Blick ließ jedoch schaudernd erkennen, dass, wenn dieser Ausdruck Heiterkeit bedeutete, diese Heiterkeit die eines Satans sein musste. Die Seeleute von Nantucket erzählten sich viele Anekdoten über dieses sonderbare Wesen, seltsame Geschichten von seiner ans Wunderbare grenzenden Kraft, die er stets zeigte, wenn man ihn irgendwie reizte. Zur Zeit der Meuterei wurde er an Bord der *Grampus* jedoch eher mit Spott angesehen. Ich habe diesen Dirk Peters so ausführlich geschildert, weil mein Freund August vor allem ihm, trotz seines wilden Äußeren, seine Rettung zu verdanken hatte und weil ich ihn auch im Lauf meiner Erzählung des Öfteren erwähnen muss.

Nach langem Hin und Her und heftigen Auseinandersetzungen wurde schließlich bestimmt, dass alle Gefangenen, mit Ausnahme von August, den Dirk Peters scherzhaft als »seinen Sekretär« für sich in Anspruch nahm, auf einem der kleinsten Boote dem Meer übergeben werden sollten. Der Steuermann stieg in die Kabine hinunter, um zu sehen, ob Kapitän Barnard noch lebte, denn, wie man sich erinnern wird, hatten ihn die Mörder, als sie sich an Deck begaben, unten liegen lassen. Nach kurzer Zeit kamen beide zusammen zum Vorschein, der Kapitän war bleich wie der Tod, schien sich jedoch von seiner Verwundung ein wenig erholt zu haben. Er sprach den Männern in undeutlichen Worten zu, bat sie, ihn nicht über Bord zu werfen, sondern sich wieder auf ihre Pflicht zu besinnen. Er versprach ihnen, sie an Land zu setzen, sobald und wo sie nur wollten, und keinerlei Schritte gegen sie zu unternehmen. Er hätte ebenso gut dem Wind zureden können. Zwei der Schufte ergriffen ihn ohne Weiteres bei den Armen und stießen ihn über Bord in das Boot, das man, während der Steuermann nach unten ging, schon heruntergelassen hatte. Die Fesseln der vier Gefangenen an Bord wurden gelöst und sie selbst aufgefordert, dem Kapitän zu folgen, was sie, ohne Widerstand zu leisten, umgehend taten. August wurde in seiner qualvollen Lage gelassen, obwohl er sich losreißen wollte und um die Gnade bat, seinem Vater Lebewohl sagen zu dürfen. Dann ließ man noch eine Hand voll Schiffzwieback und einen Krug Wasser in das Boot hinunter, das weder mit Mast noch Ruder, noch Segeln, noch Kompass ausgerüstet war. Die Meuterer berieten sich noch kurz und überließen das Boot dann dem Meer. Mittlerweile war es Nacht geworden – weder Mond noch Sterne schienen –, die See wogte, obgleich es nicht mehr windig war. Man verlor das Boot aus dem Blick, den Unglücklichen darin schien jede Hoffnung genommen zu sein. Wir befanden uns damals auf 35° 30′ nördlicher Breite und 61° 20′ westlicher Länge, folglich in nicht allzu großer Entfernung von den Bermuda-Inseln. August versuchte sich deshalb mit der Hoffnung zu trösten, das Boot werde entweder das Land erreichen oder doch so weit in dessen Nähe gelangen, dass es von abfahrenden Schiffen entdeckt werden konnte.

Die Brigg entfaltete nun alle Segel und setzte ihre ursprüngliche Fahrt nach Südwesten fort. Die Meuterer wollten auf Raub ausgehen – soweit man ihre Gespräche verstehen konnte, hatten sie vor, ein Schiff, das sich auf dem Weg von den Kapverdischen Inseln nach Puerto Rico befand, abzufangen. Meinem Freund August schenkte man weiter keine Aufmerksamkeit, man löste seine Fesseln und ließ ihn sich frei bewegen. Dirk Peters behandelte ihn mit einer gewissen Güte und rettete ihn einmal vor der Brutalität des schwarzen Kochs. Seine Lage war noch immer sehr gefährlich, denn die Leute waren stets betrunken, und auf ihren guten Willen ihm gegenüber konnte er sich deshalb nicht recht verlassen. Die Angst um mich quälte ihn jedoch, wie er sagte, mehr wie seine eigenen Leiden; ich habe auch nie an der Aufrichtigkeit seiner Freundschaft gezweifelt. Mehr als einmal erwog er, die Meuterer von meiner Anwesenheit zu unterrichten, doch die Erinnerung an die Scheußlichkeiten, die er gesehen hatte, wie auch die

Hoffnung, mir bald Erleichterung schaffen zu können, hielten ihn immer wieder davon ab. Er wartete angstvoll auf eine Gelegenheit, zu mir zu gelangen, doch bot sie sich erst drei Tage, nachdem man das Boot mit den Unglücklichen dem Meer übergeben hatte. Endlich, in der Nacht des dritten Tages, blies plötzlich ein heftiger Sturm aus Osten, und die Mannschaft war infolgedessen eifrig beschäftigt. Während des Tumults begab sich August unbeobachtet in die Kajüte. Mit großem Schrecken und Kummer entdeckte er, dass man sie zu einem Aufbewahrungsort für Vorräte und Schiffsgerätschaften gemacht hatte und dass verschiedene Faden Kabeldraht, die früher unter der Kajütentreppe gelegen hatten, hervorgezogen worden waren, um Platz für eine Kiste zu machen, und nun direkt auf der Falltür lagen. Es war unmöglich, sie wegzubewegen, ohne sich der Gefahr auszusetzen, dabei entdeckt zu werden, und er kehrte, so schnell wie es nur möglich war, an Deck zurück. Als er hinaufkam, ergriff ihn der Steuermann an der Kehle, fragte ihn, was er in der Kajüte gemacht habe, und wollte ihn über Backbord ins Meer werfen. Dirk Peters rettete jedoch durch sein Eingreifen zum zweiten Mal Augusts Leben. Allerdings legte man jetzt meinem Freund Handschellen an und band seine Füße fest zusammen. Er wurde auf das Zwischendeck gezerrt und in der Nähe des Vorderkastells in eine Schlafstelle geworfen. Er werde seinen Fuß nicht eher wieder an Deck setzen, bis die Brigg keine Brigg mehr sei, rief ihm der Koch, der ihn dorthin geworfen hatte, noch zu. Es war nicht recht klar, was er mit dieser Drohung meinte. Die Geschehnisse nahmen jedoch eine Wende, und diese gab den entscheidenden Anstoß zu meiner Befreiung, wie man gleich sehen wird.

FÜNFTES KAPITEL

Als der Koch das Vorderkastell verlassen hatte, war August ganz verzweifelt, da er nicht hoffen durfte, sein eigenes Gefängnis jemals lebend wieder zu verlassen. Dann dachte er wieder an mich und fasste so halberlei schon den Entschluss, den ersten Besten, der sich ihm näherte, von mir und meinem Versteck zu erzählen, denn er hielt es noch für besser, mich der nicht unmöglichen Gnade der Meuterer anheim zu geben, als dem sicheren Tod durch Verdursten zu überlassen. Ich war nun seit zehn Tagen eingekerkert, und der Krug, den er mir mitgegeben hatte, enthielt kaum Wasser genug für vier. Als er noch darüber nachdachte, kam ihm ganz plötzlich der Gedanke, es könne wohl möglich sein, sich durch den Hauptkielraum hindurch mit mir zu verständigen. Unter allen anderen Umständen hätte ihn die Schwierigkeit und Unberechenbarkeit eines solchen Unterfangens wohl von einem Versuch abgehalten, er hatte jedoch nur wenig Aussicht, am Leben zu bleiben, und also so gut wie nichts zu verlieren, und so konzentrierte er sein ganzes Sinnen auf die Ausführung des Plans.

Seine erste Sorge galt den Handschellen. Anfangs sah er keine Möglichkeit, sie zu entfernen. Nach aufmerksamerem Nachforschen entdeckte er jedoch, dass man sie, wenn er die Hände nur recht zusammenpresste, ohne allzu viel Anstrengung abstreifen und wieder überziehen konnte. Die Fesseln waren nämlich nicht für so junge Personen berechnet, deren zartere Knochen einem festen Druck noch nachgeben. Er band nun auch seine Füße los, ließ den Strick jedoch so geschlungen, dass er, falls sich jemand näherte, ihn mit Leichtigkeit wieder um seine Glieder befestigen konnte, und begann den Boden unter ihm, der ihn von dem Kielraum trennte, zu untersuchen. Er bestand aus weichen Fichtenholzbrettern von einem Zoll Dicke, durch die man, wie er gleich sah, ohne sonderliche Mühe ein Loch bohren konnte. Doch vernahm er plötzlich eine Stimme vom Vorderkastell her und hatte gerade noch so viel Zeit, sich die rechte Handschelle wieder anzulegen – die linke hatte er noch nicht abgestreift – und den Strick um seine Knöchel zu befestigen, bevor Dirk Peters herunterkam, gefolgt von Tiger, der sofort in den Schlafraum sprang und sich zu Augusts Füßen niederlegte. Mein Freund hatte den Hund mit an Bord gebracht, weil er meine Zuneigung zu dem Tier kannte und annahm, es würde mir Vergnügen bereiten, ihn während der ganzen Reise um mich zu haben. Kurz nachdem er mich in dem Kielraum versteckt hatte, ging er noch einmal in mein väterliches Haus und holte ihn, vergaß jedoch, als er die Uhr brachte, mir dieses mitzuteilen. Seit der Meuterei hatte August ihn nicht mehr gesehen, und er glaubte, einer der Schufte aus der Gesellschaft des Steuermannes habe ihn über Bord geworfen. Später stellte sich heraus, dass er in ein Loch unter ein Walfangboot gekrochen war, das so klein war, dass er nicht von allein wieder herausgelangen konnte. Peters befreite ihn schließlich und brachte ihn in einer Anwandlung von Gutmütigkeit August als Gefährten mit, außerdem zur Stärkung etwas Pökelfleisch, ein paar Kartoffeln und einen Krug mit Wasser. Dann begab er sich wieder an Deck, nachdem er versprochen hatte, am nächsten Tage mit mehr Lebensmitteln wiederzukommen. Als er gegangen war, befreite August seine beiden Hände von den Handschellen und löste auch seine Fußfesseln wieder. Dann hob er ein Ende der Matratze, auf der er lag, in die Höhe und begann mit dem Taschenmesser – man hatte es nicht für nötig befunden, ihn zu untersuchen – aus Leibeskräften in das Holz an der Wandverkleidung, ganz nah bei den Fußbodenbrettern, ein Loch zu bohren. Sollte sich jemand nähern, so brauchte er bloß die Matratze herunterfallen zu lassen, um jede Spur seiner Arbeit zu verstecken. Doch wurde er den ganzen Tag nicht mehr gestört, und als die Nacht kam, hatte er die Planke vollständig durchbohrt. Niemand von der Mannschaft schlief mehr auf dem Vorderkastell, die Kerle hielten sich seit der Meuterei nur noch in den Kajüten auf, tranken Wein, ließen es sich bei den Vorräten von Kapitän Barnard wohl sein und kümmerten sich um die Führung des Schiffes nur so viel, wie nötig war. Dies alles kam meinem Freund und mir sehr zustatten; hätte Ordnung auf dem Schiff geherrscht, würde er mich unmöglich erreicht haben. So jedoch setzte er das Rettungswerk ungestört fort. Der Tag graute schon, als er auch die zweite Planke, etwa einen Fuß über der ersten, durchbohrt hatte. Die Öffnung war jetzt groß genug für einen leichten Durchgang zum Hauptmitteldeck. Er kroch hindurch und bahnte sich ohne allzu große Mühe den Weg zur unteren Kajütenluke, obgleich er über Ölfässer kriechen musste, die so hoch übereinandergestapelt waren, dass kaum noch Platz für seinen Körper blieb. Als er die Luke erreichte, bemerkte er, dass Tiger ihm gefolgt war. Doch es war jetzt zu spät, um vor Tagesanbruch zu mir zu gelangen, denn die Hauptschwierigkeit, das Durchqueren des vollgepackten unteren Schiffsraums, war noch zu bewältigen. Er beschloss also, zurückzukehren und die nächste Nacht abzuwarten. Doch löste er die Luke schon ein wenig, um beim nächsten Mal weniger Lärm machen zu müssen. Auf einmal sprang Tiger eifrig auf die kleine Öffnung zu, schnupperte an ihr herum, stieß ein langes Winseln aus und kratzte, als wolle er die Luke mit seinen Pfoten entfernen. Sein Verhalten bewies deutlich, dass er meine Anwesenheit im Schiffsraum gespürt hatte, und August hielt es für möglich, dass Tiger, wenn er ihn hinunterließe, den Weg zu mir finden würde. Nun kam er auf den Gedanken, mir eine Nachricht zukommen zu lassen, die mich davon abhalten sollte, mir selbst einen Weg nach oben zu bahnen, zumindest im Augenblick nicht. Der Brief war von doppelter Wichtigkeit, da er ja nicht bestimmt wusste, ob es ihm in der folgenden Nacht gelingen würde, mich zu erreichen. Die späteren Ereignisse bewiesen, wie glücklich dieser Gedanke war, denn hätte ich den Brief nicht erhalten, so hätte ich irgendeinen, wenn auch ganz verzweifelten Versuch gemacht, die Mannschaft auf mich aufmerksam zu machen, und unser beider Leben dadurch wohl mit Sicherheit verwirkt.

Als August beschlossen hatte, an mich zu schreiben, versuchte er gleich, sich die nötigen Materialien zu verschaffen. Ein alter Zahnstocher war bald in eine Feder verwandelt, und zwar nur durch blindes Zuspitzen und Feilen, denn auf den Zwischendecks war es stockfinster. Die Rückseite eines Briefs bot ihm Papier genug – nun fehlte nur noch Tinte. Diese verschaffte er sich durch einen kleinen Schnitt mit seinem Federmesser in die innere Seite eines Fingers, ganz nah am

Nagel. Wie gewöhnlich bei Wunden an dieser Stelle drang reichlich Blut hervor, und August schrieb, so gut es die Umstände und die Dunkelheit zuließen, seinen Brief. Er teilte mir kurz mit, dass ich auf baldige Auffrischung meines Proviants hoffen, jedoch kein Geräusch machen dürfe. Er schloss mit den Worten: *Ich habe dies mit Blut geschrieben – bleib ruhig liegen, dein Leben hängt davon ab.*

Dies Papier band er dem Hund um und ließ ihn die Luke hinunter; er selbst begab sich, so schnell es ging, auf das Vorderkastell zurück und konnte annehmen, dass niemand von der Mannschaft seine Abwesenheit bemerkt hatte. Um das Loch in der Wand zu verdecken, trieb er sein Messer direkt darüber in das Holz hinein und hängte ein Kamisol, das er auf dem Boden gefunden hatte, daran auf. Dann streifte er seine Handschellen wieder an und befestigte auch den Strick wieder um seine Füße. Kaum war er damit fertig, kam Dirk Peters zu ihm herunter. Er war betrunken, doch in ausgezeichneter Stimmung, und brachte meinem Freund die ihm für den folgenden Tag gewährten Lebensmittel. Es waren ungefähr zwölf große geröstete Kartoffeln und ein Krug mit Wasser. Er setzte sich auf eine Kiste neben Augusts Schlafstätte und erzählte diesem von dem Steuermann und den Schicksalen der Brigg. Sein Benehmen war äußerst sonderbar, ja, grotesk und beunruhigte meinen Freund nicht wenig. Schließlich begab er sich wieder an Deck und munkelte dabei etwas von einem guten Mittagessen, das er seinem Gefangenen am folgenden Tag bringen wolle. Später kamen noch zwei von der Mannschaft, darunter der Koch, zu ihm – alle vollkommen betrunken. Sie sprachen ganz offen von ihren Plänen, schienen aber dabei geteilter Meinung zu sein – nur in einem Punkt waren sie einig: das Schiff von den Kapverdischen Inseln, das sie jeden Augenblick erwarteten, zu überfallen und auszurauben. Allem Anschein nach war jedoch die Meuterei nicht bloß um der Beute willen angezettelt worden – ein unbegreiflicher Hass des Steuermannes auf Kapitän Barnard hatte wohl den Hauptanstoß gegeben. Die Mannschaft schien sich in zwei Parteien geteilt zu haben – die eine wurde von dem Steuermann, die andere von dem Koch angeführt. Die erste Partei war dafür, das nächste geeignete Schiff, das ihnen begegnen würde, zu überfallen und auf einer der Westindischen

Inseln zum Raubschiff auszurüsten. Die zweite, stärkere Partei, zu der sich auch Dirk Peters bekannte, wollte die ursprüngliche Richtung der Brigg in den südlichen Stillen Ozean beibehalten, um dort entweder auf Walfang zu gehen oder irgendetwas anderes zu unternehmen, je nach den Umständen. Die Erzählungen des wilden Dirk Peters, der diese Gegenden oft besuchte, übten offenbar einen großen Eindruck auf die Meuterer aus, da sie Beute und Vergnügen zugleich versprachen. Peters beschrieb nämlich ausführlich, wie viel Neues und Amüsantes man auf den zahllosen Inseln im Stillen Ozean zu sehen bekäme, wie sicher und frei sie sich dort bewegen könnten, wie köstlich das Klima sei, wie reichlich sie die vorzüglichsten Lebensmittel hervorbrächten und wie über alle Beschreibung schön die Frauen seien, die dort lebten. Doch war man bis jetzt noch zu keinem Entschluss gekommen, wenn auch die lockenden Bilder von Dirk Peters die leicht erregbare Fantasie der Seeleute stark beschäftigten und es wahrscheinlich war, dass man seinen Vorschlägen bald allgemein Gehör schenken würde.

Die drei Männer gingen nach einer Stunde wieder hinauf, und den ganzen Tag lang betrat niemand mehr das Vorderkastell. August lag still da, bis es fast Nacht geworden war. Dann befreite er sich von seinen Fesseln und machte sich auf zu seinem Besuch bei mir. In einer der Schlafstätten fand er eine Flasche, diese füllte er mit Wasser aus dem Krug, der ihm von Peters gebracht worden war, und steckte in seine Tasche einige der kalten Kartoffeln. Zu seiner größten Freude trieb er auch irgendwo eine Laterne auf, in der noch ein Stückchen Kerze steckte. Diese konnte er, sobald es nötig war, anzünden, da er eine Schachtel mit Streichhölzern bei sich hatte. Als es ganz dunkel geworden war, erhob er sich von seinem Lager, legte die Decken auf seinem Bett so wieder hin, dass sie den Eindruck erweckten, als bedeckten sie eine schlafende Person, zwängte sich durch das Loch in der Wand und hängte das Kamisol wieder an dem Messer über dem Loch auf. Dies gelang ihm sehr leicht, da er die Planke, die er aus der Wand herausgenommen hatte, nicht wieder einsetzte. Nun befand er sich auf dem Hauptmitteldeck. Er bahnte sich zwischen dem oberen Deck und den Ölfässern seinen Weg zu der Hauptluke. Als er sie erreicht hatte, steckte er die Kerze an und zwängte sich mit viel Mühe durch das aufgestapelte Gerümpel im Kielraum. Schon bald begannen der unerträgliche Geruch und die stickige Atmosphäre ihn aufs Höchste zu beunruhigen. Er hielt es kaum noch für möglich, dass ich in einer solchen Luft am Leben geblieben war. Wiederholt rief er meinen Namen, doch antwortete ich ihm nicht, und er glaubte seine Befürchtungen schon bestätigt zu sehen. Die Brigg schwankte heftig, und infolgedessen herrschte im Kielraum ein derartig starkes Rumpeln und Knirschen, dass es ganz unmöglich war, ein schwächeres Geräusch, mein Atmen oder Schnarchen vielleicht, herauszuhören. Er öffnete die Laterne und hielt sie, wo sich ein wenig Raum bot, hoch in die Höhe, damit ich, falls ich noch lebte und das Licht sah, mir sagen musste, es nahe Hilfe. Aber er hörte noch immer nichts von mir, und die Überzeugung, ich sei tot, nahm immer mehr Besitz von ihm. Doch beschloss er, wenn nur irgend möglich, sich einen Weg bis zur Kiste zu bahnen, um jeden Zweifel über mein Schicksal auszuräumen. Von schrecklichen Ahnungen getrieben, drang er weiter vor, bis er schließlich den Weg ganz versperrt fand und keine Möglichkeit sah, weiterzukommen. Traurig setzte er sich zwischen dem Gerümpel hin und weinte wie ein Kind. In diesem Augenblick vernahm er das Klirren der Flasche, die ich zu Boden geschleudert hatte. Von diesem unbedeutenden glücklichen Umstand hing mein Schicksal ab. Doch verging viel Zeit, bevor ich es erfuhr. Eine leicht zu begreifende Scham über seine Schwäche und Unentschlossenheit verhinderte, dass August mir all das sofort erzählte, was er mir später einmal in einer vertraulichen, glücklicheren Stunde enthüllte. Als er den Weg im Kielraum durch Hindernisse versperrt fand, die er unmöglich überwinden konnte, hatte er beschlossen, die Suche nach mir aufzugeben und zum Vorderkastell zurückzuschleichen. Bevor man ihn dafür verdammt, stelle man sich noch einmal die fürchterlichen Umstände vor, in denen er sich befand. Die Nacht schwand schon dahin, dass er nicht im Vorderkastell war, konnte leicht bemerkt werden und würde sicherlich auffallen, wenn es ihm nicht gelang, vor Tagesanbruch seine Schlafstätte wieder zu erreichen. Die Kerze war kurz vor dem Verlöschen, und sich im Dunkeln zu der Hauptluke zurückzutasten war mit den allergrößten Schwierigkeiten verbunden. Außerdem hatte er Grund genug, mich für tot zu halten, und in diesem Fall konnte er mir doch keine Hilfe mehr bringen, während er selbst sein Leben aufs Spiel setzte. Er hatte mich mehrmals gerufen, ohne Antwort zu bekommen. Seit elf Tagen und elf Nächten hatte ich kein anderes Wasser als das in dem Krug – und es war anzunehmen, dass ich dies schon in den ersten Tagen vollständig aufgebraucht hatte, da ich vernünftigerweise auf baldige Befreiung hoffen durfte. Die Atmosphäre im Schiffsraum schien ihm, der ja immer gute Luft atmete, durch und durch vergiftet zu sein und musste ihm noch viel unerträglicher vorkommen als mir. Erinnert man sich noch dazu der Blut- und Schauerszenen, denen mein Freund vor Kurzem beigewohnt hatte, seiner Gefangenschaft, der Entbehrungen und Todesgefahren, in denen er selbst noch immer schwebte – all dieser Umstände, die dazu angetan waren, seine Energie zu schwächen –, so wird man für diese Verleugnung der Freundespflichten genau wie ich kaum Kummer, aber sicherlich keinen Zorn empfinden können. Obgleich August das Klirren der Flasche deutlich gehört hatte, war er nicht sicher, ob der Ton nicht von dem Gerümpel im Schiffsraum ausging. Dieser Zweifel genügte jedoch, um ihn zu bewegen, weiter nach mir zu forschen. Er kletterte sofort an den Kisten bis fast zum Mitteldeck hoch, wartete einen Augenblick, bis das Geräusch ein wenig nachließ, und rief dann, so laut er konnte, meinen Namen. Einen Augenblick lang vergaß er vollkommen, welcher Gefahr er sich aussetzte, wenn ihn jemand von der Mannschaft hörte. Man wird sich erinnern, dass ich seine Stimme deutlich vernahm, dass ich jedoch so heftig erregt war, dass ich nicht antworten konnte. Vollkommen überzeugt, dass seine Befürchtungen begründet seien, stieg er herunter und versuchte, so rasch wie möglich das Vorderkastell wieder zu erreichen. In seiner Eile warf er ein paar kleine Kisten um – das Geräusch, das sie verursachten, hörte ich, wie man sich entsinnen wird. Er war schon ziemlich weit zurückgeklettert, als er das Aufschlagen des Messers vernahm und nochmals zögerte. Er kehrte wieder um, erklomm das Gerümpel zum zweiten Mal und rief meinen Namen so laut wie vorhin. Diesmal fand ich die Kraft zu antworten. Überfroh, mich noch am Leben zu finden, beschloss er nun, jeder Gefahr und

Mühe zu trotzen und mich aufzusuchen. Nachdem er sich so rasch wie möglich aus dem Gerümpellabyrinth befreit hatte, erreichte er zuletzt einen Gang, der besser zu sein schien, und er erreichte schließlich im Zustand äußerster Erschöpfung die Kiste, vor der ich am Boden lag.

SECHSTES KAPITEL

Diese gröbsten Einzelheiten teilte mir August mit, während wir vor der Kiste standen. Erst sehr viel später erfuhr ich auch die Begleitumstände. Er fürchtete jetzt zu sehr, vermisst zu werden, und ich brannte vor Ungeduld, mein widerwärtiges Gefängnis zu verlassen. Wir beschlossen also, dass wir uns beide sofort durch die Luke nach oben begaben: Ich musste einstweilen auf dem Mitteldeck in der Nähe des Lochs, das August in die Wand gebohrt hatte, bleiben, während er selbst auf seinem Lager Beobachtungen anstellen wollte. Den Gedanken jedoch, Tiger in der Kiste zu lassen, konnte keiner von uns ertragen, nur wussten wir nicht recht, wie wir uns seiner bemächtigen sollten. Er schien vollkommen ruhig zu sein, wir konnten nicht einmal seine Atemzüge vernehmen, als wir unser Ohr an die Kiste legten. Ich nahm an, dass er tot sei, öffnete die Tür und fand ihn betäubt, doch offenbar noch lebendig, der Länge nach am Boden liegen. Wir hatten keine Zeit zu verlieren, doch konnte ich es nicht übers Herz bringen, das Tier, das mein Leben zwei Mal gerettet hatte, zu verlassen, ohne etwas zu seiner Rettung zu unternehmen. Wir zogen ihn also mit großer Mühe hinter uns her, und August war oft gezwungen, irgendwelche Hindernisse mit dem Tier im Arm zu überwinden und dabei Kraftanstrengungen zu vollbringen, zu denen ich in meinem jämmerlichen Zustand nicht in der Lage war. Schließlich erreichten wir das Loch, August kletterte hindurch, und Tiger wurde hinterhergeschoben, während ich, wie abgemacht, in der Nähe des Lochs blieb, durch das mir mein Freund mit Leichtigkeit einen Teil seiner Lebensmittel zukommen lassen und ich eine verhältnismäßig reine Luft einatmen konnte.

Da an Bord der *Grampus* allenthalben schlecht gestaut worden war und auf dem Mitteldeck dasselbe wüste Durcheinander von Öltonnen und Schiffsgerätschaften herrschte wie unten im Kielraum, fiel es mir nicht schwer, eine freie Stelle zu finden, auf der ich es mir leidlich bequem machen konnte.

Als mein Freund glücklich in seine Schlafstätte zurückgelangt war und sich seine Arm- und Beinfesseln wieder angelegt hatte, war es heller Tag geworden. Kaum hatte er sich wieder ausgestreckt, da kamen auch schon der Steuermann, Dirk Peters und der Koch zu ihm herunter. Sie sprachen eine Zeit lang von dem Schiff, das sie vom Kap Verde mit Ungeduld erwarteten. Der Koch näherte sich der Schlafstätte meines Freundes und setzte sich am Kopfende nieder. Ich konnte alles sehen und hören, denn August hatte das herausgeschnittene Bretterstück nicht wieder in die Wand eingefügt, und ich fürchtete mehr als einmal, dass der Neger gegen das Kamisol, das die Öffnung verdeckte, stoßen und alles entdecken würde. Aber wir hatten Glück; und da August das Kamisol an seinem unteren Ende ebenfalls gut befestigt hatte, konnte es nicht von selbst hin und her schwanken. Während der ganzen Zeit lag Tiger am Fuß der Schlafstelle und schien sich wieder zu erholen, denn ich sah, wie er von Zeit zu Zeit die Augen öffnete, und hörte ihn tief Atem schöpfen.

Einige Minuten später stiegen der Steuermann und der Koch wieder hinauf, nur Dirk Peters blieb unten und setzte sich, sobald sie gegangen waren, auf den Platz, den der Koch gerade verlassen hatte. Er begann sich sehr freundschaftlich mit August zu unterhalten, und ich bemerkte, dass die Betrunkenheit, die er in Gegenwart der beiden anderen zur Schau getragen hatte, großenteils geheuchelt war. Er antwortete auf alle Fragen, die ihm August stellte, schnell und deutlich, und erzählte, es gebe keinen Zweifel, dass das Boot mit Kapitän Barnard und den anderen Unglücklichen gerettet worden sei, da man an dem fraglichen Tag kurz vor Sonnenuntergang nicht weniger als fünf Segel gesehen habe. Auch sonst begann er zu meiner großen Freude und Überraschung meinen Freund zu trösten, und plötzlich stieg in mir der Gedanke auf, Peters könne uns helfen, die Brigg zurückzugewinnen. Sobald er wieder nach oben gegangen war, teilte ich meinem Freund meinen Plan mit. Auch er glaubte, es sei nicht unmöglich, der Mörderbande ihren Raub wieder abzujagen, machte mich jedoch darauf aufmerksam, wie notwendig es sei, mit äußerster Vorsicht zu

Werke zu gehen, da das liebenswürdige Benehmen des Mestizen ja nur eine List sein könne. Überdies müsse man zuweilen zweifeln, ob es in seinem Verstand ganz mit rechten Dingen zugehe. Peters kam erst zu Mittag mit einer tüchtigen Portion Pökelfleisch und Pudding wieder zurück. Sobald wir allein waren, nahm ich mit Freuden meinen Teil davon in Empfang. Als es Abend geworden war, begab ich mich in die Schlafstätte zu August und schlief ungestört und gesund bis fast zum Tagesanbruch. Dann kroch ich in mein Loch zurück. Als es ganz hell geworden war, sahen wir, dass Tiger sich ganz erholt hatte. Er trank das Wasser, das August ihm anbot, mit größter Gier. Während des Tages kehrten sein Appetit und seine Kräfte vollständig wieder zurück. Ohne Zweifel waren seine sonderbaren Wutanfälle die Folgen der giftigen Atmosphäre in dem Schiffsraum und nicht des Wassermangels, und sie wiesen keine Verwandtschaft mit der Tollwut der Hunde auf. Ich freute mich herzlich, ihn mit heraufgenommen zu haben. Wir schrieben den 30. Juni –, es war der dreizehnte Tag, seit die *Grampus* Nantucket verlassen hatte.

Am 2. Juli kam der Steuermann nach unten. Er war wie gewöhnlich betrunken und in ausgezeichneter Laune. Er trat an Augusts Schlafstätte heran, gab ihm einen Stoß in den Rücken, fragte, wie er sich benehmen werde, wenn man ihn jetzt freiließe, und ob er versprechen wolle, niemals mehr in die Kajüte zu gehen. Mein Freund versprach natürlich alles, woraufhin der Steuermann ihn von seinen Fesseln befreite und aus einer Rumflasche, die er in der Tasche bei sich führte, trinken ließ. Sie stiegen nun zusammen an Deck hinauf, und ich sah August während der nächsten drei Stunden nicht wieder. Dann jedoch brachte er mir die frohe Botschaft, dass man ihm erlaubt habe, sich auf dem Schiffe vom Hauptmast nach vorn frei zu bewegen; schlafen müsse er nach wie vor auf dem Vorderkastell. Er brachte mir ein gutes Mittagessen und reichlich Trinkwasser. Die Brigg kreuzte noch immer umher, um das Schiff vom Kap Verde abzufangen.

Da die Ereignisse der folgenden sieben Tage sehr unwichtig waren, will ich sie kurz in der Form eines Tagebuches mitteilen.

3. Juli August brachte mir drei Decken, mit denen ich mir in meinem Versteck ein bequemes Bett herrichtete. Außer meinem Freund kam den Tag über niemand herunter. Tiger ließ sich direkt vor dem Loch nieder und schlief die meiste Zeit, als habe er sich von den Folgen seiner Krankheit doch noch nicht gänzlich erholt. Gegen Abend wurde die Brigg von einer plötzlichen Brise überrascht, bevor man die Segel einziehen konnte, und dadurch fast zum Kentern gebracht. Doch beruhigte sich das Wetter bald wieder, und wir erlitten weiter keinen Schaden, nur ein kleineres Segel riss in der Mitte durch.

Dirk Peters behandelte August den ganzen Tag über mit großer Güte und erzählte ihm vieles über den Stillen Ozean und die Inseln darin, die er früher besucht hatte. Er fragte ihn, ob er nicht Lust habe, mit der ganzen Mannschaft eine Vergnügungs- und Forschungsreise dahin zu unternehmen –, leider seien die meisten anderen aber immer noch der Meinung des Steuermannes. August hielt es für das Beste, zu antworten, er würde sich glücklich schätzen, an der Expedition teilnehmen zu dürfen, da man ja doch nichts Besseres tun könne und jedes andere Leben dem eines Piraten vorzuziehen sei.

4. Juli August brachte den größten Teil der Zeit an Deck zu, um sich über die Absichten der Aufrührer möglichst genau zu informieren. Sie hatten häufig heftigen Streit miteinander; infolge einer Zwistigkeit wurde ein Harpunierer namens Jim Bonner über Bord geworfen. Die Partei des Steuermannes gewann immer mehr an Boden: Jim Bonner gehörte zu den Anhängern des Kochs, zu denen auch Peters zählte.

5. Juli Bei Tagesanbruch wehte eine steife Brise aus Westen, die sich gegen Mittag in einen Sturm verwandelte, sodass alle Segel bis auf das Focksegel eingezogen werden mussten. Simms, einer der Matrosen, der zur Bande des Kochs gehörte, fiel beim Einziehen des kleinen Marssegels über Bord, er war vollkommen betrunken, und da niemand ihn zu retten versuchte, verschwand er bald in den Wellen. Wir waren nun im Ganzen zu dreizehnt an Bord, und zwar: Dirk Peters, Seymour – der schwarze Koch, Jones, Greely, Hartmann Rogers und William Allen: Diese alle gehörten zur Partei des Kochs. Dann der Steuermann, dessen Namen ich nicht erfahren habe, Absalon Hicks, Wilson, John Hunt und Richard Parker, die Anhänger des Steuermannes; außerdem noch August und ich.

6. Juli Der Sturm hielt den ganzen Tag an, er brachte plötzliche heftige Windstöße und Regen. Die Brigg schöpfte nicht wenig Wasser, die Plumpe war ständig in Bewegung, August arbeitete wie jeder andere. In der Dämmerung kam ein großes Schiff nah an uns vorbei; wir bemerkten es erst, als es auf Hörweite war. Man nahm an, dass es das Schiff war, auf das man gelauert hatte. Der Steuermann rief es an, doch wurde die Antwort von dem Toben des Sturmes verschlungen. Gegen elf Uhr riss eine Sturzwelle einen großen Teil des Bollwerks an Backbord weg und fügte uns auch sonst Schaden zu. Gegen Morgen legte sich der Sturm, und bei Sonnenaufgang wehte nur noch ein ganz leichter Wind.

7. Juli Wir hatten während des ganzen Tages eine sehr unruhige See; die Brigg, die nur wenig geladen hatte, schwankte erschreckend stark. Im Schiffsraum fielen, wie ich von meinem Versteck aus deutlich hören konnte, mehrmals Gegenstände übereinander. Ich hatte sehr unter Seekrankheit zu leiden. Peters unterhielt sich lange mit August und teilte ihm mit, dass zwei seiner Anhänger, Greely und Allen, zum Steuermann übergewechselt seien und Piraten werden wollten. Er stellte auch mehrere sonderbare Fragen, die August jedoch nicht ganz verstand. Gegen Abend bemerkte man, dass das Schiff wieder viel Wasser geschöpft hatte, und man konnte wenig tun, dem Übel abzuhelfen, da das Wasser durch die Zwischenräume in der Schiffsverkleidung eindrang. Man umwickelte und verstopfte den Bug mit einem alten Segel, sodass wir nach und nach des Wassers Herr wurden.

8. Juli Bei Sonnenaufgang kam eine leichte Brise von Osten auf; der Steuermann steuerte zuerst nach Südwesten, auf die Westindischen Inseln zu, um dort seine Absicht, zu rauben, auszuführen. Niemand – weder Dirk Peters noch der Koch – setzte ihm Widerstand entgegen. Zumindest sah oder hörte August nichts dergleichen. Von dem Vorhaben, das Schiff vom Kap Verde abzufangen, hatte man ganz Abstand genommen. Dem Leck begegnete man, indem man fast unentwegt das Wasser auspumpte. Das Segel wurde wieder vom Bug entfernt.

9. Juli Schönes Wetter. Alle waren damit beschäftigt, das Bollwerk zu reparieren, Peters unterhielt sich wieder lange mit August und sprach unverblümter als bisher. Er sagte, nichts auf der Welt solle ihn zwingen, sich den Plänen des Steuermannes unterzuordnen. Er spielte sogar auf seine Absicht an, ihm die Brigg streitig zu machen, und fragte, ob er sich in diesem Fall auf Augusts Hilfe verlassen könne. August antwortete ohne Zögern mit einem Ja. Peters sagte, er wolle jetzt die Meinung seiner Genossen zu erfahren suchen, und ging weg. An diesem Tag hatte August keine Gelegenheit mehr, mit ihm allein zu reden.

SIEBTES KAPITEL

Am 10. Juli starb Hartmann Rogers. Am 8. war er, nachdem er ein Glas Grog getrunken hatte, in Krämpfe verfallen. Er gehörte zur Partei des Kochs, und Dirk Peters hatte ganz besonders auf ihn gezählt. Er erzählte meinem Freund, er glaube, der Steuermann habe ihn vergiftet, und wenn er nicht sehr auf der Hut sei, werde er wohl auch bald an die Reihe kommen. Zu seiner Partei gehörten nur noch er selbst, Jones und der Koch. Die Gegner waren zu siebt. Er hatte mit Jones von seinem Plan, dem Steuermann den Befehl über das Schiff abzunehmen, gesprochen. Da dieser jedoch seinen Vorschlag sehr kühl aufgenommen hatte, hatte er sich gehütet, darauf zu bestehen oder dem Koch ein Wort davon zu sagen. Wie sich bald herausstellte, war es ein Glück, dass er so vorsichtig gewesen war, denn nachmittags sagte der Koch, er sei mit den Plänen des Steuermannes vollkommen einverstanden, und wechselte zu dessen Partei. Jones nahm die erstbeste Gelegenheit wahr, um mit Peters zu streiten, und er drohte, dessen Plan dem Steuermann zu verraten. Es war keine Zeit mehr zu verlieren: Peters beschloss, falls August ihm beistehen wolle, auf jeden Fall den Versuch zu wagen, sich das Schiff anzueignen. Mein Freund versicherte ihm, dass er bereit sei, und verriet ihm jetzt auch, da er die Gelegenheit für günstig hielt, meine Anwesenheit an Bord. Der Mestize war gleichermaßen erstaunt wie erfreut, denn auf Jones, der zur Partei des Steuermannes übergegangen war, konnte er sich nicht mehr verlassen. Sie kamen sofort herunter, August rief mich und machte mich mit Dirk Peters bekannt. Wir kamen überein, die erstbeste Gelegenheit zu ergreifen, uns des Schiffes zu bemächtigen, und Jones nicht in unsere Pläne einzuweihen. Sollten wir Erfolg haben, so wollten wir den nächsten Hafen anlaufen und das Schiff der Obrigkeit übergeben. Peters musste auf sein Vorhaben, die Inseln im Stillen Ozean aufzusuchen, verzichten, denn dieser Plan ließ sich nur mit einer größeren Mannschaft verwirklichen.

Er rechnete damit, bei einer eventuellen Verhandlung freigesprochen zu werden, denn er schwor uns feierlich, man könne es nur seinem zeitweiligen Irrsinn zuschreiben, dass er überhaupt an der Meuterei teilgenommen habe, und er hoffte, dass Augusts und mein Zeugnis ihn vor jeder Strafe bewahrten. Unsere Unterredung wurde durch den Ruf unterbrochen: »Alle Mann an Deck!« – Peters und August stürzten hinauf.

Wie gewöhnlich war die Mannschaft vollkommen betrunken, und bevor noch die Segel ordentlich eingezogen waren, warf ein heftiger Windstoß die Brigg auf die Seite. Sie stellte sich wieder auf, hatte jedoch sehr viel Wasser geschöpft. Kaum war der Schaden wieder behoben, erlitt die Brigg erneut einen Stoß und gleich darauf noch einen, jedoch ohne dass ein größerer Schaden entstand. Allem Anschein nach war ein Sturm im Anzug, und tatsächlich brach er bald von Norden und Westen mit großer Gewalt los. Man befestigte alles so gut wie möglich, und wir legten wie gewöhnlich unter eingerefftem Focksegel bei. Als der Abend kam, nahm der Sturm zu, und die See wurde außergewöhnlich unruhig. Peters stieg mit August wieder zum Vorderkastell hinunter, und wir nahmen unsere Beratungen von neuem auf.

Wir kamen überein, dass keine Gelegenheit günstiger sein könne, unseren Plan auszuführen, als die augenblickliche, und dass man in diesem Moment am allerwenigsten auf einen Handstreich gefasst sei. Da die Brigg beigelegt hatte, brauchte man ihr erst dann wieder Aufmerksamkeit zu schenken, wenn es wieder gutes Wetter wurde, und dann konnten wir – vorausgesetzt, dass wir Erfolg gehabt hatten – einen oder zwei der Gefangenen befreien und zwingen, uns zu helfen, einen Hafen anzulaufen. Die Hauptschwierigkeit lag im Ungleichgewicht der Kräfte. Wir waren zu dritt, und in der Kajüte waren sie zu neunt. Außerdem hatten sie alle Waffen, die an Bord waren, in ihrem Besitz. Peters hatte nur zwei kleine Pistolen in seiner Kleidung verborgen und besaß außerdem noch ein großes Seemannsmesser, das er immer im Gürtel trug. Überdies wiesen einige Anzeichen darauf hin, dass der Steuermann schon Verdacht geschöpft hatte und nur auf eine Gelegenheit wartete, um sich Peters' zu entledigen. So lagen zum Beispiel keine Axt und keine Hacke an ihrem Platz. Es war klar, dass wir unser

Vorhaben so rasch wie möglich ausführen mussten. Doch waren Kräfte, wie gesagt, zu ungleich verteilt, als dass nicht äußerste Vorsicht geboten gewesen wäre.

Peters wollte an Deck gehen, dort mit der Wache – es war Allen – ein Gespräch beginnen und dabei auf eine Gelegenheit warten, ihn möglichst geräuschlos über Bord zu werfen. Er glaubte, es werde ihm nicht schwerfallen. August und ich sollten dann hinaufstürzen, uns mit irgendwelchen Waffeln, die wir an Deck fänden, ausstatten, und dann wollten wir zusammen vorwärtsstürmen und uns die Kajütentreppe sichern, bevor die Eingeschlossenen Widerstand leisten konnten. Ich riet jedoch davon ab, weil ich nicht glauben konnte, dass der Steuermann, der ja ein sehr listiger Bursche war, sich so leicht fangen lassen würde. Die Tatsache, dass er überhaupt eine Wache an Deck aufgestellt hatte, bewies zur Genüge, dass er nicht arglos war, denn es ist, außer vielleicht auf Schiffen, auf denen die Disziplin ganz streng ist, nicht üblich, während eines Sturms, wenn das Schiff beigelegt hat, eine Wache an Deck aufzustellen. Doch musste irgendetwas geschehen, und zwar so bald wie möglich, denn nachdem Peters einmal Verdacht erregt hatte, war zu befürchten, dass man ihn bei der erstbesten Gelegenheit umbringen würde, und diese Gelegenheit konnte bald gefunden oder herbeigeführt werden.

Glücklicherweise kam mir der Gedanke, dass wir uns den Aberglauben und das schlechte Gewissen des Steuermannes zunutze machen könnten. Man wird sich erinnern, dass am Morgen dieses Tages einer von der Mannschaft, Hartmann Rogers, gestorben war, nachdem er zwei Tage zuvor, nach dem Genuss eines Glases Grog, plötzlich von Krämpfen befallen worden war. Peters hatte uns mitgeteilt, dass er glaube, der Steuermann habe den Mann vergiftet, und dass er Gründe für diese Annahme habe. Rogers war ungefähr gegen elf Uhr vormittags gestorben; der Körper bot schon ein paar Minuten nach dem Tod den grauenhaftesten Anblick, den man sich denken kann. Der Leib war furchtbar aufgeschwollen, wie der eines Ertrunkenen, der mehrere Wochen im Wasser gelegen hat, ebenso die Hände, während das Gesicht zusammengeschrumpft, verrunzelt und kalkigweiß aussah, zwei oder drei glühend rote Flecken, wie sie der Rotlauf zurücklässt, ausgenommen. Einer dieser Flecken zog sich schräg über das ganze Gesicht und bedeckte ein Auge des Toten wie ein rotes Samtband. In diesem grässlichen Zustand wurde der Leichnam gegen Mittag aus der Kajüte nach oben gebracht, um über Bord geworfen zu werden. Als der Steuermann ihn erblickte – er sah ihn zum ersten Mal – wurde er von Gewissensbissen oder vielleicht auch von einem bloßen Schauder über den fürchterlichen Anblick ergriffen, denn er befahl den Leuten, den Leichnam in eine Hängematte zu nähen und ihm das gewöhnliche Begräbnis der Seeleute zu geben. Daraufhin begab er sich sofort wieder hinunter, als fliehe er vor dem Anblick seines Opfers. Während man seinen Befehl ausführte, erhob sich der Sturm, und man musste einstweilen davon Abstand nehmen, den Toten über Bord zu werfen. Der Leichnam blieb sich selbst überlassen und schwamm in einer Ablaufrinne an Backbord.

Peters begab sich an Deck und wurde, wie erwartet, sogleich von Allen, der dort Wache stand, angeredet. Das Schicksal des Schurken war bald entschieden. Peters näherte sich ihm harmlos, fasste ihn dann schnell, bevor er einen Laut ausstoßen konnte, an der Kehle und warf ihn über Bord. Dann rief er uns, und wir gingen nach oben. Zuerst suchten wir nach irgendwelchen Waffen, mussten aber dabei sehr vorsichtig zu Werke gehen, da fortwährend Sturzwellen das Schiff überschwemmten. Außerdem mussten wir uns beeilen, denn der Steuermann konnte jeden Augenblick auftauchen, um pumpen zu lassen, da die Brigg ziemlich viel Wasser schöpfte. Obwohl wir ausgiebig gesucht hatten, fanden wir weiter nichts als zwei Pumpenschwengel, von denen August und ich Gebrauch machen sollten. Dann zogen wir dem toten Rogers die Kleider aus und warfen ihn über Bord. Peters und ich gingen hinunter, wohingegen August Allens Platz einnahm. Er stellte sich mit dem Rücken gegen die Kajütentreppe, sodass er, falls jemand von der Mannschaft nach oben kam, für den gerade eben über Bord Geworfenen gelten konnte.

Sobald ich unten angekommen war, begann ich, mich so gut es ging in den toten Rogers zu verwandeln. Dessen Hemd kam mir dabei sehr zustatten, denn es war von besonderer Form und Machart und leicht wiederzuerkennen; es war eine Art Bluse, die der Tote über seinen anderen Kleidungsstücken getragen hatte. Sie war aus blauem Trikotstoff mit weißen Streifen. Als ich sie übergezogen hatte, stopfte ich sie aus, um die fürchterliche Geschwulst zu imitieren. Mithilfe einiger Bettdecken gelang mir dies sehr leicht. Über meine Hände zog ich ein paar weißwollene Handschuhe, die ich mit allerlei Lumpen ausfüllte. Peters rieb dann mein Gesicht erst dick mit Kreide ein, schnitt sich in den Finger und bespritzte mich mit Blut. Der breite Streifen über dem Auge wurde nicht vergessen, und als wir fertig waren, sah ich Abscheu erregend genug aus.

ACHTES KAPITEL

Als ich mein Abbild im trüben Schein einer Blendlaterne in einem Stückchen Spiegelglas erblickte, erfasste mich ein abgrundtiefer Schrecken; mein Äußeres, mehr noch die Erinnerung an den so entsetzlich entstellten Toten, den ich vorstellen sollte, mochte ihn mir einflößen. Ich zitterte heftig und konnte mich kaum mehr entschließen, meine Rolle zu spielen. Es blieb jedoch keine Zeit zum Zögern, und so begab ich mich mit Peters an Deck.

Wir hielten uns alle drei nahe am Bollwerk und krochen lautlos bis zur Tür, hinter der die Kajütentreppe lag. Sie war nur halb geschlossen, und man konnte durch den Zwischenraum an den Angeln das Innere der Kajüte sehen. Wir erkannten sofort, welches Glück wir hatten, dass wir unseren Plan, die Mannschaft zu überraschen, nicht ausgeführt hatten: Ganz offensichtlich war man da unten auf der Hut. Nur einer schlief – er lag mit einer Flinte im Arm am Fuß der Treppe. Die Übrigen saßen auf den Matratzen, die sie aus ihren Schlafstätten geholt und auf den Boden geworfen hatten. Sie führten ein ernstes Gespräch, und obgleich gezecht worden war, wie zwei leere Krüge und etliche herumstehende Becher bewiesen, waren sie nicht so betrunken wie gewöhnlich. Alle trugen ihre Messer, einige waren mit Pistolen bewaffnet, unzählige Flinten lagen in ihrer Nähe.

Wir hörten ihrem Gespräch eine Zeit lang zu, bevor wir uns entschlossen, zu handeln. Sie redeten über ihre geplanten Raubzüge – sie wollten sich, wenn möglich, eines Schoners bemächtigen, und das sollte dann die Vorbereitung für größere Unternehmungen sein, von deren Einzelheiten wir jedoch nichts verstanden.

Einer der Männer sprach von Peters, der Steuermann antwortete mit so leiser Stimme, dass wir nicht hören konnten, was er sagte. Dann fügte er langsam hinzu: Er verstehe nicht, was Peters in einem fort mit dem Balg des Kapitäns im Vorderkastell zu besprechen habe; je eher die beiden über Bord wären, desto besser für sie alle. Niemand antwortete – doch schienen alle den versteckten Vorschlag des Steuermannes zu billigen. Ich wurde mit jedem Augenblick aufgeregter, besonders, da ich sah, dass Peters und August sich noch zu keinem entscheidenden Schritt entschließen konnten. Auf jeden Fall, so beschloss ich für mich, wollte ich mein Leben so teuer wie möglich verkaufen und mich von meinem Schrecken nicht beeinflussen lassen.

Das furchtbare Getöse, das der Sturm im Takelwerk und die Sturzwellen an Deck vollführten, ließ uns nur hin und wieder, wenn es einen Augenblick lang still war, ein paar Worte verstehen. In einer solchen Pause hörten wir deutlich, wie der Steuermann einem von seinen Leuten befahl, nach oben zu gehen und die verdammten Hunde herunter in die Kajüte zu holen, wo er ein Auge auf sie haben könne; er wolle an Bord der Brigg keine Geheimniskrämerei. Glücklicherweise schwankte das Schiff in diesem Augenblick wieder so stark, dass man seinen Befehl nicht gleich ausführen konnte. Dann erhob sich jedoch der Koch von seiner Matratze, um uns zu holen. Im selben Augenblick aber schleuderte ihn auch schon ein neuer furchtbarer Stoß, der alle Masten abzureißen schien, der Länge nach gegen eine der Backbordkajütentüren, und zwar so stark, dass sie aufsprang. Von uns war niemand gestolpert, und wir hatten Zeit genug, uns auf das Vorderkastell zurückzuziehen und dort das Weitere zu überlegen, bevor der Bote des Steuermannes endlich doch in der Kajütentür erschien. Alsbald steckte denn auch einer seinen Kopf heraus und rief Allen, den er nicht sehen konnte, den er aber noch auf Wache zu stehen glaubte, laut den Befehl des Steuermannes zu. Peters verstellte seine Stimme und antwortete schnell und kurz mit »Ja! Ja!«, worauf der Betreffende gleich wieder verschwand, ohne den geringsten Argwohn geschöpft zu haben.

Nun begaben sich meine beiden Gefährten sofort wieder nach hinten und stiegen in die Kajüte hinunter. Peters schloss die Tür wieder nur halb. Der Steuermann empfing sie mit vorgetäuschter Liebenswürdigkeit und sagte zu August, er dürfe sich jetzt, weil er sich in den letzten Tagen so gut betragen habe, in der Kajüte einrichten und ganz als einen der Ihren betrachten. Dann füllte er ein großes Glas halb mit Rum und bot es ihm an. Ich sah und hörte dies alles, denn ich war meinen Freunden gefolgt und hatte, sobald sich die Tür zur Kajütentreppe halb hinter ihnen geschlossen hatte, unseren alten Posten, von dem aus ich alles beobachten konnte, wieder eingenommen. Die beiden Pumpenschwengel hatte ich mitgebracht und versteckte den einen ganz in der Nähe der Treppe, um ihn im Notfall zur Hand zu haben.

Ich stellte mich nun so, dass ich nichts von dem, was unten vorging, verpassen konnte, und raffte all meinen Mut zusammen, um bei dem Zeichen, das Peters mir wie verabredet machen wollte, hinunterzusteigen. Er begann damit, die Unterhaltung auf die verschiedenen blutigen Zwischenfälle der ganzen Meuterei zu bringen, und brachte die Männer nach und nach dazu, verschiedene Gespenstergeschichten, die bei allen Seeleuten beliebt sind, anzuhören. Ich verstand nicht alles, was er sagte, doch las ich die Wirkung, die sie ausübten, an den Gesichtern der Zuhörer ab. Der Steuermann wurde offenbar immer aufgeregter, und als gleich darauf einer von dem schauderhaften Anblick des toten Rogers sprach, glaubte ich, er würde vor Entsetzen in Ohnmacht fallen. Peters fragte ihn, ob er es nicht für besser hielte, den Leichnam über Bord zu werfen, denn es sei geradezu grausig, ihn in der Rinne an Backbord herumschwimmen zu sehen. Nun begann der Elende krampfhaft und hastig zu atmen und fragte stotternd, ob nicht einer dies Geschäft übernehmen wolle. Doch niemand rührte sich, da alle durch Peters' Erzählungen im höchsten Grad aufgeregt und ängstlich geworden waren. In diesem Augenblick machte mir Peters ein Zeichen. Sofort stieß ich die Tür auf, stieg, ohne eine Silbe zu sprechen, hinunter und stand aufrecht mitten unter den Anwesenden.

Über die entsetzliche Wirkung, die die Erscheinung ausübte, wird sich niemand wundern, wenn er sich die begleitenden Umstände näher vorstellt. Es mag sein, dass es Fälle gibt, in denen in dem Betroffenen noch immer ein Zweifel an der Wirklichkeit der Erscheinung aufglimmt – eine schwache Hoffnung, dass er das Opfer irgendeines schlechten Streichs geworden ist –, dass das Gespenst nicht wirklich sei. Diese Meuterer konnten jedoch gar nicht anders als glauben, dass das, was sie sahen, wirklich der wiederauferstandene Rogers sei. Denn die Brigg schwamm einsam auf dem Meer und war während des Sturmes von außen unerreichbar. Die ganze Mannschaft des Schiffes war in der Kajüte versammelt, das wussten alle, und niemand hätte die Anwesenheit einer anderen Person für möglich gehalten. Nur Allen, der Wache gestanden hatte, fehlte, doch ließ seine wohl bekannte Riesengestalt – er war sechs Fuß und sechs Zoll hoch – auch den leisesten Verdacht, er stecke hinter der Erscheinung, gar nicht aufkommen. Erinnere man sich nun noch an den fürchterlichen Sturm und die aufregenden Geschichten, die Peters erzählt hatte, an den Schreck, den der grausige Anblick des Leichnams noch am Morgen in den Gemütern der Männer erregt hatte, an meine wohl gelungene Nachahmung und das trübe, flackernde Licht, in dem sie mich erblickten – die Kajütenlaterne schwankte heftig hin und her und warf nur schattenhafte Lichter auf meine Gestalt –, und man wird sich nicht wundern, dass unsere List eine noch viel stärkere Wirkung zeigte, als wir zu hoffen gewagt hatten: Der Steuermann schnellte von seiner Matratze hoch und fiel der Länge nach tot zu Boden; von einem heftigen Stoß, den das Schiff gerade bekam, wurde er wie ein Holzscheit in eine Ecke geschleudert. Und als wir die übrigen sieben Männer nun angriffen, da steckte ihnen der Schreck und das Entsetzen so in den Gliedern, dass nur drei von ihnen – der Koch, John Hunt und Richard Parker – sich zur Wehr setzten, jedoch nur schwachen, unentschlossenen Widerstand leisteten. Peters schoss die beiden Ersten einfach nieder, ich schlug Richard Parker mit meinem Pumpenschwengel zu Boden, August hatte inzwischen eine Flinte ergriffen und beförderte einen anderen – Wilscin – ins Jenseits. Nun blieben nur noch drei – doch die hatten mittlerweile ihre lähmende Angst ein wenig abgeschüttelt und ahnten vielleicht schon, dass sie einer Täuschung zum Opfer gefallen waren; sie kämpften mit wilder Entschlossenheit und hätten uns wohl bald besiegt, wenn nicht Dirk Peters mit seinen erstaunlichen Körperkräften gewesen wäre. Diese drei waren Jones, Greely und Absalon Hicks. Jones hatte August auf den Fußboden geworfen, stach ihm mehrere Male in den rechten Arm und hätte ihm wohl bald den Garaus gemacht – denn weder Peters noch ich konnten uns in diesem Augenblick unserer Gegner entledigen –, wenn ihm nicht ein Freund zu Hilfe gekommen wäre, auf dessen Beistand wir gar nicht gezählt hatten: Es war Tiger. Mit grimmigem Knurren sprang er in dem kritischen Moment in die Kajüte, stürzte sich auf Jones, zerrte ihn zu Boden nieder und ließ seine Kehle nicht eher wieder los, bis er sie durchgebissen hatte. Peters allein – August war zu verletzt, um helfen zu können, und mich hinderte meine ausgepolsterte Kleidung – hätte die beiden restlichen Männer wohl schon viel früher beseitigt, wäre der Raum nicht so eng und das Schwanken des Schiffes nicht so stark gewesen. Jetzt ergriff er, gerade in dem Augenblick, als Greely einen Flintenschuss auf mich abfeuern wollte, einen schweren Stuhl und schlug ihm damit den Schädel ein. Dann packte er Hicks und erdrosselte ihn mit der bloßen Kraft seiner Hände, sodass wir mit einem Mal Herren der Brigg waren. Der einzige Gegner, der noch lebte, war Richard Parker. Ich hatte ihn, wie man sich erinnern wird, am Anfang des Kampfes mit meinem Pumpenschwengel zu Boden geschlagen. Er lag bewegungslos an der Kajütentür; als Peters ihn mit dem Fuß anstieß, redete er und bat um Gnade. Sein Kopf war verletzt, sonst hatte er keine Verwundung davongetragen, und der Schlag hatte ihn nur betäubt. Er erhob sich, und wir banden ihm die Hände auf den Rücken. Der Hund hielt Jones noch immer fest und knurrte dazu. Wir untersuchten sein Opfer; es war tot; aus einer großen Wunde an der Kehle, die ihm die scharfen Zähne des Tiers zugefügt hatten, rann ein breiter Blutstrom.

Es war jetzt ungefähr ein Uhr morgens, der Sturm toste noch fürchterlich. Die Brigg ging offenbar sehr tief, und es musste etwas geschehen, um sie zu erleichtern. Fast nach jedem Schuss vorwärts ergoss sich eine Sturzsee über sie; die Wellen drangen oft bis in die Kajüte zu uns herunter, da ich die Tür zur Kajütentreppe offen gelassen hatte. Die ganze Schiffswand an Backbord war weggeschwemmt worden, ebenso die Schiffsküche und die Jolle. Das fortwährende Krachen und Schwanken des Hauptmastes ließ darauf schließen, dass er geborsten war. Um im unteren Schiffsraum mehr Platz für Waren zu schaffen, hatte man den Mast im Zwischendeck befestigt – wie es leider zuweilen von unfähigen Schiffsbauern geschieht –, sodass große Gefahr bestand, dass er ganz durchbrach. Und beim Fertigmachen der Pumpen fanden wir nicht weniger als sieben Fuß Wasser.

Wir ließen die Leichname zunächst in der Kajüte liegen und begannen zu pumpen. Parker wurde befreit und musste helfen. Augusts Arm wurde verbunden; er selbst half, so gut er konnte, doch war es nicht viel. Immerhin glaubten wir, dass wir des Lecks Herr werden könnten, wenn eine Pumpe ständig in Betrieb blieb. Da wir nur zu viert waren, hatten wir hart zu arbeiten. Doch hielten wir unsern Mut entschlossen aufrecht und erwarteten sehnsüchtig den Morgen, wo wir die Brigg dadurch zu erleichtern hofften, dass wir den Hauptmast abschlugen.

Wir verbrachten die Nacht in schrecklicher Angst und von Müdigkeit gequält; als der Tag abbrach, hatte der Sturm noch nicht nachgelassen, und keinerlei Anzeichen ließen darauf schließen, dass dies bald geschehen würde. Wir schleppten die Toten an Deck und warfen sie über Bord. Dann bemühten wir uns, den Hauptmast zu entfernen. Als wir die notwendigen Vorbereitungen vollendet hatten, schlug Peters den Mast mit einer Axt ab, während wir an den Stagen und Taljereepen standen. Als eine furchtbare Sturzwelle über die Brigg hereinbrach, wurde der Befehl gegeben, die Taljereepe abzuhauen. Es geschah. Eine Menge Holz und Takelwerk fiel ins Meer und erleichterte die Brigg sehr, ohne uns dabei einen beachtenswerten Schaden zuzufügen. Wir fanden heraus, dass das Schiff lange nicht mehr so tief ging wie vorher, doch war unsere Lage noch immer gefährlich genug. Auf Augusts Mithilfe konnten wir kaum hoffen. Da warf eine heftige Welle die Brigg plötzlich zur Seite, der Ballast sank leewärts – die gestauten Waren flogen schon seit einiger Zeit hin und her –, und einige Minuten lang schien uns nichts vor dem Untergang retten zu können. Teilweise erhob sich das Schiff jedoch wieder, aber wir lagen so stark auf der Seite, dass es nutzlos gewesen wäre, an den Pumpen zu arbeiten. Wir hätten es auch im Notfall nicht mehr gekonnt, denn unsere Hände waren von der ununterbrochenen schweren Arbeit ganz wund geworden und bluteten stark.

Gegen Parkers Rat begannen wir nun auch, den Fockmast abzuhauen, was uns nach vielen Schwierigkeiten gelang. Als er über Bord ging, riss er das Bugspriet mit, sodass uns nur noch der Rumpf des Schiffes blieb.

Aber als nun der Fockmast über Bord war und damit selbstverständlich auch das Focksegel, das die Brigg hochhielt, da lag das Deck schutzlos da, das große Boot und die Schiffswand am Steuerbord waren weggeschwemmt, und sogar das Ankerspill war zerschlagen. Eine gefährlichere, elendere Lage als die unsere war kaum noch denkbar.

Gegen Mittag schien der Sturm ein wenig nachzulassen, doch wurden wir bitter enttäuscht, denn er hatte bloß einige Minuten geruht, um danach mit doppelter Wut loszublasen. Gegen vier Uhr nachmittags war es vollkommen unmöglich geworden, irgendetwas gegen die Gewalt des Sturmes zu unternehmen. Und als die Nacht kam, blieb uns kein Hoffnungsschimmer mehr, dass das Schiff den Morgen noch sehen werde.

Gegen Mitternacht standen wir schon sehr tief unter Wasser; die Wellen waren jetzt bis zum Zwischendeck gedrungen. Kurz darauf wurde das Steuer weggeschwemmt, die Wellen, die es fortrissen, hoben den Achterteil der Brigg vollständig aus dem Wasser, und sie fiel nun mit einem Krachen zurück, als wäre sie schon in Stücke auseinandergebrochen. Wir hatten alle damit gerechnet, dass sich das Steuerruder am längsten halten würde, denn es war ungewöhnlich stark und getakelt, wie ich es niemals, weder vorher noch nachher, gesehen habe. Seinen Hauptbalken entlang verlief eine Reihe fester eiserner Haken, die auch in den Hintersteven eingeschlagen waren. Durch diese Haken ging eine sehr dicke schmiedeeiserne Stange, an der das Steuer sich frei bewegen konnte, während es gleichzeitig an dem Hintersteven befestigt war. Wie entsetzlich die Wucht der Wellen war, die es wegschwemmten, geht daraus hervor, dass jeder einzelne Haken, der den Hintersteven ganz durchdrang und an der Innenseite eingehakt war, gänzlich aus dem festen Holz herausgerissen wurde.

Wir waren nach diesem furchtbaren Stoß kaum wieder zu Atem gekommen, als eine der entsetzlichsten Sturzwellen, die ich je gesehen habe, über Bord auf uns losbrach, die Kajütentreppe einfach wegriss, in die Luken eindrang und das Schiff bis in den letzten Winkel überschwemmte.

NEUNTES KAPITEL

Glücklicherweise hatten wir uns alle vier, bevor die Nacht gekommen war, so fest wie möglich an die Trümmer des Ankerspills angebunden und lagen flach auf dem Deck. Diese Vorsichtsmaßnahme hat uns zweifellos gerettet. Sobald ich wieder Atem schöpfen konnte, nachdem die Wasserflut über uns hinweggerollt war, rief ich meine Gefährten laut mit Namen. Nur August antwortete und sagte leise: »Es ist vorbei mit uns.« Dann aber konnten auch die beiden anderen wieder reden, und sie ermahnten uns, Mut zu fassen, noch sei nicht alle Hoffnung verloren, die Brigg könne wegen ihrer Ladung unmöglich ganz untergehen, und verschiedene Anzeichen deuteten außerdem darauf hin, dass der Sturm am Morgen nachlassen würde. Diese Worte gaben mir neue Lebenskraft, denn ich hatte noch gar nicht daran gedacht, dass ein mit leeren Tonnen beladenes Schiff ja unmöglich untergehen könne. Die Nacht war undurchdringlich finster, und das wüste Getöse, das uns umgab, lässt sich nicht mit Worten beschreiben. Das Deck unseres Schiffes befand sich auf Höhe der Wasserlinie und war von einem Schaumrand umgeben, von dem aus sich in kurzen Abständen Spritzwellen über uns ergossen. Unsere Köpfe waren von drei Sekunden nur eine über Wasser. Obgleich wir dicht nebeneinander lagen, konnten wir uns nicht sehen. Von Zeit zu Zeit riefen wir uns beim Namen, um unsere Hoffnung zu beleben und den, der es gerade am dringendsten nötig zu haben schien, zu trösten und zu ermutigen. Augusts große Schwäche beunruhigte uns sehr, und da sein verwundeter Arm es ihm unmöglich machte, sich so fest wie wir anderen anzubinden, fürchteten wir, ihn jeden Augenblick davongeschwemmt zu sehen – doch ihm Hilfe zu leisten, war ein Ding der Unmöglichkeit. Glücklicherweise war seine Lage etwas sicherer als die der anderen, denn die obere Partie seines Körpers wurde durch ein überhängendes Stück des Ankerspills geschützt, sodass der Aufprall der über ihn herstürzenden Wellen etwas gemildert wurde.

Da die Brigg stark auf der Seite lag, waren wir überhaupt weniger in Gefahr, fortgeschwemmt zu werden, als wenn sie eine andere Lage gehabt hätte. Das Backbord hatte sich, wie ich schon bemerkte, stark geneigt, sodass ein Teil des Decks vollständig unter Wasser war. Die Wellen, die also von Steuerbord aus über uns herüberfielen, brachen sich zum größten Teil am Schiffsrand und erreichten uns nur zum Teil, da wir flach hingestreckt lagen, während die, die von Backbord über uns herfielen, uns nicht aus unserer Lage zu reißen vermochten.

Wir blieben in dieser qualvollen Lage bis zum Tagesanbruch, der uns die Schrecken, die uns umgaben, erst deutlich erkennen ließ. Die Brigg schien nur noch ein Holzwrack zu sein, das jeder Welle preisgegeben war; und der Sturm nahm noch stetig zu. Stundenlang schwiegen wir, schaudernd vor Angst, dass sich die Stricke lösen würden, dass die Überbleibsel des Ankerspills über Bord gehen könnten oder dass eine der ungeheuren Wellen, die sich vor uns, neben uns und über uns auftürmten, das Schiff einmal so lange unter Wasser begraben würde, dass wir ertrinken mussten, bevor wir wieder Luft bekamen. Plötzlich, gegen Mittag, blitzte ein Sonnenstrahl auf, und kurze Zeit darauf spürte ich, dass der Sturm merklich abflaute, aber erst gegen Abend beruhigte sich das Meer einigermaßen. Nur noch alle fünf Minuten schlug dann eine Welle über den Schiffsrumpf. Seit mehreren Stunden hatte ich keinen von meinen Gefährten mehr sprechen gehört. Ich rief Augusts Namen. Er antwortete mir, doch so schwach, dass ich nicht verstand, was er sagte. Dann sprach ich zu Peters und Parker, doch keiner von ihnen schien mich zu hören.

Kurze Zeit später fiel ich in eine Art Bewusstlosigkeit, in der meine Sinne meiner Fantasie die lockendsten Bilder vorgaukelten. Ich sah Bäume in schwellendem Grün, prächtige Fluren, in denen reife Getreidefelder wogten, lange Züge junger Tänzerinnen, glänzende Reiterkavalkaden und andere Phantasmagorien. Wenn ich jetzt zurückdenke, erinnere ich mich, dass in allem, was meine Träume mir damals vorspiegelten, die Bewegung der beherrschende Gedanke war. Nie träumte ich von festen, unbeweglichen Dingen, von einem Haus etwa oder einem Berg, aber in schier endloser Folge zogen Windmühlen, Schiffe, riesige Vögel, Reiter, rasend dahinjagende Wagen an mir vorüber. Als ich aus diesem sonderbaren Zustand erwachte, war, soweit ich schätzen konnte, die Sonne schon seit ungefähr einer Stunde aufgegangen. Nur mit Mühe erinnerte ich mich der Umstände, die mit meiner Lage zusammenhingen; eine Zeit lang glaubte ich, noch im Schiffsraum eingesperrt zu sein, und hielt Parkers Körper neben mir für meinen Hund Tiger.

Als ich schließlich wieder zu mir gekommen war, bemerkte ich, dass nur noch eine mäßige Brise wehte und das Meer verhältnismäßig ruhig war, sodass die Brigg nur noch seitlich Wellen abbekam. Mein linker Arm hatte seine Fesseln zerrissen und war am Ellbogen ziemlich stark verletzt. Der rechte war vollkommen taub geworden, die Hand und das Handgelenk durch den Druck der Fesseln, der von der Schulter bis ganz nach unten in die Fingerspitzen gewirkt hatte, furchtbar aufgeschwollen. Ein anderes Tau, das ich um den Leib geschlungen hatte, hatte sich unerträglich eng zusammengezogen und peinigte mich fürchterlich. Ich blickte zu meinen Gefährten und fand heraus, dass Peters noch lebte, obgleich sich ein Strick so fest um seine Lenden gepresst hatte, dass es aussah, als wäre er in zwei Teile geschnitten worden. Als ich mich rührte, machte auch er eine schwache Bewegung und deutete auf den Strick. August gab kein Lebenszeichen von sich. Parker dagegen war bei vollem Bewusstsein und fragte, ob ich wohl die Kraft hätte, ihn aus seiner Lage zu befreien. Er bat mich, all meine Energie zusammenzuraffen und ihn loszubinden – in diesem Fall könnten wir vielleicht gerettet werden, während uns so der Untergang gewiss sei.

Ich sprach ihm Mut zu und ging daran, ihn zu befreien. Ich suchte in meiner Tasche nach meinem Messer und öffnete es, dann durchschnitt ich mit der linken Hand die Fesseln der rechten und die anderen Taue, die mich festhielten. Aber als ich mich erheben wollte, spürte ich, dass meine Beine mir den Dienst versagten und mein rechter Arm bewegungslos war. Parker riet mir, ein paar Minuten still zu liegen und mich mit der linken Hand am Ankerspill festzuhalten, damit das Blut im rechten Arm wieder zirkulieren könne. Ich tat es, und die Taubheit begann zu schwinden, sodass ich den rechten Arm allmählich wieder gebrauchen konnte. Ich schob mich vorsichtig auf Parker zu und schnitt die Stricke, die ihn banden, entzwei. Nachdem auch er seine Glieder wieder bewegen konnte, beeilten wir uns, zunächst Peters zu befreien.

Der Strick war durch ein wollenes Beinkleid und zwei wollene Hemden hindurchgedrungen und hatte sich tief in sein Fleisch geschnitten, sodass reichlich Blut floss, als wir ihn entfernten. Kaum war dies geschehen, sprach er wieder und schien augenblicklich Erleichterung zu empfinden. Auch konnte er schneller als Parker und ich seine Glieder wieder bewegen; er verdankte dies wohl der durch die offene Wunde hervorgerufenen schnelleren Zirkulation seines Blutes.

August lag regungslos da, und wir hatten wenig Hoffnung, ihn wieder zu sich zu bringen. Als wir uns ihm näherten, sahen wir jedoch, dass er nur infolge von Blutverlust ohnmächtig geworden war, da der Verband, den wir seinem verwundeten Arm angelegt hatten, von den Wellen abgerissen worden war. Keines der Taue, die ihn an das Ankerspill banden, hatte sich so festgezogen, dass es seinen Tod verursacht haben könnte. Als wir ihn losgebunden hatten, brachten wir ihn an einen trockenen Platz, legten ihn mit dem Kopf ein wenig nach unten und begannen, seine Glieder zu reiben. Nach ungefähr einer halben Stunde kam er zu sich, doch erst am folgenden Morgen schien er uns zu erkennen und fand die Kraft, ein paar Worte zu sprechen.

Als wir mit dem Losbinden der Taue fertig waren, war die Nacht gekommen. Der Himmel bedeckte sich wieder, und wir fühlten uns von der folternden Angst gepeinigt, der Sturm könnte wieder zunehmen. Erschöpft, wie wir waren, hätte niemand von uns eine zweite Schreckensnacht überleben können. Zum Glück hielt sich das Wetter, und das Meer beruhigte sich nach und nach. Aus Nordwest blies eine leichte Brise, doch war es durchaus nicht kalt. August, der natürlich zu schwach war, um sich festzuhalten, wurde sorgfältig am Ankerspill festgebunden, damit ihn die Schwankungen des Wracks nicht über Bord werfen konnten. Wir anderen hatten solche Vorsichtsmaßnahmen nicht nötig. Wir setzten uns nahe zusammen, stützten uns gegenseitig und begannen zu überlegen, wie wir uns aus dieser fürchterlichen Lage befreien könnten. Auch entledigten wir uns unserer Kleider und wrangen sie kräftig aus. Als wir sie wieder anzogen, schienen sie uns eigentümlich warm zu sein, und sie dienten nicht wenig dazu, unsere Kräfte neu zu beleben. Wir zogen nun auch August aus und erwiesen ihm denselben Dienst, und auch er fühlte sich bald ein wenig wohler.

Hunger und Durst quälten uns jetzt am heftigsten, und als wir vergeblich auf Mittel sannen, diesen Leiden abzuhelfen, sank wieder all unser Mut. Doch versuchten wir uns mit der Hoffnung zu trösten, dass uns bald ein Schiff aufnehmen würde, und wir ermutigten uns, alles, was auch kommen möge, mit Festigkeit zu ertragen.

Als der nächste Morgen dämmerte, war das Wetter noch klar und schön, eine beständige, doch leichte Brise wehte nach wie vor aus Nordwest. Die See war glatt, und aus irgendeinem Grund lag die Brigg nicht mehr auf der Seite, das Deck war verhältnismäßig trocken, und wir konnten darauf hin und her gehen. Seit drei Tagen hatten wir nun nichts mehr gegessen und getrunken, und es wurde dringend notwendig, wenigstens den Versuch zu machen, uns irgendetwas von unten zu verschaffen. Da die Brigg jedoch voll Wasser stand, gingen wir ziemlich mutlos und ohne Hoffnung, etwas aufzufischen, ans Werk. Wir stellten eine Art Angel her, indem wir einige Nägel, die wir aus den Überbleibseln der Tür zur Kajütentreppe zogen, in zwei Stück Holz trieben. Diese befestigten wir nun kreuzweise übereinander, banden sie an ein Stück Tau, ließen es in die Kajüte hinunter und zogen es hin und her, in der schwachen Hoffnung, irgendetwas Essbares oder wenigstens etwas heraufzubefördern, das uns dazu dienen könnte, Nahrung herbeizuschaffen. Wir brachten den größten Teil des Morgens mit dieser Beschäftigung zu, ohne etwas anderes zu fischen als ein paar Bettdecken, in die sich die Nägel eingehakt hatten. Unser Werkzeug war so plump und unpraktisch, dass wir kaum auf bessere Erfolge hoffen durften.

Wir setzten unsere Versuche im Vorderkastell fort, ohne bessere Resultate zu erzielen. Da kam Peters auf den Gedanken, sich ein Tau um den Leib legen zu lassen und in die Kajüte hinunterzutauchen. Wir begrüßten diesen Vorschlag mit einer Freude, die nur die wiederkehrende Lebenshoffnung geben kann. Er begann sofort, sich seiner Kleider, die Beinkleider ausgenommen, zu entledigen. Ein starker Strick wurde so um seinen Leib und seine Schultern gewunden, dass er nicht herausgleiten konnte. Das Unternehmen war schwierig und gefahrvoll, denn da in der Kajüte, wenn sie überhaupt Lebensmittel enthielt, auf keinen Fall viel zu finden war, musste der Taucher, wenn er unten angelangt war, sich nach rechts wenden und unter Wasser durch einen engen Gang ungefähr zehn oder zwölf Schritte bis zum Vorratsraum und wieder zurücktasten, ohne atmen zu können.

Als alles vorbereitet war, stieg Peters zur Kajüte hinunter. Zuerst benutzte er die Treppe, bis ihm das Wasser zum Kinn reichte, dann tauchte er kopfüber hinunter, indem er sich nach rechts wandte, und bemühte sich, den Weg zur Vorratskammer zu finden. Der erste Versuch misslang. Nachdem er etwa eine halbe Minute verschwunden war, fühlten wir, dass heftig an dem Tau gerissen wurde. Dies war das verabredete Signal, dass er heraufgezogen zu werden wünschte. Wir taten es sofort, jedoch so heftig, dass er sich an der Treppe verletzte. Er brachte nichts mit herauf, denn er konnte nur ein sehr kurzes Stück in den Gang eindringen, weil er sich beständig anstrengen musste, um am Boden zu bleiben und nicht zur Decke hochgehoben zu werden. Als er bei uns ankam, war er sehr erschöpft und musste sich eine Viertelstunde ausruhen, bevor er sich zum zweiten Mal hinunterwagte.

Der zweite Versuch hatte ein noch schlechteres Ergebnis. Peters blieb so lange unter Wasser, ohne ein Zeichen zu geben, dass wir unruhig wurden und ihn von selbst heraufzogen. Er war fast erstickt und hatte, wie er sagte, schon mehrere Male an dem Strick gezogen, ohne dass wir es gefühlt hatten. Schuld daran war wahrscheinlich der Umstand, dass sich ein Teil des Strickes in dem Geländer am Fuß der Treppe verfangen hatte. Das Geländer war überhaupt so sehr im Weg, dass wir beschlossen, es zu entfernen, bevor wir mit unseren Versuchen fortfuhren. Da wir außer unseren Händen keine Werkzeuge hatten, um die Arbeit auszuführen, begaben wir uns alle, so tief es ging, auf die Treppe, stießen mit vereinten Kräften gegen das Geländer und zerstörten es tatsächlich.

Der dritte Versuch war ebenso nutzlos wie die beiden ersten, und es wurde immer klarer, dass wir unser Ziel nie erreichen würden, wenn wir nicht dem Tauchenden ein Gewicht mitgaben, das ihn unten am Boden hielt. Wir suchten lange Zeit nach einem geeigneten Gegenstand und entdeckten schließlich einen der eisernen Tauhalter, den die Wellen so weit losgerissen hatten, dass wir ihn ohne Schwierigkeit ganz aus dem Boden des Decks zogen. Peters befestigte ihn an seinem Fuß und ließ sich zum vierten Male in die Kajüte hinunter. Diesmal gelang es ihm, bis zur Tür der Vorratskammer vorzudringen – aber er fand sie fest verschlossen und musste unverrichteter Dinge wieder zurückkehren. Unsere Lage war verzweifelt, und August und ich brachen in Tränen aus, als wir an die zahllosen Gefahren dachten, die uns bedrohten, und daran, dass wir wohl niemals würden Rettung finden. Doch war das nur eine Schwäche, die bald vorüberging.

ZEHNTES KAPITEL

Kurze Zeit später trat ein Ereignis ein, das mich mit größerer Freude und gleich darauf mit tieferem Schauder erfüllte als irgendeine der schrecklichen Begebenheiten, die mir später im Lauf von neun Jahren zugestoßen sind – im Lauf von neun Jahren, die voll der überraschendsten, unerhörtesten, ja, voll der unmöglich scheinenden Abenteuer gewesen ist.

Wir hockten nahe bei der Kajütentreppe an Deck und erwogen noch immer die Möglichkeit, bis zur Proviantkammer vorzudringen, als meine Blicke auf August fielen, der mir gegenüberlag. Er war plötzlich leichenblass geworden, seine Lippen zitterten in unerklärlicher, sonderbarer Weise. Bestürzt redete ich ihn an, doch er antwortete mir nicht, und ich glaubte schon, er sei von einem plötzlichen Unwohlsein befallen worden, als mir der Ausdruck seiner Augen auffiel, die starr auf einen Gegenstand irgendwo hinter mir gerichtet waren. Ich wandte meinen Kopf um – und wohl niemals werde ich den schrillen Jubelruf vergessen, den ich ausstieß, als ich bemerkte, dass eine große Brigg auf uns zuzukommen schien und kaum noch zwei Meilen von uns entfernt war. Ich sprang auf und wies auf das Schiff – ein richtiges Wort konnte ich nicht herausbringen. Peters und Parker gerieten ebenfalls in ungeheure Aufregung, die sich jedoch bei ihnen ganz anders äußerte. Peters tanzte wie toll auf dem Deck umher, sprach unzusammenhängendes Zeug vor sich hin, schrie und heulte wie ein Indianer, während Parker in Tränen ausbrach und mehrere Minuten lang wie ein kleines Kind weinte.

Das Schiff war ein Zweimaster nach holländischer Bauart, schwarz gestrichen, und trug einen glitzernden vergoldeten Schiffsschnabel. Als wir die Brigg zum ersten Mal erblickten, war sie, wie gesagt, etwa zwei Meilen windwärts von uns entfernt und hielt auf uns zu. Es wehte eine sehr leichte Brise, und wir wunderten uns, dass die Brigg keine anderen Segel als das Hauptsegel aufgezogen hatte. Sie kam auch nur sehr langsam vorwärts. Unsere Ungeduld grenzte an Wahnsinn. Trotz unserer großen Erregung fiel uns allen auf, wie ungeschickt sie gesteuert wurde, sie schwankte ein paar Mal so heftig, dass wir schon fürchteten, man habe unser Wrack nicht bemerkt oder man lege um, da man niemanden an Bord gesehen habe. Dann schrien wir jedes Mal aus vollem Hals; das unbekannte Schiff schien daraufhin seine Absicht zu ändern und auf uns zuzusteuern. Dies sonderbare Manöver wiederholte sich zwei oder drei Mal, und wir konnten es uns schließlich nur so erklären, dass der Steuermann betrunken sei.

Wir bemerkten niemanden an Bord, bis das Schiff sich uns auf eine viertel Meile genähert hatte. Dann erkannten wir drei Männer, die wir ihrer Kleidung nach für Holländer halten mussten. Zwei von ihnen lagen auf alten Segeln in der Nähe des Vorderkastells, der dritte, der uns neugierig zu betrachten schien, lehnte in der Mitte des Bugspriets über dem Steuerbord. Er war groß und kräftig und von schwarzer Gesichtsfarbe und schien uns zur Geduld ermahnen zu wollen, denn er nickte uns freundlich, doch seltsamerweise in einem fort zu und lächelte unaufhörlich, wobei er uns zwei Reihen glänzender Zähne zeigte. Als das Schiff noch näher kam, sahen wir, wie seine rote Wollmütze vom Kopf ins Wasser wehte; doch schien ihn das gar nicht weiter zu bekümmern, denn er hörte nicht einen Augenblick lang auf, in seiner bizarren Weise zu uns herüberzugrinsen und zu nicken. Ich muss erwähnen, dass ich alle diese Dinge und Umstände genau so erzähle, wie sie mir damals erschienen.

Die Brigg kam langsamer und sicherer als vorher auf uns zu, und – noch jetzt kann ich nicht ruhig bleiben, wenn ich von dieser Begebenheit rede – unsere Herzen schlugen zum Zerspringen, und unsere ganze Seele strömte über von Dank über diese unerwartete nahe und sichere Rettung. Da – plötzlich wehte von dem seltsamen Schiff, dem wir nun ganz nahe gekommen waren, über den Ozean ein Wind zu uns her und brachte einen Geruch mit – einen Gestank, für den man keine Worte finden kann, so über alle Maßen ekelhaft, erstickend, unerträglich war er! Ich rang nach Atem und sah, als ich mich umwandte, dass meine Gefährten totenbleich geworden waren. Doch hatten wir keine Zeit, um Fragen und Vermutungen anzustellen – die Brigg war uns auf fünfzig Schritt nahe gekommen und schien direkt auf uns zuzuhalten, um uns aufzunehmen, ohne ein Boot herunterzulassen. Wir stürzten alle nach vorn, als eine starke Welle die Brigg zur Seite drehte, sodass wir, als sie in einer Entfernung von ungefähr zwanzig Fuß an uns vorüberglitt, ihr Deck überschauen konnten. Niemals werde ich diesen entsetzlichen Anblick vergessen! Fünfundzwanzig Leichname lagen in dem grausigsten Zustand der Verwesung auf dem Boden umher! Wir sahen, dass auf diesem fluchbeladenen Schiff nicht eine einzige lebende Seele mehr war. Und doch riefen wir in unserer Verzweiflung die Toten um Hilfe an – baten in wüster, hoffnungsloser Angst diese schweigenden Masken, ihr Schiff aufzuhalten, damit wir nicht würden wie sie, und uns in ihre scheußliche Gesellschaft aufzunehmen. Entsetzen und Verzweiflung hatten uns zu Verrückten gemacht.

Als wir unseren ersten lauten Schreckensschrei ausstießen, antwortete etwas vom Bugspriet des fremden Schiffes her, und der Ton glich so vollkommen einer menschlichen Stimme, dass sich auch das feinste Ohr getäuscht haben würde. Im selben Augenblick wandte uns eine plötzliche Welle das Vorderkastell des Schiffes zu, und wir erblickten den, der das Geräusch hervorgebracht hatte. Wir sahen den großen, robusten Mann noch immer über die Schiffswand gelehnt und mit dem Kopf nicken, doch hielt er das Gesicht von uns abgewandt, sodass wir es nicht sehen konnten. Seine Arme waren über das Barkholz ausgestreckt. Die Hände hingen nach außen herunter, seine Füße ruhten auf einem dicken Tau, das, straff angezogen, vom Fuß des Bugspriets bis zu einem der Kranbalken ging. Auf seinem Rücken, an dem ein Stück des Hemdes herausgerissen war, saß eine große Seemöwe, die sich an dem schauderhaften Fleisch gütlich tat. Ihr Schnabel und ihre Klauen waren tief in dem Körper vergraben und ihr weißes Gefieder über und über mit Blut besudelt. Als die Brigg noch weiter um uns herumglitt, zog der Vogel mit viel Mühe seinen Kopf hervor, sah uns einen Augenblick lang wie verblüfft an, verließ dann schwerfällig den Leichnam, an dem er geschmaust hatte, und flog über unser Deck, flog wieder zurück, hin und her, immer ein blutig fauliges Stück Fleisch in seinem Schnabel. Plötzlich fiel der grässliche Bissen aufklatschend direkt vor Parkers Füßen zu Boden. Möge Gott mir vergeben – im ersten Augenblick durchzuckte mich ein Gedanke, ein Gedanke, den ich nicht niederschreiben kann: Ich fühlte, wie ich mechanisch einen Schritt auf das blutüberronnene Stück zumachte, dann hob ich die Augen und sah Augusts Blicke mit so mahnendem, festem Ausdruck auf mich gerichtet, dass ich sofort wieder zu mir kam; ich stürzte vor und warf den entsetzlichen Fund ins Meer. Der Körper, von dem er stammte, ruhte, wie ich sagte, auf dem Tau und hatte unter den Schnabelhieben des gefräßigen Vogels so auf und ab geschwankt, dass wir ihn für lebendig halten konnten. Als die Möwe davonflog, schwankte er wieder und fiel teilweise nach vorn, sodass wir das Gesicht sahen. Ich glaube, niemals haben Menschenaugen etwas Grässlicheres gesehen. Die Augen und das ganze Fleisch um den Mund waren ausgefressen, sodass die Zähne vollständig entblößt dalagen. Dies also war das Lächeln, das uns Hoffnung verheißen hatte, dies also war – doch – ich – schweige. Die Brigg glitt, wie ich schon sagte, leewärts an unserem Wrack entlang. Mit ihr und ihrer fürchterlichen Mannschaft schwand unsere Hoffnung auf Rettung und Leben. Da sie eine Zeit lang dicht hinter uns herschwamm, hätten wir vielleicht ein Mittel finden können, zu ihr hinzugelangen. Aber die plötzliche Enttäuschung und unsere grausige Entdeckung machten uns zu stumpfsinnig, um nachzudenken, um überhaupt auf den Gedanken zu kommen. Wir konnten erst wieder denken und handeln, als es zu spät, als der Rumpf des Schiffes kaum noch zu sehen war; erst da erwogen wir eifrigst die Frage, ob es nicht durch Schwimmen noch zu erreichen sei!

Ich habe später oft versucht, mir das Rätsel, das das schreckliche Schiff umgab, zu lösen. Seine Bauart und seine Ausstattung ließen, wie ich schon sagte, darauf schließen, dass es ein holländisches Handelsschiff gewesen war. Auch die Kleidung der Mannschaft bestärkte mich in dieser Ansicht. Wir hätten leicht den Namen des Schiffes lesen und andere Beobachtungen, die uns aufgeklärt haben würden, machen können, doch waren wir vor lauter Aufregung blind gewesen. Aus der safrangelben Farbe der Leichname, die noch nicht ganz verwest waren, schlossen wir, dass die ganze Mannschaft am Gelbfieber oder einer anderen hitzigen Krankheit gestorben sei. Wenn dies wirklich der Fall war, und ich wüsste nicht, welche Krankheit es sonst gewesen sein könnte, so musste der Tod sie alle ganz plötzlich überrascht haben, und die Krankheit musste hitziger aufgetreten sein als irgendeine bis jetzt der Menschheit bekannte Seuche. Es ist ja möglich, dass irgendein zufällig in die Speisevorräte gelangtes Gift das Unheil herbeigeführt hatte. Vielleicht hatten sie irgendeine unbekannte giftige Art Fisch, einen Seevogel oder irgendein anderes Seetier gegessen, was weiß ich? – Es ist ja auch vollkommen überflüssig, in einem Fall Vermutungen anstellen zu wollen, der so ganz in entsetzliche und unergründliche Geheimnisse eingehüllt ist und es auch wohl immer bleiben wird.

ELFTES KAPITEL

Wir verbrachten den Rest des Tages in stumpfer Lethargie und blickten dem entgleitenden Schiff so lange nach, bis die Finsternis es unseren Blicken entzog und uns wieder uns selbst überließ. Die Qualen des Hungers und des Durstes stellten sich von neuem ein und verschlangen alle anderen Sorgen und Überlegungen. Doch konnten wir vor Tagesanbruch nichts beginnen. Wir befestigten uns so gut wie möglich und versuchten, ein wenig auszuruhen. Es gelang mir wider Erwarten gut; ich schlief, bis meine Gefährten mich bei Tagesanbruch weckten und wir mit vereinten Kräften von neuem versuchten, Vorräte aus der Speisekammer heraufzuschaffen.

Über dem Wasser schwebte jetzt eine Totenstille. Die See lag so glatt da, wie man sie nicht oft sieht. Das Wetter war warm und freundlich. Die Brigg sahen wir nicht mehr.

Mit einiger Mühe lösten wir einen zweiten Tauhalter und banden ihn mit dem anderen an Peters' Füße. Er versuchte zum zweiten Mal, die Tür der Vorratskammer zu erreichen, und hoffte, dass es ihm möglich sein werde, sie aufzustoßen, wenn er nur früh genug an sie herangelangen könne. Da der Schiffsrumpf viel waagerechter lag als gestern, glaubte er immerhin, heute mehr Glück zu haben.

Es gelang ihm auch sehr bald, die Tür zu erreichen. Er löste eines der Gewichte von seinen Füßen und bemühte sich, sie einzuschlagen. Doch waren alle seine Anstrengungen vergebens, da sie fester gezimmert war, als er erwartet hatte. Er war ganz erschöpft von dem langen Aufenthalt im Wasser, und es erwies sich als nötig, dass einer von uns ihn ablöste. Parker bot sich sofort an, doch gelang es ihm nach dreimaligem Untertauchen nicht einmal, bis zur Tür vorzudringen. Augusts schlimme Verwundung am Arm schloss jeden Versuch seinerseits von vornherein aus, denn hätte er auch die Speisekammer erreichen können, so wäre es ihm erst recht unmöglich gewesen, die Tür zu sprengen. So kam also die Reihe an mich, meine Kräfte unserem gemeinsamen Wohl zur Verfügung zu stellen.

Peters hatte einen der Tauhalter unten in dem schmalen Gang zurückgelassen. Da ich, gleich nachdem ich untergetaucht war, fühlte, dass ich nicht genügend Last trug, um mich mühelos unter Wasser halten zu können, beschloss ich, mich bei meinem ersten Versuch darauf zu beschränken, das verlorene Gewicht wiederzufinden. Als ich mit den Füßen am Boden suchend umherfühlte, stieß ich plötzlich an einen harten Gegenstand, den ich, ohne mich seiner Art und Form zu vergewissern, sofort ergriff, worauf ich mich wieder hochziehen ließ. Man kann sich unsere Freude kaum vorstellen, als sich mein Fund als eine mit Portwein gefüllte Flasche herausstellte. Wir dankten Gott von ganzem Herzen für diese Hilfe, zogen mit einem Federmesser den Korken heraus, nahmen jeder einen kleinen Schluck und fühlten uns sofort auf seltsame Weise gestärkt und von Wärme und neuer Lebenskraft durchdrungen. Nun verkorkten wir die Flasche wieder sorgfältig, umwickelten sie mit einem Taschentuch und banden sie vorsichtig fest, damit sie nicht etwa durch ein Unglück abhanden kommen oder zerschlagen werden konnte.

Ich ruhte mich ein wenig aus, stieg sodann wieder hinunter und fand den Tauhalter, mit dem ich nun von neuem ans Tageslicht kam. Als ich ihn fest um meinen Fuß gebunden hatte, tauchte ich zum dritten Mal unter, musste jedoch einsehen, dass es mir nie gelingen würde, die Tür zur Vorratskammer einzuschlagen. Verzweifelt stieg ich wieder nach oben.

Nun blieb uns – das wusste ich – auch nicht mehr der Schatten einer Hoffnung, und ich schloss aus den Mienen meiner Gefährten, dass auch sie jede Rettung für ausgeschlossen hielten. Der kleine Schluck Portwein hatte sie übrigens ganz und gar betrunken gemacht; mich hatte vielleicht das kalte Bad davor bewahrt. Sie sprachen lauter unzusammenhängendes Zeug, redeten von Dingen, die mit unserer Lage nicht das Geringste zu tun hatten. Peters fragte mich nach allem Möglichen, etwa über meine Vaterstadt Nantucket; August kam mit ernster Miene auf mich zu und bat mich um meinen Taschenkamm, sein Haar stecke voller Fischschuppen, er wolle es auskämmen, bevor wir an Land gingen. Parker schien etwas ruhiger zu sein, er flehte mich an, noch einmal in die Kajüte hinunterzutauchen und den erstbesten Gegenstand, den ich nur fassen könne, mit heraufzubringen. Damit war ich einverstanden, und bei dem ersten Versuch brachte ich, nachdem ich wohl eine ganze Minute unter Wasser gewesen war, einen kleinen Lederkoffer herauf, der Kapitän Barnard gehört hatte. Wir öffneten ihn sofort in der schwachen Hoffnung, er könne vielleicht irgendetwas Ess- oder Trinkbares enthalten, fanden jedoch nichts als ein Etui mit Utensilien zum Rasieren und zwei leinene Hemden. Ich tauchte noch einmal unter und kam diesmal, ohne auch nur das Geringste gefunden zu haben, wieder an die Oberfläche zurück. In diesem Augenblick, als ich den Kopf aus dem Wasser steckte, hörte ich, wie an Deck ein Gegenstand zerbrach. Als ich genauer hinsehen konnte, bemerkte ich, dass meine Gefährten während meiner Abwesenheit den Rest des Weins ausgetrunken und die Flasche zerbrochen hatten, als sie sie, um nicht von mir überrascht zu werden, eiligst an ihren Platz zurücklegen wollten. Ich warf ihnen ihre Herzlosigkeit vor, und August brach in Tränen aus. Die beiden anderen aber versuchten zu lachen und die Sache ins Scherzhafte zu ziehen; doch hoffe ich, dass ich in meinem Leben niemals mehr ein solches Lachen hören und sehen muss. Ihre Züge erschienen so krampfhaft verzerrt, dass mich ein Schrecken durchfuhr. Offenbar hatte der Alkoholgenuss in ihren vollkommen leeren Mägen augenblicklich gewirkt, und sie alle waren erschreckend betrunken. Nach längerem Zureden überzeugte ich sie, sich niederzulegen. Sie fielen sofort laut schnarchend in tiefen Schlaf.

Ich war jetzt gewissermaßen allein auf der Brigg und saß da, von den hoffnungslosesten, düstersten Gedanken gepeinigt. Ich sah keinen anderen Ausweg, als qualvoll langsam Hungers zu sterben oder bestenfalls von dem nächsten Sturm dem schnelleren Tod anheim zu fallen; denn erschöpft, wie wir waren, hätten wir kein zweites Unwetter überstehen können.

Mein Hunger wurde immer unerträglicher, und ich fühlte, dass ich alles, aber auch alles unternehmen würde, ihn zu stillen. Ich schnitt eine kleines Stück aus dem Lederkoffer und versuchte, es zu essen, doch konnte ich auch nicht ein winziges Stück davon hinunterschlucken. Immerhin schien es mir, als verspürte ich einige Erleichterung meiner Hungersqual, wenn ich kleine Stückchen Leder kaute und wieder ausspie. Gegen Abend erwachten meine Leidensgenossen, befanden sich jedoch nach ihrem Rausch in einem über alle Maßen elenden Zustand. Sie zitterten wie im Fieber und schrien mit herzzerreißenden Klagetönen nach Wasser. Mitleid erfasste mich, doch konnte ich nicht umhin, mir Glück zu wünschen, dass mich ein Zufall davor bewahrt hatte, die fürchterlichen Qualen des Nachdurstes erfahren zu müssen. Das Betragen der Armen beunruhigte mich im höchsten Maße, denn ich sah ein, dass sie mir in ihrem jetzigen Zustand auch nicht die geringste Hilfe leisten konnten, um unsere Lage zu verbessern. Ich hatte die letzte Hoffnung, irgendetwas Genießbares von unten heraufschaffen zu können, noch nicht aufgegeben, doch konnte ich nicht eher einen neuen Versuch wagen, bis einer von ihnen wieder so weit zu sich gekommen war, dass er das Tau, an das ich angebunden werden musste, festhalten konnte. Parker schien es etwas besser zu gehen als den anderen, und ich versuchte mit allen möglichen Mitteln, ihn wieder ganz zu sich zu bringen. Da ich annahm, ein kaltes Bad werde die beste Wirkung ausüben, band ich ihm ein starkes Seil um den Körper und führte ihn an die Kajütentreppe. Er ließ alles wie im Schlaf mit sich geschehen, ich stieß ihn ins Wasser und zog ihn sogleich wieder heraus. Der Erfolg blieb nicht aus, er schien zu sich zu kommen und Kräfte zu gewinnen, denn er fragte mich in ganz vernünftigem Ton, weshalb ich ihn so behandele. Als ich ihm meine Absicht mitgeteilt hatte, dankte er mir für diesen Dienst und sagte, es gehe ihm seit dem Bad bedeutend besser, und dann sprach er auch ganz vernünftig und ruhig über unsere Lage. Wir beschlossen, unsere beiden Kameraden August und Peters derselben Behandlung zu unterziehen. Und auch sie verspürten danach eine bemerkenswerte Erleichterung.

Als ich sah, dass sie so weit wiederhergestellt waren, um das Ende des Taus halten zu können, begab ich mich noch drei- oder viermal in die Kajüte hinunter, obwohl es mittlerweile fast ganz dunkel geworden war und sanfte, doch beständige Wellen aus Norden unser Wrack in ein stetes Schwanken versetzten. Ich brachte zwei große Tischmesser, einen Krug, der drei Gallonen fasste, jedoch leer war, und eine Decke, aber nichts Essbares herauf! Trotzdem setzte ich meine Versuche so lange fort, bis ich ganz erschöpft war, fand aber nichts, das unseren Hunger hätte stillen können. Während der ganzen Nacht wechselten sich Parker und Peters mit neuen Versuchen ab, doch ebenfalls, ohne irgendetwas heraufzubefördern. Wir mussten einsehen, dass wir uns vergebens anstrengten, und sahen voller Verzweiflung von weiteren Tauchversuchen ab.

Den Rest der Nacht verbrachten wir unter körperlichen und seelischen Qualen, die keine Feder schildern kann. Als der Morgen des nächsten Tages – nach meiner Berechnung war es der 16. Juli – endlich heraufkam, spähten wir in Todesangst nach allen Himmelsrichtungen, doch vergebens, Rettung war nicht in Sicht. Die See lag noch immer ruhig da, eine gleichmäßige Strömung trieb uns wie am Abend zuvor Richtung Süden. Wir hatten nun seit sechs Tagen nichts gegessen und außer der unseligen Flasche Portwein nichts getrunken und nur noch sehr kurze Zeit zu leben. Ich hoffe, niemals wieder zwei so abgemagerte Menschen sehen zu müssen wie August und Peters. Wenn ich sie unerwartet irgendwo getroffen hätte, ich hätte nicht geglaubt, einen von ihnen schon einmal gesehen zu haben. Ihr Gesichtsausdruck hatte sich so vollkommen verändert, dass ich kaum glauben konnte, es seien dieselben Menschen, mit denen ich Nantucket verlassen hatte. Parker war ebenfalls in bejammernswertem Zustand und so schwach, dass er kaum den Kopf von seiner Brust heben konnte; doch schien es mit ihm nicht ganz so schlimm zu stehen wie mit den beiden anderen. Er litt mit großer Geduld, klagte nicht und versuchte uns auf jede nur mögliche Weise Mut einzuflößen. Ich selbst fühlte mich, obwohl ich zu Beginn der Reise krank gewesen und stets schwächlich war, ein wenig besser als sie, ich war auch wohl weniger abgemagert und hatte nicht alle meine geistigen Fähigkeiten eingebüßt, während die anderen vollkommen kindisch geworden waren: Sie schnitten Grimassen wie Idioten, lächelten albern und redeten lauter Unsinn. Von Zeit zu Zeit jedoch schienen sie plötzlich wieder zu sich zu kommen, als werde ihnen blitzartig ihre Lage bewusst. Sie sprangen dann in einer plötzlichen Anwandlung von Kraft auf die Füße, sprachen kurze Zeit ganz vernünftig, doch voll wilder Verzweiflung über unseren Zustand. Es ist jedoch auch möglich, dass meine Gefährten von mir denselben Eindruck hatten wie ich von ihnen und dass ich, was mir nicht bewusst war, dieselben Torheiten anstellte wie sie; nur lässt sich dies nicht mehr feststellen.

Gegen Mittag behauptete Parker, er sehe von Backbord aus Land, und nur mit größter Mühe konnte ich ihn zurückhalten, sich ins Wasser zu stürzen, um schwimmend die Küste zu erreichen. Peters und August kümmerten sich nicht um das, was er sagte, sie waren offenbar in trübe Apathie versunken. Als ich in die bezeichnete Richtung sah, konnte ich nichts erblicken, das auf Land hingewiesen hätte – ich wusste ja auch nur zu gut, dass wir zu weit von jeder Küste entfernt waren, um eine derartige Hoffnung teilen zu können. Und doch dauerte es lange Zeit, bevor ich Parker von seinem Irrtum überzeugt hatte. Er brach in Tränen aus, schluchzte und weinte wohl zwei oder drei Stunden lang laut wie ein Kind, bis er schließlich ganz erschöpft in Schlaf fiel.

Peters und August versuchten nun ebenfalls, kleine Lederstücke zu essen, doch gelang es auch ihnen nicht. Ich riet ihnen, es zu kauen und wieder auszuspeien, sie waren jedoch zu schwach, um meinem Rat folgen zu können. Ich kaute hin und wieder ein Stück und fand für Minuten eine kleine Erleichterung. Dagegen quälte mich ein wütender Durst, und nur die Erinnerung an die schrecklichen Folgen, die der Genuss von Meerwasser in ähnlichen Fällen wie dem meinen gehabt hatte, hielt mich davon ab, einen kräftigen Schluck zu nehmen.

Der Tag begann schon zu schwinden, als ich plötzlich gegen Osten, in Richtung Backbord, ein Segel entdeckte. Es gehörte anscheinend zu einem großen Schiff, das auf uns zukam und noch zwölf oder fünfzehn Meilen entfernt sein mochte. Keiner meiner Gefährten hatte es bis jetzt bemerkt, und ich teilte ihnen meine Beobachtungen auch noch nicht mit, um nicht in die Gefahr zu kommen, ihnen eine unnütze Enttäuschung zu bereiten. Als das Schiff jedoch näher kam, sah ich ganz deutlich, dass es direkt auf uns zuhielt. Ich konnte mich nun nicht länger bezwingen und zeigte es meinen Leidensgenossen. Sie sprangen sofort auf die Füße, brachen in die tollsten Freudenschreie aus, lachten und weinten wie die Irrsinnigen, tanzten und stampften mit den Füßen, rauften ihr Haar, beteten und fluchten zugleich. Ihr

Verhalten sowie die anscheinend sichere Hoffnung auf Befreiung stachelten mich derart an, dass ich alle ihre Kapriolen mitmachte und meinen Freuden- und Dankbarkeitsausbrüchen freien Lauf ließ, indem ich mich auf das Deck warf und herumrollen ließ, in die Hände klatschte, laut schrie und ähnlich zwecklose Sachen vollführte, bis ich ganz plötzlich wieder zu mir kam und mich von neuem in Elend und Verzweiflung zurückversetzt fand. Ich bemerkte nämlich, dass das Schiff uns jetzt sein Heck zuwandte und sich in entgegengesetzter Richtung von uns entfernte.

Es dauerte eine ganze Zeit lang, bevor ich meine armen Kameraden davon überzeugen konnte, dass auch diese Hoffnung wieder entschwunden und wir von neuem der bittersten Verzweiflung ausgeliefert seien. Sie antworteten mir mit starrem Blick und mit Gesten, die mir bedeuteten, dass sie sich durch derlei nicht zum Besten halten ließen. Augusts Betragen schnitt mir ganz besonders in die Seele. Trotz allem, was ich sagte und tat, blieb er dabei, das Schiff nähere sich ja mit großer Schnelligkeit, und machte sich fertig, um an Bord zu gehen. Er wies auf ein paar Seepflanzen in der Nähe und behauptete, das sei das Boot, das vom Schiff ausgesandt worden sei. Er wollte hineinspringen und schrie und heulte in herzzerreißenden Tönen, als ich ihn mit Gewalt davon abhielt, sich ins Wasser zu stürzen.

Nachdem ich ihn ein wenig beruhigt hatte, starrten wir dem Schiff hinterher. Der Himmel hatte sich bedeckt, und eine leichte Brise war aufgekommen. Wir verloren das Segel bald aus den Augen. Als es verschwunden war, wandte sich Parker plötzlich mit einer jähen Bewegung zu mir – und der Ausdruck auf seinem Gesicht machte mich schaudern. Auf seinen Zügen lag eine gewisse Ruhe und Entschlossenheit, die ich bis jetzt noch nicht an ihm bemerkt hatte, und noch bevor er den Mund öffnete, flüsterte mir mein Herz zu, was er uns zu sagen habe. Mit ein paar kurzen, harten Worten sprach er es aus: Einer von uns müsse zur Rettung der anderen geopfert werden.

ZWÖLFTES KAPITEL

Schon seit einiger Zeit hatte ich über die Möglichkeit, einer meiner Kameraden könne diesen grässlichen Vorschlag machen, nachgedacht und im Geheimen den festen Entschluss gefasst, lieber den Tod zu suchen, als zu diesem letzten Mittel zu greifen. Und der fürchterliche Hunger, der mich quälte, hatte meinen Vorsatz nicht abzuschwächen vermocht. Weder Peters noch August schienen Parkers Worte verstanden zu haben. Ich nahm ihn deshalb beiseite und redete lange auf ihn ein, bat ihn bei allem, was ihm heilig sei, seinen Wunsch nicht noch einmal auszusprechen, und bestürmte ihn mit der ganzen Beredsamkeit, die mir die Angst, der Schauder und der Abscheu einflößten.

Er hörte allem, was ich sagte, still und ohne Widerrede zu. Ich hoffte schon, ihn überzeugt zu haben. Als ich jedoch geendet hatte, sagte er mir, er wisse wohl, dass alles, was ich da gesprochen hätte, richtig sei, dass ein solches Mittel wohl das grässlichste sei, auf das ein denkendes Wesen überhaupt nur verfallen könne. Er habe jedoch so viel gelitten, dass seine Natur nicht mehr länger standhalte. Es sei doch unnütz, dass alle stürben, da sich eine Möglichkeit, ja sogar eine Wahrscheinlichkeit böte, dass durch den Tod eines Einzelnen von uns die anderen gerettet werden könnten. Ich solle mir die Mühe sparen, ihn von seinem Vorhaben abbringen zu wollen.

Als ich sah, dass ich nichts auszurichten vermochte, bat ich ihn, wenigstens bis zum folgenden Tag zu warten: Wie leicht könne bis dahin noch ein Schiff zu unserer Hilfe kommen! Und wieder bot ich alles auf, diese letzte Hoffnung so wahrscheinlich wie möglich erscheinen zu lassen und Parkers rauhe Natur zu erweichen. Er antwortete mir, er habe bis zum letzten, allerletzten Augenblick gewartet, er könne ohne irgendwelche Speise nicht länger mehr leben, morgen sei es zu spät – für ihn zumindest!

Da ich mich überzeugt hatte, dass kein gütiges Zureden Eindruck auf ihn machte, schlug ich einen anderen Ton an und sagte ihm, dass ich von allen am wenigsten gelitten hätte, dass ich viel besser bei Kräften sei als er und August und Peters zusammen und dass ich deshalb, wenn ich wollte, meinen Willen mit Gewalt durchsetzen könne, dass ich ihn, sobald er den anderen seinen blutigen, kannibalistischen Vorschlag machen werde, rücksichtslos ins Meer werfen würde. Hierauf packte er mich an der Kehle, zog sein Messer und versuchte mich zu erstechen; nur seine große Schwäche hinderte ihn, die Gewalttat wirklich zu begehen. Mein Zorn steigerte sich aufs Höchste, und ich stieß ihn bis zum Rand des Schiffes, in der festen Absicht, ihn ins Wasser zu schleudern. Peters sprang hinzu, riss uns auseinander und fragte nach der Ursache des Streites. Parker teilte sie ihm mit, noch bevor ich ihn daran hindern konnte.

Die Wirkung seiner Worte war eine weit schrecklichere, als ich erwartet hatte. August und Peters, die, wie es schien, im Geheimen schon lange den gleichen fürchterlichen Gedanken gehabt hatten, den Parker nur als Erster ausgesprochen hatte, stimmten ihm zu und verlangten, dass man ihn unverzüglich ausführe. Ich hatte gehofft, dass wenigstens einer von beiden noch so viel sittliches Bewusstsein behalten habe, dass er mir helfen werde, die Ausführung des grässlichen Planes zu vereiteln. Da ich mich in dieser Hoffnung getäuscht sah, blieb mir nichts anderes übrig, als an meine eigene Sicherheit zu denken, denn jeder weitere Widerstand konnte ihnen in ihrer sinnlosen Verzweiflung Grund genug sein, mir eine freiwillig übernommene Rolle in der Tragödie, die sich gleich abspielen musste, zu versagen.

Ich erklärte ihnen also, dass ich auf ihren Vorschlag eingehe, und bat nur um einen Aufschub von einer Stunde, bis sich der Nebel, der uns einhüllte, ein wenig gelichtet habe, und das Schiff, das wir vorhin entdeckt hatten, vielleicht wieder zu sehen sei. Mit viel Mühe gelang es mir, diese Frist durchzusetzen. Wie ich erwartet hatte, trug eine lebhafte Brise den Nebel, noch bevor die Stunde verging, mit sich fort – doch war kein Schiff in Sicht; und wir machten uns dann daran, zu losen.

Nur mit dem größten Abscheu kann ich die Szene, die jetzt folgte, erzählen.

Das einzige Hilfsmittel, die grausige Lotterie spielen zu können, boten uns ein paar Hölzchen. Wir kamen überein, dass ich sie halten solle. Ich begab mich an das eine Ende des Decks, während meine Kameraden sich am anderen aufstellten, den Rücken mir zugewandt. Den bittersten Schmerz empfand ich in dem Augenblick, als ich die Lose ordnete. Nur sehr, sehr selten kann der Mensch in eine Lage geraten, in der ihm nichts mehr daran liegt, sein Leben zu erhalten. Der Wunsch zu leben wächst in demselben Maße, je unwahrscheinlicher es wird, vor dem Tod bewahrt zu bleiben. Während ich schweigend das entscheidende, harte Werk verrichtete, das so verschieden von den wilden Gefahren des Sturms und den langsam, aber stets sich steigernden Qualen des Verhungerns war, wurde mir bewusst, wie wenig Hoffnung ich hatte, dem schauderhaftesten Tod zu entgehen – einem Tod, der dem allergrässlichsten Zweck dienen sollte –, und auch der kleinste Schatten flatterte fort von dem Lebensmut, der mich bis jetzt aufrecht gehalten hatte, fort wie Federn im Wind, und ließ mich als hilflosesten, verachtenswertesten Jämmerling zurück. Ich fand anfangs nicht die Kraft, die Splitter zu zerreißen und zu ordnen; meine Finger versagten mir den Dienst, meine Knie schlotterten gegeneinander. Mit rasender Schnelligkeit glitten tausend unmögliche Pläne, diese Lotterie zu vereiteln, durch meinen Kopf. Ich dachte daran, meinen Gefährten zu Füßen zu fallen und sie zu bitten, mich von ihrem furchtbaren Spiel auszuschließen, mich plötzlich auf sie zu stürzen, einen von ihnen totzuschlagen und dadurch die ganze Lotterie überflüssig zu machen – kurz, ich dachte an alles, nur nicht an das, was man mir zu tun aufgetragen hatte. Plötzlich holte mich Parkers Stimme wieder in die Wirklichkeit zurück. Er drängte mich, sie von der fürchterlichen Ungewissheit, unter der sie litten, zu befreien. Und auch dann konnte ich die Splitter noch nicht ordnen, sondern dachte über irgendeinen Trick nach, der das kürzeste Stück Holz einem meiner Gefährten in die Hand spielen sollte; denn wir waren übereingekommen, dass der, der den kürzesten Splitter zog, für die anderen geopfert werden sollte. Wer mich für diese Schändlichkeit verdammen will, denke sich nur einmal in meine damalige Lage hinein!

Schließlich konnte ich nicht länger mehr zögern und mit brechendem Herzen stürzte ich zum Vorderkastell zurück, wo meine Leidensgenossen mich erwarteten. Ich streckte meine Hand mit den Splittern aus. Peters zog als Erster. Er war frei – sein Splitter, das sah ich gleich, war nicht der kürzeste; und ich hatte wieder eine Möglichkeit weniger, mit dem Leben davonzukommen. Ich nahm all meine Kraft zusammen und hielt August die Lose hin. Er zog sofort, und auch er war frei. Nun waren die Chancen über Leben und Sterben für mich gleich groß. In diesem Augenblick erwachte in mir die Wildheit eines Raubtiers, und ich empfand gegen meinen Mitmenschen, den armen Parker, einen wüsten, teuflischen Hass. Doch dauerte dies Gefühl nicht lange; mit krampfhaftem Schauder und geschlossenen Augen hielt ich ihm meine Hand mit den übrig gebliebenen Splittern hin. Es dauerte wohl volle fünf Minuten, bevor er sich entschließen konnte zu ziehen, und während dieser qualvollen Frist öffnete ich kein einziges Mal die Augen. Plötzlich fühlte ich, wie mir eines der beiden Lose schnell aus der Hand gezogen wurde. Das Schicksal hatte also entschieden, doch wusste ich nicht, ob für oder gegen mich. Niemand sprach, und ich wagte nicht, den Splitter in meiner Hand zu betrachten. Peters ergriff mich schließlich bei der Hand, und ich riss gewaltsam meine Augen auf. Ein Blick auf Parker überzeugte mich, dass ich gerettet und dass er dem Tode geweiht sei. Ich rang nach Atem und fiel bewusstlos zu Boden.

Ich erwachte früh genug wieder aus meiner Ohnmacht, um dem Schluss der Tragödie und dem Tod dessen, der sie hauptsächlich verursacht hatte und nun ihr Opfer wurde, beiwohnen zu müssen. Er leistete nicht den geringsten Widerstand und fiel, als Peters ihm in den Rücken gestochen hatte, sofort tot zu Boden. Die grauenvolle Mahlzeit, die nun folgte, will ich nicht beschreiben. Worte haben nicht die Kraft, ihre unerhörte Abscheulichkeit darzustellen.

Es mag genügen, wenn ich sage, dass wir, nachdem wir an dem Blut des Opfers unseren brennenden Durst gestillt hatten, übereinkamen, die Hände, die Füße und den Kopf abzuschneiden und samt den Eingeweiden ins Meer zu werfen, und dass wir den restlichen Körper Stück für Stück während der vier auf immer in mein schauderndes Gedächtnis gegrabenen Tage, dem 17., 18., 19. und 20. Juli, verzehrten.

Am 19. ging ein starker Regenguss nieder, der wohl fünfzehn bis zwanzig Minuten dauerte. Wir beschlossen, etwas Wasser in einem der Tücher, das wir aufspannten, aufzufangen. Wir bekamen nicht mehr als eine halbe Gallone, und doch erfüllte uns dieser kümmerliche Vorrat mit ein wenig Kraft und neuer Hoffnung.

Am 21. waren wir wieder in äußerster Not. Das Wetter war warm und heiter und brachte gelegentlich Nebel und eine leichte Brise von Nord nach West.

Als wir am 22. alle drei, einer gegen den anderen gelehnt, schweigend nebeneinander saßen und über unseren bejammernswerten Zustand nachgrübelten, blitzte in mir plötzlich ein Gedanke auf, der mir ein heller Hoffnungsstrahl zu sein schien. Es fiel mir ein, dass mir Peters, nachdem der Fockmast weggehauen worden war, eine Axt gegeben hatte, damit ich sie an einem sicheren Platz aufbewahren solle. Diese Axt hatte ich vielleicht fünf Minuten, bevor sich die Brigg mit Wasser füllte und sank, auf das Vorderkastell gebracht und in einer der Schlafstellen an Backbord verborgen. Wenn ich diese Axt fand, konnte es möglich sein, dass wir das Deck über der Vorratskammer einschlugen und an die Vorratskammern gelangten.

Als ich meinen Gefährten meinen Gedanken mitteilte, stießen sie einen schwachen Freudenschrei aus und folgten mir auf das Vorderkastell. Die Schwierigkeit, hier hinunterzusteigen, war jedoch bei weitem größer als an der Kajütentreppe, da die Öffnung viel kleiner war. Ich zögerte jedoch nicht, den Versuch zu machen, und tauchte, sobald man mir ein Tau um den Leib befestigt hatte, mit den Füßen voran nach unten, tastete mich, so schnell wie nur möglich, zur Schlafstelle und brachte die Axt mit herauf. Ich wurde mit Triumphgeschrei empfangen, und die Leichtigkeit, mit der ich die Axt geholt hatte, galt uns allen als gutes Vorzeichen unserer Rettung.

Wir begannen nun mit aller Energie und neuer Hoffnung damit, das Deck aufzureißen; Peters und ich benutzten abwechselnd die Axt, August konnte uns wegen seines verwundeten Arms keine Hilfe leisten. Da wir so schwach waren, dass wir uns kaum ohne Stütze aufrecht halten und nur eine oder zwei Minuten lang ohne Pause arbeiten konnten, sahen wir ein, dass viele Stunden nötig sein würden, ehe die Öffnung groß genug wäre, um uns Eingang in den Vorratsraum zu gewähren. Doch entmutigte uns diese Aussicht nicht; wir arbeiteten die ganze Nacht beim Licht des Mondes und hatten bei Tagesanbruch, am Morgen des 23., eine genügend große Öffnung geschaffen.

Peters erbot sich, hinunterzusteigen, tauchte, nachdem wir die üblichen Vorbereitungen getroffen hatten, hinunter und kam bald mit einem kleinen Krug zurück, der zu unserer größten Freude mit Oliven gefüllt war. Wir teilten sie untereinander und verzehrten sie mit großer Gier. Daraufhin ließen wir Peters zum zweiten Mal hinunter, und er kam mit einem Fund zurück, der all unsere Erwartungen überstieg – er brachte einen großen Schinken und eine Flasche Madeira mit herauf. Von dem Wein nahmen wir jeder nur einen ganz kleinen Schluck, denn wir erinnerten uns nur zu deutlich an die fürchterliche Wirkung, die der Portwein gehabt hatte. Der Schinken war zum großen Teil durch das Salzwasser verdorben und nicht zu essen; das brauchbare Stück rund um den Knochen teilten wir untereinander auf. Peters und August konnten ihren Hunger nicht bezähmen und aßen ihre ganze Portion auf einmal auf. Ich war jedoch vorsichtiger und genoss nur ein kleines Stück, denn ich fürchtete, dass das salzige Fleisch unseren Durst noch steigern werde. Dann ruhten wir ein wenig von der Arbeit aus, die, bedenkt man unsere Kräfte, allzu schwer gewesen war.

Als wir uns gegen Mittag ein wenig erfrischt und gestärkt fühlten, setzten wir unsere Versuche fort, zu den Vorräten zu gelangen. Peters und ich tauchten abwechselnd mit mehr oder weniger Erfolg hinunter. Gegen Sonnenuntergang hatten wir vier weitere Krüge mit Oliven, noch einen Schinken, einen Ballon mit vielleicht drei Gallonen ausgezeichneten Madeira und, was uns am meisten erfreute, eine kleine Schildkröte nach oben geschafft. Als die *Grampus* den Hafen verließ, hatte Kapitän Barnard einige dieser Tiere von einem Schoner, der gerade von der Jagd auf Seetiere im Stillen Ozean zurückkam, übernommen, da sie ein ausgezeichnetes Nahrungsmittel sind. Das Tier, das wir aus der Vorratskammer heraufbrachten, war nicht sehr groß und wog vielleicht fünfundsechzig bis siebzig Pfund. Es war ein Weibchen und außerordentlich fett. In ihrem taschenartigen Beutel fanden wir mehr als eine viertel Gallone klares, süßes Wasser; wir füllten es sorgfältig in den Krug, den wir als Erstes, wie man sich entsinnen wird, aus der Kajüte heraufgebracht hatten. Nachdem wir das getan hatten, brachen wir den Hals einer Flasche ab, sodass er mit dem Korken als Boden ein Trinkglas bildete, das nicht ganz ein viertel Pint fasste. Dann tranken wir jeder ein solches Glas aus und beschlossen, uns mit dieser Ration pro Tag zu begnügen – solange der Vorrat reichte.

Da während der letzten zwei oder drei Tage das Wetter sehr warm gewesen war, war das Bettzeug, das wir aus der Kajüte heraufgebracht hatten, ganz trocken geworden, sodass wir, nachdem wir Oliven und Schinken und ein paar Schlucke Wein zum Abendbrot genossen hatten, diese Nacht in verhältnismäßig gutem Zustand zubringen konnten. Da wir fürchten mussten, etwas von unseren Vorräten zu verlieren, falls starker Wind aufkommen würde, banden wir die Sachen, so gut es nur gehen wollte, mit Seilen an die Trümmer des Ankerspills. Unsere Schildkröte, die wir so lange wie möglich am Leben lassen wollten, legten wir auf den Rücken und banden sie obendrein mehrfach fest.

DREIZEHNTES KAPITEL

24. Juli Wir erwachten gekräftigt und mit neuem Mut. Trotz der gefahrvollen Lage, in der wir uns noch immer befanden, ließen uns die endlosen Leiden, denen wir gerade entronnen waren, unsere jetzige Situation als erträgliches Übel erscheinen – so sehr sind Freud und Leid eben nur relative Begriffe.

Kurz nach Sonnenaufgang setzten wir unsere Versuche fort, Lebensmittel aus der Vorratskammer heraufzuschaffen. Da jedoch bald ein kräftiger Regenguss niederging, sahen wir einstweilen davon ab und bemühten uns, mithilfe des Tuchs, das uns schon einmal zu diesem Zweck gedient hatte, Wasser aufzufangen. Wir hielten es aufgespannt, nachdem wir eines der Eisenstücke, die uns beim Tauchen in die Vorratskammer als Gewichte dienten, in seine Mitte gelegt hatten. Es bildete dort eine Vertiefung, in der sich Wasser sammelte, das durch das Tuch in den darunterstehenden Krug tropfte. Er war fast gefüllt, als ein heftiger Wind aus Norden uns zwang, die Arbeit aufzugeben, denn das Deck schwankte so stark, dass wir uns nicht mehr auf den Füßen halten konnten. Wir begaben uns wieder nach vorne, banden uns, wie zuvor schon oft, an das Ankerspill fest und warteten auf die Ereignisse, die kommen sollten, mit mehr Ruhe, als wir es wohl selbst unter solchen Umständen für möglich gehalten hätten. Gegen Mittag frischte der Wind noch mehr auf, und der Abend brachte einen heftigen, von wildem Wellengang begleiteten Sturm. Da die Erfahrung uns jedoch schon gelehrt hatte, wie wir uns, ohne uns erheblichen Schaden zuzufügen, möglichst fest anbinden konnten, verbrachten wir die Nacht in verhältnismäßiger Sicherheit, obwohl wir jeden Augenblick fürchten mussten, von den Sturzwellen, die uns fast ununterbrochen bis auf die Haut durchnässten, doch noch über Bord gespült zu werden. Glücklicherweise hatte das Wasser bei dem warmen Wetter eine fast angenehme Temperatur.

25. Juli Heute Morgen hatte sich der Sturm gelegt, es blies nur noch eine leichte Brise, und der Wellengang beruhigte sich allmählich. Zu unserem großen Schmerz bemerkten wir jedoch, dass zwei Kübel mit Oliven und der ganze Schinken, trotz der Vorsicht, mit der wir beides angebunden hatten, über Bord gegangen waren. Wir beschlossen, die Schildkröte noch nicht zu töten, sondern begnügten uns zum Frühstück mit ein paar Oliven und einer Ration Wasser, die wir halb mit Wein mischten. Dieses leichte Getränk stärkte und erfrischte uns sehr. Das Meer war noch immer zu bewegt, als dass wir unsere Nachforschungen in der Vorratskammer hätten fortsetzen können. Während des Tages bemerkten wir, dass der Schiffsrumpf sich mehr als je zuvor auf die Seite legte, sodass wir nicht mehr aufrecht stehen konnten, ohne uns festzuhalten. Wir verbrachten so einen trüben, unbequemen Tag. Zu Mittag stand die Sonne fast direkt über unseren Köpfen, und wir zweifelten nicht, dass uns die fast ununterbrochenen Winde aus Nord und Nordwest in die Nähe des Äquators getrieben hatten. Gegen Abend sahen wir einige Haifische und wurden durch die gierige Art, mit der sich einer der größten uns näherte, nicht wenig beunruhigt. Einmal setzte eine Welle das Deck ziemlich tief unter Wasser, und das Ungeheuer schwamm über uns dahin. Ungefähr über der Kajütentreppe bewegte es sich ein paar Augenblicke lang nicht, wobei es Peters ziemlich heftig mit seinem Schwanz anstieß. Schließlich wurde es von einer mächtigen Welle hinweggetragen. Bei ruhigem Wetter hätten wir uns seiner bald bemächtigen können.

26. Juli Gegen Morgen hatte sich der Wind fast ganz gelegt, die See war ziemlich ruhig, und wir setzten unsere Nachforschungen in der Vorratskammer fort. Nachdem wir den ganzen Tag hart gearbeitet hatten, mussten wir einsehen, dass von hier aus nichts mehr zu erreichen war. Die Scheidewände waren während der Nacht zusammengebrochen, und der Inhalt an Lebensmitteln schwamm wahrscheinlich im Schiffsraum umher.

27. Juli Die See liegt wieder fast glatt, ein leichter Wind weht aus Norden und Westen. Am Nachmittag brannte die Sonne heiß, und wir beschäftigten uns damit, unsere Kleider zum Trocknen aufzuhängen. Wir erquickten uns ein wenig durch ein Bad im Meer, doch mussten wir dabei sehr vorsichtig sein, weil wir während des Tages wieder mehrere Haie in der Nähe der Brigg gesehen hatten.

28. Juli Wir haben noch immer gutes Wetter. Die Brigg neigte sich so sehr auf die Seite, dass wir fürchten mussten, sie werde ganz umschlagen. Wir banden die Schildkröte, den Wasserkrug und die zwei Olivenkrüge windwärts an die Außenseite des Rumpfes. Die See blieb den ganzen Tag sehr glatt und ruhig.

29. Juli Augusts verwundeter Arm zeigt Symptome, die auf Wundbrand hinweisen. Er klagte über Schwäche und großen Durst, schien jedoch keine ausgesprochenen Schmerzen zu empfinden. Wir konnten nichts weiter für ihn tun, als seine Wunden mit ein wenig Öl, das wir von den Oliven nahmen, einzureiben. Es gewährte ihm jedoch keine Erleichterung. Wir verschafften ihm, soweit es in unserer Macht stand, alle Bequemlichkeiten und verdreifachten seine Ration Wasser.

30. Juli Ein außerordentlich heißer, windstiller Tag. Ein riesiger Haifisch schwamm den ganzen Vormittag mit unserem Wrack dahin. Wir machten verschiedene vergebliche Versuche, ihn durch eine Schlinge zu fangen. August fühlt sich viel schlechter und wird sowohl aus Mangel an geeigneter Nahrung als auch infolge seiner Wunde immer schwächer. Heute Abend verzehrten wir unsere letzten Oliven. Das Wasser im Krug war so faulig geworden, dass wir es ohne einen Zusatz von Wein überhaupt nicht zu genießen vermochten. So wurde denn beschlossen, am nächsten Morgen die Schildkröte zu schlachten.

31. Juli Nach einer Nacht, die wir der Lage des Wracks wegen in Angst und Unbequemlichkeit verbrachten, machten wir uns daran, die Schildkröte zu schlachten und zu zerschneiden. Sie war bedeutend kleiner, als wir vermutet hatten; das essbare Fleisch betrug höchstens zehn Pfund. In der Absicht, einen Teil davon so lange wie möglich aufzubewahren, schnitten wir es in ganz kleine Stücke, füllten diese in die drei leeren Olivenkrüge und die Weinflasche und gossen das Öl der Oliven darüber. Auf diese Weise bewahrten wir ungefähr drei Pfund auf, und wir versprachen uns, nicht eher daran zu rühren, als bis das übrige verzehrt sei. Dann beschränkten wir unsere Rationen auf vier Unzen pro Tag, sodass der ganze Fleischvorrat dreizehn Tage ausreichen konnte. In der Dämmerung ging unter Donner und Blitz ein heftiger Regen nieder, doch dauerte er nur so kurz, dass wir nicht mehr als ein halbes Pint Wasser aufsammeln konnten. Wir bestimmten sie für August, dem es immer schlechter ging. Er trank das Wasser gleich aus dem Tuch, das wir so über ihn hielten, dass die Tropfen ihm in den Mund fielen. Wir hatten nämlich kein leeres Gefäß mehr.

Dem Kranken schien der Trunk gar keine Erleichterung zu verschaffen. Sein Arm ist vom Handgelenk bis zur Schulter ganz schwarz, und die Füße sind kalt und starr wie Eis. Wir müssen jeden Augenblick mit seinem Tod rechnen. Er ist erschreckend abgemagert. Als wir Nantucket verließen, wog er, wie ich mich erinnere, hundertsiebenundzwanzig Pfund; jetzt kann er nur noch vierzig, allerhöchstens fünfzig Pfund schwer sein. Seine Augen liegen tief in ihren Höhlen und sind kaum sichtbar, und die Haut seiner Wangen hängt so schlaff und lang herunter, dass er nur mit Mühe kauen und sogar Flüssigkeiten schlucken kann.

1. August Das Wetter ist weiterhin ruhig, die Sonne brennt heiß. Wir litten quälenden Durst, denn das Wasser im Krug war nun ganz in Fäulnis übergegangen und wimmelte von Maden. Dennoch schluckten wir ein paar Tropfen, die wir mit Wein vermischten, ohne dass wir unseren Durst dadurch stillen konnten. Etwas mehr Erleichterung gewährte uns das Baden im Meer, doch mussten wir lange Pausen einlegen und uns mit großer Vorsicht bewegen, da ständig Haie in der Nähe waren.

Gegen Mittag verschied August unter heftigen Krämpfen, nachdem er schon seit Stunden kein Wort mehr gesprochen hatte. Sein Tod erfüllte uns mit den traurigsten Ahnungen, und wir waren so niedergeschlagen, dass wir den ganzen Tag über schweigend neben dem Leichnam sitzen blieben. Erst nach Anbruch der Nacht hatten wir den Mut, aufzustehen und die Leiche über Bord zu werfen. Sie war in einem entsetzlichen Zustand und schon so weit in Fäulnis übergegangen, dass Peters, als er versuchte, sie hochzuheben, plötzlich nur ein Bein in der Hand hielt. Als der zerfallende Körper an der Wand des Schiffes entlang ins Meer glitt, bemerkten wir in dem fluoreszierenden Schein, der von ihm ausging, sieben oder acht Haifische, deren Zähne, als sie die Beute untereinander teilten, ein unheimliches Knirschen hören ließen. Entsetzen durchfuhr uns bei diesem schaurigen Geräusch.

2. August Gleiches Wetter; schreckliche Stille, glühende Hitze. Der Morgen fand uns in bedauernswerter Niedergeschlagenheit und völliger physischer Erschöpfung. Das Wasser in dem Krug war nur noch eine dicke, schleimige Masse, ein ekelhaftes Gemisch aus Würmern und Schlamm. Wir schütteten es aus, und nachdem wir den Krug sorgfältig im Meere gereinigt hatten, legten wir die Reste der Schildkröte hinein. Unser Durst war inzwischen unerträglich geworden, und wir versuchten vergebens, ihn mit dem Wein zu löschen. Er berauschte uns nur. Daraufhin wollten wir unsere Qualen durch eine Mischung aus Wein und Meerwasser lindern, was jedoch eine derartige Übelkeit nach sich zog, dass wir den Versuch nicht wiederholten. Den ganzen Tag über erwarteten wir mit Sehnsucht den Augenblick, in dem wir ein Bad nehmen konnten – doch vergebens. Unser Wrack war rundherum von Haifischen geradezu belagert; es waren wohl dieselben Ungeheuer, die am vergangenen Abend unseren armen Kameraden verschlungen hatten und nun jeden Augenblick ein neues Mahl von gleicher Art erwarteten. Bitterer Schmerz und beängstigende Ahnungen erfüllten uns bei ihrem Anblick. Das Bad hatte uns stets so unvergleichliche Erleichterung verschafft, dass der Gedanke, dieses kleinen Trostes auf so entsetzliche Art beraubt zu sein, unerträglich schien. Dabei schwebten wir beständig in Todesangst. Ein leichtes Schwanken des Wracks konnte uns den gierigen Fischen ausliefern. Weder durch unser Schreien noch durch heftige Körperbewegungen schienen sie sich abschrecken zu lassen. Einer der größten wurde von Peters durch einen Hieb mit der Axt verletzt, doch er ließ sich selbst dadurch nicht vertreiben, sondern verfolgte uns weiter. – Eine Wolke tauchte am Horizont auf, zog aber zu unserer größten Enttäuschung vorüber, ohne sich zu entladen. Man kann sich einfach keine Vorstellung davon machen, welche Qualen uns der Durst verursachte; diese Martern und die Furcht vor den Haifischen ließen uns die ganze Nacht nicht schlafen.

3. August Noch immer keine Aussicht auf Besserung! Wir beschäftigten uns damit, unseren Wein und die Überreste der Schildkröte in Sicherheit zu bringen, um sie nicht zu verlieren, falls das Wrack, das sich immer mehr auf die Seite legte, umschlug. Wir trieben zwei starke Nägel nicht weit vom Kiel in den Schiffsrumpf und befestigten daran den Proviant, der uns dort sicherer zu sein schien als dort, wo wir ihn bisher untergebracht hatten. Im Übrigen weiterhin quälender Durst. Keine Gelegenheit zu baden, da uns die Haifische nicht einen Augenblick verlassen. Schlaf unmöglich.

4. August Kurz vor Tagesanbruch bemerkten wir, dass das Wrack den Kiel ganz nach oben drehte, und wir mussten sehr vorsichtig sein, um nicht fortgeschleudert zu werden. Zuerst drehte sich das Wrack nur langsam, sodass wir ohne Mühe in die Höhe klettern konnten, auch weil wir den guten Gedanken gehabt hatten, Tauenden an den beiden Nägeln, die unsere Vorräte festhielten, hängen zu lassen. Aber wir hatten die Gewalt des Meeres nicht berechnet; die Bewegung der Wellen wurde zu heftig, und bevor wir Zeit hatten, auf den Kiel zu klettern, fühlten wir uns mit Macht ins Meer geschleudert, wo wir ein paar Klafter tief untertauchten, während der riesige Kiel direkt über uns stand.

Als ich ins Wasser tauchte, hatte ich mein Seil loslassen müssen. Ich befand mich nun ganz unter dem Wrack, und da ich mit meinen Kräften am Ende war, machte ich keinen rechten Versuch mehr, mein Leben zu retten, sondern ergab mich schon in mein Schicksal. Aber ich hatte nicht an den natürlichen Gegenstoß der aufsteigenden Wasserwirbel gedacht, der durch die Drehung des Schiffes verursacht wurde; er riss mich noch schneller wieder in die Höhe, als ich hinuntergeschleudert worden war. Als ich wieder an die Oberfläche des Wassers kam, befand ich mich ungefähr zwanzig Ellen vom Wrack entfernt. Es lag mit dem Kiel nach oben, schwankte wild hin und her, und das Meer rundherum war sehr bewegt und voll heftiger Strudel. Von Peters keine Spur. Ein Fässchen mit Öl schwamm ein paar Ellen von mir entfernt, und verschiedene andere Gegenstände aus der Brigg schaukelten rings auf dem Wasser umher.

Am meisten ängstigten mich die Haifische, die, wie ich wusste, sich in meiner Nähe befanden. Um sie, wenn möglich, fernzuhalten, schlug ich heftig mit Händen und Füßen um mich, während ich mich dem Schiffskiel näherte, und hüllte mich dadurch in eine dichte Schaumwolke. Ich zweifle nicht, dass ich nur diesem einfachen Hilfsmittel meine Rettung verdanke; denn kurz bevor die Brigg umschlug, wimmelte das Meer geradezu von diesen Ungeheuern, sodass ich, während ich mich im Wasser befand, zwangsläufig mit ihnen in Berührung gekommen wäre. Durch einen glücklichen Zufall erreichte ich also das Schiff, ohne Schaden zu nehmen; aber ich war durch die heftigen Anstrengungen so erschöpft, dass ich niemals hätte hinaufklimmen können, hätte Peters mir nicht willkommene Hilfe geboten. Er war von der anderen Seite bereits hinaufgeklettert und warf mir nun eines der Seile zu, die wir am Nagel befestigt hatten.

Kaum waren wir dieser Gefahr entronnen, wurde unsere Aufmerksamkeit auf eine neue, nicht weniger entsetzliche gelenkt: Wir mussten Hungers sterben. All unsere Vorräte waren fort, waren hinweggefegt, trotz der Sorgfalt, mit der wir sie in Sicherheit gebracht hatten. Schlimm war auch, dass die Tücher und Decken verschwunden waren, mit denen wir bisher das Regenwasser aufgefangen hatten. Aber als wir uns nun genauer umsahen, fanden wir den ganzen unteren Teil des Schiffes mit einer dichten Schicht großer Austern bedeckt, die uns eine vorzügliche, kräftige Nahrung im Überfluss boten. So hatte sich also das Unglück, das uns zuerst einen so großen Schrecken eingejagt hatte, doch noch zu unserem Besten gewandelt. Wir hatten einen Vorrat entdeckt, der für länger als einen Monat ausreichte.

Doch die Schwierigkeit, Wasser zu verschaffen, ließ uns diese Wohltat, die uns aus der Veränderung unserer Lage erwachsen war, zunächst nicht erkennen. Um den nächsten Regen so gut wie möglich auszunutzen, zogen wir unsere Hemden aus, um uns ihrer wieder als Tücher zu bedienen, aber wir durften natürlich nicht erwarten, auf diese Weise im günstigsten Fall mehr als ein achtel Maß auf einmal zu erhalten. Doch keine Wolke zeigte sich tagsüber am Himmel, und der Durst wurde immer quälender. In der Nacht schlief Peters eine Stunde lang sehr unruhig; mir selbst erlaubte die Heftigkeit meiner Qualen nicht, die Augen auch nur einen Augenblick lang zu schließen.

5. August An diesem Tage erhob sich morgens eine angenehme Brise und trieb uns durch eine Menge Algen, zwischen denen wir glücklicherweise kleine Krabben entdeckten, die für mehrere köstliche Mahlzeiten ausreichten. Da die Schalen noch sehr zart waren, aßen wir sie im Ganzen und bemerkten, dass sie unseren Durst viel weniger reizten als die Austern. Da wir keine Haifische mehr entdeckten, wagten wir es auch wieder zu baden und blieben vier oder fünf Stunden im Wasser, währenddessen wir viel weniger Durst verspürten. Nachdem wir uns so gestärkt hatten, konnten wir beide ein wenig schlafen, und wir verbrachten die Nacht viel angenehmer als die vergangene.

6. August Heute wurden wir von einem anhaltenden Regen erfreut, der von Mittag bis gegen Abend dauerte. Da beklagten wir bitter den Verlust des Kruges und der Korbflasche, denn trotz unserer unzulänglichen Hilfsmittel hätten wir mit Leichtigkeit ein Gefäß, wenn nicht beide, füllen können. Doch konnten wir wenigstens unseren Durst stillen, indem wir unsere Hemden ganz nass werden ließen und dann die Flüssigkeit in unseren Mund auspressten. Der ganze Tag verging mit dieser Beschäftigung.

7. August Bei Anbruch des Tages bemerkten wir beide im selben Augenblick ein Segel im Osten, das direkt auf uns zuhielt! Wir begrüßten es mit einem ekstatischen Schrei und begannen sogleich, alle nur möglichen Signale zu geben, winkten mit unseren Hemden, sprangen so hoch, wie es unsere Schwäche zuließ und schrien mit der ganzen Kraft unserer Lungen, obwohl das Schiff noch fünfzehn Meilen entfernt war. Doch näherte es sich uns immer mehr, und wir waren überzeugt, dass es, wenn es die Richtung beibehielt, uns auf jeden Fall bemerken müsse. Eine Stunde, nachdem wir es entdeckt hatten, konnten wir ohne Mühe Menschen an Deck erkennen. Es war ein langer, niedriger Schoner mit stark nach hinten geneigtem Mastwerk. Er schien eine große Mannschaft mit sich zu führen. Wir litten Todesangst, denn wenn wir auch davon ausgehen konnten, dass sie uns bemerkt hatten, so fürchteten wir doch, dass sie uns unserem Schicksal überlassen würden – was ja, so barbarisch es ist, auf dem Meer zuweilen vorkommt. Doch erbarmte man sich unserer. Wir bemerkten plötzlich eine Bewegung auf dem fremden Schiff, man zog die englische Flagge auf und steuerte direkt auf uns zu. Eine halbe Stunde später waren wir wohlbehalten in der Kajüte des Schoners *Jane Guy* aus Liverpool, der Robben und anderes Seetier jagen und in der Südsee und im Stillen Ozean Tauschhandel treiben wollte.

VIERZEHNTES KAPITEL

Der Schoner war ein schönes Schiff von hundertundacht Tonnen und fünfunddreißig Mann Besatzung. Guy, der Kapitän und zugleich Miteigentümer, war ein Mann mit guten Manieren und mit den Handelslinien des Südmeers, auf dem er den größten Teil seines Lebens verbracht hatte, vertraut.

Der Schoner war am 10. Juli Liverpool verlassen, hatte am 29. Kap Verde erreicht und war dann gen Südwesten gesegelt. Am Tag, als man uns aufnahm, befand man sich in der Höhe von Kap St. Roque auf dem 31. westlichen Längengrade, sodass wir also ungefähr fünfundzwanzig Grad von Norden nach Süden getrieben worden waren.

An Bord wurden wir übrigens mit so viel Freundlichkeit und Mitleid behandelt, wie unser beklagenswerter Zustand erwecken musste. Im Lauf von vierzehn Tagen, während wir bei günstigem Wind und dem schönsten Wetter noch immer in südwestlicher Richtung steuerten, erholten wir uns vollständig von den Entbehrungen und schrecklichen Leiden, und bald erschien uns die ganze Vergangenheit nur noch wie ein entsetzlicher Traum, aus dem uns das Erwachen glücklich wieder herausgerissen hatte. Ich habe seitdem oft Gelegenheit gehabt, zu beobachten, dass diese Art von Vergessen stets durch einen plötzlichen Wechsel von Freude in Leid oder von Leid in Freude herbeigeführt wird, dass Kraft und Schnelligkeit des Vergessens immer von der Größe des Kontrastes abhängig sind. So war es mir oft ganz unmöglich, mir all das Elend noch einmal vorzustellen, das ich in den vergangenen Tagen auf unserem Schiff erduldet hatte. Man erinnert sich der einzelnen Vorfälle wohl noch sehr deutlich, aber man hat nicht mehr dieselben Empfindungen, die jene Ereignisse damals in uns hervorriefen. Alles, was ich noch weiß, ist, dass ich während der ganzen Zeit, als jene Ereignisse geschahen, immer überzeugt war, eine noch größere Qual könne die menschliche Natur nicht ertragen.

Während mehrerer Wochen setzten wir unsere Reise ohne einen gewichtigen Zwischenfall fort; wir trafen nur von Zeit zu Zeit auf Walfänger und sehr häufig auf schwarze Wale.

Am 16. September, als wir in der Nähe des Kaps der Guten Hoffnung waren, hatte der Schoner den ersten heftigen Sturm seit seiner Abreise aus Liverpool zu überstehen.

Am 13. Oktober kamen auf 46° 5′ südlicher Breite und 37° 4′ östlicher Länge die Prinz-Edward-Inseln in Sicht. Und am 18. die Kerguelen-Inseln, genannt die »Inseln der Trostlosigkeit«, im Südosten des Kaps der Guten Hoffnung, wo wir in Christmas Harbour vor Anker gingen.

Noch am Morgen unserer Ankunft ließ der Steuermann die Boote klarmachen, um auf die Suche nach Robben zu gehen (obwohl die Jahreszeit noch nicht weit genug vorangeschritten war). Den Kapitän und einen jungen Verwandten von ihm setzte man an einem Punkt der Küste ab, da die beiden im Innern der Insel etwas zu besorgen hatten. Sie nahmen eine Flasche mit sich, in der sich ein versiegelter Brief befand, und machten sich auf in der Richtung des höchsten Berggipfels des Landes. Sie hatten die Absicht, dort oben einen Brief für ein anderes Schiff niederzulegen, das nach ihnen auf der Insel landen würde. Sobald wir sie aus den Augen verloren hatten (denn Peters und ich waren im Boot des Steuermannes), begannen wir, die Küste entlangzufahren. Wir brachten ungefähr drei Wochen damit zu, suchten mit größter Genauigkeit jeden Winkel ab, nicht nur auf den Kerguelen, sondern auch auf allen umliegenden Inselchen. Doch wurden unsere Bemühungen nicht von Erfolg gekrönt. Wir sahen viele Pelzrobben, aber sie waren außerordentlich misstrauisch, und trotz aller Mühe, die wir uns gaben, konnten wir uns doch nicht mehr als dreihundertfünfzig Felle verschaffen. Trompetenrobben, auch See-Elefanten genannt, gab es sehr zahlreich an der östlichen Küste der Insel, aber wir töteten nur einige zwanzig, und auch die nur unter größten Schwierigkeiten. Auf den kleinen Inseln sahen wir eine große Menge Robben mit rauhem Fell, aber wir ließen sie in Ruhe. Am 11. November kamen wir zum Schoner zurück, wo wir Kapitän Guy und seinen Neffen wiederfanden, die überaus unerfreuliche Berichte über das Innere des Landes gaben und es als eine der unwirtlichsten, unfruchtbarsten Gegenden der Erde hinstellten.

FÜNFZEHNTES KAPITEL

Am 12. verließen wir Christmas Harbour und nahmen unseren Kurs nach Westen wieder auf. Wir kamen an den Prinz-Edward-Inseln vorbei, die wir links liegen ließen. Dann steuerten wir mehr nach Norden und erreichten nach vierzehn Tagen die Inseln des Tristan d'Acunha, die auf 37° 8′ südlicher Breite und 12° 8′ westlicher Länge liegen.

Diese Inselgruppe, die jetzt so gut bekannt ist und aus drei kreisrunden Inseln besteht, wurde von den Portugiesen entdeckt, dann 1643 von den Holländern und 1767 von den Franzosen aufgesucht. Die drei Inseln bilden zusammen ein Dreieck und liegen etwa zehn Meilen voneinander entfernt. Zwischen ihnen liegt eine bequeme offene Durchfahrt. Das Land ragt auf allen dreien, besonders aber auf der eigentlichen Insel Tristan d'Acunha, weit in die Höhe. Sie ist die größte Insel der Gruppe, ihr Umfang beträgt fünfzehn Meilen, und sie ragt so hoch aus dem Meer, dass sie bei klarem Wetter in einer Entfernung von achtzig oder neunzig Meilen zu sehen ist. Ein Teil des Landes steigt gegen Norden allmählich bis über tausend Fuß vom Meeresspiegel an. Auf dieser Höhe erstreckt sich fast bis in die Mitte der Insel hinein eine Hochebene, und auf der Hochebene erhebt sich ein Kegel, der an den von Teneriffa erinnert. Die untere Hälfte dieses Kegels ist voll von recht großen Bäumen, aber der obere Teil besteht aus nackten Felsen, die gewöhnlich zwischen Wolken stecken und die meiste Zeit des Jahres mit Schnee bedeckt sind. Um die Insel herum gibt es keine Untiefen oder sonstige Gefahren, die Küsten sind sehr steil, und das Wasser ist tief. An der Nordwestküste liegt eine Bucht mit einem Strand aus schwarzem Sand, und dort lässt es sich, vorausgesetzt, es herrscht Südwind, leicht landen. Auch kann man sich dort ohne viel Mühe herrliches Wasser verschaffen und Stockfische und andere Fische mit der Angel fangen.

Die zweitgrößte Insel und die westlichste der Gruppe ist die »Unnahbare«, wie sie genannt wird. Sie liegt genau auf 37°17′ südlicher

Breite und 12° 24′ westlicher Länge. Sie hat einen Umfang von sieben oder acht Meilen und bietet von allen Seiten einen schroffen und abstoßenden Anblick. Die Oberfläche ist vollkommen glatt, und die ganze Gegend ist unfruchtbar, es wächst nichts darauf, außer ein paar verkrüppelten Stauden.

Die »Nachtigall-Insel«, die kleinste und südlichste; sie liegt auf 37° 26′ südlicher Breite und 12° 1′ westlicher länge. Der südliche Ausläufer besteht aus einer Reihe felsiger Inseln; ähnliche sieht man auch im Nordosten. Der Boden ist uneben und unfruchtbar und wird von einem tiefen Tal durchschnitten.

Die Küsten dieser Insel sind voll von Seelöwen, Rüsselrobben, Seehunden und einer großen Menge verschiedener Seevögel. Auch gibt es sehr viele Wale. Diese Inselgruppe ist seit ihrer Entdeckung oft besucht worden, da man hier früher all diese Tiere so leicht fangen konnte. Die Holländer und Franzosen sind schon sehr zeitig hergekommen. 1790 kam Kapitän Patten von der Schiffsindustrie aus Philadelphia nach Tristan d'Acunha, wo er sich sieben Monate (von August 1790 bis April 1791) aufhielt, um Seehundfelle zu sammeln. Er brachte es in dieser Zeit auf nicht weniger als fünftausensechshundert, und er soll ohne große Mühe innerhalb von drei Wochen ein großes Schiff mit Tran voll geladen haben. Bei seiner Ankunft fand er mit Ausnahme von ein paar wilden Ziegen gar keine Vierfüßler vor; jetzt ist die Insel bis zum Überfluss voll von den wertvollsten Haustieren, die in späterer Zeit von Seeleuten eingeführt worden sind.

Es war, glaube ich, nicht lange, nachdem Kapitän Patten die Insel besucht hatte, als Kapitän Colquhoun mit der amerikanischen Brigg *Betsen* auf der größten Insel landete, um Erholung zu suchen. Er pflanzte Zwiebeln, Kartoffeln, Kohl und alle möglichen anderen Gemüsesorten, die man jetzt im Überfluss finden kann. 1811 suchte ein Kapitän Hanwood die Tristan-Insel auf. Er fand dort drei Amerikaner vor, die die Insel bewohnten, um Seehundfelle und Tran zu sammeln. Einer dieser Leute hieß Jonathan Lambert und bezeichnete sich selbst als Beherrscher des Landes. Er hatte sechzig Acker Boden urbar gemacht und bebaut und sich besonders damit befasst, Kaffeebäume und Zuckerrüben anzupflanzen, die ihm der amerikanische Gesandte in Rio de Janeiro verschaffte hatte. Aber diese Niederlassung wurde schließlich aufgegeben, und 1817 nahm die britische Regierung die Insel in Besitz und schickte deshalb Soldaten vom Kap der Guten Hoffnung. Doch behielt sie die Insel nicht lange, und als das Land als britisches Eigentum geräumt wurde, ließen sich zwei oder drei englische Familien, unabhängig von der Regierung, dort nieder. Am 25. März 1824 landete dort die *Berwick* unter Kapitän Jeffrey auf der Reise von London nach Vandiemensland; man fand einen Engländer namens Glatz vor, der früher Korporal bei der britischen Artillerie gewesen war. Er erhob Anspruch darauf, der oberste Gouverneur der Insel zu sein, und hatte einundzwanzig Männer und drei Frauen unter sich. Er erstattete einen überaus positiven Bericht über das gesunde Klima und den fruchtbaren Boden. Die Bevölkerung befasste sich ausschließlich damit, Seehundfelle und Tran von Rüsselrobben zu sammeln, die sie am Kap der Guten Hoffnung verkauften, denn Glatz besaß einen kleinen Schoner. Zur Zeit unserer Ankunft regierte der Gouverneur noch immer, aber seine kleine Gemeinde hatte sich vervielfacht, es lebten jetzt sechsundfünfzig Personen auf der Tristan-Insel, abgesehen von einer kleinen Niederlassung mit sieben Personen auf der Nachtigall-Insel. Hier war es nicht schwer für uns, alles zu finden, was wir zu unserer Stärkung suchten – Schafe, Schweine, Ochsen, Kaninchen, Geflügel, Ziegen, Getränke verschiedener Art und Gemüse in Hülle und Fülle. Ganz in der Nähe der größten Insel, bei achtzehn Klafter Tiefe, gingen wir vor Anker und brachten alles, was wir brauchten, bequem an Bord. Kapitän Guy kaufte auch fünfhundert Seehundfelle und einiges Elfenbein. Wir blieben ungefähr eine Woche lang, währenddessen hauptsächlich Nord- und Westwinde wehten und das Wetter etwas neblig war. Am 5. November segelten wir nach Südwesten ab, um dort nach der Inselgruppe der sogenannten »Aurora-Inseln« zu suchen, über die die verschiedensten Gerüchte in Umlauf waren.

Diese Inseln sollen schon 1762 durch den Kommandanten des Schiffes *Aurora* entdeckt worden sein. 1790 ist Kapitän Manuel de Dharbido mit dem Schiff *Prinzessin*, das der Königlichen Philippinen-Gesellschaft gehörte, wie er versichert, direkt in sie hineingesegelt. 1794 legte die spanische Korvette *Atrevida* mit der Absicht ab, die genaue Lage der

Inseln zu bestimmen, und in einer Zeitung der Königlich Geographischen Gesellschaft in Madrid finden wir über diese Expedition 1809 eine Stelle folgenden Inhalts: »Die Korvette *Atrevida* stellte zwischen dem 23. und dem 27. Januar in unmittelbarer Nähe der Inseln alle notwendigen Beobachtungen an und maß mit Chronometern den Unterschied der Längengrade zwischen diesen Inseln und dem Hafen von Soledad in den Malninas. Es sind drei Inseln; sie liegen sehr nahe beieinander auf demselben Meridian; die mittlere ist nur sehr flach, die beiden anderen sind in einer Entfernung von neun Seemeilen deutlich zu erkennen.«

Die *Atrevida* gab, als sie ihre Beobachtungen gemacht hatte, folgende Auskunft über die genaue Lage jeder einzelnen Insel: Die nördlichste liegt auf 52° 37′ 24″ südlicher Breite und 47° 43′ 15″ westlicher Länge; die mittlere liegt auf 53° 37′ 40″ südlicher Breite und 47° 55′ 5″ westlicher Länge; und die südlichste liegt auf 53° 5′ 11″ südlicher Breite und 47° 57′ 5″ westlicher Länge.

Am 27. Januar segelte Kapitän Wedell von der britischen Flotte von Staten Island ab, um ebenfalls die Aurora-Inseln zu suchen. Er berichtet, dass er die eifrigsten Untersuchungen angestellt habe und nicht nur an den Stellen gewesen sei, die der Kommandant der *Atrevida* angibt, sondern auch die Umgebung dieser Stellen in jede Richtung durchkreuzt habe, jedoch keine Spur von Land entdecken konnte. Diese widersprüchlichen Feststellungen haben noch andere Seefahrer veranlasst, die Inseln zu suchen. Und während einige jede Stelle des Meeres, an der man die Inseln vermutete, auf das Genaueste durchsegelten, ohne etwas zu finden, gab es, so merkwürdig das auch klingt, nicht wenige, die mit Bestimmtheit behaupteten, dass sie die Inseln gesehen hätten, ja, dass sie sogar ganz in der Nähe der Küste gewesen seien. Kapitän Guy hatte die feste Absicht, alles zu tun, was in seiner Macht stand, um diese so oft diskutierte Frage zu lösen. (Ich will unter den Schiffen, die zu verschiedenen Zeiten behauptet haben, dass sie auf die Aurora-Inseln gestoßen seien, nur erwähnen: die *San Miguel* 1796; die *Aurora* 1774; die Brigg *Pearl* 1779 und die *Dolores* 1790. Alle geben übereinstimmend dieselbe südliche Breite von 53° an.) Wir hielten bei wechselnder Witterung unsere Richtung zwischen Süden und Westen ein, bis wir uns am 20. des

Monats in dem umstrittenen Gebiet befanden, und zwar auf 53° 15′ südlicher Breite und 47° 48′ westlicher Länge – das heißt, nahe bei der Stelle, wo nach den Berichten die südlichste Insel der Gruppe liegen soll. Da wir hier keine Spur von Land entdeckten, fuhren wir auf dem 53. Breitengrad bis zum 50. Längengrad nach Westen weiter. Daraufhin fuhren wir bis zum 52. südlichen Breitengrad nach Norden, steuerten dann Richtung Osten und blieben dann auf diesem Breitengrad. Nachdem wir auf diese Weise den Längengrad, auf dem die westliche Küste von Südgeorgien liegt, erreicht hatten, hielten wir uns auf diesem Längengrad, bis wir uns wieder auf dem Breitengrad, von dem wir ausgegangen waren, befanden. Dann fuhren wir quer durch das ganze Gebiet, das wir umschrieben hatten, und wiederholten unsere Nachforschungen mit größter Genauigkeit drei Wochen lang, wobei das Wetter auffallend schön und heiter war und wir keinem Nebel begegneten. Wir waren nun überzeugt, dass, wenn auch hier früher einmal Inseln existiert haben sollten, nun nicht mehr die geringste Spur von ihnen zu erkennen war. Ich habe, seit ich wieder zu Hause bin, herausgefunden, dass Kapitän Johnson von dem amerikanischen Schoner *Henry* und Kapitän Morell von dem amerikanischen Schoner *Wasp* dasselbe Gebiet ebenso genau durchsucht haben – beide mit demselben Resultat wie wir.

SECHZEHNTES KAPITEL

Der Kapitän hatte ursprünglich die Absicht gehabt, die Meerenge von Magellan zu passieren und an der westlichen Küste von Patagonien entlangzusteuern. Aber eine Auskunft, die man ihm auf Tristan d'Acunha gegeben hatte, veranlasste ihn dazu, die südliche Richtung einzuschlagen, in der Hoffnung, einige kleine Inseln zu entdecken, von denen man ihm gesagt hatte, dass sie auf 60° südlicher Breite und 41° 20′ westlicher Länge liegen müssten. Falls er diese nicht auffinden sollte, beabsichtigte er, wenn die Witterung es erlaubte, zum Pol zu steuern. Wir befanden uns also am 12. Dezember in dieser Richtung. Am 18. erreichten wir die Stelle, die man uns angegeben hatte, und kreuzten nun drei Tage lang in der Umgegend herum, ohne eine Spur von den fraglichen Inseln zu finden. Am 21., als das Wetter besonders schön war, wandten wir uns wieder nach Süden, in der Absicht, diesen Weg so weit wie möglich fortzusetzen. Bevor ich nun mit diesem Teil meiner Erzählung beginne, wird es gut sein, wenn ich denjenigen unter meinen Lesern, die sich ein wenig für den Fortgang der Entdeckungen in diesen Gebieten interessieren, einen kurzen Überblick über die spärlichen Versuche gebe, die man bisher gemacht hat, um den Südpol zu entdecken.

Die Unternehmung von Kapitän Cook war die erste, über die wir genau unterrichtet sind. Er segelte 1722 auf der *Resolution* nach Süden, begleitet von Leutnant Furneaux auf der *Adventure*. Im Dezember hatte er den 58. Breitengrad südlicher Breite bei 26° 57′ östlicher Länge erreicht. Er stieß hier auf einige schmale Eisfelder, die acht bis zehn Zoll dick waren und sich von Nordwesten nach Südosten bewegten. Dieses Eis lag in großen Schichten fast überall so fest zusammengepresst, dass die Schiffe sich nur unter größten Schwierigkeiten die Durchfahrt erzwingen konnten. Damals schloss Kapitän Cook wegen der vielen Vögel, die zu sehen waren, und auch wegen anderer

Anzeichen, dass sie in der Nähe von Land sein müssten. Er hielt weiter nach Süden, und das Wetter war ungewöhnlich kalt, bis er auf 38° 40′ östlicher Länge den 64. Breitengrad erreichte. Hier war ein mildes Klima, leichte Brisen wehten, und fünf Tage lang stand das Thermometer auf 36° Fahrenheit. Im Januar 1773 kreuzte das Schiff den Polarkreis, aber nun konnte es nicht mehr weiter, denn als es auf einer Breite von 67° 15′ gelangt war, merkte man, dass jede Weiterfahrt durch eine ungeheure Eismenge versperrt wurde, die, soweit das Auge reichte, den ganzen südlichen Horizont entlanglief. Dieses Eis war von ganz unterschiedlicher Konsistenz, und einige große Schollen bildeten meilenweit eine kompakte Masse, die sich acht bis zehn Fuß über dem Wasser erhob. Da es schon spät im Jahr war und keine Hoffnung bestand, diese Hindernisse zu umgehen, musste Kapitän Cook jetzt wohl oder übel nach Norden steuern.

Im folgenden November wiederholte er seinen Versuch in der Südsee. Er stieß auf einer Breite von 58° 40′ auf eine starke Strömung, die ihn nach Süden trieb. Als die Schiffe sich im Dezember auf einer Breite von 67° 30′ und einer westlichen Länge von 42° 54′ befanden, herrschte eine außerordentliche Kälte, verbunden mit schweren Stürmen und Nebeln. Auch hier gab es eine Menge Vögel, vor allem Albatrosse, Pinguine und Sturmvögel. Auf einer Breite von 70° 23′ trafen sie auf einige große Eisinseln, und kurz darauf bemerkte man, dass die südlichen Wolken von einem schneeigen Weiß waren, was die Nähe von Eisfeldern bedeutete. Auf einer Breite von 71° 10′ und einer Länge von 106° 54′ wurden die Seefahrer, wie schon einmal, durch die ungeheure Eismasse aufgehalten, die den ganzen südlichen Horizont einnahm. Die nördliche Küste dieser Masse war wild und zerklüftet und so fest ineinandergefügt, dass man unmöglich durchkommen konnte. Sie erstreckte sich eine Meile weit nach Süden. Hinten schien die Eisfläche vergleichsweise flach zu sein, bis sie ganz am Schluss zu gigantischen Eisgebirgen, die sich übereinandertürmten, anwuchs. Kapitän Cook schloss daraus, dass dieses riesige Gebiet entweder bis and den Südpol reiche oder einem Kontinent angegliedert sei. Mister J. R. Reynolds, dessen großen und unablässigen Bemühungen es zu verdanken ist, dass eine Nationalexpedition durchgeführt wurde, die zum Teil die Aufgabe hatte, diese

Gebiete zu erforschen, sagt über die Versuche der *Resolution*: »Wir sind keineswegs überrascht, dass Kapitän Cook nicht imstande war, weiter als bis zu 71° 10′ vorzudringen, wir sind vielmehr erstaunt, dass er diesen Punkt auf dem Meridian von 106° 54′ westlicher Länge erreichte. Palmerland liegt südlich der Süd-Shetland-Inseln auf einer Breite von 46° und reicht weiter nach Süden und Westen, als je ein Schiff gekommen ist. Cook befand sich vor dieser Insel, als das Eis ihm den Weg versperrte, was, wie wir glauben, dort immer der Fall sein muss, auch so früh im Jahr wie am 6. Januar, und wir wären nicht erstaunt, wenn ein Teil der besagten Eisberge dem eigentlichen Palmerland fest verbunden sei oder irgendwelchen anderen noch mehr im Süden und Westen gelegenen Teilen des Landes.«

1803 beauftragte Alexander von Russland die Kapitäne Kreutzenstern und Listansky mit einer Weltumsegelung. In ihrem Bestreben, nach Süden zu gelangen, kamen sie auf einer westlichen Länge von 70° 5′ nicht weiter als bis zu 59° 58′. Hier stießen sie auf starke Strömungen, die nach Osten trieben. Es gab eine Menge Wale, aber Eis sahen sie keines. Was diese Reise betrifft, so erklärt Mister Reynolds, dass Kreutzenstern auf Eis hätte stoßen müssen, wenn er früher im Jahr, als es der Fall war, hingekommen wäre – denn es war März, als er die genannte Breite erreichte. Die Winde, die hauptsächlich aus Süden und Westen kamen, hatten, unterstützt von den Strömungen, die Schollen in die Eisregion getrieben, die im Norden von Südgeorgien, im Osten von den Sandwich-Inseln und den Süd-Orkney-Inseln und im Westen von den Süd-Shetland-Inseln begrenzt wird.

1822 drang Kapitän James Wedell von der englischen Flotte mit zwei sehr kleinen Schiffen weiter nach Süden vor, als es je einem Seefahrer gelungen war, und zwar, ohne auf besondere Schwierigkeiten zu stoßen. Er stellt fest, dass er zwar, bevor er den 72. Breitengrad erreichte, sehr häufig durch das Eis aufgehalten wurde, dass er jedoch nachher auch nicht der kleinsten Scholle mehr begegnet sei und dass er, als er auf einer Breite von 74°5′ gelangt war, keine Eisfelder, sondern nur drei Eisinseln sehen konnte. Es ist ziemlich auffällig, dass Wedell, obwohl er großen Vogelschwärmen begegnete und auch die übrigen gewöhnlichen Anzeichen von Land bemerkte und obwohl von der Spitze des Mastes aus südlich von den Süd-Shetland-Inseln unbekannte Küsten, die sich nach Süden erstreckten, gesehen wurden, doch die Vermutung, es existiere Land in den südlichen Polargegenden, widerlegte.

Am 11. Januar 1823 segelte Kapitän Morrell von dem amerikanischen Schoner *Wasp*, in der Absicht, so weit wie möglich südwärts zu dringen, zu den Kerguelen-Inseln. Am 1. Februar befand er sich auf einer Breite von 64° 52′ und einer östlichen Länge von 118° 27′. Was nun folgt, ist seinem Tagebuch an diesem Tag entnommen: »Der Wind verschärfte sich bald zu einer elf Knoten starken Brise, und wir nahmen die Gelegenheit wahr, um uns nach Westen zu wenden; da wir aber überzeugt waren, dass wir, je weiter südwärts wir hinter den 64. Breitengrad kamen, umso weniger Eis begegnen würden, steuerten wir etwas nach Süden, bis wir den Polarkreis passierten und uns auf einer südlichen Breite von 69° 5′ befanden. In dieser Breite waren überhaupt keine Eisfelder und nur mehr sehr wenige Eisinseln zu sehen.«

Unter dem Datum vom 14. März finde ich noch folgende Notiz: »Die See war jetzt ganz frei von Eisfeldern, und wir hatten nicht mehr als ein Dutzend Eisinseln in Sichtweite. Gleichzeitig war die Temperatur von Luft und Wasser, im Vergleich zu der Temperatur, die wir die ganze Zeit zwischen dem 60. und 62. südlichen Breitengrad gemessen hatten, um mindestens dreizehn Grad gestiegen. Wir waren jetzt auf einer südlichen Breite von 70° 14′, und die Luft hatte siebenundvierzig, das Wasser vierundvierzig Grad. Ich sah nun, dass die magnetische Abweichung 14° 17′ betrug. Ich war mehrmals auf verschiedenen Meridianen über den Polarkreis gefahren und hatte jedes Mal festgestellt, dass sowohl die Temperatur der Luft als auch die des Wassers umso milder wurden, je weiter ich hinter den 65° südlicher Breite kam, und dass die magnetische Abweichung im selben Verhältnis anstieg. Nördlich von dieser Breite dagegen, sagen wir, zwischen dem 60. und 65. südlichen Breitengrad, konnten wir das Schiff oft nur mit größter Schwierigkeit zwischen den ungeheuren und unzähligen Eisinseln durchbringen, von denen einige einen Umfang von ein bis zwei Meilen hatten und mehr als fünfhundert Fuß über dem Meeresspiegel lagen.«

Da sie fast gar kein Brennmaterial, kein Wasser und keine ordentlichen Instrumente besaßen und es noch dazu spät im Jahr war, musste sich Kapitän Morrell, ohne ein weiteres Vordringen nach Westen zu versuchen, wieder zurückziehen, obwohl die See ganz offen vor ihnen lag. Er sagt, er glaube, dass er, hätten ihn diese Überlegungen nicht zur Rückkehr gezwungen, wenn nicht an den Pol selbst, so doch zumindest bis zum 85. Breitengrad hätte vordringen können. Ich habe seine Meinung über diesen Gegenstand etwas weitschweifig wiedergegeben, damit der Leser Gelegenheit bekommt, zu sehen, wie weit meine Anschauungen der eigenen Erfahrung, von der ich jetzt berichten werde, entspringen.

1831 segelte Kapitän Briscoe im Auftrag der Messieurs Enderby, die eine Werft von Walfängern in London hatten, auf der Brigg *Lively*, begleitet von dem Kutter *Tula*, in Richtung Südsee. Am 28. Februar entdeckte er auf einer südlichen Breite von 66° 30′ und einer östlichen Länge von 47° 13′ Land und »sah deutlich durch den Schnee die schwarzen Gipfel einer Bergkette, die nach Ostsüdost verlief«. Er blieb den ganzen folgenden Monat dort in der Nähe, konnte sich aber wegen des ungestümen Wetters der Küste nicht mehr als bis auf zehn Seemeilen nähern. Da er erkannte, dass es unmöglich war, während dieser Jahreszeit noch weitere Entdeckungen zu machen, steuerte er nach Norden zurück, um auf Vandiemensland zu überwintern.

Zu Beginn des Jahres 1832 drang er wieder nach Süden vor und sah am 4. Februar Land auf einer Breite von 67° 15′ und einer westlichen Länge von 69° 29′. Es stellte sich bald heraus, dass es eine Insel in der Nähe des Vorgebirges war, das er zuvor entdeckt hatte. Am 21. des Monats gelang es ihm, auf der Insel zu landen und sie im Namen William IV. in Besitz zu nehmen, wobei er sie der englischen Königin zu Ehren »Adelaide« nannte. Als die Königlich Geographische Gesellschaft in London diese Einzelheiten erfuhr, zog sie daraus den Schluss, dass sich »ein einheitlicher Landstrich von einer östlichen Länge von 47° 30′ zu einer westlichen Länge von 69° 29′ zwischen 66° und 67° südlicher Breite hinzieht.« Was diese Ansicht betrifft, so bemerkt Mister Reynolds: »Gegen die Richtigkeit dieser Behauptung haben wir keineswegs etwas einzuwenden; auch rechtfertigt Briscoes Entdeckung jede solche Folgerung. Es war somit innerhalb dieser Grenzen, als Wedell auf einem Meridian in Richtung der Ostküste von Südgeorgien, der Sandwich-Inseln, der Süd-Orkney-Inseln und der Süd-Shetland-Inseln südwärts vordrang.« Meine eigene Erfahrung wird klar bezeugen, wie falsch der Schluss war, den die Gesellschaft gezogen hat.

Man hatte damals schon viele Versuche gemacht, um zum Südpol vorzudringen. Immerhin blieben zu der Zeit, da die *Jane Guy* ihre Fahrt antrat, noch ungefähr dreihundert Längengrade, auf denen man noch nicht über den Polarkreis hinausgekommen war. So öffnete sich vor uns also noch die mannigfachste Entdeckungsmöglichkeit. Und der Entschluss von Kapitän Guy, kühn dem Süden entgegenzusteuern, erfüllte mich denn auch mit erwartungsseliger, brennender Neugier.

SIEBZEHNTES KAPITEL

Vier Tage lang segelten wir Richtung Süden, ohne auf Eisberge zu stoßen. Am 26. mittags hatten wir 63° 2′ südlicher Breite bei 41° 2′ westlicher Länge erreicht, als wir einige Eisinseln und einen nicht allzu großen Eisberg bemerkten. Der Wind trieb fast immer nach Südosten, war aber ganz schwach. Hatten wir einmal Westwind, so war er stets von Regenschauern begleitet. Jeden Tag fiel mehr oder weniger Schnee. Das Thermometer zeigte am 27. 35° Fahrenheit.

1. Januar 1828 An diesem Tag waren wir völlig von Eis umgeben, und unsere Aussichten gestalteten sich gar trübe. Ein starker Sturm wehte aus Nordost den ganzen Morgen lang und trieb gegen das Steuer und den hinteren Teil des Schiffes dicke Eisschollen mit so großer Heftigkeit, dass wir alle die Folgen fürchteten. Gegen Abend noch tobte der Sturm mit Wut; aber eine mächtige Eisscholle vor uns teilte sich plötzlich, und wir konnten schließlich mit vollen Segeln durch die kleineren Schollen hindurchdringen, bis wir das freie Meer erreicht hatten. Als wir uns näherten, ließen wir die Segel langsam nach, und als wir endlich die Gefahr im Rücken hatten, legten wir mit einem einzigen Segel bei.

2. Januar Das Wetter war ziemlich günstig. Mittags befanden wir uns auf 69° 1′ südlicher Breite und 42° 2′ westlicher Länge, nachdem wir den Polarkreis schon überschritten hatten. Im Süden bemerkten wir nur wenig Eis, obwohl hinter uns weite Eisfelder lagen. Wir stellten uns eine Art Sonde aus einem eisernen Topf her, der zwanzig Gallonen fasste und an einer Messschnur von zweihundert Klaftern Länge befestigt war. Wir fanden eine Strömung, die uns mit einer Geschwindigkeit von einer viertel Meile in der Stunde nach Süden trieb. Die Temperatur der Luft betrug ungefähr 33°, die Abweichung der Magnetnadel 14° 2′ nach Westen.

5. Januar Wir sind noch weiter nach Süden vorgedrungen, ohne großen Schwierigkeiten zu begegnen. Heute Morgen jedoch, als wir uns auf 73° 1′ südlicher Breite bei 42° 1′ westlicher Länge befanden, hatten wir einen neuen Aufenthalt durch ein ungeheures Eisfeld, das sich vor uns erstreckte. Nichtsdestoweniger sahen wir dahinter das offene Meer und zweifelten keinen Augenblick, dass wir es erreichen würden. Wir steuerten nach Osten, fuhren an dem Eisfeld vorbei und fanden schließlich einen Durchgang, der ungefähr eine Meile breit war und durch den wir uns so gut wie möglich freie Bahn verschafften. Das Meer, in das wir dann gelangten, war wohl reich an kleinen Eisinseln, hatte aber keine bedeutenden Eisberge – und so drangen wir mutig immer weiter vor. Die Kälte schien nicht zuzunehmen, obwohl wir häufig Schneefälle hatten und von Zeit zu Zeit Hagelschauer von größter Heftigkeit. Riesige Albatrosschwärme flogen über uns von Südosten nach Nordwesten hinweg.

7. Januar Das Meer ist noch immer fast frei und offen, sodass wir unsere Fahrt ungehindert fortsetzen können. Im Westen sahen wir einige Eisberge von riesiger Größe, und nachmittags kamen wir in die unmittelbare Nähe einer solchen Masse, deren Gipfel sich sicher vierhundert Klafter über dem Meeresspiegel erhob. Auf ihrer Basis hatte sie wohl einen Umfang von einer Dreiviertelmeile, und aus einigen Spalten in der Seite flossen kleine Bäche. Zwei Tage lang konnten wir diesen Koloss sehen; dann verlor er sich im Nebel.

10. Januar Am frühen Morgen hatten wir das Unglück, einen Mann zu verlieren. Er glitt aus, stürzte über Bord und fiel zwischen zwei Eisschollen, um nie mehr zum Vorschein zu kommen. Mittags befanden wir uns auf 78° 3′ südlicher Breite bei 40° 1′ westlicher Länge. Die Kälte war nun sehr empfindlich geworden, und fortwährend gingen Hagelschauer aus Nordosten nieder. In dieser Richtung bemerkten wir auch wieder einige mächtige Eisberge, und der ganze Horizont im Osten war durch eine Eisregion begrenzt, die wie ein Amphitheater aufstieg. Abends begegneten wir einigen Holzblöcken, die im Wasser trieben und auf denen sich ein Schwarm von Vögeln niedergelassen hatte. Die Schwankung der Magnetnadel war nun weniger stark als vorher, nachdem wir den Polarkreis überschritten hatten.

12. Januar Unsere Fahrt nach Süden ist von neuem sehr zweifelhaft geworden, denn in der Richtung des Pols können wir nichts als eine Eisfläche entdecken, deren Grenzen, wie es scheint, unabsehbar sind und die sich an ein ungeheures Eisgebirge anschließt, dessen einzelne Gipfel furchtbare Abgründe bergen. Wir sind bis zum 14. nach Westen gesteuert, in der Hoffnung, einen Durchgang zu finden.

14. Januar Am Morgen des 14. erreichten wir das westliche Ende der Eisfläche, die uns den Weg abschnitt; und nachdem wir an ihren Küsten entlanggefahren waren, kamen wir wieder ins offene Meer, in dem sich kein Stück Eis mehr befand. Wir ließen wieder unsere Messlinie ins Wasser und fanden eine Strömung, die mit einer Schnelligkeit von einer halben Meile in der Stunde nach Süden trieb. Die Temperatur der Luft betrug 47°, die des Wassers 34°. Wir segelten weiter nach Süden, ohne auf ein weiteres Hindernis zu stoßen, bis zum 16. Januar. Am Mittag dieses Tages hatten wir 81° 2′ südlicher Breite bei 42° westlicher Länge erreicht. Noch einmal untersuchten wir mit der Messlinie und fanden, dass die Strömung nun mit einer Schnelligkeit von einer Dreiviertelmeile in der Stunde nach Süden trieb. Die Schwankung der Magnetnadel hatte sich noch weiter verringert, und die Temperatur war mild und angenehm; das Thermometer war schon auf 51° Fahrenheit gestiegen. Dabei entdeckten wir auch nicht eine einzige Eisscholle. Niemand an Bord bezweifelte, dass wir den Pol erreichen würden.

17. Januar Dieser Tag war reich an Ereignissen. Unzählige Schwärme von Vögeln flogen über unseren Köpfen in südlicher Richtung dahin; wir schossen einige ab. Einer von ihnen, eine Art Pelikan, gab eine vorzügliche Mahlzeit. Gegen Mittag des Tages meldete die Wache aus dem Mastkorb eine kleine Eisinsel und darauf ein großes Tier. Da das Wetter ruhig und schön war, befahl Kapitän Guy, zwei Boote zu nehmen und nachzusehen, was dies sein könnte. Dirk Peters und ich begleiteten den Steuermann auf dem größeren der beiden Boote. Als wir die Eisscholle erreicht hatten, sahen wir, dass ein so riesig großer Bär darauf lag, wie wir ihn noch nie gesehen hatten. Da wir gut bewaffnet waren, zögerten wir keinen Augenblick, ihn anzugreifen. Mehrere Schüsse wurden abgegeben, die das Tier denn auch an Kopf und Rumpf trafen. Doch schien dies den Bären weiter nicht zu berühren; er verließ nur seine Scholle und schwamm mit weit geöffnetem Rachen auf das Boot zu, in dem Peters und ich uns befanden. In der Verwirrung, die sich unser bei dem plötzlichen Angriff des Bären bemächtigte, hatte beim zweiten Schuss niemand sicher gezielt, und es gelang dem Bären, seinen gewaltigen Körper halb über den Schiffsrand zu schieben und einen unserer Männer bei den Rippen zu packen, bevor man ihn zurückstieß. Aus dieser Gefahr wurden wir nur durch die Gewandtheit und Geistesgegenwart von Peters befreit. Dieser sprang der gewaltigen Bestie auf den Rücken und stieß ihr sein Messer bis ans Heft in den Hals und traf gleich beim ersten Stoß das Genick. Das Tier fiel tot zurück ins Meer, ohne noch die geringste Anstrengung zu machen, zog jedoch Peters mit sich in die Tiefe. Er kam bald wieder an die Oberfläche; man warf ihm ein Seil zu, und bevor er das Boot wieder bestieg, befestigte er auch den Körper des getöteten Tieres daran. Wir kehrten im Triumph zum Schoner zurück, während wir unsere Trophäe hinter uns herschleppten. Der Bär war fünfzehn Fuß lang; sein Fell war von tadellosem Weiß und dicht gelockt. Seine Augen waren blutrot und größer als die der gewöhnlichen Eisbären, die Schnauze runder und fast der einer Bulldogge ähnlich. Das Fleisch war zart, aber sehr ranzig und roch nach Fisch; dennoch machte sich unsere Mannschaft gierig darüber her und erklärte es für eine ausgezeichnete Kost.

Kaum hatten wir unseren Fang an Bord untergebracht, als der Wächter den freudigen Ruf: Land! ertönen ließ. Alle Mann waren nun natürlich voller Erwartung, und da sich glücklicherweise ein Nordostwind erhoben hatte, erreichten wir bald die Küste. Es war ein flaches, felsiges Eiland von ungefähr einer Meile Umkreis, ohne jede Vegetation, einen kleinen Dornstrauch ausgenommen. Wir näherten uns von Norden und bemerkten einen eigentümlichen Felsen, der die Form eines verschnürten Baumwollballens hatte. An der westlichen Küste fanden wir eine kleine Bucht, in der wir landen konnten.

Wir brauchten nicht viel Zeit, um die Insel zu durchsuchen, und mit einer einzigen kleinen Ausnahme fanden wir nichts, was der Bemerkung wert wäre. Am südlichen Ende, ganz nahe am Ufer, entdeckten wir, in einem Haufen Steine halb vergraben, ein Stück Holz, das einem Schiffe als Schnabel gedient zu haben schien. Es war anscheinend der Versuch einer Skulptur, und Kapitän Guy glaubte einen Schildkrötenkopf darin erkennen zu können, aber ich muss gestehen, dass ich eine derartige Ähnlichkeit nur schwer festzustellen vermochte. Außer diesem Schiffsschnabel fanden wir keine Anzeichen, die auf menschliche Wesen schließen ließen. In der Umgebung der Insel erblickten wir hier und da Eisschollen, aber nur in sehr geringer Anzahl. Die genaue Lage der Insel, der Kapitän Guy den Namen Bennets-Insel gegeben hatte, zu Ehren des Miteigentümers seines Schoners, befand sich auf 82° 5′ südlicher Breite und 42° 2′ westlicher Länge.

Wir waren also um acht Grad weiter nach Süden vorgedrungen als alle früheren Seefahrer, und das Meer lag noch immer offen und vollkommen frei vor uns. Wir bemerkten auch, dass jegliche Veränderung des Wasserspiegels aufhörte, je weiter wir kamen, und dass die Temperatur der Luft und besonders die des Wassers immer milder wurde. Das Wetter war angenehm; es wehte ein sanfter, aber beständiger Wind aus Norden. Der Himmel war fast immer klar; von Zeit zu Zeit erschienen leichte feuchte Nebel am südlichen Horizont; aber sie waren stets von kurzer Dauer. Nur zwei Schwierigkeiten waren zu überwinden: Wir hatten wenig Proviant, und es zeigten sich schon einige Symptome von Skorbut bei verschiedenen Leuten der Mannschaft. Diese Umstände gaben Kapitän Guy sehr zu denken, und er sprach oft davon, umzukehren. Ich, meinerseits überzeugt, dass wir bald auf Land stoßen mussten, wenn wir den Weg fortsetzten, und dass wir dort nicht den unfruchtbaren Boden der Polargegenden finden würden, bestand ihm gegenüber eifrig auf der Notwendigkeit, wenigstens noch einige Tage in der Richtung, die wir bisher verfolgt hatten, auszuhalten. Eine so günstige Gelegenheit, das große Rätsel zu lösen, wie die Polgegenden beschaffen waren, hatte sich bisher noch keinem Menschen geboten, und ich gestehe, dass ich wütend alle schüchternen, kleinen Bedenken und Einwände unseres Befehlshabers zu widerlegen suchte. Ich glaube bestimmt, dass meine eindringlichen Visionen ihn denn auch dazu bewogen haben, doch noch weiter vorzudringen, ebenso wie ich die traurigen und blutigen Folgen bitter beklage, die mein Rat nach sich zog. Und doch kann ich mich beglückwünschen, bis zu einem gewissen Punkt den Anlass zu einer Entdeckung gegeben, gewissermaßen dazu beigetragen zu haben, dass der Wissenschaft die Augen geöffnet wurden über eine der interessantesten Fragen, die je ihre Aufmerksamkeit fesselten.

ACHTZEHNTES KAPITEL

18. Januar An diesem Morgen nahmen wir unsere Fahrt Richtung Süden bei ebenso schönem Wetter wie während der vergangenen Tage wieder auf. Das Meer war ganz glatt, der Nordostwind ziemlich warm, und die Temperatur betrug 53° Fahrenheit. Noch einmal maßen wir die Tiefe mit einer Leine von diesmal 150 Klaftern und fanden, dass die Strömung jetzt eine Schnelligkeit von einer Meile pro Stunde hatte. Die beständige Richtung des Windes und des Stroms nach Süden erregte doch Aufsehen und Nachdenken bei der Mannschaft des Schoners, und selbst Kapitän Guy wurde nachdenklich. Aber glücklicherweise war er energisch und mutig, und es gelang mir schließlich, ihn von seiner Abneigung, weiterzuforschen, zu bekehren.

Im Laufe des Tages sahen wir einige Wale, und unzählige Scharen von Albatrossen flogen wieder an uns vorbei. Wir fischten auch eine Art Strauch mit roten Beeren und den Leichnam eines Tiers, das anscheinend vom Festland kam und gar sonderbar aussah. Es war drei Fuß lang bei nur sechs Zoll Höhe, mit vier sehr kurzen Beinen, deren Füße mit langen, leuchtend roten Krallen bewaffnet waren, die der Koralle sehr ähnelten. Der Körper war mit seidenweichem, glattem, ganz weißem Fell bedeckt. Der Schwanz war dünn, wie der einer Ratte, und fast anderthalb Fuß lang. Der Kopf glich dem der Katze, hatte aber lange, hängende Ohren, wie bei einem Hund. Die Zähne waren von demselben lebhaften Rot wie die Krallen.

19. Januar Wir befanden uns an diesem Tag auf 83° 2′ südlicher Breite bei 43° 5′ westlicher Länge, als die Mastwache zum zweiten Mal Land anzeigte, das sich bei genauerer Betrachtung als eine Gruppe großer Inseln herausstellte. Die Küste war abschüssig, und das Innere schien zu unserer Freude mit Wald bewachsen zu sein. Ungefähr vier Stunden später warfen wir bei zehn Faden Tiefe eine Meile von der Küste entfernt auf Sandboden Anker, da der starke, hin und wieder von Strudeln unterbrochene Wellenschaum eine weitere Annäherung gefährlich erscheinen ließ. Wir ließen die zwei größten Boote hinunter, und ein wohl bewaffneter Trupp, unter dem sich auch Peters und ich befanden, wurde bestimmt, in den Felsenriffen, die die Insel wie ein Gürtel umgaben, eine Einfahrt zu suchen. Nach einiger Zeit entdeckten wir auch einen Durchgang und erblickten, als wir in ihn hineinfuhren, vier große, mit schwer bewaffneten Menschen besetzte Kähne, die gerade vom Land abstießen. Wir ließen sie herankommen, und da sie sich mit großer Schnelligkeit vorwärts bewegten, waren sie bald in Rufweite. Kapitän Guy streckte nun ein an einem Ruder befestigtes weißes Taschentuch in die Luft, worauf die Wilden mit ihren Kähnen plötzlich anhielten, laut untereinander zu schwatzen begannen und gelegentlich laute Rufe ausstießen, unter denen wir die Worte *Anamoo-moo!* und *Lama-Lama!* zu verstehen glaubten. Dies dauerte ungefähr eine halbe Stunde lang, währenddessen wir sie genau ins Auge fassen konnten.

In den vier Kähnen, die vielleicht fünfzig Fuß lang und fünf Fuß breit waren, befanden sich im Ganzen etwa hundert Wilde. Sie hatten die durchschnittliche Größe der Europäer, doch waren sie im Allgemeinen muskulöser und fleischiger, von glänzend schwarzer Farbe und trugen langes, wolliges schwarzes Haar. Ihre Kleidung war aus dem zottigen, seidenweichen Fell eines uns unbekannten schwarzen Tiers mit einigem Geschick so verfertigt, dass es ziemlich dicht am Körper anlag, die Haare auf der Innenseite, außer am Hals, an den Hand- und Fußgelenken, wo man sie als Verzierung nach außen gedreht hatte. Ihre Waffen bestanden zum großen Teil aus Keulen aus schwarzem, anscheinend sehr schwerem Holz. Doch bemerkten wir auch einige Speere mit Spitzen aus Kiesel und ein paar Schlingen. Auf dem Boden der Kähne lagen schwarze eigroße Steine.

Als sie mit ihrer Ansprache fertig waren (ohne Zweifel sollte ihr fürchterliches Geschwätz eine solche bedeuten), erhob sich einer von ihnen, anscheinend war es der Häuptling, und forderte uns durch Zeichen auf, mit unseren Booten heranzukommen. Wir taten jedoch, als verständen wir ihn nicht, denn da sie uns an Anzahl viermal überlegen waren, hielten wir es für besser, die Entfernung zwischen uns und ihnen bestehen zu lassen. Hierauf befahl der Häuptling dreien der

Kähne, zurückzubleiben, und kam mit dem seinen auf uns zu. Er sprang sofort in unser größtes Boot, ließ sich an der Seite von Kapitän Guy nieder, wies auf unser Schiff und wiederholte dabei immer die Worte *Anamoo-moo!* und *Lama-Lama!* Wir ruderten zu unserem Schoner zurück, die vier Kähne folgten in einiger Entfernung.

Als wir an der Längsseite des Schiffes angekommen waren, äußerte der Häuptling ungeheure Überraschung und Freude, indem er in die Hände klatschte, sich abwechselnd auf die Schenkel und die Brust klopfte und in ein schallendes Gelächter ausbrach. Sein Gefolge stimmte in seine Heiterkeit ein, und einige Minuten lang herrschte ein Gebrüll, dass uns das Trommelfell zu platzen drohte. Als es endlich ein wenig ruhiger geworden war, befahl Kapitän Guy, die Boote vorsichtshalber wieder hochzuziehen, und gab dem Häuptling (der, wie wir bald entdeckten, den Namen Too-Wit führte) zu verstehen, dass höchstens zwanzig seiner Leute auf einmal an Deck kommen dürften. Too-Wit schien mit diesem Arrangement zufrieden zu sein, er machte seinen Kähnen ein Zeichen, worauf einer sich näherte und die drei anderen etwa fünfzig Ellen weit zurückblieben. Zwanzig der Wilden kamen also an Bord, spazierten überall herum, kletterten hier und da im Tauwerk hinauf, benahmen sich ganz so, als seien sie zu Hause, und beguckten alle Gegenstände mit außerordentlicher Neugierde.

Augenscheinlich hatten sie noch nie einen Menschen der weißen Rasse gesehen und empfanden vor unserer weißen Hautfarbe einen sonderbaren Abscheu. Die *Jane Guy* hielten sie für ein lebendes Wesen, und um sie nicht zu verletzen, hielten sie die Spitzen ihrer Lanzen sorgfältig nach oben. Das Verhalten von Too-Wit amüsierte die Mannschaft ganz besonders. Er kam nämlich dazu, wie der Koch in der Nähe der Küche Holz zerkleinerte und durch einen Zufall seine Axt tief in das Deck hineinhieb, sodass ein beträchtlicher Spalt entstand. Sofort lief er dazu, stieß den Koch ziemlich grob weg und seufzte, ja, schrie fast auf, um sein Mitleid mit den Schmerzen des Schiffes lebhaft zu äußern, dann streichelte und tätschelte er die Wunde und begann sie mit einem Eimer Wasser, der in der Nähe stand, auszuwaschen. Auf diesen Grad von Unwissenheit waren wir nicht vorbereitet, und unwillkürlich stiegen in mir Zweifel an ihrer Echtheit auf.

Als unsere Besucher das Tauwerk und das Deck genügend bestaunt hatten, wurden sie nach unten geführt, und hier überstieg ihre Verwunderung alle Grenzen. Sie schien zu groß zu sein, um sich in Worten Luft machen zu können, denn sie blickten stumm umher, nur hin und wieder unterbrach ein leiser Ausruf das Schweigen. Über unsere Waffen stellten sie zahllose Vermutungen an, und es wurde ihnen gestattet, sie ausführlich zu betrachten. Ich glaube, sie hatten nicht die geringste Ahnung, welchem Zweck sie eigentlich dienten, und hielten sie eher für Heiligtümer, da sie bemerkten, mit welcher Sorgfalt und Aufmerksamkeit wir sie beobachteten, während sie sich damit beschäftigten. Die großen Kanonen verstärkten ihr Erstaunen noch. Sie näherten sich ihnen mit allen Zeichen angstvoller Ehrfurcht und wollten sie nicht genauer betrachten. In der Kajüte befanden sich zwei große Spiegel, und jetzt erreichte ihre Verwunderung den Höhepunkt. Too-Wit war der Erste, der sich ihnen näherte. Er war bis in die Mitte der Kajüte gekommen und hatte den einen direkt vor sich, den anderen direkt hinter sich, bevor er sie genauer bemerkte. Als er nun seinen Blick hob und sein Ich im Spiegel sah, dachte ich, er würde auf der Stelle wahnsinnig werden – als er sich dann jedoch pfeilgeschwind umdrehte, um zu entfliehen, und sich zum zweiten Mal sah, fürchtete ich, er würde jeden Augenblick vom Schlag gerührt. Nichts konnte ihn bewegen, sich die Sache genauer anzusehen, er warf sich auf den Boden nieder, verbarg sein Gesicht in den Händen, und blieb so lange liegen, bis wir ihn an Deck hinauftrugen.

So kamen nacheinander alle Wilden, immer zwanzig, an Bord. Too-Wit durfte die ganze Zeit dableiben. Wir bemerkten, dass sie keine Neigung zum Stehlen hatten, und wir vermissten, nachdem sie uns verlassen hatten, auch nicht das Geringste. Sie hatten sich während der ganzen Zeit ihres Besuches sehr freundschaftlich benommen, doch konnten wir uns einige Züge ihres Betragens durchaus nicht erklären; so waren sie zum Beispiel nicht zu bewegen gewesen, sich verschiedenen harmlosen Gegenständen zu nähern, wie den Segeln des Schiffes, einem Ei, einem offenen Buch, einem offenen Gefäß, das Mehl enthielt. Wir versuchten zu erforschen, ob sie vielleicht Gegenstände besäßen, die zum Tauschhandel geeignet wären, konnten uns jedoch nur schwer verständlich machen.

Doch brachten wir zu unserem größten Erstaunen in Erfahrung, dass die große Galapagos-Schildkröte auf ihren Inseln reichlich vorkomme, und bemerkten auch ein Exemplar im Kahn ihres Häuptlings Too-Wit. Einer der Wilden hielt ein Stück von einer ›biche de mer‹ – einer Seegurke, die man aus den indischen Gewässern kennt, im konservierten Zustand ein namentlich für China sehr gesuchter Handelsartikel – in Händen und verspeiste es roh mit größtem Appetit. Diese Anomalien (in Anbetracht des Breitengrades mussten wir solche Vorkommnisse zumindest dafür halten) erregten in Kapitän Guy den Wunsch, eine Erforschung des Landes vorzunehmen, in der Hoffnung, vielleicht Gelegenheit zu nutzbringenden Spekulationen zu finden. So gern ich persönlich auch diese Inseln gern näher kennengelernt hätte, so sehr brannte ich darauf, unsere Reise ohne Aufschub weiter nach dem Süden fortzusetzen. Wir hatten schönes Wetter, doch wer konnte wissen, wie lange es anhielt; und da wir die offene See vor uns hatten, ein Strom überdies stark nach Süden trieb und der Wind gut war, konnte ich den Vorschlag, hier länger zu verweilen, als zur Gesundheit der Mannschaft und zum Aufnehmen neuer Feuerung und neuer Lebensmittel unbedingt nötig war, nicht ohne Ungeduld anhören. Ich schlug dem Kapitän vor, die Inseln erst bei unserer Rückkehr zu besuchen, und im Fall, dass uns der Weg durch Eis versperrt sei, auf ihnen zu überwintern. Er ging schließlich auf meinen Plan ein, denn durch einen mir selbst unbekannten Umstand hatte ich einen großen Einfluss auf ihn gewonnen, und es wurde schließlich beschlossen, selbst wenn wir die Seegurken im Überfluss vorfänden, nur eine Woche zu verweilen, um dann, solange es möglich war, weiter nach Süden vorzudringen. Wir machten also die zum Landen nötigen Vorbereitungen und brachten unter der Leitung von Too-Wit die *Jane Guy* durch die Riffe in Sicherheit, indem wir ungefähr eine Meile vom Ufer in einer auf allen Seiten von Land umgebenen Bucht an der südöstlichen Küste der Hauptinsel bei zehn Faden Tiefe auf einem tiefschwarzen Sandboden Anker warfen. Man bedeutete uns, dass am Ende der Bucht drei Quellen mit ausgezeichnetem Wasser sprudelten; Holz erblickten wir ringsum im Überfluss. Die vier Kähne folgten uns in die Bucht, hielten sich jedoch immer in respektvollem Abstand. Too-Wit selbst blieb an Bord und lud uns, nachdem wir Anker geworfen hatten, ein, ihn ans Land zu begleiten und sein Dorf in Augenschein zu nehmen. Kapitän Guy willigte ein; zehn Wilde blieben als Geiseln an Bord zurück; eine Abordnung von zwölf Männern begleitete den Häuptling. Ohne Misstrauen zu verraten, bewaffneten wir uns reichlich. Auf dem zurückbleibenden Schiff wurden die Kanonen bereit gemacht, die Verschanzungen errichtet und jede Vorsichtsmaßnahme ergriffen, um einer Überraschung vorzubeugen; der Steuermann erhielt den Befehl, während unserer Abwesenheit niemanden an Bord aufzunehmen und, falls wir in zwölf Stunden nicht zurück seien, die Schaluppe mit dem großen Mörser auf die Suche nach uns zu schicken.

Bei jedem Schritt, den wir in das Land hinein machten, festigte sich unsere Überzeugung, dass es sich von allen anderen Ländern, die je von zivilisierten Menschen besucht wurden, grundlegend unterschied. Wir sahen nichts, das uns schon bekannt gewesen wäre. Die Bäume hatten mit denen, die die heiße, gemäßigte oder nördliche kalte Zone hervorbringen, keine Ähnlichkeit und glichen auch nicht denen, die wir in den schon passierten südlichen Breiten gefunden hatten. Selbst die Felsen waren neu in ihrer Masse, ihrer Farbe und ihrer Schichtung; und die Flüsse hatten so wenig mit denen anderer Klimazonen gemein, dass wir zögerten, daraus zu trinken, und zweifelten, ob ihre Eigenschaften auch wirklich vollkommen natürliche seien. An einem kleinen Bach, der unseren Weg kreuzte (es war der erste, den wir antrafen), stand Too-Wit mit seinem Gefolge still, um zu trinken. Wir weigerten uns, wegen des sonderbaren Aussehens des Wassers ihrem Beispiel zu folgen, und fürchteten, es sei verdorben, und erst später kamen wir zu der Überzeugung, dass das ganze Wasser auf der Insel so beschaffen war. Die Natur der Flüssigkeit zu beschreiben bin ich fast außerstande, und ich kann es jedenfalls nicht, ohne viele Worte zu Hilfe zu nehmen. Obgleich es schnell alle Abhänge herunterfloss wie jedes gewöhnliche Wasser, hatte es doch nur dann, wenn es irgendwo herunterfiel, das Aussehen einer klaren Flüssigkeit. Trotzdem war es in der Tat ebenso klar wie irgendein anderes kalkhaltiges Wasser; es sah nur nicht so aus. Im ersten Augenblick, und besonders an wenig abschüssigen Stellen, glich es, was seine Dichte betrifft, einer konzentrierten Lösung von Gummiarabikum in gewöhnlichem Wasser. Dies war jedoch noch das Unauffälligste daran. Am rätselhaftesten schien, dass es weder nicht farblos war noch von irgendeiner einheitlichen Farbe und dass es, wenn es dahinfloss, dem Auge alle möglichen purpurnen Reflexe bot, wie es changierende Seide tut. Und, um die Wahrheit zu gestehen, diese ständig sich verändernden Schattierungen setzten uns in ein Erstaunen, das dem von Too-Wit beim Anblick unserer Spiegel fast in nichts nachstand. Wir schöpften ein Gefäß voll, ließen es sich setzen und fanden, dass die ganze flüssige Masse aus vielen verschiedenfarbigen Adern bestand, dass diese Adern sich nicht vermischten, dass die Kohäsion ihrer Moleküle vollständig, die der benachbarten Adern aber unvollständig war. Als ich die Spitze eines Messers quer durch die Adern führte, schloss sich das Wasser gleich wieder, und als ich es herauszog, waren die Spuren seines Weges sofort verschwunden. Senkte ich die Klinge jedoch genau zwischen zwei Adern, so fand eine vollständige Trennung statt, die von der Kohäsionskraft nicht sofort wieder aufgehoben wurde. Dieses Wasser war jedoch nur eines von vielen Wunderdingen, die ich bald sehen sollte.

NEUNZEHNTES KAPITEL

Es dauerte fast drei Stunden, bevor wir das Dorf erreichten, da es ungefähr drei Meilen weit im Innern lag und der Weg durch bergiges, zerklüftetes Land führte. Unterwegs verstärkte sich das Gefolge von Too-Wit alle Augenblicke um kleine Abteilungen von sechs bis acht Mann, die sich uns wie zufällig an Straßenbiegungen anschlossen. Da es aber so systematisch geschah, stieg in mir einiges Misstrauen auf, und ich teilte dem Kapitän meine Befürchtungen mit. Es war jedoch zu spät, um einfach zurückzukehren, und wir mussten uns sagen, dass es das Beste wäre, zu tun, als vertrauten wir auf den guten Willen von Too-Wit. Wir gingen also weiter, beobachteten alle Bewegungen der Wilden und ließen nicht zu, dass sie sich zwischen uns drängten und uns trennten. Wir durchwanderten eine abschüssige Schlucht und erreichten schließlich die, wie man uns bedeutet hatte, einzige Ansammlung von Wohnstätten auf der Insel. Als wir sie entdeckten, stieß der Häuptling einen Ruf aus und wiederholte mehrere Male das Wort *Klock-Klock*. Wir vermuteten, es sei der Name des Dorfes oder auch die allgemeine Bezeichnung für Dorf.

Die Wohnungen waren elender, als man sie sich vorstellen kann, und nicht einmal nach ein und derselben Art gebaut, wie es doch sonst bei den niedrigsten Stämmen der Wilden der Fall ist. Einige von ihnen bestanden aus einem hohlen Baum, den man etwa vier Fuß über der Wurzel abgehauen und mit einem Fell, das in langen, zottigen Falten zur Erde herunterhing, bedeckt hatte; darin hausten die Wampoos oder Yampoos, die Großen des Reiches. Einige waren aus dicken Baumästen gemacht, die noch ihr verwelktes Laub trugen und sich in einem Winkel von fünfundvierzig Grad gegen einen Erdhügel lehnten, den man ganz unregelmäßig zu der Höhe von fünf oder sechs Fuß aufgeschüttet hatte. Andere wieder waren nichts weiter als senkrecht in die Erde gegrabene Löcher, die der Bewohner, wenn er hineingeschlüpft war, mit Zweigen zudeckte. Noch andere waren in die gabelförmigen Äste der Bäume gebaut; die Zweige darüber hatte man abgeknickt, sodass sie herunterhingen und einen besseren Schutz gegen das Wetter gewährten. Die meisten jedoch waren kleine, flache Höhlen, die man in den Rand eines Felsens, der das Dorf an drei Seiten umgab, hineingegraben hatte. Vor der Tür jeder dieser primitiven Höhlen befand sich ein Felsstück, das der Bewohner, wenn er seine Behausung verließ, sorgfältig vor den Eingang schob. Zu welchem Zweck dies geschah, wurde uns nicht klar, denn der Stein verschloss kaum ein Drittel der Öffnung.

Das Dorf, wenn dieses Wort hier überhaupt passend ist, lag in einem ziemlich tiefen Tal und war nur von Süden her zugänglich, da der eben erwähnte abschüssige Felsen es von allen anderen Seiten abschloss. Durch die Mitte des Dorfes floss ein murmelnder Fluss mit demselben seltsamen Wasser, das ich schon zu beschreiben versucht habe. In der Nähe der Wohnungen erblickten wir verschiedene sonderbare Tiere, die alle zahm zu sein schienen. Das größte glich in seinem Körperbau und seinem Maul unserem gewöhnlichen Schwein, nur hatte es einen buschigen Schwanz und schlanke Beine wie die Antilope, mit denen es jedoch nur sehr plumpe Bewegungen machte. Dann trieben sich scharenweise verschiedene Arten zahmen Geflügels umher, sodass wir annehmen konnten, sie bildeten die Hauptnahrung der Inselbewohner. Wilde Tiere sahen wir nur sehr wenige, es waren keine bekannten, und sie waren auch nicht sehr groß. Einmal kroch eine scheußliche große Schlange über unseren Weg, da ihr die Wilden jedoch keine Beachtung schenkten, schlossen wir, dass sie nicht giftig sei.

Als wir mit Too-Wit und seinen Gefährten das Dorf erreichten, stürzte eine große Volksmenge heraus und kam uns mit lautem Geschrei entgegen, durch das immer wieder die unvermeidlichen Worte *Anamoo-moo!* und *Lama-Lama!* hindurchtönten. Mit Erstaunen bemerkten wir, dass die Dorfbewohner alle ganz nackt waren, nur die Männer aus den Kähnen trugen die schon erwähnte Fellbekleidung. Sämtliche Waffen des Landes schienen sich auch im Besitz dieser Männer zu befinden, denn wir bemerkten bei den Dorfbewohnern nicht mehr das geringste Kriegs- oder Verteidigungsgerät. Eine große Anzahl Frauen und Kinder war mit herausgekommen. Die Frauen zeichneten sich teilweise durch eine gewisse Schönheit aus. Sie waren gut gebaut, groß gewachsen und schlank, und ihre Bewegungen waren von einer Anmut und Feinheit, wie man sie bei unkultivierten Völkern nicht findet. Ihre Lippen jedoch waren wie die der Männer dick und plump, sodass selbst beim Lachen die Zähne nie enthüllt wurden. Ihr Haar war feiner als das der Männer. Unter den Dorfbewohnern fanden sich schließlich doch noch vielleicht zehn oder zwölf, die wie Too-Wit und sein Gefolge in Felle gekleidet und mit schweren Keulen und Lanzen bewaffnet waren. Diese schienen großen Einfluss auf die übrigen zu haben, sie waren es auch, die mit Wampoo angeredet wurden, und die die fellbedachten ›Paläste‹ bewohnten. Die Residenz von Too-Wit lag in der Mitte des Dorfes und war auch etwas besser ausgestattet als die seiner Untertanen. Der Baum, gegen den sie sich stützte, war etwa zwölf Fuß über der Wurzel abgehauen worden, einige Zweige hatte man stehen lassen, sodass sie die Bedachung verbreitern halfen. Als Dach hatte man vier große Felle mit Holzpflöcken aneinandergefügt und diese am Boden mit Pfählen befestigt. Eine dichte Schicht aus trockenen Blättern bedeckte als Teppich den Boden.

Mit großer Feierlichkeit wurden wir in diese Hütte hineingeführt, gefolgt von so vielen Eingeborenen, wie sie nur fassen mochte. Too-Wit setzte sich auf die Blätter und wies uns durch Zeichen an, seinem Beispiel zu folgen. Wir taten es und befanden uns also plötzlich in einer nicht nur unbequemen, sondern geradezu kritischen Stellung. Wir saßen zu zwölf auf der Erde und vielleicht vierzig der Wilden, bequem auf ihren Knien hockend, so dicht um uns herum, dass wir im Fall eines Angriffs keinen Gebrauch von unseren Waffen machen konnten, ja, nicht einmal hätten aufstehen können. Nicht nur im Zelt herrschte das Gedränge, draußen stand wahrscheinlich das ganze Dorf ringsherum versammelt, und nur die unaufhörlichen Ermahnungen und Rufe von Too-Wit schützten uns davor, von den Füßen der Nachdrängenden zu Tode getreten zu werden. Einige Sicherheit gewährte uns immerhin die Gegenwart von Too-Wit selbst, und wir beschlossen, ihn nicht aus unserer Mitte weichen zu lassen und bei dem ersten Anzeichen von feindlichem Verhalten unserem Wohl zu opfern.

Mit vieler Mühe wurde für eine gewisse Ruhe gesorgt, und der Häuptling hielt uns eine sehr lange Ansprache, die derjenigen aus dem

Kahn heraus ähnlich klang, nur mit dem Unterschied, dass er jetzt seine *Anamoo-moos!* noch energischer betonte als die *Lama-Lamas!*

Wir hörten ihn schweigend bis zum Schluss an, worauf Kapitän Guy den Häuptling seines Wohlwollens und seiner ewigen Freundschaft versicherte und seine Rede mit einem Geschenk aus mehreren Ketten blauer Glasperlen und einem Messer krönte. Über die Ketten rümpfte der Monarch zu unserer großen Überraschung verächtlich die Nase, das Messer jedoch erfüllte ihn mit grenzenloser Zufriedenheit, und er befahl sofort, das Mittagsmahl aufzutragen. Es wurde über die Köpfe der Tafelgenossen hereingereicht und bestand aus den zuckenden Eingeweiden eines unbekannten Tieres, wahrscheinlich eines der schlankbeinigen Schweine, die wir in der Nähe des Dorfes wahrgenommen hatten. Da Too-Wit erkannte, dass wir nicht recht wussten, wie wir uns zu dieser Mahlzeit zu stellen hatten, ging er uns mit gutem Beispiel voran und begann, die verlockende Nahrung in sich hineinzuschlingen, bis wir uns nicht länger bezwingen konnten und unsere Mägen die deutlichsten Symptome von Empörung von sich gaben, was ›Seine Majestät‹ wiederum mit einer Verwunderung erfüllte, die nur noch von der durch die Spiegel verursachten übertroffen wurde. Wir lehnten es also ab, von den dargebotenen Leckerbissen zu kosten, und bemühten uns, ihm verständlich zu machen, dass wir ein gutes Frühstück hinter uns und noch keinen Appetit hätten.

Als der Monarch seine Mahlzeit beendet hatte, unterzogen wir ihn, soweit es möglich war, einem Kreuzverhör, in der Hoffnung, von ihm die Hauptprodukte des Landes zu erfahren. Als er endlich einigermaßen verstanden hatte, was wir meinten, bot er sich an, uns zu einem Teil der Küste zu führen, an dem die Seegurke, er zeigte auf ein solches Tier, reichlich zu finden sei. Wir waren froh, auf diese Weise dem Gedränge zu entkommen, und bedeuteten ihm, wir seien zum sofortigen Aufbruch bereit. Wir verließen das Zelt und folgten, von der ganzen Bevölkerung des Dorfes begleitet, dem Häuptling an das südöstliche Ende der Insel, das nicht weit von der Bucht, in der unser Schiff vor Anker lag, entfernt war. Hier warteten wir ungefähr eine Stunde lang, bis die vier Kähne an unseren Standort gebracht waren. Dann stiegen wir alle zusammen ein, und wir wurden an dem Riff entlang zu einer Stelle gerudert, an der wir eine größere Menge von Seegurken bemerkten, als die ältesten Seeleute unter uns jemals in den Inselgruppen der niederen Breiten, die wegen dieses Handelsartikels berühmt sind, beobachtet hatten. Wir hätten leicht zwanzig Schiffe mit diesen Tieren beladen können. Hierauf brachte man uns zu unserem Schoner zurück, und wir verabschiedeten uns von Too-Wit, nachdem wir ihm das Versprechen abgenommen hatten, uns im Lauf der nächsten vierundzwanzig Stunden so viele Enten und Galapagos-Schildkröten an Bord zu bringen, als seine vier Kähne fassen konnten. Im Betragen der Eingeborenen lag nichts Verdächtiges, abgesehen von der systematischen Art und Weise, mit der sie sich auf dem Weg vom Strand zum Dorfe verstärkt hatten.

ZWANZIGSTES KAPITEL

Der Häuptling hielt Wort und versorgte uns mit neuen Vorräten. Die Schildkröten gehörten mit zu den besten, die wir je gesehen hatten, und die Enten übertrafen alles uns bekannte Geflügel durch ihr zartes, saftiges, wohlschmeckendes Fleisch. Außerdem brachten uns die Wilden, nachdem sie unsere Wünsche verstanden hatten, eine große Menge Sellerie und Löffelkraut, das ein Heilmittel gegen Skorbut ist, sowie eine Kahnladung frischer und getrockneter Fische. Der Sellerie war ein wahrer Leckerbissen, und das Löffelkraut konnte bei denen, die schon Anzeichen von Skorbut aufwiesen, die besten Dienste tun. Als Dank boten wir den Wilden etwas von unseren Tauschgegenständen: blaue Perlen, kupferne Schmuckgegenstände, Nägel, Messer, Stücke roten Stoffes; sie schienen mit dem Tausch rundum zufrieden zu sein. Wir veranstalteten an der Küste, direkt unter den Kanonen des Schoners, einen regelrechten Markt, und der ganze Handel ging mit einem Vertrauen und einer Ordnung vor sich, die wir nach dem Betragen der Schwarzen in ihrem Dorf gar nicht erwartet hatten.

So ging also alles mehrere Tage lang durchaus freundschaftlich zu; zuweilen war eine Truppe der Eingeborenen an Bord, zuweilen begab sich ein Teil der Mannschaft an die Küste und machte weite Ausflüge in das Innere, ohne dass sich jemals der geringste unangenehme Zwischenfall ereignet hätte. Als Kapitän Guy sah, wie schnell und leicht die Insulaner eine Schiffsladung Seegurken gesammelt hatten, beschloss er, mit Too-Wit geradezu einen Handel aufzubauen und auf der Insel passende Häuser zu errichten, in denen der Artikel zum Versand fertig gemacht werden konnte. Diese Häuser sollten Too-Wit und den Leuten, die sie sammelten, gehören, während Kapitän Guy selbst einstweilen das günstige Wetter nutzen und weiter nach Süden vordringen wollte. Als er dem Häuptling seinen Plan verständlich machte, schien dieser bereit, darauf einzugehen, und man schloss folgendes Übereinkommen ab, das beide Parteien zufrieden stellte: Unsere ganze Mannschaft sollte bei den nötigen Vorbereitungen, den Ausschachtungen und dem Bau der Häuser beschäftigt werden, und wenn der Schoner seine Reise gen Süden fortsetzte, sollten drei von uns auf der Insel zurückbleiben, um das angefangene Werk zu vollenden und die Insulaner im Konservieren von Seegurken zu unterrichten; das Entgelt für die Arbeit der Wilden sollte sich nach ihrem Fleiß während unserer Abwesenheit richten, für eine bestimmte Menge von Seegurken sollten sie eine bestimmte Menge blaue Perlen, Messer, rotes Tuch und dergleichen erhalten.

Als wir unsere Vereinbarungen mit Too-Wit getroffen hatten, machten wir uns gleich daran, alle zum Bauen nötigen Gegenstände an Land zu schaffen. Ein großer flacher Raum in der Nähe der östlichen Seite der Bucht und in passender Entfernung zu den Stellen, an denen die größten Vorkommen der Seegurke zu finden waren, wurde für unsere Zwecke, da Wasser und Holz in der Nähe war, ausgewählt. Wir machten uns mit allen Kräften an die Arbeit und hatten bald, zum größten Erstaunen der Wilden, eine genügende Anzahl von Bäumen gefällt, aus denen wir das Holzwerk für die Häuser zurechtzimmerten, die nach zwei oder drei Tagen so weit gediehen waren, dass wir sie beruhigt den drei Männern, die zurückgelassen werden sollten, übergeben konnten.

Gegen Ende des Monats waren alle Vorbereitungen zur Abreise beendet. Wir hatten jedoch beschlossen, einen förmlichen Abschied von dem Dorf zu nehmen, und Too-Wit bestand so hartnäckig auf der Erfüllung unseres Versprechens, dass wir es nicht für ratsam hielten, ihn durch eine Weigerung zu beleidigen. Ich glaube, niemand von uns zweifelte noch im Geringsten an der Gutmütigkeit der Wilden. Sie hatten sich immer sehr rücksichtsvoll verhalten, hatten uns eifrig bei unseren Arbeiten geholfen, uns ihre Waren oft umsonst angeboten, niemals irgendetwas gestohlen, obwohl sie stets eine unbändige Freude zeigten, wenn wir ihnen etwas schenkten, und die Geschenke selbst schienen sie für unbeschreiblich wertvoll zu halten. Auch die Frauen hatten sich sehr zuvorkommend gezeigt, und wir hätten die misstrauischsten Menschen der Welt sein müssen, wenn wir von diesem Völkchen, das uns lange Zeit gut behandelt hatte, jetzt noch eine Hinterlist befürchteten. Doch sollten wir bald zu der Überzeugung kommen, dass ihre scheinbare Gutmütigkeit nur das Ergebnis eines schlau angelegten Planes war, der uns vernichten sollte, und dass die Insulaner, für die wir größte Achtung empfunden hatten, die barbarischsten, hinterlistigsten, grausamsten Schufte der Welt waren.

Am 1. Februar gingen wir also an Land, um das Dorf zu besuchen. Obgleich wir nicht den geringsten Verdacht hatten, wurde doch keine Vorsichtsmaßnahme vergessen. Sechs Männer wurden mit dem Befehl zurückgelassen, keinem der Wilden zu gestatten, sich dem Schiffe während unserer Abreise zu nähern, und stets an Deck zu bleiben. Alle Verschanzungen wurden aufgezogen, die Kanonen mit Kugeln und Kartätschen doppelt geladen und die Mörser zum Gebrauch fertig gemacht. Der Schoner lag eine Meile von der Küste so frei da, dass sich ihm kein Boot ungesehen nähern konnte.

Sechs Männer blieben also an Bord, und wir übrigen zweiunddreißig begaben uns an Land. Wir waren bis an die Zähne bewaffnet, hatten Flinten, Pistolen und Dolche bei uns, außerdem trug jeder von uns ein langes Seemannsmesser bei sich. Ungefähr hundert der schwarzfelligen Männer empfingen uns am Strand, um uns in das Dorf zu begleiten; sie waren vollständig bewaffnet.

Die Quelle und das Flüsschen, von dem ich schon erzählt habe, hatten wir bald hinter uns und traten nun in die enge Schlucht, die sich zwischen der Bergkette zu dem Dorf windet. Diese Schlucht war felsig und sehr uneben, sodass wir auf unserer ersten Wanderung nach Klock-Klock nur mit Mühe hindurchgelangt waren. Sie mochte vielleicht im Ganzen anderthalb oder zwei Meilen lang sein und wand sich in allen möglichen Krümmungen durch die Berge, weshalb wir vermuteten, sie sei früher das Bett eines Flusses gewesen. An keiner Stelle verlief sie mehr als zwanzig Ellen in gerader Linie, gewöhnlich folgte schon nach kurzer Strecke eine scharfe Wendung. Aus der Schlucht stiegen die Berge senkrecht zu einer Höhe von wenigstens siebzig bis achtzig Fuß empor, an manchen Stellen erhoben sie sich jedoch so viel höher, dass das Tageslicht den Boden nur noch sehr gedämpft erreichte. Die Schlucht mochte meistens wohl vierzig Fuß breit sein, verengte sich an manchen Stellen jedoch so, dass sie nur fünf oder sechs Personen nebeneinander Durchgang gewährte. Kurz, es konnte keinen geeigneteren Ort für einen hinterlistigen Überfall geben, und es war nur zu natürlich, dass wir uns beim Eintritt in die Schlucht nochmals unserer Waffen vergewisserten. Wenn ich heute an unsere ungeheure Torheit zurückdenke, wundere ich mich am meisten darüber, wie wir es überhaupt wagen konnten, uns so in die Gewalt der unbekannten Wilden zu geben, dass wir sie in der Schlucht sowohl vor als auch hinter uns gehen ließen. Und doch hatten wir uns blindlings dieser Ordnung gefügt, im törichten Vertrauen auf unsere Kraft und dadurch beruhigt, dass Too-Wit und seine Gefährten unbewaffnet waren. Wir waren uns der Wirkung unserer Feuerwaffen, die den Eingeborenen noch ein Geheimnis war, sicher, und die Freundschaftsbeweise der Elenden hatten uns arglos gemacht! Fünf oder sechs von ihnen gingen voran, als wollten sie uns den Weg weisen, und bemühten sich, mit übertriebenem Eifer Steine und andere Hindernisse aus dem Wege zu räumen. Dann kamen wir. Wir gingen dicht nebeneinander und hüteten uns davor, voneinander getrennt zu werden. Hinter uns kamen die übrigen Wilden in ungewohnter Ordnung und Ruhe.

Dirk Peters, ein Mann namens Allan und ich gingen an der rechten Seite unserer Gefährten und betrachteten den ganzen Weg lang die sonderbaren Schichtungen der Felsmauer über uns. Besonders eine Spalte in dem Felsen zog unsere Aufmerksamkeit auf sich. Sie war so breit, dass eine Person, ohne sich zu quetschen, hineinkriechen konnte; sie reichte wohl achtzehn oder zwanzig Fuß in den Felsen hinein und wandte sich dann nach links. Sie befand sich, soweit wir das mit den Blicken verfolgen konnten, in einer Höhe von ungefähr sechzig oder siebzig Fuß. Aus dem Spalt wuchsen ein oder zwei verkrüppelte Sträucher heraus, es schienen mir Haselnussstauden zu sein, und meine Neugierde trieb mich an, sie genauer zu betrachten. Ich näherte mich ihnen schnell, riss mit einem Griff ein paar Nüsse ab und eilte zu meinen Gefährten zurück. Als ich mich umwandte, sah ich, dass Peters und Allan mir gefolgt waren, ich bat sie, zurückzugehen, weil auf dem Vorsprung nicht Platz genug für uns sei, ich würde meine Nüsse mit ihnen teilen. Sie gingen denn auch zurück, und Allan war gerade am Ende des Spaltes angekommen, als ich plötzlich einen Stoß verspürte, der mich, wenn ich überhaupt noch etwas denken konnte, mit der unbestimmten Vorstellung erfüllte, die Grundfesten der Erde erzitterten und der Jüngste Tag sei nahe.

EINUNDZWANZIGSTES KAPITEL

Als meine betäubten Sinne wieder erwachten, fühlte ich mich dem Ersticken nahe. Ich wühlte in der Finsternis unter einer Masse lockerer Erde umher, die schwer auf mich herunterfiel und mich zu begraben drohte. Entsetzt versuchte ich mit aller Kraft, festen Boden unter die Füße zu bekommen. Es gelang mir auch, wenn auch nur mit größter Mühe. Daraufhin stand ich ein paar Augenblicke lang regungslos da und versuchte, mir zu erklären, was sich ereignet hatte und wo ich war. Bald vernahm ich ganz nah an meinem Ohr einen tiefen Seufzer, und gleich darauf hörte ich die erstickte Stimme meines Kameraden Peters, wie er stammelnd um Hilfe flehte. Mit großer Mühe bewegte ich mich einen oder zwei Schritte nach vorn und fiel dabei über den Kopf und die Schultern meines Gefährten, der, wie ich bald entdeckte, bis zum Bauch in einer losen Erdmasse vergraben lag und verzweifelt kämpfte, um sich von dem Druck zu befreien. Ich entfernte die auf ihm lastenden Erdmassen so rasch es mir nur möglich war. Bald hatte ich ihn denn auch ausgegraben.

Als wir uns von unserem Schreck so weit erholt hatten, dass wir vernünftig miteinander reden konnten, kamen wir zu der Überzeugung, dass die Mauern des Spaltes, in den wir uns hineingewagt hatten, durch irgendeine Erschütterung der Erde oder vielleicht durch ihr eigenes Gewicht über uns eingestürzt sein mussten und dass wir verloren – lebendig begraben waren! Lange Zeit verharrten wir in einem Zustand von Angst und bitterster Verzweiflung, den sich niemand, der sich nicht in ähnlicher Lage befunden hat, auch nur vorstellen kann. Ich glaube fest daran, dass unter allen Qualen, die ein Mensch ertragen kann, keine für Leib und Seele fürchterlicher ist, als die Qual, die wir erdulden mussten: lebendig begraben zu sein. Die schwarze Finsternis, die das Opfer umgibt, der furchtbare Druck auf die Lungen, die erstickende Ausdünstung der Erde, die grässliche Vorstellung, dass jede Hoffnung dahin ist und dass wir damit schon zu den Toten zählen: All das gießt ein Entsetzen, einen eisigen Schauder ins Herz, den man nicht beschreiben kann!

Schließlich schlug Peters vor, dass wir uns von der Tragweite unseres Unglücks genau überzeugen und, wenn es möglich sein sollte, unser Gefängnis untersuchen sollten; denn es war ja noch immer denkbar, meinte er, dass irgendwo eine Öffnung geblieben sei, durch die wir unser Grab verlassen könnten. Ich griff diesen Hoffnungsgedanken begierig auf, raffte all meine Energie zusammen und bemühte mich, mir einen Weg durch das lose Erdreich zu bahnen. Kaum hatte ich einige Schritte vorwärts gemacht, als ich denn auch einen Lichtschimmer bemerkte, der, so schwach er auch war, uns doch die eine Furcht nahm, alsbald aus Mangel an Atemluft umkommen zu müssen. Wir fassten ein wenig Mut und versuchten uns gegenseitig zu überzeugen, dass noch alles gut gehen könne. Als wir einen Trümmerhaufen, der uns hinderte, in Richtung des Lichtes vorzudringen, überklettert hatten, konnten wir uns mit geringer Mühe vorwärtsbewegen und fanden auch, dass sich der Druck, der so qualvoll auf unseren Lungen lastete, ein wenig verminderte. Bald konnten wir schon die Dinge um uns herum unterscheiden, und wir entdeckten, dass wir uns fast am Ende des Teiles der Spalte befanden, der geradeaus verlief, das heißt an der Stelle, an der sie eine scharfe Biegung nach links machte. Noch ein paar weitere Anstrengungen, und wir waren an dieser Biegung angelangt, wo wir zu unserer unaussprechlichen Freude einen zweiten langen Spalt oder Riss entdeckten, der in einem Winkel von etwa fünfundvierzig Grad, manchmal auch noch viel steiler, nach oben verlief. Wir konnten die ganze Ausdehnung der Öffnung nicht erkennen, da jedoch ziemlich viel Licht durch sie hereinfiel, zweifelten wir nicht, von dem sichtbaren oberen Ende des Spaltes aus – vorausgesetzt, dass wir dies erreichen konnten – einen Ausgang ins Freie zu finden.

Ich erinnerte mich jetzt, dass wir ja zu dritt waren, als wir die Hauptschlucht verließen und in den Spalt eindrangen. Unser Gefährte Allan war noch nicht gefunden, und wir beschlossen, sofort zurückzukehren und ihn zu suchen. Nach langem Umhertasten, bei dem uns die herunterfallende Erde oft in Gefahr brachte, rief mir Peters plötzlich zu, dass er den Fuß unseres Gefährten ergriffen habe, sein ganzer

Körper läge jedoch so tief unter Erdmassen begraben, dass er ihn nicht herausziehen könne. Ich überzeugte mich bald, dass das, was er sagte, nur zu wahr sei und das Leben unseres Freundes längst entwichen sein musste. Mit angstbedrücktem Herzen überließen wir also den Leichnam seinem Schicksal und bahnten uns von neuem den Weg bis zur Biegung.

Der Riss war kaum breit genug für unsere Körper, und nach ein paar vergeblichen Anstrengungen, hinaufzuklimmen, wollten wir schon von neuem verzweifeln.

Ich habe nun noch nicht gesagt, dass die Hügelkette, durch die sich die Hauptschlucht hindurchwand, von einem weichen Felsen, der dem Speckstein ähnlich war, gebildet wurde. Die Seite des Spaltes, die wir hinaufklettern wollten, bestand aus demselben Material, und sie war so feucht und glitschig, dass wir selbst an den am wenigsten abschüssigen Stellen nicht Fuß fassen konnten; an den steileren ging's natürlich noch weniger, sodass wir es eine Zeit lang für ganz unmöglich hielten, hinaufzukommen. Die Verzweiflung jedoch gab uns schließlich den Mut; mit unseren Seemannsmessern kratzten wir ein paar Absätze in den weichen Stein und schwangen uns unter Lebensgefahr daran und an einigen wenigen aus Tonschiefer bestehenden Vorsprüngen, die etwas härter aus der Masse hervorragten, hinauf und erreichten zuletzt eine natürliche Plattform, von der aus wir über uns zwischen der Öffnung der reich bewaldeten Schlucht ein Stück blauen Himmel entdeckten. Als wir jetzt aufmerksam den Weg, den wir zurückgelegt hatten, wieder betrachteten, sahen wir deutlich, dass sich dieser Riss erst vor Kurzem gebildet haben konnte, und wir schlossen daraus, dass der Stoß, der, welcher Art er auch immer gewesen war, uns begraben, uns auch zugleich diesen Ausgang geschaffen hatte. Da uns die Anstrengung sehr erschöpft hatte und wir so schwach waren, dass wir kaum stehen oder zusammenhängend reden konnten, schlug Peters vor, wir sollten unsere Kameraden über unseren Aufenthaltsort benachrichtigen, indem wir die Pistolen, die noch in unseren Gürteln steckten – unsere Flinten und Hirschfänger hatten wir in dem weichen Erdreich am Boden der Schlucht verloren – abfeuerten. Die folgenden Ereignisse zeigen, dass wir es bald bereut hätten, wenn tatsächlich Schüsse gefallen wären; glücklicherweise war in meiner Seele schon die Ahnung irgendeines tückischen Streiches erwacht, und so ließen wir denn von unserem Vorhaben ab.

Nachdem wir uns ungefähr eine Stunde lang ausgeruht hatten, drangen wir langsam weiter in die Schlucht hinauf, und wir waren noch nicht weit gekommen, als wir ein schreckliches, lang anhaltendes Geheul vernahmen. Schließlich erreichten wir sozusagen die Oberfläche des Bodens, denn unser Weg von der Plattform aus hatte sich unter einem hohen Gewölbe von Felsen und Laubwerk langsam bis weit nach oben geschlängelt. Mit großer Vorsicht näherten wir uns einer engen Öffnung, durch die wir die Gegend mit einem Blick überschauen konnten, der uns das ganze schreckliche Geheimnis des fürchterlichen Erdstoßes klarmachte.

Die Stelle, von der aus wir blickten, war nicht weit von der höchsten Spitze der Specksteinhügel entfernt. Fünfzig Fuß entfernt zu unserer Linken zog sich die Schlucht hin, in die wir zweiunddreißig Weiße hineingegangen waren. Doch mindestens hundert Ellen weit war das die Schlucht bildende alte Flussbett mit einer chaotischen Masse aus Erdklumpen und Felstrümmern angefüllt, mit einer ganzen Lawine von Felsenschutt, die man künstlich hineingestürzt haben musste. Die Mittel zu diesem ungeheuren Mordwerk waren ebenso einfach wie leicht erkennbar. An mehreren Stellen am östlichen First der Schlucht – wir befanden uns auf dem westlichen – sahen wir in die Erde gegrabene Holzpfähle. An diesen Stellen war die Erde nicht hinuntergestürzt, doch am ganzen Abhang entlang, von dem die Stein- und Erdmassen hinuntergefallen waren, erkannte man an den im Boden zurückgebliebenen Bohrlöchern ähnlichen Vertiefungen, dass dort ebensolche Pfähle, in einem Abstand von einer Elle ungefähr, vielleicht dreihundert Fuß weit in den Boden getrieben worden waren. Die ganze Reihe war ungefähr zehn Fuß vom Rand des Abgrundes entfernt. An den verbliebenen Pfählen waren starke Seile aus Pflanzenfasern befestigt; offenbar hatten sich an den gestürzten Pflöcken ebenfalls derartige Taue befunden.

Ich habe schon von der eigentümlichen Schichtung dieser Speckstein-Hügel gesprochen, und die Beschreibung der engen und tiefen Ritze, durch die wir aus unserem Grab flohen, wird ihre besonderen Eigenschaften noch genauer erläutert haben. Jede natürliche Erderschütterung musste den ganzen Boden in senkrechte, parallel verlaufende Lagen oder Schichten zerspalten – jede noch so geringe künstliche Anstrengung musste dasselbe Resultat haben. Diese eigenartige Schichtung nun hatten sich die Wilden bei ihrem hinterlistigen Mordanschlag zunutze gemacht. Ohne Zweifel hatten sie durch ein Einrammen der Pfähle ein teilweises, vielleicht ein oder zwei Fuß tiefes Reißen des Bodens bewirkt; an den Spitzen der Pfähle waren Seile angebracht, und am Ende jeden Seiles, die bis über den First des Hügels reichten, stand ein Wilder und zog aus Leibeskräften daran, sodass eine ungeheure Hebelkraft wirksam wurde, die auf ein verabredetes Zeichen hin den ganzen Hügel in den Abgrund an seinem Fuß schleudern musste. Das Schicksal unserer armen Kameraden konnte uns nicht länger zweifelhaft erscheinen. Wir allein waren dem vernichtenden künstlichen Erdsturz entgangen, waren die einzigen lebenden Weißen auf der Insel.

ZWEIUNDZWANZIGSTES KAPITEL

Unsere Lage war jetzt nicht weniger fürchterlich als vorher, da wir schon glaubten, lebendig begraben zu sein. Denn welch anderes Schicksal konnten wir erwarten, als entweder von den Wilden unter grässlichen Martern getötet zu werden oder ein trostloses Dasein als Gefangene oder Sklaven führen zu müssen! Eine Zeit lang konnten wir uns ja vielleicht im Innern der Hügel vor ihnen verbergen; doch mussten wir dann, in dem strengen Winter der Antarktis, sicherlich der Kälte und dem Hunger zum Opfer fallen; vorausgesetzt, dass wir nicht eben schon vorher bei einem Versuch, für unseren Lebensunterhalt zu sorgen, entdeckt wurden.

Die ganze Gegend rings umher schien von Wilden zu wimmeln, und wir bemerkten bald, dass große Scharen von Eingeborenen auf Flößen von den benachbarten südlichen Inseln herübergekommen waren, zweifellos, um sich an der Plünderung der *Jane Guy* zu beteiligen. Das Schiff lag noch immer ruhig in der Bucht vor Anker, und die Mannschaft an Bord ahnte nicht, dass eine Gefahr sie bedrohte. Wie verlangten wir danach, in diesem Augenblick bei ihnen zu sein! Um entweder mit ihnen das Wagnis der Flucht zu unternehmen oder mit ihnen nach mutiger Gegenwehr zu fallen! Aber wir sahen kein Mittel, sie vor der Gefahr zu warnen, ohne dass wir selbst entdeckt worden wären – und das würde ihnen ja nur geschadet haben! Ein Pistolenschuss hätte vielleicht genügt, um ihnen Nachricht zu geben, dass ein Unglück geschehen sei – doch wäre ihnen damit noch nicht mitgeteilt gewesen, dass ihr einziges Heil in sofortiger schleuniger Flucht lag, dass sie nichts mehr zu bleiben verpflichtete, dass sich ihre Gefährten nicht mehr unter den Lebenden befanden. Wenn sie den Schuss vernahmen, so konnten sie ja doch nicht besser und nicht schlechter vorbereitet den Feind erwarten, als sie es jetzt ohnehin waren. Sie hatten also auf keinen Fall einen Vorteil, während uns ein Schuss den Tod bringen konnte, musste; wir sahen deshalb auch nach reiflicher Überlegung davon ab.

Dann kam uns der Gedanke, selbst zu dem Schiff vorzudringen, einen der vier Kähne, die am oberen Ende der Bucht lagen, zu benutzen und den Weg an Bord zu erzwingen. Doch mussten wir uns bald sagen, dass es ganz unmöglich sei, ein solches Unternehmen durchzuführen. Die ganze Gegend wimmelte, wie gesagt, von Eingeborenen, die sich in den Sträuchern und Schluchten der Hügel verbargen, um vom Schiff aus nicht gesehen zu werden. In unserer unmittelbaren Nähe lagerten die mit schwarzen Fellen bekleideten Krieger und versperrten den einzigen Weg, auf dem wir die Küste an der geeigneten Stelle hätten erreichen können, Too-Wit war an der Spitze und wartete wahrscheinlich bloß auf Verstärkung, um zum Angriff auf die *Jane Guy* überzugehen. Die Kähne am Kopf der Bucht waren mit Wilden besetzt, die allerdings nicht bewaffnet waren, doch ohne Zweifel in kürzester Zeit ihre Waffen erreichen konnten.

Wir sahen uns also gezwungen, in unserem Versteck zu bleiben und dem Kampf, der sich alsbald entspinnen musste, untätig zuzuschauen.

Nach ungefähr einer halben Stunde sahen wir denn auch schon vielleicht sechzig oder siebzig Flöße und Kähne, alle mit Wilden besetzt, um die südliche Spitze der Bucht kommen. Sie schienen keine anderen Waffen bei sich zu haben als kurze Keulen und Steine, die auf dem Boden ihrer Fahrzeuge lagen. Gleich darauf näherte sich eine andere, noch größere Abteilung von der entgegengesetzten Richtung, mit den gleichen Waffen ausgerüstet. Die vier Kähne waren bald mit Eingeborenen gefüllt, die aus den Büschen am Ufer der Bucht hervorkrochen und sich mit den Ankömmlingen vereinigten, sodass sich in kürzerer Zeit, als ich zum Erzählen brauche, die *Jane Guy* wie durch Zauberei von einer zahllosen Menge blutgieriger Räuber umgeben sah, die sich ihrer um jeden Preis bemächtigen wollten.

Und dass es ihnen gelingen würde – daran war nicht einen Augenblick lang zu zweifeln. Die sechs auf dem Schiff zurückgelassenen Matrosen reichten auf keinen Fall aus, um von den Schießwaffen Gebrauch zu machen und, so mutig sie auch kämpfen mochten, es mit einer solchen Übermacht aufzunehmen. Ich hielt es kaum für möglich, dass sie überhaupt Widerstand zu leisten versuchen würden, doch täuschte ich mich, denn ich sah bald, wie das Schiff quer vor Anker legte und die ganze mit den Kanonen besetzte Breitseite den Kähnen zuwandte, die jetzt nur noch einen Pistolenschuss entfernt waren, während die Flöße ungefähr eine viertel Meile weiter windwärts liegen blieben. Aus irgendeinem Grund, wahrscheinlich vor Aufregung über die plötzliche hoffnungslose Lage, fügten unsere armen Freunde dem Feind mit ihren Salven jedoch nicht den geringsten Schaden zu. Keiner der vier Kähne wurde getroffen, kein Wilder verletzt, die Kugeln flogen einfach über deren Köpfe hinweg. Die ganze Wirkung der Schießwaffen beschränkte sich darauf, dass die Wilden in großes Erstaunen über die starke Detonation und den Rauch gerieten; ein Erstaunen, das allerdings so ungeheuer sein mochte, dass ich schon ein paar Augenblicke lang dachte, sie würden von ihrem Vorhaben Abstand nehmen und zur Küste zurückkehren. Und wahrscheinlich hätten sie dies auch getan, wenn die Mannschaft nun zu den kleinen Waffen gegriffen hätte, mit denen sie, da die Kähne jetzt näher gekommen waren, genug Schaden anrichten konnten; jedenfalls würde es ihnen gelungen sein, die ersten Angreifenden zurückzuschrecken, bis sie den Flößen ebenfalls eine Ladung aus den Kanonen hätten aufbrennen können. Stattdessen jedoch ließen sie den Wilden in den Kähnen so viel Zeit, dass sie sich von ihrem Schrecken erholen und sich vergewissern konnten, dass ihnen nichts geschehen war, und dachten selbst nur daran, die Flöße gebührend zu empfangen.

Hier allerdings waren ihre Geschütze von fürchterlicher Wirkung. Die Kartätschen und die Kettenkugeln aus den großen Kanonen bohrten sieben oder acht der Flöße sofort in Grund und Boden und töteten auf der Stelle dreißig oder vierzig der Wilden, während mindestens Hundert von ihnen, zum Teil schwer verwundet, im Wasser ihren Tod fanden. Die Übrigen wurden von Entsetzen gefasst und machten sich Hals über Kopf auf die Flucht, ohne sich weiter um ihre Genossen, von denen noch viele um Hilfe schreiend im Wasser umherschwammen, zu kümmern. Dieser Erfolg kam jedoch zu spät, um unsere armen Kameraden retten zu können. Vielleicht schon hundertundfünfzig der Wilden waren an Bord des Schiffes gekommen, das sie an den Ketten von außen erklettert hatten; ihrer barbarischen Wut konnte nichts widerstehen. Innerhalb eines Augenblickes waren unsere Gefährten überwältigt, zu Boden geschlagen, mit Füßen getreten und in Stücke gerissen.

Kaum hatten die Wilden auf den Flößen dies bemerkt, so wurden sie Herr ihrer Furcht und kamen gleichfalls in Scharen zum Raub herbei. In fünf Minuten war die *Jane Guy* nur noch ein beklagenswerter Schauplatz von Verwüstung und Zerstörung. Das Deck wurde aufgerissen, die Taue, Segel, kurz, alles Bewegliche an Bord, wurde schnell, wie durch einen bösen Zauber, zerstört. Das Ankertau wurde durchschnitten, zahllose der Elenden stießen von hinten, schoben an den Seiten, zogen vorne, bis sie das Schiff an den Strand gebracht und der gütigen Obhut von Too-Wit übergeben hatten, der während der ganzen Schlacht wie ein guter Feldherr seinen sicheren Beobachtungsposten in den Hügeln nicht verlassen hatte, doch der jetzt, als der Kampf wie gewünscht verlaufen war, sich herunterließ, mit den Kriegern im schwarzen Fell herbeizukommen und seinen Teil an der Beute in Empfang zu nehmen. Als Too-Wit die Hügel hinuntergestiegen war, konnten wir unser Versteck verlassen und die Gegend in der Nähe der Schlucht ein wenig erforschen. Ungefähr fünfzig Ellen von ihrem Ende entfernt entdeckten wir eine kleine Quelle, an der wir unseren brennenden Durst löschten. Nicht weit von der Quelle fanden wir mehrere der Haselnussstauden, von denen ich schon gesprochen habe. Wir kosteten die Nüsse und fanden sie durchaus wohlschmeckend und im Geschmack der gewöhnlichen englischen Haselnuss ähnlich. Wir sammelten gleich unsere Hüte voll, legten sie in der Schlucht auf den Boden und gingen, um neue zu sammeln. Während wir damit noch eifrig beschäftigt waren, erschreckte uns plötzlich ein Geräusch in den Büschen, und wir wollten schon zu unserem Versteck zurückschleichen, als sich ein großer schwarzer Vogel, der an eine Rohrdommel erinnerte, mühsam und langsam aus dem Gebüsch erhob. Ich erschrak so sehr, dass ich mich nicht bewegen konnte, Peters jedoch hatte genügende Geistesgegenwart, um sich auf ihn zu stürzen und ihn am Hals festzuhalten. Der Vogel wehrte sich wütend und stieß ein schreckliches Geschrei aus, sodass wir schon daran dachten, ihn wieder entwischen zu lassen, damit das Geräusch nicht etwa die Wilden, die im Gebüsch noch verborgen sein konnten, herbeilockte. Ein geschickter Hieb mit dem großen Messer ließ ihn jedoch bald verstummen, er fiel auf die Erde, und wir schleppten ihn in die Schlucht und waren froh, zumindest für eine Woche mit Nahrung versorgt zu sein.

Daraufhin strichen wir wieder, stets Umschau haltend, umher und wagten uns ziemlich weit über den südlichen Abhang des Hügels hinaus, fanden jedoch weiter nichts, das uns als Nahrung hätte dienen können. Wir sammelten nur noch eine Menge trockenes Holz und kehrten in unser Versteck zurück, wobei wir von ferne ein oder zwei größere Trupps von Eingeborenen bemerkten, die, mit Beute vom Schiff beladen, ins Dorf zurückgingen und uns leicht hätten erkennen können.

Unsere nächste Sorge war, unseren Zufluchtsort so sicher wie möglich zu machen. Zu diesem Zweck schichteten wir über der Öffnung, durch die wir, vom Abgrund aus, ein Stückchen blauen Himmel gesehen hatten, etwas Buschholz auf. Nur eine ganz kleine Öffnung, die groß genug war, die Bucht zu überschauen, wurde freigelassen, und zwar so, dass man uns von unten nicht sehen konnte. Dann betrachteten wir unsere Arbeit mit Zufriedenheit und durften uns sagen, dass wir, solange wir die Schlucht nicht verließen und uns nicht auf die Hügel hinauswagten, wohl in Sicherheit waren. Es gab keinerlei Spuren, die darauf hinwiesen, dass jemals Wilde in der Höhle gewesen waren; als wir jedoch weiter nachdachten und uns eingestehen mussten, dass der Spalt, durch den wir die Höhle erreicht hatten, ja erst durch den herunterstürzenden gegenüberliegenden Felsen geschaffen worden war und dass kein anderer Weg hinein- und hinausführte, da erfüllten uns bittere Befürchtungen über unser Los: Was würde aus uns werden, falls man den einzigen Aus- und Eingang entdeckte, da es ganz unmöglich war, wieder bis in den tiefsten Schlund hinabzusteigen?! Wir beschlossen, den Gipfel des Hügels gründlich zu erforschen, ob sich vielleicht ein anderes Versteck finden ließe.

Mittlerweile beobachteten wir durch unser Guckloch alle Bewegungen der Wilden. Sie hatten das Schiff vollständig zerstört und waren jetzt dabei, es zu verbrennen. Nach kurzer Zeit sahen wir dicke Rauchsäulen aus der Hauptluke emporsteigen, und gleich darauf schlug auch schon eine Flamme vom Vorderkastell empor. Das Tauwerk, die Masten, alles, was noch von den Segeln übrig geblieben war, wurde vom Feuer ergriffen. Dennoch trieb noch immer eine große Zahl von Wilden ihr Unwesen auf dem Schiff und zerstörte mit Steinen und Äxten das Eisen-

und Kupferwerk, das bis jetzt standgehalten hatte. In der Bucht, auf Kähnen und Flößen, befanden sich wohl nicht weniger als zehntausend Eingeborene in der Nähe unseres Schoners; all die nicht eingerechnet, die, mit Beute beladen, ins Innere des Landes oder auf die benachbarten Inseln zurückkehrten. Wir erwarteten jeden Augenblick auf dem brennenden Schiff eine Katastrophe, und sie ließ in der Tat nicht lange auf sich warten. Zuerst empfanden wir einen starken Stoß, wie ihn wohl eine leichte Galvanisierung hervorruft; doch fehlten noch andere sichtbare Zeichen einer Explosion. Die Wilden waren offenbar höchst erschrocken und hielten einen Augenblick mit ihrem Arbeiten und Schreien inne. Doch als sie sich wieder ihrem Zerstörungswerk überlassen wollten, stieg plötzlich eine wilde Rauchmasse wie eine schwarze, schwere Gewitterwolke vom Deck auf, und aus den Eingeweiden des Wracks schoss eine hohe Feuersäule empor, die sich dann kreisförmig ausdehnte – dann war binnen eines einzigen Augenblickes die ganze Atmosphäre in ein wildes Chaos von Holz- und Metallstücken und menschlichen Gliedmaßen verwandelt. Doch dann erst kam der wütendste Stoß, der uns in der weiten Entfernung von unseren Füßen riss, während die Hügel den Tumult in schauerlichem vielfachen Echo zurückgaben und ein dichter Regen kleiner Trümmer von jeder Seite aus auf uns niedersauste.

Die Verwüstung, die die Explosion unter den Wilden angerichtet hatte, überstieg unsere kühnsten Erwartungen. Vielleicht tausend wurden sofort getötet und ebenso viele scheußlich verstümmelt. Die ganze Oberfläche des Wassers war mit Ertrinkenden übersät, und an der Küste war das Bild ein noch grässlicheres. Die schnelle Vernichtung schien die Wilden ganz um den Verstand gebracht zu haben; sie bemühten sich nicht im Geringsten, einander beizustehen. Erst nach einiger Zeit kam wieder Bewegung in sie. Dann jedoch schienen sie aus völliger Erstarrung plötzlich in einen Zustand höchster Erregung überzugehen; sie rannten wild durcheinander, liefen bis zu einem bestimmten Punkt der Küste mit einem seltsamen, aus Entsetzen, Wut und heftigster Neugier gemischten Ausdruck hin und her und schrien aus Leibeskräften immerfort: *Tekeli-li! Tekeli-li!*

Daraufhin sahen wir, dass sich ein großer Trupp in die Hügel zurückzog, von wo sie nach kurzer Zeit mit Holzpfählen wieder zurückkamen. Diese brachten sie an die Stelle, wo die Menge am dichtesten stand. Sie teilte sich jetzt und ließ uns den Gegenstand ihrer großen Aufregung sehen. Wir bemerkten, dass etwas Weißes auf dem Boden lag, konnten jedoch nicht sogleich erkennen, was es war. Schließlich erkannten wir den Körper des seltsamen Tieres mit den scharlachroten Zähnen und Klauen, das der Schoner am 18. Januar auf See erbeutet hatte. Kapitän Guy hatte den Körper verwahrt, um ihn auszustopfen und mit nach England zu nehmen. Ich erinnerte mich, dass er, kurz bevor wir die Insel erreichten, die diesbezüglichen Befehle gegeben hatte und das Tier in einem Schrank aufbewahren ließ. Die Explosion hatte es an die Küste geschleudert. Weshalb es unter den Wilden eine so große Erregung hervorrufen konnte, blieb uns unverständlich. Obwohl sie sich in großer Zahl um das Tier drängten, wagte offenbar niemand, sich ihm ganz zu nähern. Die mit den Holzpfählen bewaffneten Männer pflanzten diese im Kreis um den Kadaver auf; und kaum waren sie damit fertig, so stürzte sich die ganze schwarze Menge mit dem lauten Geschrei *Tekeli-li! Tekeli-li!* in das Innere der Insel.

DREIUNDZWANZIGSTES KAPITEL

Während der folgenden sechs oder sieben Tage blieben wir in unserem Versteck und begaben uns nur gelegentlich mit der größten Vorsicht auf die Suche nach Wasser und Haselnüssen. Wir hatten uns auf der Plattform eine Art Wetterdach hergerichtet und aus trockenen Blättern ein Bett, aus drei großen Steinen einen Tisch und einen Kamin gebaut. Mit wenig Mühe gelang es uns, Feuer zu entzünden, indem wir ein weiches und ein hartes Stück Holz aneinanderrieben. Der Vogel, den wir erbeutet hatten, lieferte eine ausreichende, obwohl ein wenig zähe Speise. Es war kein Meervogel, sondern, wie gesagt, eine Art Rohrdommel mit pechschwarzem, von kleinen grauen Flecken übersätem Gefieder und verhältnismäßig kleinen Flügeln. Wir sahen später drei Vögel derselben Art in der Umgebung der Schlucht, wie sie ihren Gefährten, den wir gefangen hatten, zu suchen schienen; da sie sich jedoch nicht ein einziges Mal auf die Erde niederließen, konnten wir sie nicht fangen.

Solange der Vogel reichte, hatten wir unter unserer Lage nicht zu leiden; doch war er nur zu schnell verzehrt, sodass wir uns bald nach neuen Lebensmitteln umsehen mussten. Die Nüsse genügten nicht, um die Hungerqualen zu stillen; in größeren Menge genossen, verursachten sie uns heftiges Leib- und Kopfweh. Im Osten des Hügels, nahe am Ufer, hatten wir einige sehr große Schildkröten gesehen und waren auch überzeugt, dass wir sie, wenn wir nur erst einmal unentdeckt in ihre Nähe gekommen wären, leicht erbeuten könnten. Wir beschlossen also, eine kleine Streife aus unserer Höhle zu wagen.

Wir begannen damit, den südlichen Abhang, der am leichtesten zugänglich schien, hinunterzusteigen. Doch mochten wir kaum hundert Ellen gegangen sein, als unser Weg, wie wir es bei unserer Umschau von der Spitze des Hügels vorausgesehen hatten, durch einen Seitenarm der großen Schlucht, in der unsere Gefährten umgekommen waren, aufgehalten wurde. Ungefähr eine viertel Meile weit folgten wir dem Rande dieses Arms, doch wurden wir von neuem durch einen ungeheuer tiefen Abgrund aufgehalten; und da wir nicht weiter am Rande vorwärts konnten, kehrten wir auf demselben Weg wieder zur Hauptschlucht zurück.

Wir drangen nun nach Osten vor, hatten jedoch nicht mehr Glück. Nachdem wir eine Stunde trotz der Gefahr, uns den Hals zu brechen, umhergeklettert waren, entdeckten wir, dass wir nun in einen riesigen Abgrund aus schwarzem Granit hinuntergestiegen waren, dessen Boden mit feinem Staub bedeckt war, und aus dem wir nur über den halsbrecherischen Pfad, auf dem wir gekommen waren, wieder hinausgelangen konnten. Wir kletterten mit viel Mühe wieder hinauf und versuchten unser Heil auf der nördlichen Seite des Hügels. Dort mussten wir jedoch mit der allergrößten Vorsicht zu Werke gehen, denn die kleinste Unaufmerksamkeit konnte uns den Blicken der Wilden im Dorfe aussetzen. Wir krochen also auf Händen und Füßen vorwärts, zuweilen mussten wir uns sogar platt auf dem Boden legen und an den Gesträuchen vorwärts ziehen. Mit Mühe und Not hatten wir auf diese Weise ein kleines Stück des Weges zurückgelegt, als wir zu einem Abgrund kamen, der tiefer war als jeder, den wir bis jetzt gesehen hatten, und der unmittelbar in die Hauptschlucht hineinführte. So bestätigten sich unsere schlimmsten Befürchtungen: Wir waren vollkommen abgeschnitten und konnten auf keinen Fall in das unten gelegene Land gelangen. Von der Anstrengung erschöpft, krochen wir in unser Versteck zurück, sanken auf unser Blätterlager und schliefen ein paar Stunden lang tief und traumlos.

Mehrere Tage nach diesen fruchtlosen Ausflügen beschäftigten wir uns damit, die ganze Spitze des Berges zu erforschen, um zu sehen, ob sich uns dort keine Nahrungsmittel zeigen wollten. Wir fanden mit Ausnahme der Nüsse und einer Art Löffelkraut, das auf einer vielleicht vier Quadratruten großen Stelle wuchs und bald aufgebraucht sein musste, nicht das Geringste. Am 15. Februar – soweit wir rechnen konnten, musste es dieser Tag sein – war es bis auf das letzte Blättchen aufgezehrt, und auch die Nüsse wurden seltener, sodass wir uns in der beklagenswertesten Lage befanden. Am 16. durchkämmten wir nochmals unser Gefängnis nach allen Richtungen, in der Hoffnung, einen Ausweg zu finden; doch auch diesmal war es vergebens.

Wir stiegen noch in die Höhle hinunter, in der schwachen Annahme, dort einen Ausgang in die Hauptschlucht zu finden, aber vergeblich. Doch fanden wir bei der Gelegenheit eine der verloren gegangenen Flinten.

Am 17. verließen wir unser Versteck, in der Absicht, den granitenen Abgrund, in den wir am ersten Tag der Nachforschungen gelangt waren, genauer zu durchsuchen. Wir erinnerten uns, dass wir in eine der breiten Spalten an seinen seitlichen Wänden nur flüchtig hineingeschaut hatten, und waren nun begierig, sie näher in Augenschein zu nehmen, obwohl wir kaum hoffen durften, dass sie zu einem Ausgang führen werde.

Ohne allzu große Schwierigkeiten erreichten wir den Boden des Abgrunds und begannen, uns mit Muße umzuschauen. Wir befanden uns ohne Zweifel an einem der sonderbarsten Orte der Erde, und nur schwer konnten wir glauben, dass er wirklich einzig und allein ein Werk der Natur sei. Der Abgrund war von seinem östlichen bis zu seinem westlichen Ende, wenn man alle seine Windungen aneinanderfügte, wohl fünfhundert Ellen lang. In gerader Linie betrug die Entfernung von Osten nach Westen höchstens vierzig bis fünfzig Ellen. Schon zu Beginn unseres Abstiegs, das heißt, als wir vielleicht hundert Fuß von der Spitze des Hügels hinuntergestiegen waren, bemerkten wir, dass die Wände des Abgrundes aus verschiedenem Material bestanden, die eine aus Speckstein, die andere aus Mergel, der mit metallischen Substanzen durchkörnt war. Der Zwischenraum zwischen den beiden Mauern betrug manchmal sechzig Fuß, doch war die Formation durchaus unregelmäßig. Als wir nun über zweihundert Fuß weiter hinuntergestiegen waren, verengte sich der Zwischenraum bedeutend, und die Wände waren in Aussehen und Beschaffenheit noch immer unterschiedlich. Als wir uns jedoch dem Boden bis auf fünfzig Fuß genähert hatten, zeigte es sich, dass die beiden Wände nun in Beschaffenheit und Formation vollständig gleich waren. Sie verliefen parallel, bestanden aus glänzendem schwarzen Granit und standen genau zwanzig Ellen weit auseinander. Die beste Vorstellung von der Gestalt des ganzen Abgrundes wird eine Zeichnung geben:

Diese Figur gibt die allgemeinen Umrisse des Abgrundes, ohne die kleineren Höhlen in den Wänden, die sehr häufig vorkamen und einem Vorsprung an der gegenüberliegenden Wand entsprachen. Der Boden des Schlundes war vielleicht drei oder vier Zoll hoch mit Staub bedeckt, unter dem sich der Granit wieder fortsetzte. Zur Rechten, am unteren Ende, bemerkt man so etwas wie eine kleine Öffnung; es ist dies der Spalt, von dem ich oben schon gesprochen habe, den wir bei unserem zweiten Besuch näher betrachten wollten. Wir drangen in ihn hinein, räumten eine Menge Brombeersträucher, die den Eingang versperrten, aus dem Weg, und mussten auch einen Haufen spitzer Steine, die in der Form Pfeilspitzen glichen, entfernen. Dennoch drangen wir unentwegt weiter vor, da aus dem entgegengesetzten Ende ein kleiner Lichtstreifen hervorzuschimmern schien. Als wir uns unseren Weg vielleicht dreißig Fuß weit gebahnt hatten, fanden wir, dass die Öffnung ein niedriger, regelmäßig geformter Bogen war, dessen Boden mit dem gleichen Staub bedeckt war wie der des Abgrundes. Grelles Licht brach durch den Bogen herein; wir gelangten an eine scharfe Biegung und befanden uns, nachdem wir sie durchschritten hatten, in einem anderen hohen Felsengemach, das dem, den wir soeben verlassen hatten, abgesehen von seiner länglichen Gestalt, durchaus ähnlich war. Ihr allgemeines Bild gibt diese Zeichnung:

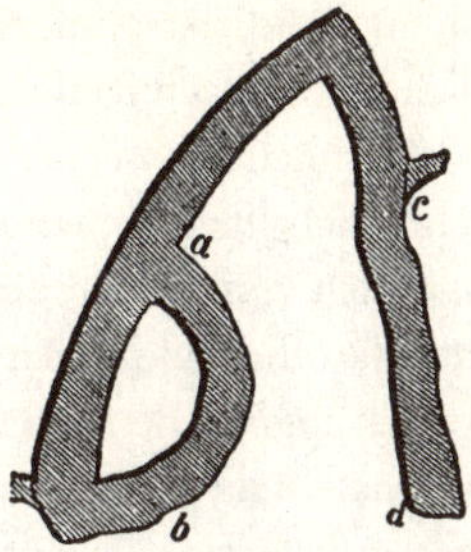

Die ganze Länge dieses Schlundes von der Öffnung a um die Kurve b bis zum Ende d betrug fünfhundertfünfzig Ellen. Bei c bemerkten wir eine kleine Öffnung, die derjenigen, durch die wir aus dem ersten Schacht in diesen zweiten gelangt waren, durchaus ähnlich schien, Auch sie war durch eine Menge Brombeersträucher und Haufen spitzer Steine versperrt. Wir bahnten uns einen Weg hindurch: Sie mochte ungefähr vierzig Fuß lang sein und mündete in einen dritten Schlund. Auch dieser glich dem ersten in jeder Beziehung, nur war er wie der zweite länglich und von folgender Gestalt:

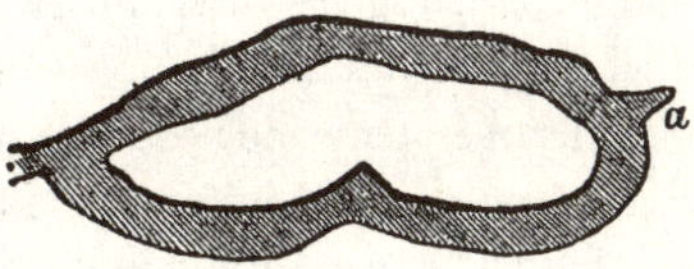

Die ganze Länge des dritten Schachtes betrug dreihundertundzwanzig Ellen. Bei dem Punkt a befand sich eine Öffnung von sechs Fuß Weite, die fünfzehn Fuß tief in den Felsen hineinreichte und dort in ein Mergellager auslief, ohne dass sich, wie wir erwartet hatten, ein anderer Schacht auftat. Wir wollten diesen Spalt, in den nur wenig Licht eindrang, wieder verlassen, als Peters meine Aufmerksamkeit auf eine Reihe sonderbar aussehender Einschnitte lenkte, die in der Oberfläche der Mergelwand am Ende der Sackgasse eingekerbt waren. Es bedurfte nur wenig Einbildungskraft, um den linken oder nördlichsten dieser

Einschnitte für die wenn auch äußerst plumpe Darstellung eines aufrecht stehenden menschlichen Körpers mit einem ausgestreckten Arm zu halten. Peters behauptete fälschlicherweise, die übrigen Zeichen hätten Ähnlichkeit mit lateinischen Schriftzügen; ich konnte ihn erst von seinem Irrtum überzeugen, als ich vom Boden des Spaltes mehrere große Mergelstücke aufsammelte, die offenbar durch irgendeine Erschütterung von der Wand, an der wir die angeblichen Schriftzüge entdeckt hatten, abgesprungen waren und genau in die vorhandenen Einschnitte passten, sodass man also annehmen musste, sie seien auf natürlichem Wege entstanden. Abbildung 4 gibt die Einschnitte genau wieder:

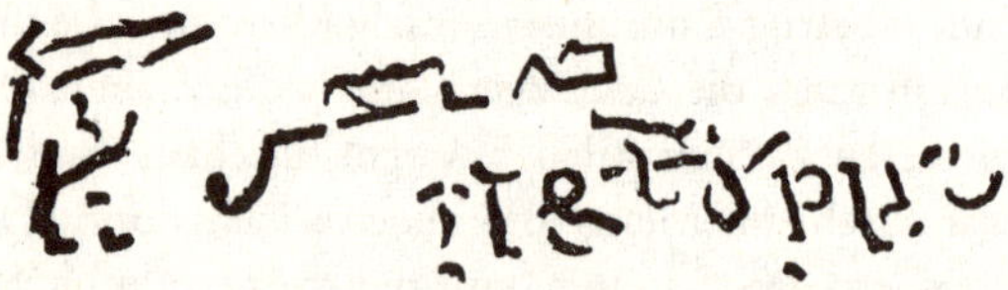

Als wir uns davon überzeugt hatten, dass uns alle diese Höhlen nicht ins Freie führten, begaben wir uns ziemlich niedergeschlagen wieder auf die Spitze des Hügels zurück. Während der folgenden vierundzwanzig Stunden ereignete sich nichts Erwähnenswertes, nur bemerkten wir an der östlichen Seite des dritten Abgrundes zwei dreckige, ziemlich tiefe Löcher, deren Seitenwände ebenfalls aus Granit bestanden. Wir hielten es jedoch nicht der Mühe wert, in die Löcher hinunterzusteigen, denn sie hatten keinen Ausweg und schienen natürlichen Ursprungs zu sein. Jedes maß ungefähr zwanzig Fuß Umfang, und seine Formen sowie die Lage zueinander ist hier auf Abbildung 5 zu erkennen:

VIERUNDZWANZIGSTES KAPITEL

Am 24. mussten wir uns sagen, dass es ganz unmöglich sei, noch länger nur von den Haselnüssen zu leben. Ihr Genuss verursachte uns die heftigsten Schmerzen, und wir beschlossen, einen verzweifelten Versuch zu unternehmen, den südlichen Abhang des Hügels hinunterzusteigen. Die Wand dieses fast senkrechten und an manchen Stellen sogar überhängenden Abhanges bestand aus der weichsten Art des Specksteins und war mindestens hundertundfünfzig Fuß tief. Nach langem Suchen entdeckten wir vielleicht zwanzig Fuß unter dem oberen Rand der Mauer einen schmalen Vorsprung, und es gelang meinem Freund Peters, mit Hilfe unserer aneinandergeknüpften Taschentücher auf ihn hinunterzuspringen. Mein Sprung hinunter war gefahrvoller und schwieriger, und wir sahen keine andere Möglichkeit, ganz in die Tiefe zu steigen, als Stufen in den weichen Stein zu graben, wie wir es bei unserem Aufstieg aus dem Abgrund, in dem wir uns schon lebendig begraben glaubten, getan hatten. Es ist ganz unmöglich, sich eine Vorstellung davon zu machen, wie gefährlich dies Unternehmen war; da uns aber nichts anderes übrig blieb, beschlossen wir, es immerhin zu wagen. Auf dem Vorsprung, auf dem wir uns befanden, wuchsen einige Haselnussstauden; an einer befestigten wir das eine Ende unseres Taschentuchseiles, das andere Ende band ich meinem Kameraden Peters um die Taille und ließ ihn so weit an dem Abgrund hinunter, bis das Seil straff gespannt hing. Nun grub er ein acht oder zehn Zoll tiefes Loch in den Speckstein und schrägte den Felsen vielleicht einen Fuß darüber so ab, dass er mit dem Kolben seiner Flinte einen ziemlich starken Pflock in die gleichmäßige Oberfläche einschlagen konnte. Ich zog ihn dann ungefähr vier Fuß weiter herauf, er grub ein ähnliches Loch und trieb wieder einen Pflock hinein, sodass sowohl seine Hände als auch seine Füße einen festen Halt hatten. Ich löste nun das Taschentuchseil von dem Strauch, warf es ihm zu, und er befestigte es an dem oberen Pflock und ließ sich dann sanft etwa drei Fuß tiefer hinunter, das heißt so weit, wie das improvisierte Tau reichte. Hier grub er ein neues Loch und trieb einen neuen Pflock ein. Dann schwang er sich hoch, sodass seine Füße auf dem gerade eingetriebenen Pflock ruhten, und hielt sich mit den Händen an dem darüber befindlichen fest. Nun musste er das Taschentuch von dem obersten Pflock lösen, um es an dem zweiten zu befestigen, und fand dabei heraus, dass er die Pflöcke in zu großem Abstand voneinander eingeschlagen hatte und die Knoten des Taues nicht lösen konnte. Nach ein oder zwei vergeblichen Versuchen blieb ihm nichts anderes übrig, als das Seil zu zerschneiden; ein Stück von vielleicht sechs Zoll blieb an dem oberen Pflock hängen, den Rest band er an den zweiten Pflock und ließ sich wieder tiefer hinunter, wobei er Acht gab, nicht wieder allzu tief weiterzuarbeiten. Auf diese kluge Art und Weise gelang es meinem Freund Peters, den Boden zu erreichen, ohne abzustürzen. Es dauerte eine ganze Zeit lang, bevor ich wagte, ihm zu folgen; schließlich versuchte ich es. Peters hatte, bevor er hinunterstieg, sein Hemd abgelegt, ich band es mit dem meinen zusammen und bekam so das notwendige Seil. Ich warf die Flinte, die ich in dem Abgrund gefunden hatte, von mir, befestigte das Seil an den Sträuchern und ließ mich hinunter. Während der ersten vier oder fünf Stufen gelang es mir auch, doch plötzlich wurde meine Phantasie bei dem Gedanken an die grässliche Tiefe, der ich entgegenstieg, der Unsicherheit des weichen Felsens und der eilig eingetriebenen Pflöcke, die meine einzige Stütze waren, schauerlich erregt. Vergebens versuchte ich, diese Betrachtungen von mir zu weisen und meinen Blick auf die glatte Felsoberfläche vor mir geheftet zu halten. Je hitziger ich mich bemühte, nicht zu denken, desto lebhafter, desto deutlicher stiegen Bilder in mir hoch, bis sich schließlich jene Krise der Phantasie einstellte, die in solchen Fällen so gefährlich ist, die Krise, in der wir die Gefühle zu ahnen beginnen, die wir beim Fallen haben würden – in der wir uns den Schwindel, die Übelkeit, den letzten Kampf dagegen und schließlich die ganze Grässlichkeit des rasenden Sturzes vorstellen. Und ich fühlte, wie sich diese Vorstellungen in Wirklichkeiten umsetzten und mich alle die eingebildeten Schrecken als Wirklichkeiten packten. Ich fühlte, wie meine Knie heftig schlotterten und meine Finger sich langsam von dem krampfhaft umspannten Pflock lösten. Es sauste mir in den

Ohren, und plötzlich packte mich das nicht mehr zu unterdrückende Verlangen, hinunterzusehen. Ich konnte, ich wollte meine Blicke nicht mehr auf den Felsen bannen, und mit einer seltsamen, unbeschreiblichen Erregung, halb entsetzt, halb freudig erleichtert, wandte ich meine Augen dem Abgrund unter mir zu. Einen Augenblick lang klammerten sich meine Finger noch einmal krampfhaft um ihren Halt, während mir bei dieser Bewegung der eben noch schwach gespürte Gedanke an Rettung wie ein Schatten durch die Seele glitt – im nächsten Augenblick erfüllte mich nur noch ein Wunsch: zu fallen. Ich ließ plötzlich meinen Pflock los, wandte mich mit dem Rücken halb der Felsmauer zu und blieb eine Sekunde schwankend gegen sie gelehnt stehen. Dann entstand ein Wirbel in meinem Gehirn, mir war, als schrille eine geisterhafte Stimme in meinem Ohr. Eine düstere, satanische, nebelhafte Gestalt stand plötzlich unter mir, ich seufzte auf, mein Herz schien zu zerspringen, und ich stürzte in ihre Arme.

Ich war ohnmächtig geworden, und Peters hatte mich im Fallen aufgefangen. Er hatte mich während des Hinunterkletterns genau beobachtet und die ungeheure Gefahr, in der ich schwebte, wohl bemerkt und mir auf jede Weise Mut einflößen wollen; ich war jedoch schon zu erregt, um zu verstehen, was er mir zurief, ja, ich bemerkte nicht einmal, dass er überhaupt mit mir sprach. Als er mich schwanken sah, kletterte er herauf, um mir zu Hilfe zu kommen, und tauchte gerade im letzten Augenblick auf dem Pflock unter mir auf. Wäre ich mit der ganzen Wucht meines Körpers gestürzt, so wäre das Tau, an das ich gebunden war, ohne Zweifel zerrissen und ich in den Abgrund hinabgestürzt. Er fing mich jedoch im Fallen auf und ließ mich vorsichtig hinunter, sodass ich ohne Gefahr verharren konnte, bis meine Besinnung wieder zurückkehrte. Das war nach ungefähr fünfzehn Minuten. Als ich wieder zu mir kam, war der Schwindel vollständig geschwunden, ich fühlte mich wie ein ganz anderer, ein neuer Mensch und erreichte mit Peters' Hilfe bald den Boden.

Wir befanden uns jetzt nicht weit entfernt von der Schlucht, die das Grab unserer Kameraden geworden war, und südlich von der Stelle, an der der Felssturz stattgefunden hatte. Der Ort war sonderbar wild und zerklüftet und erinnerte mich an die Beschreibungen, die uns die Reisenden von der zerstörten Stadt Babylon überbracht haben. Der Boden war von ungeheuren Blöcken und Schuttmassen übersät, die nach Norden hin eine riesige, zum Himmel aufsteigende Schranke bildeten. Es schienen die Überreste irgendeines gigantischen Bauwerkes zu sein; doch ließen die Trümmer im Einzelnen durch nichts auf ein Werk von Menschenhand schließen. Wir fanden sehr viel Schlacke, und riesige Granitblöcke wechselten mit schwarzen Mergelblöcken ab; beide Arten Gestein waren reichlich von metallischen Bestandteilen durchsetzt. Dagegen fanden wir, so weit das Auge reichte, keine Spur von Vegetation; wir sahen einige ungewöhnlich große Skorpione und ein paar Reptilien, die man sonst auf diesem Breitengrad nicht mehr findet.

Da wir uns vor allem Nahrung verschaffen mussten, beschlossen wir, uns der Küste zuzuwenden, die eine halbe Meile entfernt lag, um dort ein paar Schildkröten zu erlegen. Wir mochten uns mit großer Vorsicht vielleicht an hundert Ellen weit zwischen den Trümmern vorgewagt haben, als wir plötzlich hinter einer Biegung aus dem Hinterhalt von fünf Wilden überfallen wurden, die aus einer kleinen Höhle auf uns zusprangen und Peters durch ein Wurfgeschoss zu Boden streckten. Als er fiel, stürzte sich die ganze Bande auf ihn und gab mir so, ohne es zu wollen, Zeit, zu mir zu kommen und den ersten jähen Schreck abzuschütteln. Ich hatte meine Flinte bei mir, doch war sie bei dem Sturz von dem Felsen so sehr beschädigt worden, dass ich sie als nutzlos beiseite warf und nur auf meine Pistolen vertraute, die ich sorgfältig in gutem Zustand erhalten hatte. Ich wandte mich mit meinen Waffen gegen die Angreifer und feuerte schnell hintereinander. Zwei Wilde fielen, darunter einer, der Peters gerade mit seinem Speer durchbohren wollte. Da mein Freund nun befreit war, bot der Kampf keine Schwierigkeiten mehr für uns. Peters hatte ebenfalls seine Pistolen bei sich, doch sah er klugerweise davon ab, sie zu benutzen, sondern vertraute allein auf seine Körperkraft, die, wie ich ja schon so oft erfahren hatte, ans Wunderbare grenzte. Er entriss einem der gefallenen Wilden die Keule und schlug mit ihr den drei anderen einfach den Schädel ein. So waren wir die Sieger.

Dies alles war so schnell vor sich gegangen, dass es uns selbst fast unwirklich vorkam. Mit schweigender Verblüffung starrten wir auf die

Körper der Leblosen, als uns ein in einiger Entfernung ertönendes wütendes Geschrei wieder in die Wirklichkeit zurückbrachte. Offenbar hatten die Schüsse die Wilden alarmiert, und es blieb uns wohl keine Möglichkeit, einer Entdeckung zu entgehen. Wollten wir wieder auf unseren Felsen gelangen, so mussten wir die Richtung, aus der das Geschrei kam, einschlagen, und selbst wenn wir sicher bis zu seinem Fuß gelangten, konnten wir ihn auf keinen Fall erklimmen, ohne gesehen zu werden. Wir befanden uns in allergrößter Gefahr und zögerten noch, in welche Richtung wir fliehen sollten, als einer der Wilden, auf den ich geschossen und der wie tot zu Boden gefallen war, plötzlich wieder auf die Füße sprang und entfliehen wollte. Wir hielten ihn zurück und wollten ihn schon töten, als Peters auf den Gedanken kam, er könnte uns vielleicht von Nutzen sein. Wir zogen ihn mit uns fort, indem wir ihm bedeuteten, dass er, wenn er nur den geringsten Widerstand leisten würde, verloren sei. Sofort zeigte er sich unterwürfig und lief getreu neben uns her, während wir uns in Richtung Küste einem Weg durch die Felsen bahnten.

Bisher hatte der hügelige Boden das Meer fast ständig unseren Blicken entzogen, und als wir es endlich wieder sahen, mochte es vielleicht zweihundert Ellen von uns entfernt sein. Die Bucht lag offen vor uns, und wir sahen zu unserem Schrecken eine große Schar Wilder, die aus dem Dorf und von allen Punkten der Insel her mit wütenden Gebärden und wüstem Geheul auf uns zustürzte. Wir wollten schon wieder umkehren, um uns in den Felsgängen, aus denen wir kamen, ein Versteck zu suchen, als ich plötzlich das Heck von zwei Kähnen bemerkte, die hinter einem großen Felsen, der weit ins Wasser hineinragte, hervorlugten. So schnell wie möglich rannten wir darauf zu und fanden sie unbeaufsichtigt – nur mit drei Galapagos-Schildkröten und dem üblichen Ruderzeug für sechs Ruderer beladen. Wir stiegen mit unserem Gefangenen in einen der Kähne und ruderten mit allen Kräften aufs offene Meer hinaus.

Kaum hatten wir uns vielleicht fünfzig Ellen vom Ufer entfernt und ein wenig Geistesgegenwart zurückerlangt,sahen wir ein, welche Torheit wir begangen hatten, den anderen Kahn den Wilden zu belassen, die sich ihm rasch näherten. Wir hatten keine Zeit mehr zu verlieren, unsere Hoffnung war sehr trügerisch, und doch blieb uns nichts anderes übrig, als wenigstens zu versuchen, uns des Kahnes zu bemächtigen, bevor die Wilden ihn erreichten. Gelang es uns, was eigentlich nicht zu erwarten war, so waren wir gerettet, machten wir jedoch diesen letzten Versuch nicht, so würden wir unweigerlich ihren Messern zum Opfer fallen.

Unser Kahn war so gebaut, dass sein Hinter- und Vorderteil gleich war, wir brauchten also nicht zu wenden, sondern ruderten nur in die entgegengesetzte Richtung. Sobald die Wilden dies bemerkten, verdoppelte sich ihr Geschrei, und sie kamen mit Staunen erregender Eile heran. Wir ruderten mit der Kraft der Verzweiflung, und als wir den Kahn erreichten, war erst ein Einziger der Wilden angekommen. Er musste seine Eile teuer bezahlen: Ein Pistolenschuss streckte ihn in dem Augenblick, als er das Wasser erreichte, auch schon nieder. Die Übrigen befanden sich vielleicht noch dreißig Schritt vom Ufer entfernt, als wir uns glücklich des Kahnes bemächtigten. Wir wollten ihn zuerst nur von den Wilden fort ins tiefe Wasser ziehen, fanden jedoch, dass er dafür zu schwer war, sodass Peters durch ein paar wuchtige Stöße mit dem Flintenkolben sein Heck und ein Stück der Seitenwand entzweischlug. Dann stießen wir wieder vom Land ab.

Wir waren also einstweilen frei und ruderten von neuem aus Leibeskräften auf das Meer hinaus. Als die Masse der Wilden bei dem zerbrochenen Kahn ankam, stießen sie voller Enttäuschung und Wut ein grässliches Geheul aus. Dann machten sie einen unsinnigen Versuch, uns in dem zerstückelten Boot zu verfolgen; als sie jedoch einsahen, dass dies ganz unmöglich sei, stießen sie von neuem ein gellendes Geschrei aus und rannten in ihre Hügel zurück.

Wir waren also von jeder unmittelbaren Gefahr befreit; doch war unsere Lage immerhin noch gefährlich genug. Wir wussten, dass die Wilden im ganzen vier Kähne von der Art des unseren besessen hatten, und wir erfuhren erst später von unserem Gefangenen, dass zwei davon bei der Explosion der *Jane Guy* zerschmettert worden waren. So mussten wir also damals damit rechnen, dass unsere Feinde, sobald sie zu der Stelle der Bucht, an der die Kähne gewöhnlich geborgen lagen – er mochte drei Meilen entfernt sein –, zurückgelaufen waren und unsere Verfolgung wieder aufnehmen konnten, und wir zwangen auch unseren Gefangenen zum Rudern, um einen möglichst großen Vorsprung zu gewinnen. Nach einer halben Stunde, als wir vielleicht fünf oder sechs Meilen Richtung Süden zurückgelegt hatten, sahen wir, wie zahllose Flöße aus der Bucht hervorkamen, um uns einzufangen. Sie kehrten jedoch, offenbar von der Nutzlosigkeit ihrer Anstrengungen überzeugt, bald wieder zurück.

FÜNFUNDZWANZIGSTES KAPITEL

Wir befanden uns also jetzt auf dem unendlichen, öden südlichen Ozean, auf einer Breite von mehr als 84 Grad, in einem schwachen Boot und waren bis auf die drei Schildkröten ohne Lebensmittel. Dazu kam, dass der lange polare Winter nahte.

Wir mussten reiflich überlegen, in welcher Richtung wir am besten weiterruderten. Es waren sechs oder sieben Inseln in Sicht, die zu der Gruppe, die wir eben verlassen hatten, gehörten; daher durften wir nicht wagen, auf einer von ihnen zu landen. Als wir mit der *Jane Guy* von Norden hergekommen waren, hatten wir die härteste Eisregion schon durchquert. Die Tatsache steht zwar in direktem Widerspruch zu der Vorstellung, die man im Allgemeinen von dem südlichen Polarmeer hat, doch ließ sie sich nicht leugnen. Der Versuch, den Rückweg anzutreten, wäre, zumal in der fortgeschrittenen Jahreszeit, eine große Torheit gewesen. Es blieb uns nur *ein* Weg, *eine* Hoffnung: Wir beschlossen, kühn nach Süden weiterzurudern, wo sich uns noch immer die Möglichkeit bot, neues Land zu entdecken und in mildes Klima zu gelangen.

Bis jetzt hatten wir den Antarktischen wie Arktischen Ozean ziemlich frei von heftigen Stürmen oder allzu bewegtem Wasser gefunden; doch war unser Kahn eher schwächlich als stark, und wir gingen sogleich ans Werk, um ihn, so weit wie möglich, seetüchtiger zu machen. Der Rumpf des Bootes bestand nur aus Rinde, aus der Borke irgendeines unbekannten Baumes, dessen starkes Geflecht das Rippenwerk bildete. Lang war das Fahrzeug im Ganzen fünfzig Fuß, breit vier bis sechs Fuß und dabei vier und einen halben Fuß tief – es wich also an Gestalt grundsätzlich von den Kähnen ab, die man bis jetzt bei den Insulanern in den südlichen Meeren gefunden hatte. Wir konnten nicht annehmen, dass sie von den ungeschickten Insulanern, denen sie gehörten, selbst gemacht worden seien, und erfuhren auch einige Tage später von unserem Gefangenen, dass sie von den Eingeborenen einer südwestlich liegenden Insel gebaut worden und durch Zufall in die Hand unserer Barbaren gekommen waren.

Wir konnten nur sehr wenig tun, um unser Boot sicherer zu machen. An seinen beiden Enden entdeckten wir eine ziemlich breite Ritze, die wir, so gut es ging, mit Stücken unserer wollenen Jacken verstopften. Mit Hilfe der zahlreichen überflüssigen Ruder errichteten wir eine Art Holzwand am Bug, um uns gegen Sturzwellen von dieser Seite her möglichst zu schützen. Zwei Ruder pflanzten wir einander gegenüber als Mastbäume auf, um uns die Rahe zu ersparen. An diese Mastbäume befestigten wir die aus unseren Hemden angefertigten Segel. Diese letztere Arbeit bereitete uns ziemlich große Schwierigkeiten, zumal sich unser Gefangener, der sich bis jetzt stets willig gezeigt hatte, sonderbarerweise weigerte, uns dabei zu helfen. Der Anblick des Leinens schien ihn in ganz eigentümlicher Weise aufzuregen. Er war nicht zu bewegen, es auch nur anzurühren, und als wir versuchten, ihn dazu zu zwingen, schauderte er geradezu und schrie sein *Tekeli-li!*

Als wir mit den Arbeiten zur Sicherung unseres Bootes fertig waren, segelten wir nach Südsüdosten, um die südlichste der Inseln, die in Sicht war, zu umschiffen, und richteten dann, nachdem dies geschehen war, unseren Kurs ganz nach Süden. Das Wetter war durchaus nicht unangenehm, wir hatten einen beständigen sanften Nordwind, glatte See und ununterbrochen Tageslicht. Eis war überhaupt nicht zu sehen, und ich muss ausdrücklich betonen, dass uns, seit wir über den Breitengrad der Bennets-Insel hinausgelangt waren, auch nicht das kleinste Stückchen mehr begegnete. Die Temperatur des Wassers war hier viel zu hoch, um die geringste Eisbildung zuzulassen. Als wir unsere größte Schildkröte geschlachtet und uns dadurch nicht nur mit Nahrung, sondern auch reichlich mit Wasser versorgt hatten, segelten wir vielleicht sieben oder acht Tage in der eingeschlagenen Richtung weiter und mussten dabei ein beträchtliches Stück nach Süden gelangen, da der Wind uns immer günstig war und uns ein sehr starker Strom beständig in der gewünschten Richtung vorwärts trieb.

1. März (Ich kann, wie jeder einsehen wird, nicht behaupten, dass diese Daten genau stimmen. Ich bringe sie, hauptsächlich in der Absicht, meine Erzählung übersichtlich zu machen, genau so, wie sie in meinen Bleistiftnotizen stehen.) Viele unbekannte Erscheinungen wiesen darauf hin, dass wir uns in unerforschten, seltsamen Regionen befanden. Eine hohe Mauer aus leichtem grauen Nebel zog beständig am südlichen Horizont dahin und flackerte oft in hohen Streifen auf, die mal von Ost nach West, mal von West nach Ost verliefen, mal sich wieder zu einer geraden, dichten Linie sammelten –, kurz, die all die sonderbaren Veränderungen der Aurora Borealis, des Polarlichtes, zur Schau trug.

Die durchschnittliche Höhe dieser Nebelmauer mochte, von unserem Standpunkt aus gesehen, fünfundzwanzig Grad betragen. Die Temperatur des Wassers nahm mit jedem Augenblick zu, und auch seine Farbe veränderte sich deutlich.

2. März Nach verschiedentlichen Versuchen erfuhren wir heute von unserem Gefangenen viele Einzelheiten über seine Heimatinsel, deren Einwohner und ihre Sitten – doch wie könnten diese Dinge jetzt die Aufmerksamkeit des Lesers noch fesseln? Ich möchte hier nur kurz erwähnen, dass acht Inseln die gesamte Gruppe bildeten, die von einem König namens Tsalemon oder Psalemonn, der auf einer der kleinsten Inseln wohnte, regiert wurde; dass die schwarzen Felle, die das Abzeichen der Krieger bildeten, von riesigen Tieren stammten, die man nur in einem Tal in der Nähe des Königssitzes fand; dass sein Name Nu-Nu lautete; dass die Bennets-Insel ihm ganz unbekannt war, und dass die Insel, die wir verlassen hatten, Tsalal hieß. Die Worte *Tsalemon* und *Tsalal* wurden am Anfang mit einem langen Zischlaut gesprochen, den wir selbst nach wiederholten Anstrengungen nicht nachahmen konnten.

3. März Immer stärker fiel uns die Wärme des Wassers auf, und auch seine Farbe veränderte sich immer deutlicher: Es blieb nicht durchsichtig, sondern nahm ein dichtes, milchiges Aussehen an. In unserer Nähe war das Meer beständig glatt und brachte unser Boot keinen Augenblick lang in Gefahr – doch bemerkten wir oft mit großem Erstaunen zu unserer Rechten und Linken in ganz unterschiedlicher Entfernung plötzliche und wilde Bewegungen der Oberfläche, denen, wie wir später wahrnahmen, stets seltsame Schwankungen der Nebelwand vorangingen.

4. März Der Nordwind flaute heute merklich ab, und um unser Segel zu vergrößern, zog ich mein weißes Taschentuch aus meiner Rocktasche. Nu-Nu saß dicht neben mir, und als das Tuch zufällig um sein Gesicht flatterte, verfiel er in heftige Krämpfe, auf die eine Schläfrigkeit und Benommenheit folgte, in der er sein ewiges *Tekeli-li! Tekeli-li!* murmelte.

5. März Der Wind hatte vollkommen nachgelassen, doch trieben wir offenbar mit einem starken Strom nach Süden. Jetzt hätten wir eigentlich den Dingen, die uns erwarteten, mit Unruhe entgegensehen müssen – wir empfanden jedoch nichts. Der Polarwinter nahte, doch wie es schien, ohne seine Schrecken. Ich empfand eine körperliche und seelische Dumpfheit – einen Hang zum Träumen –, aber dies war auch alles!

6. März Der graue Nebel hatte sich mehrere Grade am Horizont erhoben und verlor allmählich seine Färbung. Das Wasser war so warm, dass man nur ungern in Berührung damit kam, und seine milchige Färbung wurde immer intensiver. Heute kamen heftige Wellen bis in die Nähe unseres Bootes. Sie waren wie gewöhnlich von einem wilden Aufflackern des Nebels auf dem Gipfel der Mauer und einem nur Sekunden währenden Aufspalten ihrer Grundschichten begleitet. Ein feiner weißer Staub, der an Asche erinnerte, doch offenbar etwas anderes war, fiel auf das Boot und die Wasseroberfläche, während das beleuchtende Nebelgeflacker verblich und das Wasser sich beruhigte. Nu-Nu warf sich auf dem Boden des Bootes und verbarg sein Gesicht, und er war nicht zu überreden, sich wieder zu erheben.

7. März Wir fragten Nu-Nu, was die Angehörigen seines Stammes denn eigentlich bewogen habe, unsere Kameraden umzubringen. Er schien sich jedoch dermaßen zu fürchten, dass er uns keine vernünftige Antwort geben konnte. Er blieb hartnäckig auf dem Grund des Bootes liegen; da wir ihm aber ohne Unterlass Fragen stellten, die sich auf ihre Mordtaten bezogen, antwortete er uns nur durch eine stumpfsinnige Bewegung: Er hob mit dem Zeigefinger die Oberlippe in die Höhe und zeigte uns die Zähne, die unter ihr verborgen lagen. Sie waren tiefschwarz. Wir hatten nie vorher die Zähne eines Eingeborenen von Tsalal gesehen.

8. März Heute schoss eines der weißen Tiere an uns vorüber, deren Anblick bei den Leuten von Tsalal eine so unerklärliche Aufregung hervorgerufen hatte. Die Temperatur des Wassers hatte sich unterdessen so gesteigert, dass es unmöglich war, die Hand hineinzuhalten. Peters sprach sehr wenig, und ich wusste nicht, was ich von seiner Apathie denken sollte. Nu-Nu atmete, sonst tat er nichts.

9. März Der feine, aschenartige Staub fiel nun beständig in großen Mengen auf uns herunter. Die Nebelwand im Süden hatte sich ungeheuer hoch erhoben und begann deutlichere Formen anzunehmen. Ich kann sie nur mit einem ungeheuren Katarakt vergleichen, der von einem weit entfernten, unbegrenzten Grat am Himmel schweigend ins Meer stürzte. Dieser Riesenvorhang dehnte sich über den ganzen südlichen Horizont hin. Kein Laut ging von ihm aus.

21. März Eine jähe Dunkelheit senkte sich auf uns nieder – doch aus den milchigen Tiefen des Ozeans erhob sich ein leuchtendes Schimmern und glühte am Holzwerk des Bootes in die Höhe. Wir wurden unter dem weißen Ascheregen, der sich im Kahn sammelte, im Wasser jedoch schmolz, beinahe begraben. Die Höhe der Nebelwand verlor sich im Zwielicht der Ferne. Dabei näherten wir uns ihr mit unheimlicher Schnelligkeit. Hin und wieder bemerkten wir, wie sich für Sekunden weite, gähnende Spalten öffneten, und aus diesen Spalten, in denen ein Chaos unbestimmter Bilder flackerte, kamen gewaltige, doch schweigende Luftströme, die den glühenden Ozean mit sich fortrissen.

22. März Die Finsternis hatte sich verdichtet und wurde nur durch den Widerschein der weißen Wand auf dem Wasser ein wenig gemildert. Riesenhafte, geisterweiße Vögel kamen beständig aus der weißen Düsternis hervor und schossen, sobald sie uns sahen, mit dem ewigen Schrei *Tekeli-li! Tekeli-li!* wieder fort. Einmal bewegte sich Nu-Nu ein wenig auf dem Boden des Bootes, er zuckte, und als wir ihn berührten, fanden wir heraus, dass er tot war. Und dann schossen wir in einen Spalt des Kataraktes ... Schon öffnete sich ein Abgrund, um uns zu empfangen – doch da erhob sich auf unserer Bahn die lakenumhüllte Gestalt eines Mannes, der größer war als je ein Bewohner der Erde – und die Hautfarbe des Mannes hatte das makellose Weiß des Schnees.

ANHANG

Das unter so traurigen Umständen erfolgte Ableben des Mister Pym ist dem Publikum aus der Tagespresse schon bekannt. Man hegt die Befürchtung, dass die Schlusskapitel seiner Erzählung, die sich, während die übrigen im Druck waren, noch zur letzten Korrektur in seinem Besitz befanden, bei dem betrüblichen Unfall, dem er selbst zum Opfer fiel, verlorengegangen seien. Sollte dies jedoch nicht der Fall sein, so werden die Papiere, sobald man sie findet, der Öffentlichkeit übergeben werden.

Man hat nichts unversucht gelassen, dem Werk so weit wie möglich zur Vollständigkeit zu verhelfen. Der in der Vorrede genannte Mister E. A. Poe, von dem man nach den dort gemachten Bemerkungen erwarten konnte, dass er fähig sei, das Fehlende zu ersetzen, hat die Arbeit abgelehnt – und zwar aus triftigen Gründen, sowohl wegen der Ungenauigkeit der ihm gelieferten Details als auch, weil er an der Wahrheit des letzten Teils der Erzählung zweifelte. Dirk Peters, von dem man vielleicht Nachrichten erhalten könnte, lebt noch und soll in Illinois wohnen, ist jedoch augenblicklich nicht zu finden. Doch wird er wohl mit Sicherheit ermittelt werden und uns dann ohne Zweifel wichtiges Material für den Schluss von Mister Pyms Bericht liefern.

Der Verlust der zwei oder drei Schlusskapitel (mehr waren es nicht) ist umso mehr zu bedauern, als sie Aufschluss über den Pol selbst oder wenigstens über die Regionen in seiner nächsten Nähe geben sollten, und die Behauptungen des Autors hätten in kurzer Zeit durch die von der Regierung in die Südsee ausgesandte Expedition bewiesen oder widerlegt werden können.

Einen Punkt der Erzählung können wir noch weiter erörtern, und es würde dem Schreiber dieses Anhangs eine große Genugtuung sein, wenn seine Bemerkungen an dieser Stelle ein zusätzlicher Beweis für die Wahrheit der seltsamen Erzählung werden würden. Wir denken an die auf der Insel Tsalal gefundenen Abgründe und die Abbildungen. Mister Pym hat die Schlünde, ohne weitere Erklärungen abzugeben, einfach abgebildet und von den Kerben, die er am Ende des östlichen Abgrundes fand, behauptet, sie hätten eine wunderliche Ähnlichkeit mit Schriftzügen gehabt, seien es jedoch bestimmt nicht gewesen. Zur Bekräftigung dieser einfachen, bündigen Theorie führt er den anscheinend erschöpfenden Beweis an, dass er in dem Staub am Boden Felsstücke gefunden habe, die genau den Einschnitten entsprachen. Wir müssen glauben, er sage das mit vollem Ernst, und kein vernünftiger Leser gibt sich weiter mit Vermutungen über die »scheinbare« Inschrift ab. Da jedoch die Tatsachen, die die Gesamtheit der Abbildungen betreffen, äußerst sonderbar sind (und dies ganz besonders, wenn wir sie in Verbindung mit den Behauptungen am Anfang der Erzählung bringen), scheint es doch geboten, noch ein paar Worte darüber zu sagen, zumal die fraglichen Tatsachen ohne Zweifel der Aufmerksamkeit von Mister E. A. Poe entgangen sind.

Die Abbildungen 1, 2, 3 und 5 bilden, wenn man sie in der Reihenfolge, wie sie der Abgrund bot, miteinander verbindet und dabei nur die kleinen Seitenzweige oder Bögen, die, wie man sich erinnern wird, nur Verbindungsgänge zwischen den Haupträumen darstellten und einen ganz anderen Charakter trugen, auslässt, eine verbale Wurzel – nämlich 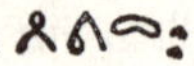 *schattig sein* –, aus der alle Flexionen von Schatten und Dunkelheit abgeleitet werden.

Die linke oder nördlichste Kerbe der Abbildung 4 bestätigt höchstwahrscheinlich die Ansicht von Peters, dass sie eine künstlich hergestellte Hieroglyphe sei und eine menschliche Gestalt vorstellen solle. Der Leser hat die Zeichnung vor sich und wird vielleicht die Ähnlichkeit bemerken. Der Rest der Einschnitte jedoch bestätigt Peters' Ansicht auf den ersten Blick. Die obere Zeile ist ohne Zweifel arabischen Ursprungs: 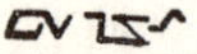 *weiß sein*; daraus werden alle Begriffe von Glanz und Weiß abgeleitet. Die Bedeutung der unteren Reihe lässt sich nicht so leicht erkennen. Die Schriftzüge sind zum Teil zerbrochen und nicht miteinander verbunden; trotzdem besteht kein Zweifel, dass sie, zu einem Ganzen zusammengefügt, das ägyptische Wort  *die Region des Südens* bildeten.

Hierbei muss jedem auffallen, dass diese Interpretation auch Peters' Ansicht über die »nördlichste« der Figuren bestätigt. Denn der ausgestreckte Arm weist nach Süden. Diese Schlüsse öffnen jeglichen Vermutungen ein weites Feld. Man sollte sie jedoch nur in Verbindung mit anderen, nur kurz erwähnten Vorkommnissen dieser Erzählung betrachten, obwohl die Kette, die sie miteinander verbindet, durchaus nicht vollständig sichtbar ist. *Tekeli-li!* lautete der Schrei der erschreckten Eingeborenen von Tsalal, als sie den Kadaver des auf See gefangenen weißen Tieres erblickten. Den gleichen Ruf stieß schaudernd der gefangene Tsalaler aus, als er die weißen Gegenstände im Besitz von Mister Pym bemerkte. Ebenso krächzten die schnellen, riesigen weißen Vögel, die hinter der weißen Nebelwand im Süden hervorkamen. Auf Tsalal selbst und auf der ganzen Reise von dort nach Süden fand man nichts Weißes. Es ist durchaus möglich, dass Tsalal, der Name der abgrundreichen Insel, durch eine genaue philosophische Forschung eine Verbindung erkennen ließe mit den Abgründen selbst oder eine Beziehung zu den äthiopischen Schriftzügen, die so geheimnisvoll in ihre Schluchten gehauen sind:

Ich habe es in die Hügel gegraben und meine Rache in den Staub des Felsens geschrieben.

Jules Verne

DIE EISSPHINX

INHALT

ERSTES BUCH

ERSTES KAPITEL

Auf den Kerguelen-Inseln

Die hier »Eissphinx« genannte Erzählung wird wohl niemand für wahr halten wollen. Immerhin dürfte es meines Erachtens gut sein, sie zu veröffentlichen, mag einer nun daran glauben oder nicht.

Als Ausgangspunkt für diese wundersamen und schrecklichen Abenteuer könnte es schwerlich einen Geeigneteren geben als das Land der Trostlosigkeit, ein Name, der der Hauptinsel der betreffenden Gruppe 1779 von Kapitän Cook gegeben wurde. Nach dem, was ich in mehrwöchigem Aufenthalt hier gesehen habe, kann ich allerdings bestätigen, dass sie den traurigen Namen, den ihr der berühmte englische Seefahrer einst gab, mit vollem Recht verdient.

Ich weiß, dass man in den geografischen Namenslisten noch immer die Bezeichnung Kerguelen-Inseln oder Kerguelenland fortführt, der ja allgemein für diese unter 49° 54′ südlicher Breite und 69,5 bis 70,5° östlicher Länge von Greenwich gelegene Inselgruppe angenommen worden ist, was daher kommt, dass der französische Seefahrer Yves Joseph de Kerguelen de Trémarec im Jahr 1772 von den im südindischen Ozean verlorenen Inseln die erste Kunde gab. Bei seiner ersten Fahrt hierher hatte der Leiter der Expedition ein neues Festland an der Grenze des Antarktischen Meeres vor sich zu sehen geglaubt; eine zweite Reise klärte ihn aber über diesen Irrtum auf – er erkannte, dass es sich nur um eine Inselgruppe handelte. Der Leser glaube indes meiner Versicherung, dass der Name Land der Trostlosigkeit der einzig richtige ist, der dieser Gruppe von dreihundert Inseln und Eilanden zukommt – diesem verlassenen Erdenwinkel inmitten der ozeanischen Einöde, durch die fast unablässig wütende Südstürme dahinfegen.

Die Gruppe ist trotzdem bewohnt, und am 2. August 1839 hatte sich, dank meiner Anwesenheit in Christmas Harbour, die geringe Zahl von Europäern und Amerikanern, die den eigentlichen Kern der kerguelischen Bevölkerung bilden, sogar um eine Einheit erhöht. Freilich wartete ich jetzt nur auf eine Gelegenheit, den Ort zu verlassen, da ich die geologischen und mineralogischen Forschungen – den eigentlichen Zweck meiner Reise – hier längst vollendet hatte.

Christmas Harbour liegt an der bedeutendsten Insel dieses Archipels, die eine Ausdehnung von viertausendfünfhundert Quadratkilometern hat, fast doppelt so viel wie das deutsche Herzogtum Anhalt. Er ist sehr sicher, meist zugänglich und bietet Schiffen in vier Faden Tiefe einen guten Ankergrund. Nach Umschiffung des Cap François im Norden, das der zwölfhundert Fuß hohe Tafelberg beherrscht, blickt man durch die Basaltarkade, die sich an dessen Spitze weit öffnet. Da bemerkt man eine enge Bay, eine Art Fjord, der durch kleine Eilande gegen heftige Ost- und Westwinde geschützt ist. Im Hintergrund liegt Christmas Harbour. Die Schiffe fahren, sich mehr rechts haltend, direkt darauf zu und brauchen sich, an Ort und Stelle angelangt, nur vor einen einzigen Anker zu legen, was ihnen, solange kein Eis in der Bay steht, ein leichtes Wenden gestattet.

Die Kerguelen weisen übrigens noch Hunderte anderer Fjorde auf. Ihre Küsten sind zerrissen, ausgefranst, möchte man fast sagen, besonders an dem zwischen Norden und Südosten gelegenen Teil. Zahllose Inseln und Eilande ragen empor. Der Boden von vulkanischem Ursprung besteht hauptsächlich aus Quarz, der mit einem bläulichen Gestein vermengt ist. Im Sommer bedeckt er sich mit grünem Moos, grauen Flechtenarten, verschiedenen Samenpflanzen, meist steifen, harten Saxifragen, Steinbrecharten. Daneben kommt noch eine strauchähnliche Staude vor, eine Art Kohl mit sehr herbem Geschmack, der sich in anderen Ländern wohl kaum wiederfindet.

Solche Gebiete eignen sich ganz besonders als Wohnstätten für Königspinguine und ähnliche Vögel, die diese Gebiete denn auch in unzähligen Scharen bevölkern. Von gelbem und weißem Gefieder, den Kopf nach rückwärts geworfen, und mit Flügeln, die wie Ärmel eines Talars aussehen, erscheinen die dummen Vögel von fern gesehen wie ein Zug von Mönchen, der sich am Strand entlangbewegt.

Außerdem bieten die Kerguelen vielen Pelzseehunden, Rüsselrobben und See-Elefanten vorzügliche Schlupfwinkel. Die Jagd oder der Fang dieser wertvollen Amphibien gab auch Anlass zu einem lohnenden Handel, der damals zahlreiche Schiffe nach jenen Gegenden lockte.

An dem genannten Tag ging ich eben am Hafen spazieren, als mein Gastwirt unerwartet an mich herantrat.

»Wenn ich mich nicht täusche«, begann der Mann, »so wird Ihnen die Zeit allmählich etwas lang, Mister Jeorling?«

Er war ein starker, großer Amerikaner, seit etwa fünfzehn Jahren in Christmas Harbour sesshaft, und bewirtschaftete hier das einzige Gasthaus des Hafenorts.

»Freilich, etwas zu lang, muss ich wohl gestehen, Meister Atkins, falls Sie sich durch meine Antwort nicht verletzt fühlen.«

»Keineswegs«, versicherte der wackere Mann. »Sie können sich wohl denken, dass ich gegen solche Klagen gefeit bin wie die Felsen des Cap François gegen den Anprall der Wogen ...«

»Und Sie leisten ebenso festen Widerstand wie dieses ...«

»Natürlich! Von dem Tag an, wo Sie in Christmas-Harbour eintrafen, wo Sie bei Fenimore Atkins, im *Grünen Kormoran*, einkehrten, hab ich mir gesagt: Binnen vierzehn, wenn nicht schon binnen acht Tagen wird mein neuer Gast des Aufenthalts hier überdrüssig sein und es bedauern, an den Kerguelen gelandet zu sein ...«

»Oh nein, Meister Atkins, ich bedaure nie etwas, was ich getan habe!«

»Eine löbliche Gewohnheit, mein Herr!«

»Beim Durchstreifen der hiesigen Inselgruppe hab ich übrigens mancherlei merkwürdige Beobachtungen machen können. Ich bin durch die weiten hügeligen und von Torfmooren unterbrochenen Ebenen gewandert, die von harten Moosarten bedeckt sind, und nehme davon seltene mineralogische und geologische Fundstücke mit heim. Ich habe an den Seekälber- und Robbenjagden teilgenommen und die Einöden besucht, wo Pinguine und Albatrosse in guter Kameradschaft hausen – das ist mir schon der Beachtung wert gewesen. Sie haben mir zuweilen einen Balthasar-Sturmvogel, von eigener Hand zubereitet, vorgesetzt, und den kann sich, wer guten Appetit hat, schon gefallen lassen. Endlich fand ich im *Grünen Kormoran* die beste Aufnahme, wofür ich Ihnen sehr dankbar bin ... Doch, wenn ich zählen gelernt habe, sind es nun zwei Monate, seit mich der chilenische Dreimaster Peñas in Christmas Harbour, mitten im tiefen Winter absetzte ...«

»Und nun haben Sie das Verlangen, in Ihre Heimat, die auch meine ist, Mister Jeorling, zurückzukehren, nach Connecticut zu kommen und Providence, unsere Hauptstadt, endlich wiederzusehen ...«

»Gewiss, Meister Atkins, denn schon seit fast drei Jahren schweife ich in der Welt umher. Heute oder morgen muss das doch ein Ende nehmen, muss ich wieder Wurzeln schlagen ...«

»Nun ja, wenn man einmal Wurzeln schlägt«, fiel der Amerikaner, mit den Augen blinzelnd, ein, »dann treibt man schließlich auch Zweige!«

»Ganz richtig, Meister Atkins; doch da ich keine Familie mehr habe, werd ich höchstwahrscheinlich die Reihe meiner Vorfahren abschließen. Mit meinen vierzig Jahren wird es mir kaum einfallen, noch Zweige treiben zu wollen wie Sie, mein lieber Herr Wirt, denn Sie sind schon ein Baum, ein schöner Baum sogar ...«

»Eine Eiche, eine immergrüne Eiche, wenn Sie gestatten, Herr Jeorling!«

»Oh, Sie haben sehr gut daran getan, den Gesetzen der Natur zu gehorchen. Und gab die Natur uns Beine zum Gehen ...«

»So gab sie uns auch Gelegenheit, uns irgendwo festzusetzen«, ergänzte Fenimore Atkins den Satz. »Deshalb hab ich mich vor nun fünfzehn Jahren in Christmas Harbour niedergelassen und hier geheiratet ... meine Frau Betsey hat mich mit zehn Kindern beschenkt; diese werden mir wieder Enkel bescheren, die mir wie Kätzchen an den Beinen hinaufklettern ...«

»Und Sie werden nie in Ihr Vaterland zurückkehren?«

»Was sollte ich dort anfangen, Herr Jeorling, und was hätte ich da gehabt? Das reine Elend! Hier, auf den Inseln der Trostlosigkeit, wo ich nie dazu kam, mich trostlos zu fühlen, hier blühte mir und den Meinen das Glück!«

»Gewiss, Meister Atkins, und ich gratuliere Ihnen dazu, dass Sie sich glücklich fühlen! Immerhin ist es nicht ausgeschlossen, dass Sie eines Tages den Wunsch empfänden ...«

»Mich in anderen Boden zu verpflanzen, Mister Jeorling? Oh, wo denken Sie hin! Ich bin eine Eiche, sagte ich Ihnen, nun verpflanzen Sie einmal eine Eiche, wenn diese bis zum halben Stamm im Kieselgestein der Kerguelen verwurzelt ist!« Es war ein Vergnügen, dem ehrwürdigen Amerikaner zuzuhören, dem Mann, der sich so vollständig auf diesem Archipel eingewöhnt und gegen die raue Unbill des Klimas hier abgehärtet hatte. Er lebte mit seiner Familie wie die Pinguine in ihren Rockerys ... Die Mutter, eine kräftige Matrone, die von Gesundheit strotzenden Söhne, die nichts von Rachenkatarrhen und Magenerweiterung wussten. Alles hatte gedeihlichen Fortgang. Der gut besuchte *Grüne Kormoran* erfreute sich der Kundschaft von allen Schiffen, von Walfängern und anderen, die die Kerguelen aufsuchten. Das Haus lieferte ihnen Seife, Fette, Pech, Teer, Gewürze, Zucker, Tee, Konserven, Whisky, Gin und Branntwein. Ein zweites Gasthaus hätte man in Christmas Harbour übrigens vergeblich gesucht. Fenimore Atkins' Söhne waren Zimmerleute, Segelmacher und Fischer und fingen in der warmen Jahreszeit Amphibien vom Grund aller engen Wasserläufe. Kurz, es waren tüchtige junge Leute, die ohne zu mäkeln ihrer Bestimmung nachkamen.

»Mit einem Wort, Meister Atkins«, erklärte ich, »ich bin geradezu entzückt, nach den Kerguelen gekommen zu sein, und werde mich mit Freuden daran erinnern. Allerdings wäre ich jetzt nicht böse darüber, wieder abfahren zu können ...«

»Oho, nur etwas Geduld, Mister Jeorling!«, ermahnte mich dieser Philosoph. »Man soll eine Trennungsstunde nie herbeiwünschen oder gar beschleunigen! Vergessen Sie auch nicht, dass die schönen Tage nun bald wiederkommen. In fünf bis sechs Wochen ...«

»Jawohl«, rief ich, »inzwischen bleiben Berg und Ebene, Fels und Strand von einer dicken Schneelage bedeckt, und die Sonne hat nicht einmal Macht genug, die Nebel des Horizonts aufzulösen ...«

»Aber ich bitte Sie, Mister Jeorling! Man sieht schon die Grashalme durch die weiße Hülle sprießen! Schauen Sie nur gut hin.«

»Ja, mit der Lupe! Doch unter uns, Atkins, wollen Sie behaupten, dass das Eis jetzt, im August, also im Februar unserer nördlichen Halbkugel, nicht die Buchten und Bays hier bedeckt?«

»Zugegeben, Mister Jeorling. Doch noch einmal: nur Geduld! Der

Winter ist dieses Jahr recht mild gewesen. Bald werden im Osten oder Westen Schiffe auftauchen, denn die Fangzeit ist nah.«

»Möge der Himmel Sie hören, Meister Atkins, und möge er das Schiff, das ja nicht mehr lange ausbleiben kann – die Goélette *Halbrane* –, glücklich in den Hafen führen ...«

»*Halbrane*, Kapitän Len Guy«, ergänzte der Gastwirt. »Das ist ein echter Seemann, obwohl ein Engländer – es gibt ja überall tüchtige Männer –, der seinen Bedarf aus dem *Grünen Kormoran* deckt.«

»Sie meinen, dass die *Halbrane* ...«

»... vor Ablauf von acht Tagen von jenseits des Cap François gemeldet wird, Mister Jeorling, es sei denn, es gäbe keinen Kapitän Len Guy mehr – dann ... dann ist auch die *Halbrane* zwischen dem Kap der Guten Hoffnung und den Kerguelen untergegangen!«

Mit einer bezeichnenden Handbewegung, die mir sagte, dass ein solcher Fall außerhalb jeder Wahrscheinlichkeit liege, verließ mich Fenimore Atkins.

Im Übrigen hoffte ich, dass die Vorhersage meines Wirts sich bald bewahrheiten würde, denn die Zeit wurde mir wirklich lang. Wenn man ihm glauben konnte, so zeigten sich schon die Anzeichen der schönen Jahreszeit – was man hier eben schöne Jahreszeit nennt. Wohl liegt die Hauptinsel etwa auf dem gleichen Breitengrad wie Paris in Europa und wie Quebec in Kanada. Doch hier handelt es sich um die südliche Halbkugel der Erde, und man weiß, dass infolge der elliptischen Bahn, die die Erde beschreibt und in deren einem Brennpunkt die Sonne steht, diese Halbkugel im Winter kälter ist als die nördliche und im Sommer wiederum wärmer als diese. Jedenfalls ist die Winterperiode auf den Kerguelen wegen heftiger Stürme geradezu schrecklich, und das Meer liegt mehrere Monate erstarrt, obwohl die Kälte hier nicht besonders streng ist, denn sie hält sich im Mittel bei – 2° Celsius im Winter, bei einer Sommertemperatur von + 7° Celsius, wie an den Falkland-Inseln oder am Kap Horn.

Es versteht sich von selbst, dass Christmas Harbour in dieser Zeit kein einziges Schiff beherbergt. Zu der Zeit, von der ich spreche, gab es noch nicht viele Dampfer. Segelschiffe aber suchten, aus Besorgnis, hier vom Eis eingeschlossen zu werden, die Häfen von Südamerika an der Küste von Chile oder die Häfen von Afrika – meist Kapstadt am Kap der Guten Hoffnung – als Zuflucht auf. Einige Schaluppen, die im Eis festsaßen oder auf dem Strand lagen und bis zur Mastspitze hinauf von Raufrost überzogen waren, das war alles, was Christmas Harbour meinen Blicken darbot.

Sind die Temperaturunterschiede auf den Kerguelen auch nicht groß, so ist das Klima im Allgemeinen doch feucht und kalt. Sehr häufig und besonders im nördlichen Teil wird die Inselgruppe von wilden, mit Graupeln und Regen vermischten Nord- oder Weststürmen gepeitscht. Nach Osten zu hält sich der Himmel klarer, obwohl auch hier ein halb verschleiertes Licht herrscht, und von dieser Seite reicht die Schneegrenze auf den Bergen bis auf nur 50 Toisen, also 117 Meter über dem Meeresspiegel, hinab.

Nachdem ich also zwei Monate auf dem Archipel der Kerguelen verbracht hatte, erwartete ich mit einiger Ungeduld die Gelegenheit, an Bord der Goélette *Halbrane* wieder abzureisen, einem Schiff, dessen Seetüchtigkeit und sonstige Eigenschaften mein enthusiastischer Wirt zu rühmen nicht aufhörte.

»Sie könnten es gar nicht besser treffen!«, wiederholte er mir früh und spät. »Von allen Überseekapitänen in der englischen Handelsflotte kann sich, was Mut und Erfahrung im Beruf betrifft, mit meinem Freund Len Guy kein einziger messen. Nur noch etwas gesprächiger und mitteilsamer, und er wäre vollkommen.«

Ich hatte mir denn auch vorgenommen, die Empfehlungen von Meister Atkins zu befolgen, und wollte hier so lange bleiben, bis die Goélette in Christmas Harbour eintreffen würde. Nach einem Aufenthalt von sechs bis sieben Tagen sollte sie dann wieder auslaufen und nach Tristan d'Acunha gehen, wohin sie eine Ladung Zinn und Kupfererz zu bringen hatte.

Auf letztgenannter Insel wollte ich in der schönen Jahreszeit einige Wochen verweilen und hoffte, von da aus nach Connecticut heimzukehren. Dabei übersah ich jedoch keineswegs den Anteil, der bei menschlichen Vorhaben dem Zufall zukommt, denn es ist, wie Edgar Poe gesagt hat, allemal weise, immer »mit dem Unerwarteten, Unvorhergesehenen und Unbegreiflichen zu rechnen, nicht zu vergessen, dass Nebensachen, unvermutete, rein zufällige Zwischenfälle oft ein gewichtiges Wort mitreden, das man bei streng vorsichtiger Berechnung nicht außer Acht lassen darf«.

Wenn ich hier unseren großen amerikanischen Schriftsteller anführe, obwohl ich sehr nüchternen Geistes, ernsten Charakters und wenig fantastischer Natur bin, so geschieht es, weil ich den geistvollen Dichter menschlicher Absonderlichkeiten dennoch tief bewundere.

Um jedoch auf die *Halbrane* oder vielmehr auf die Gelegenheiten zurückzukommen, die sich mir in Christmas Harbour zur Wiedereinschiffung bieten dürften, so brauchte ich keine Enttäuschung zu fürchten. In der herannahenden Jahreszeit wurden die Kerguelen gewiss von vielen, mindestens fünfhundert, Schiffen aufgesucht. Der Fang von Walen lieferte hier reichen Ertrag; dafür spricht schon die Tatsache, dass man von einem See-Elefanten eine ganze Tonne oder ebenso viel Tran gewann wie von tausend Pinguinen. In den letzten Jahren liefen den Archipel freilich nur etwa noch ein Dutzend Fangschiffe an, da die unbeschränkte Vernichtung der Waltiere deren Zahl sehr vermindert hat.

Vorläufig brauche ich mich also gar nicht zu beunruhigen, dass und ob mir Gelegenheit geboten würde, aus Christmas Harbour wegzukommen, selbst in dem unwahrscheinlichen Fall, dass die *Halbrane* nicht eintreffen und Kapitän Len Guy nicht kommen sollte, um seinem Freund Atkins die Hand zu drücken.

Tag für Tag ging ich in der Umgebung des Hafens spazieren. Die Sonne gewann allmählich an Macht. Die Felsen, Terrassen und die vulkanischen Säulenreihen legten nach und nach ihre weiße Winterkleidung ab. Am Strand unter dem basaltischen Steilufer sprossten weingelbe Moose auf, und draußen auf dem Wasser schwammen und wanden sich fünfzig bis sechzig Yards lange Bänder von Algen. Im Hintergrund der Bucht erhoben schon einzelne Gräser und Getreide schüchtern die grünen Spitzchen, darunter die aus den Anden stammende Lyella neben solchen, die die Flora des Feuerlands hervorbrachte, und auch der einzige Strauch des Landes, die schon erwähnte riesige Kohlart, die wegen ihrer antiskorbutischen Eigenschaften ganz besonders geschätzt wird.

Was die Landsäugetiere betrifft – denn von Meersäugetieren wimmelte es hier –, so habe ich kein einziges zu Gesicht bekommen, auch keine Frösche oder Reptilien. Nur vereinzelte Insekten, Schmetterlinge und andere, zeigten sich hin und wieder, zurzeit aber noch ohne Flügel, und zwar deshalb, weil sie, ehe sie sich derer bedienen könnten, von den heftigen Luftströmungen auf die rollenden Wogen des Meeres verschlagen worden wären.

Ein oder zweimal hatte ich mich einer der festen Schaluppen anvertraut, mit denen die Fischer den Windstößen trotzen, die wie Katapulte gegen die Felsen der Kerguelen donnern. Mit diesen Fahrzeugen könnte man die Überfahrt nach Kapstadt wagen und würde, wenn auch nach längerer Zeit, den Hafen gewiss erreichen. Meine Absicht war es indes keineswegs, Christmas Harbour in einer solchen Nussschale zu verlassen ... nein, ich *erhoffte* die Goélette *Halbrane*, und diese konnte nicht mehr lange ausbleiben.

Bei den Spaziergängen von einer Einbuchtung zur anderen sah ich verwundert die verschiedenen Formen dieser zerrissenen Küste, dieses seltsamen Knochengerüsts rein vulkanischen Ursprungs, das jetzt, das weiße Bahrtuch des Winters durchbrechend, die bläulichen Glieder seines Skeletts hervortreten ließ.

Wie packte mich da manchmal die Ungeduld, trotz der weisen Ratschläge meines Gastwirts, der sich in seinem Haus in Christmas Harbour so glücklich fühlte! Wie selten sind doch in dieser Welt die Leute, die die Praxis des Lebens zu Philosophen gemacht hat. Bei Fenimore Atkins hatte übrigens das Muskelsystem entschieden das Übergewicht über das Nervensystem. Vielleicht war ihm weniger Intelligenz als eine Art Instinkt gegeben. Solche Leute sind gegen Widrigkeiten des Lebens besser gewappnet, und im Ganzen sind ihre Aussichten, das Glück zu finden, vielleicht vielversprechender.

»Nun, und die *Halbrane?*«, fragte ich ihn jeden Morgen.

»Die *Halbrane*, Mister Jeorling?«, antwortete er dann in zuverlässigstem Ton. »Oh ja, die wird auf jeden Fall heute eintreffen, na, und wenn nicht heute, dann morgen! Aber es dauert wohl noch einen Tag, bis die Flagge von Kapitän Len Guy an der Einfahrt von Christmas Harbour flattert!«

Um mein Gesichtsfeld zu erweitern, hätte ich nur den Table Mount, den Tafelberg, zu ersteigen brauchen. In einer Höhe von zwölfhundert Fuß kann man schon vierunddreißig bis fünfunddreißig Meilen, das sind etwa siebenundfünfzig Kilometer, weit sehen, und selbst durch leichten Dunst wäre die Goélette vielleicht vierundzwanzig Stunden früher zu bemerken gewesen. Aber daran, diesen Berg zu erklimmen, dessen Abhänge bis zum Gipfel hinauf noch mit Schnee bedeckt waren, hätte nur ein Wahnsinniger denken können.

Wenn ich über die Strandflächen hinwanderte, trieb ich nicht selten eine Menge Amphibien in die Flucht, die in das Schmelzwasser tauchten. Die stumpfsinnigen und schwermütigen Pinguine ließen sich durch meine Annäherung indes nicht stören. Hätten sie nicht das charakteristische dumme Aussehen, so wäre man wirklich versucht, sie anzusprechen, vorausgesetzt, dass man sich ihrer schreienden, ohrenbetäubenden Sprache bedienen könnte. Die Sturmvögel dagegen, die schwarzen und die weißen Wasserscherer, die Silbertaucher, Seeschwalben und Trauerenten flatterten eiligst davon.

Einmal war es mir auch vergönnt, den Wegzug eines Albatros zu erleben, den die Pinguine mit lautem Krächzen begleiteten, etwa so, als ob ein Freund sie für immer verließe. Diese mächtigen Flieger können, ohne einen Augenblick zu ruhen, Strecken von zweihundert Lieues, das sind eineinhalb geografische Meilen, zurücklegen, und das mit solcher Schnelligkeit, dass sie sehr lange Strecken in wenigen Stunden durcheilen.

Der Albatros, der erst regungslos auf einem hohen Felsen am Ende der Bucht von Christmas Harbour saß, schaute dabei auf das Meer hinaus, dessen Brandung wütend gegen die Uferklippen schäumte.

Plötzlich erhob sich der stolze Vogel mit weit ausgespannten Schwingen, angezogenen Beinen, den Kopf vorgestreckt wie ein Schiffsschnabel, ließ einen scharfen Schrei ertönen, und wenige Minuten später verschwand er schon, in den hohen Luftschichten zu einem schwarzen Punkt zusammengeschrumpft, in den Dunstmassen des Südens.

ZWEITES KAPITEL

Die Goélette Halbrane

Dreihundert Tonnen groß, mit schräg stehenden Masten, was ihr gestattete, auch scharf am Wind noch schnell vorwärtszukommen, und mit einer Segelausrüstung, die für das Schiff ziemlich reichlich erschien – das war der in Christmas Harbour erwartete Schoner, die Goélette *Halbrane*.

An Bord befanden sich ein Kapitän, ein Leutnant, ein Hochbootsmann, ein Koch und acht Matrosen, zusammen zwölf Mann, die zur Führung des Schiffs vollständig ausreichten. Sehr fest gebaut, die Schanzkleidung mit Kupfer bezogen, mit angepassten Segeln versehen und am Achter weit ausladend, machte das seetüchtige, gut steuerbare Fahrzeug mit seiner für Reisen zwischen dem vierzigsten und sechzigsten Grad südlicher Breite berechneten Einrichtung den Werften von Birkenhead alle Ehre.

Diese Mitteilungen erhielt ich, von vielfachen Lobsprüchen untermischt, aus dem Mund von Meister Atkins.

Kapitän Len Guy aus Liverpool war zu drei Fünfteln Eigentümer der *Halbrane*, die er seit ungefähr sechs Jahren befehligte. Er befuhr die südlichen Meere Afrikas und Amerikas, wobei er von einer Insel zur andern und von einem Festland zum andern steuerte. Seine Goélette beschränkte sich auf eine Besatzung von nur zwölf Köpfen, weil sie ausschließlich Handelszwecken diente. Für die Jagd auf Amphibien, Robben und Seekälber hätte es, abgesehen von einer Ausrüstung mit Apparaten, Harpunen, Fischgabeln und dazugehörigen Leinen, einer zahlreicheren Mannschaft bedurft. Ich bemerke auch, dass die *Halbrane* in diesen etwas unsicheren Meeresteilen, wo zu jener Zeit verschiedene Seeräuber ihr Unwesen trieben, und auch in der Nähe recht verdächtiger Inseln, von einem Überfall nicht unvorbereitet überrascht worden wäre: Vier kleine Kanonen, eine hinreichende Menge Kugeln und Kartätschenhülsen, eine wohl versorgte Pulverkammer, Gewehre, Pistolen, an einer Flintenbank hängende Karabiner und Schanzkleidungsnetze verliehen ihr weit gehende Sicherheit; die

Leute auf dem Schiff schliefen auch sozusagen immer nur mit einem Auge.

In diesen Gewässern umherzusegeln, ohne solche Vorsichtsmaßnahmen getroffen zu haben, wäre unverzeihliche Dummheit gewesen.

Als ich am Morgen des 7. August noch im Halbschlummer lag, wurde ich durch die laute Stimme des Gastwirts und sein ungestümes Pochen an der Tür aus dem Bett gescheucht.

»Mister Jeorling, sind Sie wach?«

»Natürlich, Meister Atkins. Wie sollte das einer bei solchem Lärm auch nicht sein?«

»Sechs Meilen weit draußen im Nordosten ist ein Schiff sichtbar, das auf Christmas Harbour zusteuert!«

»Sollte es die *Halbrane* sein?«, rief ich und warf schnell die Kleider über.

»Das wird sich in wenigen Stunden zeigen, Mister Jeorling. Jedenfalls ist es in diesem Jahr das erste Gefährt, das unbedingt einen guten Empfang verdient.«

Ich kleidete mich im Handumdrehen an und schlenderte mit Fenimore Atkins zu dem Kai an eine Stelle, wo sich der Horizont zwischen den beiden Landspitzen von Christmas Harbour unter weitem Winkel öffnet.

Das Wetter war ziemlich klar, die Nebel über dem Wasser waren fast verschwunden, und ein leichter Wind strich über das weite Meer. Wegen ziemlich regelmäßiger Winde ist der Himmel über dieser Küste der Kerguelen meist reiner als über der entgegengesetzten.

Etwa zwanzig Einwohner, meist Fischer, umringten Meister Atkins, der unwidersprochen die bedeutendste und geachtetste Persönlichkeit der Insel war und auf dessen Wort man hier am meisten hörte.

Der Wind begünstigte gerade die Einfahrt in die Bucht. Bei der eben herrschenden niedrigsten Ebbe aber manövrierte das gemeldete Schiff – ein Schoner – ohne Eile, wohl um die Flut abzuwarten.

Die Männer tauschten ihre Ansichten aus, und ich folgte sehr gespannt dem Gespräch, ohne mich einzumischen. Die Meinungen schienen geteilt und wurden von beiden Seiten mit großer Hartnäckigkeit verteidigt.

Ich muss freilich gestehen – und das bekümmerte mich etwas –, dass die Mehrheit der Ansicht war, in jenem Schoner nicht die Goélette *Halbrane* vor sich zu sehen. Nur zwei oder drei, und darunter der Besitzer des *Grünen Kormoran*, glaubten diese zu erkennen.

»Es ist doch die *Halbrane!*«, wiederholte Atkins. »Kapitän Len Guy sollte nicht als Erster nach den Kerguelen kommen? Das wäre ja allerhand! Er ist es, dessen bin ich so sicher, als wenn er schon hier wäre, seine Hand in die meine legte und zur Erneuerung seines Proviants um hundert Piculs Kartoffeln handelte!«

»Ihre Augen sind wohl heute nicht ganz klar, Mister Atkins«, ließ sich ein Fischer vernehmen.

»Jedenfalls klarer als dein Gehirn!«, erwiderte der Gastwirt beleidigt.

»Das Schiff dort hat gar nicht den Rumpf eines Engländers«, erklärte ein anderer. »Bei seinem schlanken Vorderteil und der starken Ausbauchung des Mittelteils würde ich es für ein amerikanisches halten.«

»Nein, es ist ein englisches«, widersprach Atkins, »und ich möchte fast sagen, wo es vom Stapel gelaufen ist . . . ja, in den Werften von Birkenhead bei Liverpool, wo die *Halbrane* gebaut wurde!«

»Nichts da!«, wandte ein alter Seemann ein. »Der Schoner da draußen ist in Baltimore bei Nipper & Stronge auf Stapel gelegt worden, und das Wasser des Chesapeake hat seinen Kiel zuerst aufgenommen.«

»Sag doch, das Wasser der Mersey, du Tropf!«, erwiderte Meister Atkins. »Putz einmal deine Fernrohrgläser und sieh zu, welche Flagge nach der Gaffelspitze emporsteigt.«

»Die englische!«, riefen jetzt alle Versammelten.

In der Tat entfaltete sich eben das rote Flaggentuch des Vereinigten Königreichs mit dem britischen Jack in der oberen inneren Ecke.

Jetzt schwand jeder Zweifel, dass es ein englisches Schiff war, das auf die Einfahrt nach Christmas Harbour zuhielt; doch wenn das auch feststand, so folgte doch noch nicht, dass es die Goélette von Kapitän Len Guy sein musste.

Zwei Stunden später wäre darüber nicht mehr zu streiten gewesen. Vor der Mittagszeit lag die *Halbrane* schon bei vier Faden Wasser inmitten des Hafens vor Anker.

Meister Atkins begrüßte mit Handbewegungen und lauten Zurufen den Kapitän der *Halbrane*, der sich mir dabei kühler zu verhalten schien.

Als ein gut vierzigjähriger Mann von sanguinischem Temperament, von ebenso solidem Bau wie seine Goélette, mit schon ergrauendem Bart, schwarzen Augen, die unter den dichten Brauen in dunkler Glut leuchteten, mit gebräunter Haut, schmalen, scharf geschnittenen Lippen, die kräftige Zahnreihen erkennen ließen, mit einem durch einen rötlichen Knebelbart verlängerten Kinn und kräftigen Armen und Beinen – so erschien mir Kapitän Len Guy. Sein Gesichtsausdruck war etwas hart, oder eher kalt, wie der eines verschlossenen Individuums, das seine Geheimnisse nicht leicht preisgibt – das wurde mir noch am selben Tag von einem Mann hinterbracht, der darüber offenbar besser unterrichtet war als Meister Atkins, obgleich der Gastwirt sich als vertrauter Freund des Kapitäns aufzuspielen beliebte. Im Grunde konnte sich eigentlich niemand schmeicheln, diese etwas widerspenstige Natur ganz durchschaut zu haben.

Hier sei gleich eingeschoben, dass der von mir erwähnte Mann der Hochbootsmann der *Halbrane* war. Er hieß Hurliguerly und stammte von der Insel Wight, war vierundvierzig Jahre alt, mittelgroß, untersetzt und kräftig, hatte vom Brustkasten abstehende Arme, etwas krumme Beine, einen kugelrunden Kopf auf einem Stiernacken, eine sehr breite Brust, die gleich zwei Lungen hätte aufnehmen können – und ich fragte mich, ob er die nicht hatte, so verschwenderisch ging er mit der Luft beim Atmen um –, immer blasend, immer schwatzend, mit listigen Augen, lachender Miene, und dabei breitete sich unter den Augen ein Netz von Furchen aus, das von der immerwährenden Zusammenziehung des großen Jochbeinmuskels herrühren mochte. Auch ein Ohrring – ein einziger – der vom linken Ohrläppchen herabhing, sei hier erwähnt. Welch ein Unterschied zu dem Befehlshaber der Goélette, und wie konnten zwei so verschiedene Wesen miteinander auskommen! Und doch war das der Fall, denn schon seit fünfzehn Jahren segelten sie miteinander, und zwar zuerst auf der Brigg *Power*, die sechs Jahre vor Anfang unserer Geschichte gegen den Schoner *Halbrane* vertauscht worden war.

Hurliguerly erfuhr gleich bei seiner Ankunft durch Fenimore Atkins, dass ich mit Kapitän Len Guy, wenn dieser damit einverstanden wäre, abzureisen gedachte. Ohne Vorstellung oder sonstige Umschweife trat der Hochbootsmann noch am ersten Nachmittag an mich heran. Er kannte bereits meinen Namen und begann ohne Zögern:

»Guten Tag, Mister Jeorling!«

»Schönen Dank, guter Freund!«, antwortete ich. »Was wünschen Sie?«

»Ihnen meine Dienste anzubieten ...«

»Ihre Dienste? Wozu denn?«

»Nun, wegen Ihrer Absicht, sich an Bord der *Halbrane* einzuschiffen.«

»Wer sind Sie denn?«

»Der Hochbootsmann Hurliguerly, so bezeichnet und in der Stammrolle der Besatzung aufgeführt, außerdem ein treuer Gefährte von Kapitän Len Guy, der gern auf ihn, das heißt auf mich, hört, obwohl er sonst dafür bekannt ist, dass er auf niemanden hört.«

Da kam mir der Gedanke, dass es gut sein könnte, mich dieses sich so gefällig erweisenden Mannes zu bedienen, der seinen Einfluss auf Kapitän Len Guy gewiss nicht bezweifelte. Ich antwortete also:

»Schön, lieber Freund, so sprechen wir darüber, wenn Ihre Pflicht Sie im Augenblick nicht in Anspruch nimmt.«

»Ich habe zwei Stunden freie Zeit, Mister Jeorling, und heute überhaupt nicht viel zu tun. Morgen sind einige Warenballen zu löschen, etwas Proviant aufzunehmen ... doch das ist für die Mannschaft so gut wie eine Ruhezeit. Falls Sie ebenso frei sind ... wie ich ...«

Dabei deutete er mit einer Handbewegung zum Hintergrund des Hafens in eine Richtung, die ihm wohlbekannt zu sein schien.

»Können wir denn nicht gleich hier miteinander reden?«, bemerkte ich, ihn zurückhaltend.

»Reden, Mister Jeorling, stehenden Fußes reden ... und das mit trockener Kehle, wo wir's so bequem haben, uns bei ein paar Tassen Tee mit Whisky in einer Ecke des *Grünen Kormoran* häuslich niederzulassen?«

»Ich trinke keinen Whisky, Hochbootsmann.«

»Macht nichts, ich trinke für zwei. Oh, glauben Sie nicht, dass Sie es mit einem Trinker zu tun haben! Nein, niemals mehr als grade genug, doch auch niemals weniger!«

Ich folgte dem Seebären, der offenbar im Fahrwasser der Schenken zu schwimmen gewöhnt war. Und während Meister Atkins auf dem Deck der Goélette um Einkaufspreise und Verkaufspreise feilschte, nahmen wir im großen Zimmer seines Gasthauses Platz. Hier wandte ich mich an den Hochbootsmann mit den Worten:

»Ursprünglich habe ich damit gerechnet, dass Atkins die Vermittlung zwischen mir und Kapitän Len Guy übernimmt, denn er kennt ihn, wenn ich mich nicht täusche, ja sehr gut.«

»Pah!«, stieß Hurliguerly hervor. »Fenimore Atkins ist ein ganz braver Mann, und der Kapitän achtet ihn auch recht hoch. Mit mir kann er sich aber nicht messen. Lassen Sie mich die Sache regeln, Mister Jeorling ...«

»Gibt es denn so große Schwierigkeiten, Hochbootsmann, und gibt es keine freie Kabine an Bord der *Halbrane?* Ich begnüge mich ja mit der kleinsten und bezahle gern ...«

»Sehr schön, Mister Jeorling! Wir haben am Ruff eine Kabine frei, die bisher niemand benützt hat, und wenn's Ihnen auf den Preis nicht zu sehr ankommt ... Doch, unter uns, man muss schon etwas pfiffiger sein, als Sie vielleicht glauben und als es mein alter Freund Atkins ist, um Kapitän Len ,Guy zu veranlassen, einen Passagier aufzunehmen! Ja, ich sage Ihnen, es gehört die ganze Verschlagenheit des gutmütigen Kerls dazu, der jetzt gleich auf Ihre Gesundheit trinken wird!«

Und wie schaute mich da Hurliguerly mit dem rechten Auge an, während er das linke zukniff! Es schien, als ob alle Lebhaftigkeit, die in seinen beiden Augen wohnte, durch die Pupille des einen Auges hervorstrahlte. Ich brauche wohl kaum zu versichern, dass das Ende dieser langen Phrase bis in ein frisches Glas Whisky reichte, dessen Vortrefflichkeit der Hochbootsmann gewiss zu schätzen wusste, da der *Grüne Kormoran* diesen Stoff ausschließlich aus der Kombüse der *Halbrane* bezog.

Darauf zog der Teufelsbursche eine kurze schwarze Pfeife aus der

Tasche, stopfte sie sorgsam, legte auch noch ein loseres Häufchen Tabak darüber, zündete sie an, nachdem er sie fest in die Lücke zwischen zwei Backenzähnen geschoben hatte, und hüllte sich nun, wie ein Dampfer bei voller Fahrt, in einen solchen Qualm, dass sein Kopf in einer blaugrauen Wolke fast verschwand.

»Mister Hurliguerly …?«, begann ich wieder.

»Mister Jeorling …«

»Warum sollte mich Ihr Kapitän denn abweisen?«

»Weil es ihm nie in den Sinn gekommen ist, Passagiere an Bord zu nehmen, und er bisher alle Gesuche dieser Art rundweg abgeschlagen hat.«

»Welchen Grund mag er aber dazu haben?«

»Oh, weil er sich in keiner Weise beschränkt sehen mag, weil er hinfahren will, wo es ihm grade beliebt, weil er plötzlich umkehren oder, wenn's ihm einfällt, nach Norden oder Süden, nach Westen oder Osten segeln will, ohne dass er jemanden wissen lässt, warum er das tut. Die südlichen Meere hier verlässt er aber niemals, Mister Jeorling, und so sind wir schon manche schönen Jahre hier zusammen gefahren, zwischen dem östlichen Australien und dem westlichen Amerika, von Hobart Town zu den Kerguelen, nach Tristan d'Acunha oder zu den Falkland-Inseln, wobei wir immer nur so lange an Land lagen, bis unsere Fracht verkauft war. Manchmal drangen wir auch bis zum Antarktischen Meer vor … Sie begreifen, dass ein Passagier unter solchen Umständen lästig werden könnte, und wer würde sich auf der *Halbrane* einschiffen wollen, da diese nie einen vorher bestimmten Kurs einhält, sondern eigentlich hinfährt, wohin der Wind sie treibt!«

Ich fragte mich, ob der Hochbootsmann sich nicht ein wenig bemühte, seine Goélette als eine Art geheimnisvolles Fahrzeug hinzustellen, das planlos umherschweifte und an den Ankerplätzen kaum rastete, als ein Schiff, das unter Führung eines gespensterhaften Kapitäns durch die hohen Breiten irrte. Doch ohne eine dahin zielende Bemerkung zu machen, sagte ich zu ihm:

»Die *Halbrane* wird von den Kerguelen aber doch in vier bis fünf Tagen absegeln?«

»Gewiss.«

»Und diesmal steuert sie nach Westen, um Tristan d'Acunha anzulaufen?«

»Wahrscheinlich.«

»Nun, Hochbootsmann, schon diese Wahrscheinlichkeit genügt mir ja, und da Sie mir Ihre guten Dienste anbieten, ersuche ich Sie, es bei Kapitän Len Guy zu vermitteln, dass er mich als Passagier aufnimmt.«

»Das ist so gut wie abgemacht.«

»Sehr schön, Hurliguerly. Sie werden es auch nicht bereuen.«

»Oh, Mister Jeorling«, versicherte dieser seltsame Hochbootsmann, der den Kopf schüttelte, als wäre er eben aus dem Wasser aufgetaucht, »ich habe bisher nie etwas bereut, und ich weiß, dass das auch nicht der Fall sein wird, wenn ich Ihnen eine Gefälligkeit erweise. Nun erlauben Sie mir aber, mich, ohne die Rückkehr von Freund Atkins abzuwarten, zu verabschieden und mich zu meinem Schiff zu begeben.«

Nachdem er sein letztes Glas Whisky auf einen Zug geleert hatte – ich fürchtete dabei, dass das Glas gleich mit dem Inhalt in seiner Kehle verschwinden werde –, lächelte mich Hurliguerly noch gönnerhaft an. Dann ging er, den mächtigen Rumpf auf dem Doppelbogen der Beine hin- und herwiegend und von den scharfen, seiner Pfeife entströmenden Rauchwolken eingehüllt, hinaus und steuerte in nordöstlicher Richtung vom *Grünen Kormoran* davon.

Ich blieb noch mit recht wechselnden Empfindungen am Tisch sitzen. Wer war eigentlich dieser Kapitän Len Guy? Meister Atkins hatte ihn mir als tüchtigen Seefahrer und braven Mann geschildert. Ich hatte keine Veranlassung, an dem einen oder dem andern zu zweifeln; jedenfalls war er, nach dem, was mir der Hochbootsmann mitgeteilt hatte, ein origineller Charakter. Nie war mir aber in den Sinn gekommen, dass mein Gesuch, mit der *Halbrane* zu reisen, auf Schwierigkeiten stoßen könnte, nachdem ich erklärt hatte, nicht auf den Fahrpreis zu sehen und mich der gewohnten Lebensweise an Bord zu fügen. Welchen Grund hatte Kapitän Len Guy also, mein Gesuch abzuschlagen? Höchstens könnte ich vermuten, dass er sich durch die Anwesenheit eines Passagiers nicht binden und sich nicht verpflichten wollte, zu einem vorher bestimmten Ort zu segeln, wenn es ihm im Laufe der Fahrt einfiel, nach einem beliebigen anderen zu steuern. Vielleicht hatte er aber auch besondere Gründe, zu vermeiden, dass ein Fremder in seine Art und Weise umherzufahren, Einblick bekäme. Führte er etwa Schmuggelware oder betrieb er Sklavenhandel, ein Geschäft, das zu jener Zeit in den südlichen Meeren noch lebhaft im Schwange war? Das wäre immerhin möglich, obwohl mein ehrenwerter Gastgeber für die *Halbrane* und ihren Kapitän so warm eintrat. Fenimore Atkins garantierte für die Ehrbarkeit des Schiffs wie für die seines Befehlshabers . . .! Das war ja schon etwas wert – wenn er sich nicht in Bezug auf beide täuschte. Er kannte ja Kapitän Len Guy nicht weiter, als dass er ihn jährlich einmal sah, wenn dieser die Kerguelen anlief, wo er ganz ordnungsgemäße Geschäfte erledigte, die keinerlei Verdacht aufkommen lassen konnten.

Andererseits fragte ich mich, ob der Hochbootsmann, in der Absicht, dem Angebot seiner Dienste mehr Bedeutung zu verleihen, die Verhältnisse nicht falsch dargestellt hatte. Vielleicht war der Kapitän sehr befriedigt, sehr glücklich darüber, einen so fügsamen Passagier an Bord zu bekommen, wie ich mir einer zu sein vorgenommen hatte, und der gleichzeitig nach dem Fahrpreis nicht groß fragte.

Eine Stunde später traf ich mit dem Gastwirt auf dem Kai zusammen und teilte ihm mit, was ich erfahren hatte.

»Ah, dieser verfluchte Hurliguerly«, rief er da, »der bleibt doch immer der alte! Seinen Reden nach müsste man glauben, dass der Kapitän sich nicht die Nase putzte, ohne ihn erst um Rat zu fragen! Na, es ist eben ein komischer Kauz, der Hochbootsmann, Mister Jeorling. Weder bösartig noch dumm, zieht er doch dem Gottseibeiuns die Dollars gern aus der Tasche. Fallen Sie ihm in die Hände, dann Gnade Ihrem Geldbeutel! Knöpfen Sie ja Weste und Hosentasche zu, und lassen Sie sich nicht übers Ohr hauen!«

»Danke für den guten Rat, Atkins! Doch sagen Sie, haben Sie mit dem Kapitän schon gesprochen, haben Sie schon etwas ausgemacht?«

»Noch nicht, Mister Jeorling. Das hat Zeit. Die *Halbrane* ist ja kaum eingelaufen und hat sich vor ihrem Anker noch nicht einmal nach dem Ebbestrom gedreht.«

»Mag sein . . . doch . . . Sie verstehen, dass ich baldmöglichst wissen möchte, woran ich bin.«

»Nur ein wenig Geduld!«

»Ich möchte aber gern erfahren, wie die Sache steht.«

»Oh, Sie haben nichts zu befürchten, Mister Jeorling! Das regelt sich von ganz allein! – Und wenn's die *Halbrane* nicht ist, kommen Sie auch nicht in Verlegenheit. In der Fangzeit wird Christmas Harbour bald mehr Schiffe zählen, als rings um den *Grünen Kormoran* Häuser stehen. Verlassen Sie sich getrost auf mich; ich stehe für Ihre Einschiffung ein!«

Das waren freilich auch nur schöne Worte; von dem Hochbootsmann auf der einen und von Meister Atkins auf der andern Seite. Trotz ihrer Versprechungen beschloss ich, mich selbst an den wenn auch noch so unzugänglichen Kapitän Len Guy zu wenden und ihm mein Anliegen vorzutragen, sobald ich ihn allein antreffen konnte.

Diese Gelegenheit bot sich erst am folgenden Tag. Ich war immer am Kai auf und ab gegangen, betrachtete mir den Schoner, ein auffallend gebautes, doch gewiss recht schönes Schiff. Das ist auch notwendig in diesen Meeren, wo man Eisbergen zuweilen noch diesseits des 50. Breitengrads begegnet.

Es war am Nachmittag. Als ich mich Kapitän Len Guy näherte, bemerkte ich, dass er mir gern ausgewichen wäre.

In Christmas Harbour versteht es sich von selbst, dass sich die kleine Fischerbevölkerung kaum erneuert. Einzelne Einwohner der Kerguelen mögen gelegentlich auf Schiffen, die in dieser Jahreszeit hier in großer Zahl eintreffen, Dienste nehmen, um fehlende oder davongelaufene Mannschaften zu ersetzen. Im Grunde verändert sich die Bevölkerung aber nicht, und Kapitän Len Guy musste gewiss alle Bewohner hier kennen.

Einige Wochen später, wenn die ganze Fischerflotte ihre Besatzungen zu den Kais gehen ließ, wo dann bis zum Ende der Saison ein ungewohntes Leben und Treiben herrschte, hätte er sich wohl täuschen können. Heute aber, im Monat August, lag die *Halbrane*, die sich den außergewöhnlich milden Winter zunutze gemacht hatte, allein mitten im Hafen.

Es war demnach unmöglich, dass Kapitän Len Guy in mir nicht einen Fremden gewittert hätte, selbst wenn der Hochbootsmann und der Gastwirt ihm mein Anliegen noch nicht vorgetragen hatten.

Seine Haltung verriet mir augenblicklich nur, dass ihm mein Gesuch entweder schon mitgeteilt worden war und er diesem nicht Folge leisten wollte oder dass weder Hurliguerly noch Atkins seit gestern mit ihm davon gesprochen hatten. Wenn er mir – den letzten Fall angenommen – aus dem Weg ging, so folgte er dabei nur seiner wenig mitteilsamen Natur und zeigte, dass er zu einem Unbekannten in keine Beziehung treten wollte.

Ich wurde nun allmählich ungeduldig. Wenn dieser Seeigel mich abwies, dann würde ich mich damit abfinden. Mich auch gegen seinen Willen an Bord der *Halbrane* einzuschiffen, kam mir gar nicht in den Sinn. Ich war ja nicht einmal ein Landsmann von ihm, und überdies gab es auf den Kerguelen keinen amerikanischen Konsul oder Agenten, bei dem ich mich hätte beklagen können. Vor allem ging es mir ja darum, zu wissen, woran ich war, und wenn ich wirklich einem Nein von Kapitän Len Guy begegnete, nun, dann musste ich eben die Ankunft eines anderen, gefälligeren Schiffs abwarten, was mich auch nur noch zwei oder drei Wochen zurückhalten konnte.

Gerade als ich auf den Kapitän zutreten wollte, näherte sich ihm der Leutnant der Goélette. Jener nutzte die Gelegenheit, sich zu entfernen, und während er dem Offizier winkte, ihm zu folgen, ging er am Hafen weiter und verschwand bald hinter einem Felsen, um den der Weg zum nördlichen Ufer der Bucht führte.

»Zum Teufel!«, dachte ich. »Es scheint mir doch schwierig zu werden, mein Ziel zu erreichen! Indes – vorläufig ist die Sache nur aufgeschoben. Morgen begebe ich mich frühzeitig an Bord der *Halbrane*. Ob er nun will oder nicht, anhören muss mich dieser Len Guy doch, dann mag er mit Ja oder Nein antworten!«

Es war auch nicht ausgeschlossen, dass Kapitän Len Guy zur Essenszeit in den *Grünen Kormoran* kam, wo die Seeleute während ihres Aufenthalts zu frühstücken und zu Mittag zu essen pflegten. Nach mehrmonatiger Seefahrt wechselt ja jeder gern einmal mit der Speisekarte, die so lange Zeit nur Schiffszwieback und Pökelfleisch aufwies.

Das verlangt sogar die Erhaltung der Gesundheit; doch während die Mannschaften frische Nahrungsmittel geliefert bekommen, ziehen es die Offiziere vor, im Gasthaus zu essen. Ich zweifelte gar nicht daran, dass mein Freund Fenimore Atkins vorbereitet sein werde, den Kapitän, den Leutnant und den Hochbootsmann der Goélette zu verpflegen.

Ich wartete also und setzte mich erst sehr spät zu Tisch – sollte aber eine Enttäuschung erfahren.

Weder Kapitän Len Guy noch einer von seinem Schiff beehrte den *Grünen Kormoran* mit seiner Anwesenheit. Wie bereits seit zwei Monaten, musste ich auch heute allein speisen, denn es ist ja erklärlich, dass sich zahlreiche Gäste bei Meister Atkins erst in der Fangperiode einstellten.

Nachdem ich meine Mahlzeit beendet hatte, gegen halb acht, war es schon dunkel geworden, und ich ging noch ein wenig an der Seite der Häuser am Hafen entlang.

Der Kai war menschenleer. Von den Fenstern des Gasthauses fiel etwas Licht darüber. Von der Besatzung der *Halbrane* befand sich kein Mann an Land. Die Boote waren hinaufgezogen und schaukelten beim leichten Wellenschlag der steigenden Flut an ihren Hisstauen.

Der Schoner bildete wirklich eine Art Kaserne, wo man die Insassen mit Sonnenuntergang zum Schlafenlegen anhält. Diese Maßnahme mochte besonders dem Schwätzer und Trinker Hurliguerly zuwider sein, denn diesem wär' es meiner Ansicht nach während des Aufenthalts an Land gewiss lieber gewesen, von einer Schänke zur andern zu laufen. Doch von ihm sah ich jetzt nicht mehr als von seinem Kapitän in der Nähe des *Grünen Kormoran*.

Ich blieb dort bis neun Uhr und ging immer die hundert Schritte gegenüber der Goélette auf und ab. Nach und nach verschwand das Fahrzeug in der zunehmenden Dunkelheit. Im Wasser der Bucht glänzte nur noch ein schmaler Lichtstreifen von der Laterne des Vorderschiffs, die am Stagseil des Fockmasts hing.

Ins Gasthaus zurückgekehrt, fand ich Fenimore Atkins seine Pfeife rauchend vor der Tür.

»Es scheint mir, Atkins«, begann ich, »dass Kapitän Len Guy es nicht liebt, Ihr Gasthaus aufzusuchen.«

»Er kommt zuweilen am Sonntag, heute haben wir Sonnabend, Mister Jeorling.«

»Sie haben ihn noch nicht gesprochen?«

»Oh doch«, antwortete der Gastwirt, aber mit offenbar verlegenem Ausdruck.

»Sie haben ihm mitgeteilt, dass jemand aus Ihrer Bekanntschaft sich an Bord der *Halbrane* einzuschiffen wünschte?«

»Jawohl.«

»Und wie fiel seine Antwort aus?«

»Nicht so, wie ich es wollte und wie Sie es wünschen, Mister Jeorling.«

»Er lehnt es ab?«

»Ja, wenn man das dafür ansieht, dass er mir sagte: ›Atkins, meine Goélette ist nicht darauf eingerichtet, Passagiere mitzunehmen . . . Ich habe noch niemals welche aufgenommen und gedenke es auch künftig nicht zu tun.‹«

DRITTES KAPITEL

Kapitän Len Guy

Ich schlief ziemlich schlecht. Mehrmals »träumte ich, dass ich träume«. Edgar Poe hat übrigens schon beobachtet, dass man, wenn man zu träumen meint, meist gleich aufwacht.

Ich erwachte also, und zwar ziemlich missgestimmt gegen Kapitän Len Guy. Der Gedanke, mich auf der *Halbrane* einzuschiffen, hatte sich in meinem Kopf nun einmal festgesetzt. Meister Atkins hatte mir ja gerade dieses Schiff, das Christmas Harbour alljährlich als das erste anlief, ganz besonders empfohlen. Die Tage und die Stunden zählend, hatte ich mich im Geist schon so oft an Bord dieser Goélette gesehen, wie sie draußen vor dem Archipel, den Vordersteven nach Westen gewendet, der amerikanischen Küste zusteuerte. Mein Gastwirt hatte keinen Zweifel am Entgegenkommen von Kapitän Len Guy, das ja eigentlich in seinem Interesse lag. Es kommt sonst fast nie vor, dass ein Handelsschiff die Aufnahme eines Passagiers verweigert, wenn es dadurch nicht gezwungen wird, von seinem Reiseweg abzuweichen, und wenn jener die Mitfahrt gut bezahlt. – Wer hätte auch etwas anderes glauben sollen?

Allmählich ergrimmte ich wirklich gegen den ungefälligen Mann. Die Galle lief mir über, und meine Nerven fingen an, sich zu spannen. Hier stellte sich mir ein Hindernis in den Weg, vor dem ich mich aufbäumte.

Bei meiner fieberhaften Erregung hatte ich eine sehr schlechte Nacht und fand erst gegen Tagesanbruch einige Ruhe.

Übrigens blieb ich entschlossen, mich mit dem Kapitän über sein beklagenswertes Benehmen gegen mich auseinanderzusetzen. Vielleicht richtete ich bei diesem Stacheligel gar nichts aus, zumindest aber sollte ausgesprochen sein, was ich auf dem Herzen hatte.

Meister Atkins hatte sich im Gespräch mit jenem nur die schon erwähnte Antwort geholt. Ob der gefällige Hurliguerly, der es so dringlich zu haben schien, mir seinen Einfluss und seine Dienste anzubieten, es auch gewagt hatte, sein Versprechen zu halten, wusste ich nicht, da er mir noch nicht wieder zu Gesicht gekommen war. Jedenfalls würde er wohl auch nicht mehr Glück gehabt haben als der Wirt vom *Grünen Kormoran*.

Gegen acht Uhr früh ging ich aus. Es war abscheulich draußen, das reine Sauwetter, wie man zu sagen pflegt. Regen mit Schnee vermischt, der über die Berge im Westen herübertobte, während aus den niederen Schichten Wolkenmassen herunterwirbelten – eine richtige Lawine aus Luft und Wasser. Dass Kapitän Len Guy jetzt an Land gegangen wäre, um bis auf die Knochen nass zu werden, war nicht anzunehmen.

In der Tat befand sich keine Seele auf dem Kai. Einige Fischerboote mochten den Hafen schon vor dem Unwetter verlassen haben und hatten jetzt wahrscheinlich in einer der vielen kleinen Buchten, die vor Wasser und Wind geschützt waren, Zuflucht gesucht. Um an Bord der *Halbrane* zu gelangen, hätte ich eines ihrer Boote herüberrufen müssen, und der Hochbootsmann würde es schwerlich auf sich genommen haben, eines zu schicken.

Übrigens, so dachte ich, auf dem Deck seiner Goélette ist der Kapitän bei sich zu Hause, und für das, was ich ihm antworten möchte, wenn er bei seiner unhöflichen Weigerung bleibt, eignet sich ein neutrales Gebiet entschieden besser. Ich werde von meinem Fenster aus nach ihm ausschauen, und wenn sein Gig ihn am Kai absetzt, soll er mir nicht wieder entkommen!«

In den *Grünen Kormoran* zurückgekehrt, nahm ich hinter einer von Wasser überrieselten Fensterscheibe Platz, deren beschlagene Innenseite ich abgewischt hatte, und kümmerte mich nicht weiter um den Sturmwind, der sich im Schornstein fing und die Asche aus dem Kamin trieb.

Hier wartete ich ... nervös, ungeduldig auf meiner Lippe kauend und in immer größerer Erregung.

So vergingen zwei Stunden, und wie das bei der Unbeständigkeit der Winde an den Kerguelen vorkommt, beruhigte sich das Wetter schneller, als ich mich fassen konnte.

Gegen elf Uhr überwogen schon die hohen Wolken aus dem Osten, und der Sturm schlief jenseits der Berge langsam ein.

Ich öffnete das Fenster.

In diesem Augenblick wurde ein Boot der *Halbrane* zum Niederlassen zurechtgemacht. Ein Matrose stieg hinein und ergriff allein zwei Riemen, während ein Mann sich im hinteren Teil niedersetzte, ohne die Ruderpinne anzufassen. Zwischen dem Schoner und dem Kai lag nur eine Strecke von fünfzig Toisen. Das Gig legte an, der Mann sprang an Land.

Es war Kapitän Len Guy.

Binnen weniger Sekunden hatte ich das Gasthaus verlassen und stand sehr bald vor dem Kapitän, der eine Begegnung mit mir, so wenig ihm daran gelegen schien, doch nicht zu vereiteln wusste.

»Herr Kapitän …«, begann ich in trockenem und kaltem Ton, so kalt wie die Luft, seit der Wind nach Osten umgesprungen war.

Kapitän Len Guy sah mich fest an, doch ich wurde betroffen durch den traurigen Ausdruck seiner nachtschwarzen Augen. Dann fragte er mit tiefer, nur flüsternder Stimme:

»Sie sind ein Fremder?«

»Auf den Kerguelen … ja«, gab ich zur Antwort.

»Von englischer Nationalität?«

»Nein … von amerikanischer.«

Er begrüßte mich mit einer leichten Verbeugung, und ich tat desgleichen.

»Herr Kapitän«, fuhr ich dann fort, »ich habe Ursache zu glauben, dass Meister Atkins vom *Grünen Kormoran* Ihnen einen mich betreffenden Vorschlag unterbreitet hat. Dieser Vorschlag oder dieses Gesuch verdiente meiner Meinung nach wohl eine günstige Aufnahme bei einem …«

»Der Vorschlag, auf meiner Goélette mitzureisen?«, unterbrach mich Kapitän Len Guy.

»Ganz recht.«

»Ich bedauere, mein Herr, diesem Wunsch nicht entsprechen zu können.«

»Würden Sie mir auch mitteilen, warum?«

»Weil ich nie gewöhnt war, Passagiere an Bord zu haben – das ist der erste Grund.«

»Und der zweite, Herr Kapitän?«

»Weil die Reiseroute der *Halbrane* nie im Voraus bestimmt wird. Sie segelt zu dem einen Hafen oder geht zu einem andern, wie ich das eben für vorteilhafter erachte. Lassen Sie sich gesagt sein, mein Herr, dass ich nicht im Dienst eines Reeders stehe. Die Goélette ist zum größten Teil mein persönliches Eigentum, und ich habe für ihre Fahrten von niemandem Segelorder zu empfangen.«

»So hängt es also ausschließlich nur von Ihnen ab, mir die Mitfahrt zu gestatten.«

»Gewiss; doch ich kann Ihnen zu meinem größten Bedauern nur eine abschlägige Antwort geben.«

»Vielleicht ändern Sie Ihre Meinung, Herr Kapitän, wenn ich Ihnen sage, dass es mir ganz gleichgültig ist, wohin Ihre Goélette geht. Es ist doch wohl anzunehmen, dass sie überhaupt irgendwohin segelt ...«

»Irgendwohin ... ja freilich!«

Da schien es mir, als ob der Kapitän einen langen Blick nach dem südlichen Horizont hinaussandte.

»Nun, Herr Kapitän«, ergriff ich wieder das Wort, »hierhin oder dorthin zu gehen ist mir fast ganz gleich. Mich verlangt vor allem nur, mit der ersten sich bietenden Gelegenheit von den Kerguelen wegzukommen.«

Kapitän Len Guy erwiderte nichts, sondern blieb im Nachdenken versunken, ohne dass er sich jedoch von mir wegstehlen zu wollen schien.

»Sie erweisen mir doch wenigstens die Ehre, mich anzuhören, Herr Kapitän?«, fragte ich in ziemlich heftigem Ton.

»Warum sollte ich das nicht, mein Herr!«

»Nun, wenn ich mich nicht verhört habe und die Reiseroute Ihrer Goélette keine Veränderung erfahren hat, so hatten Sie die Absicht, von Christmas Harbour nach Tristan d'Acunha zu segeln.«

»Vielleicht nach Tristan d'Acunha ... vielleicht nach dem Kap ... oder nach den Falkland-Inseln ... vielleicht noch anderswohin ...«

»Schön, Kapitän Guy, eben ›anderswohin‹ wollt' ich gelangen!«, antwortete ich ironisch, musste mich aber anstrengen, meine Erregung im Zaum zu halten.

Da trat eine seltsame Änderung in der Haltung von Kapitän Len Guy ein. Seine Stimme wurde härter. In kurzen, unmissverständlichen Worten sagte er mir, dass jedes weitere Drängen unnütz sei, dass unsere Verhandlung schon zu lange gedauert und er Eile habe, da ihn Geschäfte zum Hafenkontor riefen, kurz, dass wir, und in hinreichender Weise, uns alles gesagt hätten, was wir einander zu sagen haben könnten.

Ich hatte den Arm ausgestreckt, um ihn zurückzuhalten – ihn zu packen, wäre das richtige Wort –, und das schon zu Anfang nicht gut verlaufende Gespräch drohte ein noch schlimmeres Ende zu nehmen, als der sonderbare Mann sich noch einmal zu mir umdrehte und in weit milderem Ton sagte:

»Glauben Sie mir, mein Herr, dass es mir sehr unangenehm ist, Ihrem Wunsch nicht entsprechen zu können und gegen einen Amerikaner so wenig Gefälligkeit zu zeigen. Ich kann mein Verhalten aber nicht ändern. Während der Fahrt der *Halbrane* könnte sich der oder jener unvorhergesehene Zwischenfall ereignen, bei dem die Anwesenheit eines Passagiers – auch eines so fügsamen wie Sie – stören würde. Ich liefe damit Gefahr, nicht alle vielversprechenden Umstände, auf die ich immer ein Auge habe, ausnützen zu können.«

»Ich habe es schon ausgesprochen und wiederhole Ihnen hiermit, Herr Kapitän, dass es mir, wenn ich auch nach Connecticut in Amerika zurückzukehren beabsichtige, doch ganz gleichgültig ist, ob das in drei oder in sechs Monaten, auf dem einen oder auf einem andern Weg geschieht, selbst wenn Ihre Goélette bis in die antarktischen Meere vordränge ...«

»In die antarktischen Meere!«, rief der Kapitän mit fast fragender Stimme, und sein Blick schien mir ins Herz zu dringen, als ob er Spitzen hätte.

»Warum erwähnen Sie die antarktischen Meere?«, begann er wieder, meine Hand ergreifend.

»Oh, ganz so, wie ich von den nördlichen Meeren, vom Nord- oder Südpol hätte reden können ...«

Kapitän Len Guy antwortete nicht. Ich glaubte in seinen Augen eine Träne schimmern zu sehen. Dann sagte er, einen anderen Gedankengang aufnehmend, als wollte er sich von einer schmerzlichen Erinnerung losreißen:

»Ja, dieser Südpol, wer sollte sich dahin wagen ...«

»Ihn zu erreichen ist freilich schwierig und wäre von keinem Nutzen«, erklärte ich. »Zuweilen tauchen ja abenteuerlustige Charaktere auf, die sich in ein solches Unternehmen stürzen wollen.«

»Ja ... abenteuerlustige ...!«, murmelte Kapitän Len Guy.

»Doch, halt«, fuhr ich fort, »die Vereinigten Staaten machen eben noch einen solchen Versuch, und zwar mit dem Geschwader von Charles Wilkes, der *Vancouver*, der *Peacock*, der *Purpoise*, der *Flying Fish* und mehreren Begleitschiffen.«

»Die Vereinigten Staaten, Herr Jeorling? Sie behaupten, dass von der Bundesregierung eine Expedition in die antarktischen Meere gesendet sei?«

»Das ist Tatsache, und im vergangenen Jahr hörte ich, dass diese Expedition schon ausgelaufen sei. Seitdem ist ein Jahr verstrichen, und es ist leicht möglich, dass der wagemutige Wilkes schon weiter vorgedrungen ist als andere Entdeckungsreisende vor ihm.«

Kapitän Len Guy war völlig stumm geworden und unterbrach sein unerklärliches Schweigen nur, um zu sagen:

»Sollte es Wilkes tatsächlich gelungen sein, den Polarkreis zu überqueren und das Packeis zu durchbrechen, so wird er doch nicht weiter hinaufdringen können ...«

»... als seine Vorgänger Bellingshausen, Forster, Kendall, Biscoe, Morrell, Kemps, Beleny ...«, fiel ich ein.

»Und als ...«, setzte Kapitän Len Guy hinzu.

»Von wem wollten Sie noch sprechen?«

»Sie sind in Connecticut geboren, mein Herr?«, fragte er plötzlich.

»In Connecticut.«

»Und wo dort?«

»In Providence.«

»Kennen Sie die Insel Nantucket?«

»Gewiss, von mehreren Besuchen.«

»Dann wissen Sie, glaub' ich, auch«, sagte Kapitän Len Guy, mir scharf ins Auge sehend, »dass Ihr Romandichter Edgar Poe seinen Helden Arthur Gordon Pym von dort herstammen lässt.«

»Richtig«, antwortete ich, »daran erinnere ich mich, der Anfang dieses Romans spielt auf der Insel Nantucket.«

»Sie sagen, dieses *Romans?* Haben Sie wirklich *Roman* gesagt?«

»Ohne Zweifel, Herr Kapitän!«

»Ja, ja ... Sie reden eben wie alle Welt. Doch entschuldigen Sie, mein Herr, ich kann nicht länger bleiben ... Ich bedauere aufrichtig ... Glauben Sie, wenn es mir möglich gewesen wäre ... doch glauben Sie nicht, dass eine weitere Erwähnung meine Entscheidung über Ihren Vorschlag zu ändern vermöchte. Übrigens werden Sie nur wenige Tage zu warten brauchen. Jetzt beginnt hier die Saison, wo Handelsschiffe und Walfänger in Christmas Harbour erscheinen, und Sie haben dann die Wahl, sich auf dem einen oder dem andern einzuschiffen, gleichzeitig mit der Gewissheit, dahin befördert zu werden, wohin Sie es wünschen. Ich bedauere lebhaft ... und empfehle mich Ihnen!«

Mit diesen Worten zog sich Kapitän Len Guy zurück, und das Gespräch endete also ganz anders, als ich gefürchtet hatte – in ziemlich höflicher, wenn auch förmlicher Weise.

Da es nichts nützt, sich gegen das Unmögliche aufzulehnen, gab ich die Hoffnung auf, mit der *Halbrane* zu fahren, hegte aber meinen Groll gegen den so wenig zuvorkommenden Kapitän. Ich will nur ehrlich gestehen, dass meine Neugier erwacht war. Ich witterte ein Geheimnis auf dem Grund dieser Seemannsseele und wäre gar zu gern dahintergekommen. Die unerwartete Wendung bei unserem Gespräch, die so plötzliche Erwähnung des Namens Arthur Pym, die Fragen über die Insel Nantucket, die Wirkung meiner Mitteilung, dass zurzeit unter der Führung von Kapitän Wilkes eine Forschungsreise nach dem südlichen Eismeer im Gange sei, seine Versicherung, dass kein amerikanischer Seemann weiter vordringen werde, als ... Ja, von wem wollte Kapitän Len Guy denn sprechen? Alles das war doch dazu angetan, in mir ganz seltsame Gedanken zu erwecken.

Am selben Tag erkundigte sich Meister Atkins noch, ob sich Kapitän Len Guy etwas weniger abweisend gezeigt und mir vielleicht schon zugesagt habe, eine Kabine der Goélette einzunehmen. Ich musste dem Gastwirt erklären, dass ich mit meinen Verhandlungen nicht glücklicher gewesen war als er, was ihn ziemlich stark überraschte. Er begriff die Halsstarrigkeit und Weigerung des Kapitäns nicht ... wollte ihn gar nicht wiedererkennen. Woher mochte diese Veränderung kommen? Noch persönlicher berührte es ihn, dass der *Grüne Kormoran*, ganz entgegen den sonstigen Gepflogenheit während des Aufenthalts der *Halbrane*, weder von der Besatzung noch von den Offizieren besucht wurde. Es schien, als gehorchte die Mannschaft einem ausdrücklichen Befehl. Nur zwei- oder dreimal erschien der Hochbootsmann im Gastzimmer des Wirtshauses – das war alles. Meister Atkins fühlte sich darum natürlich höchst enttäuscht.

Was Hurliguerly betraf, erkannte ich, dass er nach seinen ersten, etwas voreiligen Versprechungen weitere unnütze Beziehungen zu mir nicht mehr zu unterhalten suchte. Ob er seinen Vorgesetzten zu meinen Gunsten zu beeinflussen gesucht hatte, konnte ich freilich nicht sagen.

Im Laufe der drei folgenden Tage, am 10., 11. und 12. August, wurde die Goélette mit Proviant ausgerüstet, und einige Ausbesserungen wurden vorgenommen. Man sah die Mannschaft auf dem Deck hin und her gehen, die Matrosen die Masten erklettern, das laufende Gut untersuchen, die Strickleitern und Stagtaue nachspannen, die während der letzten Fahrt etwas erschlafft waren, ferner die obere Wand und die Schanzkleidung, die vom Anprall der Wogen entfärbt waren, neu anstreichen, sah sie frische Segel an den Rahen befestigen oder alte so weit ausbessern, dass sie bei gutem Wetter noch benutzt werden konnten, und da und dort die Nähte am Rumpf und am Verdeck mit kräftigen Hammerschlägen frisch kalfatern.

Diese Arbeiten gingen in großer Ordnung vor sich, ohne das Schreien, Rufen und Streiten, das man bei Matrosen, die still vor Anker liegen, gewöhnlich beobachtet. Die *Halbrane* musste ebenso gut befehligt wie ihre Mannschaft diszipliniert und schweigsam sein. Nur der Hochbootsmann mochte sich von seinen Kameraden unterscheiden, denn mir schien es, als ob er stets zu lachen, zu scherzen und zu schwatzen bereit wäre – wenn er nicht etwa nur auf dem Land seiner Zunge so freien Lauf ließ.

Schließlich verlautete, dass die Abfahrt der Goélette auf den 15. August festgesetzt sei, und am Abend vorher hatte ich noch keine Ursache zu glauben, dass Kapitän Len Guy von seiner so bestimmten Absage zurückgetreten wäre.

Ich dachte auch kaum noch an die Sache und hatte mich in das Unvermeidliche gefügt, ebenso wie mir jede Lust, mich zu beklagen, vergangen war. Wenn wir, Kapitän Len Guy und ich, uns auf dem Kai begegneten, sah es aus, als hätten wir uns nie gekannt und fast noch niemals gesehen. Er ging an der einen Seite, ich an der anderen vorüber. Ich muss jedoch erwähnen, dass mir seine Haltung ein- oder zweimal etwas zögernd erschien, so als wollte er mich anreden, als würde er durch eine geheime Macht dazu getrieben. Getan hat er es nicht, und ich war nicht der Mann dazu, eine neue Auseinandersetzung heraufzubeschwören. Überdies – ich erfuhr das am selben Tag – hatte sich Fenimore Atkins gegen mein bestimmtes Verbot noch einmal, und wiederum erfolglos, in meiner Angelegenheit an Kapitän Len Guy gewandt. Nein, diese Sache war »abgetan«, wie man zu sagen pflegt, wenn das auch mit der Ansicht des Hochbootsmanns nicht übereinstimmte.

Vom Wirt des *Grünen Kormoran* dazu befragt, bestritt Hurliguerly, dass die Partie gänzlich verloren sei.

»Möglicherweise«, wiederholte er, »hat der Kapitän sein letztes Wort doch noch nicht gesprochen!«

Auf das Gerede dieses Schwätzers zu vertrauen, wäre indes dasselbe gewesen wie die Einfügung eines falschen Glieds in eine Gleichung, und ich versichere hier, dass mich die bevorstehende Abfahrt des Schoners bereits ganz kalt ließ. Ich dachte nur noch daran, das Erscheinen eines anderen Schiffs vor den Kerguelen abzuwarten.

»Noch ein oder höchstens zwei Wochen«, versicherte mir der Gastwirt, »und Sie werden glücklicher sein, Mister Jeorling, als bei Kapitän Len Guy. Gewiss findet sich mehr als einer, der mit Vergnügen bereit ...«

»Das glaub' ich, Atkins, vergessen Sie aber nicht, dass die meisten zum Fang an den Kerguelen bestimmten Schiffe hier fünf bis sechs Monate liegen bleiben, und so lange darf ich mit der Abreise nicht warten.«

»Die meisten, doch nicht alle, Mister Jeorling, nicht alle Schiffe! Manche streifen Christmas Harbour nur ganz flüchtig. Es wird sich schon eine gute Gelegenheit bieten, sodass Sie es nicht bereuen werden, auf der *Halbrane* keine Aufnahme gefunden zu haben.«

Ich weiß nun nicht, ob ich etwas zu bereuen gehabt hätte oder nicht; gewiss ist aber, dass es in den Sternen geschrieben stand, dass ich die Kerguelen als Fahrgast der Goélette verlassen und dass sie mich den außerordentlichsten Abenteuern entgegenführen sollte, die die Seeannalen bis dahin zu verzeichnen hatten.

Gegen halb acht am Abend des 14. August, als die Nacht die Insel schon einhüllte, schlenderte ich nach dem Essen auf dem Kai im Norden der Bucht umher. Das Wetter war trocken, der Himmel mit Sternen besät, die Luft lebhaft bewegt, und es herrschte eine fast schneidende Kälte. Unter diesen Umständen konnte dieser Spaziergang nicht weit ausgedehnt werden.

Eine halbe Stunde später machte ich mich deshalb schon wieder auf den Weg zurück zum *Grünen Kormoran* – da kreuzte eine Männergestalt meine Schritte, zauderte erst ein wenig, kehrte dann um und blieb vor mir stehen.

Es war zu dunkel, als dass ich die Persönlichkeit gleich hätte erkennen können. Nach der so charakteristisch flüsternden Stimme zu urteilen, konnte ich mich kaum täuschen, dass ich Kapitän Len Guy vor mir hatte.

»Mister Jeorling«, begann er, »morgen soll die Goélette wieder unter Segel gehen ... morgen früh ... mit Eintritt der Ebbe ...«

»Wozu nützt es, mir das mitzuteilen, da Sie sich ja doch weigern ...«

»Ich habe mir die Sache überlegt, und wenn Sie es sich nicht anders überlegt haben, so stellen Sie sich morgen früh um sieben an Bord ein.«

»Wahrlich, Herr Kapitän, ich glaubte kaum, dass Sie auf diese Angelegenheit noch einmal zurückkommen würden.«

»Wie gesagt, ich habe mir's noch einmal überlegt und kann auch hinzufügen, dass die *Halbrane* geradewegs nach Tristan d'Acunha gehen wird, was ja, wie ich annehme, Ihren Wünschen entspricht.«

»Vollkommen, Herr Kapitän. Morgen früh um sieben werd ich an Bord sein ...«

»Wo Ihre Kabine bereitsteht.«

»Was nun den Fahrpreis angeht ...«, sagte ich.

»Oh, das regeln wir später«, antwortete Kapitän Len Guy, »und jedenfalls zu Ihrer Zufriedenheit. Bis morgen also ...«

»Auf Wiedersehen morgen!«

Ich hatte dem sonderbaren Mann die Hand entgegengestreckt, um unser Abkommen zu bekräftigen. Er bemerkte das wohl der Dunkelheit wegen nicht, denn er tat nicht dasselbe, sondern entfernte sich raschen Schrittes zu seinem Boot, das ihn mit wenigen Ruderschlägen zu dem Schoner zurückbrachte.

Ich war höchst erstaunt und in nicht geringerem Grad auch Meister Atkins, als er nach meiner Rückkehr in den *Grünen Kormoran* von dem Vorgefallenen hörte.

»Da haben wir's!«, rief er. »Der alte Fuchs, der Hurliguerly, hat doch recht gehabt! Das ändert natürlich nichts an der Tatsache, dass sein Teufel von Kapitän so launenhaft ist wie ein schlecht erzogenes Mädchen. Wenn er seine Meinung nur nicht im letzten Augenblick noch einmal ändert!«

Das war ja nicht anzunehmen, und bei weiterer Überlegung sagte ich mir, dass seine Handlungsweise weder von Fantasie noch von Laune diktiert war. Wenn Kapitän Len Guy seine Weigerung zurückzog, so brachte ihn sicher ein gewisses Interesse dazu, mich als Passagier haben zu wollen. Meiner Ansicht nach rührte dieser Sinneswandel – ich wusste das wie durch eine Art Offenbarung – von den Äußerungen her, die ich über Connecticut und die Insel Nantucket hatte fallen lassen. Inwiefern das für ihn von Interesse sein konnte, das mir zu erklären, überließ ich ruhig der Zukunft.

Meine Vorbereitungen waren bald beendet. Ich gehöre übrigens zu den praktischen Reisenden, die sich nicht mit Gepäckstücken überlasten, und würde eine Reise um die Erde mit einer Geldkatze an der Seite und einem Köfferchen in der Hand unternehmen. Meine wichtigste Habe bestand in den Pelzsachen, die bei Seefahrten durch die hohen Breiten unentbehrlich sind. Schon wenn man den südlichen Teil des Atlantischen Ozeans bereist, sind derartige Vorsichtsmaßnahmen ein Gebot einfacher Klugheit.

Am andern Morgen, dem 15., verabschiedete ich mich schon vor Tagesanbruch von dem wackeren, ehrenwerten Atkins. Ich konnte die Aufmerksamkeit und die Zuvorkommenheit meines Landsmanns nur loben, der sich auf die Inseln der Trostlosigkeit verbannt hatte, wo er mit den Seinigen im Ganzen glücklich und zufrieden lebte. Der dienstfertige Gastwirt schien sich durch den Dank, den ich ihm aussprach, sehr geschmeichelt zu fühlen. In Vertretung meiner Interessen hatte er es nun eilig, mich an Bord zu wissen, da er noch immer fürchtete – so drückte er sich aus –, dass der Kapitän seit gestern »seine Halsen gewechselt haben könnte«. Er wiederholte mir das eindringlich und gestand ein, dass er in der Nacht mehrmals ans Fenster getreten sei, um sich zu überzeugen, dass die *Halbrane* noch inmitten des Hafenbeckens vor Anker liege. Von dieser Unruhe – die ich keineswegs teilte – wurde er nicht eher befreit, als bis das Morgenrot am Himmel glühte.

Meister Atkins wollte mich an Bord begleiten, um Kapitän Len Guy und dem Hochbootsmann Lebewohl zu sagen. Am Kai wartete ein Boot, das uns beide zu der Falltreppe der Goélette beförderte, die sich bei der Ebbeströmung schon gedreht hatte.

Der Erste, dem ich auf dem Verdeck begegnete, war Hurliguerly. Er warf mir einen triumphierenden Blick zu, der mir deutlich sagte:

»Na, da sehen Sie's ja! Unser Kapitän, der erst so große Schwierigkeiten machte, hat Sie schließlich doch aufgenommen. Wem anders verdanken Sie das, als der braven Teerjacke von Hochbootsmann, der Ihnen bestens gedient und seinen Einfluss nicht überschätzt hatte!«

Ob es sich so verhielt? Ich hatte alle Ursache, das mit großer Zurückhaltung anzunehmen. Doch gleichviel; die *Halbrane* sollte jetzt die Anker lichten, und ich befand mich glücklich an Bord.

Kapitän Len Guy erschien fast sofort auf dem Deck. Ich dachte gar nicht daran, mich zu wundern, dass er meine Anwesenheit kaum zu bemerken schien.

Die Arbeiten zur Abfahrt hatten begonnen, die Segel waren aus ihren Hüllen genommen und Drissen und Schoten zurechtgebracht. Auf dem Vorderteil überwachte der Leutnant das Drehen des Gangspills, und der Anker musste bald aus dem Wasser auftauchen.

Da trat Meister Atkins an Kapitän Len Guy heran und sagte mit verbindlicher Stimme:

»Auf Wiedersehen im nächsten Jahr!«

»Wenn es Gott gefällt, Mister Atkins!«

Damit drückten sich beide die Hand. Dann fasste auch der Hochbootsmann noch kräftig die des Gastwirts vom *Grünen Kormoran*, den das Boot zum Kai zurückbeförderte.

Um acht Uhr, als der Ebbestrom am mächtigsten war, hisste die *Halbrane* ihre unteren Segel, nahm die Halsen an Backbord, manövrierte so, um aus dem Becken von Christmas Harbour bei einer leichten Nordbrise herauszukommen, und wandte sich, auf freiem Wasser angelangt, nach Nordwesten.

Mit den letzten Stunden des Nachmittags verschwanden die weißen Gipfel des Table Mount und Havergal, zwei Bergspitzen, die sich, die eine auf zweitausend, die andere auf dreitausend Fuß, über die Meeresfläche erheben.

VIERTES KAPITEL

Von den Kerguelen zu den Prinz-Edward-Inseln

Vielleicht noch nie gestaltete sich der Anfang einer Seefahrt so glücklich! Und – ein ganz unerwarteter Umstand – statt dass ich bei einer unbegreiflichen Weigerung von Kapitän Len Guy noch einige Wochen in Christmas Harbour festgelegen hätte, führte mich jetzt ein günstiger, leichter Wind weit von der Inselgruppe und bei kaum bewegtem Meer mit der Geschwindigkeit von acht bis neun Meilen in der Stunde hinweg.

Das Innere der *Halbrane* entsprach ihrem Äußeren – überall, im Ruff wie im Volkslogis, herrschte die peinliche Sauberkeit einer holländischen Galeote.

Am Vorderteil des Deckhauses, an der Backbordseite, befand sich die Kabine von Kapitän Len Guy, der durch ein aufklappbares Glasfenster das Deck überwachen und seine Befehle den Wachposten, die zwischen Groß- und Fockmast standen, nötigenfalls unmittelbar erteilen konnte. An Steuerbord wiederholte sich dieselbe Einrichtung für den Leutnant. Beide verfügten über ein schmales Matratzenlager, einen mäßig großen Wandschrank und hatten in jeder Kabine einen im Fußboden befestigten Tisch und eine Schwebelampe, die über verschiedenen nautischen Instrumenten, einem Barometer, einem Quecksilberthermometer, einem Seechronometer und über einem Sextanten hing, der aus dem Ausschnitt seines Eichenkastens nur herausgenommen wurde, wenn der Kapitän eine Höhenbeobachtung anstellen wollte.

Zwei andere Kabinen waren in den hinteren Teil des Deckhauses eingebaut, das im mittleren Teil noch einen Raum hatte, wo sich zwischen Holzbänken mit beweglichen Rücklehnen die Speisetafel befand.

Eine dieser Kabinen war zu meiner Aufnahme eingerichtet. Sie wurde durch zwei Fenster erhellt, von denen eines zur Seite des Deckhauses, das andere zum Hinterdeck des Schiffs hin lag. Hier stand der

Steuermann am Rad des Ruders, über dem sich das untere Rundholz des Gaffelsegels bis einige Fuß über die Schanzkleidung des Sterns hinaus erstreckte.

Meine Kabine maß acht mal fünf Fuß. An die unvermeidliche Beschränkung auf einem Seeschiff gewöhnt, brauchte ich weder mehr Raum noch eine reichlichere Ausstattung. Diese bestand hier aus einem Tisch, einem Wandschrank, einem Rohrlehnstuhl, einem Waschbecken auf Eisenfüßen und einer Lagerstatt, über die sich der weniger fügsame, magerste Passagier wohl beklagt hätte. Jetzt handelte es sich ja aber nur um eine kurze Überfahrt, da mich die *Halbrane* auf Tristan d'Acunha absetzen sollte. Ich bezog also die enge Kabine, die mich nur vier bis fünf Wochen lang beherbergen sollte.

Beim Fockmast und nahezu in der Mitte war die Küche untergebracht, die außerdem durch kräftige Seisinge festgehalten wurde. Noch weiter vorn lag, mit einer kleinen Treppenkappe, die mit einer großen Wachsleinwanddecke verhüllte Luke, von der aus eine Leiter zur Mannschaftswohnung und zum Zwischendeck hinabführte. Bei schlechtem Wetter wurde dieser Eingang hermetisch verschlossen, sodass auch kein übergenommenes Wasser eindringen konnte, wenn die Wogen sich an den Wangen des Fahrzeugs brachen.

Die acht Mann der Besatzung waren: Martin Holt, der Segelmeister; Hardy, der Kalfatermeister; Rogers, Drap, Francis, Gratian, Burry und Stern, die Matrosen von fünfundzwanzig bis fünfunddreißig Jahren.

Sie alle waren Engländer von den Küsten des Ärmel- und des St.-Georges-Kanals und damit tüchtige und erfahrene Seeleute und unter einer eisernen Hand von bemerkenswert guter Disziplin.

Hier sei aber gleich hinzugefügt, dass der Mann von außergewöhnlicher Energie, dem sie auf ein Wort, auf einen Wink gehorchten, nicht der Kapitän der *Halbrane* war, sondern deren Zweiter Offizier, der damals zweiunddreißig Jahre alte Leutnant Jem West.

Ich habe bei meinen vielen Reisen über verschiedene Ozeane nie einen so stählernen Charakter getroffen. Jem West war auf dem Meer geboren und hatte von Kindesbeinen an nirgendwo anders verweilt als auf einem von seinem Vater geführten Frachtschiff, auf dem überhaupt seine ganze Familie wohnte. Solange er lebte, hatte er nie andere Luft geatmet als die des Kanals, des Atlantischen oder des Stillen Ozeans. Lag das Schiff still, so betrat er das Land auch nur notgedrungen in dienstlichen Angelegenheiten, die mit Hafenbehörden oder Händlern zu erledigen waren. Musste er von einem Schiff auf ein anderes übergehen, so trug er seinen Leinensack dahin, ließ aber dabei kein Wort fallen. Er war Seemann mit Leib und Seele, und sein Beruf machte sein ganzes Leben aus. Segelte er nicht tatsächlich, so fuhr er doch in Gedanken umher. Nachdem er Schiffsjunge, Leichtmatrose und Vollmatrose gewesen war, wurde er Schiemann, also Aufseher über Segel und Pumpen, dann Hochbootsmann und schließlich Leutnant auf der *Halbrane*, wo er unter dem Kommando von Kapitän Len Guy nun schon seit sechs Jahren die Stelle des Zweiten Offiziers einnahm.

Jem West hatte nicht einmal den Ehrgeiz, noch höher steigen zu wollen; ein Vermögen zu sammeln lag nicht in seiner Absicht, so betrieb er auch weder den Einkauf noch den Verkauf von Frachtgut. Solches ordentlich zu verstauen – das schon, denn eine sachgemäße Frachtverteilung ist die erste Bedingung für gutes Segeln eines Schiffs. Im Übrigen verstand sich Jem West wie kaum ein anderer auf alles, was zur Navigation gehört, auf die Herstellung der Takelage, die beste Ausnützung der Segelwirkung, das Manövrieren bei jeder Gangart, auf die Maßnahmen beim Landen und beim Vorankergehen, auf den Kampf gegen Wind und Wetter, die Beobachtung der Länge und Breite, kurz, auf alles, was die wunderbare Maschine anging, die man ein Segelschiff nennt.

Seinem Äußeren nach war der Leutnant mittelgroß, eher mager, ganz Sehnen und Muskeln, mit kräftigen Gliedern und der Behändigkeit eines Akrobaten; dazu hatte er das Seemannsauge, das sehr weit und ausnehmend scharf sieht, ein sonnengebräuntes Gesicht, kurzes, borstiges Haar, bartlose Wangen und Kinn, regelmäßige Züge, einen energischen Ausdruck und eine Unerschrockenheit und Körperkraft, die ihresgleichen suchten.

Jem West sprach sehr wenig und nur, wenn man ihn fragte. Er erteilte seine Befehle mit klarer Stimme, in kurzen Worten, die er nicht wiederholte, doch so, dass er schon das erste Mal verstanden werden musste und ... die Leute verstanden ihn auch.

Ich hebe diesen Typus eines Offiziers der Handelsflotte ausdrücklich hervor, der dem Kapitän Len Guy ebenso wie der Goélette *Halbrane* mit Leib und Seele ergeben war. Es machte den Eindruck, als ob er eines der lebenswichtigen Organe seines Schiffs bildete, als ob diese Vereinigung von Holz, Eisen, Leinwand, Kupfer und Hanf ihre Lebensfähigkeit von ihm erhielte und als ob eine vollkommene Übereinstimmung zwischen dem einen, dem Bauwerk des Menschen, und dem andern, dem Geschöpf Gottes, bestände. Und wenn die *Halbrane* ein Herz hatte, dann klopfte es gewiss in der Brust von Jem West.

Zur Vervollständigung der Schilderung der Mannschaft führe ich hier noch den Schiffskoch an – einen Neger von der afrikanischen Küste, namens Endicott, der, jetzt dreißig Jahre alt, schon seit acht Jahren den Dienst als *Coy* oder Koch unter dem Befehl von Kapitän Len Guy versah. Der Hochbootsmann und er standen im besten Einvernehmen und schwatzten oft kameradschaftlich miteinander. Hurliguerly glaubte sich übrigens im Besitz mancher trefflichen Küchenrezepte, die Endicott zuweilen auszuführen suchte, ohne je damit bei seinen Tischgästen Aufsehen zu erregen.

Die *Halbrane* war unter den günstigsten Umständen abgefahren. Es herrschte starke Kälte, denn unter dem 48. Grad südlicher Breite ist in diesen Teilen des Stillen Ozeans noch vollständiger Winter. Das Meer war aber ruhig, und darüber wehte ein leichter, beständiger Ostsüdostwind.

Wenn diese Witterung – wie zu erwarten und zu wünschen war – anhielt, so bräuchten wir unsere Segelstellung voraussichtlich nicht ein einziges Mal zu verändern und müssten höchstens die Taue ein wenig nachlassen, um bis nach Tristan d'Acunha zu gelangen.

Das Leben an Bord verlief sehr regelmäßig, sehr einfach und – was freilich nur auf dem Meer Geltung hat – in einer Eintönigkeit, die doch eines gewissen Reizes nicht entbehrte. Auf einem Schiff zu sein, das ist die Ruhe in der Bewegung, das Schaukeln im Traum, und ich beklagte mich nicht über meine Isoliertheit. Höchstens hätte meine Neugier gern über eines Befriedigung verlangt: Warum mochte sich Kapitän Len Guy nach seiner anfänglichen, mich betreffenden Weigerung plötzlich eines andern besonnen haben? Den Leutnant danach zu fragen wäre vergebliche Mühe gewesen, und dieser kannte die Geheimnisse seines Vorgesetzten vielleicht auch gar nicht. Das hatte nichts zu tun mit seinem Dienst, und er kümmerte sich, wie bereits erwähnt, ja um nichts, was außerhalb seiner Dienstpflichten lag. Durch Jem Wests einsilbige Antworten hätte ich ohnehin nicht viel erfahren. Während der Mahlzeiten am Vormittag und am Abend wurden kaum zehn Worte gewechselt. Ich muss aber gestehen, dass ich den Blick von Kapitän Len Guy häufig starr auf meine Person gerichtet sah, als wollte der Mann mich nach etwas fragen. Es hatte den Anschein, als wünsche er von mir etwas zu erfahren, während im Gegenteil ich es war, der etwas von ihm erfahren wollte. Tatsächlich blieben wir, der eine wie der andere, stumm.

Hätt' ich das Verlangen empfunden, nur zu schwätzen, so braucht' ich mich nur an den Hochbootsmann zu wenden; der war ja immer bereit, »ein Garn zu spinnen«. Was hätte er mir aber besonders Interessantes sagen können? Er unterließ es übrigens nie, mir mit unveränderlicher Weitschweifigkeit Guten Tag und Gute Nacht zu sagen. Dann fragte er, ob ich mit dem Leben an Bord zufrieden sei, ob mir genügte, was die Kombüse lieferte oder ob ich wünschte, dass er bei diesem Mohrenkopf Endicott einmal gewisse Gerichte nach seinen Rezepten bestellen solle ...

»Ich danke Ihnen, Hurliguerly«, antwortete ich einmal. »Ich bin mit dem gewöhnlichen Speisezettel zufrieden; er bietet ja genug, und bei Ihrem Freund im *Grünen Kormoran* bin ich auch nicht besser bedient worden.«

»Ah, dieser Teufel von Atkins! Im Grunde übrigens ein braver Mann!«

»Das mein' ich auch.«

»Aber kann ein Mensch begreifen, Mister Jeorling, dass er, ein Amerikaner, sich samt seiner Familie nach den Kerguelen verbannen konnte?«

»Oh, warum denn nicht?«

»Und dass er sich da glücklich fühlt?«

»Nun, ich finde das nicht so ungereimt, Hochbootsmann!«

»Na, wenn Atkins etwa mit mir tauschen wollte, da käme er mir gerade recht! – Ich schmeichle mir, das angenehmste Leben von der Welt zu führen!«

»Meinen Glückwunsch dazu, Hurliguerly!«

»Und glauben Sie mir, Mister Jeorling, wenn man seinen Seemannssack an Bord eines Schiffs wie der *Halbrane* bringen konnte, so ist das ein Glücksfall, der einem im Leben nicht zweimal begegnet. Unser Kapitän spricht nicht viel, das ist wohl wahr, und unser Leutnant gebraucht die Zunge noch weniger ...«

»Das hab' ich auch bemerkt!«, fiel ich ein.

»... Macht aber nichts, Mister Jeorling, es sind doch zwei tüchtige Seeleute, das versichere ich Ihnen! Sie werden es bedauern, wenn Sie in Tristan d'Acunha von Bord gehen ...«

»Es freut mich, das von Ihnen zu hören, Hochbootsmann.«

»Und bei dem stehenden Südost, der uns in die Flanke bläst, sowie bei dem ruhigen Wasser, das sich nur etwas hebt, wenn es Pottfische oder Wale von unten her in Bewegung bringen, wird das nicht so lange dauern. Sie werden's ja sehen, Mister Jeorling, dass wir kaum zehn Tage brauchen, um die dreizehnhundert Meilen von den Kerguelen bis zu den Prinz-Edward-Inseln zu schaffen, und höchstens fünfzehn Tage für die zweitausenddreihundert Meilen, die die Letzteren von Tristan d'Acunha trennen.«

»Solche Prophezeiungen sind unnütz, Hochbootsmann. Zunächst müsste die Witterung so bleiben wie bisher, und wer lügen will, braucht nur das Wetter vorherzusagen ... Das ist ein altes Seemannssprichwort, das man nie vergessen soll!«

Diesmal traf die Vorhersage ein: Das Wetter blieb beständig. Am Nachmittag des 18. August meldete die Wache unter 42° 59′ südlicher Breite und 47° östlicher Länge vor Steuerbord die Bergspitzen der Crozet-Gruppe, deren Gipfel zwischen sechshundert bis siebenhundert Toisen, also 1.170 bis 1.365 Meter über das Meer aufsteigen.

Am nächsten Tag ließen wir die nur während der Fangzeit besuchten Inseln Possession und Schweine an Backbord liegen. Zurzeit hatten diese als einzige Bewohner nur eine Menge von Vögeln, Herden von Pinguinen, große Völker von Chionis, die ähnlich wie die Tauben fliegen und von den Walfängern deshalb ›white pigeons‹, weiße Tauben, genannt worden sind. Über den fantastischen Schluchten des Crozet-Bergs drängten sich in mächtigen, runzligen Massen die Gletscherströme hinab, und noch einige Stunden lang konnte ich die Umrisse des Bergs erkennen. Dann verschwamm alles zu einem weißlichen Schein, der sich am Horizont hinzog und über den nur noch die schneebedeckten Gipfel der Gruppe emporragten.

Die Annäherung an Land ist immer besonders interessant. Mir kam da gelegentlich der Gedanke, dass Kapitän Len Guy jetzt vielleicht das gegenüber seinem Fahrgast gewahrte Schweigen brechen würde. Er tat es aber nicht.

Bewahrheiteten sich die Prophezeiungen des Hochbootsmanns, so konnten kaum drei Tage verstreichen, bis die Bergspitzen der Marion-Insel und der Prinz-Edward-Insel im Nordwesten auftauchten, an denen übrigens nicht angelegt werden sollte. Erst bei Tristan d'Acunha wollte die *Halbrane* ihren Wasservorrat erneuern.

Ich erwartete also, dass die Einförmigkeit unserer Fahrt bis dahin von keinerlei Zwischenfall unterbrochen werden würde. Am Morgen des 20. aber, als Jem West nach der ersten Beobachtung des Stundenwinkels eben die Wache hatte, erschien zu meiner größten Verwunderung Kapitän Len Guy auf dem Verdeck, ging am Deckhaus entlang und stellte sich am Heck vor das Kompasshäuschen, dessen Scheibe er – wohl mehr aus Gewohnheit, als weil es jetzt gerade nötig gewesen wäre – beobachtete.

Ich saß dicht am Hackbord, und wenn ich auch nicht sagen kann, ob der Kapitän mich bemerkt hatte oder nicht, so erregte meine Anwesenheit seine Aufmerksamkeit jedenfalls in keiner Weise.

Ich war entschlossen, mich um ihn nicht mehr zu kümmern, als er es mir gegenüber tat, und blieb also ruhig ans Barkholz gelehnt.

Kapitän Len Guy machte einige Schritte, beugte sich über die Schanzkleidung hinaus und betrachtete den langen feinen Streifen Kielwasser, den die schlank gebaute und schnell dahingleitende Goélette wie ein Band feiner Spitzen nach sich zog.

Hier konnte man nur von einer einzigen Person gehört werden – von dem Mann am Ruder – jetzt dem Matrosen Stern – der, die Hand an den Griffen des Steuerrads, die *Halbrane* immer in den richtigen Kurs zurückbrachte, wenn sie, wie auf hohem Meer häufig, etwas davon abwich.

Immerhin schien es, als ob Kapitän Len Guy darauf nicht im Mindesten achtete, denn plötzlich näherte er sich mir und begann, wie immer mit Flüsterstimme:

»Mister Jeorling ... ich hätte etwas mit Ihnen zu besprechen ...«

»Bitte, Herr Kapitän, ich bin ganz Ohr.«

»Bisher tat ich es nicht ... offen gestanden, ich bin nicht zum Plaudern geschaffen ... Und dann ... hätten Sie an meiner Unterhaltung Interesse gehabt?«

»Sie tun Unrecht, daran zu zweifeln«, erwiderte ich, »Ihre Worte wären für mich gewiss stets hochinteressant gewesen.«

Ich glaube nicht, dass er hierin eine Ironie fand, zumindest verriet er das nicht.

»Ich stehe zu Ihren Diensten«, setzte ich hinzu.

Kapitän Len Guy schien zu zaudern, denn seine Haltung zeigte, dass er, im Begriff, zu reden, sich wieder fragte, ob er nicht besser schwiege.

»Mister Jeorling«, ergriff er endlich das Wort, »haben Sie sich zu ergründen bemüht, warum ich bezüglich Ihrer Einschiffung schließlich meine Meinung änderte?«

»Versucht hab' ich's wohl, gelungen ist es mir nicht, Herr Kapitän. Vielleicht meinten Sie als Engländer, da Sie keinen Landsmann vor sich hatten, davon absehen zu können, ihm ...«

»Nein, nein, Mister Jeorling; gerade weil Sie Amerikaner sind, kam ich zuletzt zu dem andern Entschluss, Ihnen die Überfahrt auf der *Halbrane* anzubieten.«

»Weil ich Amerikaner bin?«, versetzte ich, durch dieses Geständnis überrascht.

»Und besonders ... weil Sie aus Connecticut sind.«

»Ich verstehe Sie nicht.«

»Sie werden mich verstehen, wenn ich hinzufüge, dass es meiner Meinung nach, da Sie aus Connecticut sind und die Insel Nantucket besucht haben, möglich ist, dass Sie die Familie von Arthur Gordon Pym kennengelernt haben.«

»Jenes Helden, dessen wundersame Abenteuer unser großer Romandichter Edgar Poe geschildert hat?«

»Genau, Mister Jeorling. Eine Schilderung, die er nach einer Handschrift wiedergegeben hat, in der alle Einzelheiten jener außerordentlichen und unheilvollen Reise durch das Antarktische Meer aufgezeichnet sind!«

Ich fand hierauf keine Antwort und fragte mich heimlich, mit wem ich es hier zu tun hatte.

»Sie haben meine Frage gehört«, fuhr Kapitän Len Guy etwas drängender fort.

»Ja … gewiss … Herr Kapitän … ich weiß nur nicht, ob ich Sie richtig verstanden habe.«

»So werd ich sie in noch klareren Worten wiederholen, Mister Jeorling, denn ich wünsche darauf eine bestimmte Antwort.«

»Es wird mich sehr freuen, Sie befriedigen zu können.«

»Ich frage also, ob Sie in Connecticut mit der Familie Pym, die auf der Insel Nantucket wohnte und in verwandtschaftlicher Beziehung zu einem der geachtetsten Notare des Staates stand, etwa persönlich bekannt waren. Der Vater von Arthur Pym, ein Schiffslieferant, galt als einer der bedeutendsten Händler der Insel. Dessen Sohn nun wurde in die Abenteuer verwickelt, deren seltsame Verkettung Edgar Poe nach mündlicher Überlieferung des jungen Mannes geschildert hat.«

»Diese Verkettung hätte auch noch seltsamer ausfallen können, Herr Kapitän, da die ganze Erzählung ja der unerschöpflichen Fantasie unseres großen Dichters entsprungen ist. Das Ganze ist ja die reine Erfindung …«

»Die reine Erfindung!«

Auf jedes dieser drei Worte legte Kapitän Len Guy, während er dreimal die Achseln zuckte, einen immer höheren Ton.

»Sie, Mister Jeorling«, fuhr er fort, »glauben also auch nicht …«

»Weder ich noch überhaupt jemand glaubt an eine wahre Grundlage jener Schilderungen, und Sie, Kapitän Guy, sind der Erste, von dem ich behaupten höre, dass sie kein Roman seien …«

»Hören Sie nur weiter, Mister Jeorling. Wenn jener ›Roman‹ – wie Sie ihn zu bezeichnen lieben – auch erst im letzten Jahr erschien, so ist er doch nicht minder wahr. Sind auch schon elf Jahre seit den darin berichteten Ereignissen verflossen, so beruhen diese doch auf Wahrheit, und man wartet noch immer auf die Lösung eines Rätsels, die vielleicht nie gefunden wird!«

Offenbar war Kapitän Guy übergeschnappt und stand unter dem Einfluss einer Krise, die seine geistigen Fähigkeiten verwirrte. Doch wenn er den Verstand verloren hatte, war zum Glück Jem West noch da, ihn in der Führung der Goélette zu ersetzen. Ich konnte jenem wohl weiter zuhören, und da ich den Roman Edgar Poes nach wiederholter Lektüre gründlich kannte, war ich nur neugierig auf das, was der Kapitän darüber sagen würde.

»Ist es denn möglich, Mister Jeorling«, ergriff er wieder das Wort, diesmal mit schärferer Betonung und mit einer Stimme, die eine gewisse nervöse Erregung deutlich genug verriet, »dass Sie die Familie Pym nicht gekannt haben, ihr weder in Providence noch auf Nantucket begegnet sind?«

»Weder da noch anderswo«, versicherte ich.

»Mag sein! Doch hüten Sie sich zu behaupten, dass es diese Familie nicht gegeben habe, dass Arthur Gordon Pym nur eine erfundene Persönlichkeit und seine ganze Fahrt ein Fantasiegebilde sei! Ja, hüten Sie sich davor ebenso wie vor der Leugnung der Dogmen unserer heiligen Religion! Wäre ein Mensch – und selbst Ihr Edgar Poe – imstande gewesen, so etwas zu erfinden, zu erschaffen?«

In Anbetracht von Kapitän Guys zunehmender Heftigkeit hielt ich es für angezeigt, seine Monomanie zu respektieren und seine Worte ohne Widerspruch hinzunehmen.

»Jetzt, mein werter Herr«, faselte er weiter, »achten Sie gut auf die Tatsachen, die ich anführen werde. Sie sind an sich bewiesen und machen eine Diskussion darüber unnötig. Sie mögen daraus Schlüsse ziehen, wie es Ihnen beliebt. Ich hoffe aber, Sie werden es mich nicht beklagen lassen, Ihrem Wunsch, auf der *Halbrane* mitzusegeln, entsprochen zu haben!«

Das war deutlich genug gesagt, und ich machte ein Zeichen der Zustimmung. Tatsachen. Tatsachen, die einem halb außer Ordnung geratenen Gehirn entstammten? Das versprach merkwürdig zu werden.

»Als der Bericht Edgar Poes im Jahr 1838 erschien, befand ich mich in New York«, fuhr Kapitän Len Guy fort. »Sofort eilte ich da nach

Baltimore, wo die Familie des Verfassers wohnte, dessen Großvater im Unabhängigkeitskrieg als Generalquartiermeister gedient hatte. Sie geben, wie ich vermute, doch die Existenz der Familie Poe zu, wenn Sie auch die der Familie Pym ableugnen?«

Ich blieb stumm, da ich es vorzog, meinen Partner bei seinen abschweifenden Ausführungen nicht weiter zu unterbrechen.

»Ich erkundigte mich«, berichtete er weiter, »nach gewissen Einzelheiten über Edgar Poe. Man bezeichnete mir seine Wohnung, und ich begab mich dorthin. Erste Enttäuschung! Er hatte Amerika damals schon verlassen, und ich konnte ihn nicht treffen ...«

Mir erschien das als ein unglücklicher Zufall, denn in Anbetracht der wunderbaren Befähigung Edgar Poes zum Studium der verschiedenen Geistesstörungen, hätte er in unserem Kapitän ein ganz vollendetes Beispiel gefunden.

»Bedauerlicherweise«, fuhr Kapitän Len Guy fort, »war es mir nach diesem Misserfolg bezüglich Edgar Poes ebenso unmöglich, von Arthur Gordon Pym weitere Aufklärungen zu erhalten. Dieser kühne Pionier der antarktischen Gebiete war bereits tot. Wie es der amerikanische Dichter am Schluss seines Berichts mitgeteilt hatte, war Pyms Ableben der Allgemeinheit auch durch die Tagesblätter schon bekannt geworden.«

Was der Kapitän eben sagte, beruhte auf Wahrheit; in Übereinstimmung mit allen Lesern des Romans hielt ich jene Erklärung nur für einen Kunstgriff, einen Trick des Dichters. Meiner Ansicht nach gab der Verfasser, der ein so hervorragendes Werk seiner Einbildungskraft nicht durch eine greifbare Lösung des Knotens schließen konnte und mochte, damit zu verstehen, dass der Inhalt der letzten drei Kapitel nicht auf Überlieferung Arthur Pyms selbst fußte, der sein Leben unter überraschenden und beklagenswerten Umständen, die er der Öffentlichkeit vorenthielt, beschlossen hatte.

»Da Edgar Poe also«, sprach der Kapitän weiter, »abwesend und Arthur Pym schon tot war, hatte ich nur noch die eine Aufgabe, den Mann zu finden, der Arthurs Reisegefährte gewesen war, jenen Dirk Peters, der ihm bis zur letzten Eisbarre der höchsten Breiten folgte, von wo beide – wie, das weiß kein Mensch – zurückkehrten. Auch ob

Arthur Pym und Dirk Peters den Rückweg zusammen gemacht hatten, verschwieg der Bericht, in dem sich auch an andern Stellen manche unaufgeklärte Punkte finden, leider. Jedenfalls wies Edgar Poe aber darauf hin, dass der in Illinois wohnende Dirk Peters in der Lage sein werde, einige Mitteilung über die nicht unmittelbar überlieferten Kapitel zu machen. Ich reiste nun sofort nach Illinois, wo ich in Springfield eintraf. Hier unterrichtete ich mich über den Gesuchten, einen Mestizen von indianischer Abstammung, der sich in dem Flecken Vandalia aufhielt. Dahin begab ich mich ...«

»Ohne ihn zu finden?«, konnte ich mich nicht enthalten, lächelnd einzuschieben.

»Zweite Enttäuschung: Er war nicht da, Mister Jeorling, oder er war, richtiger, nicht mehr da. Schon seit einer Reihe von Jahren hatte dieser Dirk Peters Illinois, sogar die Vereinigten Staaten verlassen, um ... keiner weiß wohin zu gehen. In Vandalia hab ich aber doch Leute gesprochen, die ihn gekannt haben, bei denen er zuletzt wohnte ... denen er seine Abenteuer erzählt hatte, ohne sich über deren Ausgang zu verbreiten, über jenes Geheimnis, dessen einziger Besitzer er ist!«

Wie ... jener Dirk Peters hatte gelebt ... lebte noch? Ich war nah daran, mich von den so bestimmten Erklärungen des Befehlshabers der *Halbrane* fesseln zu lassen ... Ja, noch einen Augenblick, und es wäre auch mit mir nicht mehr ganz richtig gewesen.

Welch tolle Geschichten wohnten doch im Gehirn von Kapitän Len Guy und zu welch tiefer Stufe geistiger Verkommenheit war er schon gesunken!

Er lebte in der Einbildung, eine Reise nach Illinois gemacht und in Vandalia Leute gesehen zu haben, die Dirk Peters gekannt hatten! – Dass dieser Mann verschwunden war, glaub' ich gern, weil er nie anderswo als im Gehirn des Romandichters existiert hatte.

Ich wollte aber Kapitän Len Guy nicht entgegentreten, um keine Verschlimmerung der jetzigen Krise zu verursachen.

So gab ich mir den Anschein, alles zu glauben, was er vorbrachte, selbst als er hinzufügte:

»Es wird Ihnen nicht entgangen sein, Mister Jeorling, dass in dem Bericht von einer Flasche die Rede ist, einer Flasche mit einem versiegelten Schreiben, die der Kapitän der Goélette, auf der Arthur Pym sich befand, am Fuß einer Bergspitze der Kerguelen niedergelegt hatte?«

»Das wird in der Tat erwähnt«, bestätigte ich.

»Nun, bei einer meiner letzten Fahrten habe ich nach der Stelle gesucht, wo die Flasche sein sollte. Ich habe sie da, ebenso wie den Brief, gefunden ... und dieser Brief meldete, dass der Kapitän und sein Passagier nichts unversucht lassen würden, um die äußersten Grenzen des Südpolarmeers zu erreichen.«

»Wie ... Sie haben jene Flasche gefunden?«, fragte ich aufgeregt.

»Ja!«

»Und auch den Brief, den sie enthielt?«

»Ja, natürlich!«

Ich sah Kapitän Len Guy an. Wie gewisse Monomanen oder teilweise Verrückte glaubte er offenbar an seine eigenen Erfindungen, und ich wollte schon den Brief von ihm zur Einsicht erbitten, unterließ das jedoch, da er fähig gewesen wäre, selbst einen solchen aufzusetzen.

»Es ist wirklich bedauerlich«, antwortete ich darauf, »dass Sie Dirk Peters nicht mehr in Vandalia getroffen haben! Er hätte Ihnen gewiss mitgeteilt, unter welchen Verhältnissen Arthur Pym und er aus so großer Ferne zurückgekehrt waren. Erinnern Sie sich ... im vorletzten Kapitel ... da sind beide noch da. Ihr Boot schwankt vor einer dichten weißen Nebelwand ... es taumelt in den Schlund des Kataraktes gerade in dem Augenblick hinab, wo eine verschleierte Menschengestalt vor ihm auftaucht ... dann folgt nichts mehr ... nur zwei Linien mit Gedankenstrichen ...«

»Ja, gewiss, Mister Jeorling, ich beklage es auch, Dirk Peters nicht gefunden zu haben! Es wäre doch von so großem Interesse gewesen, den Ausgang jener Abenteuer zu erfahren. Meiner Ansicht nach noch interessanter wär' es aber gewesen, etwas von dem Schicksal der andern zu hören.«

»Der andern?«, rief ich unwillkürlich. »Von wem sprechen Sie da?«

»Von dem Kapitän und der Mannschaft der englischen Goélette, die Arthur Pym und Dirk Peters nach dem schrecklichen Schiffbruch der *Grampus* aufgenommen hatte und nachher durch das Polarmeer bis zur Insel Tsalal beförderte.«

»Mister Len Guy«, bemerkte ich und tat immer noch so, als sei ich überzeugt von der Wahrheit des Edgar Poe'schen Romans, »waren denn diese Leute – die einen bei dem Überfall auf die Goélette, die andern bei dem künstlichen, durch die Bewohner von Tsalal herbeigeführten Einsturz – nicht alle ums Leben gekommen?«

»Wer weiß, Mister Jeorling«, erwiderte Kapitän Len Guy mit einer von innerer Erregung belegten Stimme. »Wer weiß, ob nicht einige der Unglücklichen ebenso das Gemetzel wie den Einsturz überlebt haben, ob nicht einige oder mehrere den Eingeborenen entkommen sind.«

»Jedenfalls«, warf ich ein, »darf man kaum annehmen, dass die damals vielleicht Geretteten jetzt noch am Leben sind.«

»Und warum nicht?«

»Weil die Vorfälle, von denen wir sprechen, sich schon vor elf Jahren ereignet haben.«

»Mein Herr Jeorling«, entgegnete Kapitän Len Guy, »wenn es Arthur Pym und Dirk Peters gelang, jenseits der Insel Tsalal bis über den 84. Breitengrad vorzudringen, wenn sie Mittel und Wege gefunden haben, inmitten der antarktischen Gebiete ihr Leben zu fristen, warum sollten ihre Begleiter, soweit sie den Äxten der Eingeborenen entgingen und so glücklich waren, auf der Fahrt schon entdeckte, benachbarte Inseln zu erreichen ... warum sollte es diesen Unglücklichen, meinen Landsleuten, nicht auch gelungen sein, dort weiterzuleben? Warum sollten nicht einige davon noch heute auf ihre Erlösung warten?«

»Ihre Anteilnahme verführt Sie, Herr Kapitän«, antwortete ich als Versuch, ihn zu beruhigen. »Jedenfalls wäre es unmöglich ...«

»Unmöglich, Herr!«, fuhr er auf. »Wenn nun eine Tatsache vorläge, wenn ein unzweifelbares Zeugnis die Welt zum Rettungswerk mahnte, wenn man einen handgreiflichen Beweis von der Existenz der Unglücklichen, von den an den Grenzen des Erdballs Verlassenen entdeckte? Wem würde man ein ›Unmöglich!‹ entgegenschleudern, der ihnen zu Hilfe eilen wollte?«

Hier wurde mir eine Antwort erspart, die der Kapitän doch nicht gehört hätte, denn er wandte sich mit leisem Seufzen nach Süden zu, als wollte er den fernen Horizont mit dem Blick durchdringen.

Ich fragte mich nur, welche Erlebnisse bei Kapitän Len Guy wohl die jetzige Geistesverwirrung verschuldet haben mochten. War es nur ein bis zum Wahnsinn gesteigertes Gefühl allgemeiner Menschenliebe, dass er sich für die Schiffbrüchigen, die niemals Schiffbruch erlitten, weil sie überhaupt niemals existiert hatten, so warm interessierte?

Da trat Kapitän Len Guy näher an mich heran, legte die Hand auf meine Schulter und flüsterte mir ins Ohr:

»Nein, Mister Jeorling, nein! Das letzte Wort über das, was die Mannschaft der *Jane* angeht, ist noch nicht gesprochen!«

Damit ließ er mich stehen.

Die *Jane*, das war im Roman der Name der Goélette, die Arthur Pym und Dirk Peters von den treibenden Trümmern der *Grampus* aufgefischt hatte, und jetzt zum ersten Mal hatte Kapitän Len Guy am Schluss unseres Gesprächs diesen Namen genannt.

Aha, dachte ich da, *Guy*, so war auch der Name des Kapitäns der *Jane*, eines Schiffs englischer Nationalität genau wie das seine. Doch was beweist das, und welche Schlüsse ließen sich daraus ableiten? Der Kapitän der *Jane* hat ja nie anders gelebt als in der Fantasie Edgar Poes, während der Kapitän der *Halbrane* wirklich und leibhaftig existiert. Beide haben miteinander nichts gemein als den Namen *Guy*, der in Großbritannien übrigens sehr verbreitet ist. Und doch, es wird ohne Zweifel so sein: Die Übereinstimmung der Namen wird das Gehirn unseres unglücklichen Kapitäns angegriffen haben, der sich einbildet, zur Familie des Befehlshabers der *Jane* zu gehören! Ja, ja, das hat ihn dahin gebracht, wo er jetzt ist, und deshalb zollt er den nur erdichteten Schiffbrüchigen eine so große Anteilnahme.

Es wäre interessant gewesen, zu wissen, ob Jem West hierüber auch unterrichtet war, ob sein Vorgesetzter ihn jemals mit den »Torheiten« unterhalten hatte, die er eben gegen mich offenbarte. Aber das war eine heikle Frage, da sie den Geisteszustand von Kapitän Len Guy betraf. Überdies barg jede Unterhaltung mit dem Leutnant Schwierigkeiten und in diesem Fall sogar gewisse Gefahren.

Ich schlug mir das also aus dem Sinn, da ich ja ohnedies in Tristan d'Acunha an Land gehen und mein Aufenthalt an Bord schon in einigen Tagen zu Ende sein sollte. In Wahrheit hätte ich mir's aber nie träumen lassen, jemals mit einem Mann zusammenzutreffen, der die Fantasiegebilde Edgar Poes für bare Münze nehmen würde.

Am übernächsten Tag, dem 22. August, erkannten wir schon vom ersten Tagesgrauen an, nachdem wir die Insel Marion und ihren Vulkan, dessen Südspitze sich bis viertausend Fuß über das Meer erhebt, an Backbord hinter uns gelassen hatten, die ersten Linien der Prinz-Edward-Insel unter 46° 55′ südlicher Breite und 37° 46′ östlicher Länge. Diese Insel blieb uns an Steuerbord, und zwölf Stunden später verschwammen ihre letzten Höhen wieder im Nebeldunst des Abends.

Am nächsten Tag schlug die *Halbrane* einen Kurs nach Nordwesten und nach dem nördlichsten Breitenkreis der südlichen Halbkugel ein, den sie im Laufe dieser Fahrt berühren sollte.

FÜNFTES KAPITEL

Der Roman von Edgar Poe

Wir geben hier auszugsweise den Inhalt des berühmten Werks unseres amerikanischen Romandichters wieder, das unter dem Titel *Die Abenteuer von Arthur Gordon Pym* in Richmond erschienen war. Ich kann nicht umhin, ihn in diesem Kapitel kurz zusammenzufassen, da der Leser daraus ersehen wird, ob man überhaupt daran zweifeln konnte, dass die Abenteuer dieses Romanhelden erdichtet sind. Unter den zahlreichen Lesern des genannten Werks dürfte es – abgesehen von Kapitän Guy – wohl keinen gegeben haben, der seinen Inhalt für wahr gehalten hätte.

Edgar Poe hat den betreffenden Bericht seiner Hauptperson in den Mund gelegt. Schon in der Vorrede erzählt Arthur Pym, dass er bei der Heimkehr aus den antarktischen Meeren unter den Gentlemen Virginias, die sich für geografische Entdeckungen interessierten, Edgar Poe getroffen habe, der damals Herausgeber des *Southern Literary Messenger* in Richmond war. Seiner Darstellung nach hätte Edgar Poe von ihm die Erlaubnis erhalten, in diesem Blatt, doch »unter dem Deckmantel freier Erfindung« den ersten Teil seiner Reise zu veröffentlichen. Bei der günstigen Aufnahme, die diese Mitteilungen allerorts fanden, folgte ihnen ein richtiger Band, der die gesamte Reise umfasste und unter dem Namen Edgar Poes herauskam.

Wie aus meinem Gespräch mit Kapitän Len Guy schon hervorging, stammte Arthur Gordon Pym aus Nantucket, wo er bis zum Alter von sechzehn Jahren die Schule von New Bedford besuchte.

Nach dem Wechsel von dieser Schule auf die Akademie von M. E. Ronald schloss er Freundschaft mit dem um zwei Jahre älteren Sohn eines Kauffahrerkapitäns, August Barnard. Dieser junge Mann hatte seinen Vater schon einmal auf einem Walfänger in die südlichen Meere begleitet und entzündete die Fantasie Arthur Pyms mächtig durch die Erzählungen von seiner Seefahrt.

Der vertraute Umgang der beiden jungen Leute weckte offenbar Arthur Pyms unwiderstehliches Verlangen nach abenteuerlichen Reisen und die unbewusste Neigung, die ihn vor allem in die hohen Breiten des südlichen Eismeers lockte.

Der erste unbesonnene Streich August Barnards und Arthur Pyms war der Ausflug auf einer kleinen Schaluppe, der *Ariel*, einem halb gedeckten Boot, das der Familie Barnard gehörte. Eines Abends bei ziemlich kaltem Oktoberwetter schifften sich beide, etwas angetrunken, heimlich ein, hissten das Fock- und das Großsegel und fuhren bei frischem Südwestwind aufs Geratewohl aufs Meer hinaus.

Nachdem die *Ariel*, vom Ebbestrom unterstützt, schon außer Sicht war, erhob sich ein heftiger Sturm. Die beiden Tollkühnen waren noch immer ein wenig betrunken. Keiner stand am Steuer, kein Segel war gerefft. Bei den wütenden Windstößen wurden die Segel des Bootes weggerissen. Bald darauf tauchte ein großes Schiff auf, das die *Ariel* überfuhr, wie diese eine treibende Flaumfeder überfahren hätte.

Von diesem Zusammenstoß erzählt Arthur Pym die genauesten Einzelheiten der Rettung seines Genossen und seiner selbst, die übrigens nur unter großen Schwierigkeiten bewerkstelligt wurde. Kurz, dank dem Zweiten Offizier der *Pinguin* aus Neu-London, die am Ort der Katastrophe eintraf, wurden die beiden Kameraden, dem Tode nah, gerettet und nach Nantucket zurückgebracht.

Der Behauptung, dass dieses Abenteuer wirklich den Stempel der Wahrheit trägt, ja, dass es sich wirklich so zugetragen hat, widerspreche ich nicht. Es bildete eine geschickte Vorbereitung auf die folgenden Kapitel. Ebenso könnte der Bericht bis zu dem Tag, wo Arthur Pym den Polarkreis überschreitet, ohne Weiteres für wahr gehalten werden. Hier spielen sich eine Reihe von Tatsachen ab, die mit der Wahrscheinlichkeit noch recht gut übereinstimmen. Doch jenseits des Polarkreises, jenseits des südlichen Packeises, da liegen die Dinge anders, und wenn der Verfasser hier nicht eine Frucht reiner Erdichtung geliefert hat, dann will ich gleich ... doch fahren wir fort.

Jenes erste Abenteuer hatte die beiden jungen Leute nun keineswegs abgekühlt. Arthur Pym begeisterte sich mehr und mehr für die Seegeschichten, die ihm August Barnard erzählte, obgleich er fühlte, dass ihm hier manche Übertreibung unterlaufen mochte.

Acht Monate nach dem Vorkommnis mit der *Ariel* – im Juni 1827 – wurde die Brigg *Grampus* durch die Firma Lloyd und Vredenburgh für den Walfang in den südlichen Meeren ausgerüstet. Es war ein alter, notdürftig ausgebesserter Kasten, dessen Führung Mister Barnard, Augusts Vater, übernahm. Sein Sohn, der ihn begleiten sollte, redete Arthur Pym eindringlich zu, sie auf dieser Fahrt zu begleiten. Dieser wünschte ja gar nichts anderes, seine Familie aber, besonders seine Mutter, wäre nie zu bewegen gewesen, ihre Erlaubnis dazu zu erteilen.

Das war aber kein Hinderungsgrund für einen unternehmenden jungen Burschen mit so wenig Neigung, sich dem väterlichen Willen zu fügen. August bedrängte ihn weiter. So beschloss er, sich auf der *Grampus* heimlich einzuschiffen, denn Mister Barnard würde eine Missachtung der elterlichen Entscheidung nie gebilligt haben. Unter dem Vorwand, ein Freund habe ihn eingeladen, ein paar Tage in New Bedford zu verbringen, nahm er von seinen Eltern Abschied und machte sich auf den Weg. Achtundvierzig Stunden vor der Abfahrt der Brigg schlich er sich an Bord, versteckte sich hier in einem Winkel, den ihm August ohne Wissen seines Vaters und der ganzen Mannschaft einigermaßen hergerichtet hatte.

Die Kabine August Barnards stand durch eine Falltür in Verbindung mit dem Laderaum der *Grampus*, den Fässer, Ballen und tausenderlei Frachtstücke anfüllten. Durch diese Falltür war auch Arthur Pym in sein Versteck gelangt, eine große leere Kiste, deren eine Wand sich seitlich verschieben ließ. Diese Kiste enthielt eine Matratze, Decken, einen Wasserkrug und an Nahrungsmitteln Schiffszwieback, Würstchen, eine gebratene Hammelkeule, einige Flaschen Likör und sogar etwas Schreibmaterial. Mit Laterne und einigem Vorrat an Kerzen und Streichhölzchen versorgt, blieb Arthur Pym drei Tage und drei Nächte in seinem Versteck. August konnte ihn nur einmal aufsuchen, als die *Grampus* in See gegangen war.

Bald begann nun Arthur Pym das Rollen und Stampfen der Brigg zu fühlen. Da ihm der Aufenthalt in dem engen Kasten unbehaglich wurde, verließ er ihn und tastete sich in der Finsternis an einem ausgespannten Strick durch den Laderaum hin und her. Nachdem er so die Glieder etwas in Bewegung gebracht hatte, kehrte er in seinen Kasten zurück, aß ein wenig und schlief sorglos ein.

Mehrere Tage vergingen, ohne dass August Barnard bei ihm erschien. Entweder hat er in den Raum überhaupt nicht hinabsteigen können oder es nicht gewagt, aus Furcht, die Anwesenheit Arthur Pyms zu verraten, wo er die Zeit, seinem Vater alles zu beichten, noch nicht gekommen glaubte.

Arthur Pym fing in der feuchtwarmen, stickigen Luft allmählich an zu leiden. Es wurde ihm immer schwerer im Kopf, und seine Sinne verwirrten sich. Vergebens suchte er, sich durch die Frachtstücke drängend, nach einer Stelle, wo er etwas freier atmen konnte. Von einer Sinnestäuschung befangen, glaubte er sich einmal unter den Tatzen eines Löwen zu sehen, und im höchsten Entsetzen hätte er sich fast durch sein Schreien verraten, da verlor er aber zum Glück das Bewusstsein.

In der Tat träumte er nicht ganz. Ein Löwe war es zwar nicht, dessen Krallen Arthur Pym auf seiner Brust fühlte, wohl aber ein kleiner, weißhaariger Hund, Tiger, sein eigener junger Neufundländer, den August Barnard unbemerkt an Bord eingeschmuggelt hatte. Jetzt leckte das treue Tier seinem Herrn das Gesicht und die Hände und gab seiner Freude ganz unverhohlen Ausdruck.

Der Gefangene hatte nun wenigstens Gesellschaft. Leider hatte Tiger während dessen Bewusstlosigkeit den ganzen Wasserkrug geleert, und als Arthur Pym dann seinen Durst löschen wollte, war in dem Krug kein Tropfen mehr. Da auch die Laterne erloschen war – seine Bewusstlosigkeit hatte mehrere Tage angehalten – und er weder Streichhölzchen noch Kerzen finden konnte, beschloss er, sich mit August Barnard in Verbindung zu setzen. Er verließ sein Versteck und tastete sich an dem Strick, trotz seiner äußersten Schwäche infolge Luftmangels und Hungers, fast bis zur Falltür. Auf dem Weg dahin fiel aber eine große, durch das Rollen des Schiffs aus dem Gleichgewicht gebrachte Kiste herunter und versperrte ihm den Weg. Mit größter Anstrengung gelang es ihm zwar, dieses Hindernis zu beseitigen, doch leider ganz vergebens, denn an der Falltür unter der Kabine August Barnards angelangt, vermochte er diese nicht aufzuklappen. Mit seinem Messer, das er durch einen Sprung im Holz hindurchsteckte, überzeugte er sich, dass eine schwere Eisenmasse auf der Falltür lag, so als habe man ihn zum Tod verurteilen wollen. Er musste seine Absicht also aufgeben und, sich nur mit Mühe hinschleppend, seinen Kasten wieder aufsuchen, wo er erschöpft zusammenbrach, während Tiger ihn mit seinen Liebkosungen bedeckte.

Herr und Hund starben schon beinah vor Durst, und als Arthur Pym einmal die Hand ausstreckte, fühlte er, dass Tiger mit emporgestreckten Pfoten und etwas gesträubtem Fell auf dem Rücken lag. Als er den Hund betastete, bemerkte er aber auch einen um dessen Körper geschlungenen Faden mit einem Stück Papier, das unter der linken Schulter des Tieres befestigt war.

Arthur Pym befand sich im Zustand äußerster Erschöpfung. Sein geistiges Leben war schon fast abgestorben. Nach mehreren fruchtlosen Versuchen, sich Licht zu verschaffen, gelang es ihm wenigstens, das Papier mit dem Phosphor eines Zündhölzchens zu bestreichen, und da erschienen – in Edgar Poes Bericht finden sich hierüber die packendsten Einzelheiten – folgende erschreckende Worte ... die letzten sieben Wörter eines Satzes, den ein fahler Schein eine Viertelsekunde lang beleuchtete: ... *Blut ... halte Dich versteckt ... es geht um Dein Leben ...*

Nun stelle man sich die Lage Arthur Pyms im Grunde des Schiffsraums vor, ohne Licht, ohne Wasser, zwischen den Holzwänden seines Kastens, nur beißenden Likör in der Hand, um seinen Durst zu betäuben. Und dazu die ernste Mahnung, sich versteckt zu halten, eingeleitet mit dem Wort »Blut«, diesem hochbedeutsamen Wort, dem König der Wörter, das so überreich an Geheimnissen, an Leiden und Schrecken ist. Tobte denn ein Kampf an Bord der *Grampus?* War die Goélette von Seeräubern überfallen worden? Handelte es sich um eine Meuterei der Mannschaft? Wie lange dauerte dieser Zustand schon an?

Man könnte glauben, dass der schöpferische Dichter mit der Entsetzlichkeit dieser Lage die Quellen seiner Erfindungsgabe erschöpft hatte. Das trifft aber nicht zu. Seine überschäumende Genialität reißt ihn noch weiter fort.

Arthur Pym, jetzt von einer Art Lethargie befallen, vernimmt, während er auf der Matratze ausgestreckt liegt, ein seltsames Pfeifen, spürt einen ununterbrochenen Lufthauch. Das kam von dem schwer keuchenden Tiger, von dem Hund, dessen Augen mitten in der Finsternis unheimlich funkeln ... von Tiger, der mit den Zähnen knirscht ... der von der Tollwut ergriffen ist ...

Im höchsten Entsetzen gewann Arthur Pym genug Kraft, den Bissen des Hundes, der sich auf ihn gestürzt hatte, zu entgehen. Nachdem er sich in eine dicke Decke gehüllt hatte, die das wütende Tier mit seinen weißen Spitzzähnen zerriss, stürzte er aus dem Kasten und warf dessen Tür vor Tiger zu, der nun gegen die Wände tobte.

Arthur Pym gelang es, sich durch die verstauten Frachtstücke hindurchzuwinden. Doch in seinem Kopf drehte sich alles, und er fiel gegen einen Koffer, wobei ihm auch noch das Messer aus der Hand glitt.

Da, als er eben den letzten Seufzer auszuhauchen fürchtete, hörte er, wie jemand seinen Namen aussprach. Eine Wasserflasche wurde an seinen Mund geführt ... er lebte wieder auf, nachdem er – oh, welche Wonne! – gierig getrunken und tief und lang aufgeatmet hatte!

Wenige Augenblicke darauf berichtete August Barnard seinem Kameraden, in einer Ecke des Raums und bei dem trüben Schein einer Laterne, über alles, was sich seit der Abfahrt an Bord der Brigg zugetragen hatte.

Bis hierher, wiederhole ich, ist diese Geschichte glaubhaft; wir sind aber noch nicht bei den Ereignissen, die »jeder Wahrscheinlichkeit spotten«.

Die Besatzung der *Grampus* belief sich, den älteren und den jüngeren Barnard mitgerechnet, auf sechsunddreißig Köpfe. Nachdem die Brigg am 20. Juni unter Segel gegangen war, hatte August Barnard verschiedene, freilich vergebliche Versuche gemacht, Arthur Pym in seinem Versteck aufzusuchen. Drei oder vier Tage später kam es an Bord zu einer Meuterei. Der Rädelsführer dabei war der Oberkoch, ein Neger wie unser Endicott von der *Halbrane*, der, das sei sogleich hinzugefügt, nicht im Geringsten der Mann dazu war, sich aufzulehnen.

Im Roman werden nun zahlreiche Vorfälle geschildert; Metzeleien, die die meisten dem Kapitän treu gebliebenen Leute das Leben kosteten, dann, im Gewässer der Bermudainseln, die Aussetzung des Kapitäns und vier seiner Leute in einem kleinen Walfangboot, von dem man niemals wieder etwas hören sollte.

August Barnard wäre ohne das Dazwischentreten des Tauwerkmaats der *Grampus* auch nicht geschont worden. Ihn rettete Dirk Peters, ein Mestize vom Stamm der Upsarokas, der Sohn eines Pelzhändlers und einer jungen Indianerin, aus den Schwarzen Bergen – dieselbe, die Kapitän Len Guy in Illinois wiedergefunden zu haben behauptete.

Die *Grampus* steuerte nach jener Katastrophe in südwestlicher Richtung, und zwar unter Führung des Zweiten Offiziers, der in den südlichen Gewässern Seeräuberei zu treiben gedachte.

August Barnard hätte nach jenen Vorfällen Arthur Pym gern baldigst aufgesucht; man hatte ihm aber Hände und Füße gefesselt, ihn in das Volkslogis eingeschlossen, und der Schiffskoch erklärte ihm dazu, dass er nicht eher herauskommen werde, als bis »die Brigg keine Brigg mehr« wäre. Wenige Tage später gelang es August Barnard aber, seine Fesseln abzustreifen und den dünnen Holzboden, der ihn vom Schiffsraum trennte, zu durchbrechen. Tiger lief ihm dabei nach, und er versuchte, bis zum Schlupfwinkel seines Kameraden vorzudringen. Wenn ihm das auch nicht gelang, so hatte doch der Hund Arthur Pym »gewittert«, und dadurch verfiel August Barnard auf den Gedanken, an Tigers Hals eine Nachricht zu befestigen, die die Worte enthielt: *»Ich schreibe diese Worte mit Blut … halte Dich versteckt … es geht um Dein Leben.«*

Das Blatt war, wie wir wissen, Arthur Pym in die Hand gekommen. Als er dann, vor Hunger und Durst fast sterbend, durch den Raum schlich und ihm das Messer entfiel, war es dieses Geräusch, das seinen Kameraden aufmerksam machte, und diesem glückte es nun endlich, zu ihm vorzudringen.

Nachdem er Arthur Pym alles erzählt hatte, fügte August Barnard noch hinzu, dass unter den Meuterern Meinungsverschiedenheiten herrschten. Die einen wollten mit der *Grampus* zu den Inseln des Grünen Vorgebirges segeln, die andern – und zu diesen gehörte Dirk Peters – bestanden darauf, zu den Inseln des Stillen Ozeans zu fahren.

Der Hund Tiger, den sein Herr für tollwütig gehalten hatte, war das in der Tat nicht. Nur der verzehrende Durst hatte ihn so übermäßig erregt, und er wäre wohl schließlich der Tollwut verfallen, wenn ihn August Barnard nicht noch rechtzeitig zum Vorderkastell zurückgebracht hätte.

Nun folgt im Roman eine lange Abhandlung über das Verstauen der Fracht des Handelsschiffs, von dem die Sicherheit an Bord wesentlich abhängt. Das Verstauen auf der *Grampus* war nur sehr nachlässig erfolgt, und da viele Frachtstücke bei jeder Schwankung durcheinanderfielen, konnte Arthur Pym nicht länger ohne Gefahr im Raum bleiben. Zum Glück fand er mit Hilfe von August Barnard einen Schlupfwinkel im Zwischendeck neben dem Volkslogis.

Der Mestize erwies sich gegenüber dem Sohn von Kapitän Barnard als sehr freundlich, sodass der junge Mann sich fragte, ob er nicht auf den Tauwerksmaat rechnen könne, um sich wieder in Besitz des Schiffs zu setzen.

Dreizehn Tage waren seit der Abfahrt von Nantucket verflossen, als am 4. Juli zwischen den Meuterern ein heftiger Wortwechsel wegen einer kleinen, in der Ferne aufgetauchten Brigg entbrannte, die die einen verfolgen, die andern ruhig weiterziehen lassen wollten. Daraus entwickelte sich ein Streit, der einen zur Partei des Schiffskochs gehörenden Matrosen das Leben kostete. Dieser Gegenpartei des Zweiten Offiziers hatte sich auch Dirk Peters angeschlossen.

Jetzt waren, Arthur Pym mitgerechnet, nur noch dreizehn Mann an Bord.

Da begann ein furchtbarer Sturm das Meer aufzuwühlen. Durch die Plankenfugen der *Grampus* drang Wasser ein, sodass die Pumpen stets in Bewegung bleiben und am Vorderteil des Rumpfs ein Segel ausgebreitet werden musste, um den Wasserandrang einigermaßen aufzuhalten.

Der Sturm legte sich erst am 9. Juli, und an diesem Tag erklärte Dirk Peters seine Absicht, sich des Zweiten Offiziers zu entledigen. August Barnard versprach, ihn dabei zu unterstützen, ohne jedoch die Anwesenheit Arthur Pyms zu erwähnen.

Am nächsten Tag verschied einer der dem Schiffskoch ergebenen

Matrosen namens Roger unter heftigen Krämpfen, und niemand bezweifelte, dass der Zweite Offizier ihn vergiftet habe. Auf der Seite des Kochs standen nun bloß noch vier Mann, darunter Dirk Peters. Der Zweite Offizier hatte noch fünf Mann für sich und würde über die Partei des Kochs schließlich wohl den Sieg davongetragen haben.

Nun war keine Stunde zu verlieren. Der Mestize hatte August Barnard auch erklärt, dass die Stunde zum Handeln gekommen sei, und dieser machte ihm nun Mitteilung über alles, was Arthur Pym betraf.

Während beide sich noch über die anzuwendenden Mittel besprachen, um wieder in Besitz des Schiffs zu kommen, legte ein furchtbarer Windstoß es weit auf die Seite. Die *Grampus* richtete sich nicht wieder auf, ohne eine ungeheure Menge Wasser übergenommen zu haben, und von solchen verheerenden Windstößen hatte sie noch mehrere auszuhalten.

Die Gelegenheit schien günstig, den Kampf zu beginnen, obwohl die Meuterer vorläufig untereinander Frieden geschlossen hatten und der Wachposten jetzt nur von drei Mann, Dirk Peters, August Barnard und Arthur Pym, eingenommen war, während sich neun Mann in der Back befanden. Nur der Schiffskoch besaß zwei Pistolen und ein Seemannsmesser. Es galt also, mit aller Klugheit und Vorsicht ans Werk zu gehen.

Da kam Arthur Pym, dessen Anwesenheit an Bord die Meuterer noch nicht ahnen konnten, die Idee, sich einer List zu bedienen. Da die Leiche des vergifteten Matrosen noch auf dem Verdeck lag, meinte er, dass, wenn er in dessen Kleidung plötzlich unter den abergläubischen Matrosen erschiene, der Schreck sie Dirk Peters auf Gnade oder Ungnade ausliefern würde.

Es war tiefdunkle Nacht, als der Mestize sich in den hinteren Teil des Schiffs begab. Von Natur aus sehr kräftig, stürzte er sich auf den Mann am Ruder und warf ihn im Handumdrehen über die Schanzkleidung hinaus.

August Barnard und Arthur Pym, beide mit einem Pumpenschwengel bewaffnet, schlossen sich ihm an. Dirk Peters blieb dann am Platz des Untersteuermanns zurück, während Arthur Pym, so verkleidet, dass er dem Toten möglichst ähnlich aussah, und sein Kamerad sich neben der Kappe der nach der Back hinabführenden Leiter aufstellten. Der Zweite Offizier, der Schiffskoch und alle Übrigen befanden sich darin, schliefen, schwatzten oder tranken und hatten Flinten und Pistolen nah bei der Hand liegen.

Der Sturm heulte wütend, sodass es fast unmöglich war, auf dem Verdeck zu bleiben.

Da befahl der Zweite Offizier, August Barnard und Dirk Peters herunterzuschicken, ein Befehl, der dem Mann am Steuer übermittelt wurde, also keinem andern als dem Tauwerksmaat selbst. Dieser und der junge Barnard begaben sich nach der Back hinab, wo Arthur Pym bald darauf erschien.

Die Wirkung dieser Erscheinung war erstaunlich. Erschreckt durch den Anblick des wiederauferstandenen Matrosen, schnellte der Zweite Offizier in die Höhe, focht mit den Armen in der Luft umher und brach auf der Stelle tot zusammen. Da stürzte sich Dirk Peters, unterstützt von August Barnard, Arthur Pym und dessen Hund Tiger, auf die Übrigen. In wenigen Augenblicken waren alle erledigt bis auf den Matrosen Richard Parker, dem man das Leben schenkte.

Jetzt, wo die Elemente so aufgewühlt waren, waren nur noch vier Mann zur Führung der Brigg da, die mit sieben Fuß Wasser im Raum furchtbar arbeitete. Man musste den Großmast kappen und ihm am nächsten Morgen auch noch den Fockmast nachsenden. Das war ein schrecklicher Tag und eine noch schrecklichere Nacht! Hätten sich Dirk Peters und seine drei Genossen nicht an den Pfosten des Spills festgeklammert, so wären sie von einer überschlagenden Woge, die die Lukendeckel der *Grampus* zertrümmerte, über Bord gespült worden.

Weiter folgt im Roman die eingehende Schilderung der Ereignisse, die eine Folge dieser Lage waren, vom 14. Juli bis 7. August: das Fischen nach Lebensmitteln aus dem mit Wasser gefüllten Schiffsraum, die Erscheinung einer geheimnisvollen, mit Leichen bedeckten Brigg, die die Luft weithin verpestete und die führerlos vor dem Wind trieb, die Qualen von Hunger und Durst, die Unmöglichkeit, in die Vorratskammer zu gelangen, das Losen mit Strohhalmstücken, das dahin ausfällt, dass Richard Parker geopfert werden soll, um das Leben der drei andern zu retten, der Tod dieses Unglücklichen, der, von Dirk Peters erschlagen, verzehrt wurde ... Endlich gelangen sie an einige Nahrungsmittel aus dem Schiffsraum: einen Schinken, ein Gefäß mit Oliven, später eine kleine Schildkröte ... Wegen der Lageveränderung der Ladung neigt sich die *Grampus* immer weiter auf die Seite ... Bei einer entsetzlichen Hitze, die in diesen Gegenden herrscht, steigern sich die Qualen des Durstes bis zum höchsten Grad, den Menschen ertragen können ... August Barnard stirbt am 1. August ... Die Brigg kentert in der Nacht vom 3. zum 4. ... Arthur Pym und der Mestize, die sich auf den umgekehrten Schiffsrumpf zu retten vermochten, sind nun darauf beschränkt, sich von den Muscheln, die den Rumpf bedecken, zu ernähren, während immer Banden von Haifischen um sie herum schwärmen. Endlich erscheint die Goélette *Jane* von Liverpool mit Kapitän William Guy, als die Schiffbrüchigen schon vierundzwanzig Breitengrade nach Süden zu getrieben waren.

Es widerspricht am Ende noch nicht der Vernunft, diese Ereignisse als Tatsachen hinzunehmen, obwohl die Übertreibung dabei schon auf die Spitze getrieben erscheint – was aus der Feder des fantasievollen amerikanischen Dichters ja nicht so verwunderlich ist. Aber nun wird der Leser erkennen, dass in den darauffolgenden Ereignissen der Wahrscheinlichkeit gar nicht mehr Rechnung getragen ist.

Arthur Pym und Dirk Peters erfuhren nach ihrer Unterbringung auf der englischen Goélette die beste Behandlung. Vierzehn Tage später, als sie sich von ihren Leiden und Entbehrungen völlig erholt hatten, erinnerten sie sich gar nicht mehr daran – »so sehr wächst die Macht der Vergessenheit mit der Energie des Kontrastes«. Unter abwechselnd gutem und schlechtem Wetter erreichte die *Jane* am 13. Oktober die Prinz-Edward-Insel, später in der dem Kurs der *Halbrane* entgegengesetzten Richtung die Crozet-Inseln und nachher die Kerguelen, die ich vor elf Tagen verlassen hatte.

Hier wurde drei Wochen lang auf Seekühe Jagd gemacht, von denen die Goélette sehr viele erbeutete. Bei diesem Aufenthalt nun ließ der Kapitän der *Jane* jene Flasche zurück, in der sein Namensvetter von der *Halbrane* einen Brief mit der Meldung gefunden zu haben glaubte, dass William Guy sich von hier aus in die südlichen Meere begeben wollte.

Am 22. November verließ die Goélette die Kerguelen und steuerte zunächst, ganz wie wir in diesem Augenblick, westlich auf Tristan d'Acunha zu. Diese Insel lief sie vierzehn Tage später an, blieb eine Woche lang hier liegen und segelte am 5. Dezember wieder ab, um unter 53° 15′ südlicher Breite und 47° 38′ westlicher Länge die – unauffindbaren und folglich auch nicht gefundenen – Aurora-Inseln zu suchen.

Am 12. Dezember nimmt die *Jane* Kurs auf den Südpol. Am 25. Dezember erscheinen, jenseits des 63. Grads, die ersten Eisberge, und zum ersten Mal wird das Packeis gesehen.

Vom 1. bis 14. Januar schwierige Segelmanöver, Passage des Polarkreises durch mächtige Eismassen, dann Umschiffung des Packeises und Weiterfahrt über ein offenes Meer – jenes berühmte eisfreie Meer, das unter 81° 21′ südlicher Breite und 42° westlicher Länge entdeckt wird. Die Lufttemperatur zeigt dort 47° Fahrenheit, das sind + 8,33° Celsius, und das Wasser eine Wärme von 34° Fahrenheit, also + 1,11° Celsius.

Hier überlässt sich, das wird jedermann zugeben, Edgar Poe schon völlig seiner Fantasie. Noch nie war ein Seefahrer bis zu jenen hohen Breiten vorgedrungen – nicht einmal Kapitän James Weddell von der englischen Flotte, der im Jahr 1822 über den 74. Grad nicht hinauskam.

Erscheint nun schon dieser von der *Jane* angeblich erreichte Punkt als nicht glaubhaft, um wie viel weniger dann die Ereignisse, die sich weiter abspielten! Und diese ganz außerordentlichen Ereignisse schildert Arthur Pym – eigentlich Edgar Poe – mit einer unbewussten Naivität, die man nicht außer Acht lassen sollte. Er zweifelte tatsächlich gar nicht daran, bis zum Pol zu gelangen.

Zunächst erblickt man keinen einzigen Eisberg auf diesem erdichteten Meer. Unzählige Scharen von Vögeln ziehen darüber hin, und ein Pelikan wird durch einen Flintenschuss erlegt. Man trifft auf einer Eisscholle – also gab es solche doch hier? – einen Polarbären von riesenhafter Größe. Endlich wird vor Steuerbord Land gemeldet ... Es ist eine Insel von einem Lieue Umfang, die zu Ehren des Mitbesitzers der *Jane* Bennet-Insel getauft wird.

Diese Insel liegt unter 82° 50′ südlicher Breite und 40°20′ westlicher Länge, sagt Arthur Pym in seinem Bericht. Ich möchte die Hydrografen aber dringend warnen, auf diese unglaublichen Angaben hin eine Karte der antarktischen Gebiete zu entwerfen.

Je weiter die Goélette nun nach Süden vordrang, desto weniger verringerte sich natürlich die Abweichung des Kompasses, während die Temperatur der Luft und des Wassers bei beständig heiterem Himmel und einem nur wenige Striche um den Nordpunkt wechselnden Wind immer milder wurde.

Leider traten jetzt unter der Mannschaft Symptome von Skorbut auf, und ohne die dringlichen Bitten Arthur Pyms wäre der Kapitän vielleicht umgekehrt.

Es versteht sich von selbst, dass unter dieser Breite und im Monat Januar immerwährender Tag herrschte, und alles in allem tat die *Jane* gut daran, ihre Fahrt fortzusetzen, denn am 18. Januar wurde unter 83° 20′ Breite und 43° 5′ westlicher Länge wieder Land entdeckt.

Eine Insel war es, die zu einer ganzen, im Westen verstreuten Gruppe gehörte.

Die Goélette segelte darauf zu und ging bei sechs Faden Wasser vor Anker. Die Boote wurden bemannt. Arthur Pym und Dirk Peters nahmen in dem einen Platz, das erst vor vier mit bewaffneten Männern besetzten Kanus haltmachte – vor »neuartigen Menschen«, sagt der Bericht.

Neuartig erschienen sie allerdings, diese pechschwarzen Eingeborenen, die in ein schwarzes Tierfell gehüllt waren und einen instinktiven Abscheu vor der »weißen Farbe« haben mochten. Doch wie weit mochte dieser Abscheu wohl im Winter gehen? Fiel hier etwa auch schwarzer Schnee und sahen die Eisschollen, wenn sich solche bildeten, ebenfalls schwarz aus? Ein reines Fantasiegebilde!

Ohne irgendwelche feindseligen Absichten zu zeigen, riefen die Eingeborenen fortwährend *Anamoo-moo* und *Lama-Lama*. Als ihre Kanus an der Goélette angekommen waren, erhielt der Häuptling

Too-Wit Erlaubnis, mit zwanzig seiner Begleiter an Bord zu kommen. Hier verrieten alle das ungeheucheltste Erstaunen, denn sie hielten das Schiff für ein lebendes Wesen und streichelten und liebkosten dessen Tauwerk, Masten und Schanzkleidung. Von ihnen zwischen die Uferklippen hin und durch eine Bucht mit schwarzsandigem Grund geleitet, ging die Goélette eine Seemeile vom Ufer vor Anker, und Kapitän Guy, der aus Vorsicht einige Geiseln zurückbehalten hatte, betrat das felsige Ufer.

Die Insel Tsalal war, wenn man Arthur Pym Glauben schenkt, ein höchst merkwürdiges Stückchen Erde. Die Bäume glichen keiner der vielen Arten, die in den verschiedenen Zonen des Erdballs sonst vorkommen; ebenso zeigten die Felsen eine den neueren Mineralogen gewiss unbekannte Schichtung. In den Flussbetten glitt eine undurchsichtige Flüssigkeit hin, auf der sich andersartige Adern zeigten, die, mit der Messerklinge geteilt, sich nicht wieder zusammenschlossen.

Bis nach Klock-Klock, dem Hauptort der Insel, war ein Weg von drei Meilen zurückzulegen. Hier sah man nur elende, einzig von schwarzen Fellen umschlossene Wohnstätten; Haustiere, die dem gewöhnlichen Schwein ähnelten; eine Art Schafe mit schwarzem Vlies, etwa zwanzig Arten Vögel, darunter zahme Albatrosse, Taucherenten und Galapagos-Schildkröten in überraschender Menge.

In Klock-Klock angelangt, fanden Kapitän Guy und seine Gefährten eine von Arthur Pym auf zehntausend Seelen geschätzte, aus Männern, Frauen und Kindern bestehende Bevölkerung. Zu fürchten waren die Leute zwar nicht, doch hielt man sie sich, mit Rücksicht auf ihr lärmendes, demonstratives Auftreten, wohl besser drei Schritte vom Leib. Nach längerem Verweilen im Haus von Too-Wit begab man sich wieder nach dem Ufer, wo es die von den Chinesen so geschätzten Seekühe in solcher Masse gab, dass davon leicht eine tüchtige Ladung zu erbeuten gewesen wäre.

Hierüber suchte man sich auch mit Too-Wit zu verständigen. Kapitän Guy bat ihn um die Erlaubnis, Schuppen bauen zu dürfen, in denen einige Leute der *Jane* die Seekühe zurichten sollten, während die Goélette ihre Fahrt zum Pol fortsetzte. Too-Wit ging gern darauf ein, und es wurde noch abgemacht, dass einige Eingeborene bei der Jagd auf die kostbaren Meerbewohner helfen sollten.

Nach Verlauf eines Monats waren die einfachen Einrichtungen vollendet, und drei Mann von der Besatzung wurden ausgewählt, auf Tsalal zurückzubleiben. Bisher hatte man nicht die geringste Ursache gehabt, gegen die Eingeborenen irgendwelchen Verdacht zu hegen. Vor der letzten Verabschiedung wollte sich Kapitän Guy noch einmal nach dem Dorf Klock-Klock begeben, ließ aber aus Vorsicht sechs Mann auf dem Schiff zurück, dessen Kanonen geladen waren und dessen Anker zum Lichten schon emporgehoben war. Diese Leute sollten sich unbedingt jeder Annäherung von Eingeborenen widersetzen.

Von hundert Kriegern begleitet, zog Too-Wit seinen Gästen entgegen. Der Weg führte durch ein schmales Tal zwischen Hügeln und einem fettigen Gestein, einer Art Steatit, wie Arthur Pym es noch niemals gesehen hatte. Weiter folgten einander tausend Windungen zwischen sechzig und achtzig Fuß hohen Abhängen, die einen kaum vierzig Fuß breiten Raum zwischen sich ließen.

Ohne besonderes Misstrauen, obwohl die Örtlichkeit für einen Überfall wie geschaffen schien, marschierten Kapitän Guy und seine Begleiter eng nebeneinander geschlossen dahin.

Rechts und etwas voraus hielten sich Arthur Pym, Dirk Peters und ein Matrose namens Allen.

An einem Spalt angelangt, der sich an der Seite eines Hügels öffnete, fiel es Arthur Pym ein, dort einige Haselnüsse zu pflücken, die von verkrüppelten Büschen in Träubchen herabhingen. Gleich darauf wollte er umkehren, als er sah, dass der Mestize und Allen ihm gefolgt waren. Eben nun wollten alle drei sich zum Ausgang aus der Spalte zurückbegeben, als ein heftiger, plötzlicher Stoß sie zu Boden warf. Gleichzeitig barsten die seifig fetten Massen des Hügels, und sie erkannten, dass sie hier lebendig begraben würden ...

Lebendig? Alle drei? Nein, nur Allen war unter den Schuttmassen schon so tief begraben, dass er nicht mehr atmete.

Sich auf den Knien hinschleppend und mit dem Messer einen Weg ausbrechend, wobei sie ihr großes Bowiemesser benützten, gelang es Arthur Pym und Dirk Peters, einige Vorsprünge aus etwas widerstandsfähigerem, schiefrigem Ton und von hier eine Art natürlicher Plattform am Ende einer bewaldeten Schlucht zu erreichen, über der ein Streifen blauen Himmels leuchtete.

Von hier aus konnten sie die ganze Umgebung weithin überblicken.

Es war ein ausgedehnter Bergsturz, was sich soeben ereignet hatte … doch ein künstlicher Bergsturz, den die Eingeborenen ausgelöst hatten. Kapitän Guy nebst seinen achtundzwanzig Begleitern war, von Millionen Tonnen Erde und Gestein verschüttet, für immer verschwunden …

Das Land umher wimmelte von Eingeborenen, die wohl auch von den Nachbarinseln gekommen waren, um die *Jane* zu plündern. Siebzig Boote mit Auslegern drangen gegen die Goélette vor. Die sechs an Bord zurückgebliebenen Leute sandten ihnen eine schlecht gezielte Salve entgegen, darauf eine zweite von Kartätschen und Kettenkugeln, die eine schreckliche Wirkung hatte. Nichtsdestoweniger wurde die *Jane* gestürmt, angezündet und ihre Besatzung umgebracht. Zuletzt entstand eine entsetzliche Explosion, als die Pulverkammer Feuer fing – eine Explosion, die wohl tausend Eingeborene zerriss und ebenso viele verstümmelte, während die Übrigen unter dem Ruf *Tekeli-li! Tekeli-li!* flüchteten.

Die ganze folgende Woche lebten Arthur Pym und Dirk Peters von Haselnüssen, Rohrdommelfleisch und Weichtieren und entgingen auch den Eingeborenen, die ihre Gegenwart gewiss nicht mehr vermuteten. Sie hielten sich dabei fast immer in der Tiefe eines Abgrunds ohne Ausgang auf, der sich in den Steatit und eine Art Mergel mit eingesprengten Metallkörnern einsenkte. Er hing nur auf einer Seite mit einer Reihe weiterer Schlünde zusammen, von deren geometrischer Anordnung Arthur Pym eine Skizze entwarf, die in ihrer Gestalt ein Wort arabischer Herkunft mit der Bedeutung »Weißes Wesen« und ägyptischen Ursprungs, mit der Bedeutung »Südgebiet« wiedergibt. Man erkennt, dass der amerikanische Verfasser die Unwahrscheinlichkeiten schon auf die Spitze treibt. Ich hatte übrigens nicht nur den Roman »Arthur Gordon Pym« wiederholt gelesen, sondern kannte auch die anderen Werke Edgar Poes. Ich wusste, was man von diesem eher empfindsamen als intellektuellen Geist zu halten hatte. Einer seiner Kritiker sagt gewiss mit vollem Recht: Die Fantasie überwiegt bei ihm alle andern Anlagen ... eine sozusagen göttliche Anlage, die die tiefsten und geheimsten Beziehungen der Dinge durchdringt, ihre übereinstimmenden und analogen Seiten erkennt ...

Es ist unzweifelhaft, dass in diesen Arbeiten bisher niemand etwas anderes gesehen hatte als Schöpfungen der Fantasie. Wie konnte nun, ohne geistesgestört zu sein, ein Mann wie Kapitän Len Guy diese Schöpfungen lebendigster Einbildungskraft für tatsächlich wahr halten?

Doch ich fahre weiter fort:

Arthur Pym und Dirk Peters konnten natürlich nicht für immer in ihrem tiefen Schlupfwinkel bleiben, doch erst nach vielen Versuchen gelang es ihnen, an einem Abhang des Hügels hinabzugleiten. Sofort stürzten fünf Eingeborene auf sie zu. Dank ihrer Pistolen und der außergewöhnlichen Körperkraft des Mestizen wurden vier von ihnen getötet, der fünfte aber von den Flüchtlingen mit fortgeschleppt, die am Ufer ein mit drei großen Schildkröten beladenes Boot fanden. Zwanzig Insulaner, die ihnen nacheilten, versuchten vergeblich, sie aufzuhalten. Sie wurden zurückgetrieben, und das mit den nötigen Paddeln versehene Boot glitt aufs Meer hinaus und wandte sich nach Süden.

Arthur Pym befand sich jetzt jenseits des 84. Grads südlicher Breite. Es war Anfang März, also kurz vor Eintritt des antarktischen Winters. Im Westen tauchten fünf oder sechs Inseln auf, an denen man aber aus Vorsicht vorüberfuhr. Arthur Pym vertrat immer die Ansicht, dass die Temperatur je näher dem Pol desto milder sein werde. Am Ende der vorn am Boot aufgerichteten zwei Paddel wurde ein Segel angebracht, das aus den miteinander verbundenen Hemden von Arthur Pym und Dirk Peters bestand – weißen Hemden, vor deren Farbe der gefangene Eingeborene, der den Namen Nu-Nu trug, einen grenzenlosen Abscheu zu erkennen gab. Begünstigt von einem mäßigen Nordwind und bei noch fortwährender Tageshelle ging die seltsame Fahrt acht Tage lang weiter, über ein Meer ohne jede Eisscholle, denn bei der höheren, auch im Wasser vorherrschenden Temperatur hatte sich schon von der Insel Bennet an keine einzige mehr gezeigt.

Jetzt drangen nun Arthur Pym und Dirk Peters in ein neues und wundersames Gebiet ein. Am Horizont lagerte eine breite Schicht grauen, leichten Dunstes mit weit vorschießenden Ausstrahlungen, wie man sie an Nordlichtern beobachtet. Eine ziemlich rasche Strömung unterstützte noch die Wirkung des Windes. Das Boot glitt über eine außerordentlich flüssige Masse von milchigem Aussehen hin, die von unten her bewegt zu werden schien. Dann begann weiße Asche niederzufallen, was den Schrecken Nu-Nus, dessen Lippen sich bis über seine schwarzen Zahnreihen zurückzogen, nur vergrößerte.

Am 9. März verstärkte sich der Ascheregen, und die Temperatur des Wassers stieg so sehr an, dass man die Hand nicht mehr hineinhalten konnte. Die ungeheure Dampfschicht, die den fernen Halbkreis des Horizonts einnahm, glich einem unbegrenzten Wasserfall, der still von irgendeinem hohen, in der Höhe des Himmels verlorenen Wall herniedersank ...

Zwölf Tage später breitet sich über die Umgebung die Finsternis, nur unterbrochen durch leuchtende Ausströmungen, die sich aus der milchigen Tiefe des antarktischen Ozeans erheben, in den der nie nachlassende Ascheregen niederrieselt.

Das Boot näherte sich dem Katarakt mit unheimlicher Schnelligkeit, über deren Ursachen Arthur Pym keinen Aufschluss gibt. Zuweilen spaltete sich die Dunstmasse, und dann erblickte man dahinter ein Chaos schwankender, unbestimmter Bilder, die von mächtigen Luftströmungen bewegt zu werden schienen ...

Mitten durch die entsetzliche Dunkelheit flatterten Scharen riesiger Vögel von fahlweißer Farbe, die ihr ewiges *Tekeli-li* kreischten, und dabei hauchte der von Schaudern ergriffene Wilde seinen letzten Seufzer aus.

Plötzlich stürzt das Boot, von rasender Schnelligkeit gepackt, sozusagen in die Arme des Katarakts, in dem sich ein Abgrund öffnet, wie um es zu verschlingen. Doch gleichzeitig erhebt sich dem Boot gegenüber eine verschleierte menschliche Gestalt von einer Größe, wie man auf Erden wohl noch keine gesehen hat ... und die Hautfarbe der Erscheinung war ganz schneeweiß ...

Das ist der merkwürdige Roman, den das übermenschliche Genie des größten Dichters der Neuen Welt hervorgebracht hat. Und so endet er auch ... oder endet er vielmehr nicht. Meiner Ansicht nach hat Edgar Poe, außerstande, für diese außerordentliche Sachlage eine Lösung zu geben, den Bericht mit »dem plötzlichen und beklagenswerten Tod seines Helden« abgebrochen, wobei er die Hoffnung durchschimmern ließ, dass auch die fehlenden letzten zwei oder drei Kapitel nach ihrer etwaigen Auffindung veröffentlicht werden würden.

SECHSTES KAPITEL

Ein Bahrtuch aus Eis

Die *Halbrane* fuhr mit Hilfe der Strömungen und des Windes immer weiter. Wenn das auch weiterhin so anhielt, dann musste die Entfernung, die die Prinz-Edward-Insel von Tristan d'Acunha trennt – ungefähr 3.200 Seemeilen –, binnen vierzehn Tagen zurückgelegt werden und das, wie der Hochbootsmann prophezeit hatte, ohne die Segelstellung ein einziges Mal zu verändern. Unveränderlich stand der Wind aus Südosten, manchmal so frisch, dass die höchsten Segel eingezogen werden mussten.

Kapitän Len Guy überließ übrigens die Führung des Schiffs gänzlich Jem West, und dieser tollkühne Leinenhändler – man verzeihe den Ausdruck – ließ nicht eher reffen, als bis die Masten zu brechen drohten. Ich fürchtete jedoch nichts, denn mit einem solchen Seemann war keine Havarie zu gewärtigen. Dafür hatte er die Augen überall und für alles zu weit offen.

»Unser Leutnant hat doch nicht seinesgleichen«, versicherte mir eines Tages Hurliguerly, »er verdiente wahrlich ein Admiralschiff zu führen!«

»Ja«, antwortete ich zustimmend, »Ihr Mister Jem West scheint mir der geborene Seemann zu sein.«

»Unsere *Halbrane* ist aber auch eine Goélette, die sich sehen lassen kann! Wünschen Sie sich Glück, Mister Jeorling, und mir auch, dass ich den Kapitän zur Änderung seines ersten Entschlusses zu bringen vermochte.«

»Wenn Sie es waren, der das durchgesetzt hat, so danke ich Ihnen herzlich!«

»Und die Sache war nicht so leicht, denn er zögerte verteufelt lange, unser Kapitän, trotz des dringenden Zuredens des Meister Atkins! Mir gelang es endlich, ihn zur Vernunft zu bringen ...«

»Das vergesse ich auch nicht, Hochbootsmann, das vergesse ich

Ihnen nicht, denn statt mich auf den Kerguelen zu Tode zu langweilen, werd ich nun, dank Ihrem Eintreten für mich, bald in Sicht von Tristan d'Acunha sein.«

»Schon in wenigen Tagen, Mister Jeorling. Wie ich gehört habe, beschäftigt man sich in Amerika und in England jetzt mit Schiffen, die eine Maschine im Leib haben und Räder, die sie benutzen wie Enten ihre Füße! Na, meinetwegen, man wird ja sehen, was dabei herauskommt. Ich bin überzeugt, dass solche Schiffe es niemals mit einer guten Fregatte mit sechzig Kanonen, die bei frischer Brise noch dicht am Wind segelt, werden aufnehmen können. Der Wind, Mister Jeorling, der Wind, selbst wenn man ihn in ganz spitzem Winkel abfangen muss, genügt schon allein, und eine Teerjacke braucht keine Räder am Rumpf!«

Ich hatte gegen die Anschauungen des Hochbootsmanns über die Verwendung des Dampfs in der Schifffahrt nichts zu erwidern. Damals war man noch im Stadium der Versuche, und die Schraube hatte die Schaufelräder noch nicht ersetzt. Wer konnte wohl deutlich in die Zukunft blicken?

Da erinnerte ich mich, dass die *Jane* – jene *Jane*, von der Kapitän Len Guy sprach, als ob sie wirklich existiert und fast als ob er sie mit eigenen Augen gesehen hätte – genau in vierzehn Tagen von der Prinz-Edward-Insel nach Tristan d'Acunha gesegelt war. Edgar Poe verfügte über Winde und Meeresströmungen freilich ganz nach Belieben.

Im Laufe der folgenden vierzehn Tage unterhielt mich Kapitän Len Guy nicht weiter mit Arthur Pym; es war sogar fast so, als habe er mir von den Abenteuern dieses Helden des südlichen Eismeers überhaupt noch nicht erzählt. Hatte er übrigens gehofft, mich von deren Wahrheitsgehalt zu überzeugen, so wäre das von ihm ein Beweis sehr mittelmäßiger Intelligenz gewesen. Wie konnte auch ein Mann mit gesunder Vernunft ernsthaft über diese Sache sprechen! Wenn man nicht Sinn und Verstand eingebüßt, nicht bezüglich dieses besonderen Falls ebenso Monomane war wie Kapitän Len Guy, konnte man – ich wiederhole es zum zehnten Mal – in dem Bericht Edgar Poes nichts anderes als eine Schöpfung der Fantasie erblicken.

Man bedenke nur: Nach dem genannten Bericht wäre eine englische Goélette bis zum 84. Grad südlicher Breite vorgedrungen, und diese Fahrt wäre nicht zu einem geografischen Ereignis erster Klasse geworden? Arthur Pym hätte man, nach seiner Rückkehr aus den Tiefen des Antarktischen Ozeans, nicht über einen Cook, Weddell oder Biscoe gestellt? Man sollte ihm und Dirk Peters, den beiden Passagieren der *Jane*, die noch über den genannten Breitengrad hinausgekommen waren, keine öffentlichen Ehrenbezeugungen erwiesen haben? Und was soll man von dem von ihnen entdeckten freien Meer halten ... von der außerordentlichen Geschwindigkeit der Strömungen, die sie zum Pol hin führten ... von der abnormen Temperatur des Wassers, das von unten her so stark erwärmt wurde, dass man die Hand nicht hineinhalten konnte ... was von jenem Dunstwall am Horizont ... von dem Gaskatarakt, der sich zuweilen spaltet und hinter dem Gestalten von übermenschlicher Größe auftauchen?

Von allen diesen Unwahrscheinlichkeiten aber abgesehen, wär' ich doch begierig zu erfahren, wie Arthur Pym und der Mestize von so weit her zurückgekommen sind, wie ihr tsalalisches Boot sie bis über den Polarkreis hinausgetragen haben soll, wie sie endlich aufgefunden und in die Heimat zurückgebracht worden sind. Wäre Arthur Pym in einem zerbrechlichen Boot mit Paddeln über zwanzig Breitengrade weit gefahren und hätte er darin wieder das Packeis durchbrochen und eines der nächstgelegenen Länder erreicht, so würde er die Vorfälle unterwegs gewiss erzählt haben ... »Oh ...«, wird man einwerfen, »Arthur Pym starb, ehe er den letzten Teil seines Berichts niederschreiben konnte.« Zugegeben; doch ist es wahrscheinlich, dass er dem Herausgeber des *Southern Literary Messenger* davon keine mündliche Mitteilung gemacht haben sollte? Und warum sollte Dirk Peters, der angeblich noch einige Jahre in Illinois wohnte, über den Ausgang ihrer Abenteuer geschwiegen haben? Hätte er ein Interesse daran gehabt, *nicht* davon zu sprechen?

Den Worten von Kapitän Len Guy nach hatte sich dieser allerdings nach Vandalia begeben, wo Dirk Peters – dem Roman nach – sich aufhielt, hatte ihn aber nicht angetroffen. Das glaub' ich gern. Genau wie Arthur Pym hatte er, ich wiederhole es, nur in der erregten Einbildung des amerikanischen Dichters gelebt. Zeugt es aber nicht gerade von der außerordentlichen Macht dieses Genius, dass das, was er nur erfunden hatte, von einigen Personen für tatsächliche Wahrheit hingenommen wurde?

Ich begriff wohl, dass es wenig angebracht gewesen wäre, mit dem nun einmal von seiner fixen Idee besessenen Kapitän Len Guy noch weiter über dasselbe Thema zu verhandeln und eine Beweisführung wieder aufzunehmen, die ihn doch nicht überzeugt hätte. Düsterer und verschlossener als zuvor, erschien er nur noch auf Deck, wenn es dringend nötig war. Dann schweiften seine Blicke unablässig über den südlichen Horizont, den sie zu durchdringen suchten ...

Vielleicht glaubte er da schon die von großen Spalten gestreifte Dunstschicht zu sehen, die von der Finsternis verhüllten Tiefen des Himmels, die aufsteigenden Flammengarben aus dem milchig trüben Meer wahrzunehmen und den weißen Riesen zu erkennen, der ihm den Weg durch die Schluchten des Katarakts zeigte ...

Ein sonderbarer Schwärmer, unser Kapitän! Zum Glück blieb seine Intelligenz in jeder anderen Hinsicht ungetrübt, seine Fähigkeiten als Seemann unbeeinflusst, und die Befürchtungen, die in mir anfänglich aufstiegen, schienen sich nicht zu bewahrheiten.

Von größtem Interesse erschien es mir jedoch, zu ergründen, warum Kapitän Len Guy eine so rege Anteilnahme für die angeblich Schiffbrüchigen von der *Jane* zeigte. Selbst wenn man Arthur Pyms Bericht als wahr annimmt und einräumt, dass die englische Goélette jene undurchdringlichen Gebiete dennoch durchschifft hätte – wozu konnte seine warme Anteilnahme am Schicksal der betreffenden Leute dienen? Auch wenn einzelne Matrosen der *Jane*, ihr Führer oder seine Offiziere die Explosion und den von den Eingeborenen der Insel Tsalal herbeigeführten Bergsturz überlebt hatten, konnte man deshalb vernünftigerweise annehmen, dass sie auch jetzt noch am Leben wären? Seit jenen Ereignissen waren nach den Zeitangaben Arthur Pyms elf Jahre verflossen, und wie hätten die Unglücklichen, wenn sie den Insulanern damals wirklich entkamen, unter den gegebenen Verhältnissen ihre Bedürfnisse befriedigen können, oder sollten sie nicht vielmehr bis zum letzten Mann umgekommen sein?

Doch da ertappte ich mich ja bei der ernsten Betrachtung von

Hypothesen, denen es an jeder Grundlage gebricht. Noch etwas mehr, und ich fing vielleicht an, an die Existenz von Arthur Pym und Dirk Peters, an deren Gefährten und an die im südlichen Packeis verlorene *Jane* zu glauben! Hatte mich die Verwirrung von Kapitän Len Guy bereits angesteckt? In der Tat hatte ich mich ja dabei überrascht, einen Vergleich zwischen dem Weg der *Jane*, als sie nach Westen steuerte, und dem anzustellen, dem die *Halbrane* auf ihrer Fahrt nach Tristan d'Acunha folgte.

Wir schrieben jetzt den 3. September. Kam es zu einer Verzögerung – und die hätte nur ein Seeunfall herbeiführen können –, so musste unsere Goélette binnen drei Tagen in Sicht des Hafens sein. Die Inselgruppe steigt übrigens so hoch empor, dass man sie bei günstiger Witterung schon aus großer Ferne sieht.

An diesem Tag spazierte ich zwischen zehn und elf Uhr vormittags an der Windseite zwischen Vorder- und Hinterdeck des Schiffs hin und her. Wir glitten leicht über das schwach bewegte, kaum plätschernde Meer. Die *Halbrane* glich mehr einem ungeheuren Vogel, einem der von Arthur Pym erwähnten riesenhaften Albatrosse, der, sein mächtiges Gefieder entfaltend, eine ganze Mannschaft durch den Luftraum mit forttrug. Ja, für einen etwas fantastisch angelegten Kopf war das keine Seefahrt mehr, sondern ein Flug, und das Schlagen der Segel war das Schlagen von Fittichen.

Am Spill, vom Gaffelsegel geschützt und das Fernrohr vor den Augen, stand Jem West und blickte an der Leeseite an Backbord nach einem in ein bis zwei Seemeilen Entfernung schwimmenden Gegenstand, auf den mehrere über die Schanzkleidung gebeugte Matrosen mit dem Finger zeigten.

Es war eine Masse von zehn bis zwölf Quadratyard Oberfläche, von unregelmäßiger Gestalt und mit einer lebhaft glänzenden Erhebung in der Mitte. Diese Masse hob und senkte sich mit den Wellen, die sie in der Richtung nach Nordwesten weiter trugen.

Ich begab mich zum Vorderdeck und fasste jenen Gegenstand scharf ins Auge.

Dabei vernahm ich die Bemerkungen der Mannschaften, die für die geringsten Seetriften allemal besonderes Interesse haben.

»Ein Wal ist das nicht«, erklärte der Segelmaat Martin Holt. »Er würde, seit wir ihn beobachten, mindestens schon zehnmal ausgeatmet und also eine Wassersäule mit Luft vermengt emporgetrieben haben.«

»Nein, von einem Wal kann keine Rede sein«, bestätigte Hardy, der Kalfatermeister. »Vielleicht ist es der Rumpf eines verlassenen Schiffs ...«

»Das der Teufel vollends versenken möge!«, rief Rogers. »Daran müssten wir in der Nacht nur einmal anstoßen! Da käme keiner mehr dazu, sich hinter den Ohren zu kratzen, und wir gingen unter, ohne zu wissen, wie und warum!«

»Hast recht«, stimmte Drap ihm zu. »Diese Wracks sind schlimmer als Felsen, denn sie treiben heute hier und morgen da ... wer könnte sich ihrer erwehren?«

Eben trat Hurliguerly zu den Leuten heran.

»Was halten Sie davon, Hochbootsmann?«, fragte ich ihn, als er sich neben mir auf die Reling gelehnt hatte.

Hurliguerly blickte scharf hinaus, und da die von frischer Brise getriebene Goélette sich der Masse rasch näherte, war jetzt ein Urteil schon leichter abzugeben.

»Was wir da draußen sehen, Mister Jeorling«, antwortete der Hochbootsmann, »ist meiner Ansicht nach weder ein Wal noch eine Seetrift, sondern ganz einfach eine Eisscholle ...«

»Eine Eisscholle?«, rief ich verwundert.

»Hurliguerly täuscht sich nicht«, fiel jetzt Jem West ein. »Es handelt sich ganz einfach um eine Eisscholle, um ein Stück eines Eisbergs, das die Strömung weggeführt hat.«

»Wie«, versetzte ich, »bis herab zum 45. Breitengrad?«

»Das kommt zuweilen vor«, erwiderte der Leutnant. »Zuweilen verirren sich Eisschollen bis in die Nähe des Kaps, wenn man einem französischen Seefahrer, Kapitän Blosseville, glauben darf, der 1828 welche in dieser Höhe getroffen zu haben behauptet.«

»Dann wird diese hier aber wohl bald zerschmelzen?«, bemerkte ich, erstaunt, dass mich der Leutnant West einer so langen Antwort gewürdigt hatte.

»Sie wird schon zum größten Teil aufgelöst sein«, versicherte der

Leutnant, »und was wir hier sehen, ist gewiss nur der Rest eines Eisbergs, der vielleicht mehrere Millionen Tonnen Gewicht gehabt hat.«

Inzwischen war Kapitän Len Guy aus seiner Kabine heraufgekommen. Als er die Gruppe von Matrosen um Jem West stehen sah, ging er auch selbst nach vorn.

Nach einigen, mit leiser Stimme gewechselten Worten übergab der Leutnant ihm das Fernrohr.

Len Guy richtete es auf den schwimmenden Gegenstand, dem sich die Goélette jetzt bis auf eine Seemeile genähert hatte, und nachdem er jenen eine Minute lang beobachtet hatte, sagte er:

»Es ist eine Eisscholle und für uns ein Glück, dass sie im Schmelzen ist! Die *Halbrane* hätte eine ernste Havarie erleiden können, wenn sie in der Nacht damit kollidiert wäre.«

Mir fiel die Sorgfalt auf, mit der der Kapitän seine Beobachtung fortsetzte. Es schien, als ob seine Augen von dem Okular des Fernrohrs, das sozusagen seine Pupille geworden war, gar nicht weichen könnten. Er blieb wie an den Boden gebannt regungslos stehen. Unempfänglich für das Rollen und Schlingern, beide Arme seiner Gewohnheit gemäß straff ausgestreckt, hielt er die Eisscholle unverrückbar im Gesichtsfeld des Objektivs. Sein ernsthaftes Gesicht zeigte hier und da hektische Flecken, bleiche Stellen, und über seine Lippen kamen unverständliche Worte.

So verstrichen einige Minuten. Die *Halbrane* war schon nah dabei, an der Scholle vorüberzusegeln.

»Um ein Quart abfallen!«, befahl der Kapitän, ohne das Fernrohr abzusetzen.

Ich erriet, was im Gehirn des von einer fixen Idee befallenen Mannes vorging. Diese vom südlichen Packeis abgesprengte Scholle kam ja aus den Gebieten, wohin ihn sein Gedanke unablässig zog. Er wollte sie näher sehen ... vielleicht sie anlaufen ... vielleicht irgendetwas davon mitnehmen ...

Auf den von Jem West übermittelten Befehl hatte der Hochbootsmann die Schoten langsam nachschießen lassen, und um ein Quart beigedreht lief die Goélette nun auf die Eisscholle zu. Bald waren wir nur noch zwei Kabellängen davon entfernt, und ich konnte sie schon besser erkennen.

Wie schon erwähnt, schmolz die Erhebung der Mitte von allen Seiten ab. Wasserfäden schlängelten sich an ihren Wänden hernieder. Im September dieses schon früh warmen Jahres hatte die Sonne bereits die Kraft, das Eis gänzlich aufzulösen.

Am Ende des Tages war sicherlich nichts mehr von der Scholle übrig, die die Strömungen bis zum fünfundvierzigsten Breitengrad getragen hatten.

Kapitän Len Guy behielt sie noch immer im Auge, ohne jetzt das Fernrohr zu benötigen. Allmählich unterschied man auf dem Eis einen fremdartigen Körper, der beim weiteren Schmelzen immer mehr zum Vorschein kam – eine Gestalt von dunkler Farbe, die auf dem weißen Untergrund lag.

Wie erstaunten, wie erschraken wir aber, als wir erst einen Arm, dann ein Bein, schließlich einen Rumpf nebst Kopf hervortreten sahen, kurz eine Menschengestalt, die nicht nackt, sondern noch mit dunkler Kleidung verhüllt war ...

Einen Augenblick lang glaubte ich sogar, dass diese Glieder sich bewegten ... dass diese Hände sich gegen uns ausstreckten ...

Die Mannschaft konnte einen Aufschrei nicht unterdrücken.

Nein, der Körper bewegte sich zwar nicht, doch er glitt langsam aus seinem eisigen Bett herab.

Ich sah Kapitän Len Guy an. Sein Gesicht war so bleich wie das des Leichnams, der aus den hohen Breiten des südlichen Polarmeers hierher verschlagen war.

Was möglich war, um den Unglücklichen aufzunehmen, geschah ohne Zögern ... Wer wusste, ob er nicht vielleicht noch ins Leben zurückgerufen werden konnte. Wahrscheinlich enthielten seine Taschen irgendein Schriftstück, das seine Persönlichkeit festzustellen erlaubte. Dann würde ein letztes Gebet gesprochen und dieser Überrest eines menschlichen Wesens in die Tiefe des Ozeans versenkt werden, dem Friedhof der auf dem Meer verstorbenen Seeleute.

Sofort wurde ein Boot flottgemacht. Der Hochbootsmann nahm darin mit den Matrosen Gratian und Francis Platz, und der Letztere ergriff die Riemen. Durch Gegenbrassen hemmte Jem West den Lauf der Goélette, die jetzt fast still lag und sich mit den langen Wellen hob und senkte.

Mit den Blicken folgte ich dem Boot, das an dem vom Wasser angenagten Rand der Scholle anlegte.

Hurliguerly betrat sie an einer Stelle, die noch mehr Zusammenhang und Festigkeit zu bieten schien. Gratian stieg mit ihm aus, während Francis das Boot mit der Kette eines kleinen Dregganker festhielt.

Beide krochen dann zu dem Leichnam hin, zogen ihn, der eine an den Armen, der andere an den Beinen, vollends herab und brachten ihn ins Boot.

Mit einigen Ruderschlägen gelangten die Leute wieder nach der Goélette. Der von Kopf bis Fuß steinhart gefrorene Leichnam wurde in der Nähe des Fockmasts niedergelegt.

Sofort ging Kapitän Len Guy auf ihn zu und betrachtete ihn aufmerksam, als ob er den Mann zu erkennen suchte.

Es war ein mit groben Stoffen bekleideter Seemann mit wollenen Beinkleidern, einer Jacke aus dickem Gewebe, einem Hemd aus dichtem Molton und mit einem Gürtel, der seine Taille zweimal umschlang. Offenbar war der Unglückliche schon seit mehreren Monaten tot ... vielleicht schon bald, nachdem er auf der Scholle fortgetrieben worden war.

Der Mann, den wir an Bord genommen hatten, konnte nicht älter als vierzig Jahre sein, trotz seines schon grau gesprenkelten Haars. Seine Magerkeit war erschreckend – ein Skelett, an dem die Knochen fast durch die Haut drangen.

Gewiss hatte er auf der unfreiwilligen Fahrt, über fast zwanzig Breitengrade vom Polarkreis aus, alle Qualen des Hungers durchlitten.

Der Kapitän nahm die vom Frost unversehrt erhaltenen Haare des Leichnams, richtete dessen Kopf auf und suchte die Augen zwischen den zusammengefrorenen Lidrändern zu sehen. Plötzlich rief er mit einem herzzerreißenden Seufzer:

»Patterson! Patterson!«

»Patterson?«, entfuhr es auch mir.

Ich glaubte, dass dieser Name, obwohl er so häufig vorkommt, sich meinem Gedächtnis besonders eingeprägt hatte ... Wo hatte ich ihn doch nennen hören, oder hatte ich ihn nicht irgendwo gelesen ...?

Der Kapitän stand still da und ließ die Blicke über den Horizont schweifen, als wolle er Befehl geben, das Schiff nach Süden zu wenden.

Da griff der Hochbootsmann auf einen Wink von Jem West in die Taschen des Toten, worauf er ein Messer, ein Stück Kabelgarn, einen leeren Tabaksbeutel und schließlich ein ledernes Notizbuch mit metallenem Schreibstift hervorzog.

Kapitän Len Guy drehte sich um und sagte, als Hurliguerly das Notizbuch eben Jem West aushändigen wollte:

»Gib es mir!«

Einige Seiten darin waren mit Schriftzügen bedeckt, die von der Feuchtigkeit fast ganz verwischt waren. Auf der letzten Seite aber befanden sich noch einige lesbare Worte, und der Leser wird sich meine tiefe Erregung vorstellen können, als ich hörte, wie der Kapitän sie mit zitternder Stimme vorlas.

»Die Jane« – lauteten sie – *»unter dreiundachtzig ... da ... seit elf Jahren ... Kapitän ... fünf Matrosen noch am Leben ... Beeilt euch, ihnen Hilfe zu bringen ...!«*

Und unter diesen Zeilen ein Name ... eine Unterschrift ... Der Name Patterson ...

Patterson ...! Jetzt entsann ich mich ... Das war der Zweite Offizier der *Jane*, der Obersteuermann jener Goélette, die Arthur Pym und Dirk Peters vom Wrack der *Grampus* aufgenommen hatte ... der *Jane*, die bis zur Höhe der Insel Tsalal gekommen war, der *Jane*, die von den Insulanern überfallen und deren Trümmer durch die Explosion weithin verstreut worden waren ...

Das war also doch alles wahr ...? Edgar Poe hatte als Geschichtsschreiber, nicht als Romandichter gearbeitet? Hatte das Tagebuch Arthur Gordon Pyms als Grundlage besessen ... war zu ihm in unmittelbare Beziehung getreten ...? Arthur Pym lebte also oder hatte vielmehr gelebt ... er ... ein wirkliches greifbares Wesen? Und er war tot ... einem plötzlichen, beklagenswerten Tod zum Opfer gefallen, unter Umständen, die niemand kannte, da es ihm versagt blieb, den Bericht über seine außergewöhnliche Fahrt zu vollenden! Wie weit hinauf mochte er nach der Flucht von der Insel Tsalal mit seinem

Genossen gekommen ... wie mochten beide in ihre amerikanische Heimat zurückgelangt sein?

Ich glaubte, der Kopf wollte mir zerspringen, ich müsste verrückt werden, ich, der ich eben das Kapitän Len Guy vorwarf! Nein, ich hatte mich verhört, hatte falsch verstanden! Das war alles nur ein Hirngespinst von mir!

Und doch, wie hätte ich dieses Beweisstück ableugnen können, das eben am Körper des Zweiten Offiziers der *Jane* gefunden wurde, die Angaben dieses Patterson, die sich auf so bestimmte Vorkommnisse und Zeiten beriefen? Doch auch der letzte Zweifel musste schwinden, als es Jem West, der jetzt ruhiger erschien, gelang, noch einzelne weitere Bruchstücke der Sätze zu enträtseln.

»Seit dem 3. Juni nach Norden von der Insel Tsalal abgetrieben ...! Da ... noch immer ... Kapitän William Guy und fünf Leute von der Jane. ... *Meine Scholle treibt durch das Packeis ... bald werde ich keine Nahrung mehr haben ... Seit dem 13. Juni ... meine letzten Reserven erschöpft ... Heute ... 16. Juni ... werd ich wohl sterben ...«*

Schon drei Monate lang lag Pattersons Leichnam also auf der Eisscholle, der wir auf der Fahrt von den Kerguelen nach Tristan d'Acunha begegneten. Ach, warum hatten wir den Obersteuermann von der *Jane* nicht lebend retten können! Er hätte uns aufgeklärt über das, was wir nicht wussten, was vielleicht nie jemand erfahren wird ... aufgeklärt über das Geheimnis jenes entsetzlichen Abenteuers!

Jetzt musst' ich mich wohl den Tatsachen beugen. Kapitän Len Guy, der Patterson kannte, hatte ihn in diesem gefrorenen Leichnam wiedergefunden. Er war es, der den Kapitän der *Jane* damals begleitete, als dieser auf den Kerguelen eine Flasche ablegte, und darin befand sich der Brief mit den authentischen Angaben, an die zu glauben ich mich geweigert hatte. Ja! Seit elf Jahren befanden sich die Überlebenden von der englischen Goélette da unten ... ohne Hoffnung, jemals erlöst zu werden!

Da trat mir in der Erregung des Augenblicks wieder die Übereinstimmung der beiden Namen vor Augen, die mir mehr und mehr das Interesse erklärte, das unser Kapitän für alles, was die Angelegenheit Arthur Pyms betraf, an den Tag legte.

Len Guy wandte sich endlich nach mir um und fragte, mich scharf ansehend:

»Glauben Sie denn nun daran?«

»Ja ... freilich ...«, stammelte ich. »Doch Kapitän William Guy von der *Jane ...?*«

»Und Kapitän Len Guy von der *Halbrane* sind Brüder!«, antwortete er mit überlauter Stimme, sodass die ganze Mannschaft ihn hörte.

Als wir dann wieder zu der Stelle, wo die Eisscholle trieb, hinausblickten, hatten die Sonnenstrahlen und das ziemlich warme Wasser ihre Wirkung getan – keine Spur davon war auf der Meeresoberfläche mehr übrig.

SIEBTES KAPITEL

Tristan d'Acunha

Vier Tage darauf lief die *Halbrane* die merkwürdige Insel Tristan d'Acunha an, die gleichsam den Dampfkessel der afrikanischen Meere bildet.

Gewiss war es ein außergewöhnlicher Zufall, das vorher geschilderte Zusammentreffen in fünfhundert Meilen Entfernung vom Polarkreis, das Auftauchen der Leiche von Patterson. Jetzt waren der Kapitän von der *Halbrane* und sein Bruder, der Kapitän von der *Jane*, durch diesen freilich toten Zeugen der Fahrt von Arthur Pym gleichsam aufs Neue verknüpft. Jedermann wird das unwahrscheinlich finden, und doch ist es nichts gegen das, was ich noch zu erzählen habe.

Was mir von Anfang an alle Grenzen der Wahrscheinlichkeit zu übersteigen schien, war die Annahme, dass der Roman des amerikanischen Dichters auf Tatsachen beruht … Mein Verstand empörte sich dagegen! Ich wollte die Augen selbst vor den Beweisen dafür verschließen.

Schließlich musst' ich es doch einsehen, und meine letzten Zweifel verschwanden mit dem Leichnam von Patterson in der Tiefe des Weltmeers.

Und nicht nur unser Kapitän war durch Bande des Blutes mit dieser dramatischen und wahrhaftigen Geschichte verknüpft, wie ich kurz zuvor erfahren hatte, sondern auch unser Segelmaat stand damit in gewisser Verbindung. Martin Holt war nämlich der Bruder eines der besten Matrosen von der *Grampus*, einer von denen, die bei der Rettung von Arthur Pym und Dirk Peters durch die *Jane* wohl mit umgekommen waren.

Zwischen dem 83. und 84. Grad südlicher Breite hatten also sieben englische Seeleute – die heute bis auf sechs vermindert waren – elf Jahre lang auf der Insel Tsalal gelebt: Kapitän William Guy, der Zweite Offizier Patterson und die fünf Matrosen von der *Jane*, die – doch durch welches Wunder? – den Eingeborenen von Klock-Klock glücklich entgangen waren.

Und was wollte Kapitän Len Guy nun unternehmen? – Darüber konnte nicht der leiseste Zweifel aufkommen. Er würde alles versuchen, um die Überlebenden der *Jane* zu retten ... er würde sich mit der *Halbrane* nach dem von Arthur Pym bezeichneten Längengrad begeben und sich mit dem Schiff bis zu der in Pattersons Notizbuch angegebenen Insel Tsalal hinauswagen. Sein Leutnant Jem West ging auf alle Fälle, wohin er ihm zu gehen befahl; seine Mannschaft zögerte gewiss nicht, ihm zu folgen, und die Furcht vor Gefahren, die diese Expedition, die vielleicht bis jenseits der der Menschenkraft gezogenen Grenzen führte, etwa mit sich bringen konnte, würde sie nicht abzuschrecken vermögen. Der Geist ihres Kapitäns lebte in den Leuten, der Arm Jem Wests bewegte ihre Arme ...

Das war also der Grund, warum Kapitän Len Guy die Aufnahme von Passagieren verweigerte, warum er erklärte, nie einer vorherbestimmten Reiseroute zu folgen, da er immer auf die Gelegenheit wartete, sich mit einiger Aussicht auf Erfolg ins Südpolarmeer zu begeben.

Ja, wäre die *Halbrane* schon in der Lage gewesen, diese Fahrt zu unternehmen, ich glaube, Kapitän Len Guy hätte augenblicklich den Befehl erteilt, nach Süden zu steuern. Und nach dem, was ich ihm bei meiner Einschiffung erklärt hatte, hätte ich ihn nicht zur Einhaltung des jetzigen Kurses veranlassen können, um mich auf der Insel Tristan d'Acunha abzusetzen.

Vorläufig war es jedoch nötig, auf dieser Insel, von der wir nicht mehr weit entfernt waren, Süßwasser aufzunehmen. Dort fand sich wohl auch die Möglichkeit, die Goélette für den Kampf gegen die Eisberge auszurüsten und das freie Meer zu erreichen, denn jenseits des 82. Breitengrads sollte es ja eisfrei sein, dann weiter vorzudringen, als einem Cook, Weddell, einem Biscoe und Kamp gelungen war, und das zu versuchen, was einst Leutnant Wilkes von der amerikanischen Marine versucht hatte.

Nun, einmal auf Tristan d'Acunha gelandet, gedachte ich dort ein anderes Schiff abzuwarten. Doch selbst wenn die *Halbrane* jetzt ausgerüstet gewesen wäre, die waghalsige Fahrt zu unternehmen, hätte es die Jahreszeit noch nicht einmal gestattet, den Polarkreis zu überqueren. Jetzt war die erste Septemberwoche noch nicht vorbei, und es mussten noch mindestens zwei Monate verstreichen, ehe der südliche Sommer den Packeiswall lockerte und die Eisschollen zum Zerfallen brachte.

Nur dann – das war allen Seefahrern bekannt –, das heißt von Mitte November bis Anfang März, können solche Unternehmungen mit einiger Aussicht auf Erfolg ausgeführt werden, dann ist die Lufttemperatur erträglicher, dann sind Stürme weniger häufig, dann »kalben« die Eisberge, also reißen sich von der dahinter liegenden Masse los, das Packeis öffnet sich stellenweise, und beständiges Tageslicht badet jene entlegenen Gebiete. Hier galten also Vorsichtsmaßnahmen, die die *Halbrane* vernünftigerweise nicht außer Acht lassen durfte. Falls nötig, konnte unsere Goélette, nachdem sie ihren Wasservorrat auf Tristan d'Acunha ergänzt und frische Nahrungsmittel aufgenommen hatte, bis dahin noch immer an den Falkland-Inseln oder an der amerikanischen Küste einen für etwaige Ausbesserungen geeigneteren Hafenplatz aufsuchen als den an dieser in der Wasserwüste des südatlantischen Ozeans verlorenen Gruppe.

Bei klarer Luft ist die Hauptinsel auf fünfundachtzig bis neunzig Seemeilen weit sichtbar. Die nachfolgenden Mitteilungen über Tristan d'Acunha erhielt ich von dem Hochbootsmann, der nach wiederholten Besuchen der Insel seine Aussagen auf persönliche Anschauung und Erfahrung stützte.

Tristan d'Acunha liegt etwas südlich von der Zone des beständigen Südwestwinds. Sein mildes und feuchtes Klima zeigt eine gemäßigte Luftwärme, die nie unter 25° Fahrenheit, also etwa 4° Celsius unter Null, herabsinkt und nie über 68° Fahrenheit, nämlich 20° Celsius über Null, ansteigt. Die vorherrschenden Winde kommen aus Westen und Nordwesten und während des Winters – im August und September – aus Süden.

Die Insel wurde seit 1811 von dem Amerikaner Lambert und mehreren seiner Landsleute bewohnt, die zum Fang von Meersäugetieren ausgezogen waren. Nach ihnen ließen sich hier zur Überwachung des Meeres bei St. Helena bestimmte englische Soldaten häuslich nieder, die erst 1821, nach dem Tod Napoleons, wieder abzogen.

Tristan d'Acunha zählte dreißig oder vierzig Jahre später etwa hundert Bewohner von recht hübschem Typus, Abkömmlinge von Europäern, Amerikanern und Holländern vom Kap; vorher war auch hier eine Republik gegründet worden, der ein Patriarch – der Familienvater, der die meisten Kinder hatte – vorstand, und zuletzt erkannte die Inselgruppe die Oberherrschaft Großbritanniens an; von alledem war aber 1839, als die *Halbrane* dort vor Anker gehen sollte, noch keine Rede.

Übrigens sollte ich mich durch persönliche Beobachtung bald überzeugen, dass Tristan d'Acunha gar kein so begehrenswerter Besitz war, obwohl sein Name im 16. Jahrhundert »Land des Lebens« lautete. Wenn es sich einer ihm eigentümlichen Flora erfreut, so besteht diese doch nur aus Farnkräutern, Bärlapp und einem stachligen Gras, einer Ginsterart, die den Fuß der Berge überkleidet. Was die Haustiere angeht, so bilden Rinder, Schafe und Schweine den einzigen Reichtum und sind der Gegenstand eines unbedeutenden Handels mit St. Helena. Reptilien und Insekten kommen gar nicht vor, und die Wälder bergen nur eine kaum gefährliche Katzenart – eine wieder wild gewordene Art Hauskatze.

Der einzige Baum, den die Insel hervorbringt, ist ein achtzehn bis zwanzig Fuß hoher Kreuzdorn; dagegen wird viel zum Heizen benutztes Holz durch die Strömungen hierhergetragen. An Gemüsepflanzen fand ich nur Kohl, Steckrüben und rote Rüben, Zwiebeln und Kürbisse und an Früchten Birnen, Pfirsiche und recht minderwertige Weintrauben. Der Liebhaber der Vogelwelt hätte nichts anderes als Möwen, Sturmvögel, Pinguine und Albatrosse zu jagen; andere Arten hat ihm die Ornithologie von Tristan d'Acunha nicht zu bieten.

Am Morgen des 5. September war es, als der hohe Vulkan der Hauptinsel sichtbar wurde – ein schneebedeckter Bergstock von zwölfhundert Toisen Höhe, dessen erloschener Krater ein kleines Seebecken bildet. Als wir uns am folgenden Morgen weiter näherten, konnte man die breiten Ströme alter Lava unterscheiden, die einem Moränenfeld glichen.

Hier schwammen Streifen riesigen Meergrases auf der Meeresfläche, wirkliche pflanzliche Taue, die bei einer Länge von sechshundert bis zwölfhundert Fuß zuweilen so dick wie eine Tonne waren.

Ich muss hier einfügen, dass sich Kapitän Len Guy an den drei

Tagen nach dem Zusammentreffen mit der Eisscholle auf dem Verdeck nur zeigte, wenn er eine Höhenmessung der Sonne vornahm. Gleich danach kehrte er in seine Kabine zurück, und nur beim Essen hatte ich noch Gelegenheit, ihn zu sehen. Es war unmöglich gewesen, ihn aus seiner Schweigsamkeit, die eher völliger Stummheit gleichkam, zu wecken. Selbst Jem West hätte hier nichts erreicht. Ich wahrte die strengste Zurückhaltung, in der Meinung, die Stunde werde schon kommen, wo Len Guy mit mir über seinen Bruder William und über sein Vorhaben, ihn und seine Landsleute zu retten, sprechen würde. Diese Stunde war, wie ich hier wiederhole, in Anbetracht der Jahreszeit noch nicht gekommen, als diese Goélette am 6. September bei achtzehn Faden Tiefe Anker warf, und zwar an der Nordwestküste nahe der größeren Insel, vor dem Hintergrund der Falmouth Bay, genau an der Stelle, die Arthur Pym in seinem Bericht als Ankerplatz der *Jane* bezeichnet hatte.

Ich sagte *der größeren Insel*, denn die Gruppe von Tristan d'Acunha besteht auch aus noch zwei weniger bedeutenden. Etwa acht Meilen im Südwesten liegt die eine, die den Namen »Die Unnahbare« trägt, und etwa fünf Meilen im Südosten die andere, die Nachtigall-Insel. Der ganze Archipel ist etwa unter 37° 8′ südlicher Breite und 12° 8′ westlicher Länge zu suchen.

Die Inseln sind kreisrund. Auf der Karte ähnelt Tristan d'Acunha einem aufgespannten Regenschirm von fünfzehn Seemeilen Umfang, dessen im Mittelpunkt zusammenlaufende Stäbe von den regelmäßigen Bergrücken dargestellt werden, die von dem zentralen Vulkan ausgehen.

Die Gruppe bildet ein fast unabhängiges ozeanisches Landgebiet, das von dem Portugiesen entdeckt wurde, der ihm seinen Namen gab. Nach einer Untersuchung durch Holländer im Jahr 1643 und einer durch Franzosen im Jahr 1767 siedelten sich hier einige Amerikaner an, um Seekälber zu fangen, die an den Küsten in großer Zahl vorkommen. Natürlich folgten diesen bald die unvermeidlichen Engländer.

Zur der Zeit, als die *Jane* hier gelegen hatte, »herrschte« ein früherer englischer Artillerie-Unteroffizier über eine kleine Kolonie von sechsundzwanzig Personen, die, nur im Besitz einer Goélette von mäßigem

Tonnengehalt, mit dem Kap Handelsverbindungen unterhielten. Bei unserer Ankunft hatte derselbe »Gouverneur« namens Glass wohl schon etwa fünfzig »Untertanen«, doch, wie Arthur Pym bemerkt, ganz »frei von jedem Eingriff der britischen Regierung«. Ein Meer, dessen Tiefe zwischen zwölfhundert und fünfzehnhundert Faden schwankt, umspült die Gruppe, neben der die südliche Äquinoktialströmung nach Westen hin verläuft. Im Allgemeinen sind hier regelmäßige Südwestwinde vorherrschend, während Stürme nur selten auftreten. Im Winter treiben die Eisschollen oft bis 10° über den Breitengrad der Gruppe hinaus, ohne St. Helena doch je zu erreichen – ebenso wenig wie die großen Spritzfische, wie Wale und dergleichen, die zu warmes Wasser meiden.

Die an den Spitzen eines Dreiecks liegenden Inseln sind voneinander durch verschiedene etwa zehn Seemeilen breite und bequem schiffbare Wasserstraßen getrennt. Ihre Küsten liegen frei und dicht; um Tristan d'Acunha hat das Meer schon hundert Faden Tiefe.

An jenen Ex-Unteroffizier musste sich nun die *Halbrane* nach ihrer Ankunft wenden. Der Mann erwies sich übrigens als recht wohlwollend. Jem West, dem Kapitän Len Guy es überließ, die Wasserbehälter neu zu füllen und frisches Fleisch und Gemüse einzukaufen, konnte Glass' Zuvorkommenheit nur rühmen, wenn dieser auch darauf achtete, eine anständige Bezahlung zu erhalten.

Bald nach der Ankunft der *Halbrane* zeigte es sich indes, dass auf Tristan d'Acunha nicht alles zu beschaffen war, was zur Ausrüstung eines Schiffs gehörte, das eine Fahrt in das Antarktische Meer durchführen wollte. Bezüglich der Nahrungsmittel bietet Tristan d'Acunha dagegen für die Seefahrer günstige Voraussetzungen. Ihre Vorgänger haben allerlei Haustiere, Schafe, Schweine, Rinder und Geflügel, eingeführt, während der amerikanische Kapitän Patten, der Befehlshaber der *Industry*, gegen Ende des vorigen Jahrhunderts hier nur vereinzelte wilde Ziegen vorgefunden hatte. Nach ihm ließ der Kapitän Colguhum von der amerikanischen Brigg *Betsey* Zwiebeln, Kartoffeln und verschiedene Gemüse anpflanzen, die bei dem fruchtbaren Erdboden recht gut gediehen. Das erzählt Arthur Pym wenigstens in seinem Bericht, und man hat kaum Grund, daran zu zweifeln.

Der Leser wird bemerken, dass ich von dem Helden Edgar Poes wie von einem Menschen spreche, an dessen Existenz ich niemals gezweifelt hatte. Es wundert mich auch, dass Kapitän Len Guy mir gegenüber auf dieses Thema nie wieder zu sprechen kam. Offenbar waren die Aufzeichnungen in Pattersons Notizbuch doch nicht aus Berechnung erdacht worden, und es hätte mir übel angestanden, meinen früheren Irrtum nicht einzugestehen.

Falls ich übrigens noch irgendeinen Zweifel hegte, kam zu den Angaben des Zweiten Offiziers von der *Jane* noch ein weiterer, unwiderlegbarer Beweis.

Am Tag nach unserem Eintreffen war ich an einem schönen Strand mit schwärzlichem Sand an Land gegangen. Ich sagte mir, dass ein solcher Strand nicht auf die Insel Tsalal habe versetzt werden können, wo diese Trauerfarbe ohne das Weiß herrschte, das die Insulaner in eine so heftige, zu Schlaffheit und geistiger Stumpfheit führende Aufregung versetzte. Doch wenn ich diese wundersamen Dinge auch nicht direkt für erfunden hielt, konnte Arthur Pym doch vielleicht das Opfer einer Sinnestäuschung gewesen sein. Was davon zu halten wäre, das müsste sich ja bei der Insel Tsalal zeigen, wenn die *Halbrane* je dahin gelangte.

Ich begegnete dem Ex-Korporal Glass, einem gut erhaltenen Mann mit freilich ziemlich verschmitztem Gesichtsausdruck, dessen sechzig Jahre seine sprudelnde Lebhaftigkeit nicht zu schwächen vermocht hatten. Abgesehen von dem Geschäftsverkehr mit dem Kap und den Falkland-Inseln, trieb er noch einen ausgedehnten Handel mit Robbenfellen und See-Elefantenöl, und seine Geschäfte gediehen offenbar nach Wunsch.

Da er zum Plaudern viel Neigung hatte, verwickelte ich diesen selbst ernannten Gouverneur, den die Kolonie jedoch anerkannte, gleich beim ersten Zusammentreffen mühelos in eine Unterhaltung, die sich in mehr als einer Hinsicht recht interessant gestalten sollte.

»Laufen Tristan d'Acunha denn viele Schiffe an?«, fragte ich.

»Oh, so viele, wie wir brauchen, allemal, werter Herr«, antwortete er und rieb sich die Hände hinter dem Rücken – eine, wie es scheint, bei ihm eingefleischte Gewohnheit.

»In der schönen Jahreszeit natürlich«, fuhr ich fort.

»Ja, in der schönen Jahreszeit, wenn wir in unserer Gegend überhaupt von einer schlechten sprechen können.«

»Da gratuliere ich Ihnen, Herr Glass. Zu bedauern ist freilich, dass Tristan d'Acunha keinen eigentlichen Hafen hat, und wenn ein Schiff draußen im offenen Meer ankern muss . . .«

»Auf dem offenen Meer, mein Herr? Was meinen Sie damit?«, rief der Ex-Korporal mit einer Lebhaftigkeit, die große Eigenliebe verriet.

»Ich meine nur, Mister Glass, wenn Sie hier Kais zum Anlegen hätten . . .«

»Wozu, mein Herr, wenn die Natur uns eine Bay wie diese beschert hat, wo man gegen jeden Sturm gesichert ist und sich im Notfall mit der Nase an den Felsen festmachen kann? Nein, Tristan hat freilich keinen Hafen, aber es braucht auch keinen!«

Warum hätt' ich dem wackeren Mann widersprechen sollen? Er war auf seine Insel ebenso stolz wie der Fürst von Monaco ein Recht hat, auf sein Duodezfürstentum stolz zu sein.

Ich ließ also das erste Thema fallen, und wir schwatzten von diesem und jenem. Er erbot sich, einen Ausflug durch die dichten Wälder, die bis zur halben Höhe des Mittelgipfels hinanreichen, zu unternehmen.

Ich dankte, entschuldigte mich aber, sein Angebot ablehnen zu müssen. Die Stunden unseres Aufenthalts konnte ich schon mit einigen mineralogischen Studien ausfüllen. Die *Halbrane* sollte auch sofort nach der Neuverproviantierung die Anker lichten.

»Ihr Kapitän muss ganz besondere Eile haben«, bemerkte der Gouverneur Glass.

»Finden Sie?«

»Solche Eile, dass sein Leutnant mit mir nicht einmal wegen des Einkaufs von Fellen und Öl verhandelt.«

»Wir brauchen nur frische Nahrungsmittel und Süßwasser, Mister Glass.«

»Nun, mein Herr«, entgegnete der Gouverneur, etwas verdrossen, »was die *Halbrane* nicht mitnimmt, das werden andere Schiffe nicht liegen lassen!«

Bald darauf ergriff er wieder das Wort.

»Wohin geht Ihre Goélette von hier aus?«

»Wohl zu den Falkland-Inseln, wo sie Reparaturen vornehmen lassen kann.«

»Sie, werter Herr, sind, wie ich vermute, nur Passagier?«

»Sie sagen es, Mister Glass. Ich hatte sogar die Absicht, auf Tristan d'Acunha einige Wochen zu bleiben, musste davon aber schließlich absehen.«

»Das bedaure ich wirklich, werter Herr!«, erklärte der Gouverneur. »Wir hätten uns glücklich geschätzt, Sie gastfreundlich aufzunehmen, bis ein anderes Schiff eintrifft.«

»Eine Gastfreundschaft, die ich gewiss zu schätzen gewusst hätte«, versicherte ich. »Leider kann ich davon nicht Gebrauch machen.«

In der Tat war ich entschlossen, die Goélette auf keinen Fall zu verlassen. Nach dem Aufenthalt hier sollte sie zu den Falkland-Inseln steuern, wo alle Vorbereitungen zu einer Fahrt ins Antarktische Meer getroffen werden sollten. Bis dahin gedachte ich mitzufahren, da sich dort gewiss ohne großen Zeitverlust eine Gelegenheit bieten musste, nach Amerika zurückzukehren, und Kapitän Len Guy würde ja wohl zustimmen, mich mitzunehmen.

Mit dem Ausdruck der Verwunderung fuhr der Ex-Korporal fort:

»Wahrhaftig, ich habe von Ihrem Kapitän weder die Farbe der Haare noch den Teint seines Gesichts gesehen.«

»Ich glaube, er denkt gar nicht daran, einmal an Land zu gehen, Mister Glass.«

»Ist er etwa krank?«

»Nicht dass ich wüsste! Doch das stört Sie wohl kaum; er hat sich ja durch seinen Leutnant vertreten lassen.«

»Oh, mit dem kann man ja nicht reden! Kaum dass man dann und wann zwei Worte aus ihm herausbringt! Zum Glück kommen die Piaster leichter aus seiner Börse als die Worte aus seinem Mund.«

»Das ist ja das Wichtigste, Mister Glass!«

»Ja freilich, Mister ...?«

»Jeorling, aus Connecticut.«

»Na, jetzt weiß ich doch immerhin Ihren Namen, während ich den des Kapitäns der *Halbrane* noch nicht kenne.«

»Er heißt Guy ... Len Guy ...«

»Ein Engländer?«

»Ja, ein Engländer.«

»Er hätte wohl auch die Mühe nicht zu scheuen brauchen, einen Landsmann aufzusuchen, Mister Jeorling ... Doch ... erlauben Sie ... ich habe doch schon einmal mit einem Kapitän namens Guy zu tun gehabt ...«

»Etwa William Guy?«, fragte ich erregt.

»Ganz recht: William Guy ...«

»Der die *Jane* befehligte ...?«

»Die *Jane* ... richtig.«

»Eine englische Goélette, die vor elf Jahren bei Tristan d'Acunha ankerte?«

»Vor elf Jahren, ja, Mister Jeorling. Schon sieben Jahre früher war ich hier auf der Insel gewesen, wo mich im Jahr 1824 der Kapitän Jeffrey von der *Berwick* aus London fand. Ich erinnere mich an jenen William Guy so genau, als ob ich ihn vor mir sähe ... er war ein braver Mann, der das Herz auf dem rechten Fleck hatte, und ich lieferte ihm damals eine Ladung Robbenfelle. Er sah ein bisschen vornehm, sogar stolz aus ... war aber von gutmütigem Naturell ...«

»Und die *Jane?*«, fragte ich.

»Die seh' ich auch noch ... dort, an derselben Stelle, wo die *Halbrane* liegt ... ein hübsches Gefährt von 180 Tonnen mit weit ausladendem Bug ... Liverpool war ihr Heimathafen ...«

»Ja, das stimmt«, rief ich überrascht, »das stimmt alles!«

»Und fährt die *Jane* auch jetzt noch, Mister Jeorling?«

»Nein, Mister Glass.«

»Ist sie etwa gar verunglückt?«

»Das ist mit Sicherheit anzunehmen, und der größte Teil der Mannschaft ist mit ihr verschwunden.«

»Können Sie mir auch sagen, wie das sich zugetragen hat, Mister Jeorling?«

»Gewiss, Mister Glass! Die *Jane* nahm von Tristan d'Acunha aus Kurs auf die Aurora-Inseln und auf andere, die William Guy zu finden hoffte. Er stützte sich dabei auf Angaben ...«

»... die von mir stammen, Mister Jeorling!«, fiel der Ex-Korporal ein. »Nun ... und jene andern Inseln ... darf ich wissen, ob die *Jane* sie entdeckt hat?«

»Nein, ebenso wenig wie die Aurora-Inseln, obwohl William Guy mehrere Jahre lang in jenen Gewässern von Osten nach Westen gesegelt ist, wobei auf der *Mars* stets ein Mann auf Ausguck saß ...«

»Da muss er doch die richtige Örtlichkeit verfehlt haben, Mister Jeorling, denn nach der Aussage verschiedener Walfänger, die ich für ganz glaubwürdig halte, muss es jene Inseln geben. Es ist ja sogar schon davon die Rede gewesen, sie nach mir zu benennen ...«

»Und das gewiss mit Recht«, fügte ich höflich an.

»Und wenn sie nicht doch noch entdeckt werden sollten, wäre das recht ärgerlich«, setzte der Gouverneur hinzu, der eine gute Portion Eitelkeit verriet.

»Damals wollte Kapitän William Guy also«, fuhr ich fort, »ein schon lange geplantes Vorhaben durchführen, zu dem ihn ein Passagier antrieb, der sich auf der *Jane* befand.«

»Arthur Gordon Pym«, rief Glass sofort, »und sein Gefährte Dirk Peters ... die beide von der Goélette aus dem Meer gefischt worden waren.«

»Haben Sie denn die Leute gekannt, Mister Glass?«, fragte ich gespannt.

»Und ob ich sie gekannt habe, Mister Jeorling! – Er war ein eigentümlicher Bursche, dieser Arthur Pym ... immer begierig, sich in Abenteuer zu stürzen ... ein unerschrockener Amerikaner, der wohl sogar bereit gewesen wäre, zum Mond aufzubrechen! Und der soll nicht zu den besagten Inseln gekommen sein?«

»Nein, Mister Glass. Die Goélette von William Guy scheint bei ihrer Fahrt aber den Polarkreis überschritten und das Packeis durchbrochen zu haben, wobei sie dann weiter hinaufgelangt wäre, als je ein Schiff vor ihr.«

»Ah, eine erfolgreiche Reise!«, rief Glass.

»Gewiss ... Doch leider ist die *Jane* davon nicht zurückgekehrt.«

»Arthur Pym und Dirk Peters – Letzterer ein Mestize von außergewöhnlicher Körperkraft, den sechs Mann nicht hätten zu Boden werfen können – die sollen also umgekommen sein, Mister Jeorling?«

»Nein, das nicht, Mister Glass; Arthur Pym und Dirk Peters konnten der Katastrophe entgehen, der die *Jane* mit der Mehrzahl ihrer Leute zum Opfer gefallen ist. Sie sind sogar nach Amerika heimgekehrt ... auf welche Weise, ist freilich unbekannt. Später ist Arthur Pym unter ungeklärten Umständen gestorben. Der Mestize aber, der sich nach Illinois zurückgezogen hatte, ist eines Tages, ohne jemanden davon zu benachrichtigen, verschwunden, und seine Spur ist gänzlich verloren.«

»Und William Guy selbst?«, fragte Glass.

Ich erzählte nun, wie die Leiche von Patterson, dem Zweiten Offizier der *Jane*, von uns auf einer Scholle gefunden worden war, und fügte hinzu, dass alles darauf hindeutete, dass der Kapitän der *Jane* mit fünf seiner Leute noch auf einer tief im Süden, kaum 6° vom Pol gelegenen Insel lebte.

»Oh, Mister Jeorling«, rief Glass erregt, »möge es doch gelingen, William Guy und seine Matrosen, die mir alle als recht brave Leute erschienen, bald zu retten!«

»Das wird die *Halbrane* versuchen, sobald sie dazu ausgerüstet ist, denn Kapitän Len Guy ist der leibliche Bruder jenes William Guy ...«

»Was sagen Sie da, Mister Jeorling!«, fuhr Glass auf. »Nun, obwohl ich Kapitän Len Guy nicht kenne, möchte ich doch behaupten, dass die zwei Brüder sich nicht ähneln ... wenigstens nicht bezüglich der Art und Weise, wie sie sich dem Gouverneur von Tristan d'Acunha gegenüber verhalten haben!«

Ich sah, dass der Ex-Korporal sich durch die Gleichgültigkeit von Len Guy, der ihm nicht einmal einen Besuch abgestattet hatte, tief verletzt fühlte. Man bedenke nur: der Beherrscher dieser unabhängigen Insel, dessen Machtbereich auch noch zwei Nachbarinseln, Inaccessible und Nightingale, umfasste! Er tröstete sich aber wohl mit der Aussicht, seine Ware fünfundzwanzig Prozent über dem reellen Wert abzusetzen.

Kapitän Len Guy zeigte keinen Augenblick die Absicht, den Fuß an Land zu setzen. Das war um so auffälliger, als er doch wusste und wissen musste, dass die *Jane* hier, an der Nordwestküste von Tristan d'Acunha, vor Anker gelegen hatte, ehe sie in die südlichen Meere absegelte. Sich mit dem letzten Europäer, der seinem Bruder noch die Hand gedrückt hatte, in Verbindung zu setzen, das erschien doch gewiss angezeigt.

Jem West und seine Leute blieben indes die Einzigen, die an Land kamen. Dabei beeilten sie sich, das Zinn und das Kupfererz, die bisherige Fracht der Goélette, zu löschen und frischen Proviant nebst Süßwasser aufzunehmen.

Die ganze Zeit über blieb Kapitän Len Guy an Bord, sogar ohne je das Verdeck zu betreten, und immer sah ich ihn über den Tisch gebeugt durch das Schiebefenster seiner Kabine.

Auf dem Tisch lagen Karten ausgebreitet und Bücher aufgeschlagen. Ohne Zweifel waren es Karten der Südpolargebiete und Bücher, die die Fahrten der Vorgänger der *Jane* in den geheimnisvollen antarktischen Einöden schilderten.

Darunter befand sich auch ein hundertmal gelesener und wieder gelesener Band, dessen Seiten fast alle umgeknickt waren, während sich am Rand zahlreiche Bleistiftnotizen befanden ... Auf dem Umschlag aber leuchtete der wie mit feurigen Buchstaben gedruckte Titel: *Die Abenteuer des Arthur Gordon Pym.*

ACHTES KAPITEL

Auf dem Weg zu den Falkland-Inseln

Am Abend des 8. September hatte ich von Seiner Exzellenz dem Generalgouverneur des Archipels von Tristan d'Acunha – so lautete der offizielle Titel –, von dem braven Glass, dem Ex-Korporal der britischen Artillerie, Abschied genommen. Am folgenden Tag ging die *Halbrane* frühzeitig unter Segel.

Selbstverständlich hatte ich von Kapitän Guy die Erlaubnis erhalten, bis zu den Falkland-Inseln mitzufahren. Es handelte sich dabei um eine Strecke von zweitausend Seemeilen, die in etwa vierzehn Tagen zurückgelegt werden konnte, wenn unsere Fahrt jetzt ebenso wie zwischen den Kerguelen und Tristan d'Acunha von Wind und Wetter begünstigt wurde. Den Kapitän Len Guy schien mein Gesuch gar nicht zu überraschen, er schien es vielmehr erwartet zu haben. Ich selbst erwartete dagegen, dass er gelegentlich wieder auf Arthur Pym zu sprechen käme, doch über dieses Thema bewahrte er mir gegenüber hartnäckiges Schweigen, seit die Auffindung des unglücklichen Patterson ihm gegen meine Auffassung des Werks von Edgar Poe so offensichtlich recht gegeben hatte.

Doch wenn er das bisher vermied, so behielt er sich wohl nur vor, es bei passender Gelegenheit zu tun. Übrigens blieb das ja ohne Einfluss auf seine letzten Pläne, und er war gewiss entschlossen, die *Halbrane* zu den weit entlegenen Gebieten zu führen, wo die *Jane* einst untergegangen war.

Nach Umschiffung der Herald-Spitze verschwanden die wenigen Häuschen der Siedlung hinter jenem Landvorsprung neben der Falmouth Bay. Bei der Richtung des Schiffs nach Nordwesten gestattete eine leichte Brise, alle Segel zu entfalten.

Im Laufe des Vormittags ließen wir die Elefanten-Bay, Hardy Rock, West Point, Cotton Bay und zuletzt das Vorgebirge Daley hinter uns. Es dauerte nicht einmal einen ganzen Tag, um auch den achttausend

Fuß hohen Vulkan aus den Augen zu verlieren, da uns schon die Abenddämmerung seinen schneeigen Gipfel verbarg.

Die ganze Woche hindurch verlief die Fahrt unter den günstigsten Bedingungen, und wenn das so fortging, würde der September noch nicht zu Ende sein, bis wir die ersten Höhen der Gruppe der Falkland-Inseln zu Gesicht bekamen. Diese Überfahrt sollte uns schon weit nach Süden bringen, da die Goélette vom 38. bis zum 55. Breitengrad hinuntersteuern musste.

Da nun Kapitän Len Guy bestimmt die Absicht hatte, tief in die antarktischen Gebiete vorzudringen, erscheint es hier angezeigt, ja sogar unumgänglich, auszugsweise die Versuche anzuführen, die zum Erreichen des Südpols oder doch des großen Festlands, in dem dieser Zentralpunkt liegen mochte, gemacht worden sind. Len Guy hatte mir die Bücher zur Verfügung gestellt, worin alle jene Unternehmungen sehr detailliert geschildert sind, darunter auch das große Werk Edgar Poes mit dem Titel »Außerordentliche Geschichten«, das ich unter dem Eindruck meiner bisherigen merkwürdigen Erfahrungen mit wirklicher Leidenschaft durchstudierte.

Wenn Arthur Pym sich auch verpflichtet glaubte, die wichtigsten Entdeckungen der ersten Seefahrer zu erwähnen, so musste er doch vor jenen nach dem Jahr 1828 selbstverständlich haltmachen. Da ich nun zwölf Jahre nach ihm schreibe, obliegt es mir, das mitzuteilen, was seine Nachfolger bis zur jetzigen Fahrt der *Halbrane*, 1839 bis 1840, erreicht hatten.

Das Gebiet, das man geografisch als das antarktische bezeichnen darf, scheint etwa vom sechzigsten Grad südlicher Breite eingeschlossen zu sein.

Im Jahr 1772 trafen die *Resolution* von Kapitän Cook und die *Adventure* von Kapitän Fourneaux am achtundfünfzigsten Grad auf das Eis, dessen Rand etwa von Nordwest nach Südost verlief. Die beiden Schiffe erreichten, während sie unter den schlimmsten Gefahren zwischen ungeheuren Eismassen hindurchschlüpften, Mitte Dezember den vierundsechzigsten Breitengrad, überschritten im Januar den Polarkreis und wurden schließlich von acht bis zwanzig Fuß hohen, frei aufragenden Eismassen unter 67° 17′ aufgehalten, also nahe dem südlichen Polarkreis, der sich bei 66° 32′ 3″ befindet.

Im folgenden Jahr versuchte Kapitän Cook im Monat November noch einmal, weiter vorzudringen. Unterstützt von einer kräftigen Strömung und dem Nebel, den Stürmen und einer recht strengen Kälte trotzend, gelangte er ein wenig über den 71. Breitengrad hinaus, sah sich hier aber endgültig aufgehalten durch unüberwindliches Packeis, durch feste, zweihundert bis dreihundert Fuß hohe, an ihren Rändern verlötete Massen, die bei 71° 10′ südlicher Breite und 106° 54′ westlicher Länge noch von riesigen Eisbergen überragt wurden.

Weiter sollte der unerschrockene englische Kapitän auf den antarktischen Meeren nicht vordringen.

Dreißig Jahre später, 1803, sollte die russische Expedition der Kapitäne Krusenstern und Lisiansky, die von Südwinden zurückgetrieben wurden, nur bis 59° 52′ südlicher Breite und 70° 15′ westlicher Länge gelangen, obwohl die im März unternommene Fahrt vom Eis nicht behindert wurde.

Im Jahr 1818 entdeckten William Smith und nach ihm Barnesfield die South Shetlands; ferner Botwell, 1820, die South Orkneys, und Palmer und andere Robbenjäger kamen bis in Sicht der Trinity-Insel, wagten sich aber nicht darüber hinaus.

Im Jahr 1819 drangen die *Vostock* und die *Mirni* von der russischen Marine, unter dem Befehl von Kapitän Bellingshausen und von Leutnant Lazarew, nachdem sie an der Insel Georgia vorübergekommen waren und das Sandwichland umschifft hatten, sechshundert Seemeilen nach Süden vor und erreichten dabei auch den siebzigsten Breitengrad. Bei einem zweiten Versuch unter 160° östlicher Länge gelang es ihnen ebenfalls nicht, weiter zum Pol hin vorzudringen. Sie entdeckten bei dieser Gelegenheit aber die Inseln Peters I. und Alexanders I., die jedoch wahrscheinlich mit dem von dem Amerikaner Palmer gesichteten Land zusammenhängen.

Erst 1822 kam der Kapitän James Weddell von der englischen Flotte, wenn sein Bericht nicht Übertreibungen enthält, bis 74° 15′ südlicher Breite hinauf, wo er ein eisfreies Meer antraf, was ihn veranlasste, das Vorhandensein eines polaren Festlands zu leugnen. Ich bemerke hierzu, dass die Route dieses Seefahrers dieselbe ist, der sechs Jahre später auch die *Jane* von Arthur Pym folgen sollte.

Im Jahr 1823 unternahm der Amerikaner Benjamin Morrell auf der Goélette *Wash* im März eine erste Erforschungsfahrt, die ihn erst bis 69° 15′ südlicher Breite, später unter 70° 14′ zu einem offenen Meer brachte, über dem die Lufttemperatur 47° Fahrenheit, also + 8,33° Celsius, und die Wassertemperatur 44° Fahrenheit, also + 6,67° Celsius, betrug – Beobachtungen, die mit den an Bord der *Jane* und neben der Insel Tsalal gemachten vollkommen übereinstimmen. Hätte es ihm nicht an Proviant gefehlt, so versichert Kapitän Morell, dass er, wenn auch nicht den Südpol selbst, so doch wenigstens den 85. Breitengrad hätte erreichen können. In den Jahren 1829 und 1830 brachte ihn eine Expedition auf der *Antarctique* unter 116° Länge ohne nennenswerte Hindernisse bis 70° 30′, wobei er Südgrönland entdeckte.

Genau zu der Zeit, wo Arthur Pym und Dirk Peters weiter als alle ihre Vorgänger hinaufdrangen, überschritten die Engländer Forster und Kendal, von der Admiralität zur Bestimmung der Gestalt der Erde mittels Beobachtung der Pendelschwingungen an verschiedenen Punkten beauftragt, nicht einmal 64° 45′ südlicher Breite.

Im Jahr 1830 wurde John Biscoe, der Befehlshaber der *Tuba* und der *Lively*, deren Eigentümer die Brüder Enderby waren, beauftragt, bei der Jagd auf Wale und Seehunde die südlichen Gebiete zu erforschen. Im Januar 1831 segelte der Genannte über den 60. Breitengrad, erreichte 68° 51′ unter 10° östlicher Länge, musste dann vor undurchdringlichem Eis haltmachen, entdeckte jedoch unter 65° 57′ südlicher Breite und 45° östlicher Länge ein großes Land, das er Enderby-Land taufte, das er aber leider nicht anlaufen konnte. Bei einer zweiten Fahrt, 1832, kam er über den 66. Grad nur noch siebenundzwanzig Minuten weit hinaus. Er entdeckte jedoch und taufte die Insel Adelaide vor einem hohen und sich weithin fortsetzenden Land, das Graham Land genannt wurde. Aus den Ergebnissen dieser Fahrt schloss die Königliche Geographische Gesellschaft, dass zwischen dem 47. und 69. Grad östlicher Länge unter dem 66. und 67. Breitengrad ein großes Festland liegen werde. Arthur Pym hatte aber wohl recht gehabt mit seiner Behauptung, dass das ein Fehlschluss sein müsse, da Weddell über jenes angebliche Land hingesegelt und die *Jane* derselben Richtung weit über den 74. Breitengrad hinauf gefolgt war.

Im Jahr 1835 verließ der englische Leutnant Kemp die Kerguelen. Nachdem er unter 70° östlicher Länge Anzeichen von Land beobachtet hatte, fuhr er bis zum 66. Grad hinauf, entdeckte auch eine Küste, die wahrscheinlich mit Enderby-Land zusammenhing, drang aber nicht weiter nach Süden vor.

Endlich, zu Anfang dieses Jahres, 1839, überschritt Kapitän Balleny mit dem Schiff *Elisabeth Scott* am 7. Februar 67° 7′ Breite unter 104° 25′ westlicher Länge und entdeckte dabei den Rosenkranz von Inseln, der seinen Namen trägt; im März peilte er dann unter 65° 10′ Breite und 116° 10′ östlicher Länge das Land, dem er den Namen Sabrina gab. Dieser Seemann, ein einfacher Walfänger, wie ich später erfuhr, hatte hiermit genaue Angaben gemacht, die wenigstens in dieser Gegend des südlichen Eismeers das Vorhandensein eines polaren Festlands vermuten ließen.

Überdies suchte – wie ich bereits zu Anfang dieses Berichts bemerkte – zu der Zeit, als die *Halbrane* ihre Fahrt begann, die sie weiter hinaufführen sollte als alle Seefahrer im Zeitraum von 1772 bis 1839, der Leutnant Charles Wilkes von der Flotte der Vereinigten Staaten als Befehlshaber eines Geschwaders von vier Schiffen, der *Vincennes*, der *Peacock*, der *Porpoise*, der *Flying Fish*, nebst einigen Begleitschiffen, sich einen Weg zum Südpol unter dem 102. Grad östlicher Länge zu bahnen. Zu jener Zeit waren noch nahezu fünf Millionen Quadratseemeilen oder 17,5 Millionen Quadratkilometer des antarktischen Gebiets unentdeckt.

Das sind die Fahrten, die im südlichen Polarmeer der Goélette *Halbrane* unter Befehl von Kapitän Len Guy vorangingen. Die kühnsten oder, wenn man so will, die vom Glück am meisten begünstigten Entdecker waren nicht weiter vorgedrungen als: Kemp bis zum 66. Breitengrad, Balleny bis zum 67., Biscoe bis zum 68., Bellingshausen und Morell bis zum 70., Cook bis zum 71. und Weddell bis zum 74. Grad. Jetzt galt es aber bis zum 83., fast fünfhundertfünfzig Seemeilen weiter, hinaufzugehen, wenn den Überlebenden von der *Jane* Hilfe gebracht werden sollte.

Ich muss gestehen, dass ich trotz meines nüchternen Charakters und meiner wenig schwärmerisch veranlagten Natur seit der Auffindung der Eisscholle mit dem armen Patterson doch ganz sonderbar erregt war. Eine gewisse Nervosität ließ mir keine Ruhe mehr. Immer gaukelten mir die Gestalten von Arthur Pym und seinen in den Einöden des Polarmeers zurückgebliebenen Gefährten vor den Augen umher, und in mir erwachte der lebhafte Wunsch, an der von Kapitän Len Guy geplanten Fahrt teilzunehmen. Ich dachte ohne Unterlass daran. Eigentlich rief mich ja nichts nach Amerika zurück, und ob mein Fernbleiben sich um sechs oder zwölf Monate verlängerte, das spielte nur eine geringe Rolle. Freilich musste ich mir die Zustimmung des Befehlshabers der *Halbrane* erwirken. Doch warum sollte er sich weigern, mich auch noch länger als Passagier zu behalten? Müsste es ihm nicht vielmehr eine ganz menschliche Befriedigung verschaffen, recht »greifbar« nachzuweisen, dass er mir gegenüber recht gehabt, mich zum Schauplatz einer Katastrophe zu führen, die ich als erdichtet betrachtet hatte, mir die Überreste der *Jane* bei der Insel Tsalal zu zeigen, mich an dieser Insel, deren Vorhandensein ich geleugnet hatte, an Land zu setzen, mich seinem Bruder William und überhaupt sozusagen Auge in Auge der tatsächlichen Wahrheit gegenüberzustellen?

Ich beschloss aber, zu warten, bis sich eine passende Gelegenheit bot, Kapitän Len Guy deshalb anzusprechen.

Die Sache drängte ja noch nicht so sehr. Nach einem »Wetter nach Wunsch« in den zehn Tagen, die unserer Abfahrt von Tristan d'Acunha folgten, trat eine vierundzwanzigstündige völlige Windstille ein. Danach sprang der Wind mehr nach Süden um, und die sehr scharf daran hinsegelnde *Halbrane* musste viel Leinwand einziehen, da es bald recht heftig wehte. Jetzt war mit den hundert Seemeilen, die wir von einem Sonnenaufgang zum andern durchschnittlich zurückgelegt hatten, nicht mehr zu rechnen. Die Dauer der Überfahrt musste sich deshalb wohl verdoppeln, und dann durfte uns immer noch kein Sturm überraschen, der ein Schiff etwa zwang, sich ihm ganz gerade entgegenzuhalten oder ihm mit dem Wind im Rücken zu entfliehen.

Zum Glück erwies sich die Goélette – ich konnte mich selbst davon überzeugen – als ungemein seetüchtig. Für ihr solides Mastwerk war nichts zu fürchten, auch wenn sie alle Leinwand trug. Überdies ließ der Leutnant, ein so kühner und meererprobter Seemann er auch war, sofort die Segel reffen, wenn die Gewalt des Sturms sein Schiff irgendwie zu gefährden drohte ... Vor einer Unklugheit oder Ungeschicklichkeit Jem Wests brauchte uns gewiss nicht bange zu sein.

Vom 22. September bis zum 3. Oktober, also zwölf Tage lang, kamen wir nur sehr wenig voran. Der Abtrieb zur amerikanischen Küste hin war so deutlich, dass wir ohne eine Strömung, die die Goélette von unten her gegen den Wind halten half, wahrscheinlich noch mit Patagonien Bekanntschaft gemacht hätten.

Während dieser Periode schlechten Wetters suchte ich vergeblich eine Gelegenheit, mit Kapitän Len Guy unter vier Augen zu sprechen. Außer zu den Mahlzeiten blieb er stets in seiner Kabine, überließ die Schiffsführung dem Leutnant und erschien auf Deck nur zum Zweck einer Höhenmessung, wenn sich die Sonne einmal durch eine Lücke in den Wolken zeigte. Jem West – das sei nicht verschwiegen – wurde von seiner Mannschaft, dem Hochbootsmann an der Spitze, aufs beste unterstützt, und es wäre wohl sehr schwierig gewesen, geschicktere, kühnere und entschlossenere Männer zu finden.

Am Morgen des 4. Oktober änderte sich der Zustand des Himmels und des Meeres ganz erheblich. Der Wind flaute ab, der hohe Wogengang legte sich allmählich, und am nächsten Tag zeigte die Brise schon Neigung, nach Nordwesten umzuschlagen.

Eine günstigere Änderung konnten wir uns gar nicht wünschen. Die Reffe wurden gelöst und jetzt auch alle oberen Segel beigesetzt, obwohl der Wind bald wieder steifer wurde. Hielt diese Witterung an, so mussten wir vor Ablauf von zehn Tagen die ersten Höhen der Falkland-Inseln erblicken.

Vom 5. bis zum 10. Oktober wehte es mit der Beständigkeit und Regelmäßigkeit eines Passats, sodass keine Schote anzuziehen oder nachzulassen war. Wenn die Stärke des Windes auch etwas abnahm, so blieb uns seine Richtung doch fortwährend günstig.

Die von mir gesuchte Gelegenheit, Kapitän Len Guy ein wenig auszuhorchen, bot sich am Nachmittag des 11. Er lieferte sie mir sogar selbst, indem er mich unter folgenden Umständen anredete.

Ich saß in Lee, das heißt unter dem Wind, des Ruff, als Kapitän Len Guy aus seiner Kabine trat, sich umsah und dann neben mir Platz nahm.

Offenbar wünschte er, mit mir zu sprechen, und worüber sonst als über das, was seine Gedanken vollständig in Anspruch nahm. So begann er denn, noch leiser flüsternd als gewöhnlich:

»Seit unserer Abfahrt von Tristan d'Acunha, Mister Jeorling, hatte ich noch nicht wieder das Vergnügen, mit Ihnen zu plaudern.«

»Was ich sehr bedauert habe, Kapitän«, antwortete ich, ohne auf Weiteres einzugehen, da, wenn möglich, er davon anfangen sollte.

»Oh, ich bitte um Entschuldigung«, sagte er. »Ich habe den Kopf so voll gehabt ... hatte einen Fahrplan zu entwerfen ... dabei alles bis aufs Kleinste vorzusehen ... Sie werden mir also nicht böse sein ...«

»Nicht im Geringsten ... gewiss nicht ...«

»Ich danke, Mister Jeorling, und heute, wo ich Sie kenne und Sie schätzen gelernt habe, gratuliere ich mir, Sie bis zu unserem Eintreffen an den Falkland-Inseln als Passagier zu haben ...«

»Ich bin Ihnen sehr verbunden, Kapitän, für das, was Sie für mich getan haben, und das ermutigt mich auch ...«

Der Augenblick schien mir geeignet, mein Gesuch anzubringen, als Kapitän Len Guy mich unterbrach.

»Nun, Mister Jeorling«, fragte er, »sind Sie nun überzeugt, dass die Fahrt der *Jane* tatsächlich stattgefunden hat, oder betrachten Sie das Buch von Edgar Poe immer noch als reines Erzeugnis dichterischer Erfindung?«

»Nein, Kapitän!«

»Sie zweifeln nicht mehr daran, dass Arthur Pym und Dirk Peters gelebt haben, noch daran, dass William Guy, mein Bruder, und fünf seiner Gefährten noch jetzt am Leben sind?«

»Ich müsste ja der ungläubigste Christenmensch sein, Kapitän! Oh, ich habe nur den einen Wunsch, dass der Himmel Sie begünstigen möge und die Rettung der Schiffbrüchigen von der *Jane* gestatte!«

»Was an mir liegt, werd ich tun, Mister Jeorling, und beim allmächtigen Gott, ich werde zum Ziel gelangen!«

»Ich hoffe es, Herr Kapitän ... ja, ich bin davon überzeugt ... und wenn Sie zustimmen ...«

»Haben Sie Gelegenheit gehabt, über alles das mit einem gewissen Glass zu sprechen, mit jenem englischen Ex-Korporal, der sich die

Würde eines Gouverneurs von Tristan d'Acunha anmaßt?«, erkundigte sich Kapitän Len Guy, ohne mich meine Worte vollenden zu lassen.

»Ja freilich«, antwortete ich, »und was er mir sagte, hat nicht wenig dazu beigetragen, meine etwa noch vorhandenen Zweifel zu verscheuchen ...«

»Ah, er hat Ihnen also bestätigt ...«

»Gewiss; er erinnert sich noch genau, die *Jane* gesehen zu haben, als sie dort vor elf Jahren ankerte ...«

»Die *Jane* ... doch meinen Bruder ...?«

»Ich hörte von ihm, dass er Kapitän William Guy persönlich gekannt hat.«

»Und er hat auch mit der *Jane* Handel getrieben?«

»Jawohl ... ganz wie unlängst mit der *Halbrane*.«

»Sie hat in jener Bay vor Anker gelegen?«

»An derselben Stelle wie Ihre Goélette, Herr Kapitän.«

»Und Arthur Pym ... Dirk Peters ...?«

»Auch mit ihnen ist er häufig zusammengekommen.«

»Hat er denn gefragt, was aus ihnen geworden ist?«

»Natürlich. Ich berichtete ihm vom Tod von Arthur Pym, den er als einen furchtlosen, einen tollkühnen ... als einen waghalsigen Menschen bezeichnete, der der abenteuerlichsten Torheiten fähig gewesen sei ...«

»Sagen Sie lieber, einen Narren, einen gefährlichen Narren, Mister Jeorling. Er allein ist es doch gewesen, der meinen unglücklichen Bruder zu jener verderblichen Reise verführt hat.«

»Seinem Bericht nach muss man das allerdings annehmen ...«

»Und darf es nie vergessen!«, fügte Kapitän Len Guy erregt hinzu.

»Jener Glass«, fuhr ich fort, »hat auch den Zweiten Offizier der *Jane*, Patterson, ganz gut gekannt.«

»Das war ein vortrefflicher Seemann, Mister Jeorling, er hatte ein warmes Herz ... und mutig wie kein zweiter! Patterson hatte nur Freunde und war meinem Bruder mit Leib und Seele ergeben ...«

»Wie Jem West Ihnen, Herr Kapitän!«

»Ach, warum mussten wir den unglücklichen Patterson auf jener Scholle tot ... schon seit mehreren Wochen tot finden.«

»Er wäre Ihnen für Ihre zukünftigen Nachforschungen allerdings von großem Nutzen gewesen!«, bemerkte ich.

»Ja freilich, Mister Jeorling. Weiß denn Glass, wo sich die Schiffbrüchigen von der *Jane* zurzeit befinden?«

»Ich hab es ihm mitgeteilt, Herr Kapitän, sowie alles, was Sie zu deren Rettung zu tun beabsichtigen.«

Ich hielt es für unnötig, hinzuzufügen, dass Glass erstaunt gewesen war, von Kapitän Len Guy keinen Besuch erhalten zu haben, dass der Ex-Korporal in seiner tief eingefleischten Eitelkeit diesen Besuch erwartet hatte und nicht glaubte, dass es die Pflicht eines Gouverneurs von Tristan d'Acunha sei, damit den Anfang zu machen.

Kapitän Len Guy wechselte übrigens den Gegenstand des Gesprächs und sagte zu mir:

»Ich wollte Sie fragen, Mister Jeorling, ob Sie auch glauben, dass alles verlässlich ist, was Arthur Pym in dem von Edgar Poe veröffentlichten Bericht mitteilt.«

»Man wird wohl so manches – im Hinblick auf die Eigenart des Helden jener Abenteuer – mit einiger Vorsicht aufnehmen müssen«, erwiderte ich, »zumindest bezüglich der wundersamen Erscheinungen, die er aus dem Gewässer der Insel Tsalal berichtet. Gerade was William Guy und mehrere seiner Gefährten angeht, sehen Sie ja selbst, dass sich Arthur Pym mit der Behauptung, diese wären beim Einsturz des Hügels bei Klock-Klock alle umgekommen, arg getäuscht hat ...«

»Oh, das behauptet er auch nicht, Mister Jeorling«, entgegnete Kapitän Len Guy. »Er sagt ja nur, dass Dirk Peters und er, als sie die Öffnung erreicht hatten, von wo aus sie das umgebende Land übersehen konnten, durchschaut hätten, wie jenes Erdbeben zustande gekommen war. Da nun die ganze Hügelwand in die Schlucht hinabgestürzt war, konnte ihm das Schicksal meines Bruders und seiner Gefährten kaum zweifelhaft erscheinen. Das brachte ihn auf den Gedanken, dass Dirk Peters und er die einzigen weißen Menschen waren, die lebend auf der Insel Tsalal zurückblieben. Er sagt nur das ... nichts weiter! Es waren nur Vermutungen von ihm ... und zwar, wie Sie zugeben werden, sehr nachvollziehbare Vermutungen ... doch eben weiter nichts als das ...«

»Zugegeben, Herr Kapitän.«

»Jetzt haben wir aber, dank Pattersons Notizbuch, die Gewissheit, dass mein Bruder mit fünf seiner Gefährten der von den Eingeborenen ins Werk gesetzten Vernichtung entgangen ist ...«

»Das steht außer jedem Zweifel, Herr Kapitän. Was indes aus den Überlebenden der *Jane* geworden ist, ob sie von den Einwohnern Tsalals wieder gefangen genommen wurden oder ob sie frei geblieben sind, davon sprechen Pattersons Anmerkungen ebenso wenig wie von den Umständen, unter denen er allein so weit weg gelangen konnte ...«

»Das werden wir erfahren, Mister Jeorling ... ja, das erfahren wir noch! Das Wichtigste bleibt für uns doch, dass wir sicher wissen, dass mein Bruder und fünf seiner Matrosen vor vier Monaten irgendwo auf der Insel Tsalal noch am Leben waren. Jetzt haben wir es nicht mehr mit einem von Edgar Poe verfassten Roman, sondern mit einem zuverlässigen Bericht zu tun, der Pattersons Unterschrift trägt ...«

»Herr Kapitän«, fiel ich ein, »wären Sie einverstanden, dass ich bis zum Ende der Fahrt der *Halbrane* durch die antarktischen Meere bei Ihnen bleibe?«

Kapitän Len Guy starrte mich mit ungewissem Blick an. Er schien von dem Vorschlag, den ich ihm eben machte, nicht besonders überrascht zu sein ... er mochte ihn vielleicht erwartet haben ... denn seine Antwort lautete einfach:

»Sehr gern!«

NEUNTES KAPITEL

Die Ausrüstung der Halbrane

Man stelle sich ein Rechteck vor, das von Osten nach Westen fünfundsechzig Seemeilen lang und von Norden nach Süden vierzig breit wäre, fülle es mit zwei großen Inseln und an die hundert Eilanden zwischen 60° 10′ westlicher Länge und 51° und 52° 45′ südlicher Breite – so hat man die Gruppe, die geografisch unter der Bezeichnung Falkland- oder Malwinen-Inseln bekannt ist. Sie liegt dreihundert Seemeilen von der Magellanstraße entfernt und bildet eine Art vorgeschobenen Posten zwischen dem Atlantischen und dem Stillen Ozean.

Entdeckt wurde dieser Archipel 1592 von John Davis; der Seeräuber Hawkins besuchte ihn 1593, und Strong, ein Engländer wie die beiden andern, gab ihm 1689 den Namen.

Fast ein Jahrhundert später versuchten aus ihren kanadischen Niederlassungen vertriebene Franzosen auf diesem Archipel eine Ausrüstungs- und Versorgungsstation für die den Stillen Ozean befahrenden Schiffe zu gründen, und da diese in der großen Mehrzahl aus Seeräubern aus Saint-Malo bestanden, tauften sie die Inseln auf den Namen der Malwinen, der ihnen neben dem der Falkland-Inseln geblieben ist. Ihr Landsmann Bougainville brachte 1763 die ersten Ansiedler der Kolonie, siebenundzwanzig Personen, darunter fünf Frauen, hierher, und zehn Monate später war die Bevölkerung bereits auf hundertfünfzig Köpfe angewachsen.

Dieser gedeihliche Fortgang rief natürlich den Einspruch des landräuberischen Großbritannien hervor. Die Admiralität entsandte die *Tamar* und die *Dauphin* unter dem Befehl des Kommandanten Byron. Im Jahr 1766 steuerten die Engländer, nach einer Fahrt durch die Magellanstraße, auf die Falkland-Inseln zu, begnügten sich aber vorläufig, den Westen der Insel Port Egmont anzulaufen, und fuhren dann in die südlichen Meere weiter.

Die französische Kolonie machte aber doch keine weiteren Fortschritte, und übrigens erhoben die Spanier aufgrund einer älteren päpstlichen Konzession nicht ganz unbegründete Ansprüche. Die Regierung Ludwigs des XV. entschied sich auch für ihre Anerkennung, wobei sie nur auf einer Geldentschädigung bestand, und so übergab 1767 Bougainville die Falkland-Inseln den Vertretern des Königs von Spanien.

Dieser Wechsel, dieses »Von-Hand-zu-Hand-Gehen« führte zu dem bei allen kolonialen Unternehmungen unausbleiblichen Resultat, dass die Spanier später von den gewissenlosen Engländern verdrängt wurden. Seit 1833 sind also diese Landräuber die Herren der Falkland-Inseln.

Seit sechs Jahren gehörte die Gruppe zu den britischen Besitzungen im südatlantischen Ozean, als unsere Goélette am 16. Oktober Port Egmont anlief.

Die beiden großen Inseln heißen, ihrer Lage entsprechend, Ost-Falkland oder Soledad und West-Falkland. An der Nordseite der Letzteren liegt Port Egmont.

Als die *Halbrane* in diesem Hafen vor Anker gegangen war, gewährte Kapitän Len Guy der gesamten Mannschaft einen zwölfstündigen Urlaub. Am nächsten Tag sollte mit der sorgfältigen und im Hinblick auf eine längere Fahrt im Polarmeer unumgänglichen Untersuchung des Schiffsrumpfs und der Takelage begonnen werden.

Kapitän Len Guy begab sich noch am selben Tag an Land, um mit dem Gouverneur der Gruppe – dessen Ernennung der Königin oblag – wegen sofortiger Ausrüstung der Goélette zu verhandeln. Geiz ist hier nicht am Platz, denn jede falsch verstandene Ersparnis kann der Grund zum Misserfolg einer an und für sich so schwierigen Reise werden. Bereit, auch mit meiner Börse einzuspringen – was ich dem Kapitän nicht verhehlte – gedachte ich mich mit einer gewissen Summe an den Unkosten dieser Fahrt zu beteiligen.

Ich war jetzt in der Tat gefangen genommen ... gefesselt durch so viele unerwartete Dinge, durch die merkwürdige Verkettung der Umstände. Ich kam mir vor wie der Held der »Domäne von Arnheim«, nach dem »eine Reise durch die südlichen Meere angezeigt ist für jeden, dem vollständige Einsamkeit, unbedingtes Beschränktsein auf sich selbst und die Schwierigkeiten einer solchen Fahrt den höchsten, verlockendsten Reiz bilden«. Ja, dahin war ich durch das Lesen der fantastischen Werke eines Edgar Poe gekommen! Hier handelte es sich überdies darum, Unglücklichen Hilfe zu bringen, und es hätte mich hoch beglückt, zu ihrer Rettung persönlich beitragen zu können.

Begab sich an jenem Tag auch Kapitän Len Guy an Land, so blieb doch Jem West seiner Gewohnheit nach an Bord. Während sich die Mannschaft durch Zerstreuung erholte, gönnte sich der Zweite Offizier keine Ruhe, sondern beschäftigte sich bis zum Abend mit der Besichtigung des Laderaums.

Ich selbst wollte mich erst am nächsten Tag ausschiffen. Unser Aufenthalt ließ mir ja genügend Zeit, die Umgebung von Port Egmont kennenzulernen und meine geologischen und mineralogischen Forschungen durchzuführen.

Das bot dem schwatzhaften Hurliguerly vortreffliche Gelegenheit, mit mir wieder ein »Garn zu spinnen«, und er ließ sie auch nicht ungenutzt.

»Meine aufrichtigsten und wärmsten Glückwünsche, Mister Jeorling«, begann er und trat zu mir heran.

»Wozu denn, Hochbootsmann?«

»Zu dem, was ich gehört habe, dass Sie uns bis zum äußersten Strand der antarktischen Meere Gesellschaft leisten wollen.«

»Oh, ich denke, nicht so weit! Es soll ja nicht über den 84. Breitengrad hinausgehen . . .«

»Wer kann das vorher wissen?«, antwortete der Hochbootsmann. »Jedenfalls wird die *Halbrane* über mehr Breitengrade hinwegkommen, als sie Seisinge im Großsegel oder Querleinen in den Strickleitern hat.«

»Das wird sich ja zeigen.«

»Und das erschreckt Sie nicht, Mister Jeorling?«

»Nicht im Geringsten.«

»Na, uns auch nicht, das dürfen Sie glauben!«, versicherte Hurliguerly. »Oh, Sie sehen ja, dass unser Kapitän, wenn er auch nicht viel spricht, doch seine guten Seiten hat. Man muss ihn nur zu nehmen wissen! Nachdem er Ihnen bis Tristan d'Acunha die Überfahrt gewährt hat, die er anfangs verweigerte, lässt er sich sogar herbei, Sie bis zum Pol mitzunehmen und ...«

»Vom Pol ist keine Rede, Hochbootsmann!«

»Mag sein; eines schönen Tages kommt aber doch einmal einer dahin.«

»Das ist noch nicht gesagt. Übrigens ist das nicht von besonderem Interesse, und ich habe nicht vor, mir den Ruhm der Entdeckung des Pols zu erwerben. In jedem Fall handelt es sich einzig um die Insel Tsalal ...«

»Die Insel Tsalal, einverstanden!«, erwiderte Hurliguerly. »Immerhin denken Sie daran, dass unser Kapitän sich Ihnen gegenüber als sehr zuvorkommend erwiesen hat ...«

»Wofür ich ihm sehr verbunden bin, Hochbootsmann ... und auch Ihnen«, beeilte ich mich hinzuzufügen, »weil ich es Ihrem Einfluss verdanke, dass ich an dieser Fahrt habe teilnehmen können ...«

»Und auch an der noch in Aussicht stehenden ...«

»Das hoffe ich bestimmt, Hochbootsmann.«

Es ist wohl möglich, dass Hurliguerly – im Grunde ein braver Mann, wie ich später noch besser erkennen sollte – aus meiner Antwort eine leichte Ironie herausfühlte. Jedenfalls ließ er sich aber nichts anmerken, sondern bemühte sich, mir gegenüber die Rolle des Gönners zu spielen. Eine Unterhaltung mit ihm konnte mir übrigens nur von Nutzen sein, denn er kannte die Falkland-Inseln ebenso wie alle andern Inseln des südatlantischen Meeres, die er schon seit einer Reihe von Jahren besuchte.

Ich war also hinreichend vorbereitet und unterrichtet, als am nächsten Tag das Boot, das mich an Land brachte, ans Ufer stieß, wo eine starke Ansammlung von Seegras nur dazu da zu sein schien, das Stoßen und Schaukeln sich nahender Boote zu mildern.

Zu jener Zeit waren die Falkland-Inseln noch nicht so besucht und genutzt wie heutzutage. Erst später wurde auf Soledad der Stanley-Hafen entdeckt – jener Hafen, den der französische Geograf Elisée Reclus als geradezu »ideal« bezeichnet hat, denn er ist gegen die Winde aus allen Richtungen geschützt und könnte die ganze Flotte Großbritanniens aufnehmen. Die *Halbrane* hatte an der Nordküste von West-Falkland, oder dem eigentlichen Falkland, den Hafen Port Egmont aufgesucht.

Hätte ich nun während der letzten zweimonatigen Seereise eine Binde um die Augen und auch von dem von der Goélette eingehaltenen Kurs keine Ahnung gehabt, und es hätte mich einer in den ersten Stunden nach der Ankunft hier gefragt, ob ich mich auf den Falkland-Inseln oder in Norwegen befände – ich wäre um die Antwort wirklich verlegen gewesen.

Angesichts dieser von tiefen Buchten eingeschnittenen Küsten, den schroff aufragenden Bergen und den Steilufern, an denen sich graubraune Felsmassen auftürmen, erscheint ja ein Zweifel verzeihlich. Sogar das ausgesprochene Seeklima ohne große Unterschiede in der Wärme und der Kälte ist beiden Ländern gemeinsam. Die häufigen Regenfälle des westlichen Skandinavien gehen ebenso reichlich auch über den Magellangebieten nieder, und nicht minder stellen sich hier im Frühling und im Herbst dichte Nebel und so stürmische Winde ein, dass sie die Gartenpflanzen aus der Erde reißen.

Einige Ausflüge hätten mich freilich leicht überzeugt, dass der Äquator mich von den westlichen Ländern Europas trennte.

In der Umgebung von Port Egmont erkannte ich ja schon nach wenigen Tagen – und konnte es gar nicht übersehen –, dass hier ausschließlich die Vegetation der Malediven, ohne jeden Baumwuchs, vorherrschte. Nur da und dort fanden sich einige dürftige Gebüsche gegenüber den stolzen Fichtenwaldungen der norwegischen Berge – wie der Bolax, eine Schwertlilie, dünn wie eine sechs bis sieben Fuß hohe Binse, die ein aromatisches Harz absondert; ferner Baldrianarten, Bomareen, fadenförmige Flechten, Zenomyzeen, Azorellen, kriechende Zytisen, Bionien, Pfriemengräser, Lebermoose, Veilchen, Sumach und rote und weiße Selleriestauden, deren Früchte ein so vortreffliches Mittel gegen den Skorbut enthalten. Auf dem flachen, torfartigen Boden, der sich unter dem Fuß senkt und hebt, breitete sich endlich noch ein bunter Teppich von Moosen, Flechten und ähnlichen niedrigen Pflanzen aus … Nein, das war nicht das reizende Land, wo die Echos der Sagas widerhallen, das war nicht die poetische Wohnstätte Odins, der Asen und der Walküren!

Auf dem tiefen Gewässer der Falkland-Straße, die die beiden Hauptinseln scheidet, zeigten sich seltsame Wasserpflanzen, die sogenannten Pfriemenseile, die eine Reihe mit Luft gefüllte Blasen tragen und die ausschließlich in der Flora Falklands vorkommen.

Die Buchten dieses Archipels, in denen die Wale bereits seltener wurden, waren von andern gewaltigen Meersäugetieren stark bevölkert; hier tummelten sich langhaarige Ohrenrobben von fünfundzwanzig Fuß Länge und zwanzig Fuß Umfang, und gleich herdenweise See-Elefanten, Seewölfe und Löwen von nicht geringerer Größe. Das laute Geschrei dieser Tiere, besonders der Weibchen und ihrer Jungen, kann sich niemand vorstellen, der es nicht selbst gehört hat. Man möchte glauben, große Ochsenherden am Strand brüllen zu hören. Der Fang, oder eigentlich das Erschlagen dieser Tiere, birgt aber weder Schwierigkeiten noch Gefahren. Die Fischer töten sie einfach durch einen Knüppelhieb, wenn jene sich auf dem Sand am Ufer gelagert haben.

Das sind etwa die Eigentümlichkeiten, die Skandinavien und die Falkland-Inseln unterscheiden, ganz zu schweigen von den großen Schwärmen verschiedener Vogelarten, die bei meiner Annäherung kreischend aufflatterten, wie Trappen, Kormorane, Silbertaucher, schwarzköpfige Schwäne und vor allem große Scharen von Pinguinen, von denen hier jährlich Hunderttausende erlegt werden.

Eines Tages, als die Luft von geradezu ohrenbetäubendem Geschrei erfüllt war, fragte ich darüber einen alten Seemann von Port Egmont.

»Gibt es denn auch Esel in der Umgebung des Hafens?«

»Nein, mein Herr, das sind keine Esel, was Sie da schreien hören – das sind Pinguine.«

Das mag richtig sein, doch selbst wirkliche Esel würden sich täuschen, wenn sie das blökende Geschrei jener stumpfsinnigen Vögel hörten.

Während der drei Tage des 17., 18. und 19. Oktober ließ Jem West den Rumpf unseres Fahrzeugs mit peinlichster Sorgfalt untersuchen. Dabei zeigte sich, dass dieser nicht im Mindesten gelitten hatte. Der Steven erschien fest genug, um die jungen Schollen am Rand des Packeises zu zersprengen. Nur der Hintersteven erhielt einige Verstärkungen, um die Bewegungen des Steuerruders zu sichern und es vor dem Anprall des Eises zu schützen. Die Goélette wurde stark nach Backbord und dann nach Steuerbord umgelegt und so einige Plankennähte frisch kalfatert und sorgsam geteert. Wie die meisten Schiffe, die durch kalte Meere segeln sollen, war die *Halbrane* nicht gekupfert, was deshalb vorzuziehen ist, weil beim unvermeidlichen Anstreifen von Eisschollen deren scharfe Kanten einen Metallbeschlag zu leicht aufreißen. Eine gewisse Anzahl Holzpflöcke, die die Abdeckung der Rippen mit diesen verband, wurde erneuert, und unter der Leitung von Hardy, unserem Kalfatermeister, »erklangen« die Schläge mit einer Tonfülle und Übereinstimmung von guter Vorbedeutung.

Am Nachmittag des 20. dehnte ich, in Gesellschaft des schon erwähnten alten Seemanns – eines kreuzbraven Mannes, der für die Lockspeise eines Piasters nebst einem Gläschen Gin sehr empfänglich war – meinen Spaziergang im Westen der Bucht etwas weiter aus. Die Insel West-Falkland übertrifft an Ausdehnung ihre Nachbarin Soledad und hat am Südende des Byron-Sunds noch einen zweiten Hafen, der aber zu weit entfernt lag, als dass ich ihn hätte besuchen können.

Wie viele Menschen diesen Archipel bewohnen, vermag ich nicht einmal annähernd abzuschätzen. Vielleicht sind es nicht mehr als zweihundert bis dreihundert Personen, meist Engländer und daneben Indianer, Portugiesen, Spanier, Gauchos aus den argentinischen Pampas und Eingeborene aus Feuerland; andererseits war aber die Anzahl von Schafen und Rindern, die hier überall verstreut vorkommen, auf ungezählte Tausende anzunehmen. Über fünfhunderttausend Schafe liefern zum Beispiel alljährlich für vierhunderttausend Dollar Wolle. Man züchtet auf den Inseln auch Rinder, deren Größe hier noch gewachsen zu sein scheint, während die anderer Vierfüßler, wie Schweine, Ziegen, Kaninchen und so weiter, sich verringert hat. Übrigens leben alle diese Tiere wild. Ein für die Falkland-Fauna typischer Fuchshund ist der einzige Vertreter der Hunderasse.

Nicht ohne Grund hat man die Inselgruppe als »Tierfarm« bezeichnet. Sie weist in der Tat unerschöpfliche Weideflächen auf mit einem Überfluss der saftigen, hier Tussock genannten Grasart, die die Natur den so zahlreichen Tieren überall bietet. Das in dieser Hinsicht so reiche Australien hält für seine Gäste aus den Schaf- und Rinderrassen auch keinen besseren Tisch gedeckt.

Wenn Schiffe sich frisch verproviantieren wollen, finden sie dazu auf den Falkland-Inseln gewiss die beste Gelegenheit, und das gilt ebenso für die, die durch die Magellanstraße segeln wollen, wie für die Fischerfahrzeuge, die in der Nähe der Polarländer zum Fang ausziehen.

Nach Vollendung der Arbeiten am Rumpf beschäftigte sich der Leutnant unter Mithilfe unseres in seinem Fach gründlich bewanderten Segelwerksmaats Martin Holt mit dem Mastwerk und der Takelage.

»Mister Jeorling«, sagte mir an jenem Tag – dem 21. Oktober – Kapitän Len Guy. »Sie sehen, dass nichts unterlassen wird, den Erfolg unserer Fahrt zu sichern. Alles, was vorzubereiten war, ist vorbereitet. Sollte die *Halbrane* dennoch bei einer Katastrophe ihren Untergang finden, nun, so geschieht es, weil es dem Menschen nicht vergönnt ist, gegen die Absichten Gottes mit Erfolg anzukämpfen.

»Oh, ich habe die beste Hoffnung, Herr Kapitän«, antwortete ich. »Ihre Goélette und Ihre Mannschaft verdienen das größte Vertrauen.«

»Gewiss, Mister Jeorling, und wir werden unter den besten Umständen durch das Eis einzudringen versuchen. Ich weiß freilich nicht, was der Dampf dereinst noch ermöglichen wird, bezweifle aber, dass Schiffe mit so sperrigen und zerbrechlichen Triebrädern bei der Fahrt im tiefen Süden es mit einem Segler aufnehmen können. Daneben wird immer der Kohlenvorrat erneuert werden müssen ... Nein, es ist immer ratsamer, an Bord eines gut steuerbaren Schiffs zu sein, sich des Windes, der ja aus drei Vierteln der ganzen Windrose zu benützen ist, zu bedienen und sich auf die Segel einer Goélette zu verlassen, die noch ganz scharf am Wind hinfährt ...«

»Ich bin ganz Ihrer Ansicht, Herr Kapitän, und was Seetüchtigkeit betrifft, wird man kaum ein besseres Schiff finden als das Ihre. Falls die Fahrt aber längere Zeit beanspruchen sollte, dürften vielleicht die Nahrungsmittel ...«

»Oh, davon haben wir für zwei Jahre dabei, Mister Jeorling, und nur solche von bester Beschaffenheit. Port Egmont hat unseren Bedarf völlig gedeckt ...«

»Gestatten Sie mir noch eine andere Frage?«

»Ja bitte ...«

»Sollten Sie an Bord der *Halbrane* nicht eine größere Mannschaft benötigen? Denn auch wenn Sie genügend Leute haben, um ein Schiff zu führen, so könnte es im Antarktischen Meer doch vorkommen, dass wir jemanden angreifen oder uns verteidigen müssen. Vergessen wir nicht, dass die Bewohner der Insel Tsalal nach Arthur Pyms Bericht einige Tausend zählen. Und wenn nun Ihr Bruder William und seine Gefährten deren Gefangene wären ...«

»Ich hoffe, Mister Jeorling, dass die *Halbrane* durch unsere Artillerie besser geschützt sein wird, als es die *Jane* seinerzeit war. Die jetzt vorhandene Mannschaft würde freilich für ein kriegerisches Unternehmen nicht ausreichen, und ich habe auch bereits daran gedacht, sie zu vergrößern.«

»Sollte das Schwierigkeiten machen?«

»Ja und nein, denn ich habe die Zusage des Gouverneurs, mich bei der Anwerbung von Leuten zu unterstützen.«

»Sie werden den Leuten aber wohl einen hohen Lohn zusichern müssen, Herr Kapitän?«

»Den doppelten Sold, Mister Jeorling, der übrigens dann der ganzen Mannschaft gewährt werden wird.«

»Sie wissen, Herr Kapitän, ich bin in der Lage ... ja ich wünschte sogar sehr, an den Unkosten der Fahrt teilnehmen zu dürfen.«

»Das wird sich ja finden, Mister Jeorling; vorläufig dank' ich Ihnen sehr. Die Hauptsache ist, dass unsere Ausrüstung bald fix und fertig ist. Binnen acht Tagen müssen wir bereit sein, in See zu stechen.«

Die Neuigkeit, dass die Goélette zum Südpolarmeer steuern sollte, hatte auf den Falkland-Inseln, in Port Egmont ebenso wie in den Häfen von Soledad, eine gewisse Aufregung hervorgerufen. Zurzeit befanden sich hier nicht wenige arbeitslose Seeleute, die auf das Eintreffen von Walfängern warteten, um diesen ihre gewöhnlich gut bezahlten Dienste anzubieten. Wäre es nur um einen Fischzug in der Nähe des Polarkreises in den Gewässern zwischen den Sandwich-Inseln und Südgeorgien gegangen, so hätte Kapitän Len Guy nur die Qual der Wahl gehabt. Sich aber über den Packeisrand hinauszuwagen, tiefer vorzudringen, als es einem Seefahrer bisher gelungen, das gab, obwohl es sich um die Rettung von Schiffbrüchigen handelte, denn doch zu denken und ließ die meisten zögern. Es musste einer schon zu den alt gewohnten Leuten der *Halbrane* gehören, um vor den Gefahren einer solchen Fahrt nicht zurückzuschrecken und deren Führer so weit zu folgen, wie es diesem beliebte.

Es handelte sich jetzt tatsächlich um nichts Geringeres als darum, die Mannschaft der Goélette zu verdreifachen. Mit dem Kapitän, dem Leutnant, dem Hochbootsmann, dem Koch und mir waren wir dreizehn an Bord. Zweiunddreißig bis vierunddreißig Mann mochten aber doch nicht zu viele sein, wenn man bedenkt, dass die *Jane* achtunddreißig Köpfe gezählt hatte.

Sich nun noch einmal so viele neue Matrosen zu beschaffen, wie jetzt vorhanden waren, das wollte doch wohl überlegt sein. Es war ja fraglich, ob jene Seeleute auf den Falklands, die sich sonst den Walfängern anzubieten pflegten, auch die wünschenswerten Eigenschaften boten. Handelt es sich nur um die Aufnahme von vier bis fünf Mann unter eine schon zahlreichere Besatzung, so hat das am Ende nicht viel zu bedeuten; für die *Halbrane* traf das aber nicht zu.

Kapitän Len Guy hoffte immerhin, seine Wahl nicht bereuen zu müssen, wenn die Behörden des Archipels ihm dabei halfen.

Der Gouverneur entfaltete in dieser Angelegenheit, die ihn ungemein interessierte, einen unglaublichen Eifer.

Bei der zugesicherten hohen Bezahlung fehlte es übrigens nicht an Angeboten.

Am Abend vor der für den 27. Oktober bestimmten Abfahrt war die Besatzung denn auch vollzählig.

Es erscheint überflüssig, hier jeden der Neuangeworbenen seinem Namen und seinen Eigenschaften nach anzuführen. Das wird der Leser aus dem Folgenden selbst entnehmen. Es gab eben gute und schlechte darunter.

In Wahrheit hätte man bessere oder – wenn man will – weniger schlechte nicht finden können.

Ich beschränke mich also auf die Bemerkung, dass unter den neuen Leuten sechs gebürtige Engländer waren, und unter ihnen ein gewisser Mister Hearne aus Glasgow.

Fünf stammten aus Amerika, aus den Vereinigten Staaten, und acht waren von anderer, manchmal unbestimmbarer Abstammung – einige gehörten zu der holländischen Bevölkerung, andere waren Halbspanier oder Halbfeuerländer. Der jüngste zählte neunzehn, der älteste etwa vierzig Jahre. Den meisten war der Seemannsberuf nicht fremd, sie »hatten« bereits auf Handelsschiffen oder auf Schiffen, den Fang von Walen, Robben und anderen Tieren der Polargegenden betrieben und waren meist wiederholt gefahren. Die Anwerbung der neuen Mannschaft hatte ja auch nur den Zweck, die zur Verteidigung der Goélette verfügbare Mannschaft zu vermehren.

Alles in allem hatten wir also neunzehn Rekruten, die für die nicht vorherzubestimmende Dauer der Fahrt in die Schiffsrolle eingetragen waren ... Über die Insel Tsalal hinaus sollte die Reise jedoch nicht ausgedehnt werden. Was den Sold betraf, so war er so bemessen, dass keiner der Matrosen früher wohl je halb so viel bezogen hatte.

Von mir abgesehen, bestand also, den Kapitän und den Leutnant mitgerechnet, die Besatzung aus einunddreißig Mann und daneben noch einem, mit dem wir uns eingehender befassen müssen.

Am Abend vor der Reise war auf den Kapitän an einer Ecke des Hafens ein Mann zugetreten ... offenbar ein Seemann, was seine Kleidung, Haltung und Sprechweise verrieten.

Dieser Mann begann mit rauer, schwer verständlicher Stimme:

»Kapitän ... ich hätte Ihnen einen Vorschlag zu machen.«

»Und der wäre?«

»Ja, hören Sie! Haben Sie noch einen Platz an Bord?«

»Für einen Matrosen?«

»So ist es.«

»Ja und nein«, antwortete Kapitän Len Guy.

»Darf ich Ja annehmen?«, fragte der Mann.

»Für den Fall, dass der, der sich anbietet, mir passt.«

»Was halten Sie von mir selbst?«

»Du bist Seemann?«

»Ich habe bereits zwanzig Jahre gefahren.«

»Wo denn?«

»Auf den südlichen Meeren. Weit ... verstehen Sie ... sehr weit!«

»Wie alt bist du?«
»Vierzig Jahre.«
»Du bist in Port Egmont?«
»Kommende Weihnachten werden es drei Jahre.«
»Wolltest du auf einem Walfänger anheuern?«
»Nein.«
»Was hast du dann hier getrieben?«
»Eigentlich nichts ... jedenfalls wollt' ich nicht mehr zur See fahren.«
»Und warum willst du dich nun doch einschiffen?«
»Ja, das war so ein eigener Gedanke! Die Nachricht von der Reise, die Ihre Goélette unternehmen sollte, drang bald überall hin. Ich wünschte nun ... ja, ich wünsche dringend, daran teilzunehmen ... natürlich mit Ihrer Zustimmung ...«
»Bist du in Port Egmont bei andern bekannt?«
»Gewiss ... und solange ich hier bin, hat mir noch niemand etwas vorzuwerfen gehabt!«
»Schön, ich werde mich erkundigen«, antwortete der Kapitän.
»Tun Sie das, und wenn Sie dann Ja sagen, ist mein Sack noch heute Abend an Bord.«
»Wie ist dein Name?«
»Hunt.«
»Und du stammst aus ...?«
»Aus Amerika.«
Dieser Hunt war ein kaum mittelgroßer Mann mit sonnengebräuntem Teint, fast einem gebrannten Ziegel ähnlich. Er hatte im Übrigen die gelbliche Haut eines Indianers, eine breite Brust, einen mächtigen Kopf und stark gebogene Beine. Seine Gliedmaßen verrieten große Körperkräfte, besonders die Arme mit den großen Händen. Sein Haar begann grau zu werden und ähnelte mehr einem Fell.
Was der Physiognomie dieses Mannes einen besonderen Charakter verlieh und von vornherein nicht gerade für ihn einnahm, das war der stechende Blick seiner kleinen Augen, sein fast lippenloser, sehr breiter Mund mit langen, unbeschädigten Zähnen, die nie von Skorbut betroffen gewesen waren, was man bei den in hohen Breiten fahrenden Seeleuten doch sonst so häufig sieht.

Seit drei Jahren wohnte Hunt auf den Falklands, zuerst in einem der Häfen an der Bay der Franzosen auf Soledad und zuletzt in Port Egmont. Wenig geselliger Natur, lebte er einsam von einer Pension – wofür er diese bezog, wusste freilich niemand. Nirgends in festen Diensten, betrieb er auf eigene Faust Fischfang, und das hätte ja zu seinem Lebensunterhalt genügt, ob er sich unmittelbar mit den Fischen ernährte oder seine Beute verkaufte.

Die Auskunft, die der Kapitän über Hunt erhielt, konnte den Umständen nach nur sehr spärlich ausfallen, außer der über seine Lebensführung, seit er in Port Egmont wohnte. Der Mann schlug sich nicht mit andern herum, er trank nicht, hatte wenigstens nie einen »Hieb«, dagegen wiederholt Proben einer wahrhaft herkulischen Kraft abgelegt. Von seiner Vergangenheit war nichts weiter bekannt, als dass er Seemann gewesen sei. Er hatte Kapitän Len Guy darüber eigentlich mehr als je einem andern mitgeteilt. Über alles Weitere bewahrte er hartnäckiges Schweigen, ebenso über seine Familie, wie über den Ort seiner Geburt. Aber das machte ja nicht viel aus, wenn er sich nur als brauchbarer Matrose erwies.

Alle Erkundigungen gaben keine Veranlassung, Hunts Angebot zurückzuweisen. Ja, man hätte wünschen können, dass die andern in Port Egmont neu Angeworbenen ebenso einwandfrei gewesen wären. Hunt erhielt also günstige Antwort und richtete sich am Abend an Bord ein.

Alles war zur Abreise fertig. Die *Halbrane* führte Lebensmittel für zwei Jahre, schwach eingesalzenes Fleisch, Gemüse verschiedener Art sowie in Essig eingelegten Sellerie und Löffelkraut, die beide gegen skorbutische Erkrankungen mit Erfolg angewendet werden. Der Frachtraum barg Fässchen mit Branntwein und Gin für den täglichen Verbrauch und einen großen Vorrat von Mehl und Schiffszwieback, der in den Lagerhäusern des Hafens eingekauft worden war.

Auf Befehl des Gouverneurs waren der Goélette auch Munition, Pulver, Geschosse, Flintenkugeln und Hagelschrot geliefert worden. Kapitän Len Guy hatte sogar Entergerätschaften erworben, die von einem kürzlich an den Klippen vor der Bay gestrandeten Schiff stammten.

Am Morgen des 27. gingen unter dem Beisein der Inselbehörden die Arbeiten zur Abfahrt mit bemerkenswerter Schnelligkeit vor sich. Man tauschte noch die letzten Glückwünsche, die letzten Abschiedsrufe aus. Dann tauchte der Anker vom Grund auf, und die Goélette setzte sich in Bewegung.

Ein mäßiger Wind wehte aus Nordwesten, und mit ihren oberen und unteren Segeln glitt die *Halbrane* der Durchfahrt zu. Im freien Wasser angelangt, wendete sie nach Osten zur Umschiffung der Tamar-Hart-Spitze am Ende der Meerenge, die beide Inseln trennt. Am Nachmittag segelte sie an Soledad vorüber, das sie an Backbord liegen ließ. Endlich verschwanden die Kaps Dolphin und Pembroke hinter den Nebeln des Horizonts.

Die Fahrt hatte begonnen. Gott allein konnte wissen, ob Erfolg den mutigen Männern beschieden sein würde, die menschliches Mitgefühl jetzt in die schrecklichen Gebiete des südlichen Polarmeers führte.

ZEHNTES KAPITEL

Der Anfang der Fahrt

Von der Gruppe der Falklands waren die *Tuba* und die *Lively* unter dem Befehl von Kapitän Biscoe am 27. September 1830 abgefahren, worauf sie die Sandwich-Gruppe, nicht zu verwechseln mit den Sandwich-Inseln oder Hawaii, anliefen und deren nördliche Spitze am 1. Januar umschifften. Sechs Wochen später freilich ging die *Lively*, wieder an den Falklands, verloren, doch hegen wir die Hoffnung, dass unserer Goélette nicht ein gleiches Schicksal beschieden sei.

Kapitän Len Guy ging also von demselben Punkt aus wie Biscoe, der bis zu den Sandwichs sechsunddreißig Tage gebraucht hatte. Schon in den ersten Tagen aber vom Treibeis jenseits des Polarkreises stark beeinträchtigt, hatte der englische Seefahrer bis zum 45. Grad östlicher Länge nach Südosten hin zurückweichen müssen. Diesem Umstand verdankt man übrigens die Entdeckung des Enderby-Lands. Kapitän Len Guy zeigte Jem West und mir diese Route auf der Karte und sagte dazu: »Den Spuren von Biscoe dürfen wir nicht nachgehen, sondern nur denen von Weddell, der seine Reise Richtung Süden 1822 mit der *Beaufoy* und der *Jane* unternahm ... der *Jane*, ein vorbildlicher Name, Mister Jeorling! Doch diese *Jane* von Biscoe war glücklicher als die meines Bruders und verscholl nicht jenseits des Packeises.«

* Die Falkland-Inseln waren es auch, die Dumont d'Urville, der Führer der *Astrolabe*, mit seinem Begleitschiff, der *Zélée*, 1838 als Ort des Zusammentreffens ausmachte. Genauer war hierzu die Soledad Bay bestimmt, für den Fall, dass beide Schiffe durch schlechtes Wetter oder Eishindernisse getrennt werden sollten. Dieser Expedition von 1837 bis 1840 glückte es, bei allerdings sehr gefährlicher Fahrt, hundertzwanzig Seemeilen unbekannter Küste zwischen dem 64. und 73. Grad südlicher Breite und zwischen dem 58. und 62. Grad westlicher Länge von Paris aufzunehmen, Küstenstrecken, die als Louis-Philipps und als Join-

ville-Land bezeichnet wurden. Der Expedition von 1840, die im Januar bis zur entgegengesetzten Spitze des polaren Festlands – wenn es ein solches überhaupt gibt – ausgedehnt wurde, gelang zwischen 63° 3′ südlicher Breite und 132° 21′ westlicher Länge die Entdeckung von Adélieland, dann zwischen 64° 30′ südlicher Breite und 129° 54′ östlicher Länge die der Clarieküste. Zu der Zeit, als Jeorling die Falklands verließ, konnte er von diesen wichtigen Bereicherungen der Geografie natürlich keine Kenntnis haben. Seit jener Zeit sind auch noch mehrere Versuche gemacht worden, die höheren Breiten des Antarktischen Meeres zu erreichen. Außer James Ross ist hier besonders ein junger norwegischer Seemann zu erwähnen, ein gewisser Borchgrevinch, der noch weiter hinauf drang als der englische Kapitän; ferner die Fahrt von Kapitän Larsen mit dem norwegischen Walfänger *Jason*, der 1893 südlich vom Joinville und Louis-Philipps-Land ein offenes Meer entdeckte und bis jenseits des 68. Breitengrads hinauf gelangte. J.V.*

»Nun, wir gehen vorwärts, Herr Kapitän, und wenn nicht Biscoes, so folgen wir Weddells Fährte. Als einfacher Robbenjäger hat dieser kühne Seemann bis näher hin zum Pol vorzudringen vermocht als alle seine Vorgänger, und er zeigt uns die einzuschlagende Richtung …«

»Die wir auch einhalten werden, Mister Jeorling. Wenn wir aber keine Verspätung hätten und die *Halbrane* schon gegen Mitte Dezember auf das Packeis träfe, so wäre das etwas zu frühzeitig. Als Weddell an den 72. Breitengrad kam, war es nach den ersten Tagen des Februar, und da zeigte sich dort, wie er berichtet, nicht ein Stückchen Eis. Am 20. Februar machte er dann bei 74° 36′, dem äußersten im Süden erreichten Punkt, mit seinem Schiff halt. Kein Schiff ist darüber hinaus vorgedrungen … keines außer der *Jane*, die aber nicht zurückgekehrt ist. An dieser Seite muss sich also an den antarktischen Landmassen zwischen dem 30. und 40. Längengrad ein tiefer Einschnitt befinden, da William Guy hier, nach Weddell, bis auf 10° vom Pol vordringen konnte.«

Seiner Gewohnheit entsprechend, hörte Jem West schweigend zu. Er maß mit dem Blick die Räume, die Kapitän Len Guy zwischen den Spitzen seines Zirkels einschloss. So wie ein Mann, der einen Befehl entgegennimmt, ihn ausführt, aber nicht darüber verhandelt, so würde er einfach dahin gehen, wohin man ihm zu gehen befahl.

»Ihre Absicht, Herr Kapitän«, ergriff ich wieder das Wort, »ist doch wohl, sich an den von der *Jane* gesteuerten Kurs zu halten.«

»So genau wie möglich.«

»Nun, Ihr Bruder William hat sich von Tristan d'Acunha aus nach Süden gewendet, um die Lage der Aurora-Inseln zu bestimmen, die er aber ebenso wenig fand wie die Lage dieser Inseln, denen der Ex-Korporal Gouverneur Glass so stolz war, seinen Namen zu geben. Damals hatte er den Plan durchführen wollen, von dem ihm Arthur Pym häufig genug gesprochen haben mochte, und er hat dabei den Polarkreis am 1. Januar unter dem 41. und dem 42. Längengrad überschritten ...«

»Das weiß ich«, fiel Kapitän Len Guy ein, »und das wird auch die *Halbrane* tun, ehe sie die kleine Insel Bennet und die Insel Tsalal erreicht – und der Himmel gebe seinen Segen, dass sie wie die *Jane* und die Schiffe von Weddell dann ein eisfreies Meer vorfindet!«

»Wenn sich zurzeit, wo wir dahingelangen, an der Grenze des Packeises noch zu viel Eis angehäuft hat«, sagte ich, »können wir ja davor in offenem Wasser warten.«

»Das wollen wir auch, Mister Jeorling, denn es ist ratsam, gleich segelfertig an Ort und Stelle zu sein. Das Packeis ist eine Mauer, in der sich eine Pforte oft ganz plötzlich öffnet und ebenso schnell wieder schließt. Da heißt es wachsam sein ... sofort eindringen ... ohne sich wegen der Rückkehr zu sorgen.«

Wegen der Rückkehr! Daran dachte an Bord der *Halbrane* jetzt niemand.

»Forward!« Vorwärts! wäre jetzt der einzige Ruf aller Beteiligten gewesen.

Da machte Jem West folgende Bemerkung:

»Dank den Angaben in dem Bericht von Arthur Pym müssen wir es nicht so sehr bedauern, dass sein Gefährte Dirk Peters nicht dabei ist.«

»Das ist auch ein Glück«, meinte Kapitän Len Guy, »denn ich habe den aus Illinois verschwundenen Mestizen nicht auffinden können.

Die in Arthur Pyms Tagebuch enthaltenen Angaben über die Lage der Insel Tsalal müssen und werden uns schon genügen ...«

»Wenn wir unsere Nachforschungen nicht bis über den 84. Grad hinauf ausdehnen müssen«, wendete ich ein.

»Warum sollte das nötig werden, Mister Jeorling, da die Schiffbrüchigen die Insel Tsalal ja nicht verlassen haben? Ist das nicht deutlich aus Pattersons Aufzeichnungen zu lesen?«

Kurz, obwohl Dirk Peters nicht an Bord war – woran niemand zweifelte –, würde die *Halbrane* ihr Ziel schon erreichen, sobald nur nicht die drei Kardinaltugenden des Seemanns, Achtsamkeit, Unerschrockenheit und Ausdauer, außer Acht gelassen wurden.

Hier sah ich mich also in ein Abenteuer verstrickt, das meine früheren Reisen an Überraschungen weit zu überbieten versprach. Gewiss hätte das niemand von mir erwartet. Ich war hier aber von einer neuen Macht gefesselt, die mich dem Unbekannten entgegentrieb, dem Unbekannten in den Polargebieten, dem Unbekannten, dessen Geheimnisse so viele kühne Forscher vergeblich zu lüften versucht hatten! Doch wer konnte wissen, ob die Sphinx der antarktischen Gebiete jetzt nicht zum ersten Mal zu menschlichen Ohren sprechen würde!

Ich vergaß jedoch nicht, dass es sich hier einzig um eine Tat der Menschenliebe handelte. Die Aufgabe, die sich die *Halbrane* stellte, ging ja dahin, Kapitän William Guy und seine fünf Genossen zu erlösen, und um sie zu finden, folgte unsere Goélette dem von der *Jane* eingeschlagenen Weg. Danach konnte die *Halbrane* sofort in die Meere des alten Festlands zurückkehren, da sie nach Arthur Pym und Dirk Peters nicht zu suchen brauchte, die ja – man weiß nur nicht, wie – von ihrer außergewöhnlichen Fahrt heimgekehrt waren.

Im Laufe der ersten Tage mussten sich die neuen Mannschaften mit der Dienstordnung bekannt machen, und die alten – wirklich braven Leute – erleichterten ihnen das nach Kräften. Trotz der beschränkten Auswahl schien Kapitän Len Guy doch eine glückliche Hand gehabt zu haben. Diese Matrosen von verschiedener Nationalität zeigten ebenso viel Eifer wie guten Willen. Sie wussten übrigens, dass der Leutnant nicht scherzte. Hurliguerly hatte ihnen zu verstehen gegeben, dass Jem West jedem, der vom rechten Weg abwich, den Schädel zertrümmern würde. Sein Vorgesetzter ließ ihm in dieser Beziehung volle Freiheit.

»Er neigt dazu, bei jeder Gelegenheit seine Fäuste einzusetzen.«

An dieser Art Mitteilung erkannte ich leicht meinen Hochbootsmann.

Die Neuen ließen sich das gesagt sein, und es war auch keine Bestrafung nötig. Hunt, der bei seinen Arbeiten die Gelehrigkeit des echten Seemanns an den Tag legte, hielt sich immer abseits, sprach mit niemandem und schlief sogar in einer Ecke auf dem Verdeck, ohne seinen Platz im Volkslogis einzunehmen.

Die Temperatur war noch ziemlich niedrig. Die Leute trugen ihre dicken Jacken und wollene Hemden, Hosen aus demselben Material und den undurchdringlichen Südwester aus geteertem Stoff, der gegen Wind, Schnee und Regen so vortrefflich schützt.

Kapitän Len Guy beabsichtigte, die Sandwich-Inseln als Ausgangspunkt nach dem Süden zu nehmen, nachdem er das achthundert Seemeilen von den Falklands gelegene Südgeorgien angelaufen hatte. Die Goélette befand sich dann, dem Längengrad nach, auf dem Weg der *Jane*, und sie musste diesen Weg nur hinauf, das heißt dem Südpol zu, fahren, um bis zum 84. Breitengrad vorzudringen.

Diese Fahrtrichtung brachte uns am 2. November zu der Stelle, wohin verschiedene Seefahrer unter 53° 15′ südlicher Breite und 47°33′ westlicher Länge die Aurora-Inseln verlegt hatten.

Nun, trotz der meiner Ansicht nach fragwürdigen Versicherungen der Kapitäne der *Aurora* (1762), der *San Miguel* (1769), der *Pearle* (1779), der *Prinicus* und der *Dolores* (1790) und der *Atrevida* (1794), die die drei Inseln der Gruppe bestimmt haben wollen – wir sahen keine Spur von Land auf der ganzen durchfahrenen Strecke. Ganz genauso war es Weddell 1827 und William Guy 1827 ergangen.

Wir fügen hinzu, dass es sich mit den angeblichen Inseln des eitlen Glass nicht anders verhielt. Wir haben an der bezeichneten Stelle auch nicht das kleinste Eiland entdecken können, obgleich der Ausguck nie vernachlässigt wurde. Es ist also zu befürchten, dass Seine Exzellenz der Gouverneur von Tristan d'Acunha nie die Freude haben wird, seinen Namen unter der geografischen Nomenklatur glänzen zu sehen.

Wir hatten jetzt den 6. November. Das Wetter blieb günstig. Die Überfahrt schien schneller vonstatten zu gehen als die der *Jane*. Übrigens brauchten wir uns nicht zu beeilen. Wie ich schon gesagt habe, würde unsere Goélette am Packeisrand voraussichtlich eher eintreffen, als sich darin eine Pforte öffnete.

In den nächsten Tagen wurde die *Halbrane* wiederholt von Windstößen getroffen, die Jem West veranlassten, die oberen Segel und die Jager einziehen zu lassen. Danach hielt sich das Schiff sehr stetig im Wasser und tauchte kaum merklich aus und ein, sondern hob und senkte sich gleichmäßig mit den Wellen. Bei diesen Segelmanövern gab die neue Mannschaft Proben von Gewandtheit, die ihr das warme Lob des Hochbootsmanns einbrachten. Hurliguerly erkannte dabei, dass Hunt, so täppisch er auch aussah, allein drei Mann wert war.

»Eine vorzügliche Erwerbung!«, sagte er zu mir.

»Ja«, antwortete ich, »und noch dazu eine, die sich zur rechten Zeit in letzter Stunde anbot.«

»Ganz recht, Mister Jeorling! Doch was für einen Dickkopf er hat, dieser Hunt!«

»Draußen im fernen Westen hab ich häufiger Amerikaner dieses Schlags getroffen«, erwiderte ich, »und es sollte mich gar nicht wundern, wenn dieser hier Indianerblut in den Adern hätte.«

»Na«, meinte der Hochbootsmann, »bei uns in Lancashire und in der Grafschaft Kent gibt's so manche, die sich mit ihm messen könnten.«

»Das glaub' ich Ihnen, Hurliguerly ... so unter anderem ... Sie selbst!«

»Oh ... vielleicht! Man gilt eben, was man wert ist, Mister Jeorling!«

»Unterhalten Sie sich zuweilen mit Hunt?«, fragte ich.

»Sehr wenig, Mister Jeorling. Was sollte man auch aus einem Seeigel herausbringen, der sich abseits hält und mit niemandem ein Wort spricht? Am Mund dazu fehlt's ihm wahrlich nicht, der fast von Backbord bis Steuerbord hinüberreicht. Und mit so einem Werkzeug sollte Hunt keine zusammenhängenden Sätze drechseln können? Und dann ... seine Hände! ... Haben Sie schon seine Hände gesehen, Mister Jeorling? Nehmen Sie sich in Acht, wenn er damit Ihre drücken sollte! Ich glaube, die Hälfte Ihrer Finger würden Sie dabei los!«

»Nun, Hochbootsmann, der Hunt scheint mir zum Glück kein Streithahn zu sein. Alles weist darauf hin, dass er ein ruhiger Mann ist, der seine Körperkraft nicht zu missbrauchen sucht.«

»Nein ... außer wenn er sich vor ein Hisstau legt. Herr Gott, da fürcht' ich immer, die ganze Blockrolle kommt mit herunter und die Rah hinterdrein.«

Dieser Hunt war, wenn man ihn genau betrachtete, ein recht sonderbarer Kauz, der wohl eine gewisse Aufmerksamkeit verdiente. Wenn er sich gegen die Drehbalken des Spills stemmte oder die mächtige Hand auf die Griffe des Steuerrads legte, beobachtete ich ihn öfters nicht ohne eine gewisse Neugier.

Andererseits schien es mir, als ob auch seine Blicke mit deutlicher Zähigkeit an mir hafteten. Er musste ja wissen, dass ich als – einziger – Passagier an Bord der Goélette war und unter welchen Umständen ich mich entschlossen hatte, die Gefahren dieser Reise zu teilen. Die Vermutung, dass er, vielleicht jenseits der Insel Tsalal und nachdem wir die Schiffbrüchigen von der *Jane* gerettet hätten, noch ein anderes Ziel verfolgte als wir, war doch kaum zulässig. Kapitän Len Guy wiederholte auch immer wieder:

»Unsere Aufgabe besteht darin, unsere Landsleute zu retten. Die Insel Tsalal ist der einzige Punkt, der uns anlockt, und Gott gebe, dass wir nicht noch tiefer in die öden Polargebiete einzudringen brauchen!«

Am 10. November gegen zwei Uhr nachmittags meldete ein Ruf des Wachpostens:

»Land voran an Steuerbord!«

Eine gut ausgeführte Beobachtung hatte 55° 7′ Breite und 41° 13′ östlicher Länge ergeben.

Das Land konnte kein anderes sein als die Insel Saint Pierre – nach britischer Bezeichnung Süd-Georgia, Neu-Georgia oder Insel des Königs Georg –, die ihrer Lage nach zu den zirkum-polaren Gebieten gehört.

Schon vor Cook wurde sie 1675 von dem Franzosen Barbe entdeckt; doch ohne Rücksicht darauf, dass er der Zeit nach nur der

Zweite war, gab ihr der berühmte englische Seefahrer die Reihe von Namen, die sie noch heute führt.

Die Goélette steuerte nun auf diese Insel zu, deren schneebedeckte Höhen – gewaltige Massen von Urgebirge, wie Gneis und Tonschiefer – durch den gelblichen Nebel des Luftraums bis zwölfhundert Toisen, also 2.340 Meter, aufsteigen.

Kapitän Len Guy wollte hier in der Bay Royale vierundzwanzig Stunden lang liegen bleiben, um frisches Wasser zu fassen, denn die Behälter im Laderaum erwärmten sich leicht zu sehr. Später, wenn die *Halbrane* im Treibeis segelte, war ja frisches, klares Süßwasser genug vorhanden.

Im Laufe des Nachmittags umschiffte die Goélette das Kap Buller im Norden der Insel, ließ die Possessions und die Cumberland Bay an Steuerbord und drang nun in die Bay Royale ein, wo sie sich durch die vom Ross-Gletscher herabstürzenden Trümmer winden musste. Um sechs Uhr sank der Anker bei sechs Faden Tiefe auf den Grund, und da es schon dunkel wurde, verschob man alles Weitere bis zum nächsten Tag.

Neu-Georgia misst in der Länge an die vierzig Lieues, also zweihundertzehn Kilometer, mal zwanzig Lieues in der Breite. Etwa fünfhundert Lieues von der Magellanstraße gelegen, gehört es mit zum Verwaltungsbezirk der Falkland-Inseln. Die britische Regierung wird hier übrigens von niemandem vertreten, da die Insel ganz unbewohnt ist, obgleich sie, zumindest im Sommer, recht gut bewohnbar wäre.

Am folgenden Tag, als unsere Leute auf die Suche nach einer Quelle auszogen, ging ich allein am Ufer der Bay Royale spazieren. Die Gegend war verlassen, denn wir befanden uns noch nicht in der Periode, wo manche Fischer hier die Robbenjagd betreiben; daran fehlte noch gut ein Monat. Neu-Georgia liegt unter dem Einfluss des südlichen Polarstroms, und so halten sich dort zu gewissen Zeiten Meersäugetiere in großer Zahl auf. Ich sah schon mehrere Herden auf dem Strand längs der Felsen bis tief in die Ufergrotten hinein lagern. Lange Reihen von Pinguinen, die bewegungslos umherstanden, erhoben durch ihr Geschrei Einspruch gegen die Störung eines Eindringlings, das heißt meiner Person.

Von der Oberfläche des Wassers und vom Strand flatterten ganze Schwärme von Lerchen in die Höhe, deren Gesang in mir die Erinnerung an entfernte, von der Natur mehr begünstigte Länder wachrief. Es ist ein Glück, dass diese Tierchen keine Zweige zum Nisten brauchen, denn auf ganz Neu-Georgia gibt es keinen einzigen Baum. Da und dort vegetieren einzelne Kryptogamen, halb entfärbte Moose und vor allem die so üppig gedeihende Grasart, der Tuffock, die die Bergabhänge bis zu fünfhundert Toisen aufwärts bekleidet und die hinreichende Ernten liefern würde, um zahlreiche Herden zu ernähren.

Am 12. November ging die *Halbrane* mit ihren unteren Segeln wieder in See. Nach Umschiffung der Charlotten-Spitze am Ende der Bay Royale steuerte sie in südsüdöstlicher Richtung auf die vierhundert Seemeilen von hier gelegenen Sandwich-Inseln zu.

Bisher waren wir noch keiner Eisscholle begegnet; die Sommersonne hatte sie vom Packeisrand oder von den Küsten der Polarländer noch nicht abgelöst. Später trug die Strömung sie bis zum 50. Breitengrad – auf der nördlichen Erdhälfte dem von Paris und Quebeck – hinauf.

Der Himmel, dessen Klarheit abzunehmen begann, drohte sich nach Osten hin mit Wolken zu beladen. Ein kalter, mit Regen und Graupelschauern auftretender Wind wehte mit ziemlicher Stärke, doch da er uns günstig war, hatten wir keine Ursache, darüber zu klagen. Es genügte, sich den Südwester etwas fester um die Ohren zu ziehen.

Etwas störender waren die dicken Nebelbänke, die häufig den Horizont verhüllten. Da diese Gegenden aber noch keine Gefahren boten und ein Zusammenstoß mit Eisbergen oder Packeismassen nicht zu befürchten war, konnte die *Halbrane* ihre Fahrt nach Südosten auf die Sandwich-Gruppe zu ohne Besorgnis fortsetzen.

Durch die Nebel zogen große Völker laut kreischender Vögel, die trotz des Gegenwinds die ausgespannten Flügel kaum zu bewegen schienen, wie Sturmvögel, Taucher, Eisvögel, Seeschwalben und Albatrosse, die vom Land wegflogen, als wollten sie uns den Weg zeigen.

Die dichten Nebel hinderten Kapitän Len Guy offenbar auch daran, im Südwesten zwischen Neu-Georgia und den Sandwichs die von Bellingshausen entdeckte Insel Traversey zu sehen, ebenso wie die kleinen Inseln Welley, Polker, Princes Island und Christmas, deren Lage, nach Fanning, der Amerikaner James Brown mit dem Schoner *Pacific* genau bestimmt hatte. Vor allem kam es uns nur darauf an, nicht an ihre Klippen zu stoßen, wenn der Gesichtskreis sich auf zwei bis drei Kabellängen beschränkte.

An Bord wurde deshalb der Ausguck streng durchgeführt, und die Wachhabenden überblickten allemal sorgsamst das Meer, wenn eine vorübergehende Aufhellung ihnen einen erweiterten Gesichtskreis bot.

In der Nacht vom 14. zum 15. leuchtete ein unbestimmter, flackernder Schein am westlichen Horizont auf. Der Kapitän hielt ihn für den Widerschein eines Vulkans – vielleicht von dem der Insel Traversey, dessen Krater oft von einer Flammengarbe gekrönt ist.

Da wir aber keine der lange anhaltenden Detonationen vernehmen konnten, die jeden vulkanischen Ausbruch zu begleiten pflegen, schlossen wir, dass die Goélette sich zurzeit in beruhigender Entfernung von den Klippen jener Insel befinden müsse.

Eine Änderung des Kurses erschien also unnötig, und so steuerten wir weiter auf die Sandwich-Inseln zu.

Der Regen hörte am Morgen des 16. auf, und der Wind drehte sich um ein Viertel nach Nordwesten. Das war nur freudig zu begrüßen, denn damit mussten sich die Dunstmassen bald zerstreuen.

Gerade zu dieser Zeit glaubte der Matrose Stern, der zum Ausguck auf einem Querholz saß, einen großen Dreimaster zu erkennen, dessen Segelwerk sich vom nordöstlichen Himmel abhob. Zu unserem großen Bedauern verschwand das Gefährt eher, als es uns möglich war, seine Nationalität festzustellen. Vielleicht war es ein Schiff der Expedition von Wilkes oder ein Walfänger, der sich zu seinen Fangplätzen begab, denn Spritzfische zeigten sich hier in großer Zahl.

Am 10. November um zehn Uhr morgens peilte die Goélette den Archipel, dem Cook zuerst den Namen Südliches Thule gegeben hatte, als dem südlichsten Land, das bis dahin entdeckt war und das er später auf den Namen Sandwich-Land taufte, den Namen, den diese Inselgruppe auf den Seekarten behalten hatte und auch 1830 schon allgemein führte, als Biscoe von hier segelte, um weiter östlich eine Durchfahrt zum Pol zu suchen.

Seit jener Zeit haben schon viele Seefahrer die Sandwichs besucht, und die Fischer stellen in ihren Gewässern eifrig Walen, Pottfischen und Robben nach.

Im Jahr 1820 war Kapitän Morell hier in der Hoffnung an Land gegangen, Brennholz, das er nötig brauchte, zu finden. Der Kapitän hielt zum Glück nicht aus dem gleichen Grund dort an. Es wäre auch vergebliche Mühe gewesen, denn das Klima dieser Insel macht jeden Baumwuchs unmöglich.

Wenn die Goélette für achtundvierzig Stunden vor den Sandwichs vor Anker ging, geschah es, weil es ratsam schien, alle Inseln des südlichen Erdteils, auf die wir bei unserer Fahrt stießen, eingehend zu besichtigen. Patterson war ja auf einer Eisscholle weggetrieben, und das konnte doch auch dem einen oder anderen seiner Gefährten widerfahren sein.

Hier galt es also, nichts zu versäumen, zumal die Zeit uns nicht drängte. Von Neu-Georgia steuerte die *Halbrane* deshalb zu den Sandwichs; von hier sollte sie zu den New South Orkneys gehen und von da nach Überschreitung des Polarkreises geradewegs auf das Packeis zusegeln.

Geschützt von den Felsen der Insel Bristol, konnten wir noch am selben Tag in einem kleinen natürlichen Hafen der Ostküste landen.

Der unter 59° südlicher Breite und 30° westlicher Länge gelegene Archipel besteht aus mehreren Inseln, deren bedeutendste Bristol und Thule sind. Eine Anzahl weiterer Inseln verdient allenfalls die Bezeichnung als Eilande.

Jem West erhielt den Auftrag, sich mit dem großen Boot nach Thule zu begeben, um dort alle zu einer Landung geeigneten Stellen abzusuchen, während wir, Kapitän Len Guy und ich, am Strand von Bristol an Land gingen.

Ein trauriges Stückchen Land, nur von Vögeln der antarktischen Länder bevölkert. Die dürftige Vegetation gleicht der von Neu-Georgia. Moose und Flechten bedecken den nackten, sonst unfruchtbaren Boden.

Hinter dem Strand erheben sich einzelne magere Föhren bis ziemlich weit an den Flanken der sehr zerrissenen Hügel hinauf, von wo zuweilen Geröll mit ohrenbetäubendem Lärm herunterpoltert. Überall die abschreckende Einöde. Nichts verriet die vorübergehende Anwesenheit eines menschlichen Wesens oder den Aufenthalt von Schiffbrüchigen auf der Insel Bristol. Die Ausflüge, die wir an diesem und am folgenden Tag unternahmen, brachten keinerlei Ergebnis.

Dasselbe galt für die Untersuchungen des Leutnant West auf Thule, dessen furchtbar zerklüftete Küste dieser nutzlos besichtigt hatte. Einige von unserer Goélette abgegebene Kanonenschüsse hatten keine andere Wirkung, als dass sie Massen von Sturmvögeln und Seeschwalben von der Küste vertrieben und die Reihen der beschränkten Fettgänse am Strand einmal erschreckten.

Beim Umherstreifen mit Kapitän Len Guy sagte ich gelegentlich zu ihm:

»Es ist Ihnen zweifelsohne bekannt, was Cook über die Sandwich-Gruppe dachte, als er sie gerade entdeckt hatte. Zuerst glaubte er auf ein Festland gekommen zu sein. Seiner Meinung nach lösten sich hier die Eisberge ab, die nachher von den Strömungen in wärmere Meere getragen würden. Später erkannte er, dass die Sandwichs nur einen Archipel bildeten. Seine Vermutung eines polaren Festlands weiter im Süden hielt er aber trotzdem aufrecht.«

»Ich weiß, Mister Jeorling«, antwortete Kapitän Len Guy, »doch wenn es dieses Festland gibt, muss man annehmen, dass es einen tiefen Einschnitt hat, den, wohin Weddell und sechs Jahre später mein Bruder eindringen konnten. Dass unser großer Seefahrer diese Wasserstraße nicht fand, da er über den 71. Breitengrad nicht hinauskam, das ist ja eine Sache für sich. Andere haben sie befahren und wieder andere werden es tun ...«

»Und zu denen gehören wir, Herr Kapitän ...«

»Ja ... mit Gottes Hilfe! Wenn Cook sich nicht scheute zu behaupten, dass niemand sich weiter hinaufwagen würde als er selbst und das Festland, wenn es dann wirklich vorhanden wäre, nie entdeckt werden würde, so wird die Zukunft lehren, dass er sich geirrt hat. Das vermutete Land ist bis zum 84. Grad tatsächlich gesehen worden.«

»Und wer weiß?«, fiel ich ein, »von dem waghalsigen Arthur Pym vielleicht gar noch weiter hinauf!«

»Ja ... vielleicht ... Mister Jeorling. Doch mit Arthur Pym persönlich haben wir hier nichts zu schaffen, da er immerhin und mit ihm Dirk Peters nach Amerika zurückgekehrt ist.«

»Wenn er nun aber doch nicht zurückgekehrt wäre ...«

»Diese Möglichkeit geht uns nichts an«, erklärte Kapitän Len Guy einfach.

ELFTES KAPITEL

Von den Sandwich-Inseln zum Polarkreis

Sechs Tage nach der Abfahrt erreichte die Goélette, die nun einen südwestlichen Kurs einhielt und immer von der Witterung begünstigt wurde, die Gruppe der New South Orkneys. Zu ihr gehören zwei Hauptinseln; im Westen die größere, Coronation genannt, deren riesiger Gipfel bis zweitausendfünfhundert Fuß hoch ansteigt, und im Osten die Insel Laurie, die nach Westen hin im Kap Doundas ausläuft. Rundherum tauchen noch kleinere Inseln, Saddele und Powel, und eine Menge zuckerhutförmiger Eilande aus dem Meer auf. Schließlich liegen noch weiter westlich die Inseln Inaccessible und Désespoir, ohne Zweifel so genannt, weil ein Seefahrer an der einen nicht landen konnte und daran verzweifelte, die andere zu erreichen.

Der Archipel wurde von dem Amerikaner Palmer zusammen mit dem Engländer Botwell 1821 und 1822 entdeckt. Vom 61. Breitengrad durchschnitten, ist er zwischen dem 44. und dem 47. Meridian zu suchen.

Als wir uns mit der *Halbrane* näherten, konnten wir an der Nordseite zusammengewürfelte Felsmassen und oben schroff ansteigende Hügel erblicken, deren untere Abhänge, besonders auf der Insel Coronation, sich zum Ufer hin sanfter abflachten. An ihrem Fuß lagen gewaltige Eismassen in furchtbarem Durcheinander aufgehäuft, die vor Ablauf von zwei Monaten in wärmeres Wasser treiben sollten.

Dann kam die Zeit, wo sich die Walfänger hier einstellten, um der Jagd auf Spritzfische nachzugehen, während einzelne ihrer Leute an Land blieben, wo sie Robben und See-Elefanten erlegten.

Oh, wie treffend sind sie benannt, diese Länder der Trauer und des Reifs, solange ihr Winterbahrtuch von den ersten Sonnenstrahlen des südlichen Sommers noch nicht durchlöchert ist.

Um die von Eilanden und Eisschollen halb verstopfte Meerenge zu meiden, die die Gruppe in zwei deutliche Inselhaufen scheidet, segelte

Kapitän Len Guy zunächst an dem südöstlichen Ausläufer der Insel Laurie entlang, wo ein Tag, der 24., zugebracht wurde; dann hielt er sich, nachdem er sie am Kap Doundas umschifft hatte, nahe der Südküste der Insel Coronation, wo die Goélette am 25. liegen blieb. Das Ergebnis unserer Nachforschungen bezüglich etwaiger Leute von der *Jane* war gleich Null.

Wenn Weddell 1822 – freilich noch im September – in der Absicht, an dieser Gruppe Pelzrobben zu jagen, seine Zeit und Mühe verlor, so lag das an der Strenge des noch herrschenden Winters. Die *Halbrane* hätte sich jetzt eine volle Ladung dieser Amphibien beschaffen können.

Vögel gab es auf den Inseln und Eilanden zu Tausenden. Abgesehen von den Pinguinen auf den mit Guano dick bedeckten Felsen, schwärmten hier in großen Mengen jene weißen Tauben umher, von denen ich schon früher einige Exemplare gesehen hatte. Es sind Strandläufer, kleine mit Schwimmhäuten ausgerüsteten Plattfüßler, mit etwas länglich spitzem Schnabel und rot umränderten Augen, die man ohne große Mühe einfangen kann.

Was die Pflanzenwelt der New South Orkneys angeht, wo tonige Quarze nicht vulkanischen Ursprungs vorherrschen, so gab es hier nur mattgraue Flechten und wenige Tangarten aus der Familie der Algen. Außerdem wimmelte es längs der Uferfelsen von Schüsselmuscheln, von denen viele eingesammelt wurden.

Ich muss wohl auch anführen, dass sich der Hochbootsmann und seine Leute die Gelegenheit nicht entgehen ließen, einige Dutzend Pinguine mit Stöcken zu erschlagen. Sie folgten dabei nicht einer tadelnswerten Mordlust, sondern dem ganz gerechtfertigten Wunsch, sich frische Nahrung zu verschaffen.

»So ein Vogel wiegt ein Masthuhn auf, Mister Jeorling«, versicherte mir der wackere Hurliguerly. »Haben Sie auf den Kerguelen keinen gegessen?«

»Aber freilich, Hochbootsmann, doch den hatte Atkins zubereitet.«

»Nun, hier tut das Endicott, und Sie werden da keinen Unterschied merken!«

In der Tat labte man sich im Deckhaus und im Essraum der Mannschaft an diesen Pinguinen, die der Kunst unseres Schiffskochs alle Ehre machten.

Am 26. November früh um sechs Uhr ging die *Halbrane* nach Süden zu wieder unter Segel. Sie steuerte dabei bis zum 43. Meridian, dessen Lage durch eine recht günstige Beobachtung sicher festgestellt werden konnte. Das war derselbe, dem Weddell und später William Guy gefolgt waren, und wenn die Goélette von diesem weder nach Osten noch nach Westen hin abwich, musste sie schließlich auf die Insel Tsalal stoßen. Es waren hier aber wohl manche Fahrhindernisse mit einzurechnen.

Sehr stetige östliche Winde begünstigten unser Vorwärtskommen, und die Goélette konnte ihre gesamte Leinwand entfalten. Bei dieser starken Segelbesetzung glitt sie mit einer Geschwindigkeit von elf bis zwölf Seemeilen dahin. Hielt das auch weiter so an, so musste die Strecke zwischen den New South Orkneys und dem Polarkreis in sehr kurzer Zeit zurückgelegt werden.

Jenseits desselben, das wusst' ich ja, galt es freilich, die Pforte des mächtigen Packeises zu sprengen oder – was jedenfalls praktischer war – eine Bresche in diesem Eisgrenzwall zu entdecken.

Als Kapitän Len Guy und ich uns einmal darüber unterhielten, sagte ich:

»Bis hierher hat die *Halbrane* immer prächtigen Seitenwind gehabt, und wenn das so weitergeht, werden wir das Packeis vor der Eisschmelze erreichen.«

»Vielleicht ... vielleicht auch nicht ... Mister Jeorling, denn die Jahreszeit ist heuer außergewöhnlich vorgeschritten. Auf der Insel Coronation habe ich schon häufig beobachtet, dass sich Eisblöcke sechs Wochen vor dem gewöhnlichen Zeitpunkt loslösten.«

»Ein glücklicher Umstand, Herr Kapitän; danach wäre es ja möglich, dass unsere Goélette schon in den ersten Dezemberwochen das Packeis passieren könnte, was den Schiffen doch sonst erst gegen Ende Januar gelingt.«

»In der Tat, wir wurden bisher von der milden Witterung außerordentlich begünstigt«, antwortete Kapitän Len Guy.

»Ich erwähne noch«, fuhr ich fort, »dass Biscoe bei seiner zweiten Forschungsreise erst gegen Mitte Februar das Land in Sicht bekam, das unter dem 64. Längengrad vom Mont William und Mont Stowerby überragt wird. Die Reisewerke, die Sie mir zur Verfügung stellten, berichten das.«

»In unzweideutiger Weise, Mister Jeorling.«

»Also noch vor Ablauf eines Monats, Herr Kapitän ...«

»Vor Ablauf eines Monats denke ich jenseits der Polargrenze das offene Meer wieder erreicht zu haben, von dem Weddell und Arthur Pym mit so großer Zuverlässigkeit sprechen, und dann müssen wir nur unter gewohnten Bedingungen weitersegeln, erst nach der Insel Bennet und dann nach der Insel Tsalal. Welches Hindernis könnte uns auf jenem weit offenen Meer aufhalten oder auch nur zu Verspätungen Anlass geben ...«

»Ich sehe keines, Herr Kapitän, wenn wir nur erst die Eisgrenze hinter uns haben. Diese zu durchbrechen, darin liegt die Schwierigkeit, darauf müssen wir unser Augenmerk in erster Linie richten, und wenn der Ostwind anhält ...«

»Der hält hier an, Mister Jeorling; alle Seeleute, die die südlichen Meere befahren haben, bestätigen die auch von mir gemachte Beobachtung, dass der Ostwind hier beständig weht. Ich weiß wohl, dass zwischen dem 30. und dem 60. Breitengrad zuweilen Stürme aus Westen losbrechen. Tiefer unten aber kehrt sich die Sache um, die entgegengesetzten Winde behalten die Oberhand, und wenn Sie jene Grenze mit uns überschritten haben, werden Sie sich von dieser Tatsache selbst überzeugen können.«

»Das freut mich wirklich, Herr Kapitän. Ich gestehe übrigens, ohne deshalb zu erröten, dass ich anfange, etwas abergläubisch zu werden ...«

»Warum sollte man das nicht, Mister Jeorling? Weshalb sollte es denn unvernünftig sein, anzunehmen, dass eine übernatürliche Macht auch in die gewöhnlichsten Ereignisse des Lebens eingreift? Und wir Seeleute von der *Halbrane*, sollten wir gar daran zweifeln? Erinnern Sie sich nur daran, wie wir den unglücklichen Patterson auf dem Weg unserer Goélette gefunden haben ... und an die Eisscholle, die bis in jene von uns durchfahrenen Gewässer getrieben worden war und die fast sofort darauf zerfloss. Überlegen Sie, Mister Jeorling, erkennen Sie daran nicht etwas wie den Fingerzeig der Vorsehung? Ich gehe noch weiter, ich behaupte, dass Gott uns, nachdem er so viel getan hat, um uns zu unseren Landsleuten von der *Jane* zu führen, seinen weiteren Beistand auch nicht versagen wird.«

»Ganz meine Ansicht, Herr Kapitän. Nein, seine tätige Mitwirkung ist nicht zu leugnen, und ich meine, der Zufall spielt auf der Bühne des Menschenlebens nur die Rolle, die eine höhere Macht ihm zuteilt. Alle Tatsachen sind durch ein geheimnisvolles Band verknüpft ... durch eine Kette ...«

»Eine Kette, Mister Jeorling, deren erstes Glied, was uns angeht, die Eisscholle von Patterson war und deren letztes die Insel Tsalal sein wird! Ach, mein Bruder, mein armer Bruder! Dort seit elf Jahren verlassen ... mit den Genossen seines Unglücks ... und ohne jede Hoffnung auf Hilfe! Und Patterson, weit von ihnen weg verschlagen – unter welchen Umständen, wissen wir nicht, so wenig wie jene wissen, was aus ihm geworden ist. Wenn mein Herz auch zerspringen will, wenn ich an jene Unglücksfälle denke ... jedenfalls wird es nicht eher brechen, Mister Jeorling, als in dem Augenblick, wo mein Bruder sich mir in die Arme wirft!«

Kapitän Len Guy war so tief erregt, dass sich auch aus meinen Augen eine Träne stahl. Jetzt fehlte mir der Mut, ihm zu sagen, dass das Rettungswerk doch recht wenig günstige Aussichten habe. Wohl war nicht daran zu deuteln, dass sich William Guy mit den fünf Matrosen von der *Jane* vor sechs Monaten noch auf der Insel Tsalal befand, denn das bestätigten die Aufzeichnungen in Pattersons Notizbuch ... doch wie war dort ihre Lage? Befanden sie sich in der Gewalt der Eingeborenen, die Arthur Pym, auch ohne die Bewohner der Nachbarinseln, auf mehrere Tausend schätzte? Mussten wir uns dann nicht auf einen Angriff des Häuptlings der Insel Tsalal, jenem wilden Too-Wit, gefasst machen, dem die *Halbrane* vielleicht ebenso wenig gewachsen war wie seinerzeit die *Jane?*

Ja, in dieser Beziehung war gewiss die Vorsicht die Mutter der Weisheit, wenn wir auch der Vorsehung vertrauten. Sie hatte ja schon einmal in so auffälliger Weise zu unseren Gunsten eingegriffen, und die uns von Gott anvertraute Sendung wollten wir durchführen, soweit das menschlicher Kraft und Einsicht möglich war!

Von den gleichen Empfindungen erfüllt, teilte die Mannschaft der Goélette auch die gleiche Hoffnung – ich beziehe mich hierbei auf die alten Leute an Bord, deren Ergebenheit für ihren Kapitän erprobt war. Die neuen Mannschaften mochten der Sache vielleicht ganz oder doch nahezu teilnahmslos gegenüberstehen, wenn sie nur die für die Fahrzeit ausbedungene Heuer erhielten.

Das behauptete wenigstens der Hochbootsmann, wobei er übrigens für Hunt eine Ausnahme gelten ließ. Dieser Mann schien nicht um des Lohnes oder einer späteren Prämie willen Dienst genommen zu haben. Jedenfalls ließ er davon kein Wort verlauten und sprach überhaupt mit niemandem über irgendetwas.

»Ich meine, er denkt an so etwas gar nicht«, sagte Hurliguerly zu mir. »Ich werde schon noch klug werden aus ihm! In seinen Reden geht er freilich nicht weiter als ein Schiff, das vor seinem Hauptanker liegt.«

»Wenn er mit Ihnen nicht gesprochen hat, Hochbootsmann, so tat er es noch weniger mit mir.«

»Ich habe da eine Idee ... was, meinen Sie, mag der Sonderling in seinem Leben schon getan haben?«

»Nun ... was denn?«

»Er wird weit in die südlichen Meere hineingekommen sein ... ja ... sehr weit, obgleich er darüber schweigt wie der Karpfen im Siedekessel. Warum er nicht spricht ... na, das ist am Ende seine Sache. Doch wenn dieser Seeigel nicht über den Südpolarkreis hinaus und vielleicht seine 10° noch weiter hinaufgefahren ist, dann soll mich doch die nächste überschlagende Welle gleich über die Reling spülen.«

»Woran wollen Sie das gemerkt haben, Hochbootsmann?«

»An seinen Augen, Mister Jeorling, an seinen Augen! Wohin die Goélette auch steuert, sie bleiben stets nach Süden gerichtet ... es sind Augen, die nie unerwartet aufleuchten, sondern wie Positionslichter still glänzen.«

Hurliguerly übertrieb damit nicht, ich hatte das auch schon beobachtet. Hunt hatte, um den Ausdruck Edgar Poes zu gebrauchen, funkelnde Falkenaugen.

»Wenn er nicht beschäftigt ist«, fuhr der Hochbootsmann fort, »dann lehnt dieser Wilde die ganze Zeit über der Schanzkleidung. Wahrlich, er gehörte eigentlich für immer an den Vordersteven, wo er als Gallion der *Halbrane* dienen könnte! Ein verdächtiges Gesicht, das er hat ...! Und wenn er einmal am Ruder steht, Mister Jeorling, dann betrachten Sie ihn nur aufmerksam! Seine gewaltigen Hände klammern sich an die Griffe des Rads, als wären Sie daran festgenietet. Sein Blick liegt auf dem Kompasshäuschen, als würde er von der Magnetnadel angezogen. Ich meine doch auch ein tüchtiger Steuermann zu sein; an Kraft kann ich mich mit Hunt aber nicht messen. Bei ihm schwankt die Nadel auch nicht um einen halben Strich aus der rechten Richtung, und wenn das Wasser noch so wild ist! Ich sage Ihnen ... in der Nacht ... wenn die Laterne für den Kompass erlosch, Hunt brauchte sie gar nicht wieder anzuzünden. Schon mit dem Feuer seiner Pupillen würde er die Scheibe beleuchten und sich auf dem rechten Kurs halten!«

Der Hochbootsmann wollte sich in meiner Gesellschaft offenbar für die mangelnde Beachtung entschädigen, die Kapitän Len Guy und Jem West seinen endlosen Schwätzereien zu schenken pflegten. Auch wenn sich Hurliguerly über Hunt eine etwas über das Ziel hinausschießende Anschauung gebildet hatte, so muss ich doch zugeben, dass die Haltung dieser sonderbaren Persönlichkeit ihn dazu berechtigte. Man konnte ihn tatsächlich der Kategorie halb fantastischer Wesen zurechnen, und wenn Edgar Poe ihn gekannt hatte, erschien es erklärlich, dass er ihn zum Typus seiner außergewöhnlichsten Helden stempelte.

Mehrere Tage lang ging unsere Fahrt – ohne jeden Zwischenfall, doch auch ohne jede Unterbrechung ihrer Eintönigkeit – unter den günstigsten Umständen weiter. Bei mäßig frischem Ostwind erreichte die Goélette ihre größtmögliche Geschwindigkeit, was man an dem langen, flachen und regelmäßigen Kielwasser erkannte, das sich mehrere Seemeilen weit hinter ihr herzog.

Andererseits meldete sich nun das Frühjahr deutlicher. Wale begannen in kleinen Herden aufzutauchen. Hier hätte auch für Schiffe von großem Tonnengehalt eine Woche genügt, sich eine volle Ladung des begehrten Trans zu verschaffen. Die neu angeworbenen Matrosen – besonders die Amerikaner unter ihnen – verhehlten auch gar nicht ihr Bedauern über die Gleichgültigkeit des Kapitäns gegen diese wertvollen Tiere, die sich in zuvor nie gesehener Menge vor ihnen tummelten.

Von der ganzen Mannschaft war es besonders Hearne, der seine Enttäuschung zu erkennen gab – er galt als besonders erfahrener Walfänger, dessen Worten seine Genossen gern lauschten. Wegen der brutalen Art und der wilden Tollkühnheit, die ihn auszeichneten, hatte er gegenüber den andern Matrosen eine gewisse Überlegenheit zu erlangen gewusst. Dieser jetzt vierzigjährige Segelwerksmaat war amerikanischer Abkunft. Gewandt und kräftig, wie er war, stellte ich ihn mir gern vor, wenn er, auf dem zweispitzigen Fangboot stehend, die Harpune schwang, sie einem Wal in die Seite schleuderte und diesen dann am nachschießenden Seil behielt – das musste ein stolzer Anblick sein! Bei seiner brennenden Leidenschaft für diesen Beruf konnte es nicht wundernehmen, dass er seiner Unzufriedenheit jetzt gelegentlich Ausdruck gab.

Unsere Goélette war aber nicht zum Walfang ausgerüstet, und ihr fehlten alle dazu nötigen Geräte. Seitdem er mit der *Halbrane* fuhr, hatte sich der Kapitän einzig darauf beschränkt, zwischen den südlichen Inseln des Atlantischen und des Stillen Ozeans Handelsgeschäfte zu betreiben.

Jedenfalls war die Menge von Spritzfischen, die wir im Umkreis von wenigen Kabellängen beobachteten, außerordentlich groß zu nennen.

An jenem Tag, gegen drei Uhr nachmittags, lehnte ich am Bug auf der Schanzkleidung, um dem Spiel mehrerer Paare der mächtigen Tiere zuzusehen. Hearne zeigte sie seinen Kameraden mit der Hand und machte mehrfach unterbrochene Bemerkungen dabei.

»Da ... da ... das ist ein Finnwal ... und dort, dort sind noch zwei ... drei von den Burschen ... mit der fünf bis sechs Fuß langen Flosse auf dem Rücken! Seht ihr ihn dahinschwimmen ... so gemächlich ... ohne einen Sprung zu machen! Ah, wenn ich jetzt eine Harpune bei der Hand hätte ... meinen Kopf zum Pfand, dass ich sie ihnen in einen der gelben Flecke bohrte, die sie am Leib haben! Aber auf diesem alten Krämerkasten ist ja nichts anzufangen – nicht einmal den Arm kann man sich ausarbeiten! Zum Teufel, wenn man auf diesen Meeren fährt, so geschieht es, um zu fischen, nicht um ...«

Er unterbrach sich mit einem weiteren kräftigen Seemannsfluch.

»Und da drüben ... der andere Wal!«, rief er dann wieder.

»Der, der einen Buckel hat wie ein Dromedar?«, fragte einer der Matrosen.

»Ja, das ist ein Buckelwal«, antwortete Hearne. »Kannst du seine faltigen Seiten und die lange Rückenflosse erkennen? Sie sind mühsam zu fangen, diese Burschen, denn sie tauchen in große Tiefen und zerren ein gewaltiges Ende Tau nach! Wahrlich, wir verdienten von ihm einen Schlag in die Flanke zu bekommen, weil wir ihm keine Harpune in seine Flanken jagen.«

»Achtung ...! Aufgepasst!«, rief eben der Hochbootsmann.

Das bezog sich nicht etwa darauf, dass der vom Segelwerksmaat gewünschte furchtbare Schlag mit dem Schwanz zu fürchten gewesen wäre. Nein! Dagegen zog eben ein gewaltiger Spritzfisch an der Seite der Goélette hin, und fast sofort ergoss sich aus seinen Atmungslöchern ein Schwall übel riechendes Wasser mit einem Geräusch, das mit dem Krachen entfernter Geschütze zu vergleichen war. Das ganze Vorderdeck bis zur großen Luke wurde davon überschwemmt.

»Gut gemacht!«, murmelte Hearne achselzuckend, während seine Kameraden sich schüttelten und über die unfreiwillige Taufe durch den Buckelwal schimpften.

Außer diesen beiden Arten von Walen sah man auch noch eine Anzahl anderer, der von den Seeleuten »Right Whales« genannten Art; das sind übrigens die, die in den südlichen Meeren am häufigsten vorkommen. Sie haben keine Flossen, aber eine sehr dicke Speckschicht, und ihr Fang birgt keine besonderen Gefahren. Man stellt ihnen auch meist hier in den antarktischen Gewässern nach, wo es unzählige kleine Krustentiere – die »Walspeise« genannt – gibt, von denen jene sich ausschließlich ernähren.

Gerade jetzt schwamm kaum drei Kabellängen von der Goélette ein solcher Right Whale dahin, der gut sechzig Fuß Länge hatte, genug, um hundert Fass Tran zu liefern. Die Ausbeute von diesen riesigen Tieren ist so groß, dass drei davon ausreichen, um ein mittelgroßes Schiff voll zu beladen.

»Ja ... das ist ein Right Whale!«, rief Hearne. »Schon an seinem dicken und niedrigen Wasserstrahl würde man ihn erkennen ... der, den ihr da drüben über Backbord seht ... wie eine niedrige Rauchsäule sieht es aus ... die kommt von einem Right Whale. Und das alles entgeht uns ... geht unwiederbringlich verloren! Sapperment, seine alten Tonnen nicht zu füllen, wenn man es kann, ist dasselbe, wie Piaster ins Meer zu werfen! So ein Unglückskapitän, der sich all diese wertvolle Ware durch die Finger gehen lässt und seine Mannschaft obendrein schädigt ...«

»Hearne«, ertönte da eine befehlende Stimme, »steig auf die Marsen! Da wirst du's bequemer haben, die Wale zu zählen!«

Es war die Stimme von Jem West.

»Leutnant ...«

»Keine Widerrede, oder du bleibst bis morgen früh da oben! Nun schnell die Wanten hinauf!«

Da es ihm schlecht bekommen wäre, sich zu widersetzen, gehorchte der Segelwerksmaat, ohne ein Wort zu sagen. Die *Halbrane* – ich wiederhole es – hatte sich in diese hohen Breiten nicht begeben, um Meersäugetiere zu erbeuten, und die neuen Leute waren auf den Falkland-Inseln nicht als Fischer angeworben worden. Das einzige Ziel unserer Fahrt kennt der Leser ja, und nichts sollte uns davon abbringen.

Die Goélette fuhr jetzt mit vollen Segeln über ein rötlich braunes Wasser dahin, dem große Schwärme von Krustentieren, einer Art zur Familie der Thysanopoden gehörigen Krabben, die Farbe verlieh. Da lagen Wale sorglos auf der Seite und sammelten das kleine Getier an den Fäden ihrer Barten, die einem Netz ähnlich zwischen den beiden Kinnladen hingen. Dann verschluckten die Riesen jene Zwerge gleich zu Myriaden.

Dass sich jetzt im November und in diesem Teil des südatlantischen Ozeans eine solche Menge Wale verschiedener Art fanden, kam, wie schon erwähnt, von der vorzeitig milden Witterung her. Ein Walfänger zeigte sich in dieser Gegend aber nirgends.

Hier sei beiläufig bemerkt, dass die Walfänger schon zu jener Zeit angefangen hatten, sich aus dem nördlichen Polarmeer zurückzuziehen, wo infolge unausgesetzter Jagd die Wale recht selten geworden waren. Jetzt suchen Franzosen, Amerikaner und Engländer vorzugsweise die Gewässer der südlichen Polarzone zu diesem Zweck auf, obgleich die Jagd hier mit noch größeren Schwierigkeiten verknüpft ist. Diese früher so ertragreiche Industrie droht übrigens über kurz oder lang ein Ende zu nehmen.

Aus der augenblicklich so großen Ansammlung von Waltieren ließen sich gewisse weitere Schlüsse ziehen.

Seit Kapitän Len Guy mit mir jenes Gespräch über Edgar Poes Roman gehabt hatte, war er entschieden weniger zurückhaltend geworden. Wir plauderten öfter über dies und das, und heute sagte er zu mir:

»Die Anwesenheit dieser Wale weist im Allgemeinen darauf hin, dass eine Küste nicht mehr fern sein kann, und zwar aus zweierlei Gründen. Der erste ist der, dass sich die Krustentiere, die ihnen als Nahrung dienen, niemals weit vom Land entfernen; der zweite ist der, dass die weiblichen Wale seichteres Wasser brauchen, um ihre Jungen abzusetzen.«

»Wenn das der Fall ist, Herr Kapitän«, bemerkte ich, »warum haben wir dann zwischen den New South Orkneys und dem Polarkreis keine einzige Insel zu Gesicht bekommen?«

»Ihr Einwand ist ganz richtig«, antwortete Kapitän Len Guy, »doch um auf eine Küste zu stoßen, hätten wir um ein paar Grade nach Westen hin abweichen müssen, wo die New South Shetlands von Bellingshausen, die Inseln Peter und Alexander und schließlich das von Biscoe entdeckte Grahamland liegen.«

»Das Vorkommen von Walen«, fuhr ich darauf fort, »deutet also nicht unbedingt auf die Nachbarschaft eines Landes hin?«

»Ich bin in Verlegenheit, darauf zu antworten, Mister Jeorling, und es ist ja möglich, dass die Beobachtung, von der ich Ihnen sprach, unbegründet ist. Vielleicht ist es richtiger, die Ansammlung jener

Tiere auf die klimatischen Verhältnisse dieses Jahres zurückzuführen.«

»Ich sehe keine andere Erklärung«, sagte ich, »sie deckt sich auch mit unseren eigenen Beobachtungen.«

»Nun, wir werden aus diesen uns so günstigen Verhältnissen Nutzen ziehen«, versicherte Kapitän Len Guy.

»Und ohne auf die Einsprüche eines Teils der Mannschaft zu achten«, setzte ich hinzu.

»Wie kämen die Leute dazu, Einspruch zu erheben?«, rief Kapitän Len Guy. »Meines Wissens sind sie nicht zum Walfang angeworben worden. Es kann ihnen nicht unbekannt sein, zu welchem Zweck wir sie an Bord nahmen, und Jem West hat sehr gut daran getan, jeden Ausbruch von Unzufriedenheit im Keim zu ersticken. Meine alte Mannschaft hätte sich so etwas nicht erlaubt ...! Sie sehen, Mister Jeorling, wie bedauerlich es ist, dass ich mich nicht mit meinen bisherigen Leuten begnügen konnte. Leider war das in Hinsicht auf die eingeborene Bevölkerung von Tsalal ganz unmöglich!«

Ich füge hier gleich ein, dass an Bord außer der Waljagd keine andere Art von Fischfang verboten war. Bei der Geschwindigkeit der Goélette war der Einsatz eines Schleppnetzes allerdings so gut wie ausgeschlossen. Der Hochbootsmann hatte aber wenigstens Schleppleinen herstellen lassen, und der tägliche Speisezettel profitierte davon zur größten Befriedigung der von dem ewigen Salzfleisch etwas erschöpften Mägen. Die Fangleinen lieferten uns hauptsächlich Trichterfische, Lachse, Kabeljaue, Makrelen, Meeraale, Seebarben und Papageienfische. Mit Harpunen wurden gelegentlich auch Delphine mit schwärzlichem Fleisch erlegt, das der Mannschaft recht gut mundete und von dem die Lendenstücke und die Leber wirklich als Leckerbissen gelten können.

Was die Vögel betrifft, waren es immer dieselben, die aus allen Windrichtungen her zusammenschwärmten, Sturmvögel verschiedener Art – die einen mit weißem, die andern mit bläulichem Gefieder, doch alle von eleganter Gestalt –, ferner Eisvögel, Taucher und Kaptauben in zahllosen Scharen.

Ich beobachtete auch, leider außer Schussweite, einen riesigen

Sturmvogel, dessen Größe alle in Erstaunen versetzte. Es war einer von den Quebrantahuesos, wie die Spanier sie genannt haben. Dieser Vogel der Magellanländer ist sehr merkwürdig wegen der Krümmung und Verzackung seiner breiten Flügel und der dreizehn bis vierzehn Fuß betragenden Spannweite, die also der der Albatrosse nahekommt. Die Albatrosse, diese mächtigen Flieger, fehlten hier ebenfalls nicht, besonders der Albatros mit ganz dunklem Gefieder, der Sommergast der kalten Breiten, der jetzt zur Eiszone hinaufzog.

Zu bemerken ist hierbei, dass, wenn Hearne und die meisten seiner Landsleute, die unter den neu Angeworbenen waren, beim Anblick jener Herden von Waltieren ebenso viel Jagdlust wie Bedauern verrieten, sich das aus ihrer Herkunft als Amerikaner erklärte, die ihre Beutezüge zum allergrößten Teil in den südlichen Meeren unternehmen. Ich erinnere mich auch, dass eine von den Vereinigten Staaten etwa 1827 angeordnete Zählung ergab, dass die Zahl der zur Jagd auf diesen Meeren ausgerüsteten Schiffe schon etwa zweihundert mit zusammen fünfzigtausend Tonnen Tragfähigkeit betrug und dass jedes Schiff durchschnittlich siebzehntausend Fässer Tran heimbrachte, der von achttausend abgehäuteten Walen stammte. Daneben waren noch etwa zweitausend dieser erlegten Tiere den Walfängern verloren gegangen. Bei einer zweiten Zählung vor vier Jahren, im Jahr 1835, hatte sich jene Zahl auf vierhundertsechzig Schiffe und der Tonnengehalt auf 172.500 erhöht – das heißt, er betrug den zehnten Teil der ganzen amerikanischen Handelsflotte im Wert von achtzehnhunderttausend Dollar, während in dieser Industrie im ganzen vierzig Millionen Dollar festgelegt waren.

Der Leser begreift hiernach, dass der Segelwerksmaat und einige andere mit Leib und Seele diesem rauen, aber gewinnträchtigen Beruf anhingen. Die Amerikaner sollten sich aber vor einer schonungslosen Ausbeutung der Fischgründe hier hüten. Allmählich werden die Waltiere auch in den südlichen Meeren seltener werden, und dann müssten jene sich zu ihrem Fang jenseits des Packeises hinaufwagen.

Auf diese Bemerkung, die ich gegenüber Kapitän Len Guy fallen ließ, erklärte er mir, dass sich wunderbarerweise die Engländer hierin überlegter erwiesen, was gewiss Nachahmung verdiente.

Am 30. November erhielten wir nach einem um zehn Uhr abgelesenen Stundenwinkel eine recht genaue Messung der Mittagshöhe. Die Berechnungen ergaben, dass wir uns zurzeit unter 66° 23′ 33″ Breite befanden.

Die *Halbrane* sollte also unmittelbar den Polarkreis überqueren, der die antarktischen Gebiete umschließt.

ZWÖLFTES KAPITEL

Zwischen dem Polarkreis und dem Packeis

Seit die *Halbrane* den angenommenen, um 23° 33′ vom Pol abgelegenen Kreis überschritten hat, scheint sie in eine neue Welt eingetreten zu sein, in eine Welt der Verlassenheit und des Schweigens, wie Edgar Poe sagt, in das magische Gefängnis des Glanzes und des Ruhms, in das der Sänger der »Eleonora« für immer eingeschlossen zu sein wünschte, in den ungeheuren Ozean unauslöschlichen Lichts …

Meiner Ansicht nach ist – um hier bei weniger fantastischen Hypothesen zu bleiben – diese antarktische Welt mit einer Oberfläche von mehr als fünf Millionen Quadratseemeilen, also etwa zwanzig Millionen Quadratkilometern, in demselben Zustand geblieben wie unsere Erdkugel zur Eiszeit.

Den Sommer hindurch erfreut sich das südliche Polargebiet – genauer freilich nur der Südpol – immerwährenden Tages, dank den Strahlen, die die Sonne bei ihrer aufsteigenden Spirale darauf niedersendet. Wenn sie wieder verschwunden ist, beginnt dafür die lange, lange Nacht, die aber oft von glänzenden Polarlichtern erhellt wird.

Unsere Goélette sollte die gefährlichen Wasserwüsten also bei vollem Tag durchfurchen. Dauernde Helligkeit würde sie bis zur Insel Tsalal begleiten, wo wir gar nicht zweifelten, die Überlebenden der *Jane* zu finden.

Ein mehr fantastisch veranlagter Mensch wäre in den ersten Stunden nach Überschreitung der Grenze dieser neuen Welt gewiss in der Erregung Visionen und anderen Täuschungen erlegen; er hätte sich wie in das Reich des Übernatürlichen versetzt geglaubt; bei der Annäherung an das antarktische Gebiet hätte er wohl gefragt, was denn der Nebelschleier verhüllt, der den größten Teil des Gesichtsfelds begrenzte. Sollten sich da neue Elemente des Pflanzen-, Tier- und Steinreichs, vielleicht wirklich menschliche Wesen anderer Art finden, wie Arthur Pym sie gesehen zu haben behauptete? Was würde ihm dieses »Theater der

Meteore« bieten, vor dem noch der Dunstvorhang herabhing? Musste er nicht unter dem Einfluss derartiger Träumereien bei dem Gedanken an die Rückkehr alle Hoffnung verlieren? Sollte er sich nicht aus den Versen des seltsamsten aller Gedichte die Stimme des Raben zukreischen hören:

»*Nevermore* ... nimmer ... nimmermehr!«

In einer solchen Geistesverfassung befand ich mich freilich nicht, und trotz einer gewissen Erregung, die mich seit Kurzem erfasst hatte, gelang es mir doch, mich an die Grenzen der Wirklichkeit zu halten. In meiner Seele lebte nur der eine Wunsch, dass Wind und Meer uns jenseits des Polarkreises wie diesseits günstig bleiben möchten.

Was Kapitän Len Guy, den Leutnant und die alten Matrosen betrifft, so malte sich in ihren rauen Zügen, ihren wettergebräunten Gesichtern deutlich die größte Befriedigung bei der Meldung, dass die Goélette den 66. Breitengrad überschritten habe. Am nächsten Tag kam Hurliguerly auf dem Verdeck mit heiterem Gesicht zu mir und begann in fröhlichem Ton:

»Na, Mister Jeorling, da hätten wir ihn ja hinter uns, den berühmten Kreis!«

»Ja, doch nicht weit genug, Hochbootsmann, nicht weit genug!«

»Das wird schon alles noch werden. Nur eines ärgert mich ein bisschen ...«

»Was denn?«

»Dass wir nicht tun, was auf jedem Schiff, das die Linie passiert, Brauch ist!«

»Das bedauern Sie?«, fragte ich.

»Gewiss, die *Halbrane* hätte sich wohl die Zeremonie einer ›südlichen Taufe‹ leisten können.«

»Einer Taufe? Wen hätten Sie denn taufen wollen, da unsere Leute alle, ebenso wie Sie, doch schon jenseits dieses Breitengrads gefahren sind?«

»Wir ... ja! Aber Sie, Mister Jeorling, nicht! Ich frage Sie, warum hätte diese Feierlichkeit denn nicht Ihnen zu Ehren stattfinden können?«

»Es ist freilich richtig, Hochbootsmann, dass ich im Laufe meiner vielen Reisen zum ersten Mal in so hohe Breiten hinaufgekommen bin . . .«

»Und das verdient eben eine Taufe, Mister Jeorling. Oh, eine ohne großen Lärm . . . ohne Pauken und Trompeten . . . ohne den Alten vom Pol mit seinem gewöhnlichen Mummenschanz aufzubieten! Wenn Sie mir gestatten wollen, Sie einzusegnen . . .«

»Meinetwegen, Hurliguerly«, antwortete ich und griff nach der Tasche. »Segnen Sie und taufen Sie nach Herzenslust. Hier ist einstweilen ein Piaster, um im nächsten Gasthaus auf meine Gesundheit zu trinken . . .«

»Dann wird das nur auf der Insel Bennet oder der Insel Tsalal geschehen können, wenn es auf diesen verwahrlosten Landstücken Schänken gibt und sich so ein Atkins dort niedergelassen hat.«

»Sagen Sie mir, Hochbootsmann . . . ich komme immer auf Hunt zurück . . . ist er ebenso wie die alten Matrosen befriedigt, den Polarkreis überschritten zu haben?«

»Ja, wer weiß?«, erwiderte Hurliguerly. »Der segelt immer mit fest zugeknöpfter Jacke, und aus dem Burschen ist nichts herauszubringen. Doch, wie ich Ihnen schon sagte, wenn der nicht schon mit dem Treibeis und dem Packeis Bekanntschaft gemacht hat, dann . . .«

»Was bringt Sie auf einen solchen Gedanken?«

»Ja . . . alles und nichts, Mister Jeorling! So etwas hat man im Gefühl! Hunt ist ein alter Seewolf, der seine Kiste schon in allen Ecken der Erde umhergeschleppt hat.«

Ich teilte ja im Grunde die Ansicht des Hochbootsmanns und konnte es wie von einer Ahnung gedrängt nicht unterlassen, Hunt zu beobachten, so sehr beschäftigte er immer meine Gedanken.

In den ersten Tagen des Dezembers, vom 1. bis zum 4., zeigte der Wind nach vorausgegangener Windstille eine gewisse Neigung, nach Nordwest umzuschlagen. Mit dem Nordwind in den weit südlichen Breiten verhält es sich nun ebenso wie mit dem Südwind im Nordpolargebiet . . . er bedeutet nichts Gutes. Meist tritt damit recht schlechtes Wetter mit Sturmböen und Regenschauern ein. Solange der Wind indes nicht nach Südwest umschlug, hatten wir uns darüber nicht zu beklagen. Im letzteren Fall wäre die Goélette freilich leicht aus ihrem Kurs verschlagen worden oder hätte wenigstens schwer zu kämpfen gehabt, um sich darin zu halten, und ohne Zweifel war es für uns ratsamer, nicht von dem Meridian abzuweichen, dem wir seit der Abfahrt von den New South Orkneys gefolgt waren.

Die voraussichtliche Änderung der atmosphärischen Verhältnisse erfüllte auch Kapitän Len Guy mit einer gewissen Unruhe. Die Geschwindigkeit der *Halbrane* verminderte sich übrigens merklich, denn der Wind flaute schon am 4. merklich ab und legte sich in der Nacht zum 5. ganz.

Am Morgen hingen die Segel nutzlos und schlaff an den Masten herab oder schlugen höchstens matt von einer Seite zur andern. Obgleich wir keinen Lufthauch spürten und die Oberfläche des Meeres sich nicht im Mindesten kräuselte, verursachten die langen Wellen der Dünung doch ein nicht geringes Schwanken der Goélette.

»Das Meer wittert etwas«, sagte mir Kapitän Len Guy, »und nach jener Seite dort« – er zeigte gegen Westen – »muss raues Wetter sein.«

»Der Horizont ist jetzt zu dunstig«, gab ich zur Antwort. »Zu Mittag vielleicht, wenn die Sonne ...«

»Die hat in diesen Breiten, selbst zur Sommerzeit, nicht viel Kraft, Mister Jeorling – Jem!«

Der Leutnant trat heran.

»Was sagst du zu diesem Himmel?«

»Mir erscheint er unsicher. Jedenfalls müssen wir auf alles vorbereitet sein, Kapitän. Ich werde die oberen Segel einholen und Bram und Großsegel reffen lassen. Es ist möglich, dass der Wind am Nachmittag nur auffrischt, doch wenn ein Sturm die Krallen ausstreckt, wären wir darauf vorbereitet.«

»Das Wichtigste, Jem, bleibt immer, in der Richtung des jetzt gesegelten Längengrads zu bleiben.«

»Was möglich ist, wird geschehen, Kapitän, denn wir sind jetzt auf gutem Weg ...«

»Hat der Ausguck noch keine treibenden Eisschollen gemeldet?«, fragte ich.

»Doch«, erwiderte Kapitän Len Guy, »und bei einem Zusammenprall mit den Eisbergen würden wir den Kürzeren ziehen. Erfordert die

Vernunft also eine Abweichung nach Osten oder Westen, so müssten wir uns dreinschicken, wir weichen aber nur der höheren Gewalt.«

Der Mann auf dem Ausguck hatte sich nicht getäuscht. Am Nachmittag sahen wir im Süden weißliche Massen langsam hintreiben – vereinzelte Eisinseln, die weder ihrer Ausdehnung noch ihrer Größe nach beträchtlich waren. Trümmerstücke von Eisfeldern schwammen darauf in großer Menge. Diese waren das, was die Engländer »Packs« nennen, Stücke von dreihundert bis vierhundert Fuß Länge, deren Ränder sich berühren, oder »Palchs«, wenn sie kreisrund sind, und »Streams«, wenn sie bei geringer Breite eine unverhältnismäßige Länge aufweisen. Diese Trümmer, denen man leicht ausweichen konnte, behinderten die Fahrt der *Halbrane* nicht. Hatte der Wind ihr bisher aber gestattet, ihren Kurs einzuhalten, so kam sie jetzt kaum vorwärts und ließ sich aus Mangel an Eigenbewegung nur mit Mühe steuern. Am unangenehmsten war es aber, dass dabei das hohle, gleichsam auf- und abschwingende Meer uns durch wirklich unerträgliche Stöße belästigte.

Gegen zwei Uhr sprang eine wirbelnde Luftbewegung einmal von dieser und einmal von jener Seite auf. Es wehte plötzlich aus allen Teilen der Windrose.

Die Goélette wurde furchtbar umhergeworfen, und der Hochbootsmann musste auf dem Verdeck alles anbinden lassen, was nicht ganz niet- und nagelfest war.

Um drei Uhr brachen genau aus Westnordwest ungewöhnlich starke Sturmböen hervor. Der Leutnant ließ sofort noch zweimal reffen. Er hoffte sich so gegen den heftigen Wind zu halten und nicht nach Osten außerhalb der Fahrtlinie von Weddell verschlagen zu werden. Freilich drohten die »Drifts« oder das Treibeis sich an einer Seite anzuhäufen, und es gibt für ein Schiff nichts Gefährlicheres, als sich in ein solches bewegliches Labyrinth zu wagen.

Bei den überaus heftigen Windstößen und der groben See legte sich die Goélette zuweilen ganz bedenklich auf die Seite. Zum Glück konnte ihre Ladung sich nicht verschieben, denn alles war mit Rücksicht auf jedes Vorkommnis beim Segeln sorgsamst verstaut. Wir hatten das Schicksal der *Grampus* nicht zu befürchten, das durch Achtlosigkeit verursachte Kentern, bei dem jene zugrunde ging. Der Leser erinnert sich, dass diese Brigg mit dem Kiel nach oben zurückgetrieben war und dass Arthur Pym und Dirk Peters mehrere Tage auf ihrem Rumpf hatten aushalten müssen.

Übrigens gaben die Pumpen der Goélette zurzeit keinen Tropfen Wasser. Keine Naht der Seitenwände oder des Verdecks war leck gesprungen, und das verdankten wir ohne Zweifel den gewissenhaften Ausbesserungen während unseres Aufenthalts auf den Falkland-Inseln.

Ob dieser Sturm längere Zeit andauern sollte, hätte auch der beste »weather wise«, der erfahrenste Wetterprophet nicht zu sagen vermocht. Vierundzwanzig Stunden, zwei Tage, drei Tage lang, man weiß nie, wie viel raues Wetter einem die südlichen Meere bringen.

Eine Stunde nachdem das Unwetter aufgekommen war, wechselten Graupel- und Hagelschauer mit Regenfällen und Schneetreiben unablässig ab. Die Temperatur war jetzt nämlich ziemlich niedrig. Das Thermometer zeigte nicht mehr als 36° Fahrenheit, also + 2,22° Celsius, und auch die Quecksilbersäule des Barometers stand auf sechsundzwanzig Zoll acht Linien, das heißt 721 Millimeter.

Es war zehn Uhr abends – ich muss dieses Wort gebrauchen, obgleich die Sonne noch immer über dem Horizont stand. Jetzt fehlten ja nur noch vierzehn Tage bis zu dem Zeitpunkt, wo sie den höchsten Mittagsstand in ihrem Jahreslauf erreichte, und 23 Grad vom Pol fielen zur Stunde ihre schrägen, wärmelosen Strahlen über das weite Polarbecken.

Um zehn Uhr fünfunddreißig nahm die Wut des Sturms zu.

Ich konnte mich nicht entschließen, meine Kabine aufzusuchen, und flüchtete mich zum Schutz nur hinter das Ruff.

Kapitän Len Guy und der Leutnant standen nicht weit von mir in ernstem Gespräch. Bei dem Donnern der Elemente konnten sie ihre Worte gewiss kaum hören; Seeleute verstehen einander aber schon durch Zeichen und Winke.

Es lag klar auf der Hand, dass die Goélette jetzt auf die Eismassen im Südosten zutrieb und diese, da sie sich langsamer bewegten als das Schiff, zuletzt erreichen musste. Eine doppelt schlechte Aussicht, die uns aus dem Weg verschlug und uns obendrein mit einem furchtbaren Zusammenstoß bedrohte. Das Rollen war inzwischen so stark geworden, dass wir um die Masten fürchten mussten, denn deren Top beschrieb jetzt erschreckend weite Bögen. Während der Hagel niederging, konnte man meinen, die *Halbrane* sei in zwei Teile zerschnitten. Vom Bug zum Heck vermochte keiner etwas zu erkennen.

Bei einem gelegentlichen freieren Ausblick sah man, wie furchtbar aufgewühlt das Meer war und wie wütend und schäumend es gegen den Fuß der Eisberge anprallte, als wären es Uferklippen, und diese bei dem herrschenden Wind mit Wasserstaubwolken verhüllte. Die Zahl der treibenden Blöcke hatte auch zugenommen; das ließ erwarten, dass der Sturm den Eisaufbruch beschleunigen und die Grenze des Packeises leichter zugänglich machen werde.

Das Wichtigste war jedenfalls, das Schiff dem Wind entgegenzuhalten. Halb von der Seite von den Wogen bedrängt, arbeitete die Goélette furchtbar, tauchte tief in die Wellentäler hinab und richtete sich nur unter schweren Stößen wieder empor. An ein Entfliehen war gar nicht mehr zu denken, denn unter solchen Umständen setzt sich jedes Schiff der Gefahr aus, über Hackbord ungeheure Wassermengen aufzunehmen.

Vor allem mussten wir so scharf wie möglich am Wind zu segeln versuchen. Bei dicht gerefftem Marssegel, das kleine Focksegel vorne und den Sturmfock hinten, befand sich die *Halbrane* dann in der augenblicklich besten Lage, dem Sturm und der Gefahr, abgetrieben zu werden, zu widerstehen, wobei immer noch eine Verminderung der Segelfläche in Erwägung zu ziehen war, wenn das schlimme Wetter noch bösartiger würde.

Der Matrose Drap hatte eben das Steuer übernommen, und Kapitän Len Guy stand neben ihm, um den Lauf des Schiffs zu beobachten.

Auf dem Vorderdeck hielt sich die Mannschaft versammelt, auf die Befehle von Jem West wartend, während sechs Mann unter der Leitung des Hochbootsmanns damit beschäftigt waren, anstelle der Brigantine ein Sturmsegel zu hissen. Dieses Sturmsegel bestand aus einem dreieckigen Stück sehr starker Leinwand, das, wie ein Klüversegel geformt, an den Stagen des kleineren Mastes oben und an dem Längsbaum des Gaffelsegels unten befestigt wird.

Um das Marssegel zu reffen, mussten die Leute auf die Rahen des Fockmasts klettern, und vier Mann sollten dazu ausreichen.

Der erste, der die Wanten bestieg, war Hunt, der zweite Martin Holt, unser Segelwerksmaat. Der Matrose Burry und einer der neu Angeworbenen folgten ihnen.

Nie hätte ich geglaubt, dass ein Mann eine solche Behändigkeit und Geschicklichkeit entwickeln könnte, wie es Hunt jetzt tat. Seine Hände und Füße schienen die Sprossen der Wanten kaum zu berühren. Als Erster auf der Höhe der Rahen angekommen, kletterte er sofort auf dem Laufseil bis zum Ende, um die Rahenbänder der Marsstenge nachzulassen.

Martin Holt begab sich an das andere Ende; die beiden andern Leute hielten sich mehr in der Mitte.

Sobald das Segel herangezogen war, galt es nur, es dicht einzureffen. Nachdem dann Hunt, Martin Holt und die beiden Matrosen wieder herabgestiegen waren, sollte es von unten aus festgestellt werden.

Kapitän Len Guy und der Leutnant wussten, dass die *Halbrane* auf diese Weise ihre Richtung am sichersten einhalten würde.

Während Hunt und die andern arbeiteten, hatte sich der Hochbootsmann mit dem Sturmfock beschäftigt und erwartete nur die Anweisung des Leutnants, diesen in die richtige Lage zu bringen.

Der Sturm brach jetzt mit ganz unvergleichlicher Wut los. Zum Zerreißen gespannt, vibrierten Wanten und Stagseile wie metallische Saiten, und es war ungewiss, ob nicht auch die verkleinerten Segel in Fetzen zerrissen würden.

Plötzlich erschütterte eine schreckliche Rollbewegung das ganze Deck. Fässer, deren Halteseile zersprangen, rollten bis zur Schanzkleidung. Die Goélette neigte sich so weit über Steuerbord, dass das Wasser durch die Speigatten eindrang.

Durch den Stoß gegen das Ruff geschleudert, konnte ich mich einige Augenblicke lang gar nicht wieder aufrichten …

Die Goélette war so tief auf die Seite geworfen worden, dass die Marsrah drei bis vier Fuß in den Kamm einer Woge eintauchte.

Als sie sich aus dem Wasser wieder erhob, war Martin Holt, der an demselben Ende hing, um seine Arbeit zu vollenden, verschwunden.

Ein Schrei ertönte ... der Aufschrei des Segelwerksmaats, der durch den Seegang weggespült worden war und dessen Arm man mitten im weißen Wogenschaum heftig kämpfen sah.

Die Matrosen stürzten nach dem Steuerbord und warfen einen Strick, ein Fässchen und ein Stück dünnes Langholz hinaus, kurz, jeden schwimmfähigen Gegenstand, an dem Martin Holt sich halten könnte.

In dem Augenblick, als ich einen Takelhaken ergriff, um mich festzuhalten, erkannte ich eine Masse, die die Luft durchschnitt und im Wogenwirbel verschwand.

War das ein zweiter Unglücksfall? Nein, eine freiwillige Tat ... ein Akt der Aufopferung.

Nachdem Hunt die letzte Beschlagleine des Reffs festgezogen und sich wieder längs der Rah hingeschleppt hatte, sprang er dem Segelwerksmaat ohne Zögern nach, um ihm zu helfen.

»Zwei Mann über Bord!«, erscholl es vom Verdeck.

Ja, zwei ... der eine freilich, um den andern zu retten ... doch würden sie nicht beide elend umkommen?

Jem West stürmte zum Steuerrad und ließ die Goélette durch eine völlige Drehung um ein Viertel anluven – mehr war bei dem wütenden Sturm der allgemeinen Sicherheit wegen nicht zu wagen. Dann wurden die wenigen Segel gegengebrasst, und das Schiff hielt sich nahezu an derselben Stelle.

Zuerst erblickte man auf der Oberfläche des schäumenden Wassers Martin Holt und Hunt, deren Köpfe daraus hervorragten.

Hunt schwamm aus Leibeskräften quer durch die Wellen und näherte sich dem Segelwerksmaat.

Dieser – jetzt schon eine Kabellänge entfernt, tauchte abwechselnd auf und wieder unter ... ein schwärzlicher Punkt, der in den wütenden Wirbeln schwer zu erkennen war.

Nachdem sie Fässchen, Seil und Langholzstücke hinausgeworfen hatte, wartete die Mannschaft, die getan hatte, was sie konnte, den Ausgang der Tragödie ab. Ein Boot bei dem entsetzlichen Wogengang auszusetzen, daran war kaum zu denken. Entweder wäre es gekentert oder an der Wand der Goélette zerschmettert worden.

»Sie sind verloren ... alle beide!«, murmelte Kapitän Len Guy.

Dann rief er den Leutnant.

»Jem ... das Boot, das kleine Boot!«

»Wenn Sie Befehl geben, es ins Meer zu lassen«, antwortete der Leutnant, »so werd ich als Erster darin Platz nehmen, auch wenn das Leben auf dem Spiel steht. Doch ohne den ausdrücklichen Befehl ...«

Es folgten einige Minuten ängstlicher Spannung. Niemand dachte mehr an die Lage der *Halbrane*, so gefährdet diese auch war. Alle Augen waren über Steuerbord hinaus gerichtet.

Plötzlich ertönten laute Rufe, als Hunt noch einmal zwischen zwei Wellenbergen sichtbar wurde. Er tauchte von neuem unter, und darauf sah man ihn, als hätte er einen festen Stand für die Füße gefunden, mit übermenschlicher Kraft auf Martin Holt oder vielmehr auf die Stelle zustürzen, wo der Unglückliche eben versunken war.

Dadurch, dass Jem West die Schoten der Segel noch etwas hatte nachschießen lassen, war die Goélette dieser Stelle bis auf eine halbe Kabellänge nah gekommen.

Da übertönten neue Rufe den Lärm der entfesselten Elemente.

»Hurra ...! Hurra ...! Hurra ...!«, rief die ganze Mannschaft.

Mit dem linken Arm hielt Hunt den jeder Bewegung unfähigen Martin Holt wie eine Seetrift umklammert. Mit dem andern ruderte er kräftig vorwärts und näherte sich der Goélette.

»Halt gegen den Wind ... gegen den Wind!«, befahl Jem West dem Steuermann.

Das Schiff drehte mehr bei, und die Segel schlugen donnernd an die Masten.

Die *Halbrane* sprang gleichsam auf den Wogen, wie das sich bäumende Pferd, wenn das Trensengebiss es zurückhält, als sollte es ihm das Maul zerreißen. Dem furchtbarsten Rollen und Stampfen preisgegeben, hätte man, um in dem Bild zu bleiben, sagen können, dass sie auf einer Stelle kurbettierte.

Eine endlose Minute verstrich. Kaum vermochte man inmitten des brodelnden Wasserschwalls die beiden Männer zu unterscheiden, von denen einer den andern schleppte.

Endlich erreichte Hunt die Goélette und ergriff ein herunterhängendes Sorrtau ...

»Lass treiben ... lass treiben!«, schrie der Leutnant dem Mann am Steuer zu.

Die Goélette wendete wieder so weit, dass das Marssegel und der Sturmfock wirken konnten, und kam damit annähernd in die frühere Richtung.

Im Handumdrehen waren Hunt und Martin Holt auf das Deck heraufgehisst und der eine am Fuß des Fockmasts niedergelegt worden, während der andere schon bei dem neuen Segelmanöver mit zugriff.

Der Segelwerksmeister wurde seinem Zustand entsprechend versorgt. Nach einiger Zeit kam seine Atmung wieder in Gang. Durch tüchtiges Abreiben wurde er vollends ins Bewusstsein zurückgerufen, und er schlug die Augen auf.

»Martin Holt«, redete der Kapitän, der sich über den Mann gebeugt hatte, ihn an, »da bist du aber von weit her zurückgekommen ...«

»Ja ... ja freilich, Kapitän!«, antwortete Martin Holt, mit dem Blick umhersuchend. »Doch ... wer hat mich noch gerettet?«

»Das war Hunt«, rief der Hochbootsmann, »Hunt, der für dich sein Leben gewagt hat!«

Martin Holt richtete sich halb auf, stützte sich auf den Ellbogen und sah sich nach Hunt um.

Da dieser sich halb versteckt hielt, schob ihn Hurliguerly zu Martin Holt, aus dessen Augen die tiefste Dankbarkeit hervorleuchtete.

»Hunt«, begann er, »du hast mich gerettet ...! Ohne dich ... wär' ich verloren gewesen ... ich danke dir!«

Hunt gab keine Antwort.

»Nun, Hunt«, mischte sich Kapitän Len Guy ein, »hörst du denn gar nichts?«

Hunt schien tatsächlich nichts gehört zu haben.

»Hunt«, begann Martin Holt wieder, »komm her ... ich danke dir ... ich möchte dir die Hand drücken.«

Damit streckte er ihm die Hand entgegen.

Hunt wich einige Schritte zurück und schüttelte den Kopf wie ein Mann, der solche Komplimente wegen einer so einfachen Sache nicht leiden mag.

Dann begab er sich nach dem Vorderdeck und machte sich daran, eine der Schoten am Fockmast zu ersetzen, die von einem so heftigen Stoß zersprengt worden war, dass die Goélette vom Kiel bis zum Top der Masten erzitterte.

Offenbar gehörte dieser Hunt zu dem Schlag opferfreudiger, todesmutiger Heldennaturen; offenbar auch war er von seinem Charakter her unzugänglich für alle Eindrücke, und heute war es noch nicht, wo der Hochbootsmann die »Farbe seiner Worte« kennenlernte.

Die Gewalt des Sturms ließ nicht nach und flößte uns immer wieder heftige Furcht ein. Wenn er so wütete, blickten wir oft zu den Masten, aus Angst, dass sie trotz der verkleinerten Segel brechen würden. Ja ... hundert Mal, auch wenn jetzt Hunts kräftige und geschickte Hand das Steuerruder regierte. Von dem unausweichlichen seitlichen Anprall der Wogen bedrängt, neigte die Goélette sich so bedenklich, dass wir dachten, sie würde kentern. Auch das Marssegel musste noch ganz eingezogen werden, und wir sahen uns damit nur auf den Sturmfock und auf die Klüversegel beschränkt.

»Jem«, begann Kapitän Len Guy – es war gerade fünf Uhr morgens –, »wir werden uns doch entschließen müssen, vor dem Sturm zu laufen.«

»Wenn Sie es wünschen, wird es geschehen, Kapitän, doch auf die Gefahr hin, vom Meer verschlungen zu werden!«

In der Tat gibt es nichts Gewagteres, als den Wind von hinten abzufangen, wenn man nicht schneller vorwärts kommt als die Wogen selbst, und man entschließt sich dazu nur, wenn es unmöglich wird, dem Sturm zu trotzen. Übrigens hätte sich die *Halbrane*, wenn sie weiter nach Osten gesegelt wäre, inmitten des Gewirrs dort angehäufter Eismassen von ihrem Kurs entfernt.

Drei Tage lang, am 6., 7. und 8. Dezember, tobte der Sturm unablässig weiter, zuweilen begleitet von Schneeschauern, die die Temperatur deutlich sinken ließen. Es gelang aber, das Schiff gegen den Wind zu halten, nachdem das von einem besonders heftigen Windstoß zerrissene Klüversegel durch ein anderes, noch festeres ersetzt worden war.

Wir brauchen kaum hervorzuheben, dass Kapitän Len Guy sich als richtiger Seebär erwies, dass Jem West die Augen überall hatte, dass die Mannschaft ihn entschlossen unterstützte und dass Hunt stets der Erste war, wo es galt, irgendwelche drohende Gefahr abzuwenden.

Was von diesem Mann zu halten war, wusste niemand so recht. Zwischen ihm und den andern auf den Falklands angeheuerten Matrosen – besonders dem Mastersealing Hearne – bestand ein ganz erstaunlicher Unterschied. Diese waren nur schwer zu etwas zu bewegen, was man von ihnen zu verlangen volles Recht hatte. Sie verweigerten freilich nicht den Gehorsam, denn wohl oder übel mussten sie sich einem Offizier wie Jem West fügen. Hinter dessen Rücken wurden aber Klagen und Vorwürfe laut. Das schien – so fürchtete ich wenigstens – für die Zukunft nichts Gutes zu versprechen.

Selbstverständlich hatte Martin Holt nicht gezögert, seine Arbeit wieder aufzunehmen, und er verrichtete sie auch ohne Murren. Sehr erfahren in seinem Beruf, war er der Einzige, der sich an Eifer und Gewandtheit mit Hunt messen konnte.

»Nun, Holt«, fragte ich ihn eines Tages, als er mit dem Hochbootsmann im Gespräch war, »wie stehen Sie sich denn jetzt mit dem Teufelsburschen, mit Hunt? – Hat er sich, seitdem er Sie gerettet hat, etwas mitteilsamer gezeigt?«

»Nein, Mister Jeorling«, erwiderte der Segelwerksmaat, »es scheint sogar, als wenn er mich zu meiden sucht . . .«

»Sie zu meiden?«, versetzte ich.

»Wie er das übrigens schon vorher getan hat . . .«

»Das ist doch auffällig . . .«

»Doch trotzdem wahr«, mischte sich Hurliguerly ein. »Ich hab' es mehr als einmal beobachtet.«

»Er geht Ihnen also aus dem Weg wie den andern, Holt?«

»Mir . . . noch mehr als den andern.«

»Woher mag das kommen?«

»Das weiß ich nicht, Mister Jeorling.«

»Einerlei, Holt, du bist ihm den größten Dank schuldig«, erklärte der Hochbootsmann. »Versuch aber nicht, ihn sichtbar abstatten zu wollen, er wendet dir doch den Rücken zu.«

Ich war erstaunt über das, was ich eben hörte. Allerdings konnte ich mich bei genauerer Aufmerksamkeit überzeugen, dass Hunt jeder Gelegenheit aus dem Weg ging, mit unserem Segelwerksmaat zusammenzutreffen. Ob er wohl keinen Anspruch auf dessen Erkenntlichkeit zu haben glaubte, obwohl er ihm das Leben gerettet hatte? Auf jeden Fall erschien das Benehmen dieses so verschlossenen Mannes zumindest auffällig …

Nach Mitternacht vom 8. zum 9. zeigte der Wind einige Neigung, nach Osten umzulaufen, was uns eine günstigere Witterung versprach.

Wenn das wirklich eintraf, konnte die *Halbrane* leicht wieder aufholen, was sie durch Abtriften verloren hatte, und konnte ihre Fahrt auf dem dreiundvierzigsten Meridian aufs Neue fortsetzen.

Obgleich noch eine recht raue See stand, wurde es gegen zwei Uhr morgens doch möglich, die Segelfläche ohne Gefahr zu vergrößern. Unter dem Bram und dem zweigerefften Oberbramsegel, dem Gaffel und einem Klüversegel näherte sich die *Halbrane* denn auch mit Backbordhalsen dem Weg, von dem sie durch den Sturm abgedrängt worden war.

In diesem Teil des Antarktischen Meeres trieben nun zahllose Eisschollen umher, und man konnte annehmen, dass der Sturm durch Beschleunigung des Eisgangs im Osten auch die Grenze des Packeises gesprengt haben werde.

DREIZEHNTES KAPITEL

Am Packeis entlang

Trotz der außerordentlich unruhigen Gewässer jenseits des Polarkreises war unsere Fahrt bisher doch noch ausnahmsweise günstig verlaufen. Welch ein Glück musste es aber erst sein, wenn die *Halbrane* in der ersten Dezemberhälfte gar den von Weddell eingehaltenen Weg ganz offen finden sollte!

Ich spreche hier von Weddells *Weg*, als ob es sich um eine wohl gepflegte, mit den nötigen Meilensteinen besetzte Landstraße handelte, wo auf einem Wegweiser zu lesen wäre: »Weg zum Südpol!«

Im Laufe des 10. konnte die Goélette ohne Schwierigkeiten gegen die losen, einzeln treibenden Schollen ankommen. Auch die Windrichtung nötigte sie nicht zum Kreuzen, sondern gestattete ihr, auf gerader Linie durch das Treibeis zu segeln. Obgleich wir noch einen Monat von dem Zeitpunkt entfernt waren, wo der Aufbruch des Eises sich im Großen vollzieht, versicherte der Kapitän als Kenner der Verhältnisse doch, dass das, was gewöhnlich erst im Januar geschah, diesmal schon im Dezember eintreten werde.

Den zahlreichen umhertreibenden Massen auszuweichen, setzte die Mannschaft nicht in Verlegenheit. Eigentliche Schwierigkeiten sollten wahrscheinlich erst an dem nah bevorstehenden Tag auftauchen, wo die Goélette versuchen würde, sich einen Weg durch das Packeis zu bahnen.

Überdies war hier keine Überraschung zu befürchten. Dass größere Eismengen vorhanden waren, verriet sich schon durch eine gelblichere Färbung der Atmosphäre, durch das, was die Walfänger als den »Blink« bezeichnen. Es ist nur eine den Polarzonen eigentümliche Strahlungserscheinung, über die sich der Kenner niemals täuschen kann.

Die *Halbrane* segelte fünf weitere Tage ohne Schaden zu nehmen weiter und ohne auch nur einen Augenblick einen Zusammenstoß fürchten zu müssen. Je weiter sie freilich nach Süden vordrang, desto zahlreicher wurden die Eisschollen und desto enger die Durchfahrt dazwischen. Eine Beobachtung vom 14. ergab für unsere Lage 72° 37′ Breite, während die Länge sich unverändert zwischen dem 42. und dem 43. Meridian hielt. Das war schon ein Punkt, den nur wenige Seefahrer jenseits des Polarkreises zu erreichen vermocht hatten – weder Balleny noch Bellingshausen. Wir befanden uns jetzt nur noch 2° weniger hoch, als James Weddell seinerzeit gekommen war.

Inmitten der trüben, bleichen, von Vogelguano bedeckten Trümmer verlangte die Führung der Goélette mehr und mehr Vorsicht. Einzelne Schollen sahen wirklich aus wie leprös. Wie winzig erschien dagegen unser Gefährt, dessen Masten von manchem Eisberg sogar noch überragt wurde!

Zu der unterschiedlichen Größe dieser Kristallmassen kam auch noch ihre unterschiedliche Form – eine unendliche Mannigfaltigkeit. Es brachte eine wahrhaft wunderbare Wirkung hervor, wenn die aus den Dunstmassen hervortretenden Blöcke die Sonnenstrahlen gleich geschliffenen Edelsteinen gebrochen zurückwarfen. Zuweilen schossen daraus rötliche Strahlenbündel hervor, von denen noch unklar ist, wie sie zustande kommen; dann wieder erschienen, jedenfalls infolge der Lichtbrechung, Strahlenbündel in violetter oder blauer Farbe.

Ich konnte mich an dem in Arthur Pyms Bericht so ausgezeichnet geschilderten Schauspiel gar nicht sattsehen – hier an den Pyramiden mit scharfen Spitzen, dort an den Domen mit Kuppeln wie bei einer byzantinischen Kirche; oder mit seitlich aufgetriebener Kugelform wie bei russischen Kirchen; an den Dolmen, gallischen Felsengräbern mit waagrechten Deckplatten, den Cromlechs, Steinkreisen, und den Menhiren, diesen aufrecht stehenden Steinen, die hier Eisplatten waren, wie auf dem Feld von Carnac; an den zerbrochenen Vasen, den umgekehrten Tassen – kurz an allen Gestalten, die ein fantasiereiches Auge zuweilen aus eigentümlichen Wolkenbildungen zu erkennen liebt … Und sind die Wolken nicht tatsächlich die treibenden Schollen des Himmelsmeeres?

Ich muss anerkennen, dass Kapitän Len Guy große Kühnheit mit ebenso großer Klugheit verband. Nie fuhr er unter dem Wind vor einem Eisberg hin, wenn nicht Raum genug da war, um jedes beliebige, plötzlich angezeigte Segelmanöver ungehindert ausführen zu können. Vertraut mit allen Zufälligkeiten einer solchen Schifffahrt, zögerte er nie, auch mitten in das Gewirr von Schollen und Eisblöcken einzudringen.

An jenem Tag sagte er zu mir:

»Es ist nicht das erste Mal, Mister Jeorling, dass ich in das Polarmeer vorzudringen suche ... leider bisher ohne Erfolg. Doch wenn ich das schon unternahm, als ich nur unbestimmte Vermutungen über das Schicksal der *Jane* hatte, was sollte ich heute nicht wagen, wo jene Vermutungen zur Gewissheit geworden sind?«

»Ich verstehe Sie, Herr Kapitän, und meiner Ansicht nach muss Ihre früher gewonnene Erfahrung auf diesen Gebieten unsere Aussichten auf Erfolg wesentlich erhöhen.«

»Gewiss, Mister Jeorling! Doch was jenseits des Packeises liegt, ist, wie so vielen andern Polarfahrern, auch mir noch unbekannt.«

»Unbekannt ...? Oh, nicht ganz, Herr Kapitän, da wir die zuverlässigen Berichte von Weddell und ... nun ja ... auch die von Arthur Pym besitzen.«

»Ja ... das weiß ich! Sie sprechen von einem offenen Meer ...«

»Glauben Sie etwa nicht daran?«

»Oh, natürlich glaub' ich daran. Es ist sicherlich da; dafür sprechen sehr gewichtige Gründe. Es liegt ja auf der Hand, dass die als Eisberge und Eisfelder bezeichneten Massen sich im freien Meer gar nicht bilden können. Nur eine gewaltige, unwiderstehliche Kraft, wie sie dem Wogenanprall innewohnt, vermochte sie von den Ländern oder Inseln der höchsten Breiten abzusprengen. Dann führten Strömungen sie in etwas wärmeres Wasser, wo die Stöße der Wellen sie aufeinandertürmen, während ihre Gipfel und Unterseiten von der Luft und dem Wasser abgenagt werden.«

»Das erscheint mir sehr nachvollziehbar«, erwiderte ich.

»Diese Massen«, fuhr Kapitän Len Guy fort, »bilden sich also nicht erst im eigentlichen Packeis. Sie erreichen es nur, wenn sie abtreiben, zertrümmern es hier und da und brechen sich einen Weg hindurch. Man darf demnach die südliche Eiszone nicht nach der nördlichen beurteilen. Die Verhältnisse der beiden Regionen decken sich nicht.

Auch Cook berichtet, dass er in den grönländischen Meeren nie, auch nicht in den höchsten Breiten, etwas Ähnliches angetroffen hat wie die Eisberge des Antarktischen Meeres.«

»Und woran mag das liegen?«, fragte ich.

»Ohne Zweifel daran, dass in den nördlichen Polargebieten der Einfluss der Südwinde vorherrscht. Diese kommen dahin aber, nachdem sie sich an dem von Mittelamerika heraufströmenden Wasser und an den erhitzten Landmassen von Europa und Asien nicht unbeträchtlich erwärmt haben. Hier aber wirken die nächstgelegenen Länder, das Kap der Guten Hoffnung, Patagonien und Tasmanien, nicht sonderlich auf die Luftströmungen ein, und deshalb bleibt die Temperatur im antarktischen Gebiet viel gleichmäßiger.«

»Das ist eine wichtige Beobachtung, Herr Kapitän, und sie gibt Ihren Anschauungen bezüglich eines offenen Meeres recht.«

»Ja ... eines offenen ... wenigstens etwa 10° hinter der Packeisgrenze. Wenn wir diese erst überwunden haben, ist das Schwerste geschehen. Sie hatten ganz recht, zu sagen, Mister Jeorling, dass das Vorhandensein eines offenen Meeres von Weddell ausdrücklich anerkannt ...«

»Und von Arthur Pym bestätigt wurde, Herr Kapitän!«

»Ja ... ja ... auch von Arthur Pym!«

Vom 15. Dezember ab nahmen die Schwierigkeiten der Fahrt mit der Anzahl der Eisschollen zu. Der immer zwischen Nordost und Nordwest stehende, niemals nach Süden umschlagende Wind blieb uns auch weiterhin günstig. Wir brauchten kein einziges Mal zwischen den Eisbergen und Eisfeldern zu lavieren oder uns daran anzulegen, was immer seine Gefahren hat. Die Brise frischte allerdings zuweilen so stark auf, dass wir die Segelfläche verkleinern mussten. Dann sah man das Meer längs der Blöcke hinschäumen, wobei es sie mit Wasserstaub, wie Felsen mit einer schwimmenden Insel, bedeckte, ohne ihre Fortbewegung jedoch aufheben zu können.

Wiederholt wurde durch Winkelmessungen von Jem West die Höhe der Eismassen bestimmt, und seine Berechnungen ergaben, dass sie zwischen zehn und hundert Toisen schwankte.

Ich für meinen Teil stimmte der Ansicht von Kapitän Len Guy zu, dass sich solche gewaltige Massen nur an einem Ufer, vielleicht eines polaren Festlands, gebildet haben konnten. Dieses vermutete Festland musste aber offenbar mit Buchten besetzt, von Meeresarmen zerteilt und von Wasserstraßen zerschnitten sein, die es der *Jane* ermöglicht hatten, bis zur Insel Tsalal vorzudringen.

Die Annahme, dass es Polarländer gibt, ist es ja gerade, was die Unternehmungen von Forschungsreisenden veranlasst, womöglich bis zum arktischen oder antarktischen Pol zu gelangen. Auch sie nehmen für die Eisberge einen festen Untergrund an, von dem diese sich mit Eintritt der Schneeschmelze ablösen. Wenn es an den nördlichen und südlichen Kappen der Erdkugel nur eine Wasserdecke gäbe, hätten sich die Seefahrer wahrscheinlich schon längst bis zu den Drehpunkten unseres Planeten Bahn gebrochen.

Man konnte also als gewiss gelten lassen, dass Kapitän William Guy von der *Jane* bei seiner Fahrt bis zum 83. Breitengrad, entweder durch seinen Instinkt als Seefahrer oder durch den Zufall begünstigt, durch irgendeinen breiten Meeresarm so weit hinaufgekommen war.

Auf unsere Mannschaft machte der Umstand, dass die Goélette sich ohne Zögern mitten unter diese treibenden Massen wagte, doch einen etwas beklemmenden Eindruck, wenigstens auf die neuen Leute, denn für die alten war das keine Überraschung mehr. Die Gewohnheit machte freilich alle gegen die Zufälligkeiten unserer Segelfahrt bald gleichgültig.

Am sorgsamsten musste jetzt auf den Wachdienst gesehen werden. Deshalb ließ Jem West auch am Fockmast eine Tonne – ein sogenanntes »Elsternest« – hissen, in der sich ein Mann fortwährend auf Ausguck befand.

Von günstiger Brise getrieben, glitt die *Halbrane* rasch dahin. Die Temperatur war erträglich – etwa 32°, also + 5 bis 6° Celsius. Eine Gefahr brachten nur die Nebelmassen, die über dem vielfach blockierten Meer hinzogen und es erschwerten, Kollisionen zu vermeiden.

Am 16. hatten unsere Leute recht harte Arbeit. Packeisstücke und Schollen ließen oft nur einen recht schmalen Durchgang frei, der auch noch gewunden und mit scharf vorspringenden Kanten besetzt war, sodass wir oft einer Schlangenlinie folgen mussten.

Vier- oder fünfmal in der Stunde ertönten Befehle, wie:

»Luv an!«

»Lass treiben!« und dergleichen.

Der Mann am Steuer hatte tüchtig mit dem Rad zu tun, während die Matrosen jetzt die Stellung von Mars- und Bramsegel wechselten oder die unteren Segel gegen den Wind brassten.

Unter solchen Umständen war keiner nachlässig bei seinen Verrichtungen, und Hunt zeichnete sich wieder vor allen dabei aus.

Wo sich dieser Mann – ein Seemann mit Leib und Seele – am nützlichsten erwies, das war dann, wenn es darauf ankam, ein Greling, ein kleines Kabeltau, auf eine Eisscholle zu bringen, es da mit einem Wurfanker zu befestigen und das Tau mit dem Spill zu verbinden, um die langsam aufgeholte Goélette um das Hindernis herum zu bugsieren. Wenn es notwendig wurde, sprang Hunt bei solchen Gelegenheiten in das kleine Boot, trieb es zwischen den Eistrümmern hin und bestieg selbst die glatten Schollen. Kapitän Len Guy und die Mannschaft erklärten Hunt auch für einen Matrosen ohnegleichen. Das Geheimnisvolle seiner Persönlichkeit reizte gerade deshalb die Neugier aller im höchsten Maße.

Wiederholt kam es vor, dass Hunt und Martin Holt dasselbe Boot bestiegen, um eine gefährliche Aufgabe gemeinsam auszuführen. Erteilte ihm der Segelwerksmaat dabei dann einen Befehl, so kam er diesem mit Eifer und Geschicklichkeit nach, nur gab er darauf nie eine Antwort.

Am heutigen Tag konnte die *Halbrane* vom Packeis nicht mehr weit entfernt sein. Wenn sie in gleicher Richtung wie bisher weitersegelte, so musste sie es bald erreichen und musste dann nur noch eine Durchfahrt suchen. Noch hatte der Ausguck aber über die Eisfelder hinweg und zwischen den launenhaften Spitzen der Eisberge keinen zusammenhängenden Kamm von Eis erkennen können.

Am 16. wurde die gewissenhafteste, unausgesetzte Vorsicht nötig, denn das von den unaufhörlichen Stößen erschütterte Steuerruder drohte schließlich zerstört zu werden.

Gleichzeitig litt das Schiff auch unter häufigen Stößen von Eisschollen, die an seiner Seite hin schrammten und dadurch fast gefährlicher wurden als die großen Eisberge. Stießen diese mit den Seiten des Gefährts zusammen, so folgten freilich recht heftige Erschütterungen;

die bezüglich der Spanten und der Bekleidung sehr fest gebaute *Halbrane* hatte aber nicht zu fürchten, dass sie zerdrückt wurde oder dass sie ihre Beschalung verlor, denn eine solche hatte sie überhaupt nicht.

Um das Steuerruder ließ Jem West aus Planken und Rundhölzern noch einen gitterartigen Schutz errichten, der die unmittelbare Eispressung abhielt.

Die Meersäugetiere hatten auch diese Gewässer mit ihren treibenden Schollen und den Blöcken von jeder Größe und Gestalt nicht verlassen. Wale gab es hier in großer Zahl, und es bot ein zauberisches Schauspiel, die Wassersäulen zu sehen, die aus ihren Spritzlöchern emporstiegen. Neben den Finn- und den Buckelwalen erschienen auch viele sehr große Tümmler, oft mehrere Hundert Pfund schwer, die Hearne mit großer Geschicklichkeit harpunierte, wenn sie ihm in Wurfweite kamen. Seine Beute wurde stets freudig begrüßt, denn Endicott verstand gewisse Teile davon recht schmackhaft zuzubereiten.

Von antarktischen Vogelarten zogen große Völker von Sturmvögeln, Kaptauben und Kormoranen schreiend an uns vorüber, während endlos lange Reihen von Pinguinen an den Rändern der Eisfelder saßen und stumpfsinnig den Bewegungen der Goélette zusahen. Diese Tiere sind die richtigen Bewohner der traurigen Einöden nah dem Pol, und die Natur hätte hierfür einen passenderen Typus gar nicht erschaffen können.

Am Morgen des 17. meldete der Ausguck im Elsternest endlich das Packeis.

»An Steuerbord voran!«, rief er.

Fünf bis sechs Seemeilen weit im Süden erhob sich ein langer, wie mit Sägezähnen besetzter niedriger Kamm, der sich vom klaren Himmel dahinter abhob und an dem entlang Tausende von Schollen dahintrieben. Dieser unbewegliche Wall verlief von Nordwesten nach Südosten, und wenn die Goélette daran hinsegelte, gelangte sie schon damit noch um einige Grade weiter nach Süden.

Will man sich eine zutreffende Vorstellung von dem Unterschied zwischen dem Packeis und der eigentlichen, alles absperrenden Eiswand machen, so darf man Folgendes nicht vergessen:

Die Eiswand bildet sich, wie ich schon bemerkte, nicht auf offenem

Meer. Sie muss unbedingt einen festen Untergrund haben, um ihre waagrechten Eisgebilde längs eines Ufers aufzurichten oder um die bergähnlichen Gipfel im Hintergrund aufzubauen. Doch auch, wenn sich die besagte Sperrwand an sich nicht von dem sie tragenden Grund lösen kann, so ist sie es, nach den verlässlichsten Beobachtern, doch, die die Eisberge und Eisfelder, die Blöcke, Schollen und Trümmer liefert, die wir in unabsehbarer Menge dahintreiben sahen. Die Küsten, die sie tragen, unterliegen Strömungen, die aus wärmeren Meeren herkommen. Zur Zeit der Springfluten, die hier eine beträchtliche Höhe erreichen, wird ihr unterer Rand ausgehöhlt, zerrieben, abgenagt, und ungeheure Blöcke – Hunderte binnen wenigen Stunden – lösen sich mit ohrenbetäubendem Gepolter los, stürzen ins Meer, tauchen erst in der furchtbaren Brandung unter und steigen dann wieder zur Oberfläche auf. Damit sind sie zu Eisbergen geworden, von denen nur das obere Drittel sichtbar ist und die so lange weiter schwimmen, bis sie durch die klimatischen Einflüsse der niederen Breiten aufgelöst werden.

Eines Tages unterhielt ich mich darüber mit Kapitän Len Guy.

»Diese Erklärung ist ganz richtig«, bestätigte er mir, »und die äußerste, letzte Eiswand stellt für den Seefahrer ein unüberwindliches Hindernis dar, weil ein Uferland ihre Grundlage bildet. Anders verhält es sich mit dem sogenannten Packeis. Das entsteht erst weit von der Landmasse und bildet sich auf dem Meer selbst durch das unablässige Zusammenfrieren treibender Eismassen. Da es aber den Angriffen des Seegangs ausgesetzt ist und durch das im Sommer wärmere Wasser ebenfalls abgenagt wird, zerteilt es sich hier und da, lässt Wasserstraßen zwischen sich frei, und schon viele Schiffe haben streckenweise bis dahinter gelangen können.«

»Ganz recht«, fügte ich hinzu, »das Packeis bildet keine endlos zusammenhängende Masse, die man nicht umsegeln könnte.«

»Auch Weddell hat hindurchgelangen können, Mister Jeorling, freilich unter sehr frühzeitig auftretenden günstigen Temperaturen, die ja nur selten sind. Da wir die gleichen Verhältnisse aber auch in diesem Jahr vorfinden, ist es nicht voreilig, zu sagen, dass wir sie auszunützen wissen werden.«

»Gewiss, Herr Kapitän, und jetzt, wo das Packeis in Sicht ist ...«

»Werd ich die *Halbrane* so nah wie möglich herangehen und sie in den ersten Durchgang, den wir entdecken, einlaufen lassen. Zeigt sich keiner, so versuchen wir am Packeis bis zu seinem östlichen Ende hinzusteuern, und zwar mit Hilfe der dahin verlaufenden Strömung und so dicht wie möglich am Wind, wenn dieser aus Nordosten stehen bleibt.«

In schneller Fahrt nach Süden begegnete die Goélette Eisfeldern von gewaltiger Ausdehnung. Durch Messung mehrerer Seitenwinkel und der Basis, mittels des Logs, ließ sich ihre Oberfläche auf fünfhundert bis sechshundert Quadrattoisen bestimmen. Man musste mit Sicherheit und Vorsicht steuern, um sich nicht in einer der engen Wasserstraßen dazwischen zu verfangen, deren Ausgang nicht immer gleich zu sehen war.

Als die *Halbrane* sich nur noch drei Seemeilen vom Packeis entfernt befand, brasste sie inmitten eines großen Beckens auf, wo sie sich nach allen Seiten hin frei bewegen konnte.

Jetzt wurde ein Boot zu Wasser gelassen, in dem Kapitän Len Guy mit dem Hochbootsmann, vier Matrosen an den Riemen und einer am Ruder Platz nahmen. Das Boot glitt auf den riesigen Eiswall zu, suchte hier vergeblich einen Durchgang, den die Goélette hätte benutzen können, und kehrte nach dreistündiger, anstrengender Untersuchung auf das Schiff zurück.

Bald darauf fiel ein mit Schnee vermischter Regenschauer, der die Lufttemperatur auf 36° Fahrenheit, also + 2,22° Celsius absinken ließ und uns die Aussicht auf das Packeis vollständig abschnitt.

Wir mussten deshalb nach Südost wenden und vorsichtig durch die zahllosen Schollen segeln, um nicht an den Eiswall verschlagen zu werden, denn von dort wieder freizukommen, hätte sehr ernste Schwierigkeiten bereitet.

Jem West gab Befehl, die Segel so einzustellen, dass wir so dicht wie möglich am Wind hinliefen.

Die Mannschaft arbeitete hurtig, und die über Steuerbord geneigte Goélette drang mit einer Geschwindigkeit von sieben bis acht Seemeilen in das auf ihrem Weg verstreute Gewirr von Eisblöcken ein. Sie wich diesen aus, wenn ein Zusammenstoß gefährlich gewesen wäre, oder fuhr, wenn es sich um dünnere Schollen handelte, direkt darauf zu und zersprengte sie mit ihrem Vordersteven, der wie ein Rammsporn wirkte. Oft knirschte und krachte es längs der Wand des Schiffs, das zuweilen durch und durch erzitterte, dann aber gelangte die *Halbrane* wieder in freies Wasser.

Am wichtigsten war es natürlich, einen Aufprall auf eigentliche Eisberge zu vermeiden. Das war keine Schwierigkeit bei klarem Wetter, das es gestattete, rechtzeitig alle notwendigen Maßnahmen zu ergreifen und die Geschwindigkeit der Goélette zu erhöhen oder zu verringern. Bei dem häufig auftretenden Nebel, der den Gesichtskreis auf eine, höchstens zwei Kabellängen beschränkte, blieb die Fahrt aber gefährlich.

Doch von den Eisbergen abgesehen, war die *Halbrane* auch noch dem Zusammenstoß mit Eisfeldern ausgesetzt, und wer es nicht selbst gesehen hat, kann sich keine Vorstellung von der Kraft machen, die solchen in Bewegung befindlichen Massen innewohnt.

Gerade an diesem Tag beobachteten wir, wie ein langsam hintreibendes Eisfeld auf ein ruhig daliegendes aufprallte. Dieses zweite wurde völlig zersprengt, seine Oberfläche durcheinandergewürfelt und das Ganze fast vollständig zerstört. Nur gewaltige Trümmer blieben davon übereinandergeschoben übrig, »Hummocks«, die bis zu hundert Fuß aufragten, und sogenannte »Kälber«, die wieder aus dem Wasser auftauchten. Das kann ja nicht wundernehmen, wenn man bedenkt, dass das anprallende Eisfeld eine Masse von vielleicht zwanzig Millionen Tonnen bildete.

Vierundzwanzig Stunden verliefen unter diesen Bedingungen, während die Goélette sich drei bis vier Seemeilen von der Eisgrenze entfernt hielt. Näher heranzusegeln, hätte nur in Einbuchtungen geführt, aus denen schwer wieder herauszukommen gewesen wäre. Kapitän Len Guy hätte es vielleicht doch gewagt, er fürchtete nur immer, an einer sich bietenden Durchfahrt vorbeizusegeln, ohne sie zu bemerken.

»Hätte ich ein Begleitschiff«, sagte er zu mir, »so hielte ich mich so nah wie möglich an der Packeisgrenze. Es ist überhaupt ein großer

Vorteil, zu zweit zu sein, wenn man eine solche Fahrt unternimmt. Die *Halbrane* ist aber allein, und wenn wir sie verlieren sollten ...«

Obwohl unsere Goélette sich nun immer in einer von der Klugheit gebotenen Entfernung hielt, setzte sie sich dabei dennoch großen Gefahren aus. Nach einer Strecke von wenigen Hundert Toisen musste sie plötzlich angehalten oder ihre Richtung verändert werden, und das manchmal in dem Augenblick, wo die Spitze ihres Klüverbaums schon ganz nah daran war, irgendwo anzustoßen. Stundenlang war Jem West genötigt, fortwährend den Kurs zu wechseln und nur sehr langsam vorzudringen, um dem Stoß eines Eisfelds zu entgehen.

Zum Glück wehte der Wind stetig aus Ost bis Nordnordost und ermöglichte es so, entweder leicht oder ziemlich dicht daran hinzufahren. Er frischte auch nicht besonders auf. Wäre er aber zum Sturm angewachsen, so weiß ich nicht, was aus der Goélette hätte werden sollen, oder ich weiß vielmehr zu gut, dass sie dabei den Untergang gefunden hätte.

In diesem Fall wäre uns jeder Rückweg abgeschnitten gewesen, und die *Halbrane* wäre an der Grenze, dem »Ufer« des Packeises, gestrandet.

Nach langem Suchen musste Kapitän Len Guy darauf verzichten, in dieser Mauer einen Durchgang zu finden, und es blieb ihm nichts anderes übrig, als bis zu deren Südostausläufer weiterzusegeln. Beim Einhalten dieser Richtung verloren wir übrigens nichts an der schon erreichten Breite. Eine Beobachtung am 18. ergab für die Lage der *Halbrane* 73° Breite.

Ich weise nochmals darauf hin, dass wohl kaum jemals eine Reise über die antarktischen Gewässer so vom Glück begünstigt worden war wie die unsere – durch den frühzeitigen Sommer, den beständigen Nordwind und eine mittlere Temperatur, für die das Thermometer 49° Fahrenheit, also + 9,54° Celsius, angab. Selbstverständlich erfreuten wir uns andauernder Tageshelle, denn die ganzen vierundzwanzig Stunden sandte uns die Sonne ihre Strahlen aus allen Himmelsgegenden zu.

An den Eisbergen bildeten sich vielfach Wasserfäden, die deren Wände aushöhlten und zu plätschernden Kaskaden zusammenflossen. Deshalb mussten wir uns auch vor plötzlichen Lageveränderungen der

Eisberge in Acht nehmen, wenn ihr Untergrund abgenagt wurde und sich so ihr Schwerpunkt verlagerte.

Noch zwei- oder dreimal fuhren wir auf weniger als drei Seemeilen an das Packeis heran. Es war ja unmöglich, dass es von den klimatischen Einflüssen unberührt geblieben war und dass sich nicht da und dort ein Riss darin gebildet hatte.

Doch diese Versuche blieben erfolglos, und wir mussten uns wieder der westöstlichen Strömung anvertrauen. Sie unterstützte uns übrigens, und es war nur bedauerlich, dass wir dadurch vom 43. Meridian weggeführt wurden, zu dem die Goélette doch zurückkehren musste, um sicher zur Insel Tsalal zu gelangen. Der Ostwind trieb sie indessen einigermaßen wieder zu ihrer Fahrlinie hin.

Dabei – das möchte ich hier einflechten – haben wir nirgends Land oder auch nur eine Spur davon im Meer ringsum entdeckt, was mit den von früheren Seefahrern erstellten Karten völlig übereinstimmt, die trotz ihrer Unvollständigkeit bezüglich der Hauptlinien doch verlässlich sind. Ich weiß recht gut, dass Schiffe wiederholt da vorübergekommen sind, wo Landmassen angegeben waren; das konnte aber für die Insel Tsalal nicht gelten. Wenn die *Jane* sie erreichen konnte, so musste dieser Teil des Antarktischen Ozeans offenes Wasser haben, und bei einem so frühen Sommer hatten wir in dieser Beziehung gewiss keine Hindernisse zu fürchten.

Endlich, am 19., zwischen zwei und drei Uhr nachmittags, ertönte von den Rahen des Fockmasts ein Ausruf.

»Was gibt es?«, fragte Jem West.

»Das Packeis zeigt im Südosten einen Durchbruch ...«

»Und dahinter ...?«

»Ist nichts zu sehen!«

Der Leutnant erkletterte die Wanten und stand in wenigen Augenblicken an den Mastseilen der Marsstenge.

Unten warteten alle mit fieberhafter Ungeduld. Wenn nun der Ausguck sich getäuscht hatte! Wenn eine optische Illusion ... In keinem Fall würde doch Jem West einem Irrtum verfallen.

Nach einer Beobachtung von zehn Minuten – zehn endlosen Minuten – erscholl seine klare Stimme bis zum Verdeck herunter.

»Offenes Wasser!«, rief er.

Einstimmige Hurras ertönten als Antwort.

Die Goélette drehte so scharf am Wind wie möglich nach Südosten bei.

Zwei Stunden später war das Ende des Packeises umsegelt, und vor uns lag eine glitzernde, völlig eisfreie Meeresfläche ausgebreitet.

VIERZEHNTES KAPITEL

Eine Stimme im Traum

Völlig eisfrei? Nein, das wäre doch zu viel behauptet. In der Ferne, im Osten, erglänzten einige Eisberge, Schollen und Blockhaufen. Immerhin hatte das Tauwetter an dieser Seite schon sehr stark gewirkt, und das Meer war so weit frei, dass ein Schiff bequem darauf manövrieren konnte.

Ohne Zweifel waren die Schiffe von Weddell auch durch diesen breiten Meeresarm eingefahren, als sie damals bis zum 74. Breitengrad vordrangen, den die *Jane* noch um sechshundert Seemeilen überschreiten sollte.

»Bis hierher hat Gott uns geholfen«, sagte Kapitän Len Guy zu mir, »möge er uns auch bis zum Ziel gnädig sein!«

»Binnen acht Tagen«, antwortete ich, »befindet sich unsere Goélette vielleicht in Sicht der Insel Tsalal.«

»Ja ... vorausgesetzt, dass der Ostwind anhält, Mister Jeorling. Vergessen Sie aber nicht, dass die *Halbrane*, als sie am Packeis entlang bis zum östlichen Ende hinsegelte, sich von ihrer Route entfernt hat und erst wieder zurückgeführt werden muss.«

»Der Wind ist uns ja günstig, Herr Kapitän.«

»Wir werden ihn auch nutzen, denn ich gedenke erst die Insel Bennet anzulaufen. Dort ist mein Bruder William anfangs an Land gegangen, und haben wir dieses Eiland gefunden, so wissen wir, dass wir uns auf dem richtigen Weg befinden ...«

»Und womöglich entdecken wir da auch noch weitere Hinweise, Herr Kapitän.«

»Das kann sein, Mister Jeorling. Heute noch, wenn ich unseren Standort bestimmt und unsere Lage genau berechnet habe, steuern wir dem Bennet-Eiland zu.«

Es liegt auf der Hand, dass wir dem zuverlässigsten uns hier verfügbaren Führer folgen mussten. Ich meine damit das Buch von Edgar

Poe – nämlich den wahrheitsgetreuen Bericht von Arthur Gordon Pym.

Nachdem ich diesen nochmals mit gebührender Sorgfalt durchgelesen hatte, kam ich zu folgenden Schlussfolgerungen:

Dass der Kern wahr ist, dass die *Jane* die Insel Tsalal entdeckt und angelaufen hat, daran war ebenso wenig zu zweifeln wie an der Existenz der sechs Überlebenden des Schiffbruchs, zumindest zu der Zeit, als Patterson auf der Eisscholle weggetrieben wurde. Das war die Tatsache, das Gewisse, das Unzweifelhafte.

Ein anderer Teil musste aber wohl der Fantasie des Erzählers zugeschrieben werden ... einer wunderbaren, überschwänglichen, ungezügelten Fantasie, wenn man nur das Bild betrachtet, das er von sich selbst entwirft. Zunächst konnte man die höchst seltsamen Beobachtungen ja kaum als verlässlich ansehen, die er in der Tiefe des Antarktischen Ozeans gemacht zu haben behauptete, wie die Existenz »neuer Menschen« und bisher völlig unbekannter Tiere. Sollten der Boden dieser Insel wirklich von ganz besonderer Art und ihre Gewässer von so eigentümlicher Zusammensetzung sein? Gab es jene hieroglyphischen Abgründe, deren Anordnung Arthur Pym in einer Planzeichnung mitgeteilt hat? Erschien es glaubhaft, dass die weiße Farbe auf die Inselbewohner so erschütternd wirkte? – Doch warum nicht, da das Weiß, das Kleid des Winters, die Farbe des Schnees, ihnen das Nahen der schlechten Jahreszeit verkündete, die sie in einen Eiskerker einschloss?

Jenseits von Tsalal freilich, jene ganz unbegreiflichen Erscheinungen, die grauen Nebel des Horizonts, die Verdunkelung des Himmelsraums, die leuchtende Durchsichtigkeit des tiefen Wassers, schließlich der Luftkatarakt, der weiße Riese, der sich auf der Schwelle des Pols erhob ... was war davon zu halten ...?

Hierüber war ich mir nicht schlüssig, sondern überließ die Antwort der Zukunft. Kapitän Len Guy zeigte sich höchst gleichgültig gegen alles, was sich in Arthur Pyms Bericht nicht unmittelbar auf die auf der Insel Tsalal Verlassenen bezog, deren Rettung sein einziger, ständiger Gedanke war.

Da ich nun Arthur Pyms Bericht vor mir hatte, beschloss ich, ihn

Schritt für Schritt zu vergleichen und das Wahre vom Falschen, das Tatsächliche vom Erfundenen zu trennen. Freilich war ich schon vorher überzeugt, keine Spur jener Seltsamkeiten zu finden, die dem empfänglichen amerikanischen Dichter nur von dem »Dämon des Bizarren« eingeflüstert worden sein konnten.

Am 19. Dezember befand sich unsere Goélette also schon um anderthalb Grad südlicher als die *Jane* damals achtzehn Tage später, ein Beweis, dass uns alles, der Zustand des Meeres, die Richtung des Windes und der frühe Beginn der schönen Jahreszeit, außerordentlich begünstigt hatte.

Ein offenes – oder doch wenigstens schiffbares – Meer lag vor Kapitän Len Guy, ebenso, wie es sich vor Kapitän William Guy ausgebreitet hatte, und hinter ihnen dehnte sich von Nordwest nach Nordost hin das Packeis mit seinen gewaltigen, festen Schollenmassen aus.

Zunächst wollte sich Jem West darüber klar werden, ob die Strömung in diesem Meeresarm, wie Arthur Pym es angab, wirklich südwärts lief. Auf seine Anordnung hin ließ der Hochbootsmann eine 200 Faden lange Leine mit ziemlich schwerem Gewicht daran ins Wasser laufen, und daraus ersah man, dass die Richtung der Strömung dieselbe, der Fortbewegung unserer Goélette also besonders förderlich war.

Bei auffallend klarem Himmel wurden um zehn Uhr und zu Mittag zwei sehr sorgfältige Sonnenhöhenmessungen ausgeführt. Die Berechnung daraus ergab eine Breite von 74° 45′ und – was uns nicht überraschen konnte – eine Länge von 39° 15′.

Das zeigt, dass der Umweg, zu dem uns die Fahrt am Packeis entlang und das Umschiffen seines östlichen Ausläufers gezwungen hatten, die *Halbrane* vier volle Grad weiter nach Osten geführt hatte.

Ich brauche wohl nicht erst hervorzuheben, dass die Worte Abend und Morgen, deren ich mich hier aus Mangel an andern bedienen werde, weder einen wirklichen Aufgang noch Untergang der Sonne bedeuten. Das Strahlengestirn, das über dem Horizont seine ununterbrochene Spirale beschrieb, leuchtete uns natürlich stets. Erst einige Monate später sollte es wieder verschwinden. Doch auch während des kalten und düsteren antarktischen Winters erhellten dann fast täglich die glanzvollen Südpolarlichter den Himmel. Vielleicht waren wir später selbst Zeugen dieser unsagbar herrlichen Erscheinungen, bei denen ein elektrischer Einfluss so mächtig zutage tritt.

Nach dem Bericht von Arthur Pym ging die Fahrt der Jane vom 1. bis zum 4. Januar 1828 nur sehr mühsam vonstatten. Ein heftiger Nordoststurm schleuderte gegen das Schiff eine Menge Eisschollen, die sein Steuerruder zu zertrümmern drohten. Dabei war der *Jane* der Weg noch durch eine dicke Packeiswand versperrt, in der sie zum Glück schließlich noch einen Durchgang fand. Jedenfalls hatte sie erst am Morgen des 5. Februar unter 73° 15′ Breite die letzten Hindernisse überwunden. Während bei ihr die Lufttemperatur 33° Fahrenheit, also + 0,56° Celsius betrug, betrug sie bei uns 49° Fahrenheit, demnach + 9,44° Celsius. Die Abweichung der Magnetnadel hielt sich in denselben Grenzen; sie zeigte sich als 14° 28′ nach Osten.

Noch eine letzte Bemerkung, um mathematisch den Unterschied in der Lage der beiden Goéletten zu dieser Zeit zu verdeutlichen. Vom 5. bis zum 19. Januar vergingen die vierzehn Tage, die die *Jane* benötigte, um die 10°, gleich sechshundert Seemeilen, zurückzulegen, die sie noch von der Insel Tsalal trennten, während sich die *Halbrane* am 19. Dezember nur noch etwa 7° oder wenig über vierhundert Seemeilen davon entfernt befand. Blieb der Wind auf derselben Seite wie bisher stehen, so dürfte kaum eine Woche vergehen, bis die Insel Tsalal oder wenigstens das Bennet-Eiland in Sicht kam. Letzteres liegt von hier aus noch fünfzig Seemeilen vor Tsalal, und Kapitän Len Guy gedachte dort vierundzwanzig Stunden zu rasten.

Die Fahrt verlief unter den günstigsten Umständen weiter. Wir mussten nur hin und wieder vereinzelten Schollen ausweichen, die die Strömungen mit der Geschwindigkeit von einer Viertelmeile in der Stunde nach Südwesten hinabtrugen. Unsere Goélette überholte sie ohne Mühe. Trotz der recht frischen Brise hatte Jem West auch die oberen Segel beisetzen lassen, und die Goélette glitt behände über das sich in glatten Wellen hebende und senkende Meer hin. Uns kam keiner der Eisberge zu Gesicht, die Arthur Pym in dieser Breite gesehen hatte und von denen einige, die übrigens schon im Schmelzen waren, hundert Faden hoch waren. Der Mannschaft blieb es erspart, im Nebel zu arbeiten, der die Fahrt der *Jane* so ungemein erschwert hatte. Wir hatten keine Schnee- und Graupelschauer zu erleiden, wie sie jene zuweilen umstürmten, noch das Sinken der Temperatur, das den Matrosen so besonders zu schaffen machte. Wir begegneten nur vereinzelten Eisflächen, von denen manche mit Pinguinen bevölkert waren, die darauf wie Touristen auf einer Lustjacht dahinfuhren, andere wiederum schwärzliche Robben trugen, die ungeheuren Blutegeln glichen. Über diese Flottille flatterten dann Sturmvögel, Kaptauben und schwärzliche Wasserscherer, Taucherenten, Greben, das sind Silbertaucher, Meerschwalben, Kormorane und die dunkelfarbigen Albatrosse der hohen Breiten. Auf dem Meer schwammen hier und da sehr große Quallen mit zartester Färbung, wie Regenschirme, die sich aufspannten und wieder schlossen. Unter den Fischen, die die Leute der Goélette in großer Menge teils mit der Angel, teils mit dem Fischhaken erbeuteten, nenne ich besonders die Koryphenen, eine Art riesige Goldfische von gut drei Fuß Länge und mit festem, saftigem Fleisch.

Am nächsten Morgen, nach einer ruhigen Nacht, wo der Wind etwas abgeflaut hatte, trat der Hochbootsmann mit lächelndem Gesicht und mit heller Stimme auf mich zu wie ein Mensch, der keine Wechselfälle des Lebens fürchtet.

»Guten Tag, Mister Jeorling, guten Tag!«, rief er vergnügt. »Na, hier im tiefen Süden und zu dieser Jahreszeit kann man ja niemandem Guten Abend wünschen, da es weder einen guten noch einen schlechten Abend gibt.«

»Guten Tag, Hurliguerly«, antwortete ich, gern bereit, mich mit dem lustigen Kerl in eine Unterhaltung einzulassen.

»Nun ... wie finden Sie denn das Meer, das hier hinter dem Packeis liegt?«

»Ich möchte es«, erwiderte ich, »mit den großen Binnenseen Schwedens oder Amerikas vergleichen ...«

»Ja ... ganz recht ... mit Seen, die von Eisbergen, statt von Landhöhen eingeschlossen sind.«

»Besser können wir's uns ja gar nicht wünschen, Hochbootsmann, und wenn unsere Fahrt in gleicher Weise weitergeht bis zur Insel Tsalal ...«

»Warum nicht bis zum Pol, Mister Jeorling?«

»Bis zum Pol? Oh, der ist weit, der Pol, und man weiß nicht einmal, wie es dort aussieht.«

»Das weiß man aber, wenn man dahin gefahren ist«, bemerkte der Hochbootsmann, »das ist sogar die einzige Art, es zu erfahren!«

»Natürlich, Hurliguerly, natürlich! Die *Halbrane* ist aber nicht ausgefahren, um den Südpol zu entdecken. Gelingt es Kapitän Len Guy, seine Landsleute von der *Jane* zu retten, so mein' ich, hat er sein Ziel erreicht, und ich glaube nicht, dass er nach Weiterem verlangen wird.«

»Freilich, Mister Jeorling, freilich! Schwimmt er aber erst nur noch dreihundert bis vierhundert Seemeilen vom Pol, sollte er da nicht die Versuchung spüren, doch noch das Ende der Achse sehen zu wollen, an der sich die Erde wie das Huhn am Bratspieß dreht?«, antwortete lachend der Hochbootsmann.

»Lohnt das die Mühe, sich neuen Gefahren auszusetzen«, sagte ich, »und ist es interessant genug, dem Drang nach geografischen Entdeckungen so weit nachzugeben?«

»Ja und nein, Mister Jeorling. Ich muss Ihnen gestehen, dass ich weiter draußen gewesen bin als alle Seefahrer vor uns und vielleicht als alle, die uns folgen, das könnte meine Eitelkeit als Seemann schon befriedigen!«

»Ja, ja, Sie meinen, dass noch nichts getan ist, solange etwas zu tun übrig bleibt, Hochbootsmann ...«

»Ganz recht, Mister Jeorling; und wenn der Vorschlag käme, noch ein paar Hundert Meilen über die Insel Tsalal hinauszusegeln ... ich ... ich hätte bestimmt nichts dagegen!«

»Ich glaube nicht, dass Kapitän Len Guy daran denkt, Hochbootsmann.«

»Ich auch nicht«, meinte Hurliguerly. »Wenn er seinen Bruder und die fünf Matrosen von der *Jane* erst gefunden hat, wird unser Kapitän sich jedenfalls beeilen, sie nach England zurückzubringen!«

»Das wäre anzunehmen und auch vernünftig, Hochbootsmann. Dazu kommt noch, dass unsere alten Leute von der Besatzung wohl überall hingehen würden, wohin der Kapitän sie führt; die neuen dürften aber dagegen Einspruch erheben. Für eine so lange und gefahrvolle Fahrt, wie die bis zum Südpol, haben sie sich ja nicht anwerben lassen.«

»Ganz recht, Mister Jeorling, und um sie dazu zu veranlassen, müsste man ihre Habgier dadurch reizen, dass für jeden jenseits der Insel Tsalal erreichten Breitengrad eine tüchtige Prämie ausgesetzt würde ...«

»Und ob das genügt, ist auch noch ungewiss.«

»Freilich ... denn Hearne und die andern von den Falklands – sie bilden an Bord die Mehrheit – hatten eigentlich gehofft, dass es nicht einmal gelingen würde, das Packeis zu durchbrechen, und dass die Fahrt sich kaum über den Polarkreis hinaus ausdehnen würde! – Sie murren schon jetzt darüber, so weit draußen zu sein! Kurz, ich weiß nicht, was das Ende vom Lied sein wird, ich weiß aber, dass man Hearne im Auge behalten muss, und dafür werd ich sorgen!«

Vielleicht stand uns für die Zukunft, wenn nicht eine Gefahr, so doch manch unerwartete Schwierigkeit bevor.

In der Nacht – das heißt, in der Zeit, die die Nacht vom 19. zum 20. hätte sein sollen – wurde mein Schlaf von einem seltsamen Traum gestört. Ja, es konnte doch nur ein Traum gewesen sein ...! Immerhin glaube ich ihn hier verzeichnen zu müssen, denn er bildet einen weiteren Beleg für die Bilder, die mehr und mehr in meinem Gehirn auftauchten.

Wegen der ziemlich kalten Witterung hatte ich mich auf dem Lager fest in die Decken gewickelt. Gewöhnlich schlummerte ich dann von neun Uhr abends ununterbrochen bis fünf Uhr morgens.

Ich schlief also – es mochte etwa um zwei Uhr nachts sein –, als ich durch ein klagendes und anhaltendes Gemurmel geweckt wurde.

Ich öffnete die Augen ... oder bildete mir das wenigstens ein. Die Läden der beiden Schiebefenster waren geschlossen, und in meiner Kabine herrschte tiefe Finsternis.

Da das Gemurmel sich wiederholte, spitzte ich die Ohren, und jetzt schien es mir, als ob eine Stimme – eine Stimme, die ich nicht kannte – flüsterte:

»Pym ... Pym ... der arme Pym!«

Offenbar konnte das nur eine Sinnestäuschung sein, es sei denn, es hätte sich jemand in meine, allerdings nicht eigentlich verschlossene Kabine eingeschlichen.

»Pym!«, erklang die Stimme wieder. »Nein, er soll ... er darf nicht vergessen werden, der arme Pym!«

Jetzt hörte ich deutlich, dass diese Worte nah an meinem Ohr gesprochen wurden. Was bedeutete diese Mahnung, und warum wurde mir ans Herz gelegt, Arthur Pym nicht zu vergessen? Dieser war doch nach seiner Rückkehr nach Amerika gestorben ... eines beklagenswerten Todes gestorben, über den niemand etwas Näheres wusste.

Da empfand ich, dass ich nicht recht klar war, und erwachte erst jetzt zu der Überzeugung, dass mich infolge einer starken Erregung des Gehirns ein besonders lebhafter Traum verfolgt haben musste.

Immerhin sprang ich schnell vom Lager auf, öffnete das eine Schiebfenster meiner Kabine und stieß den Laden davor auf.

Ich blickte hinaus.

Am Heck der Goélette stand niemand ... außer Hunt, der die Hand am Steuerrad und den Blick auf das Kompasshäuschen gerichtet hielt.

Was tun? Ich konnte mich nur wieder hinlegen, tat das auch, und obgleich ich den Namen Pym noch wiederholt vor meinem Ohr erklingen zu hören wähnte, schlief ich doch bis zum Morgen.

Nach dem Aufstehen hatte ich von dem nächtlichen Zwischenfall nur noch eine sehr schwache, verschwommene Vorstellung, die bald ganz erlosch.

Wenn ich, meist in Gesellschaft von Kapitän Len Guy, wieder in Arthur Pyms Bericht las, als wäre dieser das Tagebuch der *Halbrane*, fiel mir unter dem Datum des 10. Januar folgende Mitteilung ins Auge:

An dem genannten Tag ereignete sich ein bedauerlicher Unfall an Bord der *Jane*, genau an der Stelle des Meeres, die wir jetzt befuhren, das heißt unter 78° 30′ Breite und 40° 15′ Länge. Ein aus New York gebürtiger Amerikaner namens Peter Vredenburgh, einer der besten Matrosen der Mannschaft, glitt zwischen zwei Eisflächen, verschwand und konnte nicht gerettet werden. Das war das erste Opfer dieser Reise, und wie viele andere sollten noch im Nekrolog der Goélette verzeichnet werden!

Kapitän Len Guy und ich erkannten ferner, dass nach Arthur Pym die Kälte an jenem Tag recht streng und die Atmosphäre sehr aufgewühlt gewesen sein musste, denn unaufhörlich lösten am 10. Januar Schnee- und Graupelschauer einander ab.

Zu jener Zeit erstreckte sich das Packeis noch weit nach Süden hin, ein Anzeichen dafür, dass die *Jane* es in westlicher Richtung noch nicht durchschifft haben konnte. Dem Bericht nach gelang dies erst am 14. Januar. Dann dehnte sich »ein Meer, worauf kein einziges Stück Eis mehr trieb«, bis zum Horizont aus, und darin stand eine Strömung von einer halben Seemeile in der Stunde.

Die Temperatur betrug 34° Fahrenheit, + 1,11° Celsius, stieg aber bald auf 51° Fahrenheit, also + 10,56° Celsius.

Das war genau die Temperatur, deren wir uns jetzt auf der *Halbrane* erfreuten, und wie Arthur Pym hätte wohl jeder ohne Zögern ausgesprochen, »dass niemand an der Möglichkeit zweifelte, den Pol zu erreichen«.

An jenem Tag hatte die Beobachtung des Kapitäns der *Jane* 81° 21′ Breite bei 42° 5′ Länge ergeben. Das war bis auf wenige Bogenminuten genau auch unsere Lage am 20. Dezember. Wir näherten uns also geradewegs dem Bennet-Eiland, und es würden gewiss kaum noch vierundzwanzig Stunden vergehen, bis wir es erreichten.

Während unserer Fahrt in diesen Gewässern war keinerlei Zwischenfall zu verzeichnen. An Bord unserer Goélette ereignete sich ganz und gar nichts Besonderes, während das Schiffstagebuch der *Jane* unter dem 17. Januar mehrere recht merkwürdige Vorkommnisse aufwies. Hier sei das bedeutendste wiedergegeben, das Arthur Pym und seinen Gefährten Dirk Peters Gelegenheit bot, ihren Mut und ihre Opferwilligkeit zu beweisen.

Gegen drei Uhr am Nachmittag hatte der Wachhabende das Erscheinen einer treibenden Eismasse gemeldet, ein Beleg dafür, dass auf dem »freien« Meer sich doch noch einzelne Schollen hinbewegten. Auf dem Eis lagerte ein Tier von riesiger Größe. Kapitän William Guy ließ das große Boot klarmachen, in dem Arthur Pym, Dirk Peters und der Zweite Offizier der *Jane* – jener unglückliche Patterson, dessen Leiche wir zwischen der Prinz-Edward-Insel und Tristan d'Acunha auffanden – Platz nahmen.

Das Tier war ein arktischer Eisbär, der in der Länge fünfzehn Fuß maß. Sein sehr dichthaariges Fell war völlig weiß und das Maul rund wie das einer Bulldogge. Mehrere Gewehrkugeln, die ihn trafen, genügten nicht, dem Burschen den Garaus zu machen. Der gewaltige Bär warf sich ins Meer, schwamm auf das Boot zu und hätte dieses, als er es packte, zum Kentern gebracht, wenn Dirk Peters, der ohne Zögern auf den Rücken des Angreifers sprang, ihm nicht noch rechtzeitig sein großes Messer ins Rückenmark gebohrt hätte. Der Bär trieb jetzt mit dem Mestizen fort, und man musste Dirk Peters ein Seil zuwerfen, an dem er wieder ins Boot gezogen wurde.

Auch den Bären schaffte man auf das Deck der *Jane*, und hier zeigte sich, dass er, abgesehen von der außergewöhnlichen Größe, in seinem Körperbau nichts aufwies, was dazu berechtigt hätte, ihn unter die seltsamen Vierfüßler einzureihen, die Arthur Pym im tiefen Süden angetroffen haben will.

Doch kehren wir nun zur *Halbrane* zurück.

Die Nordbrise, die sich gelegt hatte, sprang zunächst nicht wieder auf, und nur die scharfe Strömung führte die Goélette weiter nach Süden. Das ergab eine Verzögerung, die unsere Ungeduld unerträglich machte.

Am 21. endlich ergab die Beobachtung 82° 50′ Breite und 42° 20′ westlicher Länge.

Wenn es eine Insel Bennet gab, so konnte sie jetzt nicht mehr fern sein.

Ja ... diese kleine Insel war da und lag an der Stelle, die Arthur Pym angegeben hatte.

Gegen sechs Uhr abends verkündete der Ausruf eines der Leute: »Land vor Backbord!«

FÜNFZEHNTES KAPITEL

Die Bennet-Insel

Nachdem die *Halbrane* vom Polarkreis an etwa achthundert Seemeilen hinter sich gebracht hatte, befand sie sich jetzt in Sicht der Insel Bennet! Die Mannschaft brauchte unbedingt Ruhe, denn in den letzten Stunden hatte die Goélette auf dem ganz stillen Meer mittels der Boote geschleppt werden müssen. Das Anlegen wurde deshalb auf den nächsten Tag verschoben, und ich zog mich in meine Kabine zurück.

Diesmal unterbrach kein Geflüster meinen Schlummer, und früh um fünf Uhr war ich einer der ersten auf dem Verdeck.

Es versteht sich von selbst, dass Jem West alle Vorsichtsmaßnahmen getroffen hatte, die eine Fahrt in dieser unberechenbaren Gegend angezeigt erscheinen ließ. An Bord herrschte die strengste Wachsamkeit. Die Mörser waren geladen, Kugeln und Kartuschen lagen bereit, Gewehre und Pistolen waren bereit, und die Enternetze konnten jeden Augenblick gehisst werden. Man erinnerte sich eben gar zu gut an den Angriff auf die *Jane* durch die Bewohner der Insel Tsalal. Unsere Goélette lag jetzt kaum sechzig Seemeilen von dem Schauplatz jener schrecklichen Katastrophe entfernt.

Die Nacht verging ohne Alarm. Bei Tagesanbruch zeigte sich kein Boot im Gesichtskreis der *Halbrane*, kein Eingeborener am Strand. Der Ort schien verlassen, und übrigens hatte auch Kapitän William Guy hier keine Spuren von menschlichen Wesen gefunden. Man sah weder Hütten auf dem Ufergelände noch etwa eine dahinter aufwirbelnde Rauchsäule, die bewiesen hätte, dass die Insel Bennet bewohnt war.

Von dem Eiland sah ich – ganz den Angaben von Arthur Pym entsprechend – nur eine felsige, unebene Fläche, die im Umfang ein Lieue messen mochte und völlig unfruchtbar aussah, zumindest zeigte sich dort keine Spur von Vegetation.

Unsere Goélette lag vor einem einzigen Anker etwa eine Seemeile nördlich davon.

Kapitän Len Guy bemerkte mir gegenüber, dass über die Lage des Eilands kein Irrtum möglich sei.

»Mister Jeorling«, sagte er, »sehen Sie dort das Vorgebirge im Osten?«

»Gewiss, Herr Kapitän ...«

»Ähnelt die Form seines übereinandergehäuften Gesteins nicht großen Baumwollballen?«

»Ganz recht, und dasselbe war auch im Bericht angegeben.«

»Wir brauchen also nur an jenem Vorgebirge an Land zu gehen, Mister Jeorling. Wer weiß, ob wir dort nicht einzelne Spuren von den Leuten der *Jane* finden, wenn es diesen gelungen war, von der Insel Tsalal zu entfliehen!«

Hier sei nur noch ein Wort über die Gemütsverfassung eingefügt, in der wir an Bord der *Halbrane* uns alle befanden.

Wenige Kabellängen vor uns lag das Eiland, das Arthur Pym und Dirk Peters elf Jahre vorher betreten hatten. Als die *Jane* dahin kam, war das keineswegs unter so günstigen Umständen, wie wir sie hatten; bei ihr ging das Brennmaterial allmählich zu Ende, und unter der Besatzung traten Anzeichen von Skorbut auf. An Bord unserer Goélette dagegen waren alle erfreulich gesund, und wenn die neu angemusterten Leute auch untereinander murrten, so zeigten sich doch die alten voller Eifer und Hoffnung, dem Ziel so nah zu sein.

Was der Gedanke, der Wunsch, die Sehnsucht von Kapitän Len Guy war, das ist ja leicht zu erraten ... er verschlang die Insel Bennet geradezu mit den Augen.

Einen Mann aber gab es unter uns, dessen Blicke daran vielleicht noch gespannter hafteten ... das war der Matrose Hunt.

Seit der Anker im Grund lag, hatte er sich, wie es sonst seine Gewohnheit war, auf dem Verdeck niemals hingelegt, nicht einmal, um einige Stunden zu schlafen. Auf die Reling vorn an Steuerbord gelehnt, den breiten Mund fest geschlossen und die Stirn in tausend Falten, hatte er diesen Platz nicht wieder verlassen, und seine Blicke wandten sich keine Sekunde von dem vor ihm liegenden Ufer ab. Ich erinnere hier daran, dass nach Bennet, der der Associé des Kapitäns der *Jane* war, das erste im Polargebiet entdeckte Land benannt worden war.

Ehe er die *Halbrane* verließ, ermahnte Len Guy den Leutnant, stets die größte Wachsamkeit walten zu lassen ... eine Empfehlung, deren es bei Jem West kaum bedurfte. Unsere Nachforschung sollte sich nicht über einen halben Tag ausdehnen. Falls das Boot im Laufe des Nachmittags nicht zurückgekehrt wäre, sollte ein zweites ausgesendet werden, um jenes zu suchen.

»Achte vor allem auf unsere neue Mannschaft!«, setzte Kapitän Len Guy hinzu.

»Seien Sie unbesorgt, Herr Kapitän«, antwortete der Leutnant. »Da Sie vier Mann an den Riemen brauchen, könnten Sie diese ja aus den Neuen wählen. Damit wären wir vier unruhige Köpfe weniger an Bord.«

Das war ein guter Rat, denn unter Hearnes verbrecherischem Einfluss war die Unzufriedenheit seiner Genossen von den Falklands noch größer geworden.

Nach Bereitstellung des Boots nahmen vier von den neuen Leuten in dessen vorderem Teil Platz, während Hunt auf sein besonderes Verlangen das Steuer führte. Kapitän Len Guy, der Hochbootsmann und ich setzten uns, alle wohl bewaffnet, im hinteren Teil nieder, und dann stießen wir ab, um den nördlichen Teil der kleinen Insel anzulaufen. Eine Viertelstunde später hatten wir das Vorgebirge umschifft, das aus der Nähe gesehen nicht mehr den Anblick geschnürter Ballen bot. Weiterhin öffnete sich eine kleine Bucht, in der die Boote der *Jane* gelandet waren.

In diese Bucht steuerte jetzt Hunt, auf dessen Instinkt wir uns getrost verlassen konnten. Er wand sich mit auffallender Sicherheit durch die Felsenspitzen, die da und dort kaum aus dem Wasser ragten. Man hätte glauben können, dass er das Wasser hier genau kennt ...

Die Erforschung des Eilands konnte nicht viel Zeit in Anspruch nehmen. Kapitän Len Guy hatte dafür auch nur einige Stunden vorgesehen, und wenn sich hier Spuren fanden, konnten sie uns gar nicht entgehen.

Wir landeten also am Ende der Bucht an einem steinigen, mit mageren Flechten bedeckten Ufer. Die Flut ging schon zurück und legte einen Streifen Sand frei, auf dem schwärzliche Blöcke, großen Nagelköpfen ähnlich, verstreut lagen.

Kapitän Len Guy wies mich auf dem sandigen Grund auf eine große

Menge länglicher Mollusken hin, die bei einer Länge zwischen drei und achtzehn Zoll zwischen ein und acht Zoll dick waren. Die einen lagen flach auf der Seite, die andern krochen auf von der Sonne beschienene Flecken zu, um sich von den winzigen Lebewesen zu ernähren, die die Korallenriffe aufbauen. An zwei bis drei Stellen bemerkte ich auch Korallenbänke, die sich gerade bildeten.

»Diese Mollusken«, erklärte mir Kapitän Len Guy, »sind die sogenannten Seekühe, die von den Chinesen besonders geschätzt werden. Wenn ich Ihre Aufmerksamkeit darauf lenke, Mister Jeorling, dann deshalb, weil die *Jane* hierhergekommen war, um solche Seekühe zu sammeln. Sie haben sicher nicht vergessen, dass mein Bruder mit Too-Wit, dem Häuptling der Insel Tsalal, über die Lieferung einiger Hundert Piculs dieser Mollusken verhandelt und nahe dem Ufer einige Schuppen hatte errichten lassen, wo sich drei Mann mit der Zurichtung des Fangs beschäftigen sollten, während die Goélette ihre Entdeckungsreise fortsetzte. Sie erinnern sich auch, unter welchen Umständen das Schiff überfallen und zerstört wurde.«

Ja, alle diese Einzelheiten standen mir klar vor Augen, ebenso wie das, was Arthur Pym über diese Seekühe berichtet, die den lateinischen Namen *Gasteropeda pulmonifera Cuvier* tragen. Sie gleichen einer Art Wurm oder Raupe und haben weder Schalen noch Füße, sondern nur elastische Bauchringe. Hat man solche Mollusken am Strand gesammelt, so zerschneidet man sie der Länge nach, weidet sie aus, wäscht sie gründlich, lässt sie sieden oder vergräbt sie für einige Stunden und setzt sie nachher der Sonnenhitze aus; schließlich werden sie gedörrt und in Fässern verpackt nach China befördert. Auf den Märkten des Himmlischen Reichs hoch geschätzt, und zwar aus dem gleichen Grund wie die Schwalbennester, die man für eine besonders stärkende Nahrung hält, werden sie – die beste Sorte – bis zu neunzig Dollar für das Picul, das sind 133,5 Pfund, verkauft, meist in Canton, doch auch in Singapur, in Batavia und Manila.

Als wir das Felsenufer erreicht hatten, wurden zwei Mann zur Bewachung des Boots zurückgelassen. In Begleitung der beiden andern machten wir, Kapitän Len Guy, der Hochbootsmann, Hunt und ich, uns ins Innere der Insel Bennet auf.

Hunt ging schweigend voraus, während ich mit Kapitän Len Guy und dem Hochbootsmann einige Worte wechselte. Man hätte in der Tat sagen können, dass Hunt uns als Führer diente, und ich konnte es nicht unterlassen, einige diesbezügliche Bemerkungen zu machen. Eigentlich war das für uns ja gleichgültig, denn vor allem kam es darauf an, erst an Bord zurückzukehren, wenn wir die Insel vollständig durchsucht hatten.

Der Boden, über den wir hinschritten, war ungemein dürr. Für jeden Anbau ungeeignet, hätte er Schiffbrüchigen nicht die geringste Grundlage bieten können.

Wie hätte man darauf leben sollen, da er nur eine einzige Pflanze, eine Art stachliges Feigenmoos, hervorbrachte, mit dem sich nicht einmal die rohesten Wiederkäuer begnügt hätten. Stand Kapitän William Guy und seinen Leuten nach der Zerstörung der *Jane* keine andere Zuflucht zur Verfügung, so mussten sie schon längst bis zum letzten Mann verhungert sein.

Von dem niedrigen Hügel, der in der Mitte aufragte, konnten wir die gesamte Insel Bennet überblicken … doch nirgends war etwas Besonderes zu erkennen. Immerhin konnten sich Fußspuren erhalten haben oder Aschereste von Feuerstellen, Trümmer von Wohnhütten – kurz, greifbare Beweise, dass einige Leute von der *Jane* hierhergekommen waren.

Um hierüber Gewissheit zu erlangen, beschlossen wir, vom Grund der Bucht aus, wo das Boot gelandet war, die ganze Küstenlinie entlangzugehen.

Beim Abstieg von dem Hügel setzte sich Hunt wieder an die Spitze der kleinen Truppe, als wäre es verabredet, dass er uns führte. Wir folgten ihm also, als er zum südlichen Ausläufer der Insel zu voranschritt.

An dessen Spitze angelangt, sah sich Hunt überall um, bückte sich und wies zwischen zerstreuten Steinblöcken auf ein Stück halb verfaultes Holz hin.

»Ah, ich erinnere mich!«, rief ich. »Arthur Pym erwähnt dieses Stück Holz, das wohl zum geschnitzten Vordersteven eines Schiffs gehört hat.«

»Einem Steven mit Bildschnitzereien, in denen mein Bruder die Zeichnung einer Schildkröte zu erkennen glaubte«, fügte Kapitän Len Guy hinzu.

»Ganz recht«, fuhr ich fort, »diese Ähnlichkeit wurde von Arthur Pym aber als zweifelhaft hingestellt. Da sich das Stück Holz aber noch an der im Bericht angegebenen Stelle findet, muss man schließen, dass die Insel Bennet nach dem Aufenthalt der *Jane* hier von niemandem wieder betreten worden ist. Ich halte es also für eine Zeitvergeudung, nach weiteren Spuren zu suchen. Erst auf der Insel Tsalal werden wir Aufschluss erhalten ...«

»Ja ... ja ... auf der Insel Tsalal!«, fiel mir der Kapitän ins Wort.

Wir kehrten nun in die Bucht hin zurück und hielten uns immer nahe der Flutwellengrenze an dem felsigen Ufer. An manchen Stellen zeigten sich Anfänge von Korallenbänken. Seekühe gab es in solcher Menge, dass wir leicht eine volle Ladung davon hätten einsammeln können. Hunt ging immer schweigend und die Augen zur Erde gerichtet weiter.

Ließen wir die Blicke in die Weite hinaus schweifen, so zeigte sich uns nichts als die unbegrenzte Wasserwüste. Nur im Norden von uns schaukelte die *Halbrane* bei dem leichten Wellengang. Nach Süden hin zeigte sich keine Andeutung eines Landes, denn die Insel Tsalal hätten wir in dieser Richtung noch nicht sehen können, da sie dreißig Bogenminuten, also dreißig Seemeilen weiter südlich, zu suchen war.

Nachdem wir die ganze Insel umschritten hatten, blieb uns nichts anderes übrig, als an Bord zurückzukehren und so bald wie möglich nach Tsalal abzusegeln.

Wir begaben uns nun wieder zum östlichen Strand, Hunt immer etwa zehn Schritte vor uns. Da blieb dieser plötzlich stehen und winkte uns eiligst zu sich heran.

In einem Augenblick waren wir neben ihm.

Hatte Hunt über das aufgefundene Stück Holz keinerlei Verwunderung merken lassen, so änderte sich seine Haltung, als er jetzt bei einem wurmstichigen, auf dem Strand liegenden Plankenrest niederkniete. Er strich mit seinen großen Händen darüber, betastete das

Holz, als wollte er jede Unebenheit genau fühlen, und suchte nach irgendetwas an der Oberfläche, das einen Aufschluss über vergangene Vorfälle hätte liefern können.

Die kerneichene, fünf bis sechs Fuß lange und sechs Zoll breite Planke musste von einem ziemlich großen Schiff stammen, vielleicht einem von mehreren Hundert Tonnen. Die schwarze Farbe, die sie früher bedeckt hatte, war zum größten Teil unter einer dichten Schmutzschicht, eine Folge klimatischer Unbilden, verschwunden. Genauer betrachtet, schien die Planke aus dem geschmückten Stern, der Hinterwand eines Schiffs, zu stammen. Der Hochbootsmann machte eine derartige Bemerkung.

»Ja ... ja ...«, bestätigte Kapitän Len Guy, »sie bildete einst einen Teil einer Achterverzierung!«

Der noch immer kniende Hunt hob den Kopf und nickte zustimmend.

»Diese Planke«, antwortete ich, »kann aber nur nach einem Schiffbruch an die Insel Bennet geworfen worden sein. Jedenfalls haben Gegenströmungen sie aus dem offenen Meer hierhergetragen, und ...«

»Wenn das der Fall wäre ...?«, rief Kapitän Len Guy. Ein und derselbe Gedanke erfüllte plötzlich uns beide.

Welches Staunen, welche Verblüffung und unaussprechliche Erregung bemächtigte sich aber aller, als Hunt uns eine Anzahl Buchstaben auf der Planke zeigte, die nicht aufgemalt, sondern ins Holz eingeritzt waren, sodass man sie mit den Fingerspitzen fühlen konnte.

Ganz leicht ließen sich dadurch die Buchstaben zweier Namen erkennen, die in zwei Linien untereinander angeordnet waren, nämlich:

AN

LIVERPOOL

Die *Jane* aus Liverpool! Die von Kapitän William Guy geführte Goélette! Was tat es, dass die Witterung die fehlenden Buchstaben zerstört hatte? Die noch vorhandenen genügten ja, um den Namen des Schiffs und seinen Heimathafen zu erkennen: die *Jane* aus Liverpool! Kapitän Len Guy hatte die Planke mit den Händen gefasst und drückte sie an die Lippen, während eine große Träne aus seinen Augen herabrollte.

Das war ein Trümmerstück von der *Jane*, eines, das die Explosion hinausgeschleudert und das ein Gegenstrom oder eine Eisscholle an dieses Ufer getragen hatte.

Ohne ein Wort zu sagen, wartete ich, dass Kapitän Len Guy wieder ruhiger wurde.

Aus Hunts Augen, seinen funkelnden Falkenaugen, hatte ich aber noch nie bisher einen so leuchtenden Blitz hervorschießen sehen wie in dieser Minute, als er den südlichen Horizont betrachtete.

Kapitän Len Guy erhob sich.

Schweigend, wie immer, legte sich Hunt die Planke über die Schulter, und wir setzten unseren Weg fort.

Nach Vollendung unseres Rundgangs um die Insel machten wir an der Stelle halt, wo das Boot im Hintergrund der Bucht unter der Obhut der beiden Matrosen zurückgelassen worden war, und um halb drei nachmittags waren wir wieder an Bord zurück.

In der Hoffnung, dass aufs Neue ein Nord- oder Ostwind einsetzen könnte, wollte Kapitän Len Guy bis zum nächsten Tag an dem jetzigen Ankerplatz bleiben. Ein solcher Wind war ja höchst erwünscht, denn es war kaum daran zu denken, die *Halbrane* durch Ruderer in ihren Booten bis in Sicht der Insel Tsalal schleppen zu lassen. Verlief auch die Strömung, wenigstens während der Zeit der Flut, in dieser Richtung, so hätten wir für die Strecke von etwa dreißig Seemeilen doch mindestens zwei Tage gebraucht.

Die Abfahrt wurde also bis zum Tagesanbruch verschoben. Da aber gegen drei Uhr morgens eine leichte Brise aufsprang, konnten wir hoffen, dass die Goélette ihr letztes Ziel ohne große Verzögerung erreichen würde. Es war am 23. Dezember morgens um halb sieben, als die *Halbrane* in Richtung Süden den Ankerplatz an der Insel Bennet verließ. Es war unbestritten, dass wir hier einen neuen, handfesten Beweis für den Unglücksfall gefunden hatten, dessen Schauplatz die Insel Tsalal gewesen war.

Die Brise, die uns forttrieb, war recht schwach, und nur zu oft schlugen die erschlafften Segel klatschend an die Masten. Zum Glück zeigten uns wiederholte Sondierungen, dass die Strömung unverändert südlich blieb. Da wir recht langsam vorwärtskamen, lag es auf der

Hand, dass Kapitän Len Guy die Insel Tsalal vor Ablauf von sechsunddreißig Stunden doch nicht zu Gesicht bekommen würde.

An diesem Tag betrachtete ich sehr aufmerksam das Wasser des Meeres, das mir minder dunkelblau erschien, als Arthur Pym es angab. Ebenso wenig hatten wir jene stacheligen Büschel mit roten Beeren gesehen, die von der *Jane* an Bord geholt worden waren, noch eines jener seltsamen Geschöpfe, der tiefsüdlichen Fauna – ein drei Fuß langes, sechs Zoll großes Tier mit kurzen Beinen, Füßen mit langen, korallenroten Krallen, weich behaartem weißen Leib, mit dem Schwanz einer Ratte, dem Kopf einer Katze, zurückgeschlagenen Hundeohren und leuchtend roten Zähnen. Übrigens erschienen mir alle derartigen Einzelheiten von jeher verdächtig, und ich schrieb sie nur der ausufernden Fantasie unseres jungen Gewährsmanns zu.

Auf dem Hinterverdeck sitzend, las ich in Edgar Poes Buch, bemerkte aber dabei, dass Hunt, wenn ihn sein Dienst in die Nähe des Deckhauses führte, mich immer mit auffallender Hartnäckigkeit ansah.

Ich war gerade am Ende des 17. Kapitels, wo Arthur Pym seine Verantwortung »für die traurigen und blutigen Vorfälle, die Folgen seiner Ratschläge« zu fühlen anfing. Er war es ja gewesen, der die Bedenken von Kapitän William Guy überwand, der ihn überredete, »die so verführerische Gelegenheit wahrzunehmen, die große Frage, ob es ein antarktisches Festland gab, zu lösen«. Und wenn er diese Verantwortung auf sich nahm, so beglückwünschte er sich doch, »das Werkzeug einer wichtigen Entdeckung gewesen zu sein, die Augen der Wissenschaft für eines der verlockendsten Geheimnisse, das je deren Aufmerksamkeit gefesselt hat, mit geöffnet zu haben«.

An diesem Tag tummelten sich zahlreiche Wale in der Umgebung der *Halbrane*. Gleichzeitig zogen zahlreiche Völker von Albatrossen nach Süden hin. Von treibendem Eis war nichts zu sehen. Jenseits der äußersten Grenzen des Horizonts war nicht einmal der bekannte »Eisblink« zu beobachten.

Der Wind zeigte keine Neigung aufzufrischen, und leichte Nebel verhüllten die Sonne.

Es war schon fünf Uhr abends, als die letzten Profillinien der Insel

Bennet verschwammen. Welch kurzen Weg hatten wir seit dem Morgen zurückgelegt!

Der stündlich abgelesene Kompass zeigte nur eine unbestimmte Abweichung, was die Angaben des Berichts bestätigten. Bei wiederholten Sondierungen konnten wir keinen Grund finden, obwohl der Hochbootsmann dabei zweihundert Faden lange Leinen ablaufen ließ. Es war noch ein Glück, dass wenigstens die Strömung unsere Goélette – freilich nur mit der Geschwindigkeit von einer halben Meile in der Stunde – nach Süden mitnahm. Von sechs Uhr ab verschwand die Sonne hinter einer dicken Nebelwand, hinter der sie ihre lange absteigende Spirale fortsetzte.

Die Brise war fast ganz eingeschlafen – eine Widrigkeit, die wir nur mit wachsender Ungeduld ertrugen. Wenn diese Verzögerungen anhielten oder gar der Wind umschlug, was sollten dann wir tun? Das Meer hier lag jedem Sturm offen, und eine Böe, die die Goélette nach Norden zurück verschlug, hätte nur Hearnes und seinen Genossen »in die Hände gespielt«, indem sie deren Einspruch in gewissem Maße rechtfertigte.

Nach Mitternacht wehte es jedoch wieder frischer, und die *Halbrane* konnte etwa ein Dutzend Seemeilen aufholen.

Am nächsten Tag, am 24., ergab die Standortbestimmung 83° 2′ Breite und 43° 5′ Länge.

Die *Halbrane* befand sich nur noch achtzehn Bogenminuten – weniger als ein Drittel Grad, nicht mehr zwanzig Seemeilen – von der für die Insel Tsalal angegebenen Lage entfernt. Leider ließ uns der Wind gegen Mittag aufs Neue im Stich; dennoch wurde, dank der Strömung, um sechs Uhr fünfundvierzig abends die Insel Tsalal gemeldet.

Sobald der Anker in den Grund eingegriffen hatte, wurde die strengste Wachsamkeit angeordnet, die Kanonen wurden geladen, die Gewehre bereitgelegt und die Enternetze an Ort und Stelle gebracht.

So lief die *Halbrane* keine Gefahr, überrumpelt zu werden. An Bord wachten zu viele Augen ... besonders die von Hunt, die sich niemals vom Horizont im Süden abwendeten.

SECHZEHNTES KAPITEL

Die Insel Tsalal

Die Nacht verging ohne Störung. Kein Boot hatte die Insel Tsalal verlassen, kein Eingeborener sich am Ufer gezeigt. Demnach ließ sich nur annehmen, dass die Bevölkerung mehr im Innern siedelte. Wir wussten ja auch aus dem Bericht, dass man drei bis vier Stunden marschieren musste, um zum Hauptort der Insel Tsalal zu gelangen. Jedenfalls war die *Halbrane* bei ihrer Ankunft nicht bemerkt worden, und das war ja am Ende recht günstig.

Wir ankerten bei zehn Faden Tiefe drei Seemeilen von der Küste.

Um sechs Uhr wurde der Anker gelichtet, und die von schwachem Morgenwind getriebene Goélette legte eine halbe Seemeile vor einem Korallenriff, das den Atolls des Stillen Ozeans ähnelte, wieder fest. Von hier aus war es leicht, die ganze Insel zu überblicken.

Ein Umfang von neun bis zehn Seemeilen – was Arthur Pym nicht erwähnt hatte –, eine zerklüftete, schwer zugängliche Küste, lange grüne Ebenen, eingerahmt von einer mäßig hohen Hügelreihe – das ist das Bild, das die Insel Tsalal bot. Ich wiederhole, dass das Ufer verlassen war. Man sah ein Boot weder draußen auf dem Wasser noch in den kleinen Buchten. Über die Felsen erhob sich kein Rauch, und es hatte den Anschein, als ob an dieser Seite kein menschliches Wesen wohnte.

Was war denn seit elf Jahren vorgegangen? Vielleicht lebte der Häuptling der Eingeborenen, jener Too-Wit, überhaupt nicht mehr? – Doch wo blieb dann die zahlreiche Bevölkerung ... und William Guy ... und die Überlebenden von der englischen Goélette ...?

Als die Jane in dieser Gegend erschien, war es das erste Mal, dass die Bewohner von Tsalal ein richtiges Schiff sahen, und als sie das Verdeck betraten, hielten sie es für ein ungeheures Tier, die Masten für seine Gliedmaßen und die Segel für eine Art Bekleidung. Jetzt mussten sie wissen, woran sie damit waren. Doch wenn sie jetzt nicht versuchten, zu uns zu kommen, welche Ursache sollte diese eigentümliche Zurückhaltung haben?

»Das große Boot ins Meer!«, befahl Kapitän Len Guy mit ungeduldiger Stimme.

Der Befehl wurde ausgeführt, und Kapitän Len Guy wandte sich an den Leutnant mit den Worten:

»Jem, lass acht Mann mit Martin Holt einsteigen, und Hunt mag das Steuer übernehmen. Du wirst hierbleiben und sowohl zum Land als auch zum Meer hin die Augen offen halten ...«

»Seien Sie darum unbesorgt, Kapitän.«

»Wir werden an Land gehen und zu dem Dorf Klock-Klock zu gelangen versuchen. Wenn es auf dem Wasser zu einer Überraschung kommen sollte, so gibst du drei Kanonenschüsse ab ...«

»Richtig, drei Kanonenschüsse in Abständen von einer Minute«, antwortete der Leutnant.

»Kommen wir bis zum Abend nicht zurück, so sende das zweite Boot gut bewaffnet und mit zehn Mann unter Führung des Hochbootsmanns aus. Die Leute mögen dann eine Kabellänge vom Ufer halten, um auf uns zu warten ... Verstanden?«

»Vollkommen.«

»Und du selbst verlässt das Schiff keine Minute, Jem!«

»Auf keinen Fall!«

»Sollten wir nicht gefunden werden, so wirst du, nachdem alles, was möglich ist, versucht wurde, die Führung der Goélette übernehmen und sie zu den Falklands zurückbringen.«

»Ganz wie Sie befehlen!«

Das große Boot war bald bereitgestellt. Acht Mann nahmen darin Platz, darunter Martin Holt und Hunt, alle mit Gewehren und Pistolen bewaffnet und mit Patronenbeutel und großem Messer ausgerüstet.

Im letzten Augenblick trat ich noch vor und fragte:

»Würden Sie mir nicht gestatten, Sie an Land zu begleiten, Herr Kapitän?«

»Wenn Sie dazu Lust haben, gern, Mister Jeorling.«

In meine Kabine zurückeilend, ergriff ich mein Gewehr, eine doppelläufige Jagdflinte, das Pulverhorn, den Schrotbeutel, steckte einige Kugeln ein und schloss mich dem Kapitän auf einem im Hinterdeck des Boots freigehaltenen Platz an.

Wir stießen ab und steuerten, von kräftigen Ruderschlägen getrieben, dem Klippenrand zu, um die Öffnung zu suchen, durch die Arthur Pym und Dirk Peters am 19. Januar 1828 mit dem Boot der *Jane* gefahren waren. In diesem Augenblick waren damals die Wilden in ihren langen Pirogen aufgetaucht ... William Guy hatte ihnen mit einem weißen Taschentuch als Zeichen seiner friedlichen Absichten zugewinkt, worauf jene mit dem Ausruf *Anamoo-moo* und *Lama-Lama* antworteten und der Kapitän deren Häuptling gestattete, das Schiff zu betreten.

Dem Bericht nach entwickelten sich zwischen den Wilden und der Mannschaft der *Jane* bald freundliche Beziehungen. Es wurde ausgemacht, bei der Rückkehr der Goélette, die erst noch eine Fahrt weiter nach Süden ausführen sollte, hier eine Ladung der wertvollen Seekühe aufzunehmen. Zu jener Fortsetzung der Reise hatte besonders Arthur Pym gedrängt. Wie bekannt, fielen drei Tage später, am 1. Februar, Kapitän William Guy und einunddreißig seiner Leute in den Schluchten bei Klock-Klock einer teuflischen Hinterlist zum Opfer, und von den sechzig zur Bewachung der *Jane* zurückgelassenen Leuten konnte sich bei der Explosion auf dem Schiff kein Einziger retten.

Zwanzig Minuten lang glitt unser Boot am Riffkranz entlang dahin. Sobald Hunt den Durchgang darin entdeckt hatte, steuerte er hinein und einem schmalen Felseneinschnitt zu.

Zwei Matrosen blieben im Boot, das durch die kurze, zweihundert Toisen breite Wasserstraße zurückfuhr und an den schwärzlichen Klippen an ihrem Eingang festgelegt wurde.

Nach Ersteigung einer sich aufwärts windenden Schlucht, die den Zugang zu der Uferhöhe ermöglichte, wandte sich unsere kleine Truppe, mit Hunt an der Spitze, dem Inselinnern zu.

Unterwegs tauschten Kapitän Len Guy und ich unsere Bemerkungen über das Land aus, das nach Aussage von Arthur Pym »sich von allen von zivilisierten Menschen jemals besuchten Ländern sehr wesentlich unterschied«. Das sollten wir bald selbst erfahren. Jedenfalls erschienen die ebenen Flächen im Allgemeinen schwarz, als ob der Humus darauf aus pulverisierter Lava bestände, und nirgends erblickte man etwas, »das weiß war«.

Hundert Schritte von einer solchen Stelle lief Hunt plötzlich auf eine mächtige Felsenmasse zu, die er mit der Behändigkeit einer Eidechse erklomm. Dann richtete er sich auf dem Gipfel auf und ließ die Blicke über ein Gesichtsfeld von mehreren Seemeilen umherschweifen.

Hunt schien die Haltung eines Mannes anzunehmen, »der sich hier nicht mehr zurechtfand«.

»Was mag er denn haben?«, fragte mich der Kapitän, der Hunt aufmerksam beobachtete.

»Was er hat, Herr Kapitän«, erwiderte ich, »weiß ich zwar nicht, es wird aber auch Ihnen aufgefallen sein, dass an diesem Mann alles seltsam, dass sein Verhalten unerklärlich ist und er in gewisser Hinsicht verdiente, unter die ›neuen Wesen‹ gezählt zu werden, die Arthur Pym auf dieser Insel getroffen zu haben behauptet ... Man möchte fast annehmen, dass ...«

»Nun ... dass ...?«, wiederholte Kapitän Len Guy. Doch ohne den angefangenen Satz zu vollenden, rief ich:

»Sind Sie sicher, Herr Kapitän, bei der gestrigen Höhenmessung keinen Fehler gemacht zu haben?«

»Vollkommen sicher!«

»Ihre Berechnung ergab also ...?«

»Genau 83° 20′ Breite und 43° 5′ Länge.«

»Wirklich genau?«

»Wie ich Ihnen sagte.«

»Es ist also nicht zu bezweifeln, dass das hier die Insel Tsalal ist?«

»Nein, Mister Jeorling, wenn die Insel Tsalal die Lage hat, die Arthur Pym dafür angibt.«

Hieran war demnach nichts mehr zu deuteln. Hatte sich Arthur Pym freilich über die nach Grad und Minuten angegebene Lage nicht getäuscht, so wussten wir nur nicht, was von der Glaubwürdigkeit seines Berichts zu halten sei, soweit dieser die Gegend betraf, die wir unter Hunts Führung durchstreiften. Er sprach von Seltsamkeiten, die ihm ganz fremd gewesen wären, von Bäumen, von denen keiner dem Bewuchs der heißen und der gemäßigten oder der nördlichen kalten Zone und auch nicht denen »der unteren südlichen Breiten« – so lauten seine Worte – ähnlich sah. Er spricht dort von Felsen ganz eigenen Gefüges, sowohl ihrer Masse als ihren Lagerschichten nach ... von wundersamen Bächen, deren Bett eine unbeschreibliche, jedenfalls nicht durchsichtige Flüssigkeit enthielt, eine in verschiedene Aderstreifen geteilte Art Lösung von arabischem Gummi, die alle Schattierungen schillernder Seide aufwies und die die Kraft der Kohäsion nicht wieder vereinigte, wenn man sie mit einer Messerklinge zerteilt hatte.

Nun, davon war nichts oder doch nichts mehr zu sehen. Kein Baum, kein Gebüsch, kein Strauch überragte die trostlose Fläche. Von den bewaldeten Hügeln, zwischen denen das Dorf Klock-Klock liegen sollte, bemerkten wir keine Spur, von den Bächen, aus denen die Leute von der *Jane* ihren Durst nicht zu stillen wagten, entdeckten wir keinen einzigen ... nicht einmal einen Tropfen gewöhnliches oder andersartiges Wasser ... Überall die entsetzliche, abstoßende, vollkommenste Trockenheit.

Hunt ging inzwischen, ohne je zu zaudern, raschen Schrittes dahin. Es sah aus, als führte ihn ein natürlicher Instinkt, wie die Schwalben, die Wandertauben, die den kürzesten Weg zu ihrem Nest – »im Bienenflug«, sagen wir in Amerika – zurückfinden. Ich weiß nicht, welche Ahnung uns trieb, ihm wie dem erprobtesten Führer, wie einem Chingachook und anderen, zu folgen. Doch ist das ja nicht so erstaunlich, war er doch ein Landsmann jener Helden von Fenimore Cooper.

Ich hebe aber nochmals hervor, dass wir die von Arthur Pym geschilderte fabelhafte Landschaft hier nicht vor Augen hatten. Unser Fuß schritt nur über verwilderten, erschütterten Erdboden hin. Er sah schwarz, ja so schwarz aus, als wäre er durch die Wirkung plutonischer Kräfte aus den Eingeweiden der Erde heraufgeschleudert worden. Man hätte an eine entsetzliche und übermächtige Umwälzung denken können, die seine ganze Oberfläche durcheinandergeschüttelt hätte.

Auch von den in dem Bericht erwähnten Tieren sahen wir kein einziges Exemplar, weder von den Enten der *Anas valisnaria*-Art noch von den Galapagos-Schildkröten, den schwarzen Fischenten, den schwarzen, in ihrer Gestalt den Bussarden ähnlichen Vögeln oder von den schwarzen Schweinen mit Schwanzquaste und Antilopenbeinen, den Schafen mit schwarzem Vlies und den Albatrossen mit schwarzem Gefieder. Selbst die im antarktischen Gebiet sonst so zahlreichen Pinguine schienen aus dieser unbewohnbar gewordenen Gegend geflohen zu sein. Es war die schweigende, düstere Einsamkeit einer abschreckenden Wüstenei!

Und auch kein menschliches Wesen ... niemand ... im Innern der Insel so wenig wie am Ufer!

Hatten wir denn noch Aussicht, inmitten dieser Einöde Kapitän William Guy und die Überlebenden von der *Jane* zu finden?

Ich sah Kapitän Len Guy an. Sein bleiches Gesicht, seine tief gefurchte Stirn verrieten deutlich genug, dass seine Hoffnung zu schwinden begann.

Wir erreichten endlich das Tal, in dem früher das Dorf Klock-Klock gelegen hatte. Auch hier wie anderswo alles verlassen ... nicht eine einzige jener Wohnstätten – so elend sie immer gewesen sein mochten – noch irgendwelche »Yampoos«, die mittels eines großen schwarzen Fells hergestellt wurden, das auf einem vier Fuß über dem Boden abgeschnittenen Baumstamm ruhte; keine jener Hütten aus abgehauenen Zweigen oder jener Höhlen, die aus den Wänden des Hügels – einer schwarzen, der Walkererde ähnlichen Masse – ausgebrochen waren. Und der plätschernde Bach am Abhang der Schlucht, wo war er, wohin entleerte er sein geheimnisvolles Wasser, das über einen schwarzsandigen Grund hinströmte?

Was die tsalalische Bevölkerung angeht, jene fast nackt auftretenden Männer, von denen nur einzelne mit einem schwarzen Fell bekleidet, von denen aber alle mit Spießen und Keulen bewaffnet waren, jene schlanken, großen, wohl gebauten Frauen, »mit einer Grazie und Ungezwungenheit des Auftretens, wie man es in keiner zivilisierten Gesellschaft wiederfindet«, die große Kinderschar, die sie begleitete ... ja, was war aus dieser ganzen Welt von schwarzhäutigen, schwarzhaarigen Eingeborenen mit den schwarzen Zähnen geworden, aus jenen Leuten, die von der weißen Farbe so schwer erschreckt wurden?

Vergeblich werd ich die Wohnstätte Too-Wits suchen, die aus vier großen, durch Holzbolzen zusammengehaltenen Fellen bestand, die an kleinen, in die Erde getriebenen Pflöcken befestigt waren. Ich konnte nicht einmal mehr die betreffende Stelle finden! Und doch war es hier gewesen, wo William Guy, Arthur Pym, Dirk Peters und ihre Gefährten mit einer gewissen Ehrerbietung aufgenommen worden waren, während eine Schar Insulaner sich vor der Hütte drängten. Hier war es, wo die Mahlzeit aufgetragen wurde, wobei es noch zuckende Eingeweide eines unbekannten Tieres gab, die Too-Wit und die Seinen mit widerlicher Gier verschlangen …

Jetzt ging mir plötzlich ein Licht auf. Es war wie eine Offenbarung. Ich erriet, was mit der Insel vorgegangen war, was der Grund für diese Vereinsamung, die Ursache des Durcheinanders war, dessen Spuren der Erdboden zeigte.

»Ein Erdbeben!«, rief ich. »Ja, hierzu genügten zwei bis drei furchtbare Stöße, die so gewöhnlich in Gebieten sind, unter die das Meer eindringt. Da brechen sich eines Tages die Dämpfe unter immer höherem Druck einen Ausweg und vernichten alles an der Erdoberfläche …«

»Ein Erdbeben hätte an dieser Stelle die Insel Tsalal verwüstet?«, murmelte Kapitän Len Guy.

»Gewiss, Herr Kapitän, es hat die eigenartige Vegetation vernichtet, die Bäche mit der merkwürdigen Flüssigkeit und alle die Naturwunder weggefegt, die in der Tiefe der Erde begraben sind und von denen wir keine Spur mehr finden werden. Hier ist nichts mehr von dem zu sehen, was Arthur Pym einst an der gleichen Stelle gesehen hatte!«

Hunt, der näher getreten war, lauschte unseren Worten und hob und senkte den gewaltigen Kopf als Zeichen der Zustimmung.

»Sind diese Strecken des südlichen Meeres denn nicht vulkanischer Natur?«, fuhr ich fort. »Wenn die *Halbrane* uns nach Victoria-Land beförderte, würden wir da nicht die Finsternis und den Terror in vollem Ausbruch finden?«

»Wenn aber eine Eruption stattgefunden hätte«, bemerkte Martin Holt, »dann müssten wir doch Lavaströme finden.«

»Ich behaupte nicht, dass es zu einem Auswurf gekommen ist«, antwortete ich dem Segelwerksmaat, »sondern nur, dass der Boden durch ein Erdbeben durcheinandergerüttelt worden ist.«

Eine nähere Erwägung musste meine Anschauung als vorstellbar erscheinen lassen.

Da erinnerte ich mich noch daran, dass Tsalal nach Arthur Pyms Angabe zu einer sich nach Westen fortsetzenden Inselgruppe gehörte.

Entging sie damals der Vernichtung, so war es möglich, dass die tsalalische Bevölkerung sich auf eine der Nachbarinseln geflüchtet hatte. Es erschien also angezeigt, diesen Archipel zu untersuchen, wo die Überlebenden von der *Jane*, nachdem sie Tsalal verlassen hatten, das gewiss keinerlei Lebensgrundlagen mehr bot, Zuflucht gefunden haben konnten.

Ich teilte das Kapitän Len Guy mit.

»Ja«, rief er, und große Tränen perlten ihm aus den Augen, »ja, das ist möglich! Und doch, wo hätten mein Bruder und seine unglücklichen Gefährten Mittel zur Flucht hernehmen sollen ... ist es nicht wahrscheinlicher, dass sie bei der Erderschütterung umgekommen sind?«

Ein Wink von Hunt veranlasste uns, ihm zu folgen.

Nachdem er zwei Flintenschuss weit in dem Tal vorgedrungen war, blieb er stehen.

Welch ein Bild zeigte sich da vor unseren Blicken!

Hier lag ein Haufen von Knochenresten, von Armknochen, Oberschenkeln, Wirbeln – kurz, von Trümmern menschlicher Skelette, und ohne einen Fetzen Fleisch, ein Häufchen Schädel noch mit einzelnen Haarbüscheln darauf... eine ungeordnete Menge Knochen, die an dieser Stelle gebleicht waren. Der entsetzliche Anblick erfüllte uns mit Schauder und Schrecken.

Lagen hier die sterblichen Überreste der auf mehrere Tausend geschätzten Bevölkerung der Insel? Doch wenn die Bewohner bei jenem Erdbeben bis zum letzten Mann umgekommen waren, wie erklärte es sich, dass diese Trümmer über der Erde verstreut und nicht in ihrem Innern begraben lagen? Und konnte man wohl annehmen, dass diese Eingeborenen, Männer, Frauen, Kinder und Greise, an dieser Stelle überrascht worden wären und keine Zeit gefunden hätten, mit ihren Booten zu den andern Inseln der Gruppe zu fliehen? Wir standen regungslos, erschüttert, verzweifelt, unfähig, ein Wort hervorzubringen!

»Mein Bruder ... mein armer Bruder!«, schluchzte Kapitän Len Guy und kniete nieder.

Bei reiflicher Überlegung fiel mir doch manches auf, was ich mich zu glauben weigerte. Wie war diese Katastrophe mit den Bemerkungen in Pattersons Notizbuch in Einklang zu bringen ...? Die sagten ausdrücklich, dass der Zweite Offizier der *Jane* seine Gefährten vor sieben Monaten auf der Insel Tsalal zurückgelassen hatte. Sie konnten also bei dem Erdbeben nicht umgekommen sein, das nach dem Aussehen der Knochen zu schließen vor mehreren Jahren und nach der Abfahrt von Arthur Pym und Dirk Peters stattgefunden haben musste, da der Bericht es nicht erwähnt.

Diese Tatsachen waren wirklich unvereinbar. Erfolgte das Erdbeben erst in neuerer Zeit, so konnte die schon ganz gebleichten Skelette nicht darauf zurückzuführen sein. Jedenfalls waren die Überlebenden von der *Jane* nicht unter den Knochenresten. Doch ... wo waren sie dann?

Da das Tal von Klock-Klock sich auch noch weiter erstreckte, mussten wir umkehren, um den Weg zum Ufer wieder einzuschlagen.

Kaum eine halbe Seemeile hatten wir an dem Abhang zurückgelegt, als Hunt nochmals vor einzelnen Knochenresten, die schon halb zu Staub zerfallen waren und nicht von einem Menschen zu stammen schienen, stehen blieb. Waren das Überreste eines jener seltsamen, von Arthur Pym beschriebenen Tiere, von denen wir keines erblickt hatten?

Ein Schrei oder richtiger eine Art wildes Grunzen kam aus Hunts Mund. In seiner großen Hand, die er uns entgegenstreckte, hielt er ein metallenes Halsband.

Ja ... ein Halsband aus Kupfer, ein durch Oxidation halb zerfressenes Halsband, auf dem noch einige eingravierte Buchstaben lesbar waren.

Tiger. – Arthur Pym.

Tiger! Das war der Neufundländer, der seinem Herrn das Leben gerettet hatte, als dieser im Frachtraum der *Grampus* versteckt lag. Tiger, der Symptome von Tollwut gezeigt hatte ... Tiger, der bei der Meuterei dem Matrosen Jones, den Dirk Peters gleich darauf erledigte, an die Kehle gesprungen war! ...

Das treue Tier war beim Schiffbruch der *Grampus* also nicht umgekommen. Man hatte es gleichzeitig mit Arthur Pym und dem Mestizen an Bord der *Jane* gerettet. Und doch erwähnt der Bericht hiervon nichts, ja, seit dem Überfall auf die Goélette ist von dem Hund gar nicht mehr die Rede. In meinem Innern drängten sich tausend Widersprüche. Ich wusste die Tatsachen nicht zusammenzureimen. Nur das stand außer Zweifel, dass Tiger mit Arthur Pym beim Schiffbruch dem Tod entgangen, dass er diesem auf die Insel Tsalal gefolgt und auch beim Einsturz des Hügels bei Klock-Klock nicht umgekommen war und dass er schließlich den Tod bei der Katastrophe gefunden hatte, die einen Teil der tsalalischen Bevölkerung vernichtete.

William Guy und seine fünf Matrosen konnten sich aber keinesfalls unter den Skeletten befinden, da sie, wie schon gesagt, bei Pattersons Abfahrt, also vor sieben Monaten, noch lebten und jene Katastrophe mehrere Jahre zurücklag.

Drei Stunden später waren wir, ohne eine weitere Entdeckung gemacht zu haben, an Bord der *Halbrane* zurück. Kapitän Len Guy begab sich in seine Kabine, schloss sich darin ein und erschien nicht einmal zum Abendessen.

Ich hielt es für besser, seinen Schmerz zu achten, und bemühte mich gar nicht, ihn heute wiederzusehen.

Am nächsten Tag verlangte es mich aber, noch einmal auf die Insel zu gehen, diese von einem Ufer bis zum andern zu durchsuchen, und ich bat deshalb den Leutnant, mich dahin übersetzen zu lassen.

Jem West stimmte zu, nachdem er sich die Erlaubnis von Kapitän Len Guy geholt hatte, der davon absah, uns zu begleiten.

Hunt, der Hochbootsmann, Martin Holt und ich, wir nahmen im Boot, diesmal ohne Waffen, Platz, denn wir hatten ja nichts zu fürchten. Nach der Landung an derselben Stelle wie am Vortag führte uns Hunt noch einmal zu dem Hügel von Klock-Klock.

Dort angekommen, stiegen wir zu der engen Schlucht hinab, wo Arthur Pym, Dirk Peters und der Matrose Allen getrennt von William Guy und ihren Kameraden durch den Spalt eingedrungen waren, der sich in der seifigen Bergmasse, einer Art mürbem Steatit, gebildet hatte.

Hier sah man jetzt nichts mehr von den Bergwänden, die beim Erdbeben verschwunden sein mochten, auch nichts von dem Spalt, dessen früheren Eingang einige Haselnusssträucher beschatteten, noch etwas von dem dunklen Gang, in dem Allen erstickt war, oder von der Terrasse, von der aus Arthur Pym und der Mestize den Angriff der Boote der Eingeborenen auf die Goélette und die Explosion beobachtet hatten, die Tausende von Opfern forderte.

Es war auch nichts mehr übrig von dem künstlich zum Einsturz gebrachten Hügel, wo der Kapitän der *Jane*, sein Zweiter Offizier Patterson und die fünf Matrosen noch glücklich mit dem Leben davongekommen waren.

Ebenso wenig fand sich etwas von dem Labyrinth, dessen Windungen und Wände Buchstaben bildeten, die wieder Wörter darstellten, die in einem Satz des Textes von Arthur Pym wiederkehren, eines Satzes, dessen erste Zeile so viel bedeutet wie »Weißes Wesen« und die zweite »Südgebiet«.

Der Hügel, das Dorf Klock-Klock und alles, was der Insel Tsalal ein übernatürliches Aussehen verlieh, war also verschwunden. Jetzt wird sich das Geheimnis jener fremdartigen Entdeckungen niemandem je enthüllen.

Uns blieb weiter nichts übrig, als am östlichen Ufer entlang auf die Goélette zurückzukehren.

Hunt führte uns dabei an der Stelle vorüber, wo die Schuppen zur Aufbereitung der Seekühe errichtet worden waren. Wir fanden davon auch noch dürftige Überbleibsel. Ich brauche wohl nicht zu bemerken, dass jetzt kein *Tekeli-li* an unsere Ohren drang – jener Ruf, den die Insulaner und die riesigen schwarzen Vögel in der Luft gleichmäßig ausstießen. Überall Schweigen und Einöde!

Ein letzter Halt wurde an der Stelle gemacht, wo Arthur Pym und Dirk Peters sich des Boots bemächtigt hatten, das sie zu den höchsten Breiten hinauftrug ... bis zu jenem Horizont düsterer Nebel, wo, wenn er gelegentlich zerriss, die große menschliche Gestalt, der weiße Riese, auftauchte.

Die Arme gekreuzt, schien Hunt das unermessliche Meer vor uns mit den Augen zu verzehren.

»Nun, Hunt?«, redete ich ihn an.

Der Mann hörte mich wohl kaum, er wandte nicht einmal den Kopf nach mir um.

»Was tun wir noch hier?«, fragte ich und berührte seine Schulter.

Da erbebte er unter meiner Hand und warf mir einen Blick zu, der mir bis ins Herz drang.

»Vorwärts, Hunt«, rief Hurliguerly, »willst du denn auf diesem Felsblock Wurzeln schlagen? – Siehst du nicht, dass uns die *Halbrane* da draußen erwartet? – Vorwärts! Morgen segeln wir ab. Hier gibt es für uns nichts mehr zu tun!«

Es schien mir, als ob Hunts zitternde Lippen das Wort »nichts« wiederholten, während seine Haltung gegen die Mahnung des Hochbootsmanns protestierte.

Das Boot führte uns zum Schiff zurück.

Kapitän Len Guy hatte seine Kabine nicht verlassen. Jem West, an den kein Befehl zum Ankerlichten ergangen war, ging wartend auf dem Hinterdeck auf und ab.

Ich setzte mich am Fuß des Großmasts nieder und betrachtete das vor uns weit offen liegende Meer.

In diesem Augenblick trat Kapitän Len Guy bleich und mit verstörten Zügen aus dem Deckhaus.

»Mister Jeorling«, begann er, »ich habe alles getan, was zu tun möglich war. Kann ich bezüglich meines Bruders William und seiner Gefährten noch weitere Hoffnung hegen ...? Nein ... wir müssen umkehren, ehe der Winter uns überrascht ...«

Kapitän Len Guy erhob sich und warf einen letzten Blick auf die Insel Tsalal. »Morgen, Jem«, sagte er, »fahren wir ganz frühzeitig ab.«

Da ertönten von einer tiefen Stimme die Worte:

»Und Pym ... der arme Pym ...?«

Ich erkannte diese Stimme wieder. Es war dieselbe, die ich unlängst im Traum gehört hatte!

ZWEITES BUCH

ERSTES KAPITEL

Was Wird aus Pym?

Der Entschluss von Kapitän Len Guy, schon morgen den Ankerplatz der Insel Tsalal zu verlassen und wieder nach Norden zu segeln, die bisherige Erfolglosigkeit unserer Fahrt und der Verzicht auf eine Suche nach den Schiffbrüchigen von der englischen Goélette in anderen Teilen des Antarktischen Meeres ... all das beunruhigte mich in heftigster Weise.

Die *Halbrane* sollte die sechs Leute, die sich Pattersons Aufzeichnungen zufolge noch vor wenigen Monaten in diesem Gebiet befanden, wirklich ihrem Schicksal überlassen ...? Ihre Besatzung sollte nicht bis zum Äußersten den Verpflichtungen nachkommen, die die Menschlichkeit ihr auferlegte ...? Sollte sie nicht auch das Unmögliche versuchen, um die Insel oder das Festland zu finden, wohin sich die Überlebenden von der *Jane* vielleicht hatten flüchten können, als sie die unbewohnbar gewordene Insel Tsalal verlassen mussten?

Zudem hatten wir jetzt erst Ende Dezember – es war kurz vor Weihnachten – und befanden uns also eigentlich am Anfang der schönen Jahreszeit, sodass uns zu einer Fahrt durch die Südpolarmeere noch zwei volle Monate blieben. Jedenfalls hatten wir Zeit genug, vor Eintritt der schlechten Jahreszeit den Polarkreis wieder zu erreichen – und jetzt ... jetzt rüstete sich die *Halbrane* schon, nach Norden hin zu steuern!

Das waren zwar viele günstige Momente für die Fortsetzung unserer Fahrt, ich muss aber zugeben, dass andere, und zwar solche, die sich auf recht gewichtige Gründe stützten, auch dagegen sprachen.

Bis zum heutigen Tag war die *Halbrane* noch nie auf gut Glück hinausgesegelt. Indem sie den von Arthur Pym angegebenen Weg einhielt, steuerte sie einem ganz bestimmten Punkt, der Insel Tsalal, zu. Der unglückliche Patterson bestätigte ebenfalls, dass Kapitän William Guy und die fünf dem Hinterhalt bei Klock-Klock entronnenen Matrosen auf dieser ihrer Lage nach bekannten Insel gefunden werden würden. Nun hatten wir sie hier aber nicht gefunden, wie wir überhaupt keine Menschenseele von der eingeborenen Bevölkerung gefunden hatten, die bei einer noch unerklärlichen Katastrophe zu einer uns unbekannten Zeit zugrunde gegangen war. War es auch ihr gelungen, bei der nach dem Abgang von Patterson eingetretenen Katastrophe, die also höchstens sieben bis acht Monate zurückliegen musste, noch zu entfliehen?

Auf jeden Fall spitzte sich die Frage auf folgendes einfache Dilemma zu: Entweder waren die Leute von der *Jane* dabei umgekommen, und die *Halbrane* musste ohne Zögern zurücksegeln, oder sie lebten auch jetzt noch, und dann durften wir die Nachforschungen nach ihnen nicht aufgeben.

Hielt man sich an diese zweite Möglichkeit, so konnten wir gar nichts anderes tun, als die in dem Bericht erwähnte, im Westen gelegene Gruppe, die das Erdbeben vielleicht verschont hatte, Insel für Insel abzusuchen. Gab es diese Gruppe aber auch nicht mehr, so konnten sich die Flüchtlinge von der Insel Tsalal doch auf irgendein anderes Land des Südpolargebiets gerettet haben. Sollte es jetzt keinen der zahlreichen Archipele mehr geben, die das Boot von Arthur Pym und dem Mestizen im freien Meer hier gesehen hatte ... obgleich niemand wusste, wie weit hinauf sie gekommen waren?

Wurde ihr Boot freilich bis über den 84. Breitengrad hinaufgetragen, wo hätten sie dann landen können, da keine Insel, kein Festland hier die unermessliche Wasserfläche überragte? Ich muss hier auch nochmals darauf verweisen, dass das Ende des Berichts nur seltsame, unwahrscheinliche, wirre Angaben enthält, die wohl nur auf der Einbildung eines halb kranken Gehirns beruhten. Wie nützlich wäre uns jetzt Dirk Peters gewesen, wenn es Kapitän Len Guy damals geglückt wäre, ihn in seinem Versteck in Illinois aufzuspüren und dazu zu bringen, sich auf der *Halbrane* einzuschiffen!

Doch um auf die Hauptfrage zurückzukommen: Wer hätte in dem Fall, dass eine Fortsetzung der Fahrt beschlossen wurde, sagen können, wohin die Goélette in dieser geheimnisvollen Gegend steuern sollte? War sie nicht darauf angewiesen, möcht' ich sagen, ins Blaue hinaus zu segeln?«

Dann gab es noch eine andere Schwierigkeit: Würde die Mannschaft der *Halbrane* zustimmen, die Gefahren einer solchen Seereise ins Unbekannte auf sich zu nehmen, noch weiter zum Pol zu vorzudringen und dann vielleicht auf einen unüberwindlichen Eiswall zu treffen, wo es doch darum ging, die Gewässer Amerikas oder Afrikas wieder zu erreichen?

Noch einige Wochen, und der antarktische Winter musste ja mit seinem Gefolge von Sturm und Frost hier wieder einziehen. Das jetzt tatsächlich offene Meer würde über und über zufrieren und ganz unbefahrbar werden. Musste es nicht die Mutigsten zurückschrecken, sieben bis acht Monate lang im Eis eingeschlossen zu sein, ohne die Aussicht, irgendwo landen zu können? Hatten die Vorgesetzten unserer Leute das Recht, deren Leben aufs Spiel zu setzen auf die ganz vage Hoffnung hin, die auf der Insel Tsalal nicht gefundenen Überlebenden von der *Jane* zu retten?

Das mochte Kapitän Len Guy seit dem Vortag erwogen haben. Mit gebrochenem Herzen und ohne jede Aussicht, seinen Bruder und seine Landsleute zu finden, hatte er deshalb mit vor Erregung zitternder Stimme befohlen:

»Morgen in aller Frühe absegeln!«

Meiner Empfindung nach brauchte er ebenso viel moralischen Mut, jetzt umzukehren, wie er durch eine weitere Fortsetzung der Fahrt bewiesen hätte. Jetzt hatte er aber seinen Entschluss gefasst, und er wusste gewiss auch den unsagbaren Schmerz zurückzuhalten, den ihm der Misserfolg unserer Reise bereitete.

Ich selbst empfand, offen gestanden, etwas wie eine wirkliche Enttäuschung darüber, dass unsere Fahrt ein so betrübliches Ende nehmen sollte. Nachdem ich einmal so fest mit den Schicksalen und Zielen der *Halbrane* verwachsen war, hätte ich gewünscht, dass die Nachforschungen fortgesetzt würden, solange dazu in diesem unwirtlichen Erdenwinkel eine Möglichkeit bestand.

Wie viele Seefahrer an unserer Stelle hätten sich jetzt entschlossen, das geografische Problem des Südpols zu lösen! Die *Halbrane* befand sich ja schon »weiter oben«, als die Schiffe von Weddell und Arthur Pym gelangt waren, da die Insel Tsalal weniger als 7° von dem Punkt entfernt lag, wo sich die Erdmeridiane kreuzen. Kein Hindernis schien sie davon abzuhalten, auch die allerhöchste Breite zu erreichen. Dank der ausnehmend günstigen Witterung führten Winde und Strömungen sie vielleicht bis zum Endpunkt der Erdachse, von dem sie nur noch vierhundert Seemeilen entfernt war. Reichte das offene Meer bis dahin, so war das das Werk weniger Tage; dehnte sich dort ein Festland aus, so bedurfte es vielleicht einiger Wochen ... In der Tat dachte aber niemand von uns an den Südpol, und um dessen Entdeckung willen hatte die *Halbrane* den Gefahren des Antarktischen Ozeans nicht Trotz geboten!

Auch angenommen, Kapitän Len Guy hätte bei dem Wunsch, seine Nachforschungen fortzusetzen, die Zustimmung von Jem West, dem Hochbootsmann und der alten Mannschaft gefunden, so war es noch gar nicht ausgemacht, dass er die zwanzig auf den Falklands neu angeworbenen Leute, deren Missstimmung der Segelwerksmaat Hearne eifrig schürte, zu dem gleichen Entschluss bewegen könnte. Nein, Kapitän Len Guy konnte sich unmöglich auf diese Leute – die Mehrheit der Mannschaft – verlassen, die er schon bis zur Höhe der Insel Tsalal hinaufgeführt hatte. Sie hätten sich sicherlich geweigert, noch höher in die antarktischen Gewässer weiterzufahren, und das war gewiss einer der Gründe, die unseren Kapitän veranlassten, wieder nach Norden zu steuern, und das trotz des quälenden Schmerzes, den er dabei empfinden mochte.

Wir betrachteten unsere Hinfahrt also als beendet; wer beschreibt aber unsere Überraschung, als wir da die Worte vernahmen:

»Und Pym ...? Der arme Pym ...?«

Ich drehte mich um.

Es war Hunt, der sie gesprochen hatte.

Regungslos am Deckhaus stehend, verschlang der seltsame Mann den Horizont mit den Blicken.

An Bord der Goélette war man so wenig gewöhnt, Hunts Stimme zu vernehmen – vielleicht waren das überhaupt die ersten Worte, die er seit seiner Einschiffung in aller Gegenwart gesprochen hatte –, dass die Neugier allein die Mannschaft zu ihm hintrieb. Sein ganz unvermutetes Auftreten schien – ich hatte wenigstens eine solche Ahnung – auf einer wunderbaren Eingebung zu beruhen.

Ein Wink von Jem West verscheuchte die Leute wieder zum Vorderdeck. Nur der Leutnant, der Hochbootsmann, der Segelwerksmaat

Martin Holt und der Kalfatermeister Hardy, die sich dazu berechtigt glaubten, blieben bei uns zurück.

»Was hast du gesagt?«, fragte Kapitän Len Guy, näher an Hunt herantretend.

»Ich sagte: Und Pym ...? Der arme Pym ...?«

»Und was bezweckst du damit, dass du uns an den Namen des Mannes erinnerst, dessen schädliche Ratschläge meinen Bruder bis zu dieser Insel gelockt haben, wo die *Jane* zerstört, der größte Teil seiner Leute niedergemetzelt wurde und wo wir nicht einen einzigen von denen, die noch vor sieben Monaten hier waren, mehr wiedergefunden haben?«

Hunt gab keine Antwort.

»So sprich doch ... sofort!«, rief Kapitän Len Guy, dem es das Herz zerriss, sodass er seine sonstige Ruhe nicht zu bewahren vermochte.

Hunts Zögern kam nicht daher, dass er nichts zu antworten gewusst hätte, sondern entsprang – wie sich noch weiter zeigen wird – einer gewissen Schwierigkeit, seine Gedanken auszudrücken. Diese erwiesen sich indes stets ganz bestimmt und klar, wenn er auch in jedem Satz stockte und es seinen Worten oft fast an jeder Verbindung fehlte. Kurz, er hatte eine besondere, zuweilen bilderreiche Ausdrucksweise, und seine Aussprache ließ deutlich den rauen Ton der Indianer des fernen Westens erkennen.

»Ja ...«, sagte er, »ich kann das nicht ordentlich erzählen ... die Sprache versagt mir ... verstehen Sie recht ... Ich habe von Pym, dem armen Pym gesprochen ... nicht wahr?«

»Gewiss«, erklärte der Leutnant kurz angebunden, »und was hast du uns über Arthur Pym zu sagen?«

»Ich meinte nur ... dass man ihn nicht im Stich lassen sollte.«

»Nicht im Stich lassen?«, rief ich erstaunt.

»Nein ... niemals!«, erklärte Hunt. »Bedenken Sie doch ... das wäre grausam ... zu grausam ... Wir müssen ihn suchen.«

»Ihn suchen?«, wiederholte Kapitän Len Guy.

»Verstehen Sie recht ... das war der Grund, warum ich mich auf der *Halbrane* mit eingeschifft habe ... ja ... um ihn ... den armen Pym ... wiederzufinden.«

»Und wo sollte er denn sein«, fragte ich, »wenn nicht tief in einem Grab auf dem Friedhof seiner Vaterstadt!«

»Nein ... er ist da, wo er geblieben ... ganz allein zurückgeblieben ist ...«, erwiderte Hunt, mit der Hand nach Süden weisend, »und seit der Zeit ist die Sonne schon elfmal über diesen Horizont wieder aufgestiegen!«

Hunt wollte damit offenbar die antarktischen Gebiete bezeichnen, doch was war eigentlich seine Absicht?

»Weißt du denn nicht, dass Arthur Pym tot ist?«, fragte Kapitän Len Guy.

»Tot!«, entgegnete Hunt, der dieses Wort mit einer ausdrucksvollen Bewegung begleitete. »Nein ... hören Sie mich an ... ich weiß es ... verstehen Sie mich recht ... er ist nicht tot!«

»Aber, Hunt«, fiel ich ein, »erinnern Sie sich doch ... im letzten Kapitel der Abenteuer von Arthur Pym berichtet Edgar Poe ja, dass er ein plötzliches und beklagenswertes Ende genommen hat!«

Auf welche Weise dieses merkwürdige Leben geendet hatte, davon sagt der amerikanische Dichter freilich nichts, und ich betone, das erschien mir von jeher verdächtig. Sollte das Geheimnis dieses Todes jetzt wirklich noch gelüftet werden, da Arthur Pym, wenn man Hunt Glauben schenken konnte, aus dem Polargebiet gar nicht zurückgekehrt war?

»Sprich, Hunt!«, befahl Kapitän Len Guy, der mein Erstaunen teilte. »Denk über alles nach ... lass dir Zeit ... und sag deutlich, was du zu sagen hast!«

Und während Hunt sich mit der Hand über die Stirn strich, als wollte er halb verlorene Gedanken sammeln, bemerkte ich zu Kapitän Len Guy:

»Es steckt etwas Eigenartiges in dem plötzlichen Auftreten dieses Mannes, und wenn er nicht ein Narr ist ...«

Der Hochbootsmann nickte zu diesen Worten, denn seiner Ansicht nach war Hunt nicht recht bei Verstand.

»Nein ... kein Narr ...«, rief dieser, »... die Narren sind da unten in der Prärie ... man schont sie, glaubt ihnen aber nicht ...! Aber mir ... mir muss man glauben ... Nein! Pym ist nicht tot!«

»Edgar Poe behauptet es aber«, antwortete ich.

»Ja, ja ... das weiß ich ... Edgar Poe ... aus Baltimore ... Er ... er hat aber den armen Pym niemals gesehen ... niemals!«

»Wie?«, rief Kapitän Len Guy. »Die beiden Männer haben einander gar nicht gekannt ...?«

»Nein!«

»Hat denn Arthur Pym seine Erlebnisse Edgar Poe nicht selbst erzählt?«

»Nein, Kapitän, bestimmt nicht!«, versicherte Hunt. »Der ... der da in Baltimore ... hat nichts gesehen als die Niederschriften, die Pym von dem Tag an aufgesetzt hat, wo er an Bord des *Grampus* versteckt war ... die er fortgesetzt hat bis zur letzten ... verstehen Sie mich recht ... bis zur allerletzten Stunde!«

Hunt fürchtete offenbar, nicht richtig verstanden zu werden, und wiederholte diese Mahnung deshalb immer wieder. Ich kann übrigens nicht leugnen, dass mir seine Erklärungen unglaubwürdig erschienen. Arthur Pym wäre, seiner Rede nach, also nie in Beziehungen zu Edgar Poe getreten? Der amerikanische Dichter hätte keine weiteren Unterlagen besessen als jene kurzen Anmerkungen, die während der ganzen, so unwahrscheinlichen Fahrt Tag für Tag fortgeführt worden waren?

»Wer hat ihm dann jenes Tagebuch überbracht?«, fragte Kapitän Len Guy, der Hunts Hand ergriff.

»Das war Pyms Begleiter ... der ihn wie einen Sohn liebte ... den armen Pym ... der Mestize Dirk Peters, der allein von da unten zurückkehrte.«

»Der Mestize Dirk Peters?«, rief ich verwundert.

»Ja.«

»Allein ...?«

»Ganz allein!«

»Und Arthur Pym wäre noch ...?«

»Dort!«, antwortete Hunt jetzt mit mächtiger Stimme, während er sich in Richtung nach Süden hinausbog, wohin sein Blick unablässig gefesselt war.

Vermochte eine solche Versicherung unseren allgemeinen Unglauben zu überwinden ...? Nein, gewiss nicht.

Martin Holt stieß Hurliguerly mit dem Ellbogen an, und beide schienen Hunt nur zu bemitleiden, während Jem West diesen betrachtete, ohne seine Empfindungen dabei zu verraten. Kapitän Len Guy sagte mir durch ein Zeichen, dass nichts Ernstes aus dem armen Teufel zu locken sei, dessen Geisteskräfte schon seit langer Zeit geschwächt sein müssten.

Und doch glaubte ich bei näherer Betrachtung von Hunt etwas wie Wahrhaftigkeit aus seinen Augen strahlen zu sehen.

Da beschloss ich, Hunt auszuforschen, ihm ganz bestimmte und dringliche Fragen zu stellen, die er, wie der Leser sehen wird, immer wieder in bejahendem Sinn, und ohne sich in Widersprüche zu verwickeln, beantwortete.

»Nun, guter Freund«, begann ich, »nachdem Arthur Pym von der *Grampus* aus aufgenommen worden war, ist er doch an Bord der *Jane* und mit Dirk Peters auf die Insel Tsalal gekommen?«

»Ja, freilich.«

»Und während eines Besuchs von Kapitän William Guy im Dorf Klock-Klock hat sich Arthur Pym mit dem Mestizen und einem der Matrosen von seinen übrigen Gefährten getrennt?«

»Ja«, antwortete Hunt, »mit dem Matrosen Allen, der gleich darauf unter den Steinmassen erstickte.«

»Dann haben beide von der Höhe des Hügels aus dem Angriff und der Zerstörung der Goélette zugesehen?«

»Jawohl.«

»Und einige Zeit darauf haben beide die Insel verlassen, nachdem sie sich eines Boots bemächtigt hatten, das die Eingeborenen ihnen nicht wieder abjagen konnten?«

»Sie sagen es.«

»Zwanzig Tage später schließlich, als sie bei der Dunstwand angelangt waren, wurden beide in den Abgrund des Kataraktes hinuntergestürzt?«

Hunt antwortete hierauf nicht bejahend ... er zauderte ... er murmelte unverständliche Worte. Mir schien es, als suchte er das halb erloschene Feuer seines Gedächtnisses wieder anzufachen. Endlich sah er mir ins Auge und schüttelte den Kopf.

»Nein ... nicht beide«, antwortete er. »Verstehen Sie mich recht ... Dirk Peters hat mir niemals gesagt ...«

»Dirk Peters?«, fragte Kapitän Len Guy erregt. »Hast du denn Dirk Peters gekannt?«

»Gewiss.«

»Wo denn?«

»In Vandalia ... im Staat Illinois.«

»Von ihm hast du erfahren, was du von jener Reise weißt?«

»Von ihm selbst.«

»Und er ist allein heimgekehrt ... allein ... von da unten ... wo er Arthur Pym zurückgelassen hat?«

»Ja ... allein.«

»So sprechen Sie doch ... sprechen Sie doch weiter!«, rief ich.

Ich kochte wirklich vor Ungeduld. Wie! Hunt hatte Dirk Peters wirklich gekannt, und dank dessen Mitteilungen wusste er Dinge, von denen ich glaubte, dass sie nie ein Mensch erfahren werde ...! Er kannte den Ausgang jener wahrhaft wundersamen Abenteuer?

In unterbrochenen, doch verständlichen Sätzen erklärte Hunt dann weiter:

»Ja ... da unten ... eine Dunstwand ... ein Vorhang ... hat mir der Mestize gesagt ... verstehen Sie mich recht ... Beide, Arthur Pym und er, befanden sich in dem Boot von Tsalal. Dann ist ein Eisblock ... eine ungeheure Eismasse ... auf sie zugetrieben ... Bei dem Anprall ist Dirk Peters ins Meer gefallen. Er hat sich aber an dem Eis anklammern und darauf in die Höhe klettern können ... und ... verstehen Sie mich recht ... von hier aus hat er gesehen, wie das Boot von der Strömung weit ... weit ... zu weit weggetrieben wurde. Vergebens hatte Pym versucht, wieder zu seinem Gefährten zu gelangen. Er hat es nicht geschafft ... das Boot trieb fort ... hinaus ... und Pym, der arme, liebe Pym ... wurde weit weggetragen. Er ... er war es, der nicht heimgekehrt ist und der noch immer da ... da draußen schmachtet!«

Wahrlich, wäre dieser Mann Dirk Peters selbst gewesen, er hätte nicht mit mehr Erregung und Kraft oder mit mehr Anteilnahme von dem »armen, lieben Pym« sprechen können!

Jedenfalls blieb jetzt eine Tatsache bestehen – und warum hätten wir daran zweifeln sollen? –, nämlich die, dass Arthur Pym und Dirk Peters von jener merkwürdigen Dunstwand voneinander getrennt worden waren.

Konnte auch Arthur Pym freilich bis in jene höchsten Breiten vordringen, wie war es seinem Gefährten Dirk Peters möglich gewesen, wieder nach Norden zu gelangen ... über das Packeis hinauszukommen ... den Polarkreis zu überqueren und nach Amerika zurückzukehren, wohin er jene Edgar Poe übergebenen Aufzeichnungen mitgebracht hatte?

Diese verschiedenen Fragen wurden einzeln an Hunt gerichtet, und er beantwortete alle in Übereinstimmung – wie er sagte – mit dem, was ihm der Mestize so viele Male erzählt hatte.

Nach dem, was er uns mitteilte, hatte Dirk Peters Pyms Tagebuch in der Tasche gehabt, als er sich auf den Eisblock rettete, und so wurde es erhalten und konnte dem amerikanischen Romandichter übergeben werden.

»Verstehen Sie mich recht«, wiederholte Hunt, »ich erzähle Ihnen die Dinge nur so, wie ich sie von Dirk Peters erfahren habe. Während die Strömung ihn wegtrieb, rief er aus Leibeskräften ... Pym, der arme Pym war aber bereits in der Dunstwand verschwunden. Der Mestize, der sich von rohen Fischen ernährte, die es ihm zu fangen gelang, wurde durch den Gegenstrom zur Insel Tsalal zurückgetragen, wo er halb tot vor Hunger an Land stieß.«

»Zur Insel Tsalal?«, rief der Kapitän. »Und seit wie langer Zeit hatte er diese verlassen?«

»Drei Wochen vorher ... jawohl ... höchstens drei Wochen ... hat mir Dirk Peters gesagt.«

»Dann muss er doch diejenigen, die von der Mannschaft der *Jane* noch übrig waren, dort getroffen haben«, fragte Kapitän Len Guy, »meinen Bruder William und die, die außer ihm mit dem Leben davongekommen waren?«

»Nein ...«, erwiderte Hunt. »Dirk Peters hat auch nichts anderes geglaubt, als dass sie bis zum letzten ... ja ... dass sie alle, alle zugrunde gegangen waren. Auf der Insel war niemand mehr!«

»Niemand?«, wiederholte ich, von dieser Behauptung ganz verblüfft.

»Niemand!«, erklärte Hunt nochmals.

»Doch die Bewohner von Tsalal ...?«

»Kein Mensch, sag ich Ihnen, keine Menschenseele! Eine öde ... ja ... eine verlassene Insel!«

Das widersprach gänzlich gewissen Tatsachen, deren wir uns sicher waren. Immerhin ließ es sich vielleicht dahingehend erklären, dass die Bevölkerung der Insel, als Dirk Peters wieder zurückkam, von einem unerklärlichen Schrecken ergriffen, schon auf der südwestlichen Inselgruppe Zuflucht gesucht, William Guy und seine Gefährten aber die Schluchten von Klock-Klock noch nicht verlassen hatten. Dann hätte der Mestize sie freilich nicht finden können und diese selbst hätten während ihrer elf Jahre auf der Insel von den Urbewohnern nichts mehr zu fürchten gehabt. Wenn sie freilich Patterson erst jetzt vor sieben Monaten verlassen und wir sie nicht wiedergetroffen hatten, mussten sie die Insel Tsalal inzwischen verlassen haben, wahrscheinlich weil diese ihnen nach dem Erdbeben keine Nahrung mehr bot.

»Als Dirk Peters also zurückkam«, ergriff der Kapitän wieder das Wort, »fand sich kein einziger Bewohner mehr auf der Insel?«

»Niemand ...«, wiederholte Hunt, »niemand! Der Mestize hat nicht einen einzigen Eingeborenen zu Gesicht bekommen.«

»Was tat Dirk Peters dann aber?«, fragte der Hochbootsmann.

»Verstehen Sie mich recht«, antwortete Hunt. »Ein verlassenes Boot war noch da ... hier am Ufer dieser Bucht. Es enthielt gedörrtes Fleisch und mehrere Fässer Süßwasser. Der Mestize sprang hinein. Ein Südwind ... ja, ein steifer Südwind, der mit der Gegenströmung auch schon seinen Eisblock zur Insel Tsalal getrieben hatte, führte ihn Woche um Woche am inneren Packeisrand entlang dahin, bis er endlich eine Durchfahrt entdeckte. Glauben Sie mir getrost – ich wiederhole ja nur, was mir Dirk Peters hundertmal erzählt hat – ja ... eine Durchfahrt, und dann überschritt er den Polarkreis.«

»Doch jenseits des Polarkreises?«, fragte ich.

»Unweit davon wurde er von einem amerikanischen Walfänger, dem *Sandy Hook*, aufgenommen und nach Amerika zurückgebracht.«

Auf diese Weise hatte also – die Angaben Hunts als verlässlich angenommen – jenes schreckliche Drama der antarktischen Gebiete, wenigstens in Bezug auf Dirk Peters, seine Lösung gefunden. In die Vereinigten Staaten heimgekehrt, war der Mestize mit Edgar Poe, dem damaligen Herausgeber des *Southern Literary Messenger*, in Verbindung gekommen, und aus den Aufzeichnungen von Arthur Pym war jener wundersame Bericht entstanden, kein Fantasiegebilde, wie man bisher glaubte, dem aber nur die letzte Lösung des Knotens fehlte.

Die erfundenen Zutaten in dem Werk des amerikanischen Schriftstellers bestehen wohl nur in den seltsamen Ereignissen, von denen die letzten Kapitel handeln, wenn nicht etwa Arthur Pym in der geistigen Verwirrung der letzten Stunden die wundersamen und übernatürlichen Erscheinungen jenseits des Dunstvorhangs selbst gesehen zu haben glaubte.

Doch sei dem, wie es will – eines stand nun fest: Edgar Poe hatte Arthur Pym überhaupt nicht kennengelernt. Aus diesem Grund ließ er seine Leser zuletzt auch in der nagenden Ungewissheit und hatte jenen »eines plötzlichen beklagenswerten Todes« sterben lassen, ohne etwas Näheres darüber anzugeben.

Doch wenn Arthur Pym nicht zurückgekehrt war, konnte man dann vernünftigerweise annehmen, dass er nicht sehr bald nach der Trennung von seinem Gefährten umgekommen war und dass er gar noch lebte, nachdem volle elf Jahre seit seinem Verschwinden vergangen waren?

»Ja ... ja ... dennoch!«, behauptete Hunt.

Das erklärte er mit der Überzeugung, die ihm Dirk Peters eingeflößt hatte, als beide in Vandalia im Staat Illinois wohnten.

Jetzt mussten wir uns nur noch fragen, ob denn Hunt seinen Verstand wirklich noch beisammen hatte. Offenbar war er es doch gewesen, der in einem Anfall von Erregung – daran zweifelte ich nicht – in meine Kabine eingedrungen war, wo er mir ins Ohr die Worte geflüstert hatte:

»Und Pym ...? Der arme Pym?«

Ja, ja ... ich hatte damals nicht geträumt.

Kurz, wenn alles, was Hunt gesagt hatte, der Wahrheit entsprach und er nur der getreue Übermittler der Geheimnisse war, die Dirk Peters ihm anvertraut hatte, konnte man ihm dann Glauben schenken, wenn er mit gleichzeitig bittender und befehlender Stimme sagte:

»Pym ist nicht tot . . .! Pym ist dort . . .! Man darf den armen Pym nicht im Stich lassen!«

Als ich mit meiner Befragung von Hunt zu Ende war, riss sich der tief erregte Kapitän Len Guy endlich aus seinem Nachsinnen los und befahl mit herrischer Stimme:

»Alle Mann aufs Hinterdeck!«

Als sich die Mannschaft der Goélette um ihn gesammelt hatte, begann er:

»Pass jetzt auf, Hunt, und denk daran, dass die Fragen ernst sind, die ich dir noch zu stellen habe!«

Hunt hob den Kopf und ließ die Blicke über die Matrosen der *Halbrane* schweifen.

»Du behauptest also, Hunt, alles, was du uns eben über Arthur Pym erzählt hast, sei völlig wahr?«

»Ja«, antwortete Hunt und bekräftigte seine Bestätigung noch durch eine bezeichnende Geste.

»Du hast Dirk Peters gekannt?«

»Jawohl.«

»Hast mit ihm mehrere Jahre in Illinois gelebt?«

»Neun volle Jahre.«

»Und er hat dir diese Dinge oft erzählt?«

»Wie ich schon sagte.«

»Du selbst zweifelst auch nicht daran, dass er die reine Wahrheit gesprochen hat?«

»Nicht im Mindesten!«

»Er glaubte, dass William Guy und seine Gefährten alle beim Einsturz der Hügel von Klock-Klock umgekommen sind?«

»Ja . . . und nach dem, was er mir erzählt hat, glaubte es Arthur Pym ebenfalls.«

»Wo hast du Dirk Peters zum letzten Mal gesehen?«

»In Vandalia.«

»Ist das schon lange Zeit her?«

»Zwei Jahre.«

»Und wer von euch beiden – du oder er – hat Vandalia zuerst verlassen?«

Hunt schien jetzt mit einer Antwort etwas zu zögern.

»Wir haben es zusammen verlassen«, sagte er schließlich.

»Und du, wohin wolltest du gehen?«

»Zu den Falkland-Inseln.«

»Und er?«

»Er!«, wiederholte Hunt.

Sein Blick schien zuletzt auf unserem Segelmeister Martin Holt haften zu bleiben, auf dem Mann, dem er während des Sturms das Leben mit dem Einsatz seines eigenen gerettet hatte.

»Nun«, begann Kapitän Len Guy wieder, »verstehst du, was ich frage?«

»Gewiss.«

»So antworte doch! Hat Dirk Peters, als er aus Illinois fortging, Amerika verlassen?«

»Ja.«

»Und wohin wollte er? Sprich ...!«

»Zu den Falkland-Inseln.«

»Und wo ist er jetzt?«

»Er steht vor Ihnen!«

ZWEITES KAPITEL

Der Beschluss

Dirk Peters ...! Hunt war der Mestize Dirk Peters ... der getreue Leidensgenosse von Arthur Pym, derselbe, den Kapitän Len Guy so lange und so erfolglos in den Vereinigten Staaten gesucht hatte und dessen Anwesenheit uns nun einen neuen Grund zur Fortsetzung unserer Fahrt bieten konnte.

Es würde mich nicht wundern, wenn der mit einigem Spürsinn begabte Leser aus den vorhergehenden Seiten meiner Schilderung in der Person von Hunt schon Dirk Peters erraten, wenn er einen solchen Theatercoup erwartet hätte, ja, ich gestehe, eher würd ich mich über das Gegenteil gewundert haben.

Es war ja natürlich, es lag fast auf der Hand, zu folgendem Gedankengang zu kommen: Wie konnte bei Kapitän Len Guy und mir, die wir Edgar Poes Buch mit der genauen Personenbeschreibung von Dirk Peters so oft gelesen hatten, der Verdacht ausbleiben, dass der Mann, der sich auf den Falklands eingeschifft hatte, und jener Mestize, ein und dieselbe Person waren? Bewies das unsererseits nicht einen bedenklichen Mangel an Scharfsinn? – Ich gebe das zu, und doch lässt es sich in gewissem Maße erklären.

Alles verriet zwar an Hunt eine indianische Abstammung, die auch die von Dirk Peters war, da er verwandtschaftlich zu dem Stamm der Upsarokas im fernen Westen gehörte, und das hätte uns wohl schon auf die richtige Fährte bringen können. Man vergegenwärtige sich aber die Umstände, unter denen Hunt sich Kapitän Len Guy vorgestellt hatte, Umstände, die einen Zweifel an seiner Identität fast ganz ausschlossen. Hunt lebte auf den Falkland-Inseln, sehr weit von Illinois, inmitten von Matrosen aller Nationalitäten, die auf die Fangzeit warteten, um an Bord eines Walfängers anzuheuern. Seit seiner Einschiffung hatte er uns gegenüber die größte Zurückhaltung gewahrt. Jetzt war es eigentlich das erste Mal gewesen, dass wir ihn reden hörten, und bisher hatte – wenigstens in seiner Haltung und seinem Betragen – nichts zu dem Glauben verleiten können, dass er seinen wahren Namen verheimlichte. Wir haben ja auch gesehen, dass er sich zu dem Namen Dirk Peters erst auf die letzten dringlichen Fragen unseres Kapitäns bekannte.

Hunt war freilich eine außergewöhnliche Erscheinung, ein seltsames Wesen, und musste schon deshalb einige Aufmerksamkeit erregen. Jetzt fiel mir selbst einiges auf, wie sein eigentümliches Verhalten, nachdem die Goélette den Polarkreis überschritten hatte und sie über das Wasser des freien Meeres hier hinsegelte, seine unablässig nach dem südlichen Horizont gerichteten Blicke, seine Hand, die sich durch eine instinktive Bewegung in dieselbe Richtung ausstreckte ... Ferner war es die Insel Bennet, die er schon besucht zu haben schien und auf der er ein Wrackstück von der Wand der *Jane* aufgehoben hatte, schließlich die Insel Tsalal ... Hier war er uns immer voraus, und wir waren ihm durch das zerstörte Land wie einem Führer gefolgt bis zur Stelle des ehemaligen Dorfs Klock-Klock am Eingang der Schlucht und in der Nähe des Hügels, wo sich einst die jetzt spurlos verschwundenen Labyrinthe kreuzten. Ja, all das hätte uns eigentlich die Augen öffnen und – wenigstens in mir – den Gedanken wachrufen müssen, dass Hunt in die Abenteuer von Arthur Pym wohl selbst mit verwickelt gewesen wäre.

Und doch, Kapitän Len Guy hatte ebenso wie sein Passagier Jeorling eine Binde vor den Augen. Ja, ja, ich gesteh es, wir waren beide blind, während uns doch gewisse Seiten in Edgar Poes Buch hätten recht hellsichtig machen müssen.

Zu bezweifeln war jetzt indes nicht mehr, dass Hunt wirklich Dirk Peters war. Obschon nun um elf Jahre älter, erschien er doch nun so, wie Arthur Pym ihn geschildert hatte. Freilich ist der wilde Ausdruck, von dem der Bericht spricht, nicht mehr erkennbar, doch auch nach Arthur Pym sollte jener ja nur auf »scheinbarer Wildheit« beruhen. Körperlich zeigte sich keine Veränderung – die untersetzte Gestalt, die kräftige Muskulatur, die Gliedmaßen »wie aus einer herkulischen Gießform hervorgegangen«, und seine Hände »so breit und so stark, dass sie die Form wie bei andern Menschen kaum noch bewahrt hatten«, seine Arme und krummen Beine, sein mächtiger Kopf und der breite, von einem Ohr zum andern reichende Mund und »seine Zähne, so lang, dass die Lippen sie immer nur teilweise bedeckten« – alles entsprach noch dem von Arthur Pym entworfenen Bild. Ich wiederhole, dass diese Personenbeschreibung wohl auf unseren Rekruten von den Falkland-Inseln zutraf; in seinem Gesicht fand man aber nicht mehr jenen Ausdruck, der, wenn er ein Zeichen der Heiterkeit war, nur das Zeichen einer »teuflischen Heiterkeit« sein konnte.

In dieser Beziehung hatte sich der Mestize mit den Jahren verändert; Erfahrung, Schicksalsschläge, die schrecklichen Ereignisse, deren Zeuge er gewesen – Ereignisse, wie Arthur Pym sagt, »die so gänzlich außerhalb der Grenzen des Dagewesenen lagen, dass kaum ein Mensch daran glauben möchte« – diese Erlebnisse waren auf Dirk Peters nicht ohne Einfluss geblieben. Jedenfalls war er aber der getreue Gefährte, dem Arthur Pym wiederholt seine Rettung zu verdanken hatte, derselbe Dirk Peters, der Pym wie einen Sohn liebte und der niemals die Hoffnung aufgegeben hatte, ihn inmitten der furchtbaren Einöden des Polargebiets noch einmal wiederzufinden.

Warum verheimlichte Dirk Peters auf den Falkland-Inseln seinen Namen, warum bewahrte er sein Inkognito auch noch seit der Einschiffung auf der *Halbrane*, warum sagte er nicht gleich, wer er war, da er doch die Absichten von Kapitän Len Guy kannte, dessen Bemühungen nur darauf gerichtet waren, seine Landsleute zu retten, indem er dem Weg der *Jane* folgte?

Warum ...? Ohne Zweifel aus Furcht, dass sein Name bei andern nur Abscheu erregen würde. War er es doch, der an den Schreckensszenen der *Grampus* beteiligt gewesen war ... der den Matrosen Parker getötet ... sich von dessen Fleisch ernährt, der mit dessen Blut seinen Durst gestillt hatte! Um seinen Namen offenzulegen, hätte er wenigstens im Voraus wissen müssen, dass die *Halbrane* es auf seine Mitteilungen hin unternehmen würde, nach Arthur Pym zu suchen.

Nachdem er also einige Jahre in Illinois verlebt hatte, hatte sich der Mestize auf die Falkland-Inseln begeben in der Absicht, die erste Gelegenheit zu ergreifen, die ihm eine Rückkehr in das tiefsüdliche Polarmeer versprach. Bei seinem Dienstantritt auf der *Halbrane* hoffte er, Kapitän Len Guy, nachdem dieser seine Landsleute auf der Insel Tsalal gerettet hatte, auch dazu bringen zu können, die Fahrt für Arthur Pym in noch höhere Breiten auszudehnen. Kein Mensch mit gesunden Sinnen hätte aber eingeräumt, dass jener Unglückliche nach elf Jahren noch am Leben sei. Das Überleben von Kapitän William Guy und seinen Gefährten war ja durch die Ressourcen der Insel Tsalal einigermaßen gesichert, und außerdem bewiesen Pattersons Aufzeichnungen, dass sich diese, als er von ihnen getrennt wurde, jedenfalls noch dort befanden. Dass aber Arthur Pym noch leben sollte, war doch zumindest viel unwahrscheinlicher.

Den Beteuerungen von Dirk Peters gegenüber – die übrigens noch in der Luft hingen – verhielt ich mich aber doch nicht so ungläubig, wie das in diesem Fall wohl angebracht schien. Nein! Als der Mestize ausrief: »Pym ist nicht tot …! Pym ist dort …! Man darf den armen Pym nicht im Stich lassen!«, da fand das in meinem Herzen einen lauten Widerhall.

Und dann dachte ich an Edgar Poe und fragte mich, was er wohl sagen, wie verlegen er sein würde, wenn die *Halbrane* den Mann mit zurückbrachte, dessen »plötzlichen und beklagenswerten Tod« er verkündet hatte.

Auf jeden Fall war ich seit dem Entschluss, an der Fahrt der *Halbrane* teilzunehmen, nicht mehr derselbe, der praktische, vernünftige Mann wie früher. Ja, für Arthur Pym fühlte ich mein Herz jetzt ebenso heftig schlagen wie das von Dirk Peters. Von der Insel Tsalal wieder nach Norden zu fahren, zum Atlantischen Ozean zu steuern, das erschien mir wie die Vernachlässigung einer Menschenpflicht, der Pflicht, einem Unglücklichen zu Hilfe zu eilen, der verlassen in den Eiswüsten des Polargebiets weilte.

Ein Gesuch freilich an Kapitän Len Guy, die Goélette in diesen Meeren noch weiter hinaufzuführen, der Besatzung neue Mühsal zuzumuten, nachdem sie schon so viele Gefahren völlig nutzlos überstanden hatte, das bedeutete wohl nur, abgewiesen zu werden, während es doch kaum meine Aufgabe war, diese Angelegenheit selbst zu betreiben. Und doch fühlte ich, dass Dirk Peters auf mich zählte, für seinen armen Pym mit einzutreten.

Der Erklärung des Mestizen folgte ein langes Schweigen. Gewiss kam es niemandem in den Sinn, an seiner Aufrichtigkeit zu zweifeln. Er hatte gesagt: »Ich bin Dirk Peters« – und er war es ganz bestimmt.

Was dann Arthur Pym anging, dass er nach Amerika nicht zurückgekehrt, von seinem einzigen Gefährten getrennt und in dem tsalalischen Boot zum Südpol hinaufgetrieben worden sei – das waren an und für sich anzunehmende Tatsachen, und nichts berechtigte zu einem Zweifel daran, dass Dirk Peters die Wahrheit gesagt hätte. Dass Arthur Pym aber noch immer am Leben sei, wie der Mestize behauptete, dass uns die Verpflichtung obliege, diesen zu suchen, wie er es verlangte, und dass wir uns so vielen neuen Gefahren aussetzen sollten – das war denn doch eine andere Frage.

Um Dirk Peters jedoch zu unterstützen, obwohl ich mich damit auf ein Feld zu begeben fürchtete, von dem ich beim ersten Anlauf zurückgetrieben würde, bezog ich mich auf die mit dem Wunsch des Mestizen ja vereinbarte Angelegenheit von Kapitän William Guy und seinen fünf Matrosen, von denen wir auf der Insel Tsalal doch auch keine Spur gefunden hatten.

»Ehe wir einen endgültigen Entschluss fassen, liebe Freunde«, so begann ich, »erscheint es mir doch ratsam, den Sachverhalt mit kaltem Blut zu betrachten. Würde es uns nicht für alle Zeit reuen, uns quälende Gewissensbisse bereiten, wenn wir unsere Expedition vielleicht in dem Augenblick aufgäben, wo ihr einige Aussicht auf Erfolg winkt? Überlegen Sie sich das, Herr Kapitän, und auch Ihr alle, liebe Leute! Vor kaum sieben Monaten wurden Ihre Landsleute von dem unglücklichen Patterson hier lebend zurückgelassen. Befanden sie sich zu dieser Zeit noch auf Tsalal, so ist das ein Beweis, dass ihnen die Insel elf Jahre hindurch genügend Existenzmittel geboten hatte, ohne dass sie weiter etwas von den Eingeborenen zu fürchten brauchten, von denen ein Teil unter uns unbekannten Umständen umgekommen war und ein anderer sich jedenfalls auf andere Inseln der hiesigen Gruppe geflüchtet hatte. Das alles liegt doch klar auf der Hand, und ich weiß nicht, was diesen Schlussfolgerungen entgegenzuhalten wäre.«

Auf meine Rede antwortete niemand – es war eben nichts darauf zu antworten.

»Haben wir den Kapitän der *Jane* und seine Leute hier nicht gefunden«, fuhr ich lebhafter werdend fort, »so liegt das daran, dass sie, nach Pattersons Verschwinden, in die Zwangslage gekommen sind, die Insel Tsalal zu verlassen. Meiner Ansicht nach jedenfalls deshalb, weil das Erdbeben diese so stark erschüttert hatte, dass sie unbewohnbar geworden war. Mit Hilfe eines Boots der Eingeborenen haben sie gewiss, unterstützt von der nach Süden verlaufenden Strömung, entweder eine andere Insel oder irgendeinen Punkt des antarktischen Festlands erreichen können. Ich glaube nicht zu viel zu behaupten, wenn ich sage, dass die Dinge sich in dieser Weise abgespielt haben werden. Jedenfalls aber weiß ich und wiederhole es hiermit, dass wir so gut wie nichts getan hätten, wenn wir jetzt unsere Nachforschungen aufgäben, von denen die Erlösung Ihrer Landsleute abhängt!«

Ich sah meine Zuhörer fragend an, erhielt aber noch immer keine Antwort.

Eine Beute tiefer Erregung, hatte Kapitän Len Guy den Kopf gesenkt; er fühlte gewiss, dass ich recht hatte, dass ich mit dem Hinweis auf unsere menschliche Pflicht den einzigen Weg beschrieb, den beherzte und mitfühlende Männer einzuschlagen hatten.

»Und worum geht es denn?«, fuhr ich nach kurzem Schweigen fort. »Nur darum, noch wenige Breitengrade zu durchsegeln, und das zu der Zeit, wo das Meer befahrbar ist und uns noch zwei Monate günstiger Witterung bevorstehen, ohne dass wir etwas vom antarktischen Winter zu fürchten haben, dessen Unbilden zu trotzen ich Sie gar nicht veranlassen möchte. Und wir sollten zaudern, wo die *Halbrane* mit Proviant reichlich versehen, ihre Mannschaft bei vollen Kräften und vollzählig ist, wo keine Krankheit an Bord ausgebrochen ist!? Wir sollten vor eingebildeten Gefahren zurückweichen ...? Wir sollten nicht den Mut haben, weiter dorthin ... dorthin zu gehen!«

Ich wies zum südlichen Horizont, ebenso wie Dirk Peters, der in fast befehlender Haltung den Arm in diese Richtung ausstreckte.

Jetzt waren aller Augen auf uns gerichtet, und dennoch erfolgte keine Antwort. Unzweifelhaft konnte die Goélette die Gewässer noch acht bis neun Wochen lang ohne besonderes Wagnis durchkreuzen. Wir hatten erst den 26. Dezember, und die früheren Forschungsreisen waren erst im Januar, Februar oder gar noch im März durchgeführt worden, wie die von Bellingshausen, Biscoe, Kendal und Weddell, die alle nach Norden zurücksegeln konnten, ehe ihnen der Frost jeden Ausgang versperrte. Wenn ihre Schiffe nicht bis in so hohe Breiten hinaufgelangt waren, wie es die *Halbrane* vorhatte, dann, weil sie auch nicht so begünstigt gewesen waren, wie wir das unter den gegebenen Umständen erwarten durften.

Ich wies auf das alles hin und wartete auf eine zustimmende Erklärung, für die anscheinend doch niemand die Verantwortung tragen wollte.

Allgemeines Schweigen ... alle Augen blicken zu Boden.

Und ich hatte doch nicht ein einziges Mal den Namen Arthur Pym ausgesprochen oder den Wunsch von Dirk Peters unmittelbar unterstützt. In diesem Fall hätte man mir wohl mit Achselzucken ... vielleicht gar mit persönlichen Drohungen geantwortet.

Ich fragte mich also, ob es – ja oder nein? – mir gelungen war, meinen Gefährten dieselbe Zuversicht einzuflößen, wie sie meine Seele erfüllte. Da ergriff Kapitän Len Guy endlich das Wort.

»Dirk Peters«, sagte er, »kannst du behaupten, dass ihr beide, Arthur Pym und du, nach der Abfahrt von Tsalal weiter im Süden noch andere Länder gesehen habt?«

»Gewiss ... Länder ...«, erklärte der Mestize, »Inseln oder ein Festland ... verstehen Sie mich recht ... und dort ... glaub' ich ... bin ich überzeugt ... dort wartet Pym, der arme Pym, dass ihm jemand zu Hilfe kommt ...«

»Dort, wo vielleicht auch William Guy und seine Leidensgenossen warten!«, rief ich, um das Gespräch auf ein weniger verfängliches Gebiet zurückzuleiten.

Waren diese Landgebiete schon einmal gesehen worden, so bot sich damit ein Ziel, das nicht so schwer zu erreichen sein konnte. Die *Halbrane* würde nicht aufs Geratewohl drauflossteuern, sondern dahin gehen, wo die Überlebenden von der *Jane* möglicherweise Zuflucht gefunden hatten.

Erst nach einigem Überlegen ergriff Kapitän Len Guy wieder das Wort.

»War der Horizont, Dirk Peters«, wandte er sich wieder an diesen, »jenseits des 84. Grads wirklich durch einen Dunst oder Nebelvorhang abgeschlossen, wie ihn der Bericht erwähnt? Hast du den Luftkatarakt gesehen, mit eigenen Augen gesehen ... und auch den Abgrund, in dem Arthur Pyms Boot verschwand?«

Nachdem er uns einen nach dem andern angesehen hatte, schüttelte der Mestize den Kopf.

»Ich weiß nicht ...«, stieß er hervor. »Was fragen Sie mich da, Kapitän? Ein Dunstvorhang? Ja ... vielleicht ... und auch Anzeichen von Land im Süden.«

Offenbar hatte Dirk Peters das Buch von Edgar Poe niemals vor Augen gehabt, er konnte vielleicht gar nicht lesen, und nachdem er Arthur Pyms Tagebuch übergeben hatte, hatte er sich um dessen Veröffentlichung nicht weiter gekümmert.

In Illinois und dann auf den Falkland-Inseln zurückgezogen lebend, hatte er von dem Aufsehen, das jenes Werk machte, ebenso wenig etwas erfahren wie von der fantastischen und unwahrscheinlichen Lösung, die unser großer Dichter jenen seltsamen Abenteuern gegeben hatte.

Kann es aber nicht sein, dass Arthur Pym, bei seiner Neigung zum Übernatürlichen, geglaubt hat, dass er all die wundersamen Dinge gesehen hatte, die nur Erzeugnisse seiner leicht erregbaren Fantasie gewesen waren?

Da ließ sich, seit dem Anfang dieses Gesprächs zum ersten Mal, die Stimme von Jem West vernehmen; doch hatte der Leutnant sich meiner Meinung angeschlossen, hatten meine Beweisgründe ihn überzeugt, und würde er schließlich für die Fortsetzung der Fahrt eintreten ...? Ich wusste es zunächst nicht.

Jedenfalls begnügte er sich vorläufig, zu fragen:

»Ihre Befehle ... Kapitän ...?«

Kapitän Len Guy wandte sich der Mannschaft zu. Die alten und die neuen Leute umringten ihn, während der Segelmeister Hearne sich etwas zurückhielt, gewiss bereit einzugreifen, wenn ihm das nötig erschien.

Mit den Blicken fragte Kapitän Len Guy den Hochbootsmann und dessen Kameraden, auf deren Ergebenheit er ja von vornherein rechnen konnte. Ob er aus ihrer Haltung aber die Zustimmung zur Fortsetzung der Reise erkannte, vermöchte ich nicht zu sagen, denn ich hörte nur, wie er die Worte flüsterte:

»Ach, wenn es nur von mir allein abhinge ...! Und wenn mir alle ihre Unterstützung zusicherten?«

Ohne allgemeine Zustimmung waren neue Nachforschungen in der Tat nicht zu unternehmen.

Jetzt ergriff Hearne das Wort.

»Kapitän«, sagte er in rauem Ton, »schon sind zwei Monate vergangen, seit wir die Falklands verlassen haben. Meine Kameraden sind aber nur zu einer Fahrt angeworben worden, die sie jenseits des Packeises nicht weiter als bis zur Insel Tsalal führen sollte!«

»Das nicht!«, rief Kapitän Len Guy, den diese Erklärung von Hearne tief erregte. »Nein, das nicht! Ich habe euch alle zu einer Reise angeworben, die ich berechtigt bin fortzusetzen, wohin es mir beliebt!«

»Entschuldigen Sie, Kapitän«, erwiderte Hearne trocken, »wir sind bereits an einem Punkt, an den noch kein Seefahrer gelangt ist, an den sich, außer der *Jane*, noch kein Schiff vorgewagt hat. Meine Kameraden und ich halten es nun für angezeigt, vor Eintritt der schlechten Witterung auf die Falkland-Inseln zurückzukehren. Dann mögen Sie noch einmal bis zur Insel Tsalal, und wenn es Ihnen gefällt, bis zum Pol fahren!«

Hier ertönte zustimmendes Gemurmel. Ohne Zweifel bildete der Segelmeister nur das Sprachrohr der Mehrheit, die gerade aus den neuen Leuten der Besatzung bestand. Gegen deren Haltung anzukämpfen, Leute, die nicht mehr gehorchen wollten, zum Gehorsam zu zwingen und sich unter diesen Umständen weit, weit in unbekanntes Polargebiet hinaufzuwagen, das wäre eine Tollkühnheit, ja noch mehr, eine Torheit gewesen, die mit einem Unglück enden musste.

Nun mischte sich aber Jem West ein, der auf Hearne zutrat und ihn fragte:

»Wer hat dir erlaubt zu sprechen?«

»Der Kapitän hat uns gefragt ...«, erwiderte Hearne. »Ich hatte das Recht, zu antworten.«

Diese Worte wurden in solch frechem Ton geäußert, dass der Leutnant – der sich gewöhnlich so gut zu beherrschen wusste – seinem Zorn schon freien Lauf lassen wollte, als Kapitän Len Guy ihn mit einem Wink aufhielt und sagte:

»Beruhige dich, Jem! Hier ist nichts zu machen, wenn wir nicht alle einer Meinung sind!«

Dann wandte er sich an den Hochbootsmann.

»Und was ist deine Ansicht von der Sache, Hurliguerly?«

»Die ist sehr einfach, Kapitän«, antwortete der Hochbootsmann. »Ich gehorche Ihren Befehlen, wie sie auch lauten mögen! Unsere Pflicht ist es, William Guy und die andern nicht im Stich zu lassen, solange wir noch einige Aussicht haben, sie zu retten.«

Der Hochbootsmann schwieg kurze Zeit, während einige der Matrosen, wie Drap, Rogers, Gratian, Stern und Burry, ihre Zustimmung ziemlich deutlich zu erkennen gaben.

»Was nun Arthur Pym angeht ...«, fuhr er dann fort.

»Hier geht es nicht um Arthur Pym«, unterbrach ihn der Kapitän auffallend heftig, »sondern um meinen Bruder William und seine Gefährten!«

Da ich bemerkte, dass Dirk Peters Einspruch erheben wollte, ergriff ich ihn am Arm, und obgleich er vor Ingrimm bebte, schwieg er doch.

Nein, das war nicht die rechte Zeit, auf Arthur Pym zurückzukommen. Meiner Ansicht nach blieb uns nichts anderes übrig, als der Zukunft zu vertrauen, die Zufälligkeiten der Fahrt bestens auszunützen und die Leute unbewusst, mehr instinktiv sich von der Sache einnehmen zu lassen. Jedenfalls glaubte ich, ich sollte Dirk Peters mit direkteren Mitteln zu Hilfe kommen.

Kapitän Len Guy hatte die Mannschaft weiter befragt. Er wollte die, auf die er rechnen konnte, einzeln und dem Namen nach wissen. Alle alten Leute stimmten seinen Vorschlägen zu und verpflichteten sich, nie an seinen Befehlen zu deuteln und ihm zu folgen, wohin er sie auch führen würde.

An diese braven Männer schlossen sich auch einige der Neuangeworbenen an, freilich nur drei, die englischer Abstammung waren. Die größere Zahl schien mir aber Hearnes Einstellung zu teilen. Für sie war die Fahrt der *Halbrane* mit der Insel Tsalal beendet; deshalb weigerten sie sich, noch weiter mitzufahren, und verlangten nachdrücklich, dass das Schiff wieder nach Norden steuere, um das Packeis noch in der allergünstigsten Jahreszeit zu passieren.

Diese Ansicht vertraten etwa zwanzig Männer, und es war kein Zweifel, dass Hearne ihren ehrlichen Empfindungen Ausdruck gegeben hatte. Wollte man sie trotzdem zwingen, bei den Manövern der Goélette, wenn diese südwärts segelte, mit Hand anzulegen, so hieß das so viel wie eine Meuterei herausfordern.

Um einen Sinneswandel bei den von Hearne beeinflussten Matrosen zu bewirken, gab es nur das Mittel, ihre Habgier zu reizen, die Saite des persönlichen Interesses zum Schwingen zu bringen.

Ich ergriff daher das Wort, und mit fester Stimme, die niemanden daran zweifeln lassen konnte, wie ernst es mir mit meinem Vorschlag war, begann ich:

»Ihr Seeleute von der *Halbrane*, hört mir zu! Wie schon mehrere Staaten für Entdeckungsreisen in den Polarmeeren Belohnungen ausgesetzt haben, so biete ich hiermit den Leuten unserer Goélette eine solche an. Ihr sollt für jeden Breitengrad, den wir über den 84. hinauf gelangen, zweitausend Dollar erhalten!«

Über siebzig Dollar für jeden Mann, das erschien doch verlockend.

Ich merkte, dass ich die Leute an der rechten Stelle getroffen hatte.

»Diese Zusage«, fügte ich hinzu, »werd ich Kapitän Len Guy schriftlich bestätigen; er soll euer Vertreter sein, und die verdiente Summe wird euch bei der Rückkehr, unter welchen Umständen sie auch immer verlaufen mag, ausgezahlt werden.«

Auf die Wirkung dieses Versprechens brauchte ich nicht lange zu warten.

»Hurra!«, rief der Hochbootsmann, wie um seine Kameraden zu begeistern, und fast einstimmig vermischten sich ihre Hurras mit den seinen.

Hearne erhob keinen weiteren Widerspruch – es stand ihm ja frei, mit Ratschlägen hervorzutreten, wenn die Umstände dafür günstiger waren.

Der Vertrag galt also als geschlossen, und um meine Ziele zu erreichen, hätte ich auch eine noch größere Summe geopfert.

Wir befanden uns jetzt nur noch 7° vom Südpol entfernt, und selbst wenn die *Halbrane* bis dorthin gelangte, konnte es mich doch nicht mehr als vierzehntausend Dollar kosten!

DRITTES KAPITEL

Die verschwundene Inselgruppe

Frühzeitig am Freitag, dem 27. Dezember, ging die *Halbrane* nach Südwesten zu wieder in See.

Der Dienst an Bord vollzog sich mit derselben Regelmäßigkeit wie gewöhnlich und brachte auch weder Gefahren noch besondere Anstrengungen mit sich. Das Wetter blieb immer schön und das Meer ruhig. Wenn das so weiterging, hoffte ich, dass der Keim der Auflehnung nicht zur Entwicklung kommen und Schwierigkeiten von dieser Seite nicht zu befürchten sein würden. Bei gröber angelegten Naturen ist ja die Gehirntätigkeit immer nur gering. Ungebildete und habgierige Menschen verlieren sich nicht leicht in Fantasien. Nur in der Gegenwart lebend, denken sie kaum an die Zukunft. Nur die brutale Tatsache, die ihnen die Wirklichkeit vor Augen rückt, vermag sie aus der Gedankenlosigkeit aufzurütteln.

Sollte es so weit kommen …?

Was Dirk Peters betrifft, so änderte dieser, auch nachdem er seine Identität aufgedeckt hatte, an seinem Verhalten nichts und blieb so schweigsam wie zuvor. Es verdient hier bemerkt zu werden, dass ihm die Mannschaft, nach der Aufklärung über seine Person, wegen der Vorgänge nach dem Untergang der *Grampus* nicht mit dem befürchteten Abscheu begegnete; die gegebenen Umstände ließen jene Vorgänge ja einigermaßen entschuldbar erscheinen. Auch vergaß wohl niemand, dass der Mestize allein Martin Holt das Leben gerettet hatte. Immerhin hielt er sich mehr abseits, aß in dem einen Winkel, schlief in einem andern und »segelte getrennt von der Besatzung«. Hatte er für dieses Verhalten noch einen uns bisher unbekannten Grund, den wir erst in Zukunft kennenlernen sollten …?

Nördliche Winde, die einst die *Jane* bis zur Insel Tsalal und das Boot von Arthur Pym noch um einige Grade darüber hinaus getrieben hatten, begünstigten jetzt auch die Fahrt der Goélette. Unter Backbordhalsen konnte Jem West alle Segel setzen lassen und bestens die frische, stetige

Brise ausnützen. Schnell durchfurchte unser Kiel das klare – nicht milchige – Wasser, in dem ein langer weißer Streifen unserem Schiff nachzog.

Nach dem gestrigen Auftritt hatte sich Kapitän Len Guy einige Ruhe gegönnt. Doch welche auf ihn einstürmenden Gedanken mögen ihn dabei gestört haben – einerseits die sich an die neuen Nachforschungen knüpfende Hoffnung und andererseits die Verantwortung für das Wagnis einer Fahrt durch das höchste Polarmeer!

Als ich ihm am andern Morgen auf dem Verdeck begegnete, während der Leutnant das Hinterdeck auf und ab schritt, rief er uns beide zu sich.

»Mister Jeorling«, begann er, »es hat mich die schwerste Überwindung gekostet, unsere Goélette nicht nach Norden zurückzuführen. Wohl fühlte ich, dass ich nicht alles getan hatte, um unsere unglücklichen Landsleute zu retten, ich begriff aber auch, dass die Mehrzahl der Mannschaft sich gegen eine Fahrt weiter nach Süden als Tsalal auflehnen würde ...«

»Ganz recht, Herr Kapitän«, antwortete ich, »es machten sich ja an Bord schon Anzeichen von Ungehorsam bemerkbar, der wohl zuletzt in eine Meuterei ausgeartet wäre ...«

»Eine Meuterei, die wir gewiss bald erstickt hätten«, erwiderte Jem West sehr kühl, »und hätt' ich Hearne, der die Widerwilligen immer aufreizt, auch den Schädel zertrümmern müssen ...«

»Und zwar mit Recht«, erklärte Kapitän Len Guy. »Doch was wäre nach einer solchen Bestrafung aus der Einigkeit geworden, die wir so nötig brauchen?«

»Mag sein, Kapitän«, sagte der Leutnant. »Es ist ja besser, dass die Geschichte ohne Gewalttätigkeiten abgegangen ist. In Zukunft mag sich Hearne aber hüten!«

»Seine Kameraden«, bemerkte Kapitän Len Guy, »sind jetzt durch die versprochene Belohnung geködert. Die Gewinnsucht wird sie ausdauernder und fügsamer machen. Mister Jeorlings Freigebigkeit hat da gesiegt, wo unsere Bitten wohl kaum etwas ausgerichtet hätten. Ich danke ihm dafür.«

»Herr Kapitän«, entgegnete ich, »schon auf den Falkland-Inseln hatte ich Ihnen meine Bereitschaft zu erkennen gegeben, mich an Ihrem Unternehmen mit einem gewissen Betrag zu beteiligen. Jetzt bot sich dazu eine Gelegenheit, ich habe sie ergriffen und verdiene doch dafür keinen Dank. Das gesteckte Ziel zu erreichen, Ihren Bruder und die fünf Matrosen von der *Jane* zu retten, das ist alles, was ich wünsche.«

Kapitän Len Guy reichte mir die Hand, die ich herzlich drückte.

»Sie werden bemerkt haben, Mister Jeorling«, fuhr er fort, »dass wir nicht genau nach Süden steuern, obwohl die von Dirk Peters gesichteten Länder oder die Spuren von Ländern doch gerade in dieser Richtung liegen sollen.«

»Das hab ich bemerkt, Herr Kapitän.«

»Hierzu«, fiel Jem West ein, »muss man aber wissen, dass Arthur Pyms Bericht von im Süden gelegenen Ländern nichts erwähnt und dass wir allein auf die Aussagen des Mestizen angewiesen sind.«

»Das ist richtig, Herr Leutnant«, antwortete ich, »doch liegt ein Grund vor, Dirk Peters zu misstrauen? Haben Sie an dem Verhalten des Mannes seit seiner Einschiffung etwas auszusetzen gehabt?«

»Dienstlich hab ich ihm überhaupt nichts vorzuwerfen«, versicherte Jem West.

»Und wir bezweifeln auch weder seinen Mut noch seine Ehrlichkeit«, erklärte Kapitän Len Guy. »Nicht nur die Art und Weise, wie er sich an Bord der *Halbrane* verhalten hat, sondern auch alles, was er an Bord des *Grampus* getan hat, berechtigen zu der guten Meinung ...«

»Die er sicherlich verdient!«, setzte ich hinzu.

Ich weiß nicht, warum ich den Mestizen so flammend verteidigte. Vielleicht – so sagte mir eine Ahnung – war es ihm vorbehalten, im Laufe dieser Fahrt eine besondere Rolle zu spielen, weil er mit solcher Sicherheit daran glaubte, dass wir Arthur Pym finden würden – eine Frage, die mich erstaunlich interessierte.

Immerhin geb ich gern zu, dass die Gedanken von Dirk Peters, soweit es sich um seinen alten Gefährten handelte, manchmal fast unsinnig erschienen, und Kapitän Len Guy wies auch wiederholt darauf hin.

»Wir dürfen nicht vergessen, Mister Jeorling«, sagte er, »dass der

Mestize die Hoffnung bewahrt, Arthur Pym habe, nachdem er ins weit südliche Meer verschlagen war, ein Landgebiet erreichen können, wo er noch heute lebt.«

»Noch lebt ... nach elf Jahren! Hier in der Polarwüste!«, rief Jem West dazwischen.

»Ich gebe gern zu, dass das kaum anzunehmen ist, Herr Kapitän«, antwortete ich. »Doch wäre es – recht überlegt – unmöglich, dass Arthur Pym weiter im Süden auf eine Insel, ähnlich wie Tsalal, gestoßen ist, wo doch William Guy und seine Gefährten dieselbe Zeit hindurch hatten ihr Leben fristen können?«

»Unmöglich ... nein, Mister Jeorling; wahrscheinlich ... das glaub ich nicht!«

»Und da wir uns einmal in Vermutungen ergehen«, sagte ich, »warum sollten Ihre Landsleute, als sie Tsalal verlassen und durch dieselbe Strömung fortgetragen worden waren, nicht Arthur Pym da gefunden haben, wo vielleicht ...«

Ich unterbrach mich; diese Vermutung wäre wohl, was ich auch anführen mochte, abgewiesen worden, und ich hatte keine Ursache, jetzt darauf zu bestehen, dass auch nach Arthur Pym gesucht werden sollte, wenn die Leute von der *Jane* – vorausgesetzt, dass das überhaupt gelang – gefunden worden wären.

Kapitän Len Guy kam jetzt auf den Anfang des Gesprächs zurück, das mehrfach abgeschweift war – »nicht übel laviert hatte«, wie der Hochbootsmann sagen würde – und sich nun seinem ersten Thema wieder zuwandte.

»Ich sagte also«, nahm Kapitän Len Guy es wieder auf, »dass es, wenn ich nicht direkt nach Süden ging, meine Absicht war, erst die Lage der Nachbarinseln von Tsalal, jener im Westen zu suchenden Gruppe, festzustellen.«

»Recht klug und weise!«, stimmte ich zu. »Vielleicht bekommen wir durch den Besuch dieser Inseln Beweise dafür, dass das Erdbeben erst in jüngster Zeit stattgefunden hat.«

»Daran besteht wohl kein Zweifel«, versicherte Kapitän Len Guy, »und zwar nachdem Patterson verschwunden war, da der Zweite Offizier der *Jane* seine Landsleute ja auf der Insel zurückgelassen hatte!«

Der Leser weiß, aus welch ernsten Gründen unsere Meinung hierüber niemals geschwankt hatte.

»Ist in dem Bericht von Arthur Pym«, fragte Jem West, »nicht von insgesamt acht Inseln die Rede?«

»Von acht«, bestätigte ich, »zumindest hat Dirk Peters das von dem Wilden gehört, den das Boot mit seinem Genossen und ihm selbst davontrug. Dieser Nu-Nu hat sogar behauptet, dass der Archipel eine Art Oberhaupt habe, einen König namens Tsalemon, der seinen Sitz auf der kleinsten Insel hatte, und das würde uns der Mestize wohl auf Verlangen bestätigen.«

»Da es außerdem möglich wäre«, fuhr Kapitän Len Guy fort, »dass die Verheerungen des Erdbebens sich nicht bis zu dieser Gruppe erstreckt hätten und sie noch bewohnt wäre, werden wir beim Näherkommen auf der Hut sein müssen.«

»Die Inseln können ja nicht weit entfernt liegen«, fügte ich hinzu. »Wer kann übrigens wissen, Herr Kapitän, ob Ihr Bruder und seine Matrosen sich nicht auf eine dieser Inseln geflüchtet haben?«

Ein möglicher, doch im Grunde wenig beruhigender Fall, denn die armen Leute wären damit wieder in die Hände der Wilden gefallen, denen sie bei ihrem Aufenthalt auf der Insel Tsalal glücklich entgangen waren. Und um sie aufzunehmen, wenn ihr Leben überhaupt geschont worden war, hätte die *Halbrane* wahrscheinlich Gewalt anwenden müssen, ohne doch über den gewünschten Erfolg sicher zu sein.

»Lass scharf Ausguck halten, Jem«, mahnte Kapitän Len Guy. »Wir machen jetzt acht bis neun Meilen, und in wenigen Stunden könnte Land in Sicht gemeldet werden.«

»Seien Sie unbesorgt, Kapitän!«

»Ist ein Mann im Elsternest?«

»Dirk Peters selbst, der sich dazu angeboten hatte.«

»Gut, Jem, auf seine Wachsamkeit können wir uns verlassen ...«

»Und auf seine Augen auch«, setzte ich hinzu, »denn er hat einen besonders scharfen Gesichtssinn!«

Bis gegen zehn Uhr segelte die Goélette nach Westen weiter, ohne dass sich die Stimme des Mestizen hätte vernehmen lassen. Ich fragte mich auch, ob es sich mit diesen Inseln nicht ebenso verhalten würde wie mit den Aurora-Inseln oder Glass-Inseln, die wir zwischen den Falklands und Neu-Georgia vergeblich gesucht hatten. Keine Anhöhe stieg aus dem Meer auf, keine Landlinie hob sich vom Horizont ab. Vielleicht waren diese Inseln aber sehr niedrig und dann erst aus zwei bis drei Seemeilen Entfernung sichtbar.

Im Laufe des Vormittags flaute die Brise auch merklich ab. Unsere Goélette wurde mehr, als uns lieb war, von der Strömung nach Süden hin mitgenommen. Zum Glück sprang am Nachmittag wieder ein frischerer Wind auf, sodass Jem West unsere Abtrift wieder auszugleichen vermochte.

Zwei Stunden lang segelte die *Halbrane* noch mit sieben bis acht Seemeilen Geschwindigkeit in gleicher Richtung weiter; am Horizont zeigte sich aber nichts.

»Es ist kaum zu glauben, dass wir die richtige Stelle noch nicht erreicht haben sollten«, sagte Kapitän Len Guy zu mir, »denn nach Arthur Pym gehörte die Insel Tsalal zu einer sehr ausgedehnten Gruppe.«

»Er spricht aber nicht davon, diese selbst gesehen zu haben, während die *Jane* vor Anker lag«, bemerkte ich dagegen.

»Ganz richtig, Mister Jeorling, da die *Halbrane* aber seit heute früh meiner Schätzung nach mindestens fünfzig Meilen zurückgelegt hat und es sich doch um ziemlich nah beieinanderliegende Inseln handeln soll ...«

»So ist daraus zu schließen, Herr Kapitän«, fiel ich ein, »und zwar mit hoher Wahrscheinlichkeit, dass die Inselgruppe, zu der Tsalal gehörte, bei dem Erdbeben vollständig untergegangen ist ...«

»Vor Steuerbord Land in Sicht!«, rief plötzlich Dirk Peters.

Alle Augen richteten sich auf diese Seite, ohne auf der Meeresoberfläche etwas wahrzunehmen. Der Mestize auf dem Top des Fockmasts konnte freilich schon etwas erkennen, was für uns auf dem Verdeck noch unsichtbar war. Bei seinen scharfen Augen und seinem geübten Blick nahm ich nicht an, dass er sich getäuscht haben könnte.

In der Tat konnten wir eine Viertelstunde später durch unsere Seefernrohre einige verstreute Eilande unterscheiden, die zwei bis drei Seemeilen weit im Westen von den schrägen Strahlen der Sonne getroffen wurden.

Der Leutnant ließ die oberen Segel einziehen, und die Goélette trieb unter dem Groß- und einem Marssegel neben dem Klüversegel hin.

Man konnte wohl fragen, ob es jetzt schon angezeigt erschien, sich in Verteidigungsbereitschaft zu versetzen, die Deckgeschütze zu laden und die Enternetze vorzubereiten; Kapitän Len Guy meinte aber, ohne besondere Gefahr dicht an den nächstgelegenen Eilanden entlangsegeln zu können.

Doch wie viel mochte sich hier verändert haben! Da, wo nach Arthur Pym ausgedehnte Inseln liegen sollten, fanden wir nur wenige – höchstens ein halbes Dutzend – winzige Eilande, die das Wasser kaum um zehn Toisen überragten.

»Nun, Dirk Peters«, fragte der Kapitän, »hast du die Gruppe erkennen können?«

»Die Gruppe?«, antwortete der Mestize kopfschüttelnd. »Nein, ich habe nur fünf bis sechs Spitzen von Eilanden gesehen ... nur einige Kieselsteine ... doch keine einzige Insel!«

In der Tat waren von dem Archipel, wenigstens von seinem westlichen Teil, nur einige Spitzen oder vielmehr kleine abgerundete Gipfel übrig. Immerhin war nicht ausgeschlossen, dass die Erderschütterung, wenn sich die Gruppe über mehrere Grade hin erstreckte, nur die nächsten, von uns aus gesehen im Westen gelegenen Inseln zerstört hatte.

Davon wollten wir uns überzeugen, wenn wir jedes Eiland besucht und bestimmt hätten, zu welcher früheren oder späteren Zeit die seismische Erschütterung stattgefunden hatte, von der die Insel Tsalal unverkennbare Spuren zeigte.

Als die Goélette näher kam, konnten wir deutlich die Brocken von der Gruppe erkennen, die in ihrem östlichen Teil fast ganz zerstört war. Die Oberfläche der größten Eilande betrug nicht mehr als fünfzig bis sechzig Quadrattoisen und die der kleinsten kaum drei bis vier. Die Letzteren bildeten mehr eine Art Klippen, an die das Meer leicht anbrandete.

Selbstverständlich konnte sich die *Halbrane* nicht durch die Klippen wagen, die ihren Kiel und ihre Seitenwände bedroht hätten. Sie musste sich auf eine Rundfahrt beschränken, um zu erkennen, ob denn der ganze Archipel untergegangen war. Daneben erschien es nötig, an einzelnen Stellen anzulegen, wo vielleicht da oder dort Spuren der letzten Ereignisse zu finden waren.

Etwa zehn Kabellängen vor dem größten Eiland angekommen, ließ Kapitän Len Guy eine Sondierung vornehmen. Bei zwanzig Faden Tiefe fand sich Grund, jedenfalls der Boden einer versunkenen Insel, deren Mittelteil das Meer noch um fünf bis sechs Toisen überragte.

Die Goélette näherte sich noch weiter und ließ bei fünf Faden den Anker fallen.

Jem West gedachte, für die Dauer einer Besichtigung des Eilands, gegenzubrassen. Die starke Strömung hätte die Goélette dann aber weiter nach Süden getrieben. Es empfahl sich also mehr, in der Nähe der Gruppe vor Anker zu liegen. Das Meer war hier fast still, und der Zustand des Himmels ließ keine atmosphärische Störung befürchten.

Sobald der Anker in den Grund gegriffen hatte, bestiegen Kapitän Len Guy, der Hochbootsmann, Dirk Peters, Martin Holt, noch zwei Mann und ich eines der Boote.

Nur eine Viertelseemeile trennte uns vom ersten Eiland. Wir legten die Strecke durch einige enge Wasserstraßen schnell zurück; die felsigen Spitzen verschwanden und tauchten in der Dünung wieder auf. Unausgesetzt überspült und abgewaschen, konnten sie keine Zeichen der Zeit mehr aufweisen, in der sich das Erdbeben ereignet hatte. Dass eines vorhergegangen war, stand bei uns, wie gesagt, außer allem Zweifel.

Das Boot drang zwischen die Felsen ein. Im Hinterdeck stehend und die Ruderpinne zwischen den Beinen haltend, versuchte Dirk Peters, den Spitzen der Klippen auszuweichen, die oft auf gleicher Höhe mit dem Wasserspiegel lagen.

Das durchsichtige und ruhige Meer ließ nicht einen mit Muscheln bedeckten Grund, sondern schwärzliche, mit Landpflanzen überzogene Blöcke erkennen, Büschel von Gewächsen, die nicht zur Seeflora gehörten und von denen einige an der Oberfläche schwammen.

Das war schon ein Beweis, dass der Boden, aus dem sie entsprungen waren, sich erst vor kurzer Zeit gesenkt haben konnte.

Als das Boot den Rand des Eilands berührte, warf einer der Leute einen kleinen Anker aus, dessen Arme in einem Spalt steckenblieben. Nun zogen wir uns vollends heran und konnten ohne Schwierigkeit an Land gehen.

An dieser Stelle lag also eine der größeren Inseln der Gruppe, die jetzt, zu einem unregelmäßigen Oval zusammengeschrumpft, etwa hundertfünfzig Toisen im Umfang maß und sich bis fünfundzwanzig oder dreißig Fuß über die Meeresfläche erhob.

»Ob die Flut wohl zuweilen bis zu diesen Höhen ansteigt?«, fragte ich Kapitän Len Guy.

»Niemals«, antwortete er, »und vielleicht entdecken wir in der Mitte des Eilands noch einige Reste seiner Pflanzenwelt, Trümmer von Wohnungen oder von einem Lager ...«

»Jetzt können wir nichts anderes tun«, meldete sich der Hochbootsmann, »als Dirk Peters einzuholen, der uns schon ein Stück voraus ist. Dieser Teufelskerl von Mestize ist noch imstande zu sehen, was unseren Blicken entgeht!«

Binnen weniger Minuten waren wir alle auf dem höchsten Punkt des Eilands versammelt.

Es gab hier sehr wohl gewisse Überreste – wahrscheinlich von Haustieren, die im Tagebuch von Arthur Pym erwähnt werden – von verschiedenem Geflügel, eigentümlichen Enten und von Schweinen, deren hornartige Haut eine seidenweiche Behaarung aufwies. Hervorzuheben ist hierbei, dass diese Tier- und Knochenreste im Gegensatz zu denen auf der Insel Tsalal offenbar erst wenige Monate hier liegen konnten. Das stimmte mit unserer Annahme, dass der Zeitpunkt des Erdbebens nicht sehr lange zurücklag, recht gut überein.

Da und dort grünte noch etwas Sellerie und Küchenschelle neben einzelnen frisch aussehenden Blumen.

»Und die stammen aus diesem Jahr!«, rief ich. »Über sie ist noch kein südlicher Winter hingegangen.«

»Ganz meine Meinung, Mister Jeorling«, bestätigte Hurliguerly. »Doch wäre es nicht möglich, dass sie erst nach der Verheerung der Gruppe gesprossen sind?«

»Das ist nicht anzunehmen«, erwiderte ich, nicht gewillt, von meiner Anschauung abzugehen.

An manchen Stellen erhoben sich auch dürftige Gebüsche, eine Art wilder Haselsträucher, von denen Dirk Peters einen noch ganz saftigen Zweig abbrach.

An dem Zweig hingen Nüsschen – ähnlich denen, die er und sein Gefährte gegessen hatten, als sie in den Schluchten des Hügels von Klock-Klock und in den von uns nicht gefundenen hieroglyphischen Höhlen eingeschlossen waren.

Dirk Peters trennte die grüne Hülle von einigen Nüsschen und zerknackte sie zwischen seinen mächtigen Zähnen, denen auch eiserne Kugeln nicht standgehalten hätten.

Mit diesen Beweisen vor Augen konnte kein Zweifel mehr darüber aufkommen, dass die Erderschütterung erst stattgefunden haben konnte, nachdem Patterson verschwunden war. Diesem Naturereignis war also die Vernichtung des Teils der tsalalischen Bevölkerung, deren Knochenreste in der Nähe des früheren Dorfs bleichten, keinesfalls zuzuschreiben. Für uns ergab sich aus jenem Fund ferner, dass William Guy und die fünf Matrosen von der *Jane* noch rechtzeitig hatten fliehen können, da sich keine Leiche von ihnen auf der Insel gefunden hatte.

Wohin aber mochten sie geflohen sein, als sie die Insel Tsalal verließen?

Diese Frage drängte sich uns immer und immer wieder auf, ohne dass sich eine Antwort darauf geben ließ. Meiner Ansicht nach war das keineswegs das Unerklärlichste, was wir auf unserer Fahrt erlebten.

Ich brauche mich bei der weiteren Besichtigung der Gruppe nicht aufzuhalten. Sie dauerte sechsunddreißig Stunden, wobei die Goélette sie ganz umkreiste. Auf den verschiedenen Eilanden fanden wir dieselben Spuren – Pflanzen- und Tierreste – die nur dieselben Schlüsse erlaubten. Bezüglich der Verwüstung, deren Schauplatz diese Gebiete gewesen waren, stimmten Kapitän Len Guy, der Leutnant, der Hochbootsmann und ich völlig darin überein, dass alle Eingeborenen dabei getötet worden waren. Die *Halbrane* hatte keinen Überfall mehr zu befürchten, und diesen glücklichen Umstand konnte man schon hervorheben.

Doch sollten wir nun zu dem Schluss kommen, dass auch William Guy und seine fünf Matrosen nach Erreichen einer der Inseln beim Untergang des Archipels mit umgekommen waren?

Ich sprach meine Gedanken darüber in Folgendem aus:

»Meiner Ansicht nach – ich will mich kurz fassen –«, sagte ich, »hat der künstlich hervorgebrachte Einsturz des Hügels von Klock-Klock einige Leute der *Jane* verschont – mit Patterson wenigstens sieben Mann – und außerdem den Hund Tiger, dessen Überreste wir nah bei dem Dorf gefunden haben. Einige Zeit darauf und als ein Teil der tsalalischen Bevölkerung durch eine bisher ungeklärte Katastrophe zugrunde gegangen war, haben die Übrigen Tsalal verlassen, um sich auf die andern Inseln der Gruppe zu flüchten. Allein und in völliger Sicherheit, fanden Kapitän William Guy und seine Gefährten genug zu essen, wo früher Tausende von Wilden gelebt hatten. So verstrich eine lange Zeit – zehn bis elf Jahre – ohne dass sie sich aus ihrem Gefängnis hätten befreien können, obgleich sie das ohne Zweifel versucht haben, ob sie nun noch ein Boot der Eingeborenen fanden oder sich ein solches selbst zusammenzimmerten. Vor etwa sieben Monaten endlich und nach dem Verschwinden von Patterson erschütterte ein Erdbeben Tsalal und verschlang dessen Nachbarinseln. Damals nun mögen sich William Guy und seine Leute, überzeugt, dass die Insel künftig unbewohnbar wäre, eingeschifft haben, um an den Polarkreis zurückzugelangen. Höchstwahrscheinlich ist ihnen das nicht gelungen, und schließlich sind sie, infolge der südwärts verlaufenden Meeresströmung, zu den Landgebieten gekommen, die Arthur Pym und Dirk Peters noch jenseits des 84. Breitengrads gesehen hatten. In diese Richtung müssen wir mit der *Halbrane* fahren, Herr Kapitän. Noch zwei bis drei Breitengrade, dann winkt uns die Aussicht, die Verschollenen zu finden. Das Ziel liegt vor uns ... sollten wir nicht sogar das Leben daransetzen, es zu erreichen?«

»Gott geb uns das Geleit, Mister Jeorling«, antwortete Kapitän Len Guy.

Als ich später mit dem Hochbootsmann allein war, glaubte dieser mir sagen zu müssen:

»Ich habe Ihnen aufmerksam zugehört, Mister Jeorling, und ich gestehe, Sie haben mich fast überzeugt ...«

»Sie werden sich noch gänzlich überzeugen, Hurliguerly!«

»Doch wann ...?«

»Vielleicht eher, als Sie glauben!«

Am nächsten Tag, dem 29. Dezember, segelte die Goélette bei leichtem Nordostwind wieder ab, und nun steuerte sie geradewegs nach Süden.

VIERTES KAPITEL

Vom 29. Dezember bis zum 9. Januar

Im Laufe des Vormittags las ich, das Werk Edgar Poes vor Augen, das 25. Kapitel mit gespannter Aufmerksamkeit noch einmal durch. Darin wird erzählt, dass jene beiden Flüchtlinge, die den Eingeborenen Nu-Nu mitschleppten, als die Tsalalier sie verfolgen wollten, sich schon fünf oder sechs Meilen vor der Bay auf dem Meer befanden. Von den sechs bis sieben im Westen vorgelagerten Inseln hatten wir eben nur noch Reste in Form von Eilanden zu Gesicht bekommen.

Was uns aus dem genannten Kapitel am meisten interessierte, sind die Zeilen, die ich hier wortgetreu wiedergebe.

»Von Norden her auf der *Jane* heransegelnd, um die Insel Tsalal anzulaufen, hatten wir die durch Eis am schlimmsten gefährdeten Meeresteile hinter uns gelassen – und obgleich das den über den Antarktischen Ozean verbreiteten Ansichten völlig widerspricht, war es eine Tatsache, die wir nach der gemachten Erfahrung nicht mehr ableugnen konnten. Jetzt wieder nach Norden umkehren zu wollen, wäre, besonders bei so weit vorgeschrittener Jahreszeit, eine offenbare Torheit gewesen. Ein einziger Weg schien uns noch eine gewisse Hoffnung zu eröffnen. Wir entschieden uns dafür, kühn nach Süden zu steuern, wo wir noch einige Aussicht zu haben glaubten, andere Inseln und vielleicht gar ein milderes Klima vorzufinden.«

Das war der Gedankengang von Arthur Pym, und wir mussten somit denselben Weg einschlagen. Es war also am 29. Februar – 1828 war ein Schaltjahr – wo die Flüchtlinge auf dem »grenzenlosen und verlassenen« Ozean über den 84. Breitengrad hinaus hintrieben. Wir hatten heute erst den 29. Dezember. Die *Halbrane* war um volle zwei Monate dem von der Insel Tsalal fliehenden Boot voraus, das schon von dem nahenden, langen Polarwinter bedroht wurde. Daneben flößte unsere wohl versorgte, gut geführte und ausreichend bemannte Goélette doch weit mehr Vertrauen ein als das Fahrzeug von Arthur

Pym, jenes Boot mit Knochenrippen, das fünfzig Fuß lang und vier bis fünf Fuß breit war und als Proviant für drei Mann nur drei Schildkröten mitführte.

Ich hegte also für diesen zweiten Teil der Reise die beste Hoffnung.

Im Laufe des Vormittags verschwanden die letzten Eilande des Archipels hinter dem Horizont. Das Meer bot dasselbe Aussehen, wie wir es von der Insel Bennet her kannten – ohne ein einziges Stück Eis –, und das erklärte sich wohl damit, dass das Wasser eine Temperatur von 43° Fahrenheit, also +6,11° Celsius hatte. Die ziemlich schnelle Strömung – von vier bis fünf Seemeilen in der Stunde – verlief unverändert von Norden nach Süden.

Durch die Luft flatterten Schwärme von Vögeln, immer dieselben Arten, wie Schwäne, Pelikane, Kaptauben, Sturmvögel und Albatrosse. Freilich waren die Letzteren nicht so riesig groß, wie Arthur Pym in seinem Tagebuch angibt, und keiner stieß das ewige *Tekeli-li* hervor, das in der tsalalischen Sprache die häufigste Lautverbindung zu sein schien.

Von den zwei folgenden Tagen ist kein Zwischenfall zu berichten; es wurde weder ein Land noch ein Hinweis darauf gemeldet. Die Leute an Bord machten einen reichen Fischfang, da es hier Papageienfische, Stockfische, Rochen, Meeraale, Tümmler und andere Arten in großer Zahl gab. Das vereinigte Talent von Hurliguerly und Endicott versorgte die Tafel des Deckhauses und der Mannschaftsmesse mit angenehmer Abwechslung, und ich glaube, die beiden Freunde verdienten gleichermaßen unsere Anerkennung.

Am nächsten Tag, dem 1. Januar 1840 – wiederum ein Schaltjahr –, verschleierte ein leichter Nebel die Sonne von Tagesanbruch an, und wir schlossen daraus, dass sich damit ein Witterungsumschlag ankündigte.

Es waren nun vier Monate und siebzehn Tage, dass ich die Kerguelen, und zwei Monate und fünf Tage, dass die *Halbrane* die Falklands verlassen hatte.

Wie lange unsere Fahrt noch dauern würde, das kümmerte mich weit weniger als die Frage, wie weit sie uns noch durch das antarktische Gebiet verschlagen sollte.

Ich muss hier einfügen, dass in dem Verhalten des Mestizen gegenüber mir – wenn auch nicht gegenüber Kapitän Len Guy und der Mannschaft – eine gewisse Veränderung eingetreten war. Da er wohl erkannt hatte, dass ich mich für Arthur Pym interessierte, suchte er mich auf und, um einen volkstümlichen Ausdruck zu gebrauchen, »wir verstanden uns«, ohne dass es dazu irgendwelcher Worte bedurft hätte. Zuweilen brach er mir gegenüber sogar sein gewohntes Schweigen. Nahm ihn der Dienst nicht in Anspruch, so schlich er sich manchmal zu der Bank hin, wo ich hinter dem Deckhaus gern zu sitzen pflegte. Drei- bis viermal wohl war es zwischen uns schon zu einem Versuch eines Zwiegesprächs gekommen. Sobald freilich Kapitän Len Guy, der Leutnant oder der Hochbootsmann an uns herantrat, ging er wieder davon.

Heute gegen zehn Uhr – Jem West hatte die Wache, und Kapitän Len Guy befand sich in seiner Kabine – kam der Mestize langsam die Schanzkleidung entlang, offenbar in der Absicht, ein Gespräch anzufangen, über dessen Thema kein Zweifel aufkommen konnte.

Sobald er neben meiner Bank stand, fragte ich: »Nun, Dirk Peters, wollen Sie – um gleich auf den Kern der Sache zu kommen –, dass wir von ›ihm‹ sprechen?«

Die Augen des Mestizen leuchteten auf wie kräftig angefachte Feuerglut.

»Von ihm!«, murmelte er.

»Sie haben sein Andenken stets treu bewahrt, Dirk Peters!«

»Wie sollte ich ihn vergessen, Herr ... niemals!«

»Er ist noch immer da ... da vor uns?«

»Noch immer! Verstehen Sie mich recht ... alle Not und Gefahr miteinander geteilt zu haben ... das macht zwei Menschen zu Brüdern ... nein, zu Vater und Sohn! Ja, ich liebe ihn wie mein Kind! Nachdem wir beide so weit weg waren ... er zu weit, denn er ist ja nicht zurückgekehrt! Ich bin wieder nach Amerika gekommen ... doch Pym ... der arme Pym ... ist noch immer da draußen.«

Die Augen des Mestizen füllten sich mit schweren Tränen. Ein Wunder, dass sie bei dem Feuer in seinen Augen nicht verdunsteten.

»Dirk Peters«, fragte ich weiter, »Sie haben keine Vorstellung von dem Weg, den Sie und Arthur Pym seit der Abfahrt von der Insel Tsalal in dem Boot genommen haben?«

»Nein, Mister Jeorling! Der arme Pym besaß kein Hilfsmittel mehr ... Sie verstehen ... kein Instrument, um die Sonnenhöhe zu messen. Wir konnten nicht wissen, wo wir uns befanden. Jedenfalls hat uns die Strömung aber acht Tage lang nach Süden hinuntergetrieben ... der Wind ebenfalls ... es stand eine leichte Brise bei stillem Meer. Zwei Paddel hatten wir anstelle eines Masts im Boot aufgerichtet, und unsere Hemden dienten uns als Segel ...«

»Ja«, fiel ich ein, »weißleinene Hemden, vor deren Farbe sich Ihr Gefangener, Nu-Nu, so arg entsetzte ...«

»Vielleicht ... ich habe darauf nicht besonders geachtet ... doch wenn Pym es gesagt hat, wird es schon wahr sein!«

Ich wusste vorher nicht, dass einige der Erscheinungen, die in dem in die Vereinigten Staaten heimgebrachten Tagebuch geschildert sind, der Aufmerksamkeit des Mestizen entgangen waren. Übrigens setzte sich in mir immer mehr der Gedanke fest, dass diese Erscheinungen wohl nur in einer übermäßig regen Fantasie existiert hatten. Immerhin wollte ich Dirk Peters über all das näher ausforschen.

»Und während jener acht Tage haben Sie sich die nötige Nahrung beschaffen können?«

»Jawohl, Mister Jeorling ... und in den nächsten Tagen ebenfalls ... für uns und für den Wilden ... Sie wissen ja ... wir hatten drei Schildkröten ... diese Tiere enthalten eine gewisse Menge Süßwasser ... und ihr Fleisch ist schmackhaft ... selbst roh gegessen ... Oh ... rohes Fleisch ... Mister ...!«

Bei den letzten Worten ließ Dirk Peters die Stimme sinken und sah sich um, als könnte er von andern gehört werden.

Diese Seele erbebte also immer noch bei der unauslöschlichen Erinnerung an die Vorfälle mit der *Grampus!* Niemand vermag sich den Ausdruck des Entsetzens auf dem Gesicht des Mestizen vorzustellen, als dieser von dem rohen Fleisch sprach. Das war nicht der Ausdruck eines Kannibalen von Australien, sondern eines Mannes, der einen unüberwindlichen Abscheu vor sich selbst empfindet.

Nach längerem Schweigen lenkte ich das Gespräch wieder auf das eigentliche Thema.

»War es nicht am ersten März, Dirk Peters«, fragte ich, »wo Sie –

dem Bericht Ihres Genossen nach – zum ersten Mal die breite graue Dunstwand mit schwankenden, leuchtenden Streifen erblickten?«

»Das weiß ich nicht, Mister Jeorling, doch wenn Pym es gesagt hat, wird man ihm Glauben schenken müssen.«

»Er hat Ihnen niemals von feurigen Strahlen erzählt, die vom Himmel herabzuckten?«, fuhr ich fort, unter Vermeidung des Wortes »Südlicht«, das der Mestize vielleicht nicht verstanden hätte.

Ich kam hiermit auf die Hypothese zurück, dass jene Erscheinungen von der Intensität elektrischer Strahlung herrührten, die in so hohen Breiten besonders groß war – wenn solche überhaupt vorgekommen waren.

»Niemals, Mister Jeorling«, antwortete Dirk Peters, nachdem er einige Zeit lang nachgedacht hatte.

»Sie haben auch nicht bemerkt, dass das Meer seine Farbe veränderte ... seine Durchsichtigkeit verlor ... dass es weiß wurde ... mehr wie Milch aussah ... dass seine Oberfläche in der Nähe des Boots besonders bewegt erschien?«

»Ob das der Fall war, weiß ich nicht. Verstehen Sie mich recht. Ich war nicht mehr richtig bei Bewusstsein. Das Boot trieb dahin ... immer weiter ... mir schwirrte es im Kopf ...«

»Der Staub aber, Dirk Peters, der Staub, der wie feine Asche herunterfiel ... der weiße Staub ...«

»Daran erinnere ich mich nicht.«

»War es denn nicht etwa Schnee?«

»Schnee ...? Ja ... nein ... vielleicht. Es war ziemlich warm. Was Pym davon gesagt hat, wird auch wahr sein!«

Ich sah ein, dass ich über diese an sich unwahrscheinlichen Vorkommnisse auch durch weiteres Ausfragen des Mestizen keine Aufklärung bekommen würde. Angenommen, er hätte all die übernatürlichen Dinge beobachtet, von denen in den letzten Kapiteln die Rede ist, so hatte er doch die Erinnerung daran verloren.

Jetzt sagte er mit gedämpfter Stimme:

»Pym wird Ihnen aber alles berichten, Mister Jeorling. Er weiß es ... ich leider nicht. Er hat es gesehen ... ihm werden Sie glauben.«

»Gewiss, Dirk Peters, werd ich ihm glauben«, versicherte ich, um den Mestizen nicht zu betrüben.

»Wir werden doch nach ihm suchen, nicht wahr?«

»Ich hoffe es!«

»Nachdem wir William Guy und die Matrosen von der *Jane* gefunden haben?«

»Ja ... danach.«

»Und auch wenn wir sie nicht finden sollten ...?«

»Selbst dann, Dirk Peters. Ich denke, unseren Kapitän dazu veranlassen zu können ...«

»... der es doch gar nicht abschlagen kann, einem Menschen ... einem Menschen, wie er selbst ... Hilfe zu bringen.«

»Nein, das wird er nicht abschlagen! Und doch«, fügte ich hinzu, »kann man denn, wenn William Guy und die Seinigen noch leben, wohl annehmen, dass auch Arthur Pym ...«

»Noch am Leben ist? Ja ... ganz gewiss! Bei dem großen Geist unserer Väter ... er ist es ... er erwartet mich ... mein armer Pym ...! Und wie wird er jubeln, wenn er sich seinem alten Dirk in die Arme wirft! Und wie werde ich mich freuen, wenn ich ihn ans Herz drücke!«

Dirk Peters' breite Brust hob sich dabei wie die wogende See.

Darauf entfernte er sich und ließ mich in unaussprechlicher Erregung zurück, so sehr fühlte ich, wie viel Zärtlichkeit für seinen unglücklichen Gefährten in dem Herzen dieses Halbwilden wohnte ... für den, den er sein Kind nannte!

Am 2., 3. und 4. Januar glitt die Goélette unablässig weiter nach Süden, ohne dass wir ein Land zu Gesicht bekamen. Immer begrenzte den Horizont die kreisförmige Scheidelinie zwischen Himmel und Wasser. Der Mann im Elsternest meldete in diesem Teil des Südpolarmeers weder ein Festland noch eine Insel. Sollten wir nun der Versicherung von Dirk Peters misstrauen, dass er die Landgebiete gesichtet habe? In den Meeren tief im Süden kommen optische Täuschungen sehr leicht vor.

»Freilich«, sagte ich zu Kapitän Len Guy, »besaß Arthur Pym nach seiner Abfahrt von der Insel Tsalal keine Instrumente zu Höhenmessungen mehr.«

»Das weiß ich, Mister Jeorling, und es ist recht gut möglich, dass die erwähnten Länder westlich oder östlich von unserem Kurs liegen. Am bedauerlichsten bleibt es, dass Arthur Pym und Dirk Peters nie eines davon angelaufen haben; dann hätten wir keinen Zweifel mehr an ihrer – ich fürchte – bedauernswerten Existenz und wir würden sie schon finden ...«

»Wir werden sie finden, Herr Kapitän, wenn wir noch um einige Grad nach Süden segeln ...«

»Ich frage mich nur, Mister Jeorling, ob es nicht ratsamer wäre, in der Gegend zwischen dem 40. und 45. Meridian Nachforschungen anzustellen.«

»Unsere Zeit ist bemessen«, antwortete ich bestimmt; »damit würden nur viele Tage verloren gehen, da wir noch nicht die Breite erreicht haben, wo sich die beiden Flüchtlinge voneinander trennten ...«

»Können Sie denn diese Breite angeben, Mister Jeorling? In dem Bericht finde ich davon nichts, weil es ja unmöglich war, eine Berechnung der Ortslage auszuführen.«

»Das weiß ich wohl, Herr Kapitän, ich weiß aber auch, dass das Boot von Tsalal aus sehr weit getrieben worden sein muss, wie sich aus einem Satz des letzten Kapitels ergibt.«

Dieser Satz lautete nämlich folgendermaßen:

»Unsere Fahrt ging ohne besonderen Zwischenfall etwa sieben bis acht Tage weiter fort. In dieser Zeit müssen wir eine sehr große Strecke zurückgelegt haben, denn wir hatten fast stets Rückenwind, und daneben trug uns eine starke Strömung in der gewünschten Richtung fort.«

Kapitän Len Guy kannte diesen Satz, den er ja viele Male gelesen hatte, ebenfalls, und so setzte ich denn hinzu:

»Es heißt ausdrücklich: ›eine sehr große Strecke‹, und das wird am 1. März gesagt, die Fahrt dauerte aber bis zum 22. desselben Monats und – wie Arthur Pym später mitteilt – ›sein Boot trieb ununterbrochen nach Süden zu unter dem Einfluss einer mächtigen und überaus schnellen Strömung‹ – das sind seine eigenen Worte. Kann man aus dem allen, Herr Kapitän, nicht den Schluss ziehen ...«

»Dass er bis zum Pol vorgedrungen ist, Mister Jeorling?«

»Ja, warum denn nicht, da es von der Insel Tsalal aus bis dorthin nur vierhundert Seemeilen weit ist?«

»Alles in allem spielt das aber keine Rolle!«, erwiderte Kapitän Len Guy. »Die *Halbrane* ist nicht wegen der Suche nach Arthur Pym, sondern wegen der Suche nach meinem Bruder und seinen Gefährten hier. Wir müssen uns nur darüber Gewissheit verschaffen, ob sie auf irgendeinem Land hier hatten Unterkommen finden können.«

Natürlich hatte Kapitän Len Guy hierin völlig recht. Ich fürchtete auch immer, dass er Befehl geben würde, nach Osten oder Westen hin zu steuern. Da der Mestize aber versicherte, dass sein Boot stets nach Süden getrieben sei und dass die Länder, von denen er sprach, in dieser Richtung lägen, wurde der Kurs der Goélette nicht geändert. Mich hätte es wohl zur Verzweiflung gebracht, wenn sie von Arthur Pyms Weg abgewichen wäre.

Ich war und blieb überzeugt, dass es die erwähnten Länder gab und dass wir sie in noch höherer Breite auch finden würden.

Es verdient hervorgehoben zu werden, dass im Laufe unserer Fahrt vom 5. und 6. Januar keinerlei absonderliche Erscheinung zu beobachten war. Wir sahen nichts von einer hin und her wogenden Dunstwand oder einer Veränderung der Wasserschichten. Was deren ungewöhnliche Wärme betraf, die man »an der Hand nicht aushalten konnte«, so musste man davon recht viel abziehen. Die Temperatur der Meeresfläche überstieg nie 50° Fahrenheit, also + 10° Celsius, was in diesem Teil des antarktischen Gebiets immerhin als auffallend bezeichnet werden kann. Obwohl mir Dirk Peters immer wiederholte: »Was Pym gesagt hat, wird auch wahr sein!«, verhielt ich mich solch übernatürlichen Dingen gegenüber doch ziemlich ungläubig – bemerkten wir doch nichts von einer Dunstwand, nichts vom Milchigwerden des Wassers oder vom Niederrieseln weißen Staubes.

In der Gegend hier wollten die beiden Flüchtlinge auch eines jener gewaltigen weißen Tiere beobachtet haben, die den Bewohnern von Tsalal so heillosen Schrecken eingejagt hatten. Der Bericht verschweigt freilich, unter welchen Umständen die Ungeheuer in Sicht des Boots vorübergekommen sein sollten. Überdies begegneten wir mit der *Halbrane* jetzt weder einem Meersäugetier noch den riesigen Vögeln oder einem der furchtbaren Raubtiere der Polarwelt.

Ich bemerke hierzu weiter, dass niemand von uns den eigenartigen

Einfluss empfand, von dem Arthur Pym spricht, jene Abstumpfung des Körpers wie des Geistes, die urplötzliche Erschlaffung, die auch die geringste physische Anstrengung unmöglich machte.

Vielleicht erklärt es sich auch nur aus seinem schon pathologischen Zustand, dass er jene seltsamen Erscheinungen, die von einer Störung seiner geistigen Fähigkeiten herrührten, wirklich wahrzunehmen glaubte.

Endlich, am 7. Januar – nach Dirk Peters' Annahme, die indes auch nur auf einer Schätzung nach der verstrichenen Zeit beruhte – waren wir etwa an der Stelle angelangt, wo der im Boot liegende Wilde Nu-Nu den letzten Seufzer ausgehaucht hatte. Zweieinhalb Monate später, mit dem 22. März, endet das über die außergewöhnliche Reise geführte Tagebuch. Damals schwebten dichte, nur von dem klaren Wasser etwas gemäßigte Nebelmassen hier umher, und am Horizont ballte sich die weiße Dunstwand zusammen …

Von der *Halbrane* aus war freilich kein solches verblüffendes Wunder zu beobachten, und immer erleuchtete der in langer Spirale hinwandernde Sonnenball den fernen Horizont.

Es war ein Glück zu nennen, dass uns keine Dunkelheit umhüllte, da dann jede Höhenmessung unmöglich gewesen wäre.

Eine recht gute Beobachtung am 9. Januar ergab – die geografische Länge hielt sich immer zwischen dem 42. und 43. Meridian –, sie ergab, sage ich, 86° 33′ Breite.

Hier war es, soweit der Mestize sich erinnerte, wo die beiden Flüchtlinge, nach dem Zusammenstoß des Boots mit der Eisscholle, voneinander getrennt wurden.

Dabei drängt sich eine Frage auf. Hatte die Eisscholle, die Dirk Peters wieder nach Norden zu trug, unter der Wirkung einer Gegenströmung gestanden?

Das musste wohl der Fall gewesen sein, denn schon seit zwei Tagen trieb auch unsere Goélette nicht mehr mit der Meeresströmung, die sie von der Insel Tsalal her nach Süden getragen hatte. Das ist im Südpolarmeer, wo alles so veränderlich ist, gar nicht verwunderlich. Zum Glück hielt die frische Brise aus Norden an, und unter vollen Segeln drang die *Halbrane* weiter in die höchsten Breiten vor, wobei sie bereits jetzt den Schiffen von Weddell um dreizehn und der *Jane* um 2° voraus war. Die Landmassen – Inseln oder Festland – freilich, die der Kapitän in dem grenzenlosen Polarmeer suchte, zeigten sich nicht. Ich hatte das Gefühl, dass er nach und nach immer mehr die Zuversicht verlor, die schon durch so viele fruchtlose Nachforschungen erschüttert war.

Ich selbst blieb immer von dem Verlangen erfüllt, Arthur Pym ebenso wie die Überlebenden von der *Jane* gerettet zu sehen. Wer konnte aber glauben, dass auch er noch lebte ...? Ja ... ich weiß ... es war einmal die fixe Idee des Mestizen, dass er ihn noch lebend wiederfinden werde. Hätte unser Kapitän Befehl zum Umkehren gegeben, so weiß ich nicht, worauf man sich bei Dirk Peters hätte gefasst machen müssen.

Vielleicht wäre er eher ins Meer gesprungen, als mit nach Norden zurückzufahren. Deshalb fürchtete ich auch, dass er, als die Mehrzahl der Matrosen gegen diese sinnlose Fahrt protestierten und von sofortiger Umkehr redeten, sich zu irgendeiner Gewalttätigkeit hinreißen lassen werde – vor allem gegen Hearne, der seine Kameraden von den Falklands im Geheimen zum Ungehorsam zu verleiten suchte.

Jedenfalls galt es, keinen Ungehorsam und keine Mutlosigkeit an Bord aufkommen zu lassen. Um die Leute aufzurichten, ließ Kapitän Len Guy auf meinen Wunsch die ganze Mannschaft am Großmast zusammentreten und richtete an sie folgende Worte:

»Ihr Leute von der *Halbrane!* Seit unserer Abfahrt von der Insel Tsalal ist unsere Goélette um 2° weiter nach Süden vorgedrungen, und ich melde euch hiermit – in Übereinstimmung mit dem von Mister Jeorling unterschriebenen Vertrag – dass euch damit viertausend Dollar, zweitausend für jeden Grad, außer dem Sold zufallen, eine Summe, die euch mit Beendigung unserer Reise ausbezahlt werden wird.«

Man hörte darauf zwar zufriedenes Murmeln, doch keine Hurras, außer vom Hochbootsmann Hurliguerly und vom Koch Endicott, die aber bei den andern keinen Widerhall fanden.

FÜNFTES KAPITEL

Ein Stück seitwärts

Angenommen, dass die alten Leute zu dem Hochbootsmann und dem Koch, zu Kapitän Len Guy und zu Jem West halten und für die Fortsetzung der Fahrt stimmen sollten, wären wir, wenn die neuen Leute auf der Rückkehr bestanden, doch nicht in der Lage gewesen, das zu verhindern. Vierzehn Mann, Dirk Peters mitgerechnet, gegen 18, das war zu wenig, und dabei konnte man vielleicht noch nicht einmal auf alle alten Leute zählen. Auch sie konnten ja davor zurückschrecken, in diese fast außerhalb der Erde gelegenen Gewässer zu fahren. Daneben fragte es sich, ob sie der fortwährenden Aufhetzung durch Hearne und seine Kameraden widerstanden und sich nicht etwa jenen anschlossen, um die Rückkehr zum Packeis zu fordern.

Mich beschlich ferner der Gedanke, dass Kapitän Len Guy es selbst müde werden könnte, eine Fahrt fortzusetzen, die keinerlei Erfolg zeitigte. Würde er nicht bald die Hoffnung aufgeben, die Matrosen der *Jane* aus diesen weltfernen Gebieten retten zu können? Sollte er, bedroht vom Herannahen des südlichen Winters, der unerträglichen Kälte, den furchtbaren Polarstürmen, denen seine Goélette nicht gewachsen war, nicht endlich den Befehl zum Umkehren erteilen ...? Welches Gewicht hätten dann meine Argumente, meine Beschwörungen und Bitten, wenn ich sie allein vorbrachte?

Allein ...? Nein! Dirk Peters würde mich sicher unterstützen, doch wer hätte auf uns beide hören mögen?

Wenn Kapitän Len Guy, dem gewiss das Herz blutete bei dem Gedanken, seinen Bruder und seine Landsleute im Stich zu lassen, bis jetzt auch noch bei seiner Haltung blieb, so fühlte ich doch, dass ihn der Mut schon verließ. Nichtsdestoweniger wich die Goélette nicht von der geraden Linie ab, der sie von der Insel Tsalal aus gefolgt war. Es schien, als würde sie von einem unterseeischen Magneten auf dem Meridian der *Jane* festgehalten – wenn es nur dem Himmel gefiel, sie nicht durch Strömungen und Winde davon abzubringen. Der Macht der Natur hätten wir weichen müssen, doch gegen die von der Furcht geborene Beunruhigung konnten wir ankämpfen!

Ich muss hier noch einen Umstand hervorheben, der unsere Fahrt nach Süden begünstigte. Nachdem sich die Strömung einige Tage hindurch abgeschwächt hatte, trat sie jetzt aufs Neue mit der Geschwindigkeit von drei bis vier Seemeilen in der Stunde auf. Offenbar – so erklärte mir Kapitän Len Guy – herrschte sie in diesen Meeren ganz allgemein und wurde nur dann und wann von Gegenströmungen aufgehoben, die man auf Karten kaum genau hätte einzeichnen können. Leider konnten wir, so wichtig das für uns gewesen wäre, nicht entscheiden, ob das Boot, das William Guy und seine Leute von der Insel Tsalal weggetragen hatte, von der einen oder von der andern Strömung mitgenommen worden war, denn man darf nicht übersehen, dass die Strömung mächtiger als der Wind auf ein Boot einwirken musste, das ebenso ohne Segelwerk war wie alle Boote jener Inselbewohner, die nur mittels Paddel fortbewegt wurden.

Für uns lagen die Verhältnisse jetzt so, dass die beiden Naturkräfte die *Halbrane* vereint auf die Grenzen der Polarzone zuführten.

So verliefen der 10., der 11. und der 12. Januar. Von diesen Tagen wäre gar nichts zu erwähnen, außer dass die Temperatur absank; die der Luft fiel nämlich auf 48° Fahrenheit, also auf + 8,89° Celsius, und die des Wassers auf 33° Fahrenheit, nämlich + 0,56° Celsius.

Das war ein großer Unterschied gegenüber den Angaben von Arthur Pym, nach denen – wenn man ihm glauben darf – das Wasser so warm war, dass man sie an der Hand nicht ertragen konnte.

Wir waren übrigens erst in der zweiten Woche des Januar. Zwei Monate würden noch vergehen, ehe der Winter die Eisberge in Bewegung setzte, die Eisfelder und Triften formte, die ungeheuren Packeismassen aneinanderlötete und die flüssigen Ebenen des Polargebiets erstarren ließ. Auf jeden Fall darf als sicher angenommen werden, dass es während des Sommers zwischen dem 72. und dem 87. Breitengrad ein freies, bequem befahrbares Meer gibt.

Dieses Meer ist auch in verschiedenen Breiten mehrfach durchmessen worden, von Weddells Schiffen ebenso wie von der *Jane* und der

Halbrane, und warum sollte die südliche Halbkugel in dieser Beziehung nicht ebenso begünstigt sein wie die nördliche?

Am 13. Januar hatte ich ein Gespräch mit dem Hochbootsmann, das meine Besorgnis bezüglich der bedrohlichen Stimmung unter unserer Besatzung weiter bestätigte.

Die Leute frühstückten eben in ihrer Messe, mit Ausnahme von Drap und Stern, die auf dem Vorderdeck Wache hatten. Unter frischer Brise zerteilte die Goélette mit allen oberen und unteren Segeln die mäßigen Wellen. Francis stand am Ruder und steuerte nach Südsüdosten.

Ich ging zwischen Fock und Großmast auf und ab und beobachtete die Vogelscharen, die uns mit betäubendem Geschrei umschwärmten und aus denen sich einzelne Sturmvögel dann und wann auf dem Ende der Rahen niederließen. Niemand versuchte, sie einzufangen; denn sie zu schießen wäre sinnlose Grausamkeit gewesen, da ihr zähes, traniges Fleisch ganz ungenießbar ist.

Da trat Hurliguerly, der sich auch nach den Vögeln umgesehen hatte, auf mich zu und sagte:

»Mir fällt hier etwas auf, Mister Jeorling.«

»Was denn, Hochbootsmann?«

»Diese Vögel ziehen nicht mehr wie vorher direkt nach Süden. Manche scheinen sich sogar nach Norden hin wenden zu wollen.«

»Das hab ich auch bemerkt, Hurliguerly!«

»Ich möchte auch behaupten, Mister Jeorling, dass die, die noch da unten sind, ziemlich bald umkehren werden.«

»Und was schließen Sie daraus?«

»Ich denke, sie fühlen schon, dass der Winter kommt ...«

»Der Winter, Hochbootsmann?«

»Ja, gewiss!«

»Das ist ein Irrtum; die Temperatur ist ja noch so hoch, dass es den Vögeln kaum einfallen kann, so frühzeitig in weniger kalte Gegenden abzuziehen.«

»Oh ... frühzeitig, sagen Sie, Mister Jeorling.«

»Ich bitte Sie, Hochbootsmann, wissen wir denn nicht, dass die Seefahrer hier im Antarktischen Meer immer bis zum Monat März umhersegeln konnten?«

»Nicht in dieser Breite«, antwortete Hurliguerly, »nicht so hoch hier oben! Übrigens gibt es frühzeitige Winter ebenso gut wie frühzeitige Sommer. Die schöne Jahreszeit ist in diesem Jahr zwei volle Monate eher als gewöhnlich eingetreten, und das lässt befürchten, dass es sich mit der schlechten Jahreszeit ebenso verhalten wird.«

»Wohl möglich«, erwiderte ich, »es kann uns aber gleichgültig sein, da unsere Fahrt höchstens noch drei Wochen dauern wird.«

»Wenn sich uns inzwischen kein Hindernis in den Weg stellt, Mister Jeorling.«

»Ein Hindernis ... was für ein Hindernis?«

»Nun, zum Beispiel ein ausgedehntes Festland nach Süden zu, das uns den Weg versperrt.«

»Ein Festland ... Hurliguerly?«

»Wissen Sie, dass ich darüber nicht besonders erstaunt wäre, Mister Jeorling?«

»Da ist auch nichts, worüber man erstaunt sein müsste, Hochbootsmann.«

»An die Länder freilich, die Dirk Peters gesehen haben will«, fuhr Hurliguerly fort, »und wohin sich die Leute von der *Jane* hätten flüchten können, kann ich nicht recht glauben.«

»Warum denn nicht?«

»Weil William Guy, dem doch nur ein zerbrechliches Fahrzeug zur Verfügung stand, auf diesen Meeren kaum so weit hätte vordringen können.«

»Das möchte ich nicht mit der gleichen Sicherheit behaupten wie Sie, Hochbootsmann.«

»Dennoch, Mister Jeorling ...«

»Was wäre denn so merkwürdig daran«, rief ich, »dass William Guy, von der Meeresströmung fortgetragen, irgendwo gelandet wäre ...? Er wird doch nicht seit acht Monaten auf seinem Boot geblieben sein! Seine Gefährten und er werden auf einer Insel oder einem Festland an Land gegangen sein, und das wäre für uns Grund genug, unsere Nachforschungen nicht aufzugeben ...«

»Unter der Mannschaft sind nicht alle dieser Ansicht«, bemerkte Hurliguerly achselzuckend.

»Ich weiß, Hochbootsmann, und das macht mir die meiste Sorge. Nimmt denn die schlechte Stimmung noch weiter zu?«

»Das fürchte ich, Mister Jeorling. Die Befriedigung über den Gewinn von einigen Hundert Dollar hat schon recht nachgelassen, und die Aussicht, noch einige weitere Hundert zu verdienen, verhindert nicht, dass Einsprüche laut werden. Die ausgesetzte Belohnung bleibt immerhin verlockend. Von der Insel Tsalal bis zum Pol – vorausgesetzt, dass wir diesen zu erreichen vermögen – sind es sechs Breitengrade. Nun, 6° zu je zweitausend Dollar, das macht zwölftausend Dollar für neunundzwanzig, sagen wir dreißig Mann, das heißt vierhundert Dollar für jeden Mann! Das ist ein hübsches Stück Geld, das man bei der Rückkehr der *Halbrane* einstecken kann! Trotzdem bearbeitet dieser verdammte Hearne seine Kameraden so übel, dass ich fürchte, sie werden versuchen, unseren Kurs mit Gewalt zu ändern.«

»Von den neuen Leuten wäre das vorstellbar, Hochbootsmann, die alten aber ...«

»Hm, unter denen fangen auch schon zwei oder drei an, die Sache zu überlegen ... Sie sehen die Fortsetzung unserer Fahrt nicht ohne eine gewisse Besorgnis ...«

»Ich hoffe, Kapitän Len Guy und sein Leutnant werden sich doch schon Gehorsam zu verschaffen wissen ...«

»Das ist fraglich, Mister Jeorling. Wenn unser Kapitän nun etwa selbst den Mut verliert ... wenn ihm die Verantwortung zu groß wird und er darauf verzichtet, diese Fahrt noch weiter auszudehnen?«

Das fürchtete ich in der Tat auch selbst, und dagegen sah ich kein Mittel.

»Was meinen Freund Endicott angeht, Mister Jeorling ... für den stehe ich ebenso ein wie für mich. Wir würden mitgehen bis ans Ende der Welt – wenn die Welt überhaupt ein Ende hat –, sobald der Kapitän dahin gehen sollte. Freilich, wir beide, Dirk Peters und Sie, das ist etwas wenig, um die Übrigen umzustimmen.«

»Und was halten diese von dem Mestizen?«, fragte ich.

»Meine Güte! Grade ihm geben die Leute die Schuld an der Fortsetzung der Fahrt! Sie, Mister Jeorling ... nun ja, Sie stehen in besserem Ansehen. – Sie bezahlen, und Sie bezahlen gut ... während dieser

Querkopf Dirk Peters bei der Behauptung bleibt, sein armer Arthur Pym lebe noch, während dieser doch längst ertrunken, erfroren, zerschmettert ... kurz, schon seit elf Jahren auf irgendeine Weise den Tod gefunden hat.«

Das entsprach meiner Ansicht so vollkommen, dass ich dem Mestizen gegenüber kein Wort mehr darüber verlor.

»Sehen Sie, Mister Jeorling«, fuhr der Hochbootsmann fort, »am Anfang der Fahrt erregte Dirk Peters wohl einige Neugier, dann interessierte man sich für ihn, weil er Martin Holt gerettet hatte. Freilich wurde er deshalb nicht zugänglicher oder gesprächiger ... Der Bär kam nicht aus seiner Höhle ...! Jetzt weiß man, wer und was er ist, und das hat ihn den andern wahrlich nicht sympathischer gemacht. Jedenfalls hat er durch seine Äußerungen über die Existenz von Land im Süden der Insel Tsalal unseren Kapitän veranlasst, die Goélette in dieser Richtung weiterzuführen, und wenn sie jetzt den 80. Breitengrad überschritten hat, so verdanken wir das ihm allein ...«

»Das geb ich zu, Hochbootsmann.«

»Ferner, Mister Jeorling, fürchte ich immer, die Leute werden versuchen, ihm übel mitzuspielen ...«

»Und Dirk Peters wird sich zu wehren wissen. Wehe dem, der seine Fäuste zu spüren bekommt!«

»Gewiss, Mister Jeorling, gewiss! Ein Bursche, der Eisenblech wie ein Stück Papier zusammenrollt ...! Und doch, wenn alle auf ihn losgehen, würden sie ihn zuletzt doch überwältigen und ihn wahrscheinlich in den Frachtraum sperren!«

»Oh, ich hoffe, da sind wir auch noch da, und ich zähle auf Sie, Hurliguerly, jede Gewalttätigkeit gegen Dirk Peters möglichst zu verhindern! Bringen Sie den Leuten Vernunft bei! Sagen Sie sie ihnen, dass wir Zeit genug haben, noch vor Ende der schönen Jahreszeit auf die Falklands zurückzukehren. Ihre Einwände dürfen unserem Kapitän keinen Vorwand geben, vor Erreichen des letzten Ziels umzukehren!«

»Verlassen Sie sich auf mich, Mister Jeorling! Ich tue blindlings, was Sie wünschen!«

»Und Sie sollen es auch nicht bereuen, Hochbootsmann! Es ist ja nichts leichter, als an die vierhundert Dollar für jeden Mann eine Null anzuhängen, wenn der Betreffende mehr als ein einfacher Matrose ist … und wenn er auch nur den Dienst als Hochbootsmann an Bord der *Halbrane* versieht!«

Damit packte ich Hurliguerly an seiner schwachen Stelle und war seiner Unterstützung auf jeden Fall sicher. Er würde nun gewiss alles tun, um die Umtriebe der einen unschädlich zu machen, den Mut der andern zu beleben und über Dirk Peters zu wachen. Doch ob es ihm wirklich gelingen würde, den Ausbruch einer Meuterei an Bord zu verhindern …?

Am 13. und 14. trug sich nichts Bemerkenswertes zu, nur kam es zu einem weiteren Temperaturabfall. Der Kapitän machte mich selbst darauf aufmerksam, während er auf die zahlreichen Vogelscharen hinwies, die in Richtung Norden zogen.

Als er mit mir sprach, empfand ich, dass seine letzten Hoffnungen dem Erlöschen nah waren. War das besonders verwunderlich? Die von dem Mestizen erwähnten Landmassen waren noch immer nicht zu sehen, und wir befanden uns doch schon hundertachtzig Seemeilen jenseits der Insel Tsalal. In alle Richtungen des Kompasses lag das Meer vor uns – nichts als das grenzenlose Meer mit seinem verlassenen Horizont, dem sich die Sonnenscheibe seit dem 21. Dezember näherte und den sie am 21. März erreichen würde, um dann für die sechs Monate dauernde Polarnacht zu verschwinden. Konnte man nun wirklich glauben, dass William Guy und seine fünf Gefährten eine so große Strecke in ihrem kleinen Boot zurückgelegt hatten und dass noch eine Aussicht bestand, sie von hier zu erlösen?

Am 15. Januar ergab eine sehr genaue Beobachtung 43° 18′ Länge und 88° 17′ Breite. Die *Halbrane* befand sich weniger als 2°, weniger als hundertzwanzig Seemeilen entfernt vom Südpol.

Kapitän Len Guy suchte das Ergebnis dieser Beobachtung nicht zu verheimlichen, und die Matrosen waren mit den Navigationsberechnungen auch vertraut genug, um es zu verstehen. Wenn es darum ging, sie darüber weiter aufzuklären, so konnten sie sich ja an die Obermatrosen Martin Holt und Hardy wenden, und auf der anderen Seite war da Hearne, der sie zum Äußersten reizte.

Im Laufe des Nachmittags konnte ich nicht mehr daran zweifeln, dass der Segelmeister alles getan hatte, die Gemüter möglichst zu erregen. Um den Fockmast gedrängt, sprachen die Matrosen heimlich miteinander und warfen uns boshafte Blicke zu. Offenbar verhandelten sie noch darüber, welche Schritte sie unternehmen wollten. Zwei oder drei dem Vorderdeck zugewandte Matrosen machten sogar schon drohende Bewegungen. Endlich kam es zu einem so heftigen Murren, dass Jem West die Geduld verlor.

»Ruhe!«, rief er laut.

Dann trat er auf die Leute zu.

»Der Erste, der den Mund wieder auftut«, sagte er kurz und streng, »bekommt es mit mir zu tun!«

Kapitän Len Guy war noch in seiner Kabine. Jeden Augenblick erwartete ich aber, dass er heraustreten und, nach einem letzten Blick auf das Meer vor uns, Befehl zum Umkehren geben würde.

Am folgenden Morgen steuerte die Goélette jedoch noch immer in die gleiche Richtung. Der Steuermann hielt wie vorher Kurs nach Süden. Leider erhoben sich jetzt – für uns konnte das sehr ernste Folgen haben – einige Dunstmassen am fernen Horizont.

Ich gestehe gern, dass mich das ganz außer Fassung brachte. Meine Befürchtungen wurden immer größer. Offenbar wartete der Leutnant nur auf den Befehl, mit dem Schiff zu wenden, und ich begriff recht gut, dass Kapitän Len Guy, so schwer es ihm auch fallen mochte, kaum zögern würde, diesen Befehl zu erteilen.

Seit einigen Tagen hatte ich den Mestizen nicht gesehen oder zumindest kein Wort mit ihm gewechselt. Als wäre er von der Mannschaft in Quarantäne gesetzt, wichen die Leute, wenn er das Deck betrat, sofort scheu vor ihm zurück. Lehnte er sich über Backbord, so begaben sich die andern nach Steuerbord. Nur der Hochbootsmann bemühte sich, eine Ausnahme zu machen, und richtete zuweilen eine Frage an ihn, die freilich meist ohne Antwort blieb.

Übrigens muss ich sagen, dass sich Dirk Peters über diese Lage der Dinge gar nicht beunruhigte. Immer seinen Gedanken nachhängend, bemerkte er es vielleicht gar nicht. Ich glaube, hätte er Jem West rufen hören: »Wenden nach Norden!«, er hätte sich zu irgendeiner Unüberlegtheit hinreißen lassen.

Da er mich offenbar zu meiden schien, fragte ich mich, ob darin nicht bloß eine gewisse Zurückhaltung und die löbliche Absicht zu sehen war, »mich nicht weiter zu kompromittieren«.

Am Nachmittag des 17. verriet der Mestize jedoch deutlich den Wunsch, mit mir zu sprechen, und niemals – wahrlich niemals! – hätte ich mir träumen lassen, was ich bei dieser Gelegenheit hören sollte.

Es war gegen halb drei.

Etwas müde und misslaunig hatte ich mich in meine Kabine zurückgezogen, deren seitlicher Schiebladen offen stand, während der Laden zum Hinterdeck geschlossen war.

Da klopfte es leicht an meine Tür, die zum Volkslogis hin lag.

»Wer ist da?«, fragte ich.

»Dirk Peters.«

»Wollen Sie mit mir sprechen?«

»Ja.«

»Ich komme sofort heraus.«

»Nein ... bitte ... Es wäre mir lieber ... Darf ich in Ihre Kabine kommen?«

»Nun denn herein!«

Der Mestize öffnete die Tür und machte sie sorgsam wieder zu.

Ohne mich von dem Lager, auf dem ich mich ausgestreckt hatte, zu erheben, bedeutete ich ihm durch ein Zeichen, Platz zu nehmen.

Dirk Peters blieb stehen.

Da er, verlegen wie gewöhnlich, den Mund nicht auftat, fragte ich ihn:

»Nun, was wünschen Sie, Dirk Peters?«

»Ich möchte Ihnen etwas mitteilen ... Verstehen Sie mich recht, Mister Jeorling, mir erscheint es besser, dass Sie es wissen ... Sie sollen aber auch der Einzige sein, der es erfährt. Die Mannschaft darf keine Ahnung davon bekommen ...«

»Wenn es etwas so Ernstes ist und Sie eine Indiskretion fürchten, warum wollen Sie es mir anvertrauen?«

»Ja ... es muss sein ... es muss! Ich kann es nicht für mich behalten. Es drückt mich ... hier ... hier ... drückt mich wie ein Felsblock!«

Dirk Peters schlug sich bei diesen Worten an die Brust.

Dann fuhr er fort:

»Oh, ich habe immer Angst gehabt, dass mir das Geheimnis einmal im Schlaf entfährt ... dass andere es hören ... denn ich träume oft davon ... und im Traum ...«

»Sie träumen«, fiel ich ein, »und wovon?«

»Von ihm ... von ihm ... Deshalb schlaf ich auch immer in einsamen Winkeln ... ganz allein ... aus Furcht, dass man seinen wahren Namen erfährt.«

Mir schien es jetzt, als würde der Mestize bereit sein, eine Frage zu beantworten, die ich noch nicht an ihn gerichtet hatte ... eine Frage bezüglich des einen mir noch dunkel gebliebenen Punkts, warum er nämlich, nachdem er von Illinois weggegangen war, auf den Falklands unter dem Namen Hunt gelebt hatte.

Als ich nun diese Frage stellte, antwortete er:

»Oh nein, darum geht es nicht ... davon wollt' ich mit Ihnen nicht sprechen ...«

»Ich bleibe aber dabei, Dirk Peters, und möchte zunächst wissen, warum Sie nicht in Amerika geblieben sind und sich auf die Falklands begeben haben.«

»Warum, Mister Jeorling ...? Weil ich näher bei Pym sein wollte, weil ich auf den Falklands Gelegenheit zu finden hoffte, auf einem Schiff anzuheuern, das in die südlichen Meere segelt ...«

»Schön, doch der Name Hunt ...?«

»Ich konnte meinen nicht mehr leiden ... Ich hatte ihn allmählich gehasst, wegen des Vorfalls mit der *Grampus!*«

Der Mestize spielte hier offenbar auf das Strohhalmziehen an Bord der amerikanischen Brigg an, als zwischen August Barnard, Arthur Pym, Dirk Peters und dem Matrosen Parker ausgemacht worden war, dass einer von den vieren geopfert werden und den andern als Nahrung dienen sollte. Ich erinnerte mich daran, dass Arthur Pym Einspruch erhoben hatte und dass er sich doch schließlich fügen musste, fügen zu jenem Losen um Leben und Tod, zu der entsetzlichen Tat, deren grausame Erinnerung das Leben derjenigen vergiften musste, die hinterher noch das Licht sahen ...

Ja ... jenes Strohhalmziehen ... in diesem Fall die Wahl unter vier ungleich langen Hölzchen, die Arthur Pym in der Hand hielt. Wer das kürzeste zog, sollte erschlagen werden. Er spricht dabei von der unwillkürlichen Wildheit, die ihn überkam, wie er seine Gefährten hatte betrügen – »ihnen einen ›Streich‹ spielen wollen«, so lauten seine Worte. Er tat es aber nicht und bittet um Verzeihung, einen solchen Gedanken gehabt zu haben. Wer ihn verurteilen will, der versetze sich nur einmal in seine Lage!

Doch ... er entschließt sich ... Er hält die geschlossene Hand mit den vier Holzstücken hin ...

Dirk Peters zieht zuerst ... er hat Glück ... er hat nichts mehr zu befürchten.

Arthur Pym berechnet, dass sich damit die Aussicht für ihn verschlechtert.

Jetzt zieht August Barnard ... gerettet ... auch er ist gerettet!

Arthur Pym sagt sich, dass er und Parker jetzt die gleiche Aussicht haben.

In diesem Augenblick erfüllt seine Seele eine raubtierhafte Wildheit. Er empfindet gegen seinen armen Kameraden, gegen einen Mitmenschen, den schrecklichsten, teuflischsten Hass ...

Fünf Minuten schleichen hin, ehe Parker zu ziehen wagt. Endlich fühlt Arthur Pym, der die Augen geschlossen hält und nicht weiß, ob das Schicksal für oder gegen ihn entschieden hat, wie eine Hand die seine ergreift ...

Es war die Hand von Dirk Peters ...! Arthur Pym war dem Tod entronnen.

Sofort stürzt sich der Mestize auf Parker, den er mit Messerstichen von hinten zu Boden streckt. Dann folgt – und zwar sogleich – die entsetzliche Mahlzeit und »Worte vermögen nicht auszudrücken, welches Grausen dabei jeden der Männer erfüllte«.

Ja ... ich kannte sie, diese fürchterliche Geschichte, die nicht, wie ich lange Zeit glaubte, erfunden, sondern eine Tatsache war. Am 16. Juli 1827 hatte sie sich an Bord der *Grampus* zugetragen, vergeblich bemühte ich mich aber, zu ergründen, warum Dirk Peters mich jetzt daran erinnerte.

Nicht lange sollt' ich darüber im Unklaren bleiben.

»Nun, Dirk Peters«, sagte ich, »ich möchte doch fragen, warum Sie Ihren vorher geheim gehaltenen Namen überhaupt verraten haben, als die *Halbrane* vor der Insel Tsalal vor Anker lag ... warum haben Sie den Namen Hunt nicht auch weiterhin behalten.«

»Ja ... wissen Sie ... Mister Jeorling ... man zögerte hier, weiterzufahren, und wollte umkehren ... das konnte man sehen ... und da dacht' ich ... ja, wenn ich sage, wer ich bin ... Dirk Peters ... der Tauwerksmaat von der *Grampus* ... der Gefährte von Arthur Pym ... man würde mich anhören ... würde so wie ich glauben, dass er noch am Leben ist ... würde versuchen, ihn zu finden. Und doch ... es war eine bedenkliche Sache ... denn zuzugeben, dass ich Dirk Peters bin, dass ich es war, der Parker getötet hat ... doch der Hunger ... der nagende Hunger ...«

»Ich bitte Sie, Dirk Peters«, fiel ich ein, »Sie übertreiben. Wenn das Todeslos auf Sie gefallen wäre, hätten Sie dasselbe Schicksal erlitten wie Parker. Nein, auf Ihnen lastet kein Verbrechen!«

»Mister Jeorling ... verstehen Sie mich recht ... würde die Familie Parkers wohl genauso sprechen wie Sie?«

»Seine Familie? Hatte er denn noch Eltern?«

»Jawohl ... und deshalb hatte Pym in seinem Bericht den Namen geändert ... Parker hieß gar nicht Parker ... sondern ...«

»Arthur Pym hat gut daran getan«, antwortete ich, »und ich für meinen Teil mag den wahren Namen von Parker gar nicht wissen. Behalten Sie dieses Geheimnis für sich ...«

»Nein, ich muss es Ihnen sagen ... es drückt mir das Herz ab ... und es wird mir wohl leichter werden, Mister Jeorling, wenn ich Ihnen den Namen genannt habe ...«

»Nein, Dirk Peters ... nein!«

»Er nannte sich Holt ... Ned Holt ...«

»Holt«, rief ich erschrocken. »Holt ... wie unser Segelwerksmaat ...?«

»... der sein leiblicher Bruder ist. Mister ...«

»Martin Holt ... der Bruder von Ned?«

»Ja ... Sie verstehen richtig ... sein Bruder.«

»Er glaubt aber, dass Ned Holt beim Schiffbruch genauso umgekommen ist wie die Übrigen ...«

»Das ist aber ein Irrtum ... und wenn er wüsste, dass ich ...«

In diesem Augenblick warf mich ein ungemein heftiger Stoß von meinem Lager.

Die Goélette neigte sich so stark über Steuerbord, dass ein Kentern zu befürchten war.

»Wer ist denn der Hundskerl am Ruder?«

Es war die Stimme von Jem West, und der, dem dieses Schimpfwort galt, war Hearne.

»Du hast das Ruder losgelassen?«, wetterte Jem West, der Hearne schon am Jackenkragen gepackt hatte.

»Leutnant ... ich weiß wirklich nicht ...«

»Still, sag ich dir! Du musst es losgelassen haben ... noch ein Stückchen mehr, und die Goélette hätte mit allen Segeln im Wasser gelegen!«

Offenbar war Hearne aus irgendeinem Grund einmal einen Augenblick vom Steuerruder weggegangen.

»Gratian«, rief Jem West einen der Matrosen, »übernimm das Ruder, und du, Hearne, hinunter in den Schiffsraum!«

Plötzlich ertönte der Ruf »Land!« und alle Blicke richteten sich nach Süden.

SECHSTES KAPITEL

Land?

Das ist das einzige Wort der Überschrift im 17. Kapitel des Buchs von Edgar Poe. Ich hielt es für richtiger, ein Fragezeichen dahinterzusetzen, als ich es als Überschrift für dieses Kapitel meines Berichts wählte.

Bedeutete nun der von unserem Fockmast herabtönende Ruf eine Insel oder ein Festland? Doch gleichgültig, was es war, stand uns nicht vielleicht gar eine Enttäuschung bevor? Sollten die, die wir in so hohen Breiten suchten, hier sein? Und hatte Arthur Pym, der jetzt natürlich, trotz der Beteuerungen von Dirk Peters, tot war, je den Fuß auf dieses Land gesetzt?

Als dieser Ruf am 17. Januar 1828 an Bord der *Jane* erscholl, »an einem höchst ereignisvollen Tag«, heißt es im Tagebuch von Arthur Pym, da lautete er wörtlich:

»Land über Kranbalken an Steuerbord!«

So hätte er heute auch an Bord der *Halbrane* lauten können.

In der Tat zeigten sich in dieser Richtung einige Umrisse, die sich von der Linie zwischen Himmel und Wasser leicht abhoben.

Das Land, das damals den Leuten auf der *Jane* gemeldet wurde, war freilich die dürre, öde Insel Bennet gewesen, auf die, kaum einen Grad weiter südlich, die zu jener Zeit fruchtbare, bewohnbare und bewohnte Insel Tsalal folgte, auf der Kapitän Len Guy seine Landsleute wieder zu finden gehofft hatte. Was war aber die unbekannte Erscheinung, die jetzt, 5° tiefer im Süden, vor unserer Goélette auftauchte? Bildete sie unser so heiß ersehntes, so hartnäckig gesuchtes Ziel? Sollten sich die beiden Brüder Len und William Guy dort in die Arme fallen? War die *Halbrane* damit am Ende der Reise, die durch die Heimführung der Überlebenden von der *Jane* gekrönt werden sollte …?

Mir erging es, wie schon gesagt, ganz genau wie dem Mestizen. Das war nicht unser Ziel – das war nicht unser Erfolg. Da jetzt Land vor unseren Augen auftauchte, mussten wir wohl dorthin segeln – das Übrige würde die Zukunft zeigen.

In erster Linie ist hier zu bemerken, dass jener Ausruf an Bord eine gewisse Erregung hervorrief. Ich dachte nicht mehr an das, was Dirk Peters mir anvertraut hatte, und vielleicht vergaß es der Mestize auch selbst, denn er eilte jetzt zum Vorderdeck und starrte auf den Horizont hinaus.

Jem West, den nichts von seiner Dienstpflicht abbringen konnte, wiederholte seine Befehle. Gratian übernahm das Steuer, und Hearne wurde im Schiffsraum eingesperrt.

Das war eine verdiente Strafe, gegen die von den alten Leuten niemand Einspruch erhob, denn Hearnes Nachlässigkeit oder Ungeschicklichkeit hatte die Sicherheit der Goélette wirklich einen Augenblick gefährdet.

Nur fünf oder sechs Matrosen von den Falklands ließen ein leises Murren hören.

Ein Wink des Leutnants brachte sie zum Schweigen, und sie kehrten sofort auf ihre Posten zurück.

Selbstverständlich war auf den Ruf des Wachhabenden auch Kapitän Len Guy aus seiner Kabine geeilt, und mit starrem Blick betrachtete er das noch zehn bis zwölf Seemeilen entfernte Land.

Ich dachte, wie gesagt, gar nicht mehr an das Geständnis von Dirk Peters. Blieb jenes schreckliche Geheimnis unter uns, so war ja nichts zu befürchten. Was wäre aber, wenn ein unglücklicher Zufall Martin Holt verriet, dass der Name seines Bruders in den Namen »Parker« geändert worden, dass der Unglückliche infolge des Schiffbruchs der *Grampus* umgekommen ... dass er, durch das Los bestimmt, umgebracht worden war, um andere vor dem Hungertod zu bewahren ... dass Dirk Peters, dem er das Leben verdankte, jenen mit eigener Hand erschlagen hatte ...! Das war ja der Grund, warum der Mestize sich den Dankesbezeugungen von Martin Holt so hartnäckig entzog ... warum er Martin Holt aus dem Weg ging ... dem Bruder des Mannes, von dessen Leiche er gegessen hatte!

Der Hochbootsmann schlug eben die dritte Stunde an. Die Goélette segelte mit aller auf diesem unbekannten Fahrwasser gebotenen Vorsicht. Vielleicht fanden sich hier Untiefen, Klippen dicht unter der Wasseroberfläche, an denen ein Schiff stranden oder gar zerschellen konnte. Und selbst wenn die *Halbrane* nach einer Kollision wieder flottgemacht werden konnte, wäre es wahrscheinlich unmöglich, vor Eintritt des Winters zurückzukehren. Wir müssten dann außerdem alle günstigen Umstände für uns und durften keine widrigen Umstände gegen uns haben.

Jem West hatte die Segelfläche verkleinern lassen. Bram- und Stagsegel waren eingezogen worden, und die *Halbrane* lief nur noch unter einem Mars- und einem Klüversegel, die ja hinreichten, um die Strecke bis zum Land in wenigen Stunden zurückzulegen.

Kapitän Len Guy ließ auch eine Sondierung vornehmen, die noch hundertzwanzig Faden ergab. Weitere Sondierungen ließen vermuten, dass die vor uns liegende Küste ganz steil in große Tiefe abfiel. Da auf dem Meeresboden immerhin eine Erhöhung aufsteigen konnte, die nicht sanft zum Ufer hin anstiegen, segelten wir nur mit der Sonde in der Hand weiter.

Das Wetter blieb schön, wenn sich der Horizont von Südost bis Südwest auch mit leichten Nebeln verschleierte. Freilich erschwerte uns das einigermaßen das Erkennen des Landprofils, das wie eine hinziehende Nebelwolke am Himmel erschien und einmal verschwand oder wieder sichtbar wurde, wenn die Nebel gelegentlich zerrissen. Immerhin glaubten wir, die Höhe des Landes, zumindest in seinen Gipfeln, auf fünfundzwanzig bis dreißig Toisen veranschlagen zu können.

Nein ... wir konnten jetzt keiner Täuschung unterliegen, obwohl wir das noch immer befürchteten. Es ist ja ganz natürlich, dass einem das Herz gerade in der Nähe des letzten Ziels von bangen Ahnungen erfüllt wird. Wie viele Hoffnungen knüpften sich an diese nur vage erkennbare Küste, und welche Entmutigung musste uns befallen, wenn sie sich doch nur als ein Phantom, als wesenloser Schatten erwies! Bei einem solchen Gedanken schwindelte es mir im Kopf und verwirrten sich meine Vorstellungen. Es erschien mir, als ob die *Halbrane* zusammenschrumpfte, sich zu einem auf dem unermesslichen Ozean verlorenen Boot verkleinerte ... ganz anders als in der Schilderung von Edgar Poe, bei dem das Schiff wuchs ... größer wurde, wie ein lebendes Wesen ...

Hat man Seekarten zur Hand, die über die Hydrografie der Küsten, über die Natur der Landungsstellen, über Bays und Buchten Auskunft geben, so mag man wohl mit einiger Kühnheit darauf zufahren. In jeder anderen Gegend wäre ein Kapitän, der erst bis zum nächsten Morgen gewartet hätte, um nahe beim Ufer vor Anker zu gehen, der Feigheit beschuldigt worden. Hier galt es aber, die größte Vorsicht walten zu lassen, auch wenn kein sichtbares Hindernis vor uns lag. Die Atmosphäre konnte während der sonnenhellen Nachtstunden übrigens auch nicht an Klarheit verlieren. Zu dieser Zeit versank das Strahlengestirn noch nicht unter dem westlichen Horizont, und ununterbrochen badete sich das weite Polarbecken in seinem glänzenden Licht.

Aus dem Schiffsjournal ergab sich, dass die Lufttemperatur von diesem Tag an fortwährend abnahm. Das Thermometer zeigte im Schatten nicht mehr als 32° Fahrenheit, also 0° Celsius, ins Wasser getaucht aber nur 26° Fahrenheit, nämlich –3,33° Celsius, ohne dass wir uns erklären konnten, woher im vollen südlichen Sommer diese Abnahme der Temperatur herrührte.

Jedenfalls musste die Mannschaft die Wollkleidung wieder hervorholen, die seit der Durchschiffung des Packeises, also vor einem Monat, abgelegt worden war. Die Goélette lief damals freilich direkt vor dem Wind, und der erste Frost war deshalb weniger spürbar gewesen. Immerhin wies obige Erscheinung darauf hin, dass es allmählich Zeit wurde, ans Ziel zu gelangen. Es wäre eine Herausforderung des Himmels gewesen, in dieser Gegend unnötigerweise zu zögern und sich den Gefahren einer Überwinterung auszusetzen.

Kapitän Len Guy ließ wiederholt mittels schwerer Sonden die Richtung der Strömung untersuchen, und dabei zeigte sich, dass diese von der bisherigen abzuweichen begann.

»Ob wir ein Festland oder nur eine Insel vor uns haben«, sagte er, »lässt sich jetzt in keiner Weise entscheiden. Ist es aber ein Festland, so dürfen wir annehmen, dass die Strömung im Südosten einen Ausweg findet . . .«

»Und es ist in der Tat möglich«, bemerkte ich, »dass der feste Teil des antarktischen Gebiets nur aus einer einfachen Polarkappe besteht, deren Rand wir umschiffen könnten. Jedenfalls empfiehlt es sich, die Beobachtungen aufzuzeichnen, die eine gewisse Verlässlichkeit bieten . . .«

»Das hab ich getan, Mister Jeorling, und wir werden über diesen Teil des Südpolarmeers eine Menge Angaben mit heimbringen, die andern Seefahrern von Nutzen sein können ...«

»Wenn sich überhaupt wieder welche bis hierher wagen, Herr Kapitän! – Dass das uns gelungen ist, verdanken wir außerordentlich günstigen Umständen, dem frühzeitigen Sommer und der etwas über der normalen liegenden Temperatur, die die Eismassen schnell schmelzen ließ. Wer weiß, ob das alles in zwanzig ... in fünfzig Jahren wieder einmal vorkommt!«

»Ich bin dafür auch der Vorsehung dankbar, Mister Jeorling, und es belebt meine Hoffnung ein wenig. Da hier eine so anhaltend schöne Witterung herrscht, könnten meine Landsleute ja an dieser Küste, nach der Wind und Strömung sie trugen, gelandet sein. Was unserer Goélette gelang, mag ihrem Boot wohl auch gelungen sein. Sie werden nicht abgefahren sein, ohne ausreichend Proviant für sehr lange, vorher nicht zu bestimmende Zeit mitgenommen zu haben. Nahrungsquellen muss ihnen die Insel Tsalal doch eine Reihe von Jahren hindurch geboten haben. Sie besaßen ja Waffen und Munition; Fische und Wasservögel gibt es in dieser Gegend in Mengen ... Ja, mein Herz ist von neuer Hoffnung erfüllt, und ich wünschte nur, ich wäre schon um einige Stunden älter!«

Ohne die Zuversicht von Kapitän Len Guy zu teilen, freute es mich doch, dass er – sozusagen – den Kopf wieder höher trug. Waren seine Nachforschungen jetzt von Erfolg, so hoffte ich vielleicht zu erreichen, dass sie im Interesse von Arthur Pym fortgesetzt wurden – selbst bis ins Innere des Landes, von dem wir ja nicht weit entfernt waren.

Langsam glitt die *Halbrane* über das klare Wasser hin. Überall wimmelte es von Fischen der schon früher beobachteten Arten. Seevögel zeigten sich in noch größerer Zahl, und sie schienen gar nicht zu erschrecken, denn sie flatterten um die Masten oder ruhten sich auf den Rahen aus. Mehrere weißliche Bänder oder Stränge von fünf bis sechs Fuß Länge wurden an Bord geholt; diese bestanden aus wahrhaftigen Rosenkränzen von Millionen Körnchen – eine Kolonie kleinster Mollusken von glitzernder Farbe.

Wale mit der ausgeatmeten Wassersäule über dem Kopf zeigten sich in einiger Entfernung, und ich bemerkte, dass sie alle nach Süden zogen. Demnach war anzunehmen, dass das Meer sich in dieser Richtung noch weiter fortsetzte.

Die Goélette kam in der Stunde zwei bis drei Meilen vorwärts, ohne dass man versuchte, die Fahrt zu beschleunigen. Dass diese zum ersten Mal gesichtete Küste sich von Nordwesten nach Südosten hin ausdehnte, daran war nicht zu zweifeln; Einzelheiten konnten wir freilich auch nach weiteren drei Stunden nicht einmal mit dem Fernrohr erkennen.

Die auf dem Vorderkastell versammelte Mannschaft blickte hinaus, ohne ihrer Empfindung Ausdruck zu geben. Jem West, der sich auf die Höhe des Fockmasts begeben hatte, wo er zehn Minuten lang beobachtend verweilte, brachte auch keine genaueren Meldungen.

Hinter dem Ruff an Backbord auf die Reling gelehnt, verfolgte ich mit dem Blick die Berührungslinie zwischen Himmel und Wasser, deren Kreisform nur im Osten unterbrochen war.

Da trat der Hochbootsmann an meine Seite und sagte ohne weitere Vorrede:

»Wollen Sie mir gestatten, Ihnen meine Gedanken mitzuteilen, Mister Jeorling?«

»Gewiss, Hochbootsmann, ohne dass ich sie teile, wenn sie mir nicht begründet erscheinen«, antwortete ich.

»Doch, das sind sie, und wenn wir näher kommen, müsste man mit Blindheit geschlagen sein, das nicht zuzugeben.«

»Nun, was denken Sie denn?«

»Dass das kein Land ist, was sich da vor uns zeigt, Mister Jeorling!«

»Was sagen Sie da, Hochbootsmann?«

»Sehen Sie nur genau hin und halten Sie einen ausgestreckten Finger vor die Augen ...«

Ich tat, was Hurliguerly sagte.

»Sehen Sie es nun?«, fuhr er fort. »Ich will doch meine Lust am Whiskytrinken für immer verlieren, wenn es nicht stimmt, dass jene Massen von der Stelle rücken, nicht in Bezug auf die Goélette, sondern in Bezug auf sich selbst!«

»Und was schließen Sie daraus ...?«

»Dass es in Bewegung befindliche Eisberge sind.«

»Eisberge …?«

»Ganz bestimmt, Mister Jeorling!«

Irrte sich der Hochbootsmann hiermit nicht? Erwartete uns eine Enttäuschung? Befanden sich da draußen statt einer Küste nur treibende Eisberge?

Bald herrschte über diese Fragen kein Zweifel mehr, und schon seit einigen Minuten glaubte die Mannschaft nicht mehr, dass es in dieser Richtung Land gab. Zehn Minuten später meldete der Mann im Elsternest, dass von Nordwesten her und schräg zum Kurs der *Halbrane* mehrere Eisberge herantrieben.

Welch traurige Wirkung hatte diese Neuigkeit an Bord! Unsere letzte Hoffnung sollte so plötzlich zunichte gemacht werden! Welcher Schlag für Kapitän Len Guy …! Jenes Land tief in der südlichen Zone musste in noch höheren Breiten gesucht werden, ohne dass man sicher sein konnte, es überhaupt zu finden!

Plötzlich ertönte auf der *Halbrane* fast einstimmig der Ruf:

»Wenden …! Scharf wenden …! Umkehren!«

Die Angeworbenen von den Falklands gaben damit ihren Willen kund, verlangten, dass wir sofort umkehrten, obgleich Hearne nicht da war, um sie zum Ungehorsam aufzustacheln, und ich muss gestehen, auch die meisten von der alten Mannschaft schienen diese Meinung zu teilen.

Jem West, der jetzt nicht wagte, Schweigen zu gebieten, erwartete die Befehle seines Vorgesetzten.

Gratian am Ruder war schon bereit, das Steuerrad zu drehen, während seine Kameraden sich bereit machten, die Schoten schließen zu lassen …

Dirk Peters stand regungslos mit gesenktem Kopf, zusammengesunkenem Körper und fest zusammengepressten Lippen am Fockmast … kein Laut kam über seine Lippen.

Da wendet er sich aber zu mir hin und wirft mir einen Blick zu … einen Blick, flehend und zornig!

Ich weiß nicht, welch unwiderstehliche Kraft mich packte, persönlich einzuschreiten, noch einmal Einspruch zu erheben. Mir kam ein letztes Argument in den Sinn ... ein Einwand, den niemand widerlegen konnte.

Ich ergriff also das Wort, entschlossen, gegen alles und alle standhaft zu bleiben, und sprach mit solcher Überzeugung, dass keiner mich zu unterbrechen wagte.

In der Hauptsache sagte ich Folgendes:

»Nein ... wir dürfen nicht jede Hoffnung aufgeben ... Land kann nicht mehr weit sein ...! Wir haben hier keinen solchen Packeiswall vor uns, wie er sich aus dem freien Meer durch Anhäufung der Eistriften bildet; das hier sind Eisberge, und die haben sich auf jeden Fall von einem festen Untergrund ablösen müssen ... von einem Festland oder einer Insel. Da wir ja jetzt in der Jahreszeit der Eisschmelze sind, werden sie gewiss erst seit ganz kurzer Zeit abgetrieben sein. Dahinter werden wir auf die Küste treffen, wo sie sich gebildet haben ... Noch vierundzwanzig, höchstens achtundvierzig Stunden, und wenn sich dann kein Land zeigt, wird Kapitän Len Guy wieder den Kurs nach Norden einschlagen!«

Ich weiß nicht, ob ich die Leute überzeugt hatte oder ob ich sie mir durch den Köder einer weiteren Prämie gefügig machen, ob ich daraus Nutzen ziehen sollte, dass Hearne jetzt nicht unter seinen Kameraden war, dass er sie nicht aufhetzen und sagen konnte, dass man sie nur wieder hinters Licht führte und dass die Goélette dem sicheren Verderben entgegenginge.

Da kam mir der Hochbootsmann zu Hilfe, der in bester Laune ausrief:

»Das war gut gesprochen, und ich für meinen Teil schließe mich der Ansicht von Mister Jeorling an ... Ohne Zweifel sind wir dem Land nah! Wenn wir hinter jenen Eisbergen danach suchen, werden wir es ohne Mühen und Gefahren finden. Um einen Grad südlicher, was macht das, wenn man dadurch ein paar Hundert Dollar mehr in die Tasche stecken kann! Vergessen wir nicht, wie angenehm es ist, wenn sie hineinspazieren, und genauso angenehm, wenn sie wieder herauskommen!«

Daraufhin schloss sich auch der Koch Endicott seinem Freund, dem Hochbootsmann, an.

»Ja ... sehr schön ... die Dollars!«, rief er und ließ dabei zwei Reihen blendend weißer Zähne sehen.

Unklar blieb freilich, ob die übrige Mannschaft sich Hurliguerlys Zureden fügte oder sich doch noch widersetzen würde, wenn die *Halbrane* in der Richtung auf die Eisberge weitersegelte.

Kapitän Len Guy erhob das Fernrohr wieder, richtete es auf die sich bewegenden Wellen, die er aufmerksam betrachtete, und sagte dann laut und bestimmt:

»Nach Südsüdwest steuern!«

Jem West gab Befehl, das Manöver auszuführen.

Die Matrosen zögerten einen Augenblick, dann aber – wie aus angeborenem Pflichtgefühl – gingen sie daran, die Segel zu hissen und die Schoten anzuziehen, sodass die *Halbrane* bald mit erhöhter Schnelligkeit dahinglitt.

Als alles beendet war, näherte ich mich Hurliguerly und zog ihn etwas zur Seite.

»Ich danke Ihnen, Hochbootsmann!«, sagte ich.

»Oh, Mister Jeorling, diesmal ging es noch gut ab«, antwortete er achselzuckend. »Wir dürfen die Saiten aber doch nicht zu sehr anspannen, sonst werden alle, vielleicht sogar Endicott, gegen mich sein ...«

»Ich habe doch nichts gesagt, was nicht die Wahrscheinlichkeit für sich hätte«, erwiderte ich heftig.

»Das geb' ich gerne zu, die Dinge könnten sich genauso verhalten, wie Sie sagten.«

»Gewiss, Hurliguerly, gewiss ... Ich habe auch nur meiner Überzeugung Ausdruck gegeben und zweifle gar nicht daran, dass wir hinter den Eisbergen Land finden werden.«

»Vielleicht, Mister Jeorling, vielleicht! Dann müsste es aber vor Ablauf von zwei Tagen in Sicht kommen, denn sonst – auf mein Wort – sonst müssten wir kehrtmachen!«

In den nächsten vierundzwanzig Stunden segelte die *Halbrane* nun nach Südsüdwesten, wenn ihre Richtung inmitten des Eises auch oft etwas geändert und ihre Geschwindigkeit gedrosselt werden musste. Die Fahrt wurde recht schwierig, als sich die Goélette in der Linie der

Eisberge befand, die sie in schräger Richtung zu schneiden hatte. Zum Glück gab es hier keine solchen Packs und Eistriften, wie sie sich unter dem 70. Breitengrad am Packeisrand drängten, nichts von der irrsinnigen Unruhe, die man an dem von antarktischen Stürmen so oft gepeitschten Polarkreis so häufig antrifft. Die ungeheuren Massen trieben in majestätischer Ruhe dahin. Die Blöcke erschienen völlig »neu« – ja, das ist der richtige Ausdruck –, und vielleicht hatten sie sich erst vor wenigen Tagen gebildet. Bei einer Höhe von hundert bis hundertfünfzig Fuß musste ihr Volumen jedenfalls Millionen von Tonnen betragen. Jem West achtete peinlichst darauf, jeden Zusammenstoß zu vermeiden, und verließ das Verdeck jetzt keinen Augenblick mehr.

Vergeblich bemühte ich mich, durch die freien Räume zwischen den Eisbergen, Anzeichen von Land zu erkennen, dessen Lage unsere Goélette gezwungen hätte, mehr direkt nach Süden zu steuern ... ich erblickte nichts ... nichts, was meine Annahme bestätigt hätte.

Bisher hatte sich Kapitän Len Guy überdies auf die Angaben des Kompasses verlassen können. Der noch mehrere Hundert Seemeilen entfernte magnetische Pol, der östlich von uns lag, hatte noch keinen Einfluss auf die Bussole. Die Nadel behielt noch ihre unveränderte Richtung bei, statt der Abweichung um sechs bis sieben Striche in der Nähe jenes Pols.

Kurz, entgegen meiner Ansicht, die sich doch auf recht begründete Annahmen stützte, tauchte keine Spur von Land auf, und ich fragte mich schon, ob es nicht ratsamer sei, einen mehr westlichen Kurs einzuschlagen, wenn sich die *Halbrane* dabei auch von dem letzten Punkt, wo die Meridiane zusammenlaufen, etwas entfernte.

Je mehr von den achtundvierzig mir zugestandenen Stunden verstrichen, desto mehr erkannte ich zu meinem Leidwesen, dass sich bei den Leuten wieder Entmutigung und die Neigung zum Ungehorsam zeigten. Noch anderthalb Tage, und es würde mir nicht mehr möglich sein, den allgemeinen Widerstand zu überwinden ... die Goélette würde dann nach Norden zurückkehren.

Die Mannschaft arbeitete schweigend, als Jem West in knappem Ton den Befehl gab, durch die Durchlässe zu steuern, wobei jetzt, um einen Aufprall zu vermeiden, schnell angeluvt und dann wieder mit dem vollen Wind im Rücken gesegelt werden musste. Trotz unausgesetzter Aufmerksamkeit, trotz der Geschicklichkeit der Matrosen und der prompten Ausführung aller Manöver, streifte der Schiffsrumpf doch wiederholt hart an und ließ an öden Wänden des Eises da und dort lange Striche von Teer zurück. Auch der Mutigste konnte sich da wohl kaum der Befürchtung erwehren, dass unsere Schiffswand ein Leck bekommen und dann Wasser eindringen könnte …

Der untere Teil der treibenden Berge fiel nämlich ganz steil ab, sodass eine »Landung« unmöglich gewesen wäre. Wir bemerkten auch keinen von den Seehunden, die doch sonst so zahlreich sind, wo viele Eisfelder treiben – nicht einmal ein Volk kreischender Pinguine, die die *Halbrane* sonst beim Vorüberkommen zu Tausenden ins Wasser verjagte. Die Vögel selbst schienen seltener und flüchtiger zu werden. Die traurige, öde Wüstenei machte auf die Seele einen beklemmenden Eindruck, dem sich niemand zu entziehen vermocht hätte. Wer konnte wohl noch die Hoffnung bewahren, dass die Überlebenden von der *Jane*, wenn sie in diese trostlosen Gegenden verschlagen worden waren, hier hätten eine Zuflucht finden und überleben können? Und wenn nun die *Halbrane* Schiffbruch erlitt, würde dann wohl ein einziger Zeuge dafür übrig bleiben …?

Man konnte beobachten, dass sich seit gestern, seit dem Augenblick, wo der Kurs direkt nach Süden verlassen wurde, um zwischen den Eisbergen hindurchzusegeln, in der gewohnten Haltung des Mestizen eine Veränderung zeigte. Meist am Fockmast hockend, den Blick vom Meer abgewandt, erhob er sich nur, um bei einem Segelmanöver mit Hand anzulegen, verrichtete die Arbeit aber nicht so eifrig und schnell wie früher. Auch er schien allen Mut verloren zu haben. Nicht dass er den Glauben aufgegeben hätte, dass sein Gefährte von der *Jane* noch lebte … ein solcher Gedanke konnte in seinem Gehirn nicht aufkommen! Instinktiv fühlte er aber wohl, dass er in der jetzt eingehaltenen Richtung die Spuren seines armen Pym nicht wiederfinden würde.

»Mister Jeorling« – hätte er zu mir gesagt –, »verstehen Sie mich recht, bei diesem Kurs ist nichts zu erwarten … nichts!«

Was hätte ich ihm darauf antworten sollen?

Gegen sieben Uhr abends erhob sich dichter Nebel, der die Fahrt der *Halbrane* sehr schwierig und gefahrvoll machen musste, wenn er anhielt.

Dieser Tag voller Erregung, Angst, voll Schwankens zwischen Hoffnung und Enttäuschung hatte mich gänzlich erschöpft. So zog ich mich in meine Kabine zurück und warf mich völlig angekleidet aufs Lager.

Bei meinen quälenden Gedanken, bei der entsetzlichen Unruhe in meinem Innern konnte ich heute keinen Schlummer finden. Ich glaube gern, dass das so häufige Lesen des Werks von Edgar Poe, noch dazu in einer Umgebung wie der, wo seine Helden gelebt und geschmachtet, auf mich einen Einfluss ausgeübt hatte, über den ich mir kaum klar war.

Morgen würden die achtundvierzig Stunden abgelaufen sein, das letzte Zugeständnis, das die Besatzung auf meine Bitte hin bewilligt hatte.

»Es verläuft wohl nicht nach Ihren Wünschen?«, hatte der Hochbootsmann zu mir gesagt, als ich in das Deckhaus eintrat.

Nein, gewiss nicht, da sich kein Land hinter der Flottille von Eisbergen zeigte. Da zwischen den treibenden Massen keine Spur einer Küste aufgetaucht war, ließ Kapitän Len Guy morgen bestimmt nach Norden wenden ...

Ach, warum war ich nicht der Herr der Goélette ...! Hätte ich sie, und wär's um den Preis meines ganzen Vermögens, kaufen können, wären unsere Leute meine Sklaven und meiner Peitsche unterworfen gewesen ... niemals hätte die *Halbrane* diese Fahrt aufgegeben, und hätt' ich sie auch zum Ende der Erdachse führen müssen, über dem das Kreuz des Südens seinen Strahlenschimmer ausgießt! In meinem erregten Gehirn schwirrten tausenderlei Gedanken, tausenderlei Klagen und Wünsche. Ich wollte aufstehen, aber es kam mir vor, als hielte mich eine schwere, unbezwingbare Hand auf mein Lager gefesselt. Mich erfüllte das Verlangen, diese Kabine augenblicklich zu verlassen, den engen Raum, wo mich ein Alpdruck im Halbschlaf peinigte – eines der Boote der *Halbrane* ins Wasser zu lassen, mit Dirk Peters, der mir bestimmt folgen würde, hineinzuspringen und uns dann der Strömung zu überlassen, die nach Süden ... nach Süden zu lief ...

Und ich tat es ... ja, ich tat es ... aber im Traum! Es war der nächste Tag; Kapitän Len Guy hatte einen letzten Blick zum Horizont gerichtet und dann Befehl zum Umkehren gegeben. Eines der Boote wird vom Schiff nachgeschleppt ... ich sage es dem Mestizen ... wir schlüpfen unbemerkt hinein ... zerschneiden das Tau ... und während die Goélette davongleitet, bleiben wir zurück, und die Strömung trägt uns weiter ...

So fahren wir über das stets offene Meer ... endlich hält unser Boot an ... da liegt Land vor uns ... Ich glaube eine Art Sphinx zu sehen, die Herrscherin auf der Südkappe der Erde ... die Eissphinx ... ich gehe darauf zu ... frage sie ... sie erklärt mir die Geheimnisse dieser unerforschten Gebiete. Dann tauchen rund um das mythologische Ungeheuer die Erscheinungen auf, die Arthur Pym für wirklich hielt. Der Vorhang aus wogenden, von Lichtstrahlen gestreiften Nebeln zerreißt ... da erhebt sich vor meinen erstaunten Blicken nicht jene Gestalt von übermenschlicher Größe, sondern Arthur Pym, der trotzige Hüter des Südpols, der die Flagge der Vereinigten Staaten von Nordamerika im Wind flattern lässt ...!

Ob dieser Traum urplötzlich unterbrochen wurde oder die wahnhafte Bilderreihe sich bloß auflöste, weiß ich nicht, ich hatte nur die Empfindung, geweckt zu werden. Es schien mir, als wäre in der Bewegung der Goélette eine Veränderung eingetreten, als gleite sie, sanft nach Steuerbord geneigt, über das so ruhige Meer ... und doch ... das war kein Rollen ... kein Stampfen ...

Ja ... buchstäblich ... ich fühlte mich emporgetragen, als wäre meine Lagerstatt die Gondel eines Ballons ... als wären in mir die Gesetze der Schwerkraft aufgehoben ...

Ich täuschte mich nicht ... ich war aus dem Traum in die Wirklichkeit zurückgekehrt ...

Einzelne Erschütterungen, deren Ursache mir noch nicht klar war, machten sich über mir bemerkbar. In meiner Kabine wichen die Wände aus der vertikalen Richtung, so, als neigte sich die *Halbrane* stark auf die Seite. Gleich darauf wurde ich von meinem Lager geschleudert, und es fehlte nicht viel, und eine Ecke des Tischs hätte mir den Schädel zertrümmert.

Endlich kam ich wieder in die Höhe, kroch mehr, als ich ging, zur Tür, stemmte mich dagegen, bis sie schließlich dem Druck nachgab.

Da vernahm ich ein Knarren und Brechen in der Schanzkleidung, ein Krachen in der Schiffswand an Backbord.

War die Goélette doch noch mit einer der treibenden, ungeheuren Massen zusammengestoßen, denen Jem West im Nebel nicht hatte ausweichen können?

Plötzlich erscholl wildes Geschrei über dem Ruff, auf dem Hinterdeck, dann Schreckensrufe, in die sich die Stimmen der halb wahnsinnigen Mannschaft mischten ...

Schließlich noch ein letzter Stoß, und die *Halbrane* blieb unbeweglich liegen.

SIEBTES KAPITEL

Der Einsturz des Eisbergs

Ich musste auf allen vieren kriechen, um zum Verdeck zu gelangen.

Kapitän Len Guy, der seine Kabine ebenfalls verlassen hatte, schob sich auf den Knien vorwärts, so schräg lag das Schiff nach Backbord, und hielt sich schließlich an einem Handgriff des Gangspills fest.

Auf dem Vorderdeck, zwischen dem Kastell und dem Fockmast, ragten einige Köpfe aus den Falten eines Segels hervor, das auf die Leute wie ein zusammenbrechendes Zelt heruntergefallen war.

An Steuerbord hingen an den Wanten Dirk Peters, Hardy, Martin Holt und Endicott mit entsetzter Miene.

In diesem Augenblick hätten der Hochbootsmann und er gewiss die Hälfte der ihnen für die Weiterfahrt zugesicherten Belohnung darum gegeben, aus dieser Lage befreit zu werden.

Da kam ein Mann auf allen vieren zu mir herangekrochen, denn auf dem Deck konnte wegen der schiefen Lage niemand aufrecht stehen. Das Schiff hatte sich nämlich mindestens um 50° geneigt.

Hurliguerly war es, der sich über die Planken schleppte.

Lang ausgestreckt und die Füße gegen den Rahmen meiner Kabinentür gestemmt, fürchtete ich nicht, weiter hinunterzurutschen.

So streckte ich dem Hochbootsmann die Hand hin, damit er sich neben mir aufrichten konnte, was uns nach einiger Anstrengung auch gelang.

»Was ist geschehen?«, fragte ich.

»Wir sind gestrandet, Mister Jeorling!«

»Wie? Wir liegen an der Küste?«, rief ich.

»Eine Küste würde ja wohl Land bedeuten«, antwortete der Hochbootsmann ironisch, »doch was das Land betrifft, so hat es das nie anders als in der Einbildung dieses Teufelskerls Dirk Peters gegeben!«

»Nun ... was ist dann vorgefallen?«

»Mitten im Nebel ist ein Eisberg herangetrieben, dem wir nicht ausweichen konnten ...«

»Ein Eisberg, Hochbootsmann?«

»Ja ... ein Eisberg, der genau diesen Augenblick gewählt hat, sich einmal auf eine andere Seite zu legen ...! Beim Umdrehen hat er die *Halbrane* mitgenommen, als ob sie ein Spielzeug wäre, und so sitzen wir jetzt gut hundert Fuß über der Oberfläche des Antarktischen Meeres fest!«

Wer hätte bei der abenteuerlichen Fahrt der *Halbrane* wohl an einen so seltsamen Unfall gedacht ...! Hier im tiefsten Süden war unser einziges Transportmittel aus seinem natürlichen Element gerissen und durch das Umkippen eines Eisbergs auf eine Höhe von über hundert Fuß gehoben worden! Oh welches Ende mit Schrecken! Während eines Polarsturms unterzugehen, bei einem Überfall durch Wilde umzukommen, zwischen mächtigen Eismassen zerquetscht zu werden, das sind Gefahren, denen jedes durch die Polarmeere segelnde Schiff ausgesetzt ist. Dass die *Halbrane* aber von einem dahintreibenden Berg gerade in dem Augenblick, wo dieser eine andere Lage einnahm, gepackt und hoch hinaufgehoben wurde ... nein, das ging über die Grenzen des Wahrscheinlichen hinaus!

Ob wir bei den uns zu Gebote stehenden Mitteln imstande sein würden, die Goélette von dieser Höhe wieder herunterzubringen, vermochte ich nicht zu beurteilen. Ich wusste nur das eine, dass Kapitän Len Guy, der Leutnant und die alte Mannschaft, nachdem sie sich vom ersten Schreck erholt hatten, das Zeug dazu hatten, auch der entsetzlichsten Lage gegenüber nicht zu verzweifeln. Sie ließen gewiss kein Rettungsmittel unversucht. Wie das jedoch geschehen sollte, das hätte jetzt freilich niemand sagen können.

Ein Nebelschleier wie aus grauem Crêpe verhüllte den Eisberg. Man sah nichts von seiner Masse aus der engen, spaltenartigen Einbuchtung, in der die *Halbrane* festsaß; ebenso wenig konnte man erkennen, an welcher Stelle er unter der nach Südosten treibenden Flottille lag.

Am sinnvollsten war es, die *Halbrane* auszuräumen, da diese durch eine plötzliche Erschütterung des Eisbergs noch mehr umgelegt werden konnte. Wir wussten ja nicht, ob das Schiff eine stabile Lage hatte, und ein erneutes Umkippen des Eisbergs war auch nicht ausgeschlossen. Wurde die Goélette dabei aber vielleicht wieder hinuntergeschleudert, wer hätte einen solchen Sturz heil und unversehrt überstehen können, abgesehen davon, dass das Schiff dabei auf jeden Fall sinken musste?

Binnen wenigen Minuten hatte die Mannschaft die *Halbrane* verlassen. Jeder suchte Zuflucht, so gut es ging, in Erwartung, dass die Dunsthülle um den Eisberg endlich verschwinden würde. Jetzt drangen die schrägen Strahlen der Sonne nicht einmal hindurch, und man bemerkte kaum die rötliche Scheibe jenseits der zusammengeballten undurchsichtigen Bläschen, die deren Flammenbündel auslöschten.

Auf zehn bis zwölf Schritt konnten wir einander jedoch sehen. Die *Halbrane* bildete indes nur eine formlose Masse, deren dunkle Farbe sich von dem weißlichen Eis deutlich abhob.

Jetzt wurde die Frage laut, ob von allen denen, die sich im Augenblick der Katastrophe irgendwo auf dem Deck der Goélette anklammerten, nicht der eine oder andere über die Schanzkleidung hinaus ins Meer geschleudert worden war.

Auf Befehl von Kapitän Len Guy kamen die anwesenden Matrosen zu der Gruppe, in der ich mich mit dem Leutnant, dem Hochbootsmann und den Maaten Hardy und Martin Holt befand.

Jem West rief alle Namen auf ... fünf von den Leuten antworteten nicht: der Matrose Drap, einer von der alten Mannschaft, und vier neue Leute, nämlich zwei Engländer, ein Amerikaner und einer von den Feuerländern, die auf den Falklands an Bord genommen worden waren.

Der Unfall kostete also fünf von unseren Männern das Leben – es waren die ersten Opfer seit der Abfahrt von den Kerguelen ... würden es auch die letzten sein ...?

Es bestand ja kaum ein Zweifel daran, dass die Unglücklichen umgekommen waren, denn wir riefen sie vergebens überall auf dem Eisberg, wo sie sich vielleicht an einem Vorsprung hätten anklammern können.

Die Suche, die unternommen wurde, nachdem der Nebel aufgestiegen war, blieb fruchtlos. Als die *Halbrane* von unten gepackt wurde, war die Erschütterung so heftig gewesen und so urplötzlich gekommen, dass sich jene Leute nicht mehr an der Schanzkleidung hatten festhalten können, und selbst ihre Leichen, die die Strömung schon mit fortgetragen haben mochte, fand wahrscheinlich niemand wieder.

Als das Verschwinden jener fünf von uns bestätigt war, schlich sich die Verzweiflung wohl in aller Herzen. Zu lebhaft tauchte jetzt das Bild von den Gefahren auf, die einer Expedition durch das antarktische Gebiet drohten.

»Und Hearne ...?«, ließ eine Stimme sich vernehmen.

Martin Holt war es, der während des allgemeinen Schweigens diesen Namen aussprach.

War der Segelmaat nicht in der engen Kabine des Frachtraums, in der er eingeschlossen war, erdrückt worden?

Jem West begab sich auf die Goélette, kletterte an einer vom Vorderteil herabhängenden Trosse hinauf und drang bis zum Volkslogis vor, neben dem man in den Schiffsraum hinabgelangen konnte.

Regungslos und schweigend warteten wir darauf, Klarheit über das Schicksal von Hearne zu bekommen, obwohl dieser böse Geist der Mannschaft kein Mitleid verdiente.

Und doch, wie viele von uns dachten jetzt daran, dass, wenn sein Rat befolgt und die Goélette wieder nach Norden zurückgelenkt worden wäre, eine ganze Schiffsbesatzung nicht als einzigen Zufluchtsort nur einen dahintreibenden Eisberg gehabt hätte! Und welch schwere Verantwortung lastete auf mir, der ich die Fortsetzung der Reise so hartnäckig betrieben hatte!

Endlich erschien der Leutnant wieder auf dem Verdeck, und Hearne folgte ihm. Wie durch ein Wunder hatten Scheidewände, Rippen und Schiffsbekleidung gerade an der Stelle, wo der Segelmeister eingesperrt war, völlig standgehalten.

Hearne lief auf der Goélette entlang, schloss sich, ohne ein Wort zu äußern, seinen Kameraden wieder an, und wir hatten zunächst nichts mehr mit ihm zu tun.

Gegen sechs Uhr morgens verschwand der Nebel nach einem deutlichen Temperaturabfall. Es handelte sich dabei nicht um Nebel, der sich ganz in Eis verwandelte, sondern es bildete sich der sogenannte

Raufrost, der in diesen hohen Breiten zuweilen beobachtet wird. Kapitän Len Guy erkannte dieses Phänomen an der ungeheuren Menge prismatischer Fäden oder Fasern mit in Windrichtung gerichteter Spitze, die von der dünnen, auf den Seiten des Eisbergs abgelagerten Schicht hervorstanden. Dieser Raufrost ist nicht mit dem Reif der gemäßigten Zone zu verwechseln, denn Letzterer entsteht erst dadurch, dass Feuchtigkeit auf dem Erdboden oder einer ähnlichen Oberfläche erstarrt.

Jetzt vermochten wir auch die Größe der Eismasse zu beurteilen, auf der wir wie Fliegen auf einem Zuckerhut saßen, und von unten gesehen konnte die Goélette sicherlich nicht größer erscheinen als die Jolle eines Handelsschiffs.

Der Eisberg, dessen Umfang dreihundert bis vierhundert Toisen betragen mochte, hatte eine Höhe von hundertdreißig bis hundertvierzig Fuß. Er musste demnach, der Berechnung nach, vier- bis fünfmal so tief im Wasser liegen und folglich ein Gewicht von Millionen von Tonnen haben.

Damit war Folgendes vorgegangen:

Nachdem der unterste Teil des Eisbergs durch den Kontakt mit wärmerem Wasser zernagt war, hatte er sich etwas gehoben, wodurch sich sein Schwerpunkt verlagerte; dann aber konnte das Gleichgewicht nur dadurch wieder hergestellt werden, dass er umkippte, und so war der Teil über die Meeresfläche gehoben worden, der früher darunter lag. Von dieser Schaukelbewegung gepackt, war auch die *Halbrane* wie durch einen ungeheuren Hebelarm emporgeschnellt worden. In den Polarmeeren »wenden sich« häufig Eisberge »auf die andere Seite«, und das bildet eine der größten Gefahren für Schiffe, die sich gerade in ihrer Nähe befinden.

Unsere Goélette lag jetzt in einer Vertiefung an der Westflanke des Eisbergs. Mit emporgetriebenem Hinterdeck und gesenktem Vorderdeck neigte sie sich weit über Backbord. Und wir dachten, dass sie beim geringsten Stoß wohl die Böschung des Eisbergs hinab und ins Meer gleiten könne. Auf der Seite, zu der hin sie lag, war der Aufprall so heftig gewesen, dass einige Planken der Rumpfwand und der Schanzkleidung, in der Länge von etwa zwei Toisen, eingedrückt worden waren. Gleich beim ersten Stoß waren die Seile, die die Küche vor dem Fockmast festhielten, gerissen und diese bis zum Eingang des Deckhauses hinuntergepoltert, dessen Tür, zwischen den beiden Kabinen von Kapitän Len Guy und dem Leutnant, aus den Angeln gerissen war. Bramstenge und Oberbramstenge waren heruntergestürzt, als die Wanten gerissen waren, und man sah die frische Bruchstelle in der Höhe des Eselshaupts. Trümmer aller Art, Rahen, Balken, ein Teil der Segel, Fässer, Kisten, Hühnerkäfige – alles lief Gefahr, zum Fuß der Eisklippe hinabzugleiten und mit ihr wegzutreiben.

Am meisten beunruhigte uns in der gegenwärtigen Lage der Umstand, dass das eine Boot der *Halbrane*, das an Backbord, bei dem Unfall zertrümmert worden war. Jetzt besaßen wir nur noch das zweite – zum Glück das größere – das in den Davits an Steuerbord hing. Vor allem galt es nun, dieses Boot, vielleicht unser einziges Rettungsmittel, in Sicherheit zu bringen.

Die erste Besichtigung ergab, dass die Untermasten der Goélette fest stehen geblieben waren und, wenn das Fahrzeug etwa wieder flott wurde, noch eingesetzt werden konnten. Wie vermochten wir unser Fahrzeug aber dieser Eisbucht zu entreißen, es seinem natürlichen Element zurückzugeben, es wie ein neu gebautes Schiff gleichsam vom Stapel zu lassen?

Als ich mit Kapitän Len Guy, dem Leutnant und dem Hochbootsmann allein war, fragte ich sie nach ihrer Meinung.

»Unbestritten ist ein solcher Versuch mit großen Gefahren verbunden«, antwortete Jem West, »da es aber unumgänglich ist, werden wir ihn unternehmen. Ich glaube, wir müssen bis zum Fuß des Eisbergs eine Art Bett ausbrechen ...«

»Und das, ohne auch nur einen Tag zu warten«, setzte Kapitän Len Guy hinzu.

»Haben Sie's gehört, Hochbootsmann?«, fuhr Jem West fort. »Gleich heute ans Werk!«

»Ich verstehe, und dabei werden alle gern helfen«, antwortete Hurliguerly. »Vorher erlauben Sie aber eine Bemerkung, Kapitän ...«

»Und die wäre?«

»Vor Beginn der Arbeit sollten wir doch wohl den Schiffsrumpf untersuchen, nachsehen, welche Havarien er erlitten hat und ob wir diese überhaupt ausbessern können. Denn was für einen Sinn hätte es, ein leckgeschlagenes Fahrzeug, das doch gleich untergehen würde, aufs Wasser zu setzen?«

Alle stimmten dieser Bemerkung zu.

Nachdem sich der Nebel aufgelöst hatte, beleuchtete jetzt heller Sonnenschein die Ostseite des Eisbergs, von wo aus der Blick einen breiten Bereich des Meeres umfasste. An dieser Seite zeigte der Abhang statt spiegelglatter Flächen, auf denen der Fuß nicht hätte haften können, Erhöhungen, Vorsprünge, wallartige Höcker und sogar ebene Flächen, die es erlaubten, ein zeitweiliges Lager aufzuschlagen. Dabei musste man freilich darauf achten, sich gegen herabstürzende gewaltige Blöcke zu schützen, von denen manche ziemlich instabil saßen und beim ersten Stoß hinuntergeworfen werden konnten. Im Laufe des Vormittags rollten auch wirklich Einzelne mit ohrenbetäubendem Gepolter ins Meer hinab.

Im Ganzen schien der Eisberg in seiner neuen Lage aber recht gesichert zu sein. Von dem Augenblick an, wo sich sein Schwerpunkt unter der Schwimmlinie befand, war ein erneutes Umkippen kaum zu fürchten.

Seit dem Eintritt der Katastrophe hatte ich noch keine Gelegenheit gehabt, mit Dirk Peters zu sprechen. Da er beim Mannschaftsappell auf seinen Namen geantwortet hatte, wusste ich, dass er sich nicht unter den Opfern befand. Jetzt sah ich ihn regungslos auf einem schmalen Vorsprung stehen; wohin seine Blicke sich richteten, das ist wohl leicht zu erraten ...

Kapitän Len Guy, der Leutnant, der Hochbootsmann und die Maate Martin Holt und Hardy, die ich begleitete, begaben sich nun zur Goélette, um den Rumpf genau zu untersuchen. An der Steuerbordseite machte das keine Schwierigkeiten, da die *Halbrane* auf die entgegengesetzte Seite geneigt lag. Auf der andern Seite musste man freilich wohl oder übel einen Weg durch das Eis bis zum Kiel brechen, wenn kein Teil des Schiffsrumpfs von der Untersuchung ausgespart bleiben sollte.

Nach zweistündiger, sorgfältiger Besichtigung wurde Folgendes gefunden:

Die Havarien erwiesen sich als unbedeutend und konnten hier recht gut ausgebessert werden. Zwei oder drei durch die Gewalt des Stoßes zertrümmerte Planken zeigten ihre verdrehten Pflöcke, die Schiffsnägel, und aufgesprungene Fugen. Im Innern waren alle Rippen unversehrt, und auch die Bauchplanken waren nicht verzogen. Unser Fahrzeug, das für Fahrten in den Polarmeeren gebaut war, hatte also zusammengehalten, wo andere mit weniger fester Konstruktion unzweifelhaft in Stücke gegangen wären. Nur das Steuer hatte sich aus seiner Befestigung gelöst; das konnte aber leicht wieder in Ordnung gebracht werden.

Nach der Besichtigung außen und innen erkannten wir, dass die Beschädigungen harmloser waren, als man wohl befürchten musste, und in dieser Hinsicht fühlten wir uns also recht beruhigt.

Beruhigt ... nun ja ... wenn es gelang, die Goélette wieder flottzumachen.

Nach dem Frühstück wurde beschlossen, dass die Mannschaft darangehen sollte, ein schräg abfallendes Bett auszuhöhlen, in dem die *Halbrane* bis zum Fuß des Eisbergs hinabgleiten könnte. Gebe der Himmel, dass dieser Versuch gelang, denn unter den jetzigen Umständen der Unbill des südlichen Winters zu trotzen, sechs volle Monate auf dem irgendwohin treibenden Eisberg zuzubringen – wer hätte daran ohne Entsetzen denken können? Überraschte uns der Winter noch hier, so würde keiner von uns dem schrecklichsten Tod, dem Tod durch Erfrieren, entrinnen.

In diesem Augenblick rief Dirk Peters, der, etwa hundert Schritte entfernt stehend, den südlichen und östlichen Horizont beobachtete, mit lauter Stimme:

»Gegengebrasst!«

Gegengebrasst? Der Mestize konnte damit nur meinen, dass die schwimmende Eismasse plötzlich stillgehalten hatte. Über den Grund dieser Erscheinung nachzugrübeln oder nach den Folgen zu fragen, dazu war jetzt keine Zeit.

»Es ist doch richtig«, erklärte der Hochbootsmann. »Der Eisberg bewegt sich nicht mehr, und vielleicht liegt er sogar schon seit er umgestürzt ist an demselben Fleck!«

»Wie«, rief ich, »er treibt nicht mehr weiter ...«

»Nein«, antwortete der Leutnant, »und der Beweis dafür ist, dass die andern, die dahintreiben, ihn hinter sich zurücklassen!«

In der Tat blieb unser Eisberg, während fünf oder sechs andere sich noch Richtung Süden entfernten, an der Stelle gefesselt, als wäre er auf eine Untiefe aufgelaufen.

Die einfachste Erklärung dafür war, dass seine neue unterste Schicht den Grund des Meeres berührte und dort haftete, was auf jeden Fall so lange dauern würde, bis der jetzt eingetauchte Teil sich – auf die Gefahr hin, erneut umzustürzen – wieder erhob.

Das war freilich eine ernste Komplikation, denn die Gefahren, wenn der Eisberg in dieser Gegend feststeckte, waren jedenfalls größer als die Zufälligkeiten beim Weitertreiben. Zumindest konnten wir im zweiten Fall hoffen, auf Festland oder auf eine Insel zu stoßen oder vielleicht sogar, wenn die Strömungen ihre frühere Richtung beibehielten und das Meer offen blieb, bis über die Grenzen des südlichen Polargebiets hinauszukommen.

In was für einer Lage befanden wir uns nun nach drei Monaten auf dieser schrecklichen Fahrt! Um William Guy, seine Gefährten von der *Jane* und Arthur Pym ging es nun nicht mehr; alle Hilfsmittel, über die wir noch verfügten, mussten für unsere eigene Rettung aufgeboten werden ... War es denn verwunderlich, dass die Matrosen von der *Halbrane* sich schließlich auflehnten, Hearnes Einflüsterungen erlagen, dass sie ihre Vorgesetzten – und daneben besonders mich – für die Folgen einer solchen Fahrt verantwortlich machten?

Und was würde wohl geschehen, da trotz des Verlustes von vier der ihrigen die Kameraden des Segelwerksmaats noch immer das zahlenmäßige Übergewicht hatten?

Daran dachten – das sah ich deutlich – auch Kapitän Len Guy und Jem West.

Zählten die Angeworbenen von den Falklands jetzt auch nur vierzehn Mann gegen zwölf von der alten Mannschaft, so lag doch die Befürchtung nah, dass sich auch noch einzelne von ihnen auf Hearnes Seite schlagen könnten. Wer konnte wissen, ob diese Leute, von der Verzweiflung getrieben, nicht daran dachten, das einzige uns noch zur

Verfügung stehende Boot an sich zu bringen, damit nach Norden zu fahren und uns auf dem Eisberg zurückzulassen? Das zwang uns dazu, das Boot in Sicherheit zu bringen und es jede Minute sorgsam zu bewachen.

Überdies war mit Kapitän Len Guy seit den letzten Ereignissen eine auffallende Veränderung vorgegangen. Seine Einstellung gegenüber den Gefahren der Zukunft schien sich völlig gewandelt zu haben. Bisher nur mit dem Gedanken beschäftigt, seine Landsleute zu finden, hatte er die Führung der Goélette ausschließlich dem Leutnant überlassen, und übrigens hätte er sie keinem fähigeren und ergebeneren Zweiten Offizier anvertrauen können. Vom heutigen Tag an sollte er aber seine Funktionen als erster Vorgesetzter wieder aufnehmen, sie mit dem gebotenen Eifer erfüllen und an Bord »der Herr nach Gott« werden.

Seinem Befehl entsprechend, sammelte sich die Mannschaft auf einer größeren Eisfläche um ihn, ein wenig links von der *Halbrane*. Hier befanden sich von den alten Leuten die Maate Martin Holt und Hardy, die Matrosen Rogers, Francis, Gratian, Burry, Stern, der Koch Endicott und, ich rechne ihn zu dieser Gruppe dazu, Dirk Peters; von der neuen Mannschaft Hearne und dreizehn Matrosen von den Falklands. Die Letzteren bildeten eine Gruppe für sich, deren Wortführer der Segelwerksmeister war, der einen so zersetzenden Einfluss auf sie ausübte.

Kapitän Len Guy warf einen letzten Blick auf seine ganze Mannschaft und begann dann mit spürbar erregter Stimme:

»Matrosen von der *Halbrane!* Ich muss zuerst über diejenigen von euren Kameraden sprechen, die verschwunden sind. Fünf von uns kamen bei dieser Katastrophe ums Leben ...«

»Und uns andern steht das gleiche Los bevor, nämlich in diesen Meeren zugrunde zu gehen, in die wir verschleppt wurden, trotz ...«

»Schweig, Hearne!«, rief Jem West, bleich vor Wut. »Schweig, oder ...«

»Hearne hat gesagt, was er zu sagen hatte«, fiel Kapitän Len Guy frostig ein. »Jetzt erwarte ich, dass er mich nicht noch einmal unterbricht!«

Vielleicht hätte der Segelmeister doch noch etwas erwidert, denn er wusste, dass er die Mehrzahl von der Mannschaft hinter sich hatte;

Martin Holt ging aber schnell auf ihn zu, drängte ihn zurück, und so schwieg er denn.

Kapitän Len Guy gab hierauf seinen Gefühlen Ausdruck und sagte mit einer allen zu Herzen gehenden Erregung:

»Unsere Pflicht ist es, für die zu beten, die bei dieser gefährlichen, im Namen der Menschlichkeit unternommenen Reise ihr Leben gelassen haben. Gott möge es ihnen lohnen, dass sie sich geopfert haben, und er möge unser Gebet nicht ungehört verhallen lassen. Kniet nieder, ihr Leute von der *Halbrane!*«

Alle sanken auf die Knie, und gemurmelte Gebete stiegen zum Himmel empor.

Wir warteten, bis Kapitän Len Guy sich erhob, und standen dann selbst wieder auf.

»Jetzt«, fuhr er fort, »nachdem ich über die gesprochen habe, die tot sind, ein Wort an die noch Lebenden. Ihnen erkläre ich, dass sie auch in der Lage, in der wir uns zurzeit befinden, mir unverweigerlich zu gehorchen haben, gleichgültig, was ich befehlen mag. Ich werde keinen Widerstand, kein Zaudern dulden. Die Verantwortung für aller Heil liegt bei mir, und ich werde sie keinem andern abtreten. Ich befehle hier an Bord ...«

»An Bord ... wo es doch gar kein Schiff mehr gibt!«, wagte der Segelmeister einzuwerfen.

»Du irrst dich, Hearne. Das Schiff ist noch da, und wir werden es wieder aufs Meer setzen, doch auch wenn wir nur noch unser Boot hätten, so bin ich dessen Kapitän! ... Wehe dem, der das vergisst!«

An diesem Tag erhielt der Kapitän, nachdem er mittels Sextanten die Sonnenhöhe gemessen und mittels des glücklicherweise unversehrt gebliebenen Chronometers die Zeit festgestellt hatte, folgende Standortbestimmung:

Südliche Breite: 88° 55′.

Westliche Länge: 39° 12′.

Die *Halbrane* lag nicht weiter als 1° und 5′ – das heißt fünfundsechzig Seemeilen – vom Südpol entfernt.

ACHTES KAPITEL

Der Gnadenstoß

»Ans Werk!«, hatte Kapitän Len Guy gerufen, und vom Nachmittag dieses Tages an nahm jeder mit Eifer die Arbeit auf.

Hier war keine Stunde zu verlieren, und niemand verkannte es, dass die Frage der Zeit jetzt Vorrang hatte. Was den Proviant betraf, so war die Goélette noch für achtzehn Monate ausreichend versehen. Der Hunger bedrohte sie also nicht . . . höchstens der Durst, da ihre bei dem Aufprall geborstenen Wasserkästen ihren Inhalt durch die Sprünge der Bordwand hatten ausfließen lassen.

Zum Glück erwiesen sich die Fässer mit Gin, Whisky, Bier und Wein, die in dem Teil des Frachtraums lagerten, der am wenigsten gelitten hatte, so gut wie unversehrt. Hier hatten wir also gar keine Verluste erlitten, und Süßwasser konnte uns der Eisberg selbst liefern.

Bekanntlich enthält das Eis, ob es sich nun aus Süß- oder aus Salzwasser gebildet hatte, kein Salz mehr. Durch die Umwandlung aus dem flüssigen in den festen Zustand wird das Natriumchlorid vollständig ausgeschieden. Es ist also allem Anschein nach von geringer Bedeutung, aus welcher Art von Eis man das Trinkwasser gewinnt. Dennoch ist das Wasser vorzuziehen, das aus Eisblöcken herrührt, die sich durch ihre fast grünliche Färbung und eine fast vollständige Durchsichtigkeit auszeichnen. Diese bestehen aus gefrorenen Niederschlägen und eignen sich bei weitem besser zur Umwandlung in Trinkwasser.

Bei seiner Vertrautheit mit den Polarmeeren hätte unser Kapitän diese Blöcke mit Leichtigkeit erkannt; auf unserem Eisberg konnte er aber keinen solchen finden, weil der früher untergetauchte Teil jetzt über das Meer emporragte.

Um die Goélette zu erleichtern, beschlossen Kapitän Len Guy und Jem West, in erster Linie alles auszuladen, was sich an Bord befand. Masten und Takelwerk mussten entfernt und auf das Plateau geschafft werden. Es erschien wichtig, nichts Schweres auf dem Schiff zurückzulassen, und im Hinblick auf die schwierige und gefährliche Aufgabe bei diesem »Stapellauf«, den Ballast einstweilen herauszuschaffen. Jedenfalls erschien es ratsam, die Weiterfahrt um einige Tage zu verschieben, wo die jetzt nötige Operation unter günstigeren Umständen verlaufen konnte. Das Wiederbeladen konnte dann ohne große Schwierigkeiten erfolgen.

Nach dieser entscheidenden Erwägung war noch ein weiterer Punkt zu berücksichtigen. Es wäre äußerst unklug gewesen, den Proviant in den Kammern der *Halbrane* zurückzulassen, deren Lage nah am Abhang des Eisbergs so unsicher erschien. Schon eine kleine Erschütterung konnte dazu führen, dass sie aus dieser Lage geworfen wurde. Jede Stütze ging ihr ja verloren, wenn die Blöcke der Mulde, in der sie lag, sich verschoben. Dann verschwanden mit ihr aber alle Nahrungsmittel, die doch unser Überleben sicherstellen sollten!

An diesem Tag beschäftigte man sich also damit, die Kisten und Fässer mit leicht gepökeltem Fleisch, trockenem Gemüse, Mehl, Zwieback, Tee, Kaffee, Gin, Whisky, Wein und Bier in Sicherheit zu bringen; sie wurden aus dem Frachtraum und aus der Kombüse geholt und dann in Nischen in der Eiswand, doch möglichst in der Nähe der *Halbrane* aufgestapelt.

Gleichzeitig galt es aber, das Boot möglichst zu schützen ... vor allem vor einem Anschlag von Hearne und einigen Männern aus seiner Rotte, die es sicherlich in ihre Gewalt bringen und damit in Richtung Packeis fliehen wollten.

Das große Boot mit seinem Satz von Riemen, seinem Steuerruder, Ankerhebetau, Wurfanker, seiner Bemastung und seinen Segeln wurde deshalb etwa dreißig Schritte links von der Goélette in einer Aushöhlung untergebracht, die leicht zu überwachen war. Während des Tages war ja nichts zu befürchten. Während der Nacht oder vielmehr während der Stunden des Schlafs aber sollte der Hochbootsmann oder einer der Schiffsmaate neben der Aushöhlung Wache halten, und wir konnten uns dann darauf verlassen, dass das Boot vor einem Handstreich sicher war.

Der 19., 20. und 21. Januar wurden damit verbracht, sowohl die Fracht der *Halbrane* zu löschen als auch ihre Masten auszuheben, wobei man mehrere Rahen als Stützmasten verwendete. Später sollte Jem West versuchen, die Bramstenge und das Bugspriet wieder anzubringen, doch waren diese ja, solange wir noch die Untermasten hatten, nicht unbedingt nötig, um zu den Falklands oder zu einem andern zum Überwintern geeigneten Ort zurückzugelangen.

Es versteht sich von selbst, dass auf dem von mir erwähnten Plateau nahe der *Halbrane* eine Art Lager aufgeschlagen worden war. Mehrere aus Segeln hergestellte und über Spieren gespannte Zelte, die das Bettzeug aus den Kabinen und der Mannschaftswohnung bedeckten, boten ausreichenden Schutz gegen den Wechsel der Witterung, der sich zu dieser Jahreszeit schon recht häufig bemerkbar machte. Im Allgemeinen hatten wir jedoch gutes Wetter bei stetigem Nordostwind, und die Lufttemperatur war sogar auf 36° Fahrenheit, also 7,78° Celsius angestiegen. Endicotts Küche war auf dem hinteren Teil des Plateaus neben einem schräg abfallenden Eiswall aufgestellt worden, über den man bei sanfter Steigung den höchsten Punkt des Eisbergs erreichen konnte.

Immerhin muss ich sagen, dass in diesen drei Tagen anstrengender Arbeit gegen Hearnes Verhalten nichts einzuwenden war. Der Segelmeister wusste, dass er besonders überwacht wurde, und er wusste auch, dass Kapitän Len Guy ganz schonungslos gegen ihn vorgehen würde, wenn er seine Kameraden etwa zum Ungehorsam zu verführen wagte. Es war bedauerlich, dass er eine solche Rolle übernommen hatte, denn Kraft, Gewandtheit und Intelligenz machten ihn zu einem sehr schätzenswerten Mann, und niemals hatte er sich nützlicher erwiesen als eben jetzt. Hatte er sich allmählich eines Besseren besonnen? Hatte er begriffen, dass die Rettung aller nur von der allgemeinen Eintracht abhing? Ich weiß es zwar nicht, möchte darauf aber nicht vertrauen ... ebenso wenig wie Hurliguerly.

Ich brauche wohl den Eifer nicht hervorzuheben, mit dem der Mestize sich an der schweren Arbeit beteiligte. Er war immer als Erster zur Stelle, er schuftete für vier, schlief nicht mehr als ein paar Stunden und ruhte sich höchstens während der Mahlzeiten aus, die er getrennt von den Übrigen einnahm. Seit dem schrecklichen Unfall der Goélette hatte er kaum ein Wort an mich gerichtet. Was hätte er mir auch sagen sollen? Ich wusste ja ebenso gut wie er, dass wir nun jede Hoffnung aufgeben mussten, diese unglückliche Fahrt bis zu dem von ihm ersehnten Ziel fortzusetzen.

Manchmal bemerkte ich den Mestizen und Martin Holt nebeneinander, bei einer besonders schweren Arbeit. Unser Segelwerksmaat ließ keine Gelegenheit aus, sich Dirk Peters zu nähern, der ihm aus den uns bekannten Gründen immer auswich. Und wenn ich an das Geständnis dachte, an den angeblichen Parker, den leiblichen Bruder von Martin Holt, und an die grausige Szene von der *Grampus*, da überlief mich stets ein Schauer des Entsetzens. Ich bezweifle nicht, dass der Mestize, wenn dieses Geheimnis gelüftet wurde, von allen verabscheut worden wäre. Man hätte vergessen, dass er dem Segelwerksmaat das Leben gerettet hatte, und wenn dieser erfuhr, dass sein eigener Bruder ... Glücklicherweise waren Dirk Peters und ich die Einzigen, die das Geheimnis kannten.

Während die *Halbrane* entladen wurde, berieten Kapitän Len Guy und Jem West über die Frage des »Vom-Stapel-Lassens«, das sicherlich recht große Schwierigkeiten barg. Galt es doch, eine Höhe von etwa hundert Fuß zu überwinden, die zwischen der Mulde, in der die Goélette lag, und dem Meeresspiegel aufstieg, und zwar indem ein schräg zur Westseite des Eisbergs verlaufendes Bett ausgehöhlt wurde, das mindestens zweihundert bis dreihundert Toisen lang werden musste. Während sich also eine vom Hochbootsmann angeführte Abteilung mit der Entladung der Goélette beschäftigte, begann eine andere unter dem Befehl von Jem West damit, die Blöcke zu beseitigen oder einzuebnen, die auf dieser Seite des schwimmenden Bergs hervorragten.

Des schwimmenden Bergs ...? Ich weiß nicht, wie ich auf dieses Wort gekommen bin, denn der Berg schwamm ja in Wirklichkeit nicht. Unbeweglich wie eine kleine Insel, deutete nichts darauf hin, dass er je wieder weitertreiben könnte. Zahlreiche Eisberge zogen draußen an uns vorüber in Richtung Süden, während der unsrige, wie Dirk Peters es ausdrückte, »gegengebrasst« liegen blieb. Ob sein unterer Teil so weit abschmelzen würde, dass er sich vom Meeresgrund loslöste, oder ob eine andere Eismasse gegen ihn trieb und unseren Berg durch einen Stoß wieder flottmachen würde, das konnte niemand beurteilen, und wir konnten nur auf die *Halbrane* bauen, um endgültig aus dieser Gegend wegzukommen.

Die verschiedenen Arbeiten dauerten bis zum 24. Januar. Die Atmosphäre war ruhig, die Temperatur sank nicht, das Quecksilber des Thermometers war sogar um 2 bis 3° über den Gefrierpunkt gestiegen. Von Nordwesten trieben immer mehr Eisberge heran ... wir sahen wohl an die Hundert, und ein Zusammenprall konnte für uns die schwerwiegendsten Folgen haben.

Der Kalfatermeister Hardy hatte zuerst die Ausbesserung des Schiffsrumpfs in Angriff genommen, wobei er Planken ersetzen, neue Pflöcke einschlagen und Fugen abdichten musste. Was er hierzu brauchte, war vorhanden, und wir durften annehmen, dass die Arbeit schnell und gewissenhaft ausgeführt wurde. Durch die Grabesstille der eisigen Einöde schallten jetzt die Hammerschläge beim Eintreiben von Holzpflöcken und die des Holzschlägels, mit dem die Hanfseile in die Fugen gestopft wurden. Unter diese Geräusche mischte sich nicht selten das ohrenbetäubende Geschrei von Möwen oder von Trauerenten, Albatrossen und Sturmvögeln, die um den Gipfel des Eisbergs flatterten.

Wenn ich mit Kapitän Len Guy und Jem West allein war, drehte sich unser Gespräch in der Hauptsache begreiflicherweise um die gegenwärtige Lage, um die Mittel, uns aus dieser Lage zu befreien, und um die Aussicht auf Rettung. Der Leutnant war voller Hoffnung, und er glaubte auch, vorausgesetzt, dass sich bis dahin kein weiterer Unfall zutrug, das Schiff glücklich wieder ins Wasser setzen zu können. Kapitän Len Guy zeigte freilich weniger Zuversicht. Bei dem Gedanken, die Suche nach seinen Landsleuten von der *Jane* aufgeben zu müssen, brach ihm wohl fast das Herz.

Würde er denn, wenn die *Halbrane* wieder imstande war weiterzusegeln, wenn Jem West ihn nach einer Segelorder fragte, zu antworten wagen: »Nach Süden«? Nein, denn dieses Mal wäre ihm keiner von den neuen und gewiss nur wenige von den alten Leuten gefolgt. Die Nachforschungen in dieser Richtung fortzusetzen, über den Pol hinauszugehen, ohne die Gewissheit, zum Indischen oder gar zum Atlantischen Ozean zu gelangen, das wäre eine Tollkühnheit gewesen, die sich kein Seefahrer erlauben konnte. Schloss ein Land das Meer zu dieser

Seite hin ab, so kam die Goélette in die größte Gefahr, von Eisbergen umschlossen zu werden, und war nicht in der Lage, im südlichen Winter wieder freizukommen.

Unter solchen Umständen versuchen zu wollen, Kapitän Len Guy zur Fortsetzung der Reise zu bewegen, war von vornherein ganz aussichtslos. Man konnte es auch gar nicht vorschlagen gegenüber der zwingenden Notwendigkeit, nach Norden zurückzukehren und keinen Tag länger im Antarktischen Meer zu bleiben. War ich auch entschlossen, zu Kapitän Len Guy gar nicht davon zu sprechen, so konnte ich es doch nicht unterlassen, den Hochbootsmann hierüber auszuhorchen.

Hurliguerly pflegte mich nach getaner Arbeit gern aufzusuchen, und wir plauderten und riefen unsere Erinnerungen von dieser Reise wieder wach.

Als wir so eines Tages, den Blick zum trügerischen Horizont gerichtet, ganz oben auf dem Eisberg saßen, rief der Hochbootsmann:

»Wer hätte jemals geglaubt, Mister Jeorling, als die *Halbrane* vor sechs Monaten die Kerguelen verließ, dass sie sechs Monate später und in dieser Breite auf dem Abhang eines Eisbergs festsitzen würde!«

»Ja, und das ist um so bedauerlicher«, antwortete ich, »als wir ohne diesen Unfall unser Ziel jetzt schon erreicht gehabt hätten und uns auf dem Rückweg befänden.«

»Ich widerspreche dem nicht gänzlich«, entgegnete der Hochbootsmann, »doch Sie sagten, dass wir dann unser Ziel erreicht hätten. Wollen Sie damit sagen, dass unsere Landsleute gefunden worden wären?«

»Vielleicht, Hochbootsmann.«

»Na, ich kann es kaum glauben, Mister Jeorling, obwohl das der hauptsächlichste, sogar der einzige Zweck unserer Fahrt durch das Polarmeer war.«

»Der einzige ... ja ... wenigstens zu Anfang«, fügte ich hinzu. »Doch seit den Mitteilungen des Mestizen über Arthur Pym ...«

»Ah, das geht Ihnen immer noch im Kopf um, Mister Jeorling, ganz wie dem wackeren Dirk Peters?«

»Noch immer, Hurliguerly, und nun dieser beklagenswerte, so unwahrscheinliche Unfall, der uns kurz vor dem Hafen stranden ließ ...«

»Ich lasse Ihnen Ihre Illusionen, Mister Jeorling, und da Sie meinen, dass wir so gut wie im Hafen gestrandet sind ...«

»Meinen Sie nicht?«

»Zugegeben, jedenfalls war das eine noch kaum je da gewesene Strandung!«, erklärte der Hochbootsmann. »Statt auf eine ehrliche Untiefe aufzulaufen, in der Luft auf die Küste zu geraten!«

»Ich darf doch mit Fug und Recht sagen, dass das ein sehr unglücklicher Zufall ist ...«

»Unglücklich ohne Zweifel; meiner Ansicht nach lässt sich daraus aber eine Lehre ziehen ...«

»Eine Lehre? Welche denn?«

»Dass es nicht statthaft ist, sich so weit in diese Gebiete hineinzuwagen, und dass der Schöpfer es seinen Kreaturen verwehren wollte, bis auf die Pole zu kriechen.«

»Dieses Ziel liegt aber jetzt nur noch sechzig Meilen entfernt ...«

»Gewiss, Mister Jeorling. Freilich sind diese sechzig Meilen so gut wie tausend, wenn man kein Mittel hat, sie zurückzulegen ...! Und gelingt es nicht, die Goélette zu Wasser zu bringen, so sind wir zu einer Überwinterung verurteilt, an der auch die Polarbären keine Freude hätten!«

Ich antwortete nur mit einem Achselzucken, das Hurliguerly nicht missverstehen konnte.

»Wissen Sie, woran ich am häufigsten denke, Mister Jeorling?«, fragte er mich.

»Nun, woran denn, Hochbootsmann?«

»An die Kerguelen, zu denen wir kaum wieder kommen werden! In der schlechten Jahreszeit war's ja dort mächtig kalt; darin ist kein großer Unterschied zwischen diesem Archipel und den Inseln nah der Grenze des Polarmeers! Doch immerhin, man befindet sich dort in der Nähe des Kaps, und wenn man sich einmal die Beine wärmen will, liegt einem keine Packeiswand im Weg, während sich hier, mitten im Eis, kein Mensch zurechtfindet, und dann weiß man nicht einmal, ob auch die Tür offen ist.«

»Ich wiederhole Ihnen, Hochbootsmann, dass ohne den traurigen Zwischenfall jetzt alles auf die eine oder andere Art ein Ende gehabt hätte. Uns blieben dann noch sechs Wochen, um aus den südlichen Meeren herauszukommen. Alles in allem ist es gewiss sehr selten, dass ein Schiff in eine so missliche Lage gerät wie unsere Goélette, und es ist ein umso schlimmeres Unglück, als wir vorher von den Umständen so auffallend begünstigt wurden ...«

»Das ist vorüber, Mister Jeorling«, rief der Hochbootsmann, »und ich fürchte sehr ...«

»Wie? Auch Sie, Hurliguerly ... Sie, den ich als so zuversichtlich kannte ...«

»Die Zuversicht, Mister Jeorling, nutzt sich ab wie das Sitzteil einer Hose! Überlegen Sie nur! Wenn ich mich mit dem lustigen Kumpan, dem Atkins, vergleiche, der warm in seinem guten Gasthof sitzt, wenn ich an den *Grünen Kormoran* denke, an die große Gaststube im Erdgeschoss, an die kleinen Tische, wo man mit einem Freund am Gin oder am Whisky nippt, während der Ofen lauter prasselt als der Wetterhahn auf dem Dach ... da fällt der Vergleich doch wahrlich nicht zu unseren Gunsten aus, und meiner Ansicht nach hat Meister Atkins die bessere Wahl getroffen ...«

»Oh, Sie werden ihn ja wiedersehen, den wackeren Atkins, Hochbootsmann, und den *Grünen Kormoran* und die Kerguelen auch! Sapperment, nur nicht den Mut sinken lassen! Aber wenn Sie als verständiger, entschlossener Mann schon verzweifeln wollen ...«

»Ach, wenn es nur ich allein wäre, Mister Jeorling, das würde nicht viel besagen!«

»Nun, und die Mannschaft?«

»Mit der steht's so oder so«, antwortete Hurliguerly. »Ich weiß jedenfalls, dass einzelne Leute sehr unzufrieden sind.«

»Hat Hearne etwa wieder mit seinen Hetzreden angefangen?«

»Zumindest nicht offen, Mister Jeorling, denn seitdem ich ein Auge auf ihn habe, hab ich nichts davon gesehen oder gehört. Er weiß ja, was ihm droht, und da zieht er die Krallen ein! Ich glaube, ich täusche mich auch nicht darin, dass der Spitzbube die Halsen gewechselt hat. Aber was mich bei ihm kaum wundert, das wundert mich doch bei unserem Segelwerksmaat, dem Martin Holt.«

»Was wollen Sie damit sagen, Hochbootsmann?«

»Dass beide jetzt auf recht gutem Fuß miteinander zu stehen scheinen. Passen Sie nur auf; Hearne macht sich an Martin Holt heran, unterhält sich oft mit ihm, und Martin Holt behandelt ihn nicht unfreundlich.«

»Martin Holt ist nicht der Mann dazu, auf Hearnes Ratschläge zu hören oder gar sie zu befolgen, wenn der versuchen würde, die Mannschaft zu einer Meuterei zu aufzustacheln.«

»Nein, gewiss nicht, Mister Jeorling. Es gefällt mir aber nicht, die beiden so zusammen zu sehen. Hearne ist ein gefährlicher, gewissenloser Mensch, dem Martin Holt vielleicht zu sehr vertraut!«

»Das ist ein Fehler, Hochbootsmann!«

»Ja, und wissen Sie, wovon zwischen beiden die Rede war, als ich kürzlich einige Brocken ihres Gesprächs aufgeschnappt habe?«

»Das weiß ich erst, wenn Sie sie mir gesagt haben, Hurliguerly.«

»Nun, während sie hier auf dem Deck der *Halbrane* miteinander sprachen, hörte ich, dass von Dirk Peters die Rede war, und Hearne sagte gerade: ›Sie dürfen dem Mestizen nicht böse sein, Maat, dass er Ihnen ausweicht und von Ihrem Dank nichts hören will. Wenn er auch nur ein grober Tölpel ist, so fehlt's ihm doch nicht an Mut, das hat er ja bewiesen, als er Sie unter Lebensgefahr aus Ihrer schlimmen Lage rettete. Übrigens, vergessen Sie nicht, dass er zur Mannschaft der *Grampus* gehört hat, zu der ja, wenn ich nicht irre, auch Ihr Bruder Ned ...‹«

»Das hat er gesagt, Hochbootsmann?«, rief ich unwillkürlich. »Er hat von der *Grampus* gesprochen?«

»Ja, von der *Grampus*.«

»Auch von Ned Holt ...?«

»Gewiss, Mister Jeorling!«

»Und was hat Martin Holt darauf geantwortet?«

»Nun, er sagte: ›Ach, mein armer Bruder! Ich weiß nicht einmal, unter welchen Umständen er umgekommen ist! War es bei einer Meuterei an Bord, so hat er als braver Mensch gewiss an der Seite des Kapitäns gestanden, und vielleicht ist er niedergemetzelt worden ...‹«

»Ging Hearne noch weiter hierauf ein, Hochbootsmann?«

»Ja, er setzte zumindest hinzu: ›Das ist recht traurig für Sie, Holt!

Der Kapitän der *Grampus* wurde, soweit ich die Geschichte erfahren habe, mit zwei oder drei seiner Leute in einem Boot ausgesetzt, und wer weiß, ob Ihr Bruder nicht dabei war.‹«

»Und dann ... dann ...«

»Dann, Mister Jeorling«, setzte er hinzu: ›Wollen Sie Dirk Peters danach fragen?‹ – ›Ja‹, antwortete Martin Holt, ›einmal habe ich ihn schon danach gefragt, nie aber einen so bestürzten Menschen gesehen wie den Mestizen, als er mir erwiderte: »Ich weiß von nichts ... von gar nichts!« Seine Stimme klang dabei so tonlos, dass ich ihn kaum verstehen konnte, und um nicht weiter behelligt zu werden, schlug er die Hände vors Gesicht.‹«

»Das ist alles, was Sie von jenem Gespräch gehört haben, Hochbootsmann?«

»Das ist alles, Mister Jeorling; es kam mir aber doch so seltsam vor, dass ich es Ihnen nicht vorenthalten wollte.«

»Was haben Sie denn daraus geschlossen?«

»Gar nichts, als dass ich den Segelmeister für einen Schurken erster Klasse halte, der gewiss fähig ist, im Geheimen an irgendeinem Plan zu arbeiten, bei dem er Martin Holt als Helfershelfer haben möchte.«

Ja, was bedeutete wohl diese neue Haltung von Hearne? Warum versuchte er, sich mit Martin Holt, einem unserer besten Leute, zu verbünden ...? Warum erinnerte er in dieser Weise an die Vorgänge auf der *Grampus* ...? Wusste Hearne etwa mehr über Dirk Peters und Ned Holt als die andern, mehr von dem Geheimnis, das der Mestize und ich allein zu teilen glaubten?

Die Ungewissheit hierüber beunruhigte mich ernstlich. Jedenfalls hütete ich mich, Dirk Peters etwas davon zu sagen. Wenn er ahnte, dass Hearne immer von den Ereignissen auf der *Grampus* sprach; wenn er hörte, dass dieser Schurke – wie ihn Hurliguerly gewiss zu Recht nannte – gegenüber Holt immer dessen Bruder Ned erwähnte, weiß ich nicht, was geschehen würde.

Doch welche Absichten Hearne auch haben mochte, jedenfalls war es bedauerlich, dass unser Segelwerksmaat, auf den Kapitän Len Guy bisher aus gutem Grund zählte, mit jenem in nähere Berührung kam. Der Segelmeister hatte gewiss Gründe für sein Vorgehen ... welche –

das konnte ich noch nicht durchschauen. Obgleich die Mannschaft jeden Gedanken an eine Meuterei aufgegeben zu haben schien, war es doch noch immer nötig, sie und besonders Hearne streng zu überwachen.

Unsere Lage musste sich übrigens bald ändern, wenigstens soweit es die Goélette betraf.

Zwei Tage später waren die Arbeiten beendet, war der Rumpf des Schiffs ausgebessert und das Bett zum Abgleiten bis zum Fuß unseres schwimmenden Bergs geschaffen.

Das Eis war in seinen äußeren Schichten etwas weicher geworden, sodass die Arbeit mit Axt und Spitzhaue nicht zu viel Anstrengung erforderte. Das Bett verlief schräg am Westabhang des Eisbergs, um nicht zu steil abzufallen. Mit Hilfe passend eingelegter Wurfanker versprach das Abgleiten ohne erneute Beschädigung der *Halbrane* vor sich zu gehen. Ich befürchtete eher, dass die höheren Temperaturen die Bewegung in der Eisrinne erschweren könnten.

Selbstverständlich waren Ladung, Masten, Anker, Ketten und dergleichen noch nicht wieder an Bord gebracht worden. Der Rumpf selbst war schon so schwer und sperrig, dass es unumgänglich war, ihn möglichst zu erleichtern. Schwamm die Goélette erst wieder in ihrem Element, so war ihre Wiederausrüstung ja nur eine Sache von wenigen Tagen.

Am Nachmittag des 28. wurden die letzten Maßnahmen getroffen. An manchen Stellen, wo das Eis mehr geschmolzen war, musste das Bett an der Seite etwas verstärkt werden. Dann wurde allen von vier Uhr nachmittags an eine wohlverdiente Ruhe bewilligt. Kapitän Len Guy ließ an seine Leute doppelte Rationen verteilen, und diese Zugabe an Whisky und Gin bekam ihnen gewiss gut, denn sie hatten diese Woche ziemlich angestrengt gearbeitet.

Ich wiederhole, dass jeder Keim von Ungehorsam erstickt zu sein schien, seit Hearne seine Kameraden nicht mehr aufreizte. Die ganze Mannschaft beschäftigte sich ausschließlich mit der wichtigen Aufgabe des Stapellaufs. Die *Halbrane* auf dem Meer ... das war die Abreise ... die Rückfahrt! Für Dirk Peters und für mich bedeutete es freilich, die Rettung von Arthur Pym aufzugeben ...!

Die Luftwärme in der Nacht war höher als bisher. Ich hatte kaum geschlafen, und ich glaube bestimmt, Dirk Peters wird bei dem bedauerlichen Gedanken an die Rückkehr auch keinen Schlummer gefunden haben.

Das Ablassen des Schiffs sollte um zehn Uhr beginnen. Unter Berücksichtigung etwaiger Verzögerungen und der peinlichsten Vorsichtsmaßnahmen, die dabei zu beachten waren, hoffte Kapitän Len Guy, dass das Vorhaben vor Ablauf des Tages abgeschlossen sein würde. Niemand zweifelte auch daran, dass die Goélette gegen Abend zumindest am Fuß des Eisbergs angelangt wäre.

Selbstverständlich mussten wir bei diesem schwierigen Manöver alle mit anpacken. Jedem wurde seine Aufgabe zugewiesen, die er unbedingt zu erfüllen hatte; der eine sollte das Schiff beim Abgleiten durch Unterschieben von Holzrollen unterstützen, wenn das nötig wurde, der andere dagegen es bremsen, wenn es zu schnell werden sollte und es geboten schien, den Schiffsrumpf mit Wurfankern und starken Tauen, die zu diesem Zweck schon bereitlagen, zeitweise zurückzuhalten.

Das Frühstück wurde um neun Uhr unter den Zelten eingenommen. Unsere jetzt ganz hoffnungsfrohen Matrosen konnten nicht anders, als auf den Erfolg unseres Werks zu trinken, und wir ließen unsere etwas vorzeitigen Hurras mit den ihrigen ertönen. Übrigens waren von Kapitän Len Guy und vom Leutnant alle Maßnahmen so zweckmäßig getroffen, dass ein günstiger Ausgang des Ablaufs fast sicher zu erwarten war.

Endlich verließen wir das Lager und nahmen unsere Posten ein – einige Matrosen waren schon vorausgeeilt –, als plötzlich laute Ausrufe des Staunens und des Schreckens zu hören waren.

Was für ein entsetzliches Schauspiel, so kurz es auch war, und was für einen unauslöschlichen Eindruck des Schreckens hat es in uns zurückgelassen!

Einer der ungeheuren Blöcke, der die Böschung der Mulde bildete, in der die *Halbrane* lag, brach, durch das Schmelzen seines Untergrunds aus dem Gleichgewicht gebracht, ab und rollte donnernd und in furchtbaren Sätzen über die andern Blöcke hinunter.

Einen Augenblick später schwankte die Goélette, die nun nicht mehr abgestützt war, über dem Abhang ...

An Bord auf dem Vorderdeck befanden sich eben zwei Mann, Rogers und Gratian. Vergeblich versuchten diese Unglücklichen, noch seitlich über die Schanzkleidung zu springen ... sie hatten aber nicht mehr die Zeit dazu und wurden bei dem entsetzlichen Sturz mit hinabgerissen ...

Ja, ich habe das mit angesehen, habe gesehen, wie die Goélette sich umwendend zuerst auf die linke Seite sank, einen der Neuangeworbenen zerschmetterte, der nicht schnell genug davonlief, und dann von Block zu Block sprang, um zuletzt ins Leere hinaus zu stürzen ...

Eingedrückt, zerborsten, die Seitenwand offen und die Rippen gebrochen, versank die *Halbrane*, wobei eine ungeheure Wassergarbe am Fuß des Eisbergs aufbrodelte! ...

NEUNTES KAPITEL

Was nun?

Wie vom Donner gerührt waren wir, als die Goélette im Abgrund verschwand wie ein Felsstück bei einer Lawine. Von unserer Goélette war nichts mehr, nicht einmal ein Trümmerrest übrig. Hundert Fuß durch die Luft, das dauerte einen Augenblick, und jetzt ... lag sie vielleicht fünfhundert Fuß tief im Meer! Wie vor den Kopf geschlagen, konnten wir an die Gefahren der Zukunft jetzt gar nicht denken, wir standen erstarrt wie Leute, die, wie man sagt, ihren Augen nicht mehr trauen mögen.

Diesem Zustand folgt naturgemäß eine völlige Erschlaffung. Kein Laut war zu hören, keine Bewegung zu spüren. Wir standen wie in den Boden eingemauert. Nichts hätte das Entsetzliche dieser Lage treffend zu bezeichnen vermocht.

Ich sah, wie Jem West nach dem Verschwinden der Goélette im Wasser eine schwere Träne aus den Augen quoll. Die *Halbrane*, die er so sehr liebte, war mit einem Schlag vernichtet! Ja, der Mann mit dem so energischen Charakter ... er weinte! ...

Drei von unseren Männern waren umgekommen ... und auf welch schreckliche Weise! Rogers und Gratian, zwei der zuverlässigsten Matrosen ... ich sehe noch, wie sie die Arme wie um Hilfe flehend ausstrecken, wie sie dann bei den Sprüngen der Goélette hinausgeschleudert werden und mit ihr versinken! Und der andere von den Falklands, ein Amerikaner, zerquetscht ... zerschmettert, und nichts von ihm mehr übrig als eine formlose Fleischmasse in einer Blutlache. Damit hatten wir seit zehn Tagen drei neue Opfer dieser unheilschwangeren Fahrt zu verzeichnen. Oh, während das Glück uns bis zu der Stunde begünstigt hatte, wo die *Halbrane* ihrem Element entrissen wurde, peitschte uns jetzt das Unglück mit so grausamen Schlägen. Und war der letzte Schlag nicht der allerschlimmste? Sollte es vielleicht der Todes- oder Gnadenstoß für uns sein?

Endlich wurde der Bann des Schweigens durch laute Stimmen gebrochen, durch Aufschreie der Verzweiflung, die nach diesem heillosen

Unglück berechtigt waren. Manch einer sagte sich wohl, es wäre besser gewesen, mit an Bord der *Halbrane* zu sein, als diese den Abhang hinuntersprang. Dann wäre alles vorbei wie für Rogers und Gratian! Diese sinnlose Expedition hätte das einzige Ende gefunden, das solchen Tollkühnheiten und Unklugheiten angemessen war!

Endlich fanden die Leute die Sprache wieder; nur nicht Hearne, der schweigend an der Seite stand. Doch seine Kameraden riefen:

»Zum Boot ...! Zum Boot!«

Die Ärmsten waren ihrer Sinne nicht mehr mächtig; der Schrecken verwirrte sie. Sie drängten sich zu der Wandvertiefung, wo unser einziges, übrigens nicht für alle ausgelegtes Boot seit der Entladung der Goélette geschützt untergebracht worden war.

Kapitän Len Guy und Jem West stürmten aus dem Lager hervor.

Ich eilte zu ihnen hin, und mir folgte der Hochbootsmann. Wir waren bewaffnet und entschlossen, von unseren Waffen Gebrauch zu machen. Die wütenden Leute durften sich des Boots nicht bemächtigen. Es war nicht das Eigentum eines Einzelnen ... es gehörte allen!

»Hierher, Matrosen!«, rief Kapitän Len Guy.

»Hierher«, wiederholte Jem West, »oder ich schieße auf jeden, der einen Schritt weiter tut!«

Beide hielten die Pistolen drohend vorgestreckt. Der Hochbootsmann zielte schon mit der Flinte auf die Leute, und ich hielt meinen Karabiner bereit, um im Notfall einzugreifen.

Vergeblich! Die Verblendeten hörten nichts, wollten nichts hören, und einer von ihnen, der schon nah an das Boot herangekommen war, brach von einer Kugel des Leutnants getroffen zusammen. Seine Hände fanden am Abhang keinen Halt, er glitt über die eisige Fläche hinunter und verschwand im Abgrund.

War das der Anfang eines Gemetzels ...? Wollten sich auch noch andere niederschießen lassen ...? Würden die Leute von der alten Mannschaft Partei für die neuen ergreifen?

Ich konnte in diesem Augenblick wahrnehmen, dass Hardy, Martin Holt, Francis, Burry und Stern zögerten, sich auf unsere Seite zu stellen, während der einige Schritt abseits stehende Hearne sich hütete, die Aufständischen etwa durch Gesten zu ermutigen.

Wir konnten ihnen das Boot unmöglich überlassen, konnten nicht zulassen, dass sie es aufs Meer setzten, dass zehn bis zwölf Mann sich darin einschifften und uns auf diesem Eisberg zurückließen, ohne jedes Mittels, von hier fortzukommen.

Doch wie von den Furien des Schreckens gepeitscht, ohne irgendeinen Gedanken an die Gefahr, gegen alle Drohungen taub, wollten sie sich des Boots bemächtigen. Da krachte ein weiterer, vom Hochbootsmann abgegebener Schuss, und ein Matrose stürzte, mit einer Kugel in der Brust, auf der Stelle tot nieder.

Jetzt zählten die entschlossensten Spießgesellen des Segelmeisters einen Amerikaner und einen Feuerländer weniger.

Da tauchte dicht vor dem Boot eine Mannesgestalt auf.

Dirk Peters war es, der sich von der anderen Seite her herangeschlichen hatte.

Der Mestize legte eine seiner gewaltigen Hände auf den Vordersteven und gab mit der anderen den Wütenden ein Zeichen, zurückzuweichen.

Da Dirk Peters zur Stelle war, brauchten wir unsere Waffen nicht mehr einzusetzen; er genügte schon allein, um das Boot zu verteidigen.

Und wirklich, als fünf oder sechs Matrosen dennoch näher herandrängten, sprang er auf sie zu, packte den einen am Leibgurt, hob ihn in die Höhe und warf ihn zehn Schritte weit zurück. Da der Ärmste sich nirgends festhalten konnte, wäre er auch ins Meer gestürzt, wenn Hearne nicht hinzugeeilt wäre und ihn noch in letzter Sekunde festgehalten hätte.

Genug, dass zwei Männer durch eine Kugel umgekommen waren.

Durch das Eingreifen des Mestizen legte sich die Meuterei sofort. Übrigens waren auch wir nun dicht bis ans Boot gelangt, gleichzeitig mit den Männern von unseren Leuten, die nicht lange gezögert hatten.

Doch die andern waren uns zahlenmäßig noch überlegen – dreizehn gegen zehn.

Kapitän Len Guy zeigte sich, obwohl der Zorn ihm aus den Augen sprühte, ganz kaltblütig, ebenso wie Jem West. Zuerst versagte ihm freilich die Sprache, seine Blicke aber ließen erraten, was nicht über seine Lippen kam. Endlich rief er mit Donnerstimme:

»Ich sollte euch eigentlich als Verbrecher behandeln, will euch aber nur als Verführte und Verirrte betrachten! Das Boot gehört nicht einem Einzelnen, es ist das Eigentum aller! Jetzt stellt es unsere einzige Rettung dar, und ihr habt es stehlen, gemeinerweise stehlen wollen! Gebt gut Acht, was ich jetzt zum letzten Mal wiederhole: Dieses Boot der *Halbrane* ist die *Halbrane* selbst! Ich bin der Kapitän, und wehe dem, der mir nicht gehorcht!«

Bei den letzten Worten warf der Kapitän einen grimmigen Blick auf Hearne, der gewiss merkte, dass sie besonders auf ihn gemünzt waren. Der Segelmeister hatte sich übrigens, zumindest nicht offen, an dem wüsten Auftritt gar nicht beteiligt; trotzdem zweifelte aber niemand daran, dass er seine Kameraden aufgewiegelt hatte, sich des Boots zu bemächtigen, und dass er stets bereit war, sie noch weiter aufzuhetzen.

»Ins Lager«, befahl Kapitän Len Guy, »und du, Dirk Peters, bleibst dort zurück!«

Als Antwort bewegte der Mestize den mächtigen Kopf auf und ab und nahm seinen Posten wieder ein.

Die Mannschaft wich ohne weiteren Widerstand ins Zeltlager zurück. Die einen streckten sich auf ihrer Lagerstatt aus, die andern zerstreuten sich in der nächsten Umgebung der Zelte. Hearne machte keine Miene, sich zu ihnen zu gesellen oder sich Martin Holt zu nähern.

Jetzt, wo die Matrosen zur Untätigkeit verdammt waren, galt es in erster Linie, sich über die zugespitzte Lage klar zu werden und darüber nachzudenken, wie wir uns daraus befreien könnten.

Kapitän Len Guy, der Leutnant und der Hochbootsmann traten zu einer Beratung zusammen, und ich schloss mich ihnen an.

Kapitän Len Guy eröffnete die Runde mit den Worten:

»Wir haben unser Boot verteidigt und werden es auch weiter verteidigen ...«

»Bis zum Tod!«, sagte Jem West.

»Wer weiß«, sagte ich, »ob wir nicht bald gezwungen sein werden, uns darauf einzuschiffen?«

»In diesem Fall«, meinte Kapitän Len Guy, »würde es, da wir nicht alle darin Platz haben, nötig werden, eine Auswahl zu treffen. Das Los hätte die zu bestimmen, die abfahren könnten, und ich verlange hierbei nicht anders behandelt zu werden als alle Übrigen.«

»Ach, zum Teufel, so weit sind wir doch noch gar nicht!«, platzte der Hochbootsmann heraus. »Der Eisberg ist stabil, und es besteht keine Gefahr, dass er im Winter schmelzen könnte!«

»Nein«, bestätigte Jem West, »das ist nicht zu befürchten. Nötig ist zunächst nur, dass wir neben dem Boot auch die Nahrungsmittel überwachen.«

»Und ein wahres Glück«, setzte Hurliguerly hinzu, »dass wir unseren Proviant in Sicherheit gebracht haben ... Die arme, beste *Halbrane*...! Sie hat auf dem Meer geendet wie die *Jane* ... ihre ältere Schwester!«

Ja, freilich, und aus unterschiedlichen Gründen, dachte ich, die eine zerstört durch die Wilden von Tsalal, die andere durch einen Unglücksfall, den kein Menschenscharfsinn je hätte voraussehen oder verhindern können.

»Du hast recht, Jem«, fuhr Kapitän Len Guy fort, wir werden die Leute aber davon abzuhalten wissen, die Vorräte zu plündern. Nahrungsmittel haben wir für mehr als ein Jahr, nicht mit eingerechnet, was der Fischfang liefern wird.«

»Und es erscheint umso notwendiger, die Augen offen zu halten, Kapitän«, fiel der Hochbootsmann ein, »als ich schon den einen oder anderen gesehen habe, wie er um die Fässer mit Whisky und Gin herumgeschlichen ist.«

»Da werd ich schon Vorsorge treffen«, versicherte der Leutnant.

»Werden wir aber«, fragte ich, »nicht gezwungen sein, auf diesem Eisberg zu überwintern?«

»Der Himmel behüte uns vor einem so entsetzlichen Schicksal!«, erwiderte Kapitän Len Guy.

»Und wenn's unumgänglich wäre, Mister Jeorling«, meldete sich der Hochbootsmann, »dann würden wir uns schon einzurichten wissen. Wir höhlen uns einen Unterschlupf im Eis aus, um gegen die strengste Polarkälte geschützt zu sein; solange wir dann etwas haben, unseren Hunger zu stillen ...«

Da stiegen in meiner Erinnerung wieder die gräulichen Szenen auf, deren Schauplatz die *Grampus* gewesen war und wobei Dirk Peters zuletzt Ned Holt, den Bruder unseres Segelwerksmaats, niederschlug. Sollten wir auch in so eine entsetzliche Notlage kommen?

Bevor wir uns jedoch mit der Vorbereitung auf ein sieben- bis achtmonatiges Winterlager beschäftigten, erschien es, wenn irgend möglich, doch ratsamer, den Eisberg zu verlassen.

Deshalb lenkte ich die Aufmerksamkeit von Kapitän Len Guy und Jem West auf diesen Punkt.

Die Antwort auf eine solche Frage war schwierig, und es folgte erst ein langes Schweigen.

Endlich sagte Kapitän Len Guy:

»Ja ... das wäre wohl das Beste, und wenn das Boot uns alle samt dem nötigen Proviant für eine Fahrt von drei bis vier Wochen aufnehmen könnte, würde ich gar nicht zögern, gleich jetzt abzufahren und nach Norden zurückzukehren ...«

»Nur wären wir«, bemerkte ich dazu, »gezwungen, gegen Wind und Strömung anzukämpfen, und wenn das unserer Goélette schon kaum gelang ... Wenn wir dagegen weiter in südliche Richtung vordringen ...«

»In südliche Richtung?«, wiederholte Kapitän Len Guy, der mich ansah, als wollte er im Grunde meiner Seele lesen.

»Warum nicht?«, erwiderte ich. »Wäre der Eisberg nicht auf seinem Weg aufgehalten worden, so würde er vielleicht von selbst auf das Land in dieser Himmelsrichtung zutreiben, und sollte das Boot nicht tun können, was er getan hätte?«

Kapitän Len Guy schüttelte den Kopf, während Jem West schwieg, und gab darauf keine Antwort.

»Oh, unser Eisberg wird doch auch noch einmal die Anker lichten!«, fiel Hurliguerly ein. »Er ist ja nicht mit dem Untergrund verwachsen wie die Falklands oder die Kerguelen! Es ist also am sichersten, zu warten, da das Boot uns alle, dreiundzwanzig Mann, doch nicht tragen könnte.«

»Es ist gar nicht nötig, dass alle dreiundzwanzig sich einschiffen«, bemerkte ich dagegen. »Es genügt, wenn fünf bis sechs Mann zum Auskundschaften, vielleicht zwölf bis fünfzehn Meilen weit, hinausfahren und nach Süden zu steuern.«

»Nach Süden zu?«, unterbrach mich Kapitän Len Guy.

»Gewiss, Kapitän«, fuhr ich fort. »Ihnen ist doch bekannt, dass die Geografen einstimmig behaupten, dass eine Landveste die antarktischen Polargebiete bedeckt ...«

»Die Geografen wissen davon aber nichts, können nichts Bestimmtes wissen«, bemerkte der Leutnant frostig.

»Umso bedauerlicher«, sagte ich, »ist es, dass wir, wo wir der betreffenden Gegend doch schon so nah sind, keine Lösung der Frage versuchen sollten, ob es ein polares Festland gibt!«

Im dem Augenblick hielt ich es indes für geboten, diese Angelegenheit nicht weiterzuverfolgen.

Die Aussendung unseres Boots auf Kundschaft barg übrigens auch gewisse Gefahren, sei es nun, dass die Strömung es zu weit hinaustrug oder dass es uns hier an der Stelle nicht wiederfand. Wenn sich der Eisberg nun vom Grund wieder abhob und seinen unterbrochenen Weg fortsetzte, was sollte dann aus den Leuten im Boot werden ...?

Ein Unglück war es, dass das Boot zu klein war, um uns alle mit dem nötigen Proviant aufzunehmen. Von den alten an Bord waren, Dirk Peters mitgerechnet, zehn, von den neuen dreizehn Mann, zusammen also dreiundzwanzig übrig. Elf bis zwölf Personen aber war das höchste, was unser Boot tragen konnte. Demnach hätten mindestens elf von uns, durch das Los bestimmt, auf dieser Eisinsel zurückbleiben müssen ... und was sollte dann aus diesen Unglücklichen werden ...?

Hierzu machte Hurliguerly eine Bemerkung, die gewiss Beachtung verdiente.

»Alles in allem«, sagte er, »weiß ich nicht, ob die, die sich dann einschiffen, besser dran wären als die, die zurückbleben. Ich bezweifle das so sehr, dass ich meinen Platz im Boot gern jedem abtreten würde, der es wünscht!«

Vielleicht hatte der Hochbootsmann recht. Wenn ich für den Einsatz des Bootes eintrat, so ging es mir nur darum, das Meer jenseits des Eisbergs untersuchen zu lassen. Schließlich entschied man sich aber doch dafür, sich auf eine Überwinterung vorzubereiten, auch für den Fall, dass der Eisberg wieder abtreiben sollte.

»Das wird freilich kaum den Beifall der Leute finden«, erklärte der Hochbootsmann.

»Was geschehen muss, geschieht«, erwiderte der Leutnant, »und gleich heute geht es ans Werk!«

Ein trauriger Tag war es, als die nötigen Vorbereitungen getroffen wurden.

Offen gestanden, sah ich nur den Koch Endicott, der sich widerspruchslos fügte. Wie alle Neger, die die Zukunft wenig kümmerte, die leichtlebig und oberflächlich waren, ergab er sich bedenkenlos in sein Schicksal, und eine solche Schicksalsergebenheit ist vielleicht die wahre Philosophie. Ging es darum, Speisen zuzubereiten, so war es ihm gleichgültig, ob er das hier oder da tat, wenn seine Öfen nur irgendwo standen.

So sagte er denn zu seinem Freund, dem Hochbootsmann, mit dem breitesten Mohrenlächeln:

»Zum Glück ist meine Küche nicht mit der Goélette untergegangen, und Sie werden sehen, Hurliguerly, ich sorge hier für ebenso schmackhafte Gerichte wie an Bord der *Halbrane* – solang es nicht an dem fehlt, was dazu gehört!«

»Na, so bald wird das nicht der Fall sein, Meister Endicott«, antwortete der Hochbootsmann. »Den Hunger haben wir kaum zu fürchten, wohl aber den Frost ... einen Frost, der einen in einen Eisklumpen verwandelt, wenn man einen Augenblick stehen bleibt ... Einen Frost, bei dem euch die Haut platzt und die Hirnschale knackt. Ja, wenn wir ein paar Hundert Tonnen Kohle zur Hand hätten! Unser ganzer Vorrat reicht aber nicht weiter, als dass wir den Kochtopf zum Brodeln bringen können ...«

»Und der Vorrat ist unantastbar!«, rief Endicott. »Den darf keiner anrühren! Zuerst kommt die Küche!«

»Aha, verdammter Mohrenkopf, darum beklagst du dich nicht! Du weißt ja, dass du dir immer Hände und Ohren am Kochofen wärmen kannst!«

»Ja, was wollen Sie denn, Hochbootsmann? Entweder ist man Koch, oder man ist keiner! Wenn man's aber ist, so genießt man auch die Vorteile davon, ich werde indes darauf sehen, dass für Sie auch ein Plätzchen neben dem Kochofen frei bleibt.«

»Schon gut ... schon gut, Endicott. Da muss jeder einmal an die Reihe kommen, selbst ein Hochbootsmann darf nicht bevorzugt werden! Das widerfährt nur dir deshalb, weil du unsere Suppe zusammenzubrauen verstehst. Alles in allem ist es das Beste, wenn man keinen Hunger befürchten muss. Die Kälte lässt sich schon ertragen und auch etwas abwehren. Da höhlen wir Löcher im Eisberg aus und kriechen hinein. Ja, warum sollten wir nicht eine gemeinsame Wohnung beziehen, die wir uns mit Hilfe der Axt bauen? Ich habe mir sagen lassen, dass Eis die Wärme bewahrt. Schön, so mag es auch uns die unsrige bewahren, mehr verlang ich von ihm ja gar nicht!«

Inzwischen war es Zeit geworden, in die Zelte zu gehen und sich auf dem Lager auszustrecken.

Nur Dirk Peters, der jede Ablösung ablehnte, blieb auf seinem Wachtposten zurück, und niemandem fiel es ein, ihm diesen streitig zu machen.

Kapitän Len Guy und Jem West zogen sich erst unter ihre Zelte zurück, nachdem sie zu der Überzeugung gekommen waren, dass sich Hearne und seine Kameraden auf dem gewohnten Platz befanden.

Auch ich ging »nach Hause« und legte mich hin.

Wie lange ich geschlafen haben mochte, könnte ich nicht sagen, ebenso wenig, wie oder um welche Zeit es war, als ich infolge eines heftigen Stoßes auf den Boden rollte.

Was konnte hier geschehen sein? War der Eisberg erneut umgestürzt?

Binnen einer Sekunde waren wir auf den Füßen und standen in der hellen Polarnacht draußen vor den Zelten.

Eine schwimmende Masse von ungeheurem Umfang war an unseren Eisberg angestoßen, der sofort »die Anker lichtete«, wie die Seeleute sagen, und wieder Richtung Süden abtrieb.

ZEHNTES KAPITEL

Sinnestäuschungen

Unsere Lage hatte sich unerwartet verändert! Welche Folgen würde es haben, dass wir nicht mehr an dieser Stelle gestrandet lagen? Nachdem wir fast genau auf dem Schnittpunkt des 39. Meridians und des 89. Breitengrads festgehalten worden waren, entführte uns die Strömung wieder in Richtung Pol. Auf das erste Gefühl von Freude folgte freilich schnell die Furcht vor dem Unbekannten ... und wie Unbekannten!

Nur Dirk Peters empfand eine ungetrübte Genugtuung darüber, wieder auf dem Weg zu sein, wo er die Spuren seines armen Pym zu entdecken hoffte. Welche anderen Gedanken durchschwirrten dagegen den Kopf der Übrigen?

Kapitän Len Guy hatte tatsächlich gar keine Hoffnung mehr, seine Landsleute retten zu können. Dass William Guy mit seinen fünf Matrosen die Insel Tsalal vor weniger als acht Monaten verlassen hatte, darüber bestand kein Zweifel, doch wohin hatten sie sich begeben? In fünfunddreißig Tagen hatten wir eine Strecke von etwa vierhundert Seemeilen zurückgelegt, ohne das Geringste zu entdecken. Selbst wenn sie das polare Festland erreicht hatten, dem mein Landsmann Maury in seinen geistvollen Hypothesen eine Breite von tausend englischen Meilen zuschreibt, so wussten wir doch nicht, auf welchem Teil unsere Nachforschungen stattfinden sollten. War es aber ein Meer, das über der Erdachse flutet, dann mochten die Überlebenden von der *Jane* jetzt wohl schon von den Tiefen verschlungen sein, die sich bald wieder mit einem Eispanzer bedecken würden.

Mit dem Erlöschen jedes Hoffnungsschimmers hätte Kapitän Len Guy es denn auch für seine Pflicht gehalten, seine Mannschaft nach Norden zurückzuführen, um über den Polarkreis hinauszugelangen, solange die Jahreszeit das erlaubte ... jetzt aber wurden wir nach Süden hinuntergetragen ...

Nach der ersten Empfindung, die ich erwähnte, wurde bei dem

Gedanken, dass die Strömung den Eisberg in diese Richtung mitnahm, der Schrecken bald wieder übermächtig.

Der Leser möge nur bedenken: Waren wir auch nicht mehr gestrandet, so mussten wir uns doch auf eine lange Überwinterung einrichten und die Hoffnung aufgeben, einem der Walfänger zu begegnen, die ihrem Gewerbe zwischen den Süd-Orkney-Inseln, Südgeorgien und den Sandwich-Inseln nachgehen.

Infolge des Zusammenstoßes, der unseren Eisberg wieder flottgemacht hatte, waren eine Menge Gegenstände ins Meer geschleudert worden, darunter die Böller der *Halbrane*, die Anker, Ketten und ein Teil der Masten und Rahen. Bei der eigentlichen Ladung aber erwiesen sich die Verluste, dank der klugen Maßnahme, sie geschützt unterzubringen, nach der Besichtigung als ganz unbedeutend. Was wäre aber aus uns geworden, wenn alle unsere Vorräte bei jenem Aufprall vernichtet worden wären?

Eine Beobachtung im Laufe des Morgens gab Kapitän Len Guy die Auskunft, dass unser Eisberg nach Südosten trieb. Die Richtung der Strömung hatte sich also gar nicht verändert. Die anderen treibenden Massen hatten die gleiche Zugrichtung beibehalten, und eine davon stieß dabei an die Ostseite unseres Eisbergs an. Jetzt bildeten die beiden Eisberge einen einzigen, der sich mit der Geschwindigkeit von zwei Seemeilen in der Stunde fortbewegte.

Besonders bemerkenswert war, dass diese Strömung, die das Wasser des freien Meeres vom Packeis an auf den Südpol zutrieb, völlig unverändert blieb. Gab es nun, wie Maury meint, ein großes antarktisches Festland, so musste die Strömung dieses entweder umkreisen oder das Land bildete, durch eine breite Meeresstraße in zwei gleiche Teile geschieden, einen ausreichend breiten Kanal für diese Wassermassen und auch für die schwimmenden Massen, die das Wasser mit sich trug.

Meiner Ansicht nach mussten wir hierüber bald Klarheit erlangen. Bei der Geschwindigkeit, mit der wir uns fortbewegten – zwei Seemeilen in der Stunde –, genügten ja dreißig Stunden, um den axialen Punkt der Erdkugel zu erreichen, an dem die Meridiane zusammenliefen.

Ob die Strömung freilich bis über den Pol selbst hinausging oder ob dort ein Land lag, das wir »anlaufen« konnten, das war eine andere Frage.

Bei einem Gespräch, das ich mit dem Hochbootsmann hatte, sagte dieser:

»Ja, was zerbrechen Sie sich denn den Kopf darüber, Mister Jeorling? Reicht die Strömung bis über den Pol hinaus, dann treiben wir mit, wenn nicht, na dann eben nicht. Eine Eisscholle ist ja kein Schiff, und da sie weder Segel noch Steuerruder hat, treibt sie eben dahin wie die Strömung selbst.«

»Das geb ich gerne zu, Hurliguerly, deshalb kam mir eben der Gedanke, dass, wenn zwei oder drei sich einschifften ... auf dem Boot ...«

»Immer noch derselbe Gedanke ...! Sie versprechen sich alles von Ihrem Boot!«

»Gewiss, denn wenn irgendwo Land ist, wäre es dann nicht möglich, dass die Leute von der *Jane* ...«

»Es angelaufen hätten, Mister Jeorling ...? Vierhundert Meilen von der Insel Tsalal ...?«

»Wer kann das wissen, Hochbootsmann?«

»Zugegeben, doch erlauben Sie mir die Bemerkung, dass solche Erwägungen erst am Platz sind, wenn sich Land zeigt ... vorausgesetzt, dass sich welches zeigt. Unser Kapitän wird dann schon sehen, was unter Berücksichtigung der Zeit, die uns nun drängt, noch zu machen ist. Aufhalten dürfen wir uns in diesen Gegenden nicht, und da uns der Eisberg schwerlich auf die Seite der Falklands oder der Kerguelen tragen wird, was macht's, wenn wir auf einer andern Seite herauskommen? Das Wichtigste ist doch, dass wir den Polarkreis überschritten haben, ehe der Winter ihn absperrt.«

Ich muss zugeben, dass der gesunde Menschenverstand Hurliguerly diese Worte eingab.

Während alle nötigen Vorbereitungen auf Befehl von Kapitän Len Guy in Angriff genommen und vom Leutnant überwacht wurden, bestieg ich mehrere Male den Gipfel unseres Eisbergs. Dort, auf der höchsten Spitze sitzend und das Fernrohr in der Hand, beobachtete ich unablässig den Horizont. Von Zeit zu Zeit wurde seine Kreislinie durch einen vorübertreibenden Eisberg unterbrochen oder durch wallende Nebelmassen verhüllt.

Von meinem Platz, etwa hundertfünfzig Fuß über der Meeresfläche, aus schätzte ich meine Fernsicht auf mehr als zwölf Seemeilen. Bis jetzt hatte sich noch keine Landlinie am Grund des Himmels gezeigt.

Zweimal erklomm auch der Kapitän diese Höhe, um eine Standortmessung vorzunehmen.

Das Ergebnis seiner Beobachtung an diesem Tag war:

Westliche Länge: 67° 19′.

Südliche Breite: 89° 21′.

Hieraus ließen sich zwei Schlussfolgerungen ziehen.

Erstens, dass die Strömung uns seit der letzten Bestimmung des Längengrads etwa um 24° nach Südosten verschlagen hatte.

Zweitens, dass der Eisberg sich nicht mehr weiter als vierzig Seemeilen vom Südpol entfernt befand.

Im Laufe dieses Tages wurde der größte Teil der Ladung ins Innere einer großen Aushöhlung geschafft, die der Hochbootsmann an der Ostseite des Eisbergs entdeckt hatte und wo auch im Fall eines neuen Zusammenstoßes Kisten und Fässer in Sicherheit waren. Dann halfen unsere Leute Endicott, den Kochofen zwischen zwei Blöcken so aufzustellen, dass er sicher stand, und sie schafften auch mehrere Tonnen Kohle dorthin.

Diese verschiedenen Arbeiten vollzogen sich ohne Widerspruch und ohne Murren. Das Schweigen, das die Mannschaft bewahrte, war offenbar beabsichtigt. Wenn sie Kapitän Len Guy und dem Leutnant jetzt gehorchte, geschah es, weil ihr nichts zugemutet wurde, was nicht notwendig und ohne Verzug auszuführen war. Doch würden unsere Leute mit der Zeit nicht wieder den Mut verlieren? Wenn die Autorität ihrer Vorgesetzten jetzt noch geachtet wurde, würde das in einigen Tagen auch noch der Fall sein? Wir konnten wohl auf den Hochbootsmann – das war selbstverständlich –, auf den Maat Hardy, selbst auf Martin Holt und vielleicht noch auf zwei oder drei der alten Leute sicher rechnen; doch ob die anderen, besonders die Neuangeworbenen von den Falklands, die kein Ende dieser unglücklichen Reise sahen, wohl dem Verlangen widerstehen würden, sich des Boots zu bemächtigen und damit zu fliehen. Wer konnte das wissen?

Meiner Ansicht nach war dieser Fall indes nicht zu befürchten, solange der Eisberg noch weiter trieb, denn das Boot hätte sich nicht schneller fortbewegen können. Strandete er aber ein zweites Mal, stieß er an das Ufer eines Festlands oder einer Insel, was würden die Unglücklichen dann wohl tun, um den Schrecknissen einer Überwinterung zu entgehen?

Über dieses Thema sprachen wir während des Mittagessens. Kapitän Len Guy und Jem West teilten die Ansicht, dass der Segelmeister und seine Gefährten nichts unternehmen würden, solange die schwimmende Masse weitertrieb. Immerhin sollte die Aufmerksamkeit keine Stunde lang nachlassen, denn Hearne säte zu großes Misstrauen, als dass man ihn je hätte unbeobachtet lassen können.

Am Nachmittag, in der Zeit, wo der Mannschaft eine Ruhezeit vergönnt war, hatte ich wieder ein Zwiegespräch mit Dirk Peters.

Ich hatte eben meinen gewohnten Platz auf dem Gipfel eingenommen, während Kapitän Len Guy und Jem West zum Fuß des Eisbergs hinabgestiegen waren, um gewisse Merkmale an dessen Schwimmlinie nachzusehen. Diese Merkmale mussten zweimal in vierundzwanzig Stunden kontrolliert werden, um zu erfahren, ob das Eintauchen des Eisbergs zu- oder abnahm, das heißt, ob er seinen Schwerpunkt verlagerte und erneut mit seiner ganzen Masse umzukippen drohte.

Ich saß bereits eine halbe Stunde da oben, als ich den Mestizen erblickte, der mit raschen Schritten den Eiswall emporkletterte.

Kam auch er hierher, um den Horizont so weit wie möglich zu überblicken, und mit der Hoffnung, Land zu entdecken, oder, was ich für wahrscheinlicher hielt, wollte er mir einen Plan, der Arthur Pym betraf, mitteilen?

Seit der Eisberg sich weiterbewegte, hatten wir keine drei Worte gewechselt.

Als der Mestize zu mir herangekommen war, blieb er stehen, ließ den Blick über das uns umgebende Meer schweifen, suchte dasselbe, was ich suchte, und fand es genauso wenig wie ich.

Zwei bis drei Minuten verstrichen, ehe er das Wort an mich richtete, ja, er war vorher so mit sich selbst beschäftigt, dass ich mich fragte, ob er mich überhaupt gesehen hatte.

Schließlich lehnte er sich gegen einen Eisblock, und ich glaubte, er wollte mit mir über das sprechen, worüber er immer sprach … doch ich täuschte mich.

»Mister Jeorling«, begann er, »Sie erinnern sich … in Ihrer Kabine auf der *Halbrane* … habe ich Ihnen die Geschichte … die Geschichte von der *Grampus* erzählt.«

Ob ich mich daran erinnerte? Nichts von allem, was er mir über die entsetzlichen Geschehnisse mitgeteilt hatte, war meinem Gedächtnis entschwunden.

»Ich hab es Ihnen gesagt«, fuhr er fort, »Parker hieß nicht Parker … er hieß Ned Holt … er war der Bruder von Martin Holt …«

»Ja, ja, das weiß ich, Dirk Peters«, antwortete ich. »Warum aber kommen Sie auf diese traurige Geschichte zurück?«

»Warum, Mister Jeorling? Nicht wahr, Sie haben niemandem etwas davon verraten?«

»Keiner Menschenseele!«, versicherte ich. »Wie hätte ich denn so unklug sein können, Ihr Geheimnis zu lüften … ein Geheimnis, das nie über unsere Lippen kommen darf … das in uns begraben ist?«

»Begraben … ja … begraben!«, murmelte der Mestize. »Und doch … verstehen Sie mich recht … kommt es mir vor, als ob man unter der Mannschaft … als ob man etwas davon wüsste …«

Sofort fiel mir ein, was mir der Hochbootsmann über ein von ihm belauschtes Gespräch mitgeteilt hatte, in dem Hearne den Martin Holt dazu aufzustacheln versuchte, dass er den Mestizen ausforschen sollte, unter welchen Umständen sein Bruder an Bord der *Grampus* umgekommen war. Sollte doch etwas von dem Geheimnis sozusagen durchgesickert sein, oder bildete sich Dirk Peters das nur ein?

»Erklären Sie es mir genauer«, sagte ich.

»Verstehen Sie mich recht, Mister Jeorling … ich finde nicht die rechten Worte … Ja … gestern … seitdem hab ich immer daran denken müssen … gestern hat mich Martin Holt zur Seite genommen … weit weg von den andern – und sagte, dass er mit mir sprechen wollte …«

»Über die *Grampus?*«

»Über die *Grampus* … ja … und über seinen Bruder Ned Holt.

Zum ersten Mal ... hat er diesen Namen mir gegenüber erwähnt ... den Namen von dem, der ... und doch ... wir segeln ja nun schon drei Monate lang miteinander ...«

Die Stimme des Mestizen veränderte sich, sodass ich ihn kaum verstand.

»Verstehen Sie mich recht«, fuhr er fort, »mir schien es, als ob in Martin Holt ... nein, ich täusche mich nicht ... etwas wie ein Verdacht aufgestiegen ist ...«

»So reden Sie doch weiter, Dirk Peters!«, rief ich. »Was hat Martin Holt Sie denn gefragt?«

Ich ahnte schon, dass es eine Frage war, die Hearne dem Martin Holt eingegeben hatte. Da ich indessen davon ausgehen konnte, dass der Mestize von dieser Einmischung des Segelmeisters nichts wusste – einer Einmischung, die ebenso beunruhigend wie unerklärlich war –, beschloss ich, ihm gegenüber Stillschweigen zu bewahren.

»Was er mich gefragt hat, Mister Jeorling?«, antwortete er. »Er hat mich gefragt, ob ich mich von der *Grampus* her nicht an Ned Holt erinnere ... ob dieser beim Kampf gegen die Meuterer oder beim Schiffbruch umgekommen sei ... ob er zu denen gehört habe, die mit Kapitän Barnard auf dem Meer ausgesetzt worden waren ... kurz, ob ich ihm sagen könnte, wie sein Bruder ums Leben gekommen sei ... Ach, wie ... wie ...«

Der Mestize stieß diese Worte mit einem Entsetzen in der Stimme hervor, das deutlich seinen Abscheu vor sich selbst erkennen ließ.

»Und was haben Sie Martin Holt geantwortet, Dirk Peters?«

»Nichts ... gar nichts.«

»Sie hätten sagen sollen, dass Ned Holt beim Schiffbruch der Brigg umgekommen ist.«

»Ich konnte es nicht – verstehen Sie mich recht – ich konnte es nicht ...! In Martin Holt ... glaubte ich Ned Holt wiederzusehen ...! Ich fürchtete mich ... ich lief davon ...«

Der Mestize hatte sich mit rascher Bewegung aufgerichtet, und ich begann, den Kopf in die Hände gestützt, über die Sache nachzudenken. Jene so verspäteten Fragen von Martin Holt über seinen Bruder hatte er offenbar auf Hearnes Anregung hin zu stellen versucht. Vielleicht hatte der Letztere das Geheimnis von Dirk Peters, über das ich mit niemandem gesprochen hatte, schon auf den Falklands ausgekundschaftet ...

Doch wenn er Martin Holt dazu drängte, den Mestizen auszufragen, was bezweckte Hearne damit? Welches Ziel verfolgte er ...? Wollte er nur seinen Hass gegen Dirk Peters befriedigen, der als Einziger von den falkländischen Matrosen immer auf Seiten von Kapitän Len Guy gestanden und seine Kameraden daran gehindert hatte, sich des Boots zu bemächtigen? Hoffte er, Martin Holt auf die Seite seiner unzufriedenen Genossen hinüberzuziehen, indem er ihn aufreizte ...? Freilich, wenn es darum ging, das Boot in diesen Meeren zu führen, war Martin Holt, eine der besten Seeleute von der *Halbrane*, für ihn unentbehrlich, denn kein anderer wäre dazu in der Lage gewesen; Hearne und seine Gefährten wären, sich selbst überlassen, gewiss zugrunde gegangen.

Der geneigte Leser ersieht hieraus, zu welcher Kette von Mutmaßungen ich mich verirrte und welche weiteren Schwierigkeiten zu unserer ohnehin schwierigen Lage damit noch hinzukamen.

Als ich den Blick wieder erhob, war Dirk Peters nicht mehr bei mir. Er war verschwunden, ohne dass ich es bemerkte, nachdem er mir gesagt, was er sagen wollte, und sich überzeugt hatte, dass sein Geheimnis von mir nicht verraten worden war. Die Zeit war schon fortgeschritten, ich warf noch einen letzten Blick auf den Horizont und stieg, tief erregt und wie immer von der Ungeduld verzehrt, schon am nächsten Tag zu sein, wieder hinunter.

Mit Anbruch des Abends wurden die gewohnten Vorsichtsmaßnahmen getroffen. Niemand durfte sich außerhalb der Zelte aufhalten, mit Ausnahme von Dirk Peters, dem die Bewachung des Boots unterstand.

Ich war geistig und körperlich so ermüdet, dass ich neben Kapitän Len Guy gleich in Schlaf fiel, während der Leutnant draußen wachte, und ich schlief weiter neben diesem, als der Kapitän ihn abgelöst hatte.

Am nächsten Tag, dem 31. Januar, schlug ich den Leinenvorhang unseres Zeltes zurück.

Welche Enttäuschung!

Überall Nebelmassen … nicht solche, die sich bei den ersten Sonnenstrahlen auflösen und im leisen Windhauch verschwinden … nein, ein gelblicher, fast schimmelig riechender Dunst, als wenn der antarktische Januar der Nebelmond, der November, der nördlichen Halbkugel gewesen wäre. Dazu bemerkten wir, dass die Lufttemperatur spürbar gesunken war, vielleicht ein Vorbote des südlichen Winters. Vom verdüsterten Himmel rieselten große Dunstbläschen nieder, unter denen der Gipfel unseres Eisbergs sich verlor.

Es war aber ein Nebel, der sich nicht in Regen verwandeln sollte, eine Art Wattehülle, die den ganzen Horizont bedeckte.

»Ein verteufeltes Pech«, sagte der Hochbootsmann zu mir, »denn auch wenn wir nah an einem Land vorüberkämen, könnten wir's nicht sehen!«

»Und wie steht's mit dem Weitertreiben?«, fragte ich.

»Das geht noch schneller voran als gestern, Mister Jeorling. Der Kapitän hat eine Art Log auswerfen lassen und schätzt die Geschwindigkeit nicht unter drei bis vier Meilen.«

»Und was schließen Sie daraus, Hurliguerly?«

»Ich glaube, wir müssen uns auf einem eher verengten Meer befinden, da die Strömung so an Kraft zunimmt. Mich sollte es gar nicht wundern, wenn wir auf Back- und auf Steuerbord Land in zehn bis zwölf Meilen Entfernung hätten.«

»Das hieße also, dass eine breite Wasserstraße das antarktische Festland durchschneidet?«

»Ja … zumindest ist unser Kapitän dieser Ansicht.«

»Und trotzdem, Hurliguerly, will er keinen Versuch machen lassen, das eine oder andere Ufer dieser Meerenge anlaufen zu lassen?«

»Ja, wie denn?«

»Nun, mit dem Boot.«

»Das Boot aufs Spiel setzen … hier bei diesem Nebel!«, rief der Hochbootsmann und verschränkte die Arme. »Meinen Sie wirklich, Mister Jeorling? Wir können ja nicht Anker werfen, um es zurückzuerwarten? Nein … nicht wahr? Wir hätten nur ganz gute Aussichten, es nie wieder zu sehen. Oh, wenn wir jetzt die *Halbrane* noch hätten!«

Ach, wir hatten die *Halbrane* nicht mehr!

Trotz der Schwierigkeiten, die der Aufstieg durch den halb kondensierten Nebel bereitete, erklomm ich doch den Gipfel des Eisbergs, da ja eine zufällige Lücke im Dunst gestatten konnte, im Osten oder Westen Land zu erkennen.

Auf der Spitze erwies es sich jedoch leider als vergeblich, mit dem Blick den dichten grauen Mantel zu durchdringen, der die ganze Umgebung verhüllte.

Ich wartete, geschüttelt vom kalten Nordostwind, der den Nebelschleier doch vielleicht einmal zerreißen konnte.

Leider wälzten sich, getrieben von der starken atmosphärischen Strömung über dem offenen Meer, immer neue Dunstmassen heran. Unter der Wirkung der Luft- und der Wasserströmung trieben wir immer schneller weiter, und ich fühlte etwas wie ein Erzittern des Eisbergs.

Da überfiel auch mich eine Art Sinnestäuschung ... eine jener seltsamen Halluzinationen, die gewiss auch den Geist Arthur Pyms getrübt hatten. Es schien mir, als verschmölze ich mit seiner außergewöhnlichen Persönlichkeit, und glaubte schließlich wirklich zu sehen, was er gesehen haben wollte. Dieser undurchdringliche Nebel war der vor den Augen des Benommenen sich aufspannende Dunstvorhang. Ich suchte darin die Flammengarben leuchtender Streifen, die am Himmel von Osten bis Westen aufflackerten. Ich suchte darin den überirdischen Glutschein seines Gipfels! Ich suchte das Lichtzucken im Luftraum ebenso wie das vom leuchtenden ozeanischen Grund erhellte Wasser. Ich suchte nach jenem unbegrenzten Katarakt, der geräuschlos von einem hohen, in der Tiefe des Zenits verlorenen Wall herniederfloss. Ich suchte die breiten Spalten, hinter denen sich unter mächtigen Luftwirbeln ein Chaos von schwimmenden, unbestimmten Bildern umherwälzte. Ich suchte auch den weißen Riesen ... den Riesen des Pols ...!

Endlich wurde mein Bewusstsein wieder klar. Die visionäre Erregung, die bis zum Äußersten getriebene Sinnesverwirrung verschwand allmählich, und ich stieg wieder zum Lagerplatz hinunter.

Der ganze Tag verlief unter den gleichen Bedingungen. Kein einziges Mal erhob sich der Vorhang vor unseren Augen, und wenn der Eisberg, der seit gestern mindestens vierzig Seemeilen weitergetrieben war, dabei über das Ende der Erdachse gekommen sein sollte, so würden wir das jedenfalls niemals erfahren!

* Achtundzwanzig Jahre später, was Mister Jeorling freilich nicht ahnen konnte, hatte ein anderer den Pol gesehen, hatte, am 21. März 1868, ein anderer den Fuß auf diesen Punkt des Erdballs gesetzt. Die Jahreszeit war damals schon um sieben Wochen weiter fortgeschritten, und die Spuren des südlichen Winters zeigten sich bereits in der trostlosen Wüstenei, die bald von sechsmonatiger Finsternis verhüllt werden sollte. Das kümmerte freilich den außerordentlichen Seefahrer, an den wir hier erinnern, recht wenig. Mit seinem wunderbaren unterseeischen Fahrzeug konnte er der Kälte und den Stürmen trotzen. Nachdem er den Packeiswall hinter sich gelassen hatte und unter dem Eispanzer des Antarktischen Ozeans hingeglitten war, konnte er bis zum 90. Grad vorstoßen. Dort setzte ihn sein Boot auf einem vulkanischen Boden ab, der mit Basalttrümmern, Schlacken, Asche und schwärzlichen Felsstücken übersät war. Am Ufer tummelten sich Schwärme von Amphibien, Seehunde und Walrosse. Darüber flatterten zahllose Völker von Strandläufern, Chionis, Alcyons und riesigen Sturmvögeln, während Pinguine regungslose Reihen bildeten. Durch Moränenschutt und Bimssteinhaufen erstieg jene rätselhafte Persönlichkeit die steile Böschung eines halb aus Porphyr und halb aus Basalt bestehenden Spitzbergs genau auf dem Südpol. Und in dem Augenblick, wo der Horizont im Norden die Scheibe der Sonne in zwei gleiche Teile zerschnitt, ergriff der seltsame Mann unter seinem Namen Besitz von diesem Land und entfaltete eine Flagge mit einem in Gold gestickten N. Auf dem Meer schaukelte sein unterseeisches Fahrzeug, das *Nautilus* hieß und dessen Führer sich Kapitän Nemo nannte. J. V. *

ELFTES KAPITEL

Mitten im Nebel

»Nun, Mister Jeorling«, begann der Hochbootsmann, als wir uns am nächsten Tag trafen, »jetzt können wir uns Trauerkleidung machen lassen!«

»Trauerkleidung, Hurliguerly? Woraus denn?«

»Aus dem Südpol, dessen Spitze wir nicht einmal gesehen haben.«

»Ja, und der jetzt schon einige zwanzig Seemeilen hinter uns liegen mag! Eine Gelegenheit, die sich meiner Meinung nach nicht wieder bieten wird.«

»Gewiss nicht, Mister Jeorling, und wir können getrost darauf verzichten, das Ende des Erdenbratspießes zu fühlen, der sich in unseren Händen dreht.«

»Sie haben recht treffende Vergleiche, Hochbootsmann!«

»Ich füge auch noch hinzu, dass unser Eisgefährt uns zum Teufel befördert, gewiss aber nicht in Richtung *Grüner Kormoran.* Ach, gehen Sie mir ... eine unnütze Fahrt, eine verfehlte Fahrt, die keiner so bald wieder unternehmen wird. Jedenfalls geht es darum, der Sache ein Ende zu machen und nicht unterwegs zu zögern, denn der Winter wird bald seine rote Nase, seine rauen Lippen und seine tief aufgesprungenen Hände zeigen! Eine Fahrt, bei der keiner gefunden hat, was er suchte, weder Kapitän Len Guy seinen Bruder, noch wir unsere Landsleute oder Dirk Peters seinen armen Pym!«

Das war alles wahr ... die Quintessenz unserer Mühsal und unserer Beschwerlichkeiten und unserer Enttäuschungen! Ohne die zerstörte *Halbrane* miteinzurechnen, hatte die Fahrt schon neun Opfer gekostet. Von zweiunddreißig Mann, die sich auf der Goélette eingeschifft hatten, waren noch dreiundzwanzig übrig, und wer weiß, wie weit sich diese Zahl noch verringern sollte.

Vom Südpol bis zum Polarkreis rechnet man einige 20°, genauer 23° 27′, das heißt etwa zwölfhundert Seemeilen, die innerhalb eines Monats oder höchstens sechs Wochen zurückgelegt werden mussten, wenn sich das Packeis nicht vorher neu bilden und dessen Wall schließen sollte. Eine Überwinterung in diesem Teil des Polargebiets hätte wohl kaum einer von uns überlebt.

Übrigens hatten wir jede Hoffnung verloren, die Überlebenden von der *Jane* wiederzufinden, und die Mannschaft schwor sich nur, dieser entsetzlichen Einöde baldmöglichst zu entfliehen. Unsere Abtrift bis zum Pol, die zuvor südlich gewesen war, war jetzt zu einer nördlichen geworden, und falls sie anhielt, winkten uns jetzt nach so vielen schlechten vielleicht auch einmal wieder bessere Aussichten.

Auf jeden Fall mussten wir freilich – um einen umgangssprachlichen Ausdruck zu gebrauchen – »den Dingen einfach ihren Lauf lassen«.

Uns konnte es ja gleichgültig sein, ob das Meer, dem unser Eisberg zutrieb, der Südatlantische oder der Stille Ozean war, ob die nächstgelegenen Länder statt der Südorkneys, der Falklands, des Kap Horn oder der Kerguelen vielleicht Australien oder Neuseeland waren. Deshalb hatte Hurliguerly auch ganz recht, wenn er – zu seinem lebhaften Bedauern – sagte, dass es nicht bei Freund Atkins und in der Gaststube des *Grünen Kormoran* sein würde, wo ihm nach der Rückkehr das erste Glas winken würde.

»Übrigens, Mister Jeorling«, wiederholte er mir öfters, »gibt es auch hervorragende Gasthäuser in Australien, wie in Hobart Town, in Dunedin und anderswo. Es geht nur darum, glücklich einen Hafen zu erreichen!«

Da der Nebel sich auch am 2., 3. und 4. Februar nicht gelichtet hatte, wäre es schwierig gewesen, die Strecke abzuschätzen, die unser Eisberg nach Überschreitung des Pols zurückgelegt hatte. Kapitän Len Guy und Jem West glaubten sie indes auf zweihundert Seemeilen veranschlagen zu dürfen.

Die Strömung schien sich in der Tat weder in der Geschwindigkeit noch in der Richtung verändert zu haben. Da wir durch einen Meeresarm zwischen den zwei Hälften des vermutlichen Festlands dahinglitten – der einen im Osten, der andern Hälfte im Westen –, die das weite Landgebiet des Südpols bilden, erschien das nicht unwahrscheinlich. Ich bedauerte es auch sehr, nicht die eine oder die andere Küste dieses Sunds betreten zu können, dessen Oberfläche im bevorstehenden Winter bald erstarren sollte.

Bei einem Gespräch mit Kapitän Len Guy gab mir dieser darauf die logisch einzig richtige Antwort:

»Ich bitte Sie, Mister Jeorling, wir sind ja ganz machtlos! Wir können hier nichts tun, und die größte Misslichkeit, die uns seit mehreren Tagen arg mitspielt, sehe ich in diesem anhaltenden schweren Nebel. Ich weiß nicht mehr, wo wir sind. Unsere Position zu bestimmen ist ganz unmöglich, und das gerade jetzt, wo die Sonne bald für lange Monate verschwinden wird.«

»Ich komme immer wieder auf das Boot zurück«, erwiderte ich. »Könnte man nicht damit . . .«

»Auf Entdeckung ausziehen? Wo denken Sie hin! Das wäre eine Unbesonnenheit, die ich nicht begehen würde und die mich die Mannschaft gar nicht begehen ließe!«

Ich war nah dran auszurufen:

»Und wenn nun Ihr Bruder William Guy, wenn sich Ihre Landsleute an einen Ort auf diesen Gebieten geflüchtet hätten . . .?«

Ich bezwang mich aber. Was konnte es nützen, den Schmerz unseres Kapitäns wieder zu erneuern? An diese Möglichkeit hatte er gewiss auch gedacht, und wenn er auf die Weiterverfolgung seiner Nachforschungen verzichtete, so musste er sich wohl auch von der Sinnlosigkeit eines letzten Versuchs überzeugt haben.

Übrigens leitete ihn – und das eröffnete noch einen leisen Hoffnungsschimmer – vielleicht folgender Gedankengang, der nicht unzulässig schien:

William Guy und seine Begleiter hatten die Insel Tsalal gleich zu Beginn des Sommers verlassen. Vor ihnen lag das eisfreie Meer, das sie mittels derselben südöstlichen Strömung passiert haben mochten, die uns erst auf der *Halbrane*, dann auf dem Eisberg forttrug. Außer von den Strömungen mussten sie, ebenso wie wir, von der stetigen Brise aus Nordost begünstigt worden sein. Das erlaubte den Schluss, dass ihr Boot, wenn es nicht auf dem Meer verunglückt war, die gleiche Richtung eingehalten haben könnte wie wir und durch die Wasserstraße ebenfalls in die Gegend gelangt war, wo wir uns jetzt befanden. Wenn man bedenkt, dass sie uns um mehrere Monate voraus waren, war es dann eine so unlogische Vermutung, dass sie bei der Weiterfahrt nach Norden über das freie Meer hinweg und durch die Packeiswand gekommen waren, dass ihr Boot den Polarkreis glücklich überschritten hatte und dass William Guy und seine Gefährten schließlich ein Schiff gefunden hatten, das sie in die Heimat zurückbrachte ...?

Angenommen, dass unser Kapitän sich an ähnliche Vermutungen klammerte, die, wie ich zugebe, viele – sogar sehr viele! – gute Aussichten eröffneten, so hatte er mir gegenüber doch kein Wort davon gesagt. Vielleicht – der Mensch liebt es ja, sich selbst etwas vorzumachen – fürchtete er, dass ihm jemand die Schwachstellen seines Gedankengangs darlegte.

Eines Tages sprach ich in diesem Sinn mit Jem West.

Der Leutnant, der für Fantasiegespinste nur wenig zugänglich war, wollte sich meiner Ansicht nicht anschließen. Die Annahme, dass wir die Leute von der *Jane* nicht wiedergefunden hätten, weil sie durch diese Seegebiete schon vor uns gekommen und bereits in den Stillen Ozean zurückgekehrt wären – das konnte ein so nüchterner Verstand nicht anerkennen.

Als ich mit dem Hochbootsmann über diese Möglichkeit plauderte, meinte er:

»Nun, Sie wissen ja, Mister Jeorling, es geschieht wohl so allerhand, und alles ist möglich, wenigstens tröstet man sich gern damit, doch dass Kapitän William Guy und seine Leute zur Stunde irgendwo in der Alten oder Neuen Welt vor einem Glas Branntwein, Gin oder Whisky im gemütlichen Gasthaus sitzen ... Nein! Nein! Das ist ebenso unmöglich, wie dass wir beide morgen an einem Tisch im *Grünen Kormoran* Platz nehmen!«

An den drei Nebeltagen hatte ich Dirk Peters nicht gesehen, oder er hatte zumindest nicht versucht, zu mir zu kommen, sondern nahm hartnäckig seinen Posten neben dem Boot ein. Die Fragen von Martin Holt über seinen Bruder Ned schienen darauf hinzudeuten, dass das Geheimnis des Mestizen wenigstens teilweise bekannt war. Er sonderte sich auch noch mehr ab als früher, schlief einige Stunden, wenn alle wach waren, und wachte, wenn alle schliefen. Ich fragte mich gelegentlich, ob er es nicht bedauerte, sich mir anvertraut zu haben, ob er sich nicht vorstellte, dass ich dadurch einen gewissen Abscheu gegen ihn bekommen könnte. Das wäre freilich ein Irrtum gewesen, denn ich empfand für den armen Mestizen nur das wärmste Mitleid.

Ich kann gar nicht ausdrücken, wie traurig, einförmig und endlos uns die Stunden während dieses Nebels erschienen, dessen dichten Vorhang nicht einmal der Wind zerreißen konnte. Selbst wenn man noch so aufmerksam war, konnte man nie erkennen, welchen Stand am Horizont die Sonne einnahm, deren spiralförmiger Lauf sich allmählich nach unten hin wandte. Die Lage des Eisbergs, der geografischen Länge und Breite nach, konnte also nicht festgestellt werden. Dass er nach Überschreitung des Pols nach Südosten, das heißt, jetzt vielmehr nach Nordwesten weitertrieb, war zwar wahrscheinlich, jedoch nicht sicher. Da er bei der Strömung die gleiche Geschwindigkeit beibehielt, wie hätte Kapitän Len Guy den zurückgelegten Weg bestimmen können, solange ihm alle Vergleichspunkte dafür fehlten? Selbst wenn er jetzt ganz stillliegen würde, wäre uns das kaum besonders aufgefallen, denn der Wind hatte sich gelegt – das nahmen wir wenigstens an –, denn wir konnten keine Luftbewegung fühlen. Die der Luft ausgesetzte Flamme einer Schiffslaterne flackerte gar nicht mehr. Nur das Gekreisch von Vögeln, aber gedämpft in dieser watteähnlichen Atmosphäre, unterbrach die Grabesstille, die sonst um uns herrschte. Sturmvögel und Albatrosse schwebten dann und wann über den Gipfel hin, wo ich oft Ausschau hielt; ich konnte aber nicht entscheiden, ob die Tiere vielleicht von dem herannahenden Südpolarwinter schon in die Grenzen dieser Zone vertrieben wurden.

Eines Tages wurde der Hochbootsmann, der auch auf die Gefahr hin, sich den Hals zu brechen, auf den Gipfel emporgestiegen war, um selbst Umschau zu halten, von einem mächtigen Quebranta-Huesos, einem riesigen Sturmvogel mit zwölf Fuß Flügelspannweite, so heftig gegen die Brust gestoßen, dass er rückwärts hinfiel.

»Verteufelte Bestie!«, sagte er, wieder am Lagerplatz angelangt, zu mir. »Da bin ich gerade noch mit einem blauen Auge davongekommen! Ein Stoß . . . paff . . .! Alle viere in der Luft, wie ein Pferd, das sich auf dem Rücken wälzt. Ich krallte mich fest, so gut es ging, sah aber doch kommen, dass ich bald allen Halt verlieren würde. Auf schiefen Eisflächen, das wissen Sie, da rutscht man so leicht dahin, wie Wasser durch die Finger rinnt. Ich habe dem Vogel auch zugerufen: Du Tölpel, kannst du denn nicht aufpassen? Und das verdammte Tier hat sich nicht einmal entschuldigt!«

In der Tat war der Hochbootsmann nah daran gewesen, von Block zu Block bis ins Meer hinunterzukollern.

Am Nachmittag dieses Tages zerriss uns ein furchtbares Blöken, das von unten heraufdrang, fast die Ohren. Hurliguerly bemerkte sogleich, dass, wenn nicht Esel dieses Geschrei ausstießen, Pinguine da unten sitzen müssten. Bisher hatten sich diese massenhaften Bewohner der hohen Breiten noch nicht bemüßigt gefühlt, uns auf der schwimmenden Insel zu begleiten, und so weit das Auge reichte, hatten wir keinen von ihnen gesehen – weder am Fuß des Eisbergs noch auf dahintreibenden Schollen. Jetzt gab es keinen Zweifel, dass sie sich zu Hunderten oder Tausenden eingefunden hatten, denn das schreckliche Konzert nahm an Lautstärke zu und zeugte von der Anzahl der Mitwirkenden.

Diese Vögel bewohnen nun mit Vorliebe entweder die Strandflächen von Ländern und Inseln der hohen Breiten oder die Eisfelder in deren Nähe. Ihre Anwesenheit deutete also vielleicht darauf hin, dass hier irgendwo Land war ...

Ich weiß, wir waren in der Gemütsverfassung, wo man sich an den winzigsten Hoffnungsschimmer hält, wie der Ertrinkende sich an jeden Strohalm klammert, der ihm Rettung bringen könnte. Doch wie häufig versinkt oder zerbricht dieser Strohalm, gerade wenn er ihn fassen will! War das nicht genau das Los, das uns in diesem entsetzlichen Klima erwartete?

Ich fragte auch den Kapitän, was er aus der Anwesenheit jener Vögel schloss.

»Dasselbe wie Sie, Mister Jeorling«, antwortete er. »Seitdem wir wegtreiben, hat noch keiner davon auf dem Eisberg Zuflucht gesucht; tatsächlich sind sie jetzt in Massen da, wenn man das ihrem ohrenbetäubenden Geschrei entnehmen kann. Dass sie von einem Land gekommen sind, in dessen Nähe wir uns vielleicht befinden, ist gar nicht zu bezweifeln ...«

»Ist das auch die Ansicht des Leutnants?«, fragte ich.

»Ja, Mister Jeorling, und Sie wissen, er hängt keinen Chimären nach!«

»Nein, gewiss nicht!«

»Dann ist ihm auch, genau wie mir, noch etwas anderes eingefallen, das Ihnen entgangen zu sein scheint.«

»Und das wäre ...?«

»Die ziemlich klagenden Laute, die sich mit dem Geschrei der Pinguine mischen. Horchen Sie ... Sie werden sie gleich selbst hören!«

Ich lauschte, und wirklich, das Orchester war voller besetzt, als ich vermutet hatte.

»Ja, wirklich«, sagte ich, »ich erkenne auch diese Klagelaute. Danach wären also auch Seehunde oder Walrosse da unten ...«

»Ohne Zweifel, Mister Jeorling, und ich schließe daraus, dass diese Tiere, Vögel und Säugetiere, die seit unserer Abfahrt von der Insel Tsalal so selten auftauchten, in der Gegend heimisch sind, in die uns die Strömungen geführt haben. Ich meine, diese Annahme hat nichts Gewagtes an sich ...«

»Nichts, Kapitän, nicht mehr als die Annahme, dass Land in der Nähe ist. Oh, was für eine ungünstige Fügung, von diesem undurchdringlichen Nebel umhüllt zu sein, der es nicht erlaubt, eine Viertelmeile weit zu sehen ...«

»Und der uns hindert, zum Fuß des Eisbergs hinunterzusteigen!«, fügte Kapitän Len Guy hinzu. »Dort hätten wir uns ein Bild machen können, ob die Vögel etwa Salpas, Algen oder Tang an sich haben, was uns weitere Schlüsse erlaubt hätte. Sie haben recht, es ist eine unglückliche Fügung!«

»Warum sollten wir nicht den Abstieg versuchen, Kapitän?«

»Nein, Mister Jeorling, das hieße, sich der Gefahr aussetzen, abzustürzen, und ich werde niemandem gestatten, den Lagerplatz zu verlassen. Wenn es Land in der Nähe gibt, so wird unser Eisberg wohl von allein dort anlaufen ...«

»Wenn es aber nicht geschieht?«, warf ich ein.

»Wenn es nicht geschieht, was können wir dann tun?«

Das Boot, das Boot, dachte ich, das sollte man sich doch zunutze machen. Der Kapitän zog es aber vor, zu warten, und vielleicht war das unter den gegebenen Umständen wirklich auch das Klügste!

Es wäre wegen der Form des Eisbergs allerdings gefährlich gewesen, sich halb blind über den schlüpfrigen Abhang hinunterzuwagen. Der gelenkigste und kräftigste aus der Mannschaft, Dirk Peters, hätte das wohl auch nicht ohne ernsten Unfall zustande gebracht. Diese unheilschwangere Fahrt hatte schon zu viele Opfer gekostet, und es durften nicht noch mehr werden.

Ich vermag gar keine Vorstellung von dieser Zusammenballung von Nebel zu geben, der sich im Laufe des Abends noch verdichtete. Von fünf Uhr an wurde es ganz unmöglich, auf dem Platz, wo die Zelte standen, nur einige Schritte weit etwas zu erkennen. Man musste sich gegenseitig mit der Hand berühren, um zu wissen, dass man voreinander stand. Einander etwas zuzurufen wäre nicht sehr sinnvoll gewesen, denn der Laut der Stimme verbreitete sich in diesem Gemisch von Luft und Wasserbläschen auch nicht weiter, als der Blick reichte. Eine angezündete Lampe verriet sich nur in der Nähe durch einen dunkelroten Schimmer, sie leuchtete eigentlich aber gar nicht. Ein Aufschrei drang nur ganz gedämpft ans Ohr, und nur die Pinguine kreischten laut genug, dass man sie vernehmen konnte.

Ich bemerke hier, dass dieser Nebel nicht mit dem früher beobachteten *frostrime*, dem Raufrost, verwechselt werden darf. Der Raufrost setzt eine höhere Lufttemperatur voraus, zeigt sich gewöhnlich nur dicht über der Meeresfläche und steigt unter dem Einfluss einer steifen Brise auf etwa hundert Fuß in die Höhe. Der Nebel reichte dagegen weit über diese Höhe hinaus, und ich glaube, man hätte sich darüber nur erheben können, wenn man noch fünfzig Toisen über den Gipfel des Eisbergs hinauf hätte gelangen können.

Gegen acht Uhr abends waren die halb kondensierten Dunstmassen so kompakt, dass sie beim Gehen ein spürbares Hindernis bildeten. Es sah aus, als habe die Zusammensetzung der Luft sich geändert und sie würde in einen festen Zustand übergehen. Unwillkürlich dachte ich dabei an die seltsamen Erscheinungen auf der Insel Tsalal, an das eigentümliche Wasser, dessen Moleküle eine so merkwürdige Kohäsion zeigten.

Ob der Nebel irgendeine Auswirkung auf den Kompass hatte, das war unmöglich zu erkennen. Ich wusste, dass die Meteorologen Studien hierüber gemacht hatten und behaupteten, dass diese Erscheinung keinerlei Einfluss auf die Magnetnadel habe.

Hierzu gehört, dass wir uns nach der Überschreitung des Südpols auf die Angaben des Kompasses gar nicht mehr verlassen konnten, denn dieser wurde dadurch, dass wir uns dem magnetischen Südpol näherten, dem wir offenbar zutrieben, erheblich gestört. Nichts ermöglichte uns also, die Treibrichtung des Eisbergs zu bestimmen.

Um neun Uhr war die ganze Umgebung in tiefste Finsternis versunken, obgleich die Sonne zur jetzigen Jahreszeit noch nicht unter den Horizont hinuntersank.

Der Kapitän, der sich überzeugen wollte, ob alle Leute ins Lager zurückgekehrt waren, und der jede Unvorsichtigkeit verhindern wollte, ließ zum Sammeln rufen.

Jeder, der auf seinen Namensaufruf geantwortet hatte, musste in das Zelt eintreten, wo die nebelumwallten Schiffslaternen sehr wenig oder gar kein Licht verbreiteten.

Als sein Name ertönte, den der Hochbootsmann mehrmals mit lauter Stimme wiederholte, war der Mestize der Einzige, der nicht darauf reagierte.

Der Hochbootsmann wartete einige Minuten.

Dirk Peters erschien nicht.

War er beim Boot zurückgeblieben, was möglich schien, so war das allerdings überflüssig, denn bei diesem Nebel dachte gewiss keiner daran, es zu entführen.

»Hat niemand im Laufe des Tages Dirk Peters gesehen?«, fragte Kapitän Len Guy.

»Niemand«, antwortete der Hochbootsmann.

»Nicht einmal beim Mittagessen?«

»Auch da nicht, Kapitän, und dabei hatte er keinen weiteren Essensvorrat bei sich.«

»Sollte ihm ein Unglück zugestoßen sein?«

»Machen Sie sich keine Sorgen!«, rief der Hochbootsmann. »Hier ist Dirk Peters in seinem Element, wo der Nebel ihm nicht mehr ausmacht als einem Polarbär! Er hat sich schon einmal aus einer äußerst schlimmsten Lage befreit; das wird ihm auch ein zweites Mal gelingen!«

Ich ließ Hurliguerly reden, obwohl ich recht gut wusste, dass der Mestize sich nur abseits hielt.

Obwohl Dirk Peters auf die Rufe des Hochbootsmanns, die ihn hatten erreichen müssen, hartnäckig keine Antwort gab, war es zunächst doch unmöglich, nach ihm zu suchen.

Ich bin überzeugt, dass in dieser Nacht niemand – vielleicht mit Ausnahme von Endicott – schlafen konnte. Man erstickte fast unter dem Zeltdach, wo es am nötigen Sauerstoff mangelte. Ferner hatten mehr oder weniger alle einen seltsamen Eindruck, ein wunderliches Vorgefühl, als ob unsere Lage sich bald zum Besseren oder zum Schlechteren wenden müsste, falls sie überhaupt noch schlechter werden konnte.

Die Nacht verlief ohne Störung, und um sechs Uhr früh beeilte sich jeder, draußen etwas angenehmere Luft einzuatmen.

Die meteorologischen Verhältnisse waren die gleichen wie am Vortag – noch immer herrschte der außerordentlich dichte Nebel. Das Barometer war zwar gestiegen, doch zu schnell, als dass man daraus hätte auf dauerhafte Besserung des Wetters schließen können. Die Quecksilbersäule stand auf 30,2 Zoll, also 767 Millimeter, der höchste Stand, den sie seit der Fahrt der *Halbrane* über den Polarkreis je gehabt hatte.

Auch andere Zeichen machten sich bemerkbar, die für uns bedeutungsvoll waren.

Der zunächst auffrischende Wind – ein Südwind, seit wir über den Südpol hinausgekommen waren – verwandelte sich bald in eine steife Brise, zum Zweireffwind, wie die Seeleute sagen. Und seit die Atmosphäre sich wieder mehr bewegte, hörte man auch alle Geräusche leichter.

Um neun Uhr befreite sich der Eisberg plötzlich von seiner Nebelkappe.

Eine unbeschreibliche Veränderung der Dekoration, die kein Zauberstab in kürzerer Zeit und mit größerer Wirkung hervorgebracht hätte.

In wenigen Augenblicken war der Himmel bis zur letzten Grenze des Horizonts klar geworden, und das Meer erglänzte unter den schrägen Strahlen der Sonne, die nur um wenige Bogengrad darüber stand. Eine schäumende Brandung brodelte am Fuß unseres Eisbergs, und dieser trieb mit einer Menge schwimmender Berge unter dem Einfluss der Strömung und des Windes in ostnordöstlicher Richtung dahin.

»Land! Land!«

Dieser Ruf erscholl vom Gipfel der beweglichen Insel, und vor unseren Blicken tauchte Dirk Peters auf, der, auf dem höchsten Block stehend, mit der Hand nach Norden wies.

Der Mestize täuschte sich nicht. Diesmal war es Land ... ja ... Land, das auf drei bis vier Seemeilen Länge seine entfernten, schwärzlich erscheinenden Höhen erkennen ließ.

Und als um zehn Uhr und zu Mittag eine Positionsbestimmung gemacht war, ergab es:

Südliche Breite: 86° 12′.

Östliche Länge: 114° 17′.

Der Eisberg befand sich nahezu 4° jenseits des antarktischen Pols, und aus der westlichen Länge, unter der wir früher dem Kurs der *Jane* folgten, waren wir jetzt in die Grade östlicher Länge gekommen.

ZWÖLFTES KAPITEL

Das Lager

Kurz nach Mittag lag das Land nur noch eine Seemeile von uns entfernt. Die Frage war nur, ob die Strömung uns auch dahin führen würde.

Ich muss gestehen, wenn wir die Wahl gehabt hätten, diese Küste anzulaufen oder unseren Weg fortzusetzen, dass mir die Entscheidung schwer geworden wäre.

Ich sprach darüber mit Kapitän Len Guy und dem Leutnant, als der Letztere mir ins Wort fiel und sagte:

»Ich bitte Sie, Mister Jeorling, was kann die Erörterung dieser Frage nützen?«

»Gewiss, da wir in der Sache gar nichts tun können«, setzte Kapitän Len Guy hinzu. »Es ist ebenso gut möglich, dass der Eisberg an diese Küste stößt, wie dass er, wenn er in der Strömung bleibt, darum herum treibt.«

»Das bestreite ich natürlich nicht«, erwiderte ich, »meine Frage bleibt deswegen aber doch: Ist es günstiger, an Land zu gehen oder hierzubleiben?«

»Hierzubleiben!«, erklärte Jem West.

Hätte freilich das Boot uns alle nebst dem nötigen Proviant für eine fünf- bis sechswöchige Fahrt aufnehmen können, so wären wir gewiss unverzüglich mit dem Südwind im Rücken über das offene Meer hinauf nach Norden gefahren. Da das Boot jedoch höchstens elf bis zwölf Mann tragen konnte, hätten wir losen müssen. Die aber, die es dann nicht hätte mitnehmen können, waren quasi dazu verurteilt, entweder durch Hunger oder durch Kälte auf einem Land umzukommen, wo ein überaus strenger Winter seine Herrschaft sehr bald antreten musste.

Trieb der Eisberg dagegen in der bisherigen Richtung weiter, so legten wir einen großen Teil unseres Wegs unter recht annehmbaren Bedingungen zurück. Unser Fahrzeug aus Eis konnte freilich auch verloren gehen, konnte von Neuem stranden, selbst noch einmal umstürzen oder in eine Gegenströmung geraten, die es auf seinem Weg wieder zurücktrieb, während das Boot, gegen den Wind anlaufend, wenn dieser ungünstig wurde, uns hätte bis ans Ziel bringen können, vorausgesetzt, dass es von schwerem Sturm verschont blieb und die Packeiswand ihm die Durchfahrt gestattete.

Doch, wie Jem West eben gesagt hatte, war es angezeigt, über jene Möglichkeiten lange zu verhandeln?

Nach dem Essen begab sich auch die Mannschaft auf den höchsten Eisblock, wo Dirk Peters noch immer stand. Als wir uns näherten, stieg der Mestize an der andern Seite des Abhangs hinab, und als ich oben ankam, konnte ich ihn nicht mehr erblicken.

Wir waren jetzt also alle hier vereinigt, außer Endicott, der seinen Kochofen nicht gern verließ.

Das im Norden sichtbare Land zeigte, ein Zehntel des Horizonts einnehmend, ein Ufer mit flachem Strand, zahlreichen Einschnitten und hervortretenden Spitzen, während sich weiter hinten hohe, ziemlich entfernte Hügel vom Himmelsgrund deutlich abhoben. Da lag vor uns also ein Festland oder wenigstens eine recht ausgedehnte Insel.

Nach Osten hin dehnte sich das Land über das Blickfeld hin aus, und es kam mir nicht so vor, als ob seine äußerste Grenze auf dieser Seite lag.

Im Westen endete sie in einem spitzen Kap, das von einem Hügel überragt wurde und dessen Silhouette einem ungeheuren Robbenkopf ähnelte. Dahinter schien wieder das unbegrenzte Meer zu liegen.

Gewiss gäbe es jetzt keinen unter uns, der nicht über die augenblickliche Lage nachdachte. Dieses Land anzulaufen, das hing nur von der Strömung, nur davon allein ab; entweder trieb sie den Eisberg in eine Brandung, die ihn an der Küste festhielt, oder sie trug ihn nach Norden weiter.

Welche Hypothese war nun wahrscheinlicher?

Kapitän Len Guy, der Leutnant, der Hochbootsmann und ich standen wieder im Gespräch beieinander, während die Mannschaften in einzelnen Gruppen ihre Ansichten über dieses Thema austauschten. Schließlich bemerkten wir, dass uns die Strömung auf den Nordosten jenes Landes zuführte.

»Alles in allem«, sagte Kapitän Len Guy, »scheint mir das Land, wenn es auch während der Sommerzeit bewohnbar sein mag, doch keine sesshaften Bewohner zu haben, da wir keinen Menschen am Uferland sehen.«

»Vergessen wir nicht, Kapitän, dass der Eisberg natürlich nicht so viel Aufmerksamkeit erregt, wie unsere Goélette es getan hätte.«

»Zugegeben, Mister Jeorling, die *Halbrane* würde schon Eingeborene herangelockt haben ... wenn es hier welche gibt.«

»Daraus, dass wir keine sehen, Kapitän, dürfen wir doch noch nicht schließen ...«

»Nein, gewiss nicht«, unterbrach mich Kapitän Len Guy. »Sie werden aber zugeben, Mister Jeorling, dass dieses Land nicht der Insel Tsalal gleicht, wo die *Jane* gelandet war. Dort zeigten sich grünende Hügel, dichte Wälder, blühende Bäume, ausgedehnte Weideflächen ... Hier sieht man auf den ersten Blick nichts als Verlassenheit und Unfruchtbarkeit.«

»Das bestreite ich nicht, Verlassenheit und Unfruchtbarkeit, weiter zeigt das Land nichts. Ich möchte aber doch fragen, Kapitän, ob Sie nicht die Absicht haben, hier einmal ans Ufer zu gehen?«

»Etwa mit dem Boot?«

»Ja, mit dem Boot, wenn die Strömung unseren Eisberg wegführen sollte.«

»Wir haben keine Zeit zu verlieren, Mister Jeorling, und einige Tage Verzögerung könnten uns zu einer grausamen Überwinterung zwingen, wenn wir zu spät kommen, um die noch offenen Stellen im Packeis zu passieren ...«

»Und da das Packeis noch recht fern von uns liegt, haben wir jetzt keinen Vorsprung«, bemerkte Jem West.

»Das geb ich zu«, erwiderte ich, an meinem Vorschlag festhaltend. »Aber von diesem Land wegzufahren, ohne es zu betreten, ohne sich zu überzeugen, ob da noch Spuren von einem Lager vorhanden sind, wenn Ihr Bruder, Kapitän ... wenn seine Gefährten ...«

Kapitän Len Guy schüttelte verneinend den Kopf. Das Bild dieser öden, dürren Küste, ihre weiten unfruchtbaren Ebenen, ihre nackten Hügel und das von einem Kranz schwärzlicher Felsmassen eingerahmte Ufer waren nicht dazu angetan, ihm Hoffnung einzuflößen ...

Wie hätten die Schiffbrüchigen hier auch nur einige Monate lang leben können?

Übrigens hatten wir die britische Flagge gehisst, die auf dem Gipfel des Eisbergs im Wind flatterte. Kapitän William Guy würde sie erkannt haben und wäre dann gewiss ans Ufer geeilt.

Doch niemand ... niemand war zu sehen.

Da sagte Jem West, der sich der Orientierung wegen einige Merkzeichen eingeprägt hatte:

»Etwas Geduld, bevor wir einen Entschluss fassen! Vor Ablauf einer Stunde werden wir über diese Frage Klarheit haben. Unsere Geschwindigkeit scheint sich zu verlangsamen, und möglicherweise treibt uns ein Wirbel schräg gegen die Küste ...«

»Das glaub ich auch«, ließ sich der Hochbootsmann vernehmen, »und wenn unser Eisfahrzeug auch noch nicht stillliegt, so fehlt doch nicht mehr viel. Man möchte sagen, es drehe sich um sich selbst.«

Jem West und Hurliguerly täuschten sich nicht. Aus irgendeinem Grund schien der Eisberg aus der bis jetzt eingehaltenen Richtung gedrängt zu werden. Er bewegte sich nicht mehr fort, sondern drehte sich in Spiralen, wohl infolge eines Wasserwirbels, der zum Ufer hin verlief.

Übrigens lagen schon einige Eisberge, die vor uns angetrieben worden waren, auf den Untiefen des Ufers gestrandet.

Es war also nutzlos zu erwägen, ob das Boot aufs Meer gesetzt werden sollte oder nicht.

Je näher wir herankamen, desto deutlicher trat die Trostlosigkeit dieses Landes zutage, und die Aussicht, hier sechs Monate lang zu überwintern, hätte auch das Herz der Entschlossensten mit Grauen erfüllt.

Kurz, um fünf Uhr nachmittags, schob sich der Eisberg in einen tiefen Einschnitt in der Küste. An der rechten Seite lag eine lange Spitze, gegen die er sich bald fest anlehnte.

»An Land ...! An Land!«

Dieser Ausruf kam aus jedem Mund.

Die Mannschaft kletterte schon den Abhang des Eisbergs hinunter, als Jem West kommandierte:

»Halt! Erst den Befehl abwarten!«

Man bemerkte ein gewisses Zögern – besonders bei Hearne und mehreren seiner Kameraden. Dann gewann aber doch der Instinkt der Disziplin die Oberhand, und schließlich sammelten sich alle um Kapitän Len Guy.

Es war jetzt unnötig, das Boot auszusetzen, da der Eisberg sich mit der Landspitze berührte.

Kapitän Len Guy, der Hochbootsmann und ich gingen den andern voraus, wir verließen also zuerst den Lagerplatz, und unser Fuß betrat dieses neue Land, das ohne Zweifel noch keines Menschen Fuß betreten hatte.

Der vulkanische Boden übersät mit Geröll, mit Bruchstücken von Lava, Obsidianen, Bimssteinen und Schlacken. Jenseits des sandigen Strandstreifens erhob sich der Boden zum Fuß der rauen Hügel hin, die eine halbe Meile von der Küste entfernt den Hintergrund bildeten.

Wir beschlossen, einen der etwa zwölfhundert Fuß hohen Hügel zu besteigen. Vom Gipfel musste sich nach allen Seiten ein weiter Ausblick über Land und Meer bieten.

Zwanzig Minuten lang mussten wir über rauen und unebenen Erdboden ohne jeden Pflanzenwuchs gehen. Nichts erinnerte an die fruchtbaren Wiesengründe der Insel Tsalal, ehe das Erdbeben diese vernichtet hatte, nichts an die dichten Wälder, von denen Arthur Pym berichtet, an die Flüsse mit seltsamem Wasser oder an die steilen Böschungen aus seifiger Erde und an die Hügelmassen aus Steatit, durch die das hieroglyphische Labyrinth sich hinzog. Überall Felsgebiete plutonischen Ursprungs, erstarrte Lava, in Staub zerfallende Schlacken und graue Aschereste, doch nicht einmal so viel Humus, wie die anspruchslosesten wilden Gewächse nötig gehabt hätten.

Nicht ohne Schwierigkeiten und Gefahren gelang es Kapitän Len Guy, dem Hochbootsmann und mir, den Hügel zu erklimmen, was übrigens eine gute Stunde in Anspruch nahm. Obgleich schon der Abend herangekommen war, wurde es doch nicht dunkel, denn die Sonne versank noch nicht unter den Horizont des Polargebiets.

Vom Gipfel des Hügels hatte man eine dreißig bis fünfunddreißig Seemeilen weite Sicht, und dabei zeigte sich Folgendes:

Im Hintergrund lag das offene Meer, bedeckt mit weiteren schwimmenden Bergen, von denen einige unlängst ans Ufer getrieben waren, wodurch dieses fast ganz unzugänglich wurde.

Nach Westen hin verlief ein stark wellenförmiges Land, dessen Ende man dort nicht sehen konnte und das sich im Osten im unbegrenzten Meer badete.

Ob wir auf einer großen Insel oder auf dem antarktischen Festland waren, ließ sich vorläufig nicht entscheiden.

Bei genauerer Besichtigung der Ostseite mit dem Fernrohr glaubte Kapitän Len Guy einige unbestimmte Linien zu erkennen, die durch den leichten Dunst über dem Wasser schimmerten.

»Da, sehen Sie selbst!«, sagte er.

Der Hochbootsmann und ich nahmen einer nach dem andern das Instrument und blickten aufmerksam hinaus.

»Mir sieht es so aus«, sagte Hurliguerly, »als zeigte sich da drüben eine Küste.«

»Das ist auch meine Ansicht«, bestätigte ich.

»Danach wär' es also eine Meerenge, durch die uns die Strömung getragen hat«, bemerkte Kapitän Len Guy.

»Ja, eine Meerenge«, erklärte der Hochbootsmann, »die zum Teil von einer nordsüdlichen, zum Teil von einer südnördlichen Strömung durchflossen wird ...«

»Danach würde dieser Sund das polare Festland also in zwei Teile trennen?«, fragte ich.

»Daran besteht kein Zweifel«, antwortete Kapitän Len Guy.

»Ach, wenn wir jetzt unsere *Halbrane* hätten!«, rief Hurliguerly.

Ja ... an Bord der Goélette, selbst auf dem Eisberg, der jetzt wie ein verunglücktes Schiff am Ufer lag, hätten wir noch einige Seemeilen weiter, vielleicht bis ans Packeis, an den Polarkreis oder selbst zu dessen Nachbarländern gelangen können. Wir besaßen aber nur ein zerbrechliches Boot mit Platz für ein Dutzend Personen, und wir waren dreiundzwanzig!

Es blieb uns also nichts weiter übrig, als wieder zum Ufer hinabzusteigen, nach unserem Lagerplatz zu gehen, die Zelte aufs Land zu schaffen und alle Maßnahmen für eine Überwinterung zu treffen.

Selbstverständlich zeigte der Boden hier keine Abdrücke eines menschlichen Fußes, keine Spur von Bewohntsein. Dass die Überlebenden von der *Jane* dieses Land, dieses unerforschte Gebiet, wie man noch auf den neuesten Karten lesen konnte, nicht betreten hatten, darüber sollten wir später Gewissheit erhalten. Ich füge hinzu, weder die Überlebenden noch überhaupt jemand, und das war noch nicht die Küste, wo Dirk Peters die Spuren von Arthur Pym wiederzufinden hoffte.

Das ging auch aus dem ruhigen Verhalten der einzigen lebenden Wesen dieses Gebiets hervor, die über unser Erscheinen gar nicht erschraken. Weder Robben noch Walrosse flüchteten sich deshalb ins Wasser; die Sturmvögel und die Kormorane flogen nicht hastig davon, und die Pinguine blieben gelassen in langen Reihen sitzen; jedenfalls sahen sie in uns nur eine besondere Vogelart. Ja ... es war wohl zum ersten Mal, dass ein Mensch bei ihnen auftauchte – ein Beweis, dass sie dieses Land niemals verließen, um in niedrigere Breiten zu ziehen.

Am Ufer angelangt, entdeckte der Hochbootsmann – nicht ohne eine gewisse Befriedigung – mehrere geräumige Höhlen am granitenen Steilufer, die groß genug waren, um uns allen entweder als Behausung zu dienen oder um das unterzubringen, was von der Ladung der *Halbrane* noch übrig war. Welchen Entschluss wir in Zukunft auch fassen sollten, vorläufig konnten wir nichts Besseres tun, als alle unsere Vorräte hier abzuladen und uns sofort hier einzurichten.

Nachdem wir den Abhang des Eisbergs bis zum Lagerplatz wieder erklommen hatten, ließ Kapitän Len Guy seine Leute antreten. Keiner fehlte – außer Dirk Peters, der das Band zwischen sich und der Mannschaft ganz zerschnitten zu haben schien. Was übrigens ihn anging, brauchten wir uns über seine Gemütsstimmung und über seine Haltung bei einer etwaigen Meuterei keine Sorgen zu machen. Er würde gewiss unter den Getreuen gegenüber den Aufständischen stehen, und auf ihn konnten wir auf jeden Fall zählen.

Als sich alle versammelt hatten, ergriff Kapitän Len Guy das Wort, ohne irgendein Zeichen von Entmutigung zu zeigen. Er erläuterte der Mannschaft die jetzige Sachlage ... bis auf die Stelle hinterm Komma genau, könnte man sagen. So wies er zunächst auf die Notwendigkeit hin, die Ladung an Land zu schaffen und in einer der Uferhöhlen geschützt zu lagern. Bezüglich der Lebensmittel hieß es, dass diese – Mehl, konserviertes Fleisch, getrocknetes Gemüse und dergleichen – für einen Winter, mochte er auch noch so lang und noch so rau sein, mehr als ausreichen würden. Auch Brennmaterial, vor allem Steinkohle, war genug da, wenn sie nicht verschwendet wurde, und es wäre möglich, damit sparsam umzugehen, da Leute, die überwintern müssen, unter einer Decke von Eis und Schnee selbst die strengste Kälte der Polarzone zu ertragen vermögen.

In dieser Hinsicht konnten Kapitän Len Guys Versicherungen also jede Beunruhigung bannen. Dass er hier mehr sagte, als er selbst glaubte, nahm ich nicht an, zumal auch Jem West seinen Worten zustimmte.

Nun blieb noch eine dritte, sehr wichtige Frage, die mit ihrem Für und Wider den Zorn und den Unmut der Mannschaft wohl erregen konnte und die vom Segelmeister aufgeworfen wurde.

Sie betraf eine Entscheidung darüber, wie das einzige uns verbliebene Boot genutzt werden und ob man es für etwaige Bedürfnisse während der Überwinterung bereithalten oder ob man damit zum Packeis hinauffahren sollte.

Kapitän Len Guy wollte sich hier nicht gleich festlegen; er verlangte nur, dass die Entscheidung um vierundzwanzig oder achtundvierzig Stunden verschoben würde. Man durfte ja nicht vergessen, dass das mit dem nötigen Proviant für eine lange Fahrt belastete Boot nur elf bis zwölf Mann aufnehmen konnte. Es war also nötig, erst alle Vorkehrungen für die zu treffen, die an dieser Küste zurückblieben, wenn das Boot wirklich abfahren sollte, und für diesen Fall wollte man das Los entscheiden lassen, wer darin aufgenommen würde.

Kapitän Len Guy erklärte darauf, dass weder Jem West noch der Hochbootsmann, weder ich noch er selbst Anspruch auf Bevorzugung machen würde, sondern dass wir uns dem Zufall ebenfalls unterordneten, wie das alle tun müssten. Von den beiden Maaten der *Halbrane*, Martin Holt und Hardy, war einer so gut wie der andere befähigt, das Boot bis zu den Fischgründen zu führen, die die Walfänger auf alle Fälle noch nicht verlassen hätten.

Übrigens dürften die, die dann wegfuhren, nicht die anderen vergessen, die sie unter dem 86. Breitengrad im Winterlager zurückließen, sondern sie mussten, wenn der Sommer kam, ein Schiff hierherschicken, um ihre Gefährten abzuholen.

All das wurde, wie ich wiederhole, in ruhigem, doch festem Ton gesagt ... Ich muss ihm Respekt zollen: Kapitän Len Guy wuchs mit dem Ernst der Lage.

Als er geendet hatte, ohne jemals, nicht einmal von Hearne, unterbrochen zu werden, ließ niemand Widerspruch hören. Was hätte er auch einwenden sollen, da die Aussichten im Ernstfall ja für alle die gleichen waren?

Zur gewöhnlichen Ruhestunde begab sich jeder zu seiner Lagerstatt zurück, nahm sein von Endicott bereitetes Essen entgegen und schlief heute zum letzten Mal unter dem Zelt.

Dirk Peters war noch nicht wieder erschienen, und ich suchte auch vergeblich nach ihm.

Am nächsten Tag, dem 7. Februar, ging es nun eifrig an die Arbeit.

Das Wetter war schön, der Wind nur schwach und der Himmel leicht dunstig, während die Temperatur sich bei 46° Fahrenheit, also + 7,28° Celsius, hielt.

Zuallererst wurde das Boot mit möglichst vorsichtig zum Fuß des Eisbergs hinuntergeschafft. Von hier aus zogen es die Leute aufs Trockene, und zwar auf eine sandige, gegen jede Brandung geschützte Strandfläche. Da es noch in vollkommen gutem Zustand war, konnten wir damit rechnen, dass es im Bedarfsfall gute Dienste leisten würde.

Der Hochbootsmann beschäftigte sich dann sofort mit der Ladung und den noch von der *Halbrane* übrigen Möbeln, Bettzeug, Segeln, Kleidungsstücken, Instrumenten und Werkzeugen. In einer Höhle waren diese Dinge dann nicht mehr bedroht, falls der Eisberg kippte oder zerstört wurde. Die Kisten mit Konserven, die Säcke mit Mehl und Gemüse und die Fässer mit Wein, Gin, Whisky und Bier wurden mit Winden von der Seite des Eisbergs, die zum Ostufer der Bucht hin vorsprang, herabgelassen und ans Ufer befördert.

Ich hatte hierbei ebenso mitgeholfen wie Kapitän Len Guy und Jem West, denn diese vorrangigen Arbeiten duldeten keinen Aufschub.

Ich muss auch erwähnen, dass Dirk Peters an diesem Tag wieder auftauchte und mit Hand anlegte; er sprach aber mit niemand auch nur ein einziges Wort.

Hatte er die Hoffnung, Arthur Pym wiederzufinden, aufgegeben oder nicht ...? Ich wusste nicht, was ich darüber denken sollte.

Am 8., 9. und 10. Februar war man damit beschäftigt, sich weiter einzurichten, und hatte am Nachmittag des 10. die Arbeit abgeschlossen. Die Ladung hatte in einer geräumigen Grotte, in die man durch eine enge Öffnung gelangte, Platz gefunden. Diese grenzte an die andere Grotte an, die wir bewohnen sollten und in der Endicott auf den Rat des Hochbootsmanns auch seinen Kochofen aufstellte. Dadurch genossen wir auch etwas von der Hitze des Ofens, der zum Kochen und während der langen Tage oder vielmehr während der langen Winternacht des Südpolargebiets auch dazu dienen sollte, die Höhle zu erwärmen.

Schon ab acht Uhr abends hatten wir die Höhle mit ihren trockenen Wänden und dem feinsandigen Boden eingenommen. Durch die vordere Öffnung kam ausreichend Licht herein.

Neben einer Quelle nah an der Spitze des Uferlands musste sie ihrer Ausrichtung nach gegen die schweren Stürme und das Schneetreiben in der schlechten Jahreszeit geschützt sein. Sie war geräumiger als die Mannschaftswohnung und das Deckhaus der Goélette und hatte neben den Lagerstätten auch Platz für verschiedene Möbel, Tische, Schränke und Schemel, also ausreichend Mobiliar für einige Wintermonate.

Während dieser Arbeiten konnte ich an der Haltung von Hearne und den falkländischen Matrosen nichts Verdächtiges wahrnehmen. Alle unterwarfen sich willig der gewohnten Disziplin und entwickelten einen lobenswerten Eifer. Trotzdem musste der Mestize beim Boot, das vom Strand aus zu leicht ins Wasser zu setzen war, stets Wache halten.

Hurliguerly, der vor allem den Segelmeister und dessen Kameraden im Auge behielt, schien angesichts ihres derzeitigen Verhaltens beruhigter zu sein.

Jedenfalls durfte nicht gezögert werden, eine Entscheidung wegen der Abfahrt derjenigen – wenn eine Abfahrt überhaupt beschlossen wurde – zu treffen, die das Los dafür bestimmen würde. Wir hatten schon den 10. Februar. Noch einen Monat oder höchstens sechs

Wochen, und die Fischerei in der Nähe des Polarkreises würde beendet sein. Unser Boot hätte sich aber, wenn es nach glücklicher Überschreitung der Packeiswand und des Polarkreises keinem Walfänger begegnete, unmöglich über den Stillen Ozean und bis zur Küste Australiens oder Neuseelands wagen dürfen.

An diesem Abend erklärte Kapitän Len Guy, nachdem er die gesamte Mannschaft zusammengerufen hatte, dass diese Frage am nächsten Tag erörtert werden sollte, und fügte auch hinzu, dass die Auslosung sofort stattfinden werde, wenn über diese Frage mit »Ja«, entschieden worden wäre.

Diese Mitteilung blieb ohne Antwort, und meiner Ansicht nach konnte eine ernstere Debatte doch nur darüber stattfinden, ob es überhaupt zu einer Abfahrt käme oder nicht.

Es war schon spät, und draußen herrschte Halbdunkel, denn an diesem Datum streifte die Sonne bereits den Horizont, unter dem sie bald ganz verschwinden sollte.

Ich hatte mich völlig angekleidet aufs Lager geworfen und schlief schon seit mehreren Stunden, als ich durch Rufe, die aus geringer Entfernung herkamen, geweckt wurde.

Mit einem Sprung erhob ich mich und eilte aus der Höhle hinaus gleichzeitig mit dem Leutnant und Kapitän Len Guy, die wie ich aus dem Schlaf gerissen worden waren.

»Das Boot . . .! Das Boot!«, rief plötzlich Jem West.

Das Boot war nicht mehr da, wo Dirk Peters es bewacht hatte.

Nachdem es aufs Meer geschafft worden war, hatten drei Mann mit Fässern und Kisten darin Platz genommen, während zehn andere den Mestizen in Schach zu halten versuchten.

Hearne war mit dabei, und auch Martin Holt, der nicht eingriff, befand sich in der Nähe.

Die elenden Halunken wollten sich also des Boots bemächtigen und vor der geplanten Auslosung abfahren. Sie wollten uns einfach im Stich lassen!

Tatsächlich war es ihnen gelungen, Dirk Peters zu überwältigen, und sie hätten ihn wohl getötet, wenn dieser sich nicht mit wahrem Löwenmut wehren würde.

Angesichts dieser Meuterei und da wir ja in Unterzahl waren, wobei wir nicht einmal wussten, ob auf alle alten Mannschaftsmitglieder zu zählen war, eilten Kapitän Len Guy und der Leutnant in die Höhle zurück, um Waffen zu holen und Hearne und seine Anhänger mit Gewalt zur Vernunft zu bringen.

Ich wollte ihnen eben nacheilen, als mich folgende Worte plötzlich an Ort und Stelle bannten. Von zu vielen Gegnern übermannt, war der Mestize endlich zu Boden geworfen worden. Als Martin Holt, aus Dankbarkeit gegenüber dem Mann, der ihm das Leben gerettet hatte, ihm zu Hilfe kommen wollte, rief Hearne:

»Überlass ihn doch seinem Schicksal und komm mit uns!«

Der Segelwerksmaat schien zu zögern ...

»Ja ... lass ihn«, wiederholte Hearne, »lass Dirk Peters ... er ist der Mörder deines Bruders Ned!«

»Der Mörder meines Bruders?«, rief Martin Holt entsetzt.

»Deines auf der *Grampus* erschlagenen Bruders ...«

»Erschlagen ... von Dirk Peters ...?«

»Ja ... ja ... erschlagen und gegessen!«, wiederholte Hearne, der diese schrecklichen Worte mehr heulte als aussprach.

Auf einen Wink von ihm ergriffen zwei seiner Spießgesellen Martin Holt und schleppten ihn zu dem Boot, das zum Ablegen bereit war.

Hearne sprang augenblicklich mit allen, die er zu dieser Schandtat verführt hatte, hinein.

In diesem Augenblick erhob sich Dirk Peters mit einem Satz, stürzte sich auf einen von den Falkländern, als dieser schon den Fuß auf den Bootsrand setzte. Er riss den Mann zurück, hob ihn über seinen Kopf hoch und zerschmetterte ihm den Schädel an der Felswand.

Da krachte ein Pistolenschuss. Von einer Kugel Hearnes an der Schulter getroffen, sank Dirk Peters auf den Strand, während das Boot mit kräftigen Ruderschlägen hinausgetrieben wurde.

Kapitän Len Guy und Jem West kamen eben wieder aus der Höhle – der Auftritt hatte kaum vierzig Sekunden gedauert – und liefen gleichzeitig mit dem Hochbootsmann, dem Maat Hardy und den Matrosen Francis und Stern auf die Landspitze zu.

Das von der Strömung fortgetragene Boot schwamm bereits in

einer Kabellänge Entfernung, da es von der gerade einsetzenden Ebbe unterstützt wurde.

Jem West legte sein Gewehr an, gab Feuer, und einer der Matrosen brach im Boot zusammen.

Ein zweiter, von Kapitän Len Guy abgegebener Schuss streifte den Segelmeister an der Brust, und die Kugel prallte darauf gegen einen Felsblock, gerade als das Boot hinter dem Eisberg verschwand.

Nun galt es auf die andere Seite der Landspitze zu laufen, wo die Strömung die Schurken voraussichtlich wieder näher zum Ufer trieb, ehe sie nach Norden zu weggetrieben wurden. Kamen sie dort in Schussweite und traf eine Kugel den Segelmeister tödlich oder brachte sie ihm eine schwere Verwundung bei, so entschlossen sich seine Anhänger doch vielleicht noch zum Umkehren.

Eine Viertelstunde verrann …

Als das Boot an der Rückseite der Landspitze sichtbar wurde, war es schon so weit draußen, dass unsere Kugeln es nicht mehr treffen konnten.

Hearne hatte Segel setzen lassen, und von der Strömung und von der Brise getrieben, war das kleine Gefährt bald nur mehr ein weißer Punkt, der am Horizont schnell ganz verschwinden musste.

DREIZEHNTES KAPITEL

Dirk Peters im Meer

Die Frage der Überwinterung war durch Gewalt entschieden worden. Von den dreiunddreißig Mann, die die *Halbrane* bei ihrer Abfahrt von den Falkland-Inseln an Bord hatte, waren noch dreiundzwanzig bis hierhergekommen, und von diesen waren wiederum dreizehn geflohen, um die Fischgründe jenseits des Packeises zu erreichen ... ohne dass das Los sie dazu bestimmt hatte. Nein ... nur weil sie die Schrecken einer Überwinterung scheuten, waren sie feige davongelaufen!

Leider hatte Hearne nicht nur seine engeren Kameraden mitgenommen. Zwei der unsrigen, der Matrose Burry und der Segelwerksmaat Martin Holt, hatten sich ihm angeschlossen ... Martin Holt, der unter dem Eindruck der schrecklichen Eröffnung, die der Segelmeister ihm gemacht hatte, wohl kaum wusste, was er tat.

Die Lage von all denen, die nach der Auslosung doch zurückgeblieben wären, hatte sich durch diesen Zwischenfall nicht geändert. Wir waren nur noch zu neunt: Kapitän Len Guy, der Leutnant Jem West, der Hochbootsmann Hurliguerly, der Kalfatermaat Hardy, der Koch Endicott, die beiden Matrosen Francis und Stern, Dirk Peters und ich. Welche Prüfungen sollte uns jetzt, wo der Polarwinter herannahte, die bevorstehende Überwinterung auferlegen! Welch entsetzliche Kälte würden wir durchzustehen haben – eine strengere Kälte als an jedem anderen Punkt der Erde, und dazu in einer sechs Monate andauernden Nacht. Man konnte nicht ohne leises Grauen daran denken, wie viel geistige und körperliche Energie es uns abverlangen würde, um unter Verhältnissen zu leben, die über alle menschliche Widerstandsfähigkeit hinausgingen.

Alles in allem waren aber die Aussichten von denjenigen, die uns verlassen hatten, gewiss nicht besser. Würden sie bis zum Packeis offenes Wasser finden? Würde es ihnen gelingen, den Polarkreis zu überqueren, und würden sie auf eines der letzten Schiffe von dieser Fangperiode treffen? Würde ihnen bei einer Fahrt von tausend Seemeilen nicht zuletzt der

Proviant ausgehen? Wie viel konnte denn das mit dreizehn Mann ohnehin schon fast überladene Boot davon überhaupt noch tragen? Ja, wer war wohl größeren Gefahren ausgesetzt, jene oder wir? Auf diese Frage konnte freilich nur die Zukunft Antwort geben.

Als das Boot verschwunden war, ging Kapitän Len Guy mit allen Begleitern über die Landspitze hinweg wieder zurück in die Höhle, die schon in undurchdringlicher Finsternis lag. Hier sollten wir die lange Zeit verbringen, in der es nahezu unmöglich war, ins Freie hinauszugehen.

Ich dachte zuerst an Dirk Peters, der nach dem von Hearne abgefeuerten Schuss zurückgeblieben war, während wir uns beeilten, zur anderen Seite der Landspitze zu kommen.

Wieder in der Höhle, konnte ich den Mestizen nicht entdecken. Sollte er so schwer verwundet worden sein? Sollten wir auch noch den Tod dieses Mannes beklagen, der uns ebenso die Treue gehalten hatte wie seinem armen Pym?

Ich hoffte – wir alle hofften es –, dass seine Verwundung nicht so schwer sein würde. Jedenfalls bedurfte er aber der Pflege, und Dirk Peters war verschwunden.

»Auf, suchen wir nach ihm, Mister Jeorling«, rief der Hochbootsmann.

»Dann los!«, antwortete ich.

»Halt, wir wollen zusammen gehen«, sagte Kapitän Len Guy. »Dirk Peters gehörte zu unseren Leuten; er hat uns nie im Stich gelassen, und wir werden ihn nicht im Stich lassen!«

»Wird der Unglückliche aber zurückkehren wollen«, bemerkte ich, »wo jetzt jedermann das weiß, was ich als Geheimnis zwischen ihm und mir betrachtete?«

Ich erklärte nun meinen Begleitern, warum in Arthur Pyms Bericht der Name Ned Holt gegen Parker ausgetauscht worden war und unter welchen Umständen der Mestize mir davon erzählt hatte. Natürlich hob ich alles hervor, was zu seiner Entlastung dienen konnte.

»Hearne«, erklärte ich, »hat gesagt, dass Dirk Peters den Ned Holt getötet habe. Ja ... das ist wahr! Ned Holt befand sich mit auf der *Grampus*, und sein Bruder Martin Holt musste wohl annehmen, dass er bei der Meuterei auf dem Schiff oder bei dessen Untergang mit ums Leben gekommen ist. Nun, das war nicht der Fall! Er war noch zusammen mit August Barnard, Arthur Pym und dem Mestizen, bald aber wurden diese vom schrecklichsten Hunger gequält. Einer von ihnen, der, für den das Los entscheiden sollte, musste als Opfer fallen. Ned Holt zog das Todeslos! Er fiel unter dem Messer von Dirk Peters! Wäre aber der Mestize durch das Los dazu bestimmt worden, so wäre er den andern zum Opfer gefallen!«

Da warf Kapitän Len Guy die Frage ein:

»Dieses Geheimnis hatte Dirk Peters Ihnen allein anvertraut, Mister Jeorling?«

»Nur mir allein, Kapitän!«

»Und Sie haben es für sich behalten?«

»Unverbrüchlich!«

»Dann begreife ich nicht, wie Hearne es erfahren konnte ...«

»Anfangs meinte ich«, lautete meine Antwort, »Dirk Peters könnte im Schlaf gesprochen und der Segelmeister das Geheimnis durch einen solchen Zufall erfahren haben. Bei reiflicher Überlegung erinnere ich mich aber an folgenden Sachverhalt: Als der Mestize mir die Vorgänge auf der *Grampus* schilderte und mir gestand, dass Parker kein anderer als Ned Holt war, befand er sich in meiner Kabine, deren Seitenladen zurückgeschoben war. Ich glaube nun, unser, wenn auch leise geführtes Gespräch ist von dem Mann, der am Steuer war, gehört worden. Dieser Mann aber war Hearne, der offenbar, um besser lauschen zu können, das Steuer verlassen hatte, sodass die *Halbrane* vom Kurs abkam.«

»Daran erinnere ich mich«, sagte Jem West. »Ich habe dem Pflichtvergessenen auch harte Vorwürfe gemacht und ihn zur Strafe in den Frachtraum gesperrt.«

»Nun, Kapitän«, fuhr ich fort, »seit dem Tag suchte Hearne die Nähe von Martin Holt; der Hochbootsmann hat mich gleich darauf aufmerksam gemacht.«

»Ganz recht«, bestätigte Hurliguerly, »denn Hearne, der nicht imstande war, das Boot, das er an sich bringen wollte, zu führen, brauchte einen Maat wie Martin Holt.«

»Außerdem«, fuhr ich fort, »trieb er Martin Holt fortwährend an, den Mestizen über das Schicksal seines Bruders auszufragen, und Sie wissen ja, unter welchen Umständen er ihm das schreckliche Geheimnis schließlich erzählte. Martin Holt wurde durch diese Eröffnung ganz betäubt. Die andern schleppten ihn fort, und jetzt ist er bei ihnen!«

Jeder stimmte zu, dass die Sache so abgelaufen sein musste. Mussten wir nun nach Enthüllung des Geheimnisses nicht fürchten, dass Dirk Peters sich in seiner augenblicklichen Gemütsverfassung absichtlich vor uns verbarg? Würde er zustimmen, seinen Platz unter uns wieder einzunehmen?

Gleich darauf verließen wir alle die Höhle, und nach einer Stunde hatten wir den Mestizen gefunden.

Sobald er uns bemerkte, versuchte er zu fliehen. Hurliguerly und Francis konnten ihn jedoch schließlich einholen, und er leistete keinen Widerstand. Ich redete auf ihn ein ... die andern taten dasselbe ... Kapitän Len Guy streckte ihm die Hand entgegen. Erst zögerte er, sie anzunehmen, dann kehrte er, ohne ein Wort zu sprechen, mit an den Strand zurück.

Seit diesem Tag war zwischen ihm und mir nie wieder von den Ereignissen auf der *Grampus* die Rede.

Die Verwundung von Dirk Peters brauchte uns nicht zu beunruhigen. Die Kugel war nur in seinen linken Oberarm eingedrungen, und es war ihm schon durch Drücken mit der Hand gelungen, sie zu entfernen. Nachdem die Wunde mit einem Stück Segeltuch verbunden war, zog er die Jacke wieder an und ging am nächsten Tag, scheinbar ganz unbehindert, an seine gewohnte Arbeit.

Unsere Einrichtung wurde im Hinblick auf eine lange Überwinterung getroffen. Jetzt drohte uns die schlechte Jahreszeit, und tagelang vermochte die Sonne den dicken Nebel nicht zu durchstoßen. Die Temperatur sank auf 36° Fahrenheit, also + 2,22° Celsius und sollte auch nicht wieder ansteigen. Die Sonnenstrahlen, die auf die Erde sehr lange Schatten warfen, gaben sozusagen keine Wärme mehr. Kapitän Len Guy hatte schon an alle Männer dicke Wollsachen austeilen lassen, ohne erst den Einbruch strengerer Kälte abzuwarten.

Inzwischen trieben immer mehr Eisberge, Packs und Eistriften von Süden heran. Wenn sich auch einige gegen das von Eis umlagerte Ufer anlegten, so schwammen doch die meisten in nordöstlicher Richtung weiter.

»All die Trümmer da draußen«, sagte der Hochbootsmann zu mir, »helfen die große Packeiswand aufzubauen. Kommt ihnen das Boot des Schurken Hearne nicht zuvor, so fürchte ich, seine Leute werden das Tor geschlossen finden, und da sie keinen Schlüssel haben, um es zu öffnen ...«

»Sie meinen also, Hurliguerly«, fragte ich, »dass wir bei einer Überwinterung an dieser Küste weniger gefährdet sind, als wenn wir ins Boot gestiegen wären?«

»Das ist meine Ansicht, jetzt wie schon früher, Mister Jeorling!«, antwortete der Hochbootsmann. »Und überdies, wissen Sie noch etwas?«, setzte er hinzu, unter Benützung seiner gewohnten Formel.

»Sprechen Sie, Hurliguerly!«

»Nun, die, die im Boot sitzen, sind weit schlimmer dran als die, die hiergeblieben sind, und ich sage Ihnen nochmals, wenn das Los mir einen Platz bestimmt hätte, ich würde ihn jedem andern gern abgetreten haben. Es ist doch schon etwas wert, festen Boden unter den Füßen zu haben! Übrigens wünsch ich keinem den Tod, wenn wir auch üblerweise im Stich gelassen worden sind. Gelingt es Hearne und den andern aber nicht, noch das Packeis zu durchfahren, sind sie dazu verurteilt, den Winter im Eis zuzubringen, wo sie außerdem nur Nahrungsmittel für einige Wochen haben; so kennen Sie ja das Schicksal, das den Leuten droht.«

»Ja, ein schlimmeres als das unsrige!«, antwortete ich.

»Und außerdem«, fuhr der Hochbootsmann fort, »genügt es ja noch nicht, den Polarkreis zu erreichen, denn wenn die Walfänger ihre Fischgründe schon verlassen haben, kann ein belastetes, ja überlastetes Boot keine Fahrt über das Meer bis zu den australischen Ländern wagen.«

Das war ja meine Ansicht auch, ebenso wie die von Kapitän Len Guy und Jem West. Von günstigen Wasser- und Windverhältnissen unterstützt, nur mit normaler Belastung und mit Vorräten für mehrere

Monate ausgerüstet, kurz, unter den allergünstigsten Umständen wäre das Boot vielleicht in der Lage gewesen, eine solche Strecke zurückzulegen ... War das aber hier der Fall ...? Gewiss nicht!

Im Laufe der folgenden Tage, am 14., 15., 16. und 17. Februar, wurde das Einrichten und Ordnen all unserer Habe vollendet.

Wir unternahmen auch einige Ausflüge ins Land hinein. Der Erdboden war überall gleich unfruchtbar und brachte nur eine Art dorniges Gesträuch hervor, das im reinen Sand noch wächst und womit der Strand reichlich durchsetzt war.

Hatte der Kapitän noch eine letzte Hoffnung bezüglich seines Bruders und der Matrosen von der *Jane* bewahrt und sich vielleicht gesagt, dass nach der Abfahrt von der Insel Tsalal in einem Boot die Strömung sie wohl bis an diese Küste getragen haben könnte, so musste er jetzt zugeben, dass sich hier keine Spur von den Verschollenen fand.

Einer unserer Ausflüge brachte uns in vier Seemeilen Entfernung an den Fuß eines wegen seiner steilen Abhänge schwer zu besteigenden Bergs, der sechshundert bis siebenhundert Toisen hoch sein mochte.

Auch bei diesem Ausflug, an dem Kapitän Len Guy, der Leutnant, der Matrose Francis und ich teilnahmen, konnten wir nichts entdecken. Nach Norden wie nach Westen hin folgten einander kahle Hügel mit seltsam geformten Gipfeln, und wenn diese erst unter einer mächtigen Schneedecke verschwanden, musste es schwierig sein, sie von Eisbergen zu unterscheiden, die durch den Frost auf dem Meer festgehalten wurden.

Das, was wir im Osten vor uns schon für Land gehalten hatten, erwies sich jetzt als eine ausgedehnte Küste, deren von der Nachmittagssonne beleuchtete Höhen durch das Fernrohr sehr deutlich zu erkennen waren.

War es ein Festland, das bis zu jener Seite der Meerenge heranreichte, oder wieder nur eine Insel ...? Jedenfalls musste es dort genauso unfruchtbar sein wie auf der Westseite und das Land unbewohnt und unbewohnbar.

Wenn ich mich dann an die Insel Tsalal erinnerte, deren Boden einen so üppigen Pflanzenwuchs hervorbrachte, wenn ich an die Schilderungen von Arthur Pym dachte, war ich ganz verwirrt. Freilich, die trostlose Öde, die sich unseren Blicken bot, entsprach mehr den Vorstellungen, die man sich im Allgemeinen von den Gegenden tief im Süden macht. Und doch war die fast auf demselben Breitengrad liegende tsalalische Inselgruppe fruchtbar und dicht bevölkert gewesen, ehe das Erdbeben sie nahezu gänzlich vernichtete.

Der Kapitän machte an diesem Tag den Vorschlag, die Insel, zu der der Eisberg uns getragen hatte, geografisch zu bezeichnen. Sie wurde zum Andenken an unsere Goélette *Halbrane-Land* getauft. Um daran noch eine andere Erinnerung zu knüpfen, erhielt die Meerenge den Namen *Jane-Sund*.

Nun begannen wir die Jagd auf Pinguine, von denen es auf den Uferfelsen wimmelte, und bemühten uns auch, einige der Amphibien zu fangen, die entlang des Strands saßen. Allmählich verlangte es uns nämlich nach frischem Fleisch. Von Endicott zubereitet, erwies sich das Fleisch von Robben und Walrossen als recht genießbar. Daneben konnte das Fett dieser Tiere im Notfall als Heizmaterial für die Höhle und zum Kochen für die Speisen dienen. Wir durften ja nicht vergessen, dass die Kälte unser schlimmster Feind war und dass alle Mittel dagegen herangezogen werden mussten. Wir wussten auch nicht, ob jene Amphibien, wenn der Winter herannahte, nicht etwa niedere Breiten und ein weniger raues Klima aufsuchen würden.

Zum Glück gab es noch Hunderte anderer Tiere, die unsere kleine Gesellschaft gegen Hunger, zur Not auch gegen Durst schützen konnten. Am Strand krochen eine Menge Galapagos-Schildkröten umher, die ihren Namen nach einer Inselgruppe im Ozean erhalten haben. Es waren dieselben, die Arthur Pym erwähnt und die den Insulanern als Hauptnahrung dienten, dieselben, die Dirk Peters und er bei ihrer Abfahrt von der Insel Tsalal in dem Boot der Eingeborenen gefunden hatten.

Es sind gewaltige Tiere, diese gepanzerten Amphibien, mit langsamem, schwerem und gemessenem Schritt, mit einem zwei Fuß langen, schlanken Hals und einem dreieckigen Schlangenkopf, die mehrere Jahre ohne Nahrung überdauern können. Hier ernährten sie sich übrigens, da es keinen Sellerie, keine Petersilie und keinen wilden Portulak gab, von Feigenmoosen, die zwischen den Steinen am Ufer keimten.

Wenn Arthur Pym diese antarktischen Schildkröten mit Dromedaren verglichen hat, so ist das deshalb berechtigt, weil sie unten am Hals eine mit Süßwasser gefüllte Tasche von zwei bis drei Gallonen Inhalt haben. Nach seinem Bericht war es, bis zu jener schrecklichen Auslosung, eine dieser Schildkröten gewesen, der es die Schiffbrüchigen zu verdanken hatten, dass sie vor Hunger und Durst noch nicht umgekommen waren. Wenn man ihm glauben darf, gibt es Land- oder Seeschildkröten, die zwölfhundert bis fünfzehnhundert Pfund wiegen. Waren die von Halbrane-Land auch nicht über siebenhundert bis achthundert Pfund schwer, so war ihr Fleisch doch nicht weniger nahrhaft und wohlschmeckend.

Sahen wir uns also auch gezwungen, weniger als 5° vom Südpol entfernt zu überwintern, so war unsere Lage trotz der zu erwartenden strengen Kälte doch nicht so, dass mutige Herzen verzweifeln mussten. Die einzige Frage – deren Ernst ich nicht leugne – betraf nur die Rückkehr, nachdem die schlechte Jahreszeit überstanden war. Sollte diese Frage eine glückliche Lösung finden, so war dazu nötig, erstens, dass unsere im Boot entflohenen Leute hatten heimkehren können, und zweitens, dass es ihre erste Sorge wäre, ein Schiff zu senden, das uns abholen könnte. In dieser Hinsicht konnten wir freilich nur hoffen, dass vielleicht Martin Holt uns nicht vergessen würde. Doch ob es ihm und seinen Kameraden gelang, eines der pazifischen Länder an Bord eines Walfängers zu erreichen ... Wer vermochte das zu sagen? Weiter kam es auch darauf an, dass die nächste Sommerzeit früh genug einsetzte, um eine so weite Reise durch das Antarktische Meer unternehmen zu können.

Wir sprachen sehr häufig über unsere guten und schlechten Aussichten. Vor allem der Hochbootsmann war, dank seiner optimistischen Natur und seiner Zähigkeit, äußerst zuversichtlich. Der Koch Endicott teilte diese Hoffnung oder machte sich wenigstens keine Sorgen um zukünftige Möglichkeiten ... Er kochte, als wenn er im *Grünen Kormoran* vor dem Küchenofen stände. Die Matrosen Francis und Stern hörten uns zu, ohne ein Wort zu sagen, doch wer weiß, ob sie es jetzt nicht bereuten, sich Hearne und seinen Kameraden nicht angeschlossen zu haben. Der Kalfatermaat Hardy wartete ab, was da kommen würde, ohne darüber zu grübeln, welche Wendung der Dinge in fünf bis sechs Monaten eintreten könnte.

Kapitän Len Guy und der Leutnant waren sich wie gewöhnlich einig. Sie würden zum Besten aller versuchen, was menschenmöglich war. In Sorge über das Schicksal des Boots, dachten sie vielleicht daran, zu Fuß nach Norden über das Eisfeld zu ziehen, und gewiss hätte keiner von uns gezögert, ihnen dabei zu folgen. Die Stunde für ein solches Unternehmen hatte übrigens noch nicht geschlagen, und eine Entscheidung darüber konnte erst getroffen werden, wenn das Meer bis zum Polarkreis hinauf erstarrt war.

Das war unsere Lage, bei der sich keine Veränderung abzuzeichnen schien, als sich am 19. Februar ein Ereignis zutrug, das alle dem Walten der Vorsehung zuschreiben mussten, die an deren Eingreifen in menschliche Dinge glauben. Es war um acht Uhr morgens. Das Wetter war ruhig, der Himmel ziemlich klar, und das Thermometer zeigte 32° Fahrenheit, also 0° Celsius.

Bis auf den Hochbootsmann befanden wir uns alle in der Höhle, und in Erwartung des Frühstücks, das Endicott eben auftrug, wollten wir uns schon zu Tisch setzen, als wir draußen eine Stimme hörten.

Das konnte nur die von Hurliguerly sein, und da seine Rufe sich wiederholten, eilten wir hinaus.

Da stand er auf einem Felsen am Fuß des Hügels, der an der Spitze von Halbrane-Land auslief, und wies auf das Meer hinaus.

»Was gibt es denn da zu sehen?«, fragte Kapitän Len Guy.

»Ein Boot!«

»Ein Boot?«, rief ich verwundert.

»Sollte es das Boot von der *Halbrane* sein, das zurückkommt?«, fragte Kapitän Len Guy.

»Nein, das ist es nicht!«, erklärte Jem West bestimmt.

Tatsächlich schaukelte draußen ein Boot umher, dessen Form und Größe eine Verwechslung mit dem von unserer Goélette ausschloss, ohne Ruder oder Paddel. Es schien einzig und allein der Strömung zu folgen.

Wir hatten alle denselben Gedanken, wollten um jeden Preis dieses Boot an uns bringen, von dem vielleicht unsere Rettung abhing. Doch wie es erreichen, wie es an diese Spitze von Halbrane-Land heranlotsen?

Das Boot schwamm noch etwa eine Seemeile von uns entfernt, und in weniger als zwanzig Minuten musste es an dem Hügel vorübergleiten, dann aber weiter hinaustreiben, da draußen im Meer kein Wasserwirbel zu sehen war, und nach zwanzig weiteren Minuten würden wir es aus den Augen verloren haben …

Da standen wir nun und starrten auf das Boot, das sich fortbewegte, ohne sich dem Ufer zu nähern. Vielmehr schien die Strömung es eher wegzutreiben.

Plötzlich bemerkten wir, wie am Fuß des Hügels das Wasser aufspritzte, so als ob ein Körper ins Meer gefallen wäre.

Dirk Peters war es, der, nachdem er sich schnell seiner Kleidung entledigt hatte, von einem Felsblock hinuntergesprungen war, und als wir ihn, bereits zehn Faden weit von uns entfernt, bemerkten, schwamm er auf das Boot zu.

Ein Hurra entschlüpfte unseren Lippen.

Der Mestize wandte einen Augenblick den Kopf um und sprang – ja, das ist das richtige Wort – in mächtigen Sätzen durch die leicht schäumenden Wellen, wie es ein Tümmler getan hätte, dessen Kraft und Schnelligkeit er besaß. Ich hatte noch nie etwas Ähnliches gesehen, doch was konnte man nicht von der Körperkraft eines solchen Mannes erwarten!

Würde Dirk Peters aber das Boot erreichen, ehe die Strömung es nach Nordosten entführte?

Und wenn er es erreichte, würde es ihm ohne Ruder gelingen, es an die Küste, von der es abtrieb, zu bringen? Die Eisberge trieben ja auch neben dem Land dahin, ohne jetzt irgendwo daran zu stoßen.

Nach unseren Hurras – eine dem Mestizen zugerufene Aufmunterung – standen wir regungslos und mit heftig klopfendem Herzen da. Nur der Hochbootsmann rief von Zeit zu Zeit:

»Vorwärts, Dirk …! Vorwärts!«

Binnen wenigen Minuten hatte der Mestize in schräger Richtung auf das Boot zu mehrere Kabellängen zurückgelegt. Man erkannte seinen Kopf nur noch als einen schwarzen Punkt inmitten der langen, flachen Wellen. Nichts verriet, dass er etwa ermüdete. Seine Arme und seine Beine arbeiteten methodisch im Wasser, und er behielt unter der gleichmäßigen Wirkung dieser vier Motoren seine Geschwindigkeit bei.

Ja, es war nicht mehr zu bezweifeln ... Dirk Peters gelangte bis zum Boot ... Doch würde er dann nicht selbst damit weggetrieben werden, wenn er es nicht – seine Kraft war ja erstaunlich groß – schwimmend bis zur Küste schleppen konnte?

»Oh, warum sollten in dem Boot keine Ruder sein?«, bemerkte der Hochbootsmann.

Das musste sich bald zeigen, wenn Dirk Peters erst an Bord war, und das musste in wenigen Minuten der Fall sein, denn das Boot war nah daran, vorüberzutreiben.

»Jedenfalls«, sagte da Jem West, »wollen wir noch ein Stück weiter gehen. Das Boot kann nur unterhalb des Hügels an Land kommen.«

»Er hat es! Er hat es ...! Hurra, Dirk, hurra!«, rief der Hochbootsmann, der sich kaum halten konnte, und Endicott wiederholte seine Freudenrufe mit mächtiger Stimme.

Als der Mestize sein Ziel erreicht hatte, hob er sich an der Längsseite des Boots halb aus dem Wasser. Seine gewaltige Hand packte es, und auch auf die Gefahr, es zum Kentern zu bringen, hievte er sich daran hinauf, sprang hinein und setzte sich einen Augenblick nieder, um Atem zu schöpfen.

Fast gleichzeitig aber stieß Dirk Peters einen Schrei aus, der bis zu uns herübertönte.

Was mochte er in dem Boot gefunden haben ...? Es war ein Paar Paddel, denn wir sahen, wie er im vorderen Teil Platz nahm und mit neuen Kräften auf das Ufer zu ruderte, um aus der Strömung zu kommen.

»Folgt mir!«, sagte Kapitän Len Guy.

Wir eilten um den Fuß des Hügels herum und dann dicht am Strand entlang zwischen schwärzlichen Steinen, mit denen er übersät war.

Nach kurzem Weg hieß uns der Leutnant stehen bleiben.

Das Boot hatte hinter einer kleinen Landzunge, die an dieser Stelle vorsprang, Schutz gefunden, und es lag auf der Hand, dass es hier ans Ufer stoßen würde.

Jetzt war es nur noch fünf bis sechs Kabellängen von uns entfernt, nun trieb es ein Wasserwirbel von selbst näher heran. Da legte Dirk Peters die Paddel beiseite, beugte sich zum Hinterdeck hinunter und hielt, als er sich wieder aufrichtete, einen schlaff herabhängenden Menschenkörper in den Armen.

Welch herzzerreißender Laut ließ sich da vernehmen!

Len Guy hatte in dem Körper, den der Mestize hochhielt ... William Guy erkannt.

»Er lebt ...! Er lebt noch!«, rief der Mestize.

Eine Minute später stieß das Boot ans Land, und Kapitän Len Guy drückte seinen Bruder an sich.

Drei von dessen Begleitern lagen anscheinend leblos auf dem Boden des kleinen Bootes.

Und diese vier Männer ... das waren alle, die von der Mannschaft der *Jane* übrig geblieben waren!

VIERZEHNTES KAPITEL

11 Jahre ... auf wenigen Seiten

Die Überschrift dieses Kapitels lässt schon erahnen, dass darin die Erlebnisse und Abenteuer von William Guy und seinen Leuten nach der Vernichtung der englischen Goélette, die Einzelheiten ihres Lebens auf der Insel Tsalal nach der Abfahrt von Arthur Pym und Dirk Peters auszugsweise geschildert werden sollen.

Nachdem wir ihn in die Höhle gebracht hatten, war es gelungen, William Guy und die drei andern Matrosen, Trinkle, Roberts und Covin, ins Leben zurückzuholen. Der Hunger – nichts als der Hunger – war es gewesen, der die Unglücklichen in einen fast todesähnlichen Zustand der Schwäche versetzt hatte.

Etwas vorsichtig eingeflößte Nahrung und einige Tassen warmen Tees mit Whisky hatten ihnen bald ihre Kräfte wiedergegeben.

Ich verzichte hier darauf, die ergreifende Szene auszumalen, von der wir tief bewegt wurden, als William seinen Bruder Len erkannte. Tränen stiegen uns dabei in die Augen, und Dankgebete an die Vorsehung drängten sich über unsere Lippen. An das, was uns in Zukunft noch beschieden sein mochte, dachten wir in der Freude des Augenblicks nicht im Mindesten, und wer weiß, ob sich unsere Lage dadurch, dass dieses Boot Richtung Halbrane-Land getrieben worden war, nicht ändern würde.

William Guy wurde, bevor er seine Geschichte erzählte, erst über unsere eigenen Abenteuer unterrichtet. In wenigen Worten erfuhr er – was ihm gewiss am meisten am Herzen lag – wie wir Pattersons Leiche gefunden hatten, von der Fahrt unserer Goélette zur Insel Tsalal, von unserer Vorstoß bis zu den höchsten Breiten, von unserem Schiffbruch am Fuß des Eisbergs und schließlich von dem Verrat eines Teils unserer Leute, die uns hier auf dem Land zurückgelassen hatten.

Ihm war dasselbe bekannt, was Dirk Peters über Arthur Pym wusste, und auch auf welch unsicheren Annahmen die Hoffnung des Mestizen ruhte, seinen Gefährten wiederzufinden, an dessen Tod William Guy ebenso wenig zweifelte wie an dem der andern Mannschaft von der *Jane*, die unter den Hügeln von Klock-Klock zermalmt und begraben wurde.

Auf diese Mitteilungen antwortete William Guy mit einem kurzen Bericht über die elf Jahre, die er auf der Insel Tsalal zugebracht hatte.

Wie der Leser sich erinnert, hatte die Mannschaft der *Jane* noch am 28. Februar 1828 keinerlei Grund gehabt, Feindseligkeiten seitens der Bewohner von Tsalal und ihres Häuptlings Too-Wit zu befürchten. Die Leute gingen an Land, um sich in das Dorf Klock-Klock zu begeben, sie hatten die Goélette, auf der nur sechs Mann zurückblieben, aber doch in Verteidigungszustand versetzt.

Die Landungstruppe zählte, Kapitän William Guy, den Zweiten Offizier Patterson, Arthur Pym und Dirk Peters mitgerechnet, zweiunddreißig Mann, die ebenfalls mit Flinten, Pistolen und Messern bewaffnet waren. Der Hund Tiger begleitete sie.

An der engen Schlucht, die zum Dorf führte, angelangt, wobei ihr zahlreiche Krieger Too-Wits folgten, teilte sich die kleine Truppe. Arthur Pym, Dirk Peters und der Matrose Allen drangen in einen Seitenspalt des Hügels vor. Von diesem Augenblick an sollten ihre Gefährten sie nicht mehr wiedersehen.

Kurz darauf erfolgte nämlich eine entsetzliche Erderschütterung. Die eine Hügelwand senkte sich im Ganzen herunter und begrub William Guy mit seinen achtundzwanzig Begleitern.

Von diesen Unglücklichen wurden zweiundzwanzig sofort verschüttet und ihre Leichen unter der Erdmasse nicht wiedergefunden.

Sieben andere, die am Ende einer Art Aushöhlung im Hügel geschützt waren, entgingen wie durch ein Wunder der traurigen Katastrophe. Es waren: William Guy, Patterson, Roberts, Covin, Trinkle und ferner die später verstorbenen Forbes und Lexton. Ob Tiger bei dem Bergsturz umgekommen oder lebend davongekommen war, wusste niemand.

William Guy und seine sechs Begleiter konnten indes an diesem engen und dunklen Ort nicht bleiben, da ihnen hier bald die Atemluft ausgehen musste. Wie auch Arthur Pym anfangs gedacht hatte, hielten sie sich für die Opfer eines Erdbebens. Doch ebenso wie er erkannten sie, dass, wenn die Schlucht jetzt durch Millionen Tonnen von Erde und gesprengtem Gestein angefüllt war, dieser Einsturz von Too-Wit und den Bewohnern von Tsalal wohl künstlich herbeigeführt worden war. Wie Arthur Pym mussten auch sie der herrschenden Finsternis, dem Luftmangel und der erstickenden Ausdünstung der feuchten Erdmassen schnellstens zu entkommen versuchen – »jetzt« – wie es in Poes Buch heißt – »wo sie sich jenseits der äußersten Grenzen jeder Hoffnung verbannt sahen und schon mehr in der Lage von Toten waren«.

Ganz wie im linken Teil des Hügels fanden sich labyrinthartige Gänge auch im rechten Teil, und sich an den dunklen Gänge entlangtastend, gelangten William Guy, Patterson und die Übrigen in eine Aushöhlung, in die genügend Luft und Licht hereinströmten.

Von hier aus beobachteten auch sie den Angriff von etwa sechzig Pirogen auf die Goélette und den Kampf der sechs an Bord gebliebenen Leute, sie sahen, wie die Geschütze Vollkugeln und Kartätschgeschosse schleuderten, doch auch, wie die Wilden schließlich das Fahrzeug stürmten, und schließlich die Explosion, die zwar an die tausend Eingeborene tötete, die aber auch das Schiff selbst vollständig zerstörte.

Too-Wit und die Tsalalier waren zuerst über die Wirkung der Explosion verblüfft, vielleicht dadurch aber noch enttäuschter. Ihre Gier fand nun keine Befriedigung, denn von dem Rumpf, der Takelage und der Ladung waren nur noch ganz wertlose Trümmer übrig. Da die Wilden annehmen mussten, dass die andere Mannschaft durch den Einsturz des Hügels ebenfalls umgekommen war, dachten sie gar nicht daran, dass Einzelne von ihnen die Katastrophe überlebt haben könnten. So kam es, dass Arthur Pym und Dirk Peters einerseits und William Guy mit den Übrigen andererseits ungestört in den Labyrinthen von Klock-Klock bleiben konnten, wo sie sich vom Fleisch von Rohrdommeln, die sich leicht mit der Hand fangen ließen, und von den Früchten zahlreicher Nusssträucher ernährten, die an Abhängen des Hügels standen. Feuer verschafften sie sich dadurch, dass sie Stücke von weichem Holz gegen solche von hartem – und an beidem war kein Mangel – rieben, bis das weiche Holz sich entzündete.

Während es Arthur Pym und dem Mestizen nach sieben Tagen gelungen war, ihre Höhle – wie wir wissen – zu verlassen, zum Ufer zu gelangen, sich eines Bootes zu bemächtigen und von der Insel Tsalal zu fliehen, hatten William Guy und seine Leidensgenossen noch keine Gelegenheit gefunden, aus ihrem Versteck zu entkommen.

Nach etwa drei Wochen bemerkten der Kapitän der *Jane* und seine Leute, die noch immer in dem Labyrinth eingeschlossen waren, dass die Stunde herannahte, wo sie keine Vögel mehr hätten, die ja ihre Nahrung bildeten. Um dem Hunger zu entgehen – vor dem Verdursten waren sie geschützt, da eine Quelle in der Höhle ihnen ausreichend Trinkwasser lieferte –, gab es nur das eine Mittel, bis zur Küste hinunterzuschleichen, sich in ein Boot der Eingeborenen zu werfen und aufs Meer hinauszusteuern ... Doch wohin sollten sich die Flüchtlinge wenden, und was würde ohne Proviant aus ihnen werden ...? Auf jeden Fall würden sie nicht gezögert haben, das Abenteuer zu wagen, wenn sie es in der Nacht hätten tun können. Zu jener Zeit versank die Sonne aber noch nicht hinter dem Horizont des 84. Breitengrads.

Wahrscheinlich hätte nun der Tod all dem Elend und Leiden bald ein Ende gemacht, wenn nicht ein Zwischenfall die ganze Lage plötzlich verändert hätte.

Eines Morgens – es war am 22. Februar – besprachen sich William Guy und Patterson, von Sorge zerfressen, an dem zum freien Land hin liegenden Eingang ihrer Höhle. Sie wussten nicht mehr, wie sie die Bedürfnisse der sieben Leute befriedigen sollten, nachdem sie sich alle schon eine Zeit lang ausschließlich von Haselnüssen ernährt hatten, wovon sie Kopf- und Bauchschmerzen bekamen. Am Ufer sahen sie zwar große Schildkröten umherkriechen, doch wie hätten sie den Versuch, sie einzufangen, wagen können, da am Strand mehrere Hundert Tsalalier geschäftig hin und her liefen und ihren gewohnten Ruf *Tekeli-li* ausstießen.

Plötzlich wurde die ganze Menschenmenge von heftiger Erregung ergriffen. Männer, Frauen und Kinder stoben auseinander. Einige sprangen sogar kopfüber in die Boote, als drohte ihnen eine unheimliche Gefahr.

Was mochte der Grund sein?

William Guy und seine Gefährten sollten bald Aufklärung über den Tumult erhalten, der an diesem Teil des Inselgestades herrschte.

Ein vierfüßiges Tier war dort plötzlich aufgetaucht, stürzte sich zähnefletschend auf die Insulaner und sprang ihnen an die Kehle, während es mit schäumendem Maul ein heiseres Geheul ausstieß.

Und doch war dieser Vierfüßler allein und hätte gewiss mit Steinwürfen oder Pfeilen überwältigt werden können. Warum erfasste jene Wilden also ein so gewaltiger Schrecken, warum flohen sie und wagten nicht, sich gegen das sie bedrängende Tier zu verteidigen?

Das Tier hatte ein *weißes* Fell, und als sie es erblickten, zeigten die Bewohner von Tsalal den ihnen allen gemeinsamen Abscheu vor der weißen Farbe ... Nein, es kann sich niemand vorstellen, mit welcher Wut und Angst sie neben ihrem *Tekeli-li* in die Rufe *Anamoo-moo* und *Lama-Lama* ausbrachen.

Wie erstaunt waren aber William Guy und seine Gefährten, als sie in dem Angreifer ihren Tiger erkannten!

Ja ... Tiger, der dem Tod beim Einsturz des Hügels entkommen war und sich zunächst ins Innere der Insel gerettet hatte. Nachdem er mehrere Tage lang in der Nähe von Klock-Klock umhergeschweift war, war er jetzt zurückgekehrt und verbreitete Schrecken und Entsetzen unter den Wilden ...

Der Leser erinnert sich, dass das arme Tier im Frachtraum der *Grampus* schon einmal nah daran war, tollwütig zu werden. Jetzt war Tiger in der Tat der Tollwut verfallen und bedrohte mit seinen todbringenden Bissen die ganze sinnverwirrte Bevölkerung der Insel Tsalal.

Das war der Grund, warum die meisten Tsalalier so schnell die Flucht ergriffen, und unter ihnen auch ihr Häuptling Too-Wit und die Wampos, die hervorragendsten Persönlichkeiten von Klock-Klock. – Diese ganz außergewöhnlichen Umstände veranlassten alle, nicht allein ihr Dorf, sondern überhaupt die Insel zu verlassen, wo keine Macht der Erde sie zurückzuhalten vermocht hätte und wohin sie niemals wieder einen Fuß setzen sollten.

Reichten die Boote nun auch aus, die größte Zahl der Bewohner zu den Nachbarinseln zu befördern, so hatten doch, weil nicht genügend Mittel zur Flucht vorhanden waren, mehrere Hundert Eingeborene zunächst auf Tsalal zurückbleiben müssen. Da eine ganze Reihe von ihnen von Tiger gebissen worden waren, brachen unter ihnen, nach sehr kurzer Inkubationszeit, mehrere Fälle von Wasserscheu aus, und dann – ein Schauspiel, das in seiner Entsetzlichkeit kaum zu schildern ist – stürzten sich die einen auf die andern und zerfleischten sich mit den Zähnen. Und die Knochenreste, die wir in der Umgebung von Klock-Klock gefunden hatten, waren die von diesen Wilden, die an jener Stelle seit elf Jahren bleichten.

Der arme Hund war auch nahe am Ufer verendet, wo Dirk Peters sein Skelett gefunden hatte, an dem noch das Halsband mit dem eingravierten Namen Arthur Pym hing.

Nach dieser Katastrophe – die das Genie eines Edgar Poe freilich auch hätte erfinden können – wurde die Insel Tsalal also endgültig verlassen und entvölkert. Die Eingeborenen waren zu dem Archipel im Südwesten geflohen und kehrten niemals auf die Insel zurück, wo das »weiße Tier« unter ihnen Schrecken und Tod verbreitet hatte.

Nachdem dann alle, die nicht mehr hatten fliehen können, an einer Tollwut-Epidemie zugrunde gegangen waren, beeilten sich William Guy, Patterson, Trinkle, Covin, Roberts, Forbert und Lexton natürlich, aus der Höhle herauszukommen, wo sie schon den Hungertod vor Augen hatten.

Was nun die Existenz der sieben Überlebenden von jener Expedition in den folgenden Jahren betraf, so gestaltete diese sich weniger beschwerlich, als man hätte vermuten können. Ihre Ernährung war durch die Naturerzeugnisse eines außerordentlich fruchtbaren Bodens ebenso gesichert wie durch einige Haustiere. Eigentlich fehlte ihnen nichts als die Möglichkeit, Tsalal zu verlassen, zur Packeiswand zurückzukehren und den Polarkreis wieder zu überqueren, durch den sich die *Jane* unter tausend Gefahren, bedroht von wütenden Stürmen, vom Anprall gewaltiger Eismassen und tollen Hagelschauern, die Durchfahrt einst erzwungen hatte.

Ein Boot zu bauen, das seetüchtig gewesen wäre für eine so lange und gefährliche Fahrt, das war William Guy und seinen Gefährten unmöglich, da ihnen dazu die nötigen Werkzeuge fehlten und sie nichts als ihre Waffen, Gewehre, Pistolen und große Messer besaßen.

Sie mussten ihr Augenmerk also nur darauf richten, sich den

erzwungenen Aufenthalt hier so gut wie möglich zu gestalten, während sie auf eine Gelegenheit warteten, die Insel zu verlassen. Woher sollte eine solche Gelegenheit aber kommen, wenn sie nicht ein Zufall, über den nur die Vorsehung allein verfügte, aus ihrer Einsamkeit befreite?

Auf Anraten des Kapitäns und des Zweiten Offiziers wurde zunächst beschlossen, einen Lagerplatz an der Nordwestküste zu wählen. Von dem Dorf Klock-Klock aus war die offene See nicht zu überblicken, und es erschien doch vor allem angezeigt, immer das Meer zu beobachten, falls – so unwahrscheinlich das leider sein mochte – ein Schiff in den Gewässern von Tsalal auftauchte.

Kapitän William Guy, Patterson und ihre fünf Genossen stiegen also wieder an der Schlucht hinauf, die mit den Überresten des Hügels und mit mürben Schlacken, Gesteinsbrocken und schwarzem Granit und körnigem Mergel, aus dem metallische Splitter hervorblinkten, zur Hälfte verschüttet war. So hatte sich das Bild dieses trostlosen Stücks Land, »das«, sagt er, »wie ein Babylon in Ruinen wirkte«, Arthur Pyms Blicken dargeboten.

Vor dem Verlassen der Schlucht hatte William Guy noch die Absicht, ihre rechte Seite zu besichtigen, wo Arthur Pym, Dirk Peters und Allen verschwunden waren. Diese Seite war aber gänzlich verschüttet, sodass es unmöglich war, in das Bergmassiv einzudringen. Ihm war auch das natürliche oder künstliche Labyrinth unbekannt, das Gegenstück zu dem, das er eben verlassen hatte und das mit dem andern, vielleicht unter dem ausgetrockneten Bachbett im Tal, in Verbindung stand.

Nach Überwindung dieses ärgerlichen Hindernisses, das den Weg nach Norden unterbrach, begab sich die kleine Truppe schnellen Schrittes Richtung Nordwesten.

Hier am Ufer, etwa drei Seemeilen von Klock-Klock entfernt, begann man nun die Einrichtung einer Grotte oder Höhle, die der ähnlich gewesen sein mochte, welche wir an der Küste von Halbrane-Land bewohnten.

An dieser Stelle mussten die sieben Überlebenden von der *Jane* so lange und verzweiflungsvolle Jahre aushalten – ganz wie es das Schicksal auch uns beschieden hatte, nur dass jene insofern besser dran waren, als der fruchtbare Boden von Tsalal ihnen Hilfsquellen bot, die auf Halbrane-Land gänzlich fehlten. Während wir dazu verurteilt schienen, nachdem unsere Vorräte erschöpft waren, elend umzukommen, so waren sie das nicht im Mindesten. Sie konnten beliebig lange Zeit warten … und sie warteten …

Bei ihnen konnte kein Zweifel darüber bestehen, dass Arthur Pym, Dirk Peters und Allen bei dem Hügeleinsturz getötet worden waren, und was den letztgenannten anging, traf das ja auch zu. Wie hätten sie auch auf den Gedanken kommen können, dass Arthur Pym und der Mestize, nachdem sie sich eines Bootes bemächtigt hatten, die Insel hatten verlassen können?

Wie uns William Guy mitteilte, wurde die Eintönigkeit dieser Existenz in elf langen Jahren durch keinen Zwischenfall unterbrochen, nicht einmal durch das Auftauchen früherer Inselbewohner, die sich vor Angst und Grauen nicht mehr auf die Insel Tsalal zurückwagten. Keine Gefahr hatte sie in dieser Zeit bedroht. Je länger sie sich ausdehnte, desto mehr verloren sie freilich die Hoffnung, jemals erlöst zu werden. Anfänglich hatten sie, nach Wiedereintritt der schönen Jahreszeit, als das Meer wieder eisfrei war, wohl noch gedacht, dass ein Schiff auf die Suche nach der *Jane* ausgesendet werden könnte; als aber vier bis fünf Jahre verstrichen waren, verloren sie jede Hoffnung.

Gleichzeitig mit dem, was der Boden hervorbrachte – darunter wertvolle Pflanzen gegen Skorbut, wie Löffelkraut, brauner Sellerie und andere, die in der Nähe der Höhle zahlreich wuchsen –, hatte William Guy aus dem Dorf auch Geflügel, Hühner und äußerst schöne Enten, neben einer Anzahl auf der Insel vielfach vorkommender schwarzer Schweine herbeischaffen lassen. Auch ohne zu den Feuerwaffen greifen zu müssen, war es ein Leichtes, Rohrdommeln mit pechschwarzem Gefieder zu Hunderten zu erlegen. Zu diesen verschiedenen Nahrungsmitteln kamen außerdem noch Tausende von Eiern der Albatrosse und, im Sand vergraben, solche von Galapagos-Schildkröten hinzu, ja die erwähnten riesigen Schildkröten mit ihrem gesunden, nahrhaften Fleisch hätten für die Überwinternden im sonst unwirtlichen Polargebiet allein zur Sicherung der Existenz ausgereicht.

Und schließlich waren da noch die unerschöpflichen Vorräte aus dem Meer, dem Jane-Sund, in dem es von Fischen aller Art – von Lachs, Kabeljau, Rochen, Antoy, Scholle, Rotfeder, Seebarbe, Plattfisch und Papageienfisch – bis zum Grund wimmelte und wo außerdem, ganz zu schweigen von sonstigen schmackhaften Weichtieren, die köstlichen Seekühe vorkamen, von denen die englische Goélette eine volle Ladung mitzunehmen gedacht hatte, um sie auf den Märkten in China zu verkaufen.

Über diesen Zeitraum, der vom Jahr 1828 bis zum Jahr 1839 dauerte, brauchen wir uns nicht eingehender zu verbreiten. Freilich waren die Winter immer recht hart. Wenn der Sommer seinen wohltuenden Einfluss auf die Inselgruppe, zu der Tsalal gehörte, angenehm fühlbar machte, so verschonte sie doch die schlechte Jahreszeit mit ihrem Gefolge von Schneegestöber, Regenfällen und Stürmen nicht mit ihrer rauen Strenge. Eine furchtbare Kälte herrschte über dem ganzen Gebiet der antarktischen Landmassen. Das erst von schwimmenden Schollen bedeckte Meer erstarrte dann für sechs bis sieben Monate. Man musste das Wiedererscheinen der Sonne abwarten, um offenes Wasser zu finden, wie Arthur Pym es gesehen und wie wir es vom Packeiswall an getroffen hatten.

Alles in allem machte das Leben auf der Insel Tsalal aber doch keine besonderen Schwierigkeiten. Würde das auf der öden Küste von Halbrane-Land, an der wir hausten, ebenso sein? So reichlich unsere Vorräte auch waren, mussten sie schließlich zu Ende gehen, und mit Eintritt des Winters zogen sich voraussichtlich auch die Schildkröten in niedrigere Breiten zurück.

Jedenfalls hatte Kapitän William Guy bis heute vor sieben Monaten noch keinen von den Männern verloren, die heil und gesund der Falle bei Klock-Klock entkommen waren, was gewiss ihrer soliden Gesundheit, ihrer bemerkenswerten Zähigkeit und ihrer großen Charakterstärke zu verdanken war. Leider sollten ihnen Unglücksfälle aber auch nicht erspart bleiben.

Mit Anfang des Mai – der in jenen Gebieten dem November der nördlichen Halbkugel entspricht – begann schon das Schollentreiben auf dem Meer bei Tsalal – Schollen, die die Strömung damals nach Norden zu entführte.

Eines Tages kehrte einer der sieben Leute nicht in die Höhle zurück. Man rief nach ihm, wartete, suchte überall ... vergeblich! Er war wohl Opfer irgendeines Unfalls – vielleicht ertrunken – und erschien nicht wieder und sollte nie wieder erscheinen.

Patterson war es, der Zweite Offizier der *Jane*, der treue Gefährte William Guys.

Und welchen Schmerz verursachte den tapferen Männern das Verschwinden von einem ihrer Leute, einem der Besten von allen ...! War das nicht wie ein Vorzeichen weiterer Unglücksfälle?

Was William Guy bisher noch nicht wusste, das erfuhr er jetzt von uns, dass der Zweite Offizier der *Jane* – unter Umständen, die für immer dunkel bleiben werden – mit einer Scholle davongetrieben war, auf der er vor Hunger umkommen sollte. Auf dieser Scholle, die, benagt von dem wärmeren Wasser und nah davor, sich schließlich aufzulösen, bis zur Höhe der Prinz-Edward-Inseln gelangt war, hatte der Hochbootsmann den Zweiten Offizier der *Jane* entdeckt ...

Als Kapitän Len Guy dann berichtete, wie sich die *Halbrane*, dank den in der Tasche des unglücklichen Patterson gefundenen Notizen, in die antarktischen Gewässer mit einiger Aussicht auf Erfolg begeben hatte, da quollen seinem Bruder unwillkürlich heiße Tränen aus den Augen.

Diesem ersten Unglück folgten nun bald andere.

Von den sieben Überlebenden der *Jane* waren nur noch sechs übrig, und bald sollten es nur noch vier sein, nachdem die kleine Gesellschaft gezwungen worden war, ihr Heil in der Flucht von Tsalal zu suchen.

Patterson war nämlich kaum fünf Monate verschwunden gewesen, als Mitte Oktober ein heftiges Erdbeben die Insel Tsalal erschütterte, wobei gleichzeitig die Inselgruppe im Südwesten fast ganz zerstört wurde.

Welche Gewalt diese Erschütterung gehabt hatte, das lässt sich mit Worten kaum wiedergeben. Wir konnten darüber urteilen, als das Boot unserer Goélette an dem von Arthur Pym erwähnten steilen Felsenufer landete. William Guy und seine fünf Gefährten wären nun gewiss bald umgekommen, wenn sie nicht Gelegenheit gefunden hätten, die Insel, die ihnen keine Nahrung mehr bieten konnte, schleunigst zu verlassen.

Wenige Tage nachher warf nämlich die Strömung, nur einige Toisen von ihrer Höhle entfernt, ein Boot ans Ufer, das wohl von dem Archipel im Südwesten hierher verschlagen worden war.

Ohne auch nur vierundzwanzig Stunden zu zögern, beeilten sich William Guy, Roberts, Covin, Trinkle, Forbes und Lexton das Boot mit so viel Proviant zu beladen, wie es nur aufnehmen konnte.

Leider wehte gerade eine sehr heftige Brise, eine Folge der seismischen Erscheinungen, die den Untergrund des Erdbodens ebenso wie die Luftschichten erschüttert und aufgewühlt hatten. Diesem Wind zu trotzen, erwies sich als unmöglich; er warf das Boot in Richtung Süden, wo es in dieselbe Strömung geriet, die unseren Eisberg bis an die Küste von Halbrane-Land getragen hatte.

Zweieinhalb Monate lang trieben die Unglücklichen über das offene Meer dahin, ohne ihre Fahrtrichtung ändern zu können. Erst am 2. Januar des jetzigen Jahres 1840 kamen sie in Sicht eines Landes, das an der Ostseite des Jane-Sunds lag.

Wie wir bereits erkannt hatten, lag dieses Land höchstens fünfzig Seemeilen von Halbrane-Land entfernt. Ja, so kurz war die Strecke gewesen, die uns von denen trennte, die wir so weit durch das Antarktische Meer gesucht hatten, sodass wir schon fast die Hoffnung aufgegeben hatten, sie je wiederzusehen!

Von uns aus gerechnet, war William Guys Boot viel weiter im Südosten gelandet. Und doch, welcher Unterschied zur Insel Tsalal, oder vielmehr welche Übereinstimmung mit Halbrane-Land! Ein für jedes Wachstum ungeeigneter Boden, nichts als Sand und Felsen, weder Bäume noch Sträucher oder Pflanzen irgendwelcher Art! Da ihr Proviant bald aufgebracht sein würde, sahen sich William Guy und seine Leidensgefährten dem schlimmsten Elend preisgegeben, dem zwei, Forbes und Lexton, in kurzer Zeit erlagen.

Die vier andern, William Guy, Roberts, Covin und Trinkle, wollten keinen Tag mehr auf der Insel bleiben, wo sie sich dem Hungertod geweiht sahen. Mit den wenigen noch übrigen Nahrungsmitteln schifften sie sich auf dem Boot ein und vertrauten sich nochmals der Strömung an, wobei sie keine Messinstrumente hatten und so ihre Position nicht bestimmen konnten.

Nachdem sie nun fünfundzwanzig Tage unter diesen Bedingungen umhertrieben, ging ihr Proviant zu Ende, und sie waren nach achtundvierzigstündigem Fasten dem Tode nah, als das Boot, in dem sie fast leblos zusammengesunken waren, in Sicht von Halbrane-Land kam.

In derselben Minute hatte der Hochbootsmann es auch bemerkt, und Dirk Peters, der sich ins Meer warf, war es geglückt, hinzuschwimmen und es ans Ufer zu rudern.

In dem Augenblick, wo er den Fuß in das Boot setzte, hatte der Mestize auch den Kapitän der *Jane* und die Matrosen Roberts, Trinkle und Covin wiedererkannt. Nachdem er sich überzeugt hatte, dass sie noch schwach atmeten, ergriff er die Ruder, fuhr mit dem Boot an Land und rief, als er nur noch eine Kabellänge davon entfernt war, den Kopf William Guys hebend, so laut, dass wir alle es verstehen konnten:

»Er lebt ...! Er lebt noch!«

Und jetzt sahen sich die Brüder auf diesem weltverlorenen Winkel von Halbrane-Land wieder vereinigt.

FÜNFZEHNTES KAPITEL

Die Eissphinx

Zwei Tage später befand sich keiner von den Überlebenden der beiden Goéletten mehr an diesem Punkt der antarktischen Küste.

Es war am 21. Februar um sechs Uhr morgens, als das Boot, jetzt mit dreizehn Insassen, die kleine Bucht verließ und die Spitze von Halbrane-Land umschiffte.

Seit dem vorgestrigen Tag hatten wir über die Abfahrt verhandelt. Wurde sie endgültig beschlossen, so durften wir keinen Tag mehr zögern, in See zu stechen. Noch ein Monat – höchstens ein Monat – war die Schifffahrt auf diesem Teil des Meeres zwischen dem 86. und dem 70. Breitengrad, das heißt bis zu der Stelle, die gewöhnlich durch den Packeiswall fast vollständig gesperrt war, im günstigsten Fall möglich. Gelang es uns, in dieser Zeit bis darüber hinauszukommen, so bestand die Aussicht, auf einen Walfänger zu stoßen, der seine Fangperiode noch nicht beendet hatte, oder – wer weiß? – einem französischen, englischen oder amerikanischen Schiff zu begegnen, das an den Grenzen des südlichen Ozeans eine Entdeckungsreise beendete. Nach Mitte März mussten diese Meeresgebiete von Seefahrern wie von Fischern verlassen sein, und dann konnten wir jede Hoffnung aufgeben, von einem Schiff aufgenommen zu werden.

Zuerst war die Frage aufgetaucht, ob es nicht ratsamer sei, da zu überwintern, wo wir es zu tun gezwungen gewesen wären, wenn William Guy nicht hierhergekommen wäre, und sich häuslich für die sieben bis acht Monate einzurichten, solange die Dunkelheit und die überaus strenge Kälte, die bald eintreten mussten, hier herrschten. Mit Anfang des kommenden Sommers, wenn das Meer erst wieder eisfrei geworden war, könnten wir mit dem Boot dann zum Stillen Ozean steuern, und wir hätten dann weit mehr Zeit, die tausend Seemeilen, die uns davon trennten, zurückzulegen. Wäre das nicht klug und weise?

Doch so resigniert wir auch waren, wer hätte vor einer Überwinterung auf dieser Küste nicht zurückgeschreckt, obgleich uns die Höhle hinreichenden Schutz bot und unser Leben, wenigstens was die Ernährung betraf, vollkommen gesichert erschien. Ja, resigniert ... das ist man so lange, wie die Resignation von den Umständen erzwungen wird. Jetzt aber, wo sich die Gelegenheit bot, von hier wegzukommen, eine letzte Anstrengung zu scheuen, die uns eine baldige Heimkehr wenigstens möglich erscheinen ließ, und nicht zu versuchen, was Hearne und seine Genossen unter weit ungünstigeren Verhältnissen gewagt hatten ... nein, das wollte keiner auf sich nehmen!

Das Für und Wider der Frage wurde sorgsamst erwogen. Nachdem jeder nach seiner Ansicht gefragt worden war, wurde ins Feld geführt, dass das Boot, wenn ein Hindernis seine Fahrt unterbrechen sollte, schlimmstenfalls an diesen Teil der Küste, deren Beschaffenheit wir genau kannten, wieder zurückkehren könnte. Der Kapitän der *Jane* trat sehr nachdrücklich für eine sofortige Abfahrt ein, der auch Len Guy und Jem West trotz etwaiger Gefahren das Wort redeten. Ich stimmte gern ihrer Anschauung zu, der sich auch die Übrigen ohne Widerspruch anschlossen.

Nur Hurliguerly zeigte sich nicht recht einverstanden. Es erschien ihm unklug, das Gewisse für das Ungewisse herzugeben. Drei bis vier Wochen hielt er für die Bootsfahrt zwischen Halbrane-Land und dem Polarkreis nicht für ausreichend. Und was dann, wenn man gar gegen die nach Norden laufende Strömung anzukommen versuchen musste? Kurz, der Hochbootsmann machte verschiedene Einwände geltend, die wohl Beachtung verdienten. Übrigens war es aber nur Endicott, der sich auf seine Seite stellte, wohl mehr infolge der Gewohnheit, die Sachen aus demselben Blickwinkel zu betrachten wie er. Nachdem jedoch alles besprochen und wiederholt erwogen war, erklärte sich auch Hurliguerly bereit, mitzufahren, da wir sonst ja alle dieser Ansicht waren.

Die nötigen Vorbereitungen wurden schnellstens erledigt, und so kam es, dass am 21. Februar früh um sieben Uhr dank des Zusammenwirkens von Strömung und Wind die Spitze von Halbrane-Land schon fünf Seemeilen hinter uns lag. Im Laufe des Nachmittags verblassten dann allmählich die Höhen, die diesen Teil des Ufers beherrschten und von deren höchstem Gipfel es uns möglich gewesen war, das Land an der Ostseite des Jane-Sunds zu erkennen.

Unser Boot gehörte zu der Art von Wasserfahrzeugen, die in der Inselgruppe von Tsalal zum Verkehr zwischen den einzelnen Inseln in Gebrauch waren. Wir wussten aus dem Bericht von Arthur Pym, dass diese Fahrzeuge entweder Flößen oder Flachbooten oder auch Pirogen mit Ausleger ähnlich und im Allgemeinen von recht robuster Bauart waren. Zur ersteren Art gehörte das, in dem wir jetzt saßen. Es war vierzig Fuß lang und sechs Fuß breit und war vorne und hinten gleich, was jedes Wenden unnötig machte, und wurde durch Ruder vorwärtsbewegt.

Ich muss hier besonders bemerken, dass zum Bau dieses Boots kein einziges Stück Eisen verwendet worden war – weder Nägel noch Pflöcke oder gar ein Metallbeschlag am Vorder- oder Hintersteven, wenn von dieser Unterscheidung hier die Rede sein kann, da Eisen den Tsaliern völlig unbekannt war. Aus einer Lianenart zusammengedrehte Bänder, die wenigstens den Widerstand eines Kupferdrahts hatten, hielten die Bordwände ebenso gut zusammen wie die dichteste Vernietung. Die Fugen wurden statt mit Werg mit einem harzüberzogenen Moos verstopft, der, wenn er mit Wasser in Berührung kam, metallisch hart wurde.

Wir gaben dem Boot den Namen *Paracuta*, eines Fisches dieser Gegend, der grob aus Holz geschnitten am Dollbord angebracht war.

Die *Paracuta* war mit so vielen Sachen beladen, wie sie fassen konnte, ohne die Passagiere zu sehr zu beeinträchtigen, die darin Platz finden sollten – mit Kleidungsstücken, Decken, Hemden, Wolljacken, Unterbeinkleidern, Hosen aus grober Wolle und Wachstuchmützen, ferner mit einigen Segeln, Balken, Wurfankern, Rudern, Bootshaken und Instrumenten zur Messung der Sonnenhöhe, endlich mit Waffen und Schießbedarf, die wir vielleicht einmal gebrauchen konnten, mit Gewehren, Pistolen, Karabinern, Pulver, Schrot und Kugeln. Die eigentliche Fracht bestand aus mehreren Fässern mit Süßwasser, Whisky und Gin, Mehlkisten, leicht gesalzenem Fleisch, gedörrtem Gemüse und einer beträchtlichen Menge Kaffee und Tee. Dazu noch ein kleiner Kochofen und einige Sack Steinkohlen, um den Ofen einige Wochen hindurch zu speisen. Gelang es uns freilich nicht, durch die Packeiswand zu kommen und drohte uns eine Überwinterung mitten im Eisfeld, so mussten alle unsere Anstrengungen darauf gerichtet sein, Halbrane-Land noch einmal anzulaufen, wo die Fracht aus der Goélette unsere Existenz noch für lange Monate sicherstellte.

Nun, wenn wir unser Ziel auch verfehlten, war das etwa ein Grund, jede Hoffnung aufzugeben? Nein; es liegt ja in der menschlichen Natur, sich an jeden Strohhalm zu klammern, wenn keine andere Aussicht auf Rettung besteht. Ich erinnerte mich an das, was Edgar Poe von dem »Engel des Sonderbaren« gesagt hat, »jenem Genius, der die Widrigkeiten des Lebens lenkt und dessen Aufgabe es ist, staunenerregende Zufälligkeiten herbeizuführen, die jedoch in der Logik der Tatsachen begründet sind«. Warum sollte uns dieser Engel in der Stunde der höchsten Gefahr nicht erscheinen?

Selbstverständlich war der größte Teil der Ladung der *Halbrane* in der Höhle zurückgelassen worden, wo die Vorräte, gegen Witterungsunbill geschützt, zur Verfügung von Schiffbrüchigen lagerten, wenn jemals welche an diese Küste verschlagen werden sollten. Eine Stange, die der Hochbootsmann auf dem nächsten Hügel aufgestellt hatte, musste dann ihre Aufmerksamkeit hierherlenken. Und doch, welches Schiff würde sich nach unseren zwei Goéletten wohl bis über diese Breiten hinauswagen?

Hier die Liste der Personen, die auf der *Paracuta* eingeschifft waren: Kapitän Len Guy, der Leutnant Jem West, der Hochbootsmann Hurliguerly, der Kalfatermaat Hardy, die Matrosen Francis und Stern, der Koch Endicott, der Mestize Dirk Peters und ich – alle von der *Halbrane*; ferner Kapitän William Guy und die Matrosen Roberts, Covin und Trinkle von der *Jane*, zusammen dreizehn ... die Unglückszahl.

Vor der Abfahrt hatten sich Jem West und der Hochbootsmann damit beschäftigt, einen Mast am vorderen Drittel unseres Fahrzeugs zu errichten. Dieser durch ein Stag und durch Wanten gehaltene Mast konnte ein ziemlich großes Segel tragen, das übrigens aus dem Marssegel der Goélette geschnitten war. Da die *Paracuta* in der Mitte sechs Fuß breit war, konnte dieses Notsegel auch ein wenig zum Umlegen auf jede Seite eingerichtet werden.

Diese Ausrüstung gestattete freilich noch nicht, dicht am Wind zu segeln. Mit dem Wind im Rücken oder halb von der Seite musste das

Segel aber doch eine ausreichende Fahrgeschwindigkeit gewährleisten, um, bei einem Mittel von dreißig Seemeilen in vierundzwanzig Stunden, binnen fünf Wochen die tausend Meilen zurückzulegen, die uns vom Packeis trennten. Diese Geschwindigkeit war nicht zu hoch geschätzt, wenn Wind und Strömung die *Paracuta* nach Nordosten weitertrieben. Übrigens hatten wir die Ruder zur Verfügung, wenn es windstill sein sollte, und vier Paar davon, von acht Mann gehandhabt, mussten dem Fahrzeug immerhin eine gewisse Geschwindigkeit geben.

Von der Woche nach der Abfahrt habe ich nichts Besonderes zu berichten. Die Brise stand immer aus Süden, und zwischen den Ufern des Jane-Sunds machte sich keine ungünstige Gegenströmung bemerkbar. Soweit wie möglich und solange die Küste von Halbrane-Land nicht zu weit nach Westen zurückwich, hatten sich die beiden Kapitäne verständigt, ihr in der Entfernung von wenigen Kabellängen zu folgen. Sie bot uns ja eine Zufluchtsstätte, wenn unser Boot durch irgendeinen Unfall unbrauchbar wurde. Und doch, was wäre jetzt, kurz vor Winteranfang, auf dem trostlos öden Land wohl aus uns geworden ...? Ich glaube, es war besser, daran gar nicht zu denken.

Während der ersten acht Tage hatte die *Paracuta*, da die Ruder nachhalfen, wenn der Wind einmal zu sehr abflaute, nichts von der mittleren Geschwindigkeit verloren, die sie einhalten musste, um in so kurzer Zeit den Stillen Ozean zu erreichen. Das Aussehen des Landes änderte sich nicht – immer derselbe unfruchtbare Boden, schwärzliche Felsblöcke, sandige Strandfläche, nur da und dort mit etwas Feigenmoos darauf, und steile, kahle Höhen, das war alles, was wir erblickten. Die Meerenge selbst führte schon etwas Eis, schwimmende Triften und hundertfünfzig bis zweihundert Fuß lange »Packs«, die einen länglich und kantig, die andern ziemlich rund, und daneben einzelne Eisberge, die unser Boot leicht überholte. Beunruhigend war nur, dass all diese Massen auf das Packeis zutrieben und dessen Durchlässe – die zur jetzigen Jahreszeit noch offen sein mussten – zu versperren drohten.

Natürlich herrschte unter den dreizehn Passagieren der *Paracuta* das beste Einvernehmen. Wir hatten ja keine Meuterei eines Hearne zu fürchten, und dabei fragten wir uns, ob das Schicksal die vom Segelmeister verführten Unglücklichen wohl begünstigt hatte. Bei ihrem überladenen Boot, das jeder stärkere Wellenschlag umzuwerfen drohte, musste ihre Fahrt ja mit größter Gefahr verbunden sein. Und doch, wer weiß, ob Hearne nicht Glück hatte, während wir, die zehn Tage später abgefahren waren, vielleicht dem Verderben entgegengingen? Ich möchte hier beiläufig erwähnen, dass Dirk Peters, je mehr er sich aus den Gegenden entfernte, wo er keine Spuren von seinem armen Pym entdeckt hatte, noch schweigsamer wurde als vorher – was ich kaum für möglich gehalten hätte –, ja er antwortete mir nicht einmal, wenn ich das Wort an ihn richtete.

Da das Jahr 1840 ein Schaltjahr war, musste ich in meine Aufzeichnungen den 29. Februar mit aufnehmen. Das war aber gerade der Geburtstag von Hurliguerly, und der Hochbootsmann erwartete, dass wir diesen Jahrestag an Bord unseres Bootes mit einigem Glanz feierten. »Das ist doch das Mindeste«, rief er lachend, »da ich ihn in vier Jahren ja nur einmal erleben und feiern kann!«

Wir tranken auf die Gesundheit des wackeren Mannes, der zwar etwas schwatzhaft, dafür aber der verlässlichste und ausdauerndste von allen war und der uns durch seinen unverwüstlichen Humor oft genug erheiterte. An diesem Tag ergab die Beobachtung 79° 17′ Breite und 118° 37′ Länge.

Man sieht hieraus, dass die beiden Ufer des Jane-Sunds zwischen dem 118. und dem 119. Meridian verliefen und dass die *Paracuta* nur ein Dutzend Breitengrade zu durchsegeln hatte, um den Polarkreis zu erreichen.

Nach dieser Bestimmung der augenblicklichen Ortslage, die wegen der geringen Höhe der Sonne über dem Horizont erhebliche Schwierigkeiten bereitete, hatten die beiden Brüder auf einer Bank die noch sehr unvollständige Karte des antarktischen Polargebiets aufgeschlagen. Ich musterte sie zusammen mit ihnen, und wir versuchten annähernd zu bestimmen, welche schon entdeckten Landstriche in dieser Richtung lagen.

Man muss berücksichtigen, dass wir, nachdem unser Eisberg den Südpol passiert hatte, in die Zone der östlichen Länge eingetreten waren, die von 0° in Greenwich bis zu 180° gezählt wird.

Wir mussten also den Gedanken gänzlich aufgeben, zu den Falkland-Inseln zurückzukommen und in den Gewässern der Sandwich-Inseln, der Süd-Orkney-Inseln und Südgeorgiens auf Walfänger zu treffen. Aus unserer derzeitigen Lage ließ sich etwa Folgendes schließen:

Kapitän William Guy konnte selbstverständlich von den nach der Abfahrt der *Jane* durchgeführten antarktischen Reisen nichts wissen. Er kannte nur die von Cook, Krusenstern, Weddell, Bellingshausen und Morrell, hatte aber keine Kenntnis über die weiteren Fahrten, wie etwa über die zweite von Morrell und über die von Kemp, die die geografische Anordnung der Landmassen in diesen entlegenen Gegenden etwas näher kennengelernt hatten. Aus dem, was ihm sein Bruder mitteilte, erfuhr er, dass nach unserer eigenen Beobachtung ein breiter Meeresarm, der Jane-Sund, die beiden Kontinente der Südpolargegend in zwei Hälften teilte.

Da warf Kapitän Len Guy noch die Bemerkung ein, dass die *Paracuta*, wenn die Meerenge zwischen dem 118. und dem 119. Längengrad weiter verlief, nah an dem Punkt vorüberkommen müsste, an dem der magnetischen Südpol lag. An diesem Punkt laufen bekanntlich alle magnetischen Meridiane zusammen, und zwar liegt er genau dem nördlichen magnetischen Pol entgegengesetzt, und über diesem stellt sich die Nadel des Inklinations-Kompasses senkrecht ein. Hierzu muss ich bemerken, dass die Lage dieses Pols zu jener Zeit noch nicht so genau bestimmt war wie in unseren Tagen.

* Die Berechnungen von Haustein verlegen den magnetischen Südpol nach 128° 30′ Länge und 69° 17′ Breite. Nach den Untersuchungen von Vincendon, Dumoulin und Coupvent Desbois anlässlich der Entdeckungsreise von Dumont d'Urville an Bord der *Astrolabe* und der *Zélée* gibt Duperrey dafür 136° 15′ Länge und 76° 30′ Breite an. Inzwischen haben neuere Berechnungen ergeben, dass dieser Punkt bei 106° 16′ Länge und 72° 20′ südlicher Breite zu suchen ist. Man ersieht hieraus, dass unter den Hydrografen in dieser geografischen Frage noch nicht die gleiche Übereinstimmung herrscht wie in der über die Position des magnetischen Pols in den arktischen Gebieten, das heißt auf der nördlichen Halbkugel. J. V.*

Das war übrigens nicht von Bedeutung, und die etwaige geografische Bestimmung jenes Punkts war für uns nicht weiter von Interesse. Weit mehr beschäftigte uns die Beobachtung, dass der Jane-Sund sehr deutlich, zuletzt auf zehn bis zwölf Seemeilen Breite, schmaler wurde. Infolgedessen konnten wir das Land an beiden Ufern deutlich erkennen.

»Wir wollen wenigstens hoffen«, bemerkte der Hochbootsmann, »dass er für unser Boot noch breit genug ist und nicht etwa als Sackgasse endet!«

»Das ist nicht zu befürchten«, antwortete Kapitän Len Guy. »Da die Strömung gleich stark bleibt, muss sie nach Norden zu einen Ausgang haben, und meiner Meinung nach brauchen wir nichts anderes zu tun, als ihr zu folgen.«

Das war ja nicht zu bestreiten. Die *Paracuta* konnte keinen besseren Führer haben als die Strömung. Hätten wir sie unglücklicherweise gegen uns gehabt, so wäre es ohne die Unterstützung einer steifen Brise unmöglich gewesen, dagegen anzukommen.

Vielleicht wechselte die Strömung aber je nach Beschaffenheit der Küste weiter draußen nach Osten oder Westen. Trotz alledem konnten wir sicher sein, dass der nördlich an das Packeis grenzende Teil des Stillen Ozeans zum Landgebiet Australiens, Tasmaniens oder Neuseelands führte. Man wird zugeben, dass es, was unsere Heimkehr betraf, nicht darauf ankam, an welchem Punkt wir zuerst bewohntes Land erreichten.

Unsere Fahrt verlief so zehn Tage lang unter gleich bleibenden Bedingungen. Das Boot bewährte sich bei anhaltendem Seitenwind recht gut. Die beiden Kapitäne und Jem West konnten seine solide Bauweise gar nicht genug loben, obgleich dabei, wie schon erwähnt, kein Stück Eisen verwendet worden war. Nicht ein einziges Mal war es nötig, die Fugen auszubessern, die stets völlig wasserdicht hielten. Freilich hatten wir ruhige See, auf der nur leichte Wellen die Oberfläche der langen Dünung unterbrachen.

Am 10. März ergab sich bei gleicher Länge eine Breite von 76° 13′.

Da die *Paracuta* seit der Abfahrt von Halbrane-Land etwa sechshundert Seemeilen, und zwar im Laufe von zwanzig Tagen, zurückgelegt hatte, berechnete sich ihre mittlere Geschwindigkeit – wie angenommen – auf dreißig Seemeilen in vierundzwanzig Stunden.

Verringerte sich diese Geschwindigkeit in den folgenden drei Wochen nicht, so hatten wir die besten Aussichten, dass die Durchlässe in der Packeiswand nicht geschlossen wären oder dass die Wand doch umschifft werden könnte und dass auch die Walfängerschiffe ihre Jagdgründe noch nicht verlassen hätten.

Zurzeit schwebte der Sonnenball fast parallel mit der Linie des Horizonts hin, und es näherte sich die Zeit, wo das antarktische Gebiet in die Finsternis der Polarnacht versinken musste. Da wir aber Richtung Norden fuhren, kamen wir glücklicherweise ja in Gegenden, wo es noch genug Licht gab.

Damals wurden wir Zeugen einer ebenso außerordentlichen Erscheinung wie der, die der Bericht von Arthur Pym wiederholt erwähnt. Mit zischendem Geräusch sprangen während drei bis vier Stunden aus unseren Fingern, den Haupt- und den Barthaaren blitzende kleine Funken hervor. Das war die Folge eines elektrischen Schneetreibens mit großen, lockeren Flocken, die bei Berührung jene leuchtenden Garben erzeugten. Mehrmals war die *Paracuta* bei dem plötzlich schäumenden Wogengang in Gefahr, verschlungen zu werden, wir gingen jedoch heil und gesund aus dem merkwürdigen Unwetter hervor.

Der Himmel wurde jetzt indes nur noch von sehr mattem Licht erhellt. Häufige Dunstbildungen engten den Gesichtskreis bis auf wenige Faden ein. Das verlangte natürlich eine erhöhte Wachsamkeit, um Zusammenstöße mit treibenden Schollen zu vermeiden, die langsamer vorwärts kamen als unsere *Paracuta*. Es sei auch nicht vergessen zu erwähnen, dass der Himmel im Süden öfters im Schein glänzender Südpolarlichter erglühte.

Die Temperatur nahm jetzt fühlbar ab und überstieg nicht mehr 23° Fahrenheit, also – 5° Celsius.

Diese Abnahme bereitete uns große Sorgen. Wenn sie auch auf die Strömung, die uns immer günstig blieb, keinen Einfluss hatte, so war doch zu befürchten, dass die Wetterverhältnisse sich änderten. Und wenn sich mit zunehmender Kälte zu allem Unglück auch noch der Wind abschwächte, würde die Geschwindigkeit des Boots wohl um die Hälfte langsamer werden. Eine Verzögerung von zwei Wochen genügte aber, um unsere Rettung in Frage zu stellen und uns zur Überwinterung am Fuß des Packeiswalls zu zwingen. In diesem Fall wäre es, wie erwähnt, ratsam, den Versuch zu wagen, nach Halbrane-Land zurückzukehren. Doch würde dann der Jane-Sund, durch den wir so glücklich gefahren waren, der *Paracuta* auch noch offenes Wasser bieten ...? Für Hearne und seine Genossen, die uns um zehn Tage voraus waren, mochte die Lage günstiger sein, und sie hatten die Eisbarriere vielleicht schon hinter sich gebracht.

Achtundvierzig Stunden später wollten Kapitän Len Guy und sein Bruder unsere Position durch eine Beobachtung bestimmen, die der klare Himmel gerade ermöglichte. Freilich streifte die Sonne eigentlich nur den Horizont, was die Operation wesentlich erschwerte. Dennoch konnte die Sonnenhöhe mit annähernder Genauigkeit gemessen werden, und die Berechnungen ergaben dann als Resultat:

Südliche Breite: 75° 17′.

Östliche Länge: 118° 3′.

An diesem Tag, dem 12. März, war die *Paracuta* demnach nur noch vierhundert Seemeilen vom Polarkreis entfernt.

Gleichzeitig bemerkten wir, dass die bis zur Höhe des 77. Breitengrads sehr schmale Meerenge sich nach Norden zu wieder mehr und mehr erweiterte. Selbst mit dem Fernrohr war im Osten kein Land mehr zu erkennen. Das war unangenehm, denn die nicht mehr durch die beiden Ufer eingeengte Strömung musste bald schwächer werden und würde schließlich gar nicht mehr wahrzunehmen sein.

In der Nacht vom 12. zum 13. März stieg nach Abflauen der Brise ziemlich dichter Nebel auf. Das war ungünstig, denn die Gefahr, mit dahintreibenden Eismassen zusammenzustoßen, wurde damit größer. Dass es häufiger Nebel gab, konnte in jenen Breiten freilich nicht überraschen. Weit auffälliger erschien es dagegen, dass unser Boot, obgleich der Wind fast eingeschlafen war, allmählich immer schneller wurde. Das konnte nicht daher rühren, dass die Strömung stärker geworden war, denn dass das Wasser an den Bug klatschte, bewies uns, dass wir schneller vorwärts kamen als die Strömung.

Diese Erscheinung dauerte bis zum Morgen an, ohne dass wir uns über das, was dabei eigentlich vorging, Klarheit verschaffen konnten. Dann, gegen zehn Uhr, löste sich der Nebel, zumindest in den unteren

Luftschichten, auf. Das westliche Ufer – ein Felsengestade ohne dahinterliegende Berge – wurde wieder sichtbar.

Da zeigte sich, etwa eine Viertelmeile von uns entfernt, eine Masse, die die Ebene um ungefähr fünfzig Toisen überragte und die einen Umfang von zweihundert bis dreihundert Toisen haben mochte. Ihrer seltsamen Form nach ähnelte die Masse einer gewaltigen Sphinx mit aufgerichtetem Oberkörper und ausgestreckten Tatzen, in der Haltung des geflügelten Ungeheuers, das die griechische Mythologie auf der Straße von Theben angesiedelt hat.

War es ein lebendiges Tier, ein riesiges Ungeheuer, ein Mastodon, doch tausendmal größer als die mächtigen Verwandten der Elefanten der Polargebiete, von denen sich noch jetzt Überreste finden? Bei der seelischen Verfassung, in der wir uns befanden, hätte man das glauben – hätte man auch befürchten können, dass das Mastodon sich auf unser Fahrzeug stürzen würde, um es zwischen seinen Krallen zu zerquetschen.

Nach den ersten Augenblicken der Beunruhigung, weil wir nicht wussten, was wir da vor uns hatten, erkannten wir, dass es sich um eine Bergmasse von eigentümlicher Gestalt handelte, deren Gipfel oder Kopf eben aus der Dunsthülle klarer hervortrat.

Ah ... diese Sphinx ...! Da tauchte in mir eine Erinnerung auf, nämlich die, dass ich in der Nacht, als der Eisberg umgestürzt war und die *Halbrane* in die Höhe gehoben wurde, von einem Fabeltier geträumt hatte, das auf dem Pol der Erde saß und dem nur ein Edgar Poe, mit seiner scharfsinnigen Genialität, seine Geheimnisse zu entlocken verstanden hatte.

Da sollten aber noch wundersamere Erscheinungen unsere Aufmerksamkeit erregen, unser Staunen wecken und uns in Schrecken und Angst versetzen.

Ich habe schon erwähnt, dass die Geschwindigkeit der *Paracuta* seit einigen Stunden immer mehr zunahm. Jetzt war sie so überaus groß, dass die Strömung dagegen weit zurückblieb. Da fliegt der von der *Jane* stammende und am Vordersteven untergebrachte Wurfanker plötzlich hinaus, als würde er von einer unbezwingbaren Gewalt angezogen, und seine Leine spannt sich zum Zerreißen. Es sah aus, als würde dieser Anker, über das Wasser hinfliegend, uns Richtung Ufer schleppen.

»Was hat das zu bedeuten?«, rief William Guy.

»Zerschneide das Tau, Hochbootsmann, schnell, schnell«, befahl Jem West, »oder wir zerschellen an den Felsen!«

Hurliguerly sprang zum vorderen Teil der *Paracuta*, um das Seil zu zerschneiden. Plötzlich wurde ihm das große Messer, das er dazu in der Hand hielt, entrissen, das Seil zerriss, und wie ein Geschoss flog der Wurfanker auf den Bergstock zu.

Und – siehe da! – gleichzeitig nehmen alle eisernen Gegenstände im Boot, die Küchengeräte, die Waffen, der Kochofen von Endicott, die Messer aus unseren Taschen denselben Weg, während das Boot in rasender Fahrt auf das Ufer zuschießt.

Was ging hier vor? Mussten wir zur Erklärung dieser unerklärlichen Dinge annehmen, dass wir uns in der Gegend jener Wunder befanden, von der ich glaubte, dass sie nur in den Sinnestäuschungen von Arthur Pym existierten?

Nein, das waren handfeste Tatsachen, die wir hier vor Augen hatten, keine nur eingebildeten Wundererscheinungen.

Übrigens fehlte uns die Zeit zu weiterer Überlegung, denn kaum an Land gelangt, wurde unsere Aufmerksamkeit auf ein hier gestrandetes Boots gelenkt.

»Das Boot von der *Halbrane!*«, rief Hurliguerly.

In der Tat war es das von Hearne geraubte Boot. Da lag es mit geborstener Wand, die Rippen vom Kiel abgerissen, völlig zerstört ... nichts weiter als formlose Trümmerstücke, kurz, das, was von einem Boot übrig bleibt, wenn es vom wütenden Meer gegen einen Felsen geschleudert wurde.

Sofort fiel uns ins Auge, dass alle Eisenverbindungen des Boots fehlten ... die Nägel der Seitenwände, die Schiene am Kiel, der Beschlag des Vorder- wie des Hinterstevens und die Befestigungen des Steuerruders ...

Was bedeutete das alles?

Ein Ausruf von Jem West brachte uns zu einem schmalen Strand auf der rechten Seite des Boots.

Hier lagen drei Leichname auf dem Boden – der von Hearne, der des Segelmeisters Martin Holt und der eines der Falkländer. Von den dreizehn, die den Segelmeister begleitet hatten, waren nur diese drei übrig geblieben, die den Tod vor einigen Tagen gefunden haben mochten.

Was war aus den zehn Fehlenden geworden?

Hatte das Meer ihre Leichen hinausgeschwemmt?

Wir suchten am Ufer, in kleinen Einbuchtungen, zwischen den Klippen – doch wir fanden nichts, weder Spuren eines Lagers noch Abdrücke von einer Landung.

»Ihr Boot«, sagte William Guy, »ist wohl auf dem Meer von einem dahintreibenden Eisberg gerammt worden. Die meisten von Hearnes Gefährten werden ertrunken und nur diese drei Körper, bereits leblos, an die Küste geschleudert worden sein.«

»Wie erklärt sich aber«, fragte der Hochbootsmann, »dann dieser Zustand des Boots?«

»Zumal, da alle seine Eisenteile fehlen?«, setzte Jem West hinzu.

»Wahrhaftig«, bemerkte ich, »es sieht aus, als ob alle mit Gewalt herausgerissen worden wären!«

Während die *Paracuta* der Obhut zweier Leute überlassen wurde, begaben wir uns weiter ins Innere, um unsere Nachforschungen auf einen größeren Umkreis auszudehnen.

Wir näherten uns dem Bergmassiv, das jetzt ganz aus dem Nebel hervorgetreten war und dessen Gestalt sich deutlich zeigte. Es war, wie ich schon sagte, annähernd die einer Sphinx ... einer Sphinx von fast rußiger Färbung, als wäre das Material, aus dem sie bestand, von der langen Einwirkung des polaren Klimas oxidiert worden.

Da kam mir plötzlich ein Gedanke ... eine Hypothese in den Sinn, die all diese merkwürdigen Erscheinungen erklärte.

»Ah«, rief ich, »ein Magnet ...! Dort ... dort liegt ein Magnet, der eine ungeheure Anziehungskraft besitzt!«

Die andern verstanden mich, und sofort trat uns die letzte Katastrophe, der Hearne und seine Begleiter zum Opfer gefallen waren, klar vor Augen.

Dieser Bergstock war ein ungeheuer großer Magnet, unter dessen Einfluss die eisernen Verbindungsstücke vom Boot der *Halbrane* losgerissen und, als würden sie von einer mächtigen Feder fortgeschnellt, weggeschleudert worden waren. Derselbe Magnet hatte mit unbezwingbarer Kraft auch alle eisernen Gegenstände aus der *Paracuta* angezogen, und unser Boot hätte gewiss das Schicksal des andern geteilt, wenn bei seiner Herstellung ein einziges Stück Metall verwendet worden wäre!

War es vielleicht die Nähe des magnetischen Pols, die diese Wirkungen hervorbrachte?

Zwar kam uns anfangs dieser Gedanke, er musste aber bei weiterer Überlegung aufgegeben werden.

An der Stelle, wo die magnetischen Meridiane sich kreuzen, zeigt die Magnetnadel eine vertikale Einstellung, und zwar an zwei sich entsprechenden Punkten der Erdkugel. Diese Erscheinung, die im Nordpolargebiet durch Versuche an Ort und Stelle nachgewiesen ist, musste ja identisch auch im Südpolargebiet auftreten.

Hier befand sich also ein Magnet von unermesslicher Stärke, in dessen Anziehungskreis wir geraten waren. Vor unseren Augen hatte sich eine jener wundersamen Erscheinungen abgespielt, die bisher ins Reich der Fabel verwiesen worden waren. Wer hätte vorher glauben mögen, dass Schiffe von einer unbezwingbaren Gewalt angezogen wurden, dass ihre Eisenverbindungen sich dabei überall lösten, dass ihr Rumpf sich auftat und dann das Meer sie verschlang...? Und doch war das eine Tatsache!

Eine Erklärung dafür glaubte ich in folgender Betrachtung zu finden:

Die Passatwinde treiben unausgesetzt Wolken oder Nebel zu den Enden der Erdachse, in denen ungeheuer starke elektrische Kräfte gespeichert sind, die sich in Gewittern noch nicht entladen hatten. Dadurch bildet sich an den Polen eine gewaltige Ansammlung dieses Fluidums, das ununterbrochen zur Erde abfließt.

Das ist auch die Ursache der Nord- und der Südpolarlichter, deren leuchtende Pracht, besonders in der langen Polarnacht, über den Horizont hinaufstrahlt und die, wenn sie ihre größte Ausprägung erreichen, bis in die gemäßigten Zonen hin sichtbar werden. Man nimmt auch an – ich weiß, dass dafür der Beweis noch fehlt –, dass in dem Augenblick, wo eine heftige Entladung positiver Elektrizität in den arktischen Gebieten stattfindet, gleichzeitig in den antarktischen Gebieten eine Entladung von entgegengesetzter, also negativer Elektrizität vor sich geht.

Jene fortwährend auf die Pole gerichteten Ströme, die die Kompassabweichung hervorbringen, müssen natürlich einen außerordentlichen Einfluss ausüben, und es würde genügen, dass eine große Eisenmasse ihrer Wirkung ausgesetzt ist, um diese zu einem mächtigen Magneten zu machen, dessen Kraft der Stromstärke, der Zahl der Windungen, die er darum bildet, und der Quadratwurzel des Durchmessers des Magneteisenbergs entsprechen würde.

Den Rauminhalt der Sphinx, die sich an diesem Punkt tief im Süden erhob, konnte man gewiss auf viele tausend Kubikmeter schätzen.

Wie kam es nun dazu, dass der Strom um diese Masse kreiste und einen Magneten daraus machte? Durch nichts als eine metallische Ader, deren unzählige Windungen, die die Eingeweide der Erde durchzogen, unterirdisch die Basis der besagten Bergmasse umschlossen.

Ich bin auch der Meinung, dass dieser Bergstock wie eine Art erzener Säule in der Verlängerung der magnetischen Erdachse liegen mag, aus der das unberechenbare Fluidum hervorquillt, dessen Ströme einen unerschöpflichen Akkumulator an den Grenzen der Erde laden. Um zu bestimmen, ob die Masse wirklich genau über dem magnetischen Südpol lag, dazu hätte unser Kompass schon deshalb nicht dienen können, weil er für solche Untersuchungen nicht ausgelegt war. Ich kann nur sagen, dass seine unregelmäßig abweichende Nadel überhaupt in keine bestimmte Himmelsrichtung zeigte. Das spielte jedoch keine große Rolle, soweit es die Beschaffenheit dieses künstlichen Magneten und die Art und Weise betraf, in der die Wolken und der ihn umschließende Erzgang seine Anziehungskraft aufrechterhielten.

Eigentlich war ich nur ganz instinktiv auf diese ziemlich plausible Erklärung der merkwürdigen Erscheinungen gekommen. Es gab keinen Zweifel, dass wir uns in unmittelbarer Nähe eines Magneten befanden, dessen Anziehungskraft die schreckliche, aber ganz natürliche Wirkung hervorbrachte.

Ich teilte meinen Gedankengang den andern mit, und auch ihnen schien dies die notwendige Erklärung der physikalischen Tatsachen, deren Zeugen wir waren, zu liefern.

»Ich glaube, wir können uns ohne Gefahr dem Fuß des Bergstocks nähern«, sagte Kapitän Len Guy.

»Ohne jede Gefahr«, erwiderte ich.

»Dort ... ja ... dort!«

Ich vermag kaum den Eindruck zu schildern, den diese drei Worte auf uns machten, die Worte, die wie ein dreifacher verzweifelter Aufschrei – wie Edgar Poe sich ausdrücken würde – aus der übersinnlichen Welt herüberzutönen schienen.

Dirk Peters hatte sie ausgestoßen, und sein Körper reckte sich dabei der Sphinx entgegen, als ob er, selbst in Eisen verwandelt, von dem Magneten angezogen würde.

Sofort stürmte er in diese Richtung, und die Übrigen folgten ihm über einen Boden hin, der mit schwärzlichen Steinen, Moränenschutt und vulkanischen Trümmern bedeckt war.

Das scheinbare Ungeheuer wuchs noch, je mehr wir uns ihm näherten, ohne etwas von seiner mythologischen Gestalt zu verlieren. Ich vermag kaum die Wirkung zu schildern, die es, so allein über die ausgedehnte Ebene emporragend, auf alle ausübte. Es gibt eben Eindrücke, die weder Feder noch Worte wiederzugeben imstande sind. Uns schien es – natürlich war das nur eine Täuschung –, als würden wir durch die Kraft seiner magnetischen Anziehung buchstäblich zu ihm hingezerrt.

Als wir den Fuß des seltsamen Bergstocks erreichten, gewahrten wir verschiedene eiserne Gegenstände, auf die seine unsichtbare Kraft gewirkt hatte. Waffen, Werkzeuge, der Wurfanker von der *Paracuta* hingen, richtiger gesagt, »klebten« an seinem Abhang. Hier fanden wir auch das wieder, was aus dem Boot der *Halbrane* stammte, wie die Nägel, Pflöcke, Dollen, den Beschlag des Kiels und die Eisenteile des Steuerruders.

Die Ursache für die Zerstörung des Boots, das Hearne und seine Begleiter getragen hatte, konnte jetzt nicht mehr zweifelhaft sein. Von gewaltiger Kraft aus seinem Kurs abgelenkt, war es bei dem Aufprall auf die Uferfelsen zertrümmert worden, und dasselbe Los hätte die *Paracuta* ereilt, wenn sie nicht durch ihre Konstruktion der unbezwingbaren magnetischen Anziehung entgangen wäre.

Darauf, die Dinge wiederzuerlangen, die am Abhang des Bergstocks hafteten, der Gewehre, Pistolen und Werkzeuge, mussten wir von vornherein verzichten, weil sie hier viel zu fest gehalten wurden. Hurliguerly wurde ganz wütend, dass er sein Messer, das in einer Höhe von etwa fünfzig Fuß am Berg hing, nicht wiederbekommen konnte, und ballte die Fäuste, während er mit Stentorstimme dem »unbarmherzigen Ungeheuer« zurief: »Du verfluchte Sphinx!«

Es kann wohl niemanden wundernehmen, dass sich hier keine anderen Gegenstände fanden als die, die entweder von der *Paracuta* oder von dem Boot der *Halbrane* stammten. Jedenfalls war vorher noch kein Schiff bis in diese Breiten des Antarktischen Meeres vorgedrungen. Hearne und seine Genossen zuerst, dann Kapitän Len Guy und seine Gefährten – das waren die Einzigen, die den Fuß an diese Stelle des südlichen Kontinents gesetzt hatten. Unweigerlich wäre ja jedes Schiff, das in die Nähe dieses kolossalen Magnets kam, völlig zerstört worden, und unsere Goélette hätte dasselbe Schicksal gehabt wie ihr Boot, von dem nur noch formlose Trümmer übrig waren.

Inzwischen erinnerte Jem West daran, dass es unklug wäre, länger auf dem »Land der Sphinx« – diesen Namen sollte es behalten – zu bleiben. Die Zeit drängte, und eine Verzögerung von nur wenigen Tagen konnte uns schon in die Zwangslage bringen, am Fuß der Packeiswand zu überwintern.

Wir beschlossen also, zum Ufer zurückzukehren, doch da ertönte wieder die Stimme des Mestizen. Dirk Peters stieß noch einmal die drei Worte oder den Aufschrei aus wie vorher.

»Dort ... ja ... dort!«

Als wir daraufhin auf die andere Seite der rechten Tatze des Ungeheuers geeilt waren, sahen wir Dirk Peters, die Hände ausgestreckt, vor einem fast ganz entblößten Körper knien, einem Körper, den die Kälte dieser Gegend unversehrt erhalten und der fast so hart geworden war wie Metall. Sein Kopf war vorgeneigt, er hatte einen weißen, bis zum Gürtel hinabreichenden Bart, und seine Nägel an Händen und Füßen waren lang wie Krallen.

Wie kam es aber, dass dieser Körper in ungefähr zwei Toisen Höhe an den Berghang angedrückt war, als ob er schwebte?

Um den Rumpf des Toten lag, von einem Lederband gehalten, ein gebogenes Flintenrohr, das vom Rost schon halb zerfressen war.

»Pym ... mein armer Pym!«, schrie Dirk Peters auf.

Dann versuchte er sich aufzurichten, um sich der Leiche zu nähern ... um die leblose Hülle zu küssen ...

Da wankte er in den Knien ... ein ersticktes Schluchzen drang aus seiner Kehle ... ein plötzlicher Krampf lähmte den Schlag seines Herzens, und er stürzte leblos zu Boden.

Nachdem sie sich getrennt hatten, hatte das Boot also Arthur Pym durch diese Gegenden des Polargebiets getragen. Nachdem er genau wie wir über den Südpol hinweggetrieben worden, war auch er in die Zone der Anziehungskraft des Ungeheuers geraten. Und hier war er, während sein Boot mit dem Strom nach Norden weiter glitt, von dem magnetischen Fluidum gepackt und, da es ihm nicht gelang, das Gewehr abzulegen, gegen die Bergwand geschleudert worden.

Jetzt ruht nun der treue Mestize auf dem Boden im Land der Sphinx an der Seite seines »armen Pym«, jenes Helden, dessen seltsame Abenteuer in dem großen amerikanischen Dichter einen nicht minder seltsamen Erzähler gefunden hatten!

SECHZEHNTES KAPITEL

Zwölf von Siebzig!

Im Laufe des Nachmittags dieses Tages verließ die *Paracuta* die Küste vom Land der Sphinx, die wir seit dem 21. Februar stets in Sicht gehabt hatten.

Noch waren an die vierhundert Seemeilen bis zur Grenze des antarktischen Gebiets zurückzulegen. Doch würde das Glück uns, wenn wir bis zum Stillen Ozean gelangten, so weit begünstigen, dass wir dort von einem Walfänger aufgenommen würden, der sich noch in den letzten Tagen der Fangzeit hier aufhielt, oder würden wir vielleicht gar auf ein Schiff stoßen, das auf Entdeckungsfahrt war?

Letztere Vermutung hatte etwas für sich. Als die Goélette noch vor den Falkland-Inseln vor Anker lag, war von einer Expedition des Leutnant Wilkes von der amerikanischen Marine die Rede gewesen. Sein aus vier Schiffen, der *Vincennes*, der *Peacock*, der *Pourpoise*, der *Flying Fish*, und mehreren Begleitschiffen bestehendes Geschwader sollte im Februar 1839 von Feuerland absegeln, um eine Forschungsreise durch die Meere tief im Süden zu unternehmen.

Was sich nun inzwischen ereignet hatte, wussten wir natürlich nicht. Wenn Wilkes aber unter den westlichen Meridianen vergeblich vorzudringen versucht hatte, warum sollte er nicht auf den Gedanken gekommen sein, einen freieren Weg unter östlichen Meridianen zu suchen?

* Das ist tatsächlich der Fall gewesen: Nachdem Leutnant James Wilkes dreizehn Mal zum Umkehren gezwungen gewesen war, gelang es ihm, unter 105° 20′ östlicher Länge mit der *Vincennes* bis 65° 57′ südlicher Breite vorzudringen. J. V. *

In diesem Fall wäre es möglich gewesen, dass die *Paracuta* einem seiner Schiffe begegnete.

Das Wichtigste und Schwierigste blieb für uns freilich immer, dem

Winter dieser Gegenden rechtzeitig zu entfliehen und uns das noch offene Meer zunutze zu machen, denn es konnte nicht mehr lange währen, bis jede Schifffahrt dort unmöglich wurde.

Der Tod von Dirk Peters hatte die Zahl der Insassen der *Paracuta* auf zwölf verringert. Das war also alles, was von den Besatzungen der beiden Schiffe noch übrig geblieben war. Dabei hatte die der einen achtunddreißig und die der andern zweiunddreißig – zusammen also siebzig – Köpfe betragen. Die Fahrt der *Halbrane* war aber, wie wir wissen, zur Erfüllung einer Pflicht der Menschlichkeit unternommen worden, und dieser verdankten wirklich vier Überlebende von der *Jane* ihre Rettung.

Eilen wir nun zum Schluss. Über die Rückfahrt, die beständig von der Strömung und dem Wind begünstigt wurde, brauche ich mich kaum zu verbreiten. Die Aufzeichnungen, die zur Zusammenstellung meines Berichts dienten, wurden weder in einer Flasche verschlossen ins Meer geworfen noch zufällig irgendwo aus antarktischen Gewässern aufgefischt. Ich habe sie selbst mit heimgebracht, und obwohl der letzte Teil der Fahrt mit größter Anstrengung, mit trauriger Entbehrung und mannigfachen Gefahren verbunden war und uns stets in Angst und Unruhe schweben ließ, so endete die Reise doch mit unserer glücklichen Rettung.

Und dazu war anfangs, einige Tage nach der Abfahrt vom Land der Sphinx, die Sonne nun unter dem Horizont verschwunden, über dem sie den ganzen Winter hindurch nicht wieder auftauchen sollte.

In der Halbfinsternis der südlichen Winternacht setzte die *Paracuta* also ihre eintönige Fahrt fort. Zum Glück erfreuten uns öfters glänzende Polarlichter, die wundervollen Meteore, die Cook und Forster 1773 zum ersten Mal beobachtet hatten. Welche Pracht entfalteten ihre leuchtenden Bögen, ihre Strahlenbündel, die einmal kürzer und dann wieder länger werden, welchen Glanz zeigt der scheinbar reich gefaltete Vorhang, der sich mit überraschender Schnelligkeit verändert, während die ganze Erscheinung in dem Punkt des Himmels zusammenläuft, auf den die Kompassnadel weist! Welche zauberische Wandlungsfähigkeit auch in den vorspringenden und den zurückweichenden Lichtgarben, deren Färbung von Hellrot bis Smaragdgrün wechselt!

Ja ... es war aber doch nicht die Sonne, das unersetzliche Gestirn, das während der Monate des antarktischen Sommers uns den Horizont ununterbrochen beleuchtet hatte. Die lange Polarnacht übt auf Geist und Körper eine Wirkung aus, der sich niemand zu entziehen vermag, sie hat einen bedrückenden, ja schädlichen Einfluss, dem man nur schwer entgehen kann.

Von den Passagieren der *Paracuta* waren es nur der Hochbootsmann und Endicott, die, unempfindlich gegen jede Langeweile und gegen die Gefahren dieser Fahrt, ihren gewöhnlichen Humor behielten. Auch der sich immer gleich bleibende Jem West bildete eine Ausnahme; er trat immer noch jeder Widrigkeit entgegen wie ein Mann, der immer zur Verteidigung bereit ist. Die beiden Brüder Guy aber vergaßen über das Glück, sich wiedergefunden zu haben, manchmal alle Befürchtungen, die ihnen die unmittelbare Zukunft doch einflößen musste.

Wahrlich, ich kann dem wackeren Mann, unserem Hurliguerly, gar nicht genug Lob zollen; man erholte und verjüngte sich ordentlich, wenn er mit Vertrauen erweckender Stimme rief:

»Oh, wir kommen noch glücklich in den Hafen, liebe Freunde, wir kommen schon noch an ...! Wenn Sie alles gegeneinander abwägen, müssen Sie zugeben, dass wir während unserer Reise doch mehr Glück als Unglück gehabt haben! Ich weiß ja ... wir haben unsere Goélette verloren ...! Arme *Halbrane*, erst in die Luft emporgehoben wie ein Ballon und dann wie eine Lawine in die Tiefe gestürzt! Als Ersatz dafür hat uns aber der Eisberg bis an eine Küste getragen, und dann ist das tsalalische Boot mit Kapitän William Guy und seinen drei Gefährten auf uns zugetrieben worden. Vergessen Sie auch nicht die Strömung und die Brise, die uns bis hierher gebracht haben und uns noch weiter bringen werden ...!

Mir scheint es doch, dass die Bilanz für uns günstig ausfällt. Mit so vielen Trümpfen in der Hand kann man das Spiel eigentlich nicht verlieren ...! Das einzig Missliche ist, dass wir in Australien oder Neuseeland landen werden und nicht gleich auf den Kerguelen und neben dem Kai von Christmas Harbour gegenüber dem *Grünen Kormoran* vor Anker gehen können!«

Das war freilich verdrießlich für den Freund von Meister Atkins, ein ärgerlicher Ausgang der Fahrt, mit dem wir Übrigen uns jedoch leicht abzufinden hofften.

Acht Tage lang ging die Fahrt in gleicher Richtung ohne jede Abweichung nach Westen oder Osten weiter, und erst am 21. März verlor die *Paracuta* Halbrane-Land an Backbord aus dem Blickfeld.

Ich gebrauche für das Land noch immer diesen Namen, weil sich sein Ufer bis zum jetzt erreichten Breitengrad ohne Unterbrechung erstreckte und wir nicht daran zweifelten, dass es einen der großen Kontinente des antarktischen Gebiets bildete.

Wenn die *Paracuta* dem Ufer später nicht mehr folgte, kam das daher, dass die Strömung weiter nach Norden zu verlief, während das Land in einem Bogen nach Nordosten hin immer weiter zurückwich.

War das Wasser dieses Teils des Meeres auch noch frei, so führte es doch schon eine wahre Flottille von Eisbergen und Eisfeldern mit sich, wobei Letztere den Bruchstücken einer ungeheuren Glasscheibe glichen, Erstere aber von ausgedehnter Oberfläche und recht beträchtlicher Höhe waren. Das verursachte sehr ernsthafte Schwierigkeiten und fortwährende Gefahren, besonders bei dem dichten Nebel, da wir gleichzeitig mit den beweglichen Massen vorrückten, und besonders, wenn wir einen Durchgang suchten und doch darauf achten mussten, dass unser Boot nicht wie ein Getreidekorn unter dem Mühlstein zermalmt wurde.

Zurzeit konnte der Kapitän unsere Ortslage nach Länge und Breite gar nicht mehr feststellen. Weil die Sonne nicht schien und weil die Berechnung nach Sternbeobachtungen zu große Schwierigkeiten bereitete, war jede Höhenmessung unmöglich, und die *Paracuta* überließ sich also vollständig der Strömung, die, wie uns die Kompassnadel nun wieder zeigte, unveränderlich nach Norden verlief. Wenn man die mittlere Geschwindigkeit unseres Fahrzeugs zugrunde legte, konnten wir jedoch davon ausgehen, dass es sich am 27. März zwischen dem 69. und dem 68. Breitengrad, das heißt – einen möglichen Irrtum nicht einberechnet –, dass es sich nur noch ungefähr zweihundert Seemeilen vom Polarkreis entfernt befinden musste.

Ach, wenn bei dieser gefährlichen Fahrt kein Hindernis zu überwinden, wenn zwischen dem Polarmeer und dem Stillen Ozean der Durchgang ganz frei gewesen wäre, dann hätte die *Paracuta* innerhalb weniger Tage die äußerste Grenze der tief südlichen Meere erreichen können. Noch etwa hundert Seemeilen aber, dann würden wir auf den unbeweglichen Eiswall stoßen, und wenn sich hier keine Durchfahrt öffnete, mussten wir ihn von Osten nach Westen umschiffen. Hatten wir ihn freilich erst hinter uns, dann ...

Nun, nach Überwindung des Eiswalls befänden wir uns in einem zerbrechlichen Boot auf dem schrecklichen Stillen Ozean, und das zu einer Jahreszeit, wo sich die Wut der Stürme verdoppelt und auch solide Schiffe seinem furchtbaren Wellenschlag nicht gefahrlos trotzen.

Daran mochten wir gar nicht denken ... Der Himmel würde uns schon zu Hilfe kommen ... Wir würden aufgenommen werden ... ja ... von einem Schiff aufgenommen werden ... Der Hochbootsmann versicherte uns das ja, und wir durften und wollten nur auf den Hochbootsmann hören!

Inzwischen gefror die Meeresoberfläche allmählich, und schon musste dann und wann eine größere Eisscholle zersprengt werden, um den Weg freizubekommen. Das Thermometer zeigte nur noch 4° Fahrenheit, also 15,56° Celsius unter null. Wir litten arg unter der Kälte und dem rauen Wind in unserem offenen Boot, obwohl wir genug Wolldecken zum Schutz hatten.

Zum Glück hatten wir noch für mehrere Wochen konserviertes Fleisch, drei Säcke Schiffszwieback und zwei volle Fässer Gin. Süßwasser beschafften wir uns durch geschmolzenes Eis.

Nach sechs Tagen, am 2. April, gelangte die *Paracuta* allmählich zum eigentlichen Packeis, das siebenhundert bis achthundert Fuß über die Meeresfläche emporragte. Weder nach Westen noch nach Osten hin konnten wir ein Ende des riesigen Walls entdecken, und wenn unser Boot nicht auf eine offene Durchfahrt stoßen würde, wüssten wir nicht, wie wir hindurchkommen sollten.

Dank einem überaus glücklichen Zufall fanden wir eine am selben Tag, und wir steuerten unter tausend Gefahren hinein. Jetzt bedurfte es wahrlich allen Eifers, aller Kühnheit und aller Gewandtheit unserer Leute und ihrer Vorgesetzten, um sich zu retten. Den beiden Kapitänen Len und William Guy, dem Leutnant Jem West und dem Hochbootsmann sind wir dafür zu ewigem Dank verpflichtet.

Endlich trieben wir auf dem Wasser des südlichen Stillen Ozeans. Während der langen und beschwerlichen Fahrt hatte unser Boot aber stark gelitten. Die Kalfaterung war beschädigt, die Seitenwände drohten fast auseinanderzufallen, und durch die Fugen drang schon Wasser ein. Immer waren einige Leute mit Ausschöpfen beschäftigt, und zudem herrschte noch ziemlich hoher, ja schon fast zu hoher Seegang, der gelegentlich Sturzwellen über das Dollbord wälzte.

Trotzdem wehte nur eine schwache Brise, das Meer war immerhin ruhiger, als wir erwartet hatten, und die wirkliche Gefahr für uns lag also vorläufig nicht in den Begleitumständen der Fahrt.

Nein, sie lag darin, dass in diesen Gewässern kein Schiff zu erblicken war, dass sich kein Walfänger mehr in den Fischgründen hier aufzuhalten schien. Sie verließen diese Gegend schon in den ersten Tagen des April – wir kamen um einige Wochen zu spät hierher!

Wie später verlautete, hätten wir einige Wochen früher sogar auf die Schiffe der amerikanischen Expedition stoßen können.

In der Tat durchforschte noch am 21. Februar Leutnant Wilkes unter 95° 50′ Länge und 64° 17′ Breite diese Meere mit einem seiner Schiffe, der *Vincennes*, nachdem er eine Küstenstrecke in die Seekarten aufgenommen hatte, die sich von Osten nach Westen über siebzig Längengrade hin ausdehnte. Da sich dann aber die schlechte Jahreszeit ankündigte, kehrte er um und segelte nach Hobart Town in Tasmanien zurück.

Im selben Jahr hatte die Expedition des französischen Kapitäns Dumont d'Urville, die 1838 aufgebrochen war, bei einem zweiten Versuch, bis zum Südpol zu gelangen, am 21. Januar unter 66° 30′ Breite und 38° 21′ östlicher Länge Adélieland und am 29. Januar unter 64° 30′ und 129° 54′ die Clarieküste entdeckt. Danach hatten dann die *Astrolabe* und die *Zélée* den Antarktischen Ozean verlassen und waren ebenfalls nach Hobart Town zurückgesegelt.

In unserem Gebiet befand sich von diesen Schiffen also keines mehr. Deshalb mussten wir wohl, als die *Paracuta*, diese Nussschale, allein jenseits des Packeises auf dem grenzenlosen öden Meer schwankte, glauben, dass uns keine Rettung vergönnt sein werde.

Fünfzehnhundert Seemeilen trennten uns noch von den nächstgelegenen Ländern, und obendrein hatte der Winter nun schon vor einem Monat seine Herrschaft angetreten.

Selbst Hurliguerly musste wohl oder übel zugestehen, dass die letzte tröstliche Hoffnung, auf die er gerechnet hatte, allmählich schwand.

Am 6. April hatten wir unseren Nahrungsvorrat aufgebraucht. Der Wind begann stark aufzufrischen und das heftig umhergeschleuderte Boot lief Gefahr, von einer Woge verschlungen zu werden.

»Ein Schiff!«

Der Ausruf kam vom Hochbootsmann, und sofort bemerkten wir auch, etwa vier Seemeilen im Nordosten, ein Gefährt, das eben unter dem aufsteigenden Nebel sichtbar wurde.

Sofort gaben wir, so gut es ging, Signale, und diese wurden zum Glück wahrgenommen. Nachdem das Schiff gegengebrasst hatte, setzte es sein großes Boot ins Meer, um uns abzuholen.

Es war die *Tasman*, ein amerikanischer Dreimaster aus Charlestown, auf dem wir mit wohltuender Herzlichkeit empfangen wurden.

Die *Tasman* kam von den Falkland-Inseln, wo sie gehört hatte, dass die englische Goélette *Halbrane* vor sieben Monaten in die südlichen Meere abgesegelt sei, um die Schiffbrüchigen von der *Jane* zu suchen. Als das Jahr nun fortschritt und die Goélette nicht wieder erschien, hatte man angenommen, dass sie im Südpolargebiet mit Mann und Maus untergegangen war.

Der letzte Teil der Fahrt verlief nun schnell und glücklich. Vierzehn Tage später landete die *Tasman* in Melbourne, in der Provinz Victoria von Neuholland – mit allen, die von der Besatzung der beiden Goélettes lebend davongekommen waren, und hier wurden an unsere Leute auch die Prämien ausgezahlt, die sie so tapfer verdient hatten.

Aus den Seekarten ersahen wir, dass die *Paracuta* den Stillen Ozean zwischen Dumont d'Urvilles Clarieküste und dem von Belleny 1838 entdeckten Fabricialand erreicht hatte.

So endete diese abenteuerliche und außergewöhnliche Fahrt, die leider gar zu viele Opfer an Menschenleben gekostet hatte. Und, um das nicht unerwähnt zu lassen, wenn der Zufall und der Zweck dieser Reise uns viel weiter zum Südpol hinaufführte als alle unsere Vorgänger, wenn wir sogar über den Endpunkt der Erdachse selbst tatsächlich hinweggekommen waren, so bleiben doch in jenen Gegenden noch viele Fragen offen, die auf eine Antwort warten!

Arthur Pym, der von Edgar Poe so schwungvoll gefeierte Heldenjüngling, hat den Weg dorthin gewiesen. Es ist nun an anderen, diesen Weg aufzunehmen und der Eissphinx die letzten Geheimnisse der noch immer so wenig bekannten Südpolargebiete zu entreißen!